Lena May

Angel Angel

Für Alex. Alles.

Angel, Angel von Lena May

Umschlag: Hersbrucker Zeitung GmbH Verlag und Medienservice, Midjourney AI
Satz und Druck: ScandinavianBook
Lektorat: Yvonne Durmann

ISBN: 9783931683726

Inhaltsverzeichnis

Kapitel 1

1

„Wird das nicht langweilig?"
„BWAAH!"
Der Engel, der sich eben erschreckt hatte, hieß Raguel. Eigentlich war es seine Aufgabe, den Garten Eden zu bewachen, an der Nordseite, um genau zu sein, aber ehrlich gesagt, war er nicht besonders gut darin. Viel lieber saß er auf der Mauer, ließ die Beine in die Endlosigkeit baumeln und versank in Tagträumen.
Da unten passierte eh nichts. Adam und Lilith waren gänzlich langweilige Persönlichkeiten, um nicht direkt zu sagen: Sie nervten Raguel wie sonst nur wenig. Krieg, zum Beispiel. Oder in seinen Gedanken unterbrochen zu werden, wie gerade. Beinahe wünschte er sich, es würde endlich etwas passieren (ein Erdbeben, zum Beispiel, das wäre zumindest ein Anfang), nur um diese ewige Langeweile loszuwerden. Vielleicht könnte er auch endlich einen anderen Posten bekommen. Zwar saß er lieber den ganzen Tag auf einer ungemütlichen Steinmauer, als in irgendeiner Rebellion mitkämpfen zu müssen (oder in der Verteidigung gegen die Rebellion, oder etwas ganz anderes. Dieser Krieg war sinnlos gewesen, ganz gleich, auf welcher Seite man gekämpft hatte), aber es gab weitaus spannendere Aufgaben im Himmel. Neue Tiere zu erfinden, wäre eine davon. Er hätte da sogar ein paar Ideen. Besonders stolz war er auf das, was er Giraffe nennen wollte: Ein Pferdekörper mit Flamingobeinen (aber

mit Hufen), dem Muster eines Leoparden und einem meterlangen Hals, der aus insgesamt sieben Wirbeln bestand. Wie der Kopf aussehen sollte, wusste er noch nicht genau, aber er dachte entfernt an ein Zebra. Sehr entfernt. Wobei es eigentlich egal war, wie viel Mühe er sich gab, eine Kreatur wie eine solche würde der Allmächtige wohl nie erlauben. Er hatte sogar das Einhorn verboten (dabei war ein Pferd mit Horn doch viel realistischer als dieses Giraffendings), er durfte sich also keine großen Hoffnungen machen. Oder vielleicht doch? Bei Gott wusste man nie genau. Manchmal hatte Er gute Tage, und wenn Raguel einen solchen Tag erwischte, standen die Chancen gut, dass Er die wahnwitzigsten Tierkreationen erlaubte und sie einfach nach Australien steckte. Gerade war er dabei, sich das Gespräch mit Gott vorzustellen, und war so in diesen Gedanken versunken, dass er den Engel, der ihn angesprochen hatte, erst dann bemerkte, als dieser ihn bereits zwei Minuten lang von der Seite gemustert und sich neben ihn gesetzt hatte.
„Oh, Entschuldigung", sagte er, aber es war ihm anzusehen, dass es ihm nicht wirklich leidtat. „Ich wollte dich nicht erschrecken."
Raguel blinzelte. Ja sicher. Der Engel gehörte zwar zur gleichen Gruppe wie er selbst, hatte aber anscheinend eine Aufgabe, die es ihm erlaubte, den Garten nach Lust und Laune zu besuchen, und schien sich dadurch für etwas Besseres zu halten. Dieses Phänomen war ihm schon öfter aufgefallen und es nervte ihn fast noch mehr als das schiere Nichtstun von Adam und Lilith.

„Also?“, fragte der Engel und bezog sich auf seine anfängliche Frage. Raguel nickte. „Manchmal ist es kaum auszuhalten“, fügte er hinzu. Der Engel drehte sich schwungvoll um und starrte in den Garten, in dem Adam gerade versuchte, auf einen Kirschbaum zu klettern. Es funktioniert nicht. Die Äste waren viel zu weit oben. Er seufzte. „Manchmal frage ich mich, ob Gott sie absichtlich so dumm gemacht hat“, murmelte er. Raguel sah ihn fragend an. „Ich meine, dachte Sie sich, heute erschaffe ich mal eine neue Spezies des Lebens, gebe ihnen die körperlichen Voraussetzungen, um ein beinahe perfektes Leben führen zu können, nenne sie Menschen, mache sie aber so dumm, dass sie ihre Fähigkeit nicht vollständig entfalten können, weil sie einfach nicht herausfinden können, dass sie sie überhaupt besitzen?“ Er beugte sich nach unten. „So kriegst du das nie hin“, plärrte er Adam entgegen. Dieser hörte ihn nicht. Er war soeben zum wiederholten Mal vom Baum gefallen und rieb sich den Kopf.

„Woher kommt denn diese Bitterkeit?“, fragte Raguel. Noch nie hatte er solche Worte gegen den Allmächtigen gehört – wenn man von dem Zeug, das Dämonen sprachen, absah, und selbst das kannte er nur aus Erzählungen. Der Engel zuckte die Schultern. „Es hieß, bald kämen mehr von diesen Menschen. Sie würden das Paradies bevölkern und so weiter und du darfst dich wohl glücklich schätzen, die Aufgabe zu haben, sie zu beaufsichtigen, dafür zu sorgen, dass sie brav bleiben.“ Bei dem Wort „glücklich“ triefte seine Stimme vor Sarkasmus, anscheinend mochte er die Menschen nicht. Was Raguel ein wenig verwirrte, da sie beide aussahen wie Menschen. Natürlich war das nicht ihre wahre Form, es war schlichtweg eine angenehmere. Den ganzen Tag Flügel mit sich herumzutragen, wurde irgendwann einfach zu schwer, auch wenn es sich „nur“ um Federn handelte. Außerdem hatte die menschliche Form den Vorteil, dass man sie sich selbst aussuchen konnte. Er selbst war ziemlich klein. Als er sich das ausgesucht hatte, war er davon ausgegangen, so ein angenehmeres Dasein führen zu können, passte er doch in jede Aufgabe. Es stellte sich allerdings bald heraus, dass er als einer der kleineren Engel nicht sonderlich ernst genommen wurde. Seine Wangen waren rosafarben, die Nase spitz und er hatte sehr dünne Lippen. Anders als die meisten humanoiden Engel hatte er stoppelkurze Haare, die ihm gewöhnlich in alle Richtungen abstanden. Er fand es praktischer als die Lockenmähne, die zum Beispiel der Erzengel Michael mit sich herumtrug. Aber sie waren genauso blond wie Michaels, fast schon weiß. Außerdem hatte er graue Augen, was hauptsächlich daran lag, dass die Augen auf seinen Flügeln ebenfalls grau waren. Es passte so schön zusammen. Der menschenhassende Engel ihm gegenüber war das genaue Gegenteil: groß und schlaksig, mit ausgeprägten Gesichtszügen, einer Raubvogelnase und auffällig großen Händen sah er so aus, wie Raguel sich Beelzebub vorstellen würde – nur dass Beelzebub wahrscheinlich keine roten Locken hatte. Oder tiefschwarze Augen. Wobei … An diesem Punkt war er sich nicht mehr sicher und seine Gedanken schweiften ab. Er dachte an Dinge, an die zu denken ihm verboten war: die Lords und Ladys der Hölle. Beelzebub und Luzifer und die anderen. Die Namen waren im Himmel zwar verboten und wurden im normalen Sprachgebrauch kaum verwendet, aber ab und zu sickerte doch etwas durch. Diese ganze Rebellion von vor ein paar Jahrhunderten war anscheinend von diesen beiden ausgegangen und das Fallen vieler Engel vor und nach dem Krieg wohl auch. Es fielen noch immer Engel, ab und zu, wenn es sich nicht vermeiden ließ. Aber nicht mehr so oft wie früher, offenbar hatte Gott gemerkt, wozu es führen konnte, wenn Er zu viele Engel verbannte. Raguel war noch nie bei einer Verbannung dabei gewesen, es hatte ihn nie sonderlich interessiert und das Leid anderer konnte er nur schwer mit ansehen. Früher, vor der Rebellion, hat es manchmal öffentliche Verbannungen gegeben, doch das war mittlerweile eingestellt geworden. Mit gutem Grund – offenbar musste es scheußlich sein, so etwas mit anzusehen, und der einzige Grund, warum die Erzengel Gabriel, Michael, Uriel, und wie sie alle hießen, Zuschauer geduldet hatten, war, dass sie die anderen Engel so weit einschüchtern wollten, dass diese sich nicht trauten, in irgendeiner Art Widerstand zu leisten. Und genau das Gegenteil war der Fall gewesen. Tausende Engel, verstört darüber, was mit ihren gefallenen Freunden, die sie nun nicht mehr sehen durften, passiert war, begannen die Haltung des Himmels zu hinterfragen. Es kam zu Unruhen, und um einen himmelsinternen Krieg zu vermeiden, ließ man jeden Engel, von dem Protest erwartet werden konnte, fallen. Infolgedessen rebellierte die neu gegründete Hölle zusammen mit ihren Anhängern, die sich noch im Himmel befanden.

Sie verloren natürlich. Das Gute gewann immer. So sagte man zumindest.
„Hallo?“, fragte der Engel und fuchtelte mit der Hand vor Raguels Gesicht herum. „Entschuldige“, murmelte dieser, „Tagträume.“ Der Engel grinste. Er deutete in den Garten. „Meinst du, sie wollen raus?“, fragte er. Raguel zuckte mit den Schultern, dann schüttelte er den Kopf. „Nein, natürlich nicht“, sagt er schnell. „Warum sollten sie denn? Sie haben doch alles.“ Und das stimmte. Der Garten war nicht nur schön, sondern bot auch alle Voraussetzungen für ein glückliches Leben: Reißende Wasserfälle und kleine Flüsse boten trinkbares Wasser und versorgten die Pflanzen mit Nährstoffen, überall wuchsen Obstbäume, die immer trugen, die kleinen Waldflächen boten Unterschlupf für die Nächte und weiches Moos als Betten. Es herrschte immer gutes Wetter (bis jetzt, Gott erfand Hagel, Regen und solches erst noch), die Tiere griffen sie nicht an und in ihrer primitiven Sprache, die sich noch vollständig entwickeln sollte, konnten Adam und Lilith sich sogar unterhalten. Sie hatten Gesellschaft. Das alles zählte Raguel auf und während er sprach, fiel ihm auf, was der Engel mit seiner Frage meinen könnte. „Und ihnen steht der ganze Garten zur Verfügung“, endete er, doch der Enthusiasmus, mit dem er seine Erklärungen begonnen hatte, war aus seiner Stimme verschwunden. Der Engel nickte. „Genau, der ganze Garten. Der, verglichen mit der restlichen Welt, ziemlich winzig ist. In ein paar Tagen werden sie den gesamten Garten kennen und ihnen wird langweilig werden. Außerdem ist da noch das Ding da.“ Er deutete auf den Baum der Erkenntnis, der direkt

in der Mitte stand, neben einem Bach, der im Sonnenlicht glitzerte. Seine Früchte waren die größten und glänzendsten. Es war der einzige Apfelbaum, den es bisher gab, und die Äpfel schienen darum zu betteln, gegessen zu werden. „Irgendwann werden sie alle Früchte probiert haben und sie werden sich fragen, wie wohl die großen roten schmecken, die so verlockend aussehen." Um ehrlich zu sein: Genau das Gleiche fragte Raguel sich auch. Zwar musste er als Engel weder essen noch trinken, aber was er bisher probiert hatte (hauptsächlich Erdbeeren), war doch sehr lecker gewesen. Und die Äpfel waren wirklich das Verlockendste. „Gott hat ihnen zwar verboten, von den Äpfeln zu essen, aber irgendwann wird die Neugierde siegen." Raguel schüttelte den Kopf. „Du irrst dich", sagt er zuversichtlich. „Sie sind nicht so dumm, dass sie sich gegen das Wort Gottes stellen würden. Es ist nicht alles so negativ, wie du denkst." Der Engel musterte ihn amüsiert. „Du bist ganz schön optimistisch, nicht wahr?" Nicken. „Das und der Fakt, dass diese beiden unsere Zukunft sind. Das musst du zugeben. Vielleicht ist ein positiver Blick in die Zukunft auf Dauer besser als ein negativer." Er lächelte milde auf Adam und Lilith herunter. Sie nerven ihn zwar, aber auf der anderen Seite war es sehr interessant, ihrer Entwicklung zu folgen. Allein die Sprache, die gerade entstand, faszinierte ihn ungemein. „Vielleicht hast du recht", sagte der Engel, „vielleicht habe ich recht. Wir werden sehen." Er stand auf und entfaltete seine Flügel. Sie waren dunkler als Raguels, fast hellgrau. „Spätestens morgen sollte etwas passieren", meinte er, dann flog er davon – eine Sache, um die Raguel ihn ein wenig beneidete. Er stand auf und lief an der Mauer entlang, gab sich der Langeweile, die jetzt wieder einsetzte, vollkommen hin. Erst als es dunkelte und Adam und Lilith sich zum Schlafen legten, fiel ihm auf, dass er den Engel nicht mal nach seinem Namen gefragt hatte. Dann entschied er, dass es nicht wichtig war. Engel durften sowieso keine Freundschaften führen, es wurde als Ablenkung aufgefasst, daher machte es keinen Unterschied, ob er den Namen des Engels kannte oder nicht. Sie hatten sich nur unterhalten. Und außerdem, so dachte er, würden sie sich eh nicht mehr sehen. Der Himmel war groß, warum auf der Gartenmauer versauern?

2

Aber der Engel kam zurück, am nächsten Tag, genau wie er es angekündigt hatte. Und er sah missmutig aus. „Sieh sie dir an“, sagte er, noch bevor Raguel ein Wort der Begrüßung verlauten lassen konnte. Also verzichtete er auf ein freundliches Hallo und sah in den Garten. Adam und Lilith befanden sich im Osten, dem einzigen Teil, den sie noch nicht erkundet hatten. Wahrscheinlich, weil es dort dunkel war. Aus den Vogelnestern, die sich hauptsächlich unter den dicken Blättern befanden, kamen immer fremde Laute. Die beiden hatten sich noch nicht getraut, dieses Terrain zu betreten, aber jetzt hatten sie jeden anderen Fleck erkundet und gingen auf das Geschnatter zu. Es konnte wirklich beunruhigend sein, aber wenn man es mit klarem Verstand betrachtete, unterschied sich das Geräusch aus dem Osten nur durch die Lautstärke von den anderen Vögeln.

Etwas knackte laut und Lilith griff nach Adams Hand. Der Engel verdrehte die Augen. „Gerade von ihr hätte ich erwartet, dass sie weniger Angst hat“, murmelte er. „Sie mag die anderen Vögel doch auch, die bunten in der Nähe der Obstbäume. Teilt ihr Essen mit ihnen.“ „Wirklich?“, fragte Raguel überrascht. Liliths Tierliebe war ihm noch nie aufgefallen. „Ich dachte eher, Adam würde vorausgehen. Das war die ganze Zeit so, auch als sie schwimmen gelernt haben. Man könnte meinen, vor dem Ertrinken sollten sie sich eher fürchten als vor der Dunkelheit.“ Und er hatte recht, dachte er bei sich, Adam ging ja wirklich vor ihr her. Aber er sah sehr verängstigt aus. Der andere Engel schnaubte. „Oh bitte, der restliche Garten ist mit göttlichem Licht durchflutet, man sieht sofort, was auf einen zukommt. Und der Bach ist auch kaum so tief, dass man darin ertrinken könnte. Dieses Stück Wald ist sogar am Tag dunkel und es kommen komische Geräusche daraus hervor. Weißt du, was da drin ist?“
Raguel zuckte mit den Schultern. „Nicht wirklich, also ich war noch nie drin, falls du das meinst. Es sollen viele Krabbeltiere dort Unterschlupf finden, eben weil es dunkel ist. Spinnen.“ Er lächelte, als er an die Spinnen dachte. „Hast du schon mal eine gesehen? Spinnen, meine ich. Sehen lustig aus mit den acht Beinen.“ „Acht Beine?“, fragte der Engel ungläubig. „Wer ist denn auf diese Idee gekommen?“ „Ich weiß nicht. Gabriel vielleicht, er mag diese Art von Kriechtieren. Offensichtlich hatte Gott einen Seiner guten Tage, dass er so etwas erlaubt hat.“ Er wollte ihm von der Giraffe erzählen, kam allerdings nicht dazu, da erst ein tiefer, dann ein sehr schriller Schrei ertönten

und die beiden Menschen aus dem Wald rannten. Nichts folgte ihnen und trotzdem hörten sie erst auf zu rennen, als sie bei ihrem Unterschlupf ankamen, der sich in der Mitte des Gartens befand. Raguel lachte leise. „Sieht so aus, als würden sie Spinnen nicht mögen“, meinte er, „und wer kann es ihnen verdenken. Im Dunkeln sehen Sie sicher gruselig aus. Ich habe gehört, dass Gott ein paar wirklich große nach Australien gesteckt hat.“ Der Engel runzelte die Stirn. „Australien? Der Kontinent mit den anderen seltsamen Tieren?“ Raguel nickte. „Genau. Kennst du schon das neueste? Es heißt Schnabeltier, wenn ich mich nicht irre.“ Wie sich herausstellte, war des Engels Wissen über Tiere sehr eingeschränkt. Es beinhaltete nicht mehr als jene Lebewesen, die es im Garten Eden zu sehen gab. Aber er war neugierig und ein guter Zuhörer, daher macht es Raguel nichts aus, ihm einiges zu erklären. Er hatte gerade seinen Vortrag über Reptilien beendet, als der Engel ihn unterbrach. „Das existiert alles?“, fragte er, aber er klang nicht, als würde er es nicht glauben, sondern wie jemand, der nicht fassen konnte, dass Wunder geschehen können. „Und es lebt dort unten und niemand ist da, um es zu bewundern? Wie schade.“ Er stützte den Kopf auf die Hände und sah nach unten. „Weißt du, irgendwie wünsche ich den beiden, dass sie hier herauskommen. Die Welt bietet so viele Wunder, so viel, dass sie noch nicht entdeckt haben … Es muss dort viel schöner sein als hier, wo sie alles kennen.“ Raguel nickte langsam, wägte die Worte sorgfältig ab, bevor er sie aussprach. Dass der andere in diesem Tonfall über die Schöpfung des Allmächtigen sprach, faszinierte ihn, auch wenn er sich der Gefahr dessen bewusst war. Wie konnte jemand so furchtlos sein und bezweifeln, dass es den Menschen irgendwo besser gehen konnte als in Eden, dem Paradies, das Gott extra für sie geschaffen hatte. „Ich fürchte, ich kann dir nicht ganz folgen", sagte er schließlich, es erschien ihm als das Sicherste. Der Engel sah ihn nicht an, als er antwortete. „Mit diesem Planeten hat Gott eine wahre Meisterleistung vollbracht", sagte er schließlich, „er ist so schön und voller Leben, allein die Meere sind faszinierend, von der Erde einmal ganz zu schweigen. Sie selbst findet ihn so schön, dass Sie zum ersten Mal Leben darauf zulässt, das nicht aus Engel besteht und obwohl Sie die Menschen erschaffen hat, sperrt Sie sie in diesem Garten ein. Ein kleines Paradies, umgeben von Mauern, und lässt sie nicht teilhaben an alledem." Er drehte sich um und blickte wehmütig dorthin, wo der Nebel den Rest der Welt verdeckte. Er sah so aus, als hätte er selbst die Erde noch nie betreten und plötzlich wurde Raguel bewusst, dass er so gut wie nichts über ihn wusste. „Wie heißt du eigentlich?", fragte er und lenkte von dem Thema ab. Ihm war nicht ganz wohl dabei, diesen teils blasphemischen Gedankengängen zu folgen. „Azariel", sagte der Engel, aber er war nicht ganz bei der Sache. „Und du?" „Raguel", sagt dieser und konnte nicht vermeiden, dass ein wenig Stolz in seiner Stimme mitschwang. Wie jeder Engel hat er sich seinen Namen selbst ausgedacht und er fand, dass es ihm geglückt war. Dann dachte er über den anderen Namen nach. Azariel. Das klang seltsam melodisch und düster, irgendwie passte er zu dem Engel. „Azariel", murmelte er und probierte aus, wie sich der Name ausgesprochen anfühlte. Er fühlte sich gut an, als hätte er ihn schon oft ausgesprochen.

„Und was ist deine Aufgabe?“, fragt er weiter, denn gelinde gesagt, hatte er keine Ahnung. Demnach zu urteilen, was Azariel über die Erde wusste – nicht viel – war er kein auf der Erde stationierter Engel, allerdings auch kein fest im Himmel angestellter, dafür war er zu frei. Immerhin durfte er zum Garten kommen, wann immer ihm beliebte. Und ein Engel, der den lieben langen Tag auf einer Wolke saß, jubilierte und auf einer Harfe spielte, war er auch nicht, denn solch eine Art Engel existierte nicht – dafür gab es im Himmel einfach zu viel zu tun. Raguels Frage schaffte es, Azariel aus seinen Gedanken zu reißen, er richtete seine Aufmerksamkeit auf den anderen Engel. „Ich erschaffe, gewissermaßen.“ Raguel zeigte sich überrascht. „Aber keine Tiere, oder?“ Der Engel schüttelte den Kopf. „Nein, keine Tiere. Generell nichts Irdisches, gerade plane ich mit einem Team aus elf weiteren Engeln eine Galaxie, die etwa 650 Lichtjahre von uns entfernt sein soll. Wir werden sie Helixnebel nennen und sie soll aussehen wie ein riesiges Auge.“ Raguel hätte gelogen, hätte er so getan, als würde ihn das nicht komplett überraschen. Dieser Engel, Azariel, der die Menschen nicht mochte, Gott kritisierte und sich über die Erzengel lustig machte, war derjenige, der Galaxien erschuf. Und soweit Raguel wusste, gab es kaum etwas Schöneres als das bisher erstellte Universum – und kaum etwas Schwierigeres. Azariels Position musste um einiges höher sein als seine eigene. „Ach, sieh mich nicht so erstaunt an“, murrte Azariel, als er Raguels Miene bemerkte, „es gibt wirklich schlimmere Arbeit.“ Und sofort waren Raguels beeindruckte Gedanken wie fortgewischt. Mistkerl.

„Erzähl gern mehr von deinen Sternen“, sagte er kühl, „wenn es dich nicht unterfordert.“ Azariel bemerkte den genervten Unterton nicht. „Gerne“, sagte er, „aber ein andermal.“ Damit breitete er seine Flügel aus und flog in Richtung Himmel davon. Raguel sah ihm hinterher und hatte das Gefühl, irgendeinen Fehler gemacht zu haben. Er seufzte und sah nach unten. Adam und Lilith waren nicht zu sehen. Beinahe hätte er nicht bemerkt, dass es bereits dunkel war. Die Zeit flog nur so dahin, wenn er sich mit Azariel unterhielt und er mochte es nicht. Er mochte es ganz und gar nicht.

3

Aber als Azariel sich am nächsten Tag wieder zu ihm gesellte, konnte er sich ein Lächeln nicht verkneifen. Ganz egal, wie sehr er versuchte, sich dagegen zu wehren: Er hatte angefangen, den Pessimisten zu mögen. Einen Pessimisten wohlgemerkt, der, sobald er saß, nicht still sitzen konnte und vor und zurück wippte. Aber was am ungewöhnlichsten war, war das Grinsen, das er sich trotz aller Versuche nicht aus dem Gesicht wischen konnte. Es passte irgendwie nicht in das Ensemble seiner Gesichtszüge, obwohl es natürlich schön war, ihn lächeln zu sehen. Nur, dass es kein Lächeln war. Irgendetwas daran war falsch, störte Raguel. Sie schwiegen, er wartete offensichtlich darauf, dass Raguel ihn nach dem Grund seiner guten Laune fragte. Ein paar Minuten war es komplett still, schließlich gab Raguel nach. „Okay, was hast du gemacht?“, fragte er seufzend. Azariels Grinsen wurde, wenn das überhaupt möglich war (und was war schon unmöglich), noch breiter, er zog eine Hand hinter seinem Rücken hervor. In ihr lag eine faustgroße Kugel. Sie war hellrot, hauptsächlich, hatte allerdings ein paar kleine und einen großen gelben Fleck. In einer Seite steckte ein Holzstück und an diesem Holzstückchen ein winziges Blatt. Azariel sah den Engel erwartungsvoll an, er wirkte wie jemand, der gute Arbeit geleistet hatte und jetzt dafür belohnt werden wollte. „Was genau", fragte Raguel schließlich langsam, „ist das?" „Kannst du es nicht erraten?" Er sah sich die Kugel noch einmal genauer an. Eigentlich war es keine Kugel, jedenfalls keine perfekte. Sie war vielmehr oval und wurde nach unten hin beinahe viereckig. „Nein", sagte er noch mal, „keine Ahnung." Er hätte in diesem Moment sehr viel erwartet, nicht jedoch, dass Azariels schwarze Augen zu glitzern begannen. „Das ist ein Apfel", flüsterte er verschwörerisch. Es dauerte eine Weile, bis Raguel verstand, doch dann weiteten sich seine Augen ungläubig. „Ist nicht wahr", sagte er und obwohl er fast aufgeschrien hatte, zwang er sich, seine Stimme ruhig zu halten. Azariel nickte ein bisschen zu heftig. Er sah ihn mit geröteten Wangen an. „Aber warum?", fragte Raguel leise weiter. Es war riskant, aus dem Garten zu stehlen, vor allem von diesem Baum. Sowohl für Engel als auch für Menschen, warum sollte Azariel den Zorn Gottes auf sich nehmen, nur für einen Apfel, der noch dazu sehr seltsam aussah? Gleichzeitig zeigt es ihm, dass er ein ziemlich miserabler Wächter war (aber insgeheim hatte er das schon gewusst). Trotzdem. Dass ein Engel in den Garten fliegen, einen Apfel klauen und wieder herauskommen konnte – und das alles ungesehen – gab diesem Wissen eine ganz neue Dimension.

Azariels Augen funkelten spitzbübisch. „Warum nicht?“, fragt er zurück, „es ist nur ein Apfel, nicht der Weltuntergang.“ „Es kommt dem Weltuntergang aber ziemlich nahe“, fauchte Raguel. „Nicht nur, dass du für diese Aktion fallen könntest, Adam und Lilith hätten dich sehen können. Wir sind Engel, wir sollten Vorbilder für die beiden sein.“ „Beruhig dich“, murmelte Azariel, aber er klang ein bisschen weniger sicher als davor und starrte den Apfel in seiner Hand an. Das Grinsen war aus seinem Gesicht verschwunden. Vielleicht fragte er sich, ob diese kleine Frucht es wert war, aus dem Himmel zu fallen, vielleicht dachte er an etwas komplett anderes. Raguel wurde nicht ganz schlau aus ihm. Er stand auf und wanderte auf der Mauer hin und her. Azariel saß weiterhin am Rand, seine Lippen bewegten sich, aber wenn Raguel ihm nahe war, vernahm er keinen Laut. Als er schließlich aufstand und auf ihn zuging, sah er nicht so aus, als würde er irgendetwas bereuen. „Ich verstehe, dass du sauer bist“, begann er und verblüffte Raguel damit. Er war nicht sauer, jedenfalls nicht in dem Sinn. Ein bisschen genervt von der Gefahr, in die er sich gebracht hatte, das schon, und vielleicht sogar beeindruckt von dem Mut, aber sauer? Nein. Das sagte er allerdings nicht. „Aber jetzt ist es zu spät und wer weiß, wenn dieser Apfel nicht schmeckt, vielleicht stehle ich dann auch keine weiteren.“ Raguel verdrehte halb ernst, halb amüsiert die Augen. „Möchtest du ihn auch probieren?“ Und mal wieder hatte er es geschafft, ihn vollkommen aus der Bahn zu werfen. „Nein“, sagte er entschieden. „Das hier ist quasi ein Verbrechen, es könnte Folgen haben.“ Azariel zuckte mit den

Schultern. „Bist du denn gar nicht neugierig?", fragte er. „Ich war sehr neugierig, bin es noch immer, um ehrlich zu sein. Deshalb habe ich ihn ja geklaut." Er legte den Kopf schief, sah ihn abwartend an und in diesem Moment wurde Raguel bewusst, dass er den Apfel sehr wohl probieren wollte. Also nickte er. „Aber das muss unter uns bleiben", zischte er. „Falls das herauskommt, sind wir schon so gut wie verbannt." Ein winziges Lächeln, fast nicht mehr als das Kräuseln der Mundwinkel umspielte Azariels Lippen, dann nickte er und biss in den Apfel. Es knackte, ein Geräusch bei dem Raguel zusammenzuckte. Zwar war es ein leises Knacken, aber für ihn klang es so, als hätten es sämtliche Engelsscharen mitgehört, so weit sie auch entfernt sein mochten. Azariel schluckte, dann meinte er: „Gar nicht so übel, allerdings würde ich an deren Stelle nicht davon essen. Wirklich nicht. Dafür aus dem Paradies zu fliegen, lohnt sich nicht." Er gab den Apfel an Raguel weiter, der ihn anstarrte, als wäre er etwas Giftiges. Er tat das gerade nicht wirklich, oder? All diese Gedanken verflüchtigten sich, als er in den Apfel biss. Natürlich knackte es auch diesmal, allerdings nicht so laut und es störte auch nicht. Der Apfel hielt die perfekte Balance zwischen süß und sauer, er brannte ein bisschen auf der Zunge. Klebriger Fruchtsaft rann ihm über das Kinn, aber es war ihm egal, denn der Apfel schmeckte wunderbar. Er starrte ihn sprachlos an. „Und?", fragte Azariel und unterbrach die beinahe andächtige Stille. „Ungewöhnlich", meinte Raguel, „wirklich ungewöhnlich." Der Engel gab einen Laut von sich, der wie eine Mischung aus Lachen und Stöhnen klang. „Was hast du denn gedacht, wie es schmeckt?"

„Anders", murmelte Raguel, „ganz anders. Irgendwie weicher, also nicht so knackig und weniger sauer."
„Also schmeckt er dir nicht?" Er schüttelte heftig den Kopf. „Machst du Witze? Das ist wahrscheinlich das Beste, das ich je gegessen habe." Azariel nickte. „Dann behalte den Rest." Damit flog er davon, wie schon zuvor ohne irgendeinen Abschied, und Raguel wusste nicht, ob er das tat, um seine letzten Worte irgendwie wirken zu lassen, oder ob er schlichtweg keine Manieren hatte. Er begann, das zu tun, womit er beauftragt wurde, nämlich den Garten zu bewachen, aber das wurde ihm schnell langweilig, also aß er den Apfel auf. Erst als er sich fragte, wo er den Butzen entsorgen sollte, wurde ihm bewusst, was er getan hatte und in einem Anflug von Entsetzen schleuderte er das Gehäuse ins Bodenlose, so weit von ihm entfernt wie möglich. Er hatte sich verführen lassen, etwas zu tun, von dem er wusste, dass es falsch war. Er, ein Engel. Jetzt verstand er, warum Michael und die anderen Erzengel der Meinung waren, dass man keine Freunde haben sollte, er verstand, warum sie es verboten hatten. Sie übten keinen guten Einfluss auf andere aus. Gerade noch war er eine Wache des Gartens Eden, und kaum dass er anfing, mit einem anderen Engel häufiger als einmal zu sprechen (und sogar bemerkte, dass er ihn mochte – in gewisser Weise), aß er gestohlene Äpfel vom Baum der Erkenntnis und fand sogar Freude daran. Wenn jemand das herausfinden sollte, war er geliefert – und man sagte doch, dem Allmächtigen entging nichts. Ganz bestimmt hütete Er den Baum selbst.

Missmutig setzte Raguel sich auf die Mauer, ließ die Beine baumeln und verfluchte Azariel. In Gedanken, nicht laut, das stand ihm nicht zu. Er wünschte sich, ihn nie wiederzusehen.

4

Bereits am nächsten Tag nahm er den Wunsch zurück. Er war ein allein (um nicht zu sagen: einsam) und ihm war langweilig. Am zweiten Tag seines Wegbleibens fand Raguel sich in einem ärgerlichen Zustand wieder, der am dritten Tag in Wut umschwang. Nicht, dass er tatsächlich wütend gewesen wäre, er konnte es bloß nicht fassen, dass Azariel einfach gegangen war. Und das ganz ohne ein Wort des Abschieds. Es war schlichtweg unhöflich. Am vierten Tag dachte er sich: Was soll's, es ist eh besser, wenn wir uns nicht mehr sehen. Er ist ja nicht verpflichtet, mich zu besuchen. Er nahm sich vor, nicht mehr an ihn zu denken, was genau drei Tage lang funktionierte. Nach einer Woche fing er an, sich Sorgen zu machen. Vielleicht waren es nicht mangelnde Manieren, die Azariel am Kommen hinderten, sondern etwas ganz anderes. Etwas Gefährliches. Das Entsetzen packte ihn, als er daran dachte, was er in den drei Tagen, in denen er ihn kennengelernt hatte, bereits mitbekommen hatte, welch teils blasphemisches Benehmen er an den Tag legte. Wahrscheinlich hatte Gott schließlich doch mitbekommen, dass er einen Apfel gestohlen hatte, und ihm irgendeine Strafe aufgebürdet. Oder schlimmer. Ihm schauderte bei dem Gedanken daran, dass er gefallen sein könnte, aber es dauerte zwei weitere Tage, bis ihn die Erkenntnis packte, dass auch er selbst von dem Apfel gegessen hatte und er ebenso fallen konnte. Da er sich noch weniger auf seine Aufgabe konzentrieren konnte als sonst, bekam er den kleinen Aufruhr im Garten erst mit, als der Erzengel Michael neben ihm landete.

„Schade, nicht wahr?“, fragte er mit der glockenhellen, freundlichen Stimme, die alle Engel hatten – wenn auch in verschiedenen Tonhöhen. Michaels war ein angenehmer Bariton (natürlich war er angenehm). „Ja“, sagte Raguel, obwohl er nicht ganz wusste, worüber Michael sprach. „Dabei hatte ich so viel Hoffnung in die beiden gesetzt. Mochte sie immer lieber als ihn, er ist so unnahbar.“ Er runzelte die Stirn und sah nach unten. „Vielleicht schafft Eva es, ihn ein bisschen zugänglicher zu machen.“ „Eva?“, fragt Raguel und versuchte, sich seine Verwirrung, die langsam in Verzweiflung umschwenkte, nicht anmerken zu lassen. Michael nickte gut gelaunt. „Ja, Eva, so haben wir sie genannt. ‚Adam und Eva‘ klingt doch besser als ‚Lilith und Adam‘, findest du nicht auch?“ Raguel nickte. Wenn ein Erzengel eine Frage stellte, so lautete die Antwort „Ja“, „Nein“ oder „Wird erledigt“. Antworten wie „vielleicht“ wurden nicht geduldet. „Haben sie den Baum schon angerührt?“, fragte Michael weiter und Raguel schüttelte den Kopf. „Bis jetzt noch nicht.“ Jedenfalls glaubte er das – er wusste es nicht. Er war zu sehr mit seinen Gedanken beschäftigt gewesen, als dass er auf Adam und Lilith hätte achten können. Oder Adam und Eva, wie es jetzt zu heißen schien.

„Sehr gut“, sagte Michael, dann flog er davon. Raguel atmete zitternd aus, die Gegenwart eines Erzengels verunsicherte ihn immer. Im Moment war er froh, dass Michael ihm nicht noch mehr Fragen gestellt hatte, Fragen, auf die er vielleicht keine Antwort gewusst hätte. Er runzelte die Stirn. Was genau war in den letzten Tagen passiert? Er sah nach unten, reimte sich die Ereignisse zusammen und nahm sich vor, seinen Posten, um einiges ernster zu nehmen. Es konnte doch nicht sein, dass er so unaufmerksam war, zu verpassen, wie die erste Frau durch eine andere ersetzt wurde.

Nach knapp zwei weiteren Wochen kam Azariel zurück, und erst als Raguel seine pessimistischen Gesichtszüge ausmachen konnte, fiel ihm auf, dass er ihn trotz allem vermisst hatte. „Hallo“, sagte er freundlich. „Schön dich zu sehen. Wo warst du die ganze Zeit?“ Azariel setzte sich neben ihn und starrte wortlos in den Garten. Er hatte dunkle Augenringe und jede Bewegung, die er ausführte, tat er mit einer seltsam trägen Schwerfälligkeit. „Engel“, sagte er irgendwann mit müder Stimme, „sind verdammt anstrengend, wenn man sich mit ihnen auseinandersetzt. Oder mit einer Gruppe von ihnen.“ Er gähnte und bemerkte nicht, dass Raguel bei seinem Fluch zusammenzuckte. Er war ja einiges gewöhnt, aber im Himmel zu fluchen, ging dann doch etwas zu weit – selbst für ihn. „Entschuldige mal“, sagte er ärgerlich, „aber du kannst nicht einfach drei Wochen wegbleiben, ohne irgendeine Erklärung abzugeben und dann, kaum dass du wieder da bist, fluchen. In Eden! Was, wenn die zwei da unten uns gehört haben? Dann darfst du Gott erklären, warum Seine neue Kreation plötzlich fluchen kann.“ Azariel drehte den Kopf langsam in seine Richtung (alle seine Bewegungen waren langsam), dann drehte er ihn wieder weg. „Entschuldigung“, murmelte er, „ich wusste nicht, dass es dich so aufwühlt.“ Und so einfach diese Entschuldigung auch war, Raguel nahm sie ihm ab. „Also, was hast du getrieben?“, fragte er. Sofort hellte sich Azariels Miene auf. Zumindest ein bisschen. „Ich war im Weltall“, sagte er, „ungefähr zwölf Lichtjahre von hier entfernt. Wir haben an einem Stern gearbeitet. Er heißt Tau Ceti und ist im Sternbild Wal. Allein der Weg dahin hat ewig gedauert und dann erst die Arbeit mit den anderen Engeln …“ Um seine Aussage zu unterstreichen, verdrehte er die Augen. „Meinen, sie wissen alles besser: ‚Nein, wir müssen ihn zu achtundsiebzig Prozent mit der Sonnenmasse übereinstimmen, nicht zu neunundsiebzig Prozent und auch nicht zu siebenundsiebzig Prozent …‘ Wer denkt sich so etwas überhaupt – hey, wer ist sie?“, unterbrach er sich selbst. Mit der Frage bezog er sich auf Eva, die aus dem vor wenigen Tagen noch gefürchteten Waldgebiet rannte, doch sah sie nicht verängstigt aus. Ganz im Gegenteil. Ihr helles Lachen war bis zur Mauer zu hören und das Gezwitscher der kleinen Vögel, die ihr aus dem Wald folgten, unterstrich es nur. Sie hatte die Vogelbabys zwei Tage lang beobachtet und ihnen – so gut es ihr in ihrer Menschlichkeit eben möglich war – geholfen zu fliegen. Gerade führte sie sie zum ersten Mal aus der Finsternis. Evas dichte Locken flogen im Wind und ihre dunkle Haut sah in der Sonne aus wie flüssiges Karamell. Als sie am Baum angelangt war, drehte sie sich um die eigene Achse und lachte. Ihr war nicht klar, dass sie von einem Mann und einem Engel regelrecht angestarrt wurde, oder vielleicht wusste sie es und es war ihr einfach egal. Wenn auch die beiden sie aus unterschiedlichen Gründen beobachteten. Adam saß auf dem Boden und sah ihr mit offenem Mund bei ihrem primitiven Tanz zu und konnte nicht aufhören, sie zu bewundern. Weil er sich in sie verliebt hatte, was der eigentliche Zweck der Erschaffung der Menschen war und mit Lilith nicht geklappt hatte. Azariels Miene war eher verwirrt.

„Ich habe ein paar Fragen", sagt er irgendwann. „Nur zu." Raguel lächelte milde. Es gab ihm irgendein Gefühl, Azariel so ratlos zu sehen, wenn er es auch nicht benennen konnte. „Erst mal: Wer ist sie? Sie war nicht von Anfang an hier, oder?" Er schüttelte den Kopf. „Nein, sie ist neu. Ihr Name ist Eva, sie ist Adams Frau." Azariel runzelte die Stirn und ließ sich mit der Antwort Zeit. Wenn Engel in ihrer menschlichen Form waren, reagierten sie genauso, wie Menschen in bestimmten Situationen reagieren würden. Ergo: Sie wurden müde oder hungrig. Zwar konnten sie sich mit einem Fingerschnipsen oder Zwinkern wieder munter machen, aber Azariel schien nicht daran zu denken. Vielleicht war er zu müde dafür. „Was", fragte er schließlich langsam, „ist mit Lilith passiert?" Raguel zögerte. Es war genau die Frage, die er sich über die letzten Tage hinweg auch gestellt hatte, und seine Antwort war noch immer nicht ganz zufriedenstellend. „Nun, sie ist nicht mehr da." „Ach, wirklich", rief Azariel sarkastisch. Er strich sich eine Locke aus der Stirn, um ihn genervt anzusehen. „Viel mehr weiß ich auch nicht", verteidigte sich Raguel. „Soweit ich das mitbekommen habe, wollte Adam von ihr, dass sie ihre Pflichten als Ehefrau erfüllt – was auch immer das bedeuten mag – sie wollte das aber nicht und hat sich geweigert." Er unterbrach sich selbst: „Was auch vertretbar

ist. Ich meine, was auch immer er wollte, er hätte es doch selbst tun können. Die beiden sind, Pardon, waren doch immer gut in der Arbeitsteilung. Dieser plötzliche Anflug von ‚Du musst das machen, du bist eine Frau' ist etwas ganz Neues und ich kann dir nicht sagen, ob es mir gefällt oder nicht. Eher nicht." Er hielt kurz inne, was Azariel Zeit für eine Frage gab: „Hätte sie es denn nicht machen können?"
Raguel verdrehte die Augen. Stark, sie taten ihm danach weh. „Ja", sagte er und konnte nicht vermeiden, dass seine Stimme ein bisschen zickig klang, „hätte sie tun können. Aber es gibt keinen Grund, warum er es nicht selbst hätte erledigen können. Ich weiß nicht, was genau es war, aber wahrscheinlich so etwas Banales, wie ihm eine Birne zu pflücken oder so. Und wenn er sie einfach gefragt hätte: ‚Liebe Lilith, könntest du mir bitte eine Birne pflücken?', hätte sie es auch gemacht. Aber so war es nicht. Adam wollte, dass sie ihm eine Birne gibt oder was auch immer, weil er der Ansicht war, dass es ihre Pflicht wäre, ihn zu versorgen, weil sie seine Frau war. Das ist der Punkt, verstehst du?"
Azariel nickte. „Hm", machte er zustimmend, „wenn du es so erklärst …"
Raguel entspannte sich ein bisschen. „Aber weiter im Text: Sie hat sich geweigert, ihm diese Birne – bleiben wir einfach bei dem Beispiel – zu bringen, und Adam fand das nicht wirklich gut, deshalb hat er sich an Gott gewendet. Der teilte anscheinend diese Ansicht, denn Er hat Lilith gefragt, warum sie diese einfache Aufgabe denn nicht erfüllen wollte. Und sie sagte, da Adam und sie beide aus Lehm bestünden, demnach also gleich waren, hätten sie die gleichen Rechte.

Deshalb wollte sie auch so behandelt werden. Er verbannte sie aus dem Garten. Ich meine, sie als Schlange gesehen zu haben, aber ich kann mich auch täuschen.“ Er atmete aus. Wenn er zu viel sprach, vergaß er manchmal, zu atmen. Nicht, dass er es unbedingt tun musste, um zu leben, aber es wäre nun wirklich Verschwendung, einen vollkommen funktionsfähigen Körper zu verlieren, nur weil man das Atmen für ein paar Minuten nicht ernst nahm. Azariel hatte sich während der letzten Worte erschrocken aufgesetzt. „Sie ist gefallen?“, fragte er alarmiert, aber seltsamerweise klang es nicht nach einer Frage. Mehr nach einer Feststellung. „Wie meinst du das?“ Raguel sah ihn verwirrt an. Seines Wissens nach konnten nur Engel fallen und Lilith war ein Mensch. „Ich meine, dass nur gefallene Engel, also Dämonen, sich in Schlangen verwandeln können. Und Fledermäuse, Katzen und generell die ganzen Tiere, denen Gott einen abgeschwächten eigenen Willen gegeben hat. Die Arme“, fügte er leise hinzu und Raguel schwieg betreten, denn er hatte recht. Die Hölle war, Erzählungen zufolge, kein angenehmer Platz. „Es war mir neu, dass Menschen nach ihrem Tod in die Hölle kommen“, murmelte er. „Wahrscheinlich können sie auch in den Himmel kommen“, meinte Azariel nüchtern. „So eine Gleichung löst sich immer auf beiden Seiten.“ Sie schwiegen ein wenig, es wurde dunkler. „Und wie ist sie entstanden?“, fragte Azariel schließlich, womit er sich auf Eva bezog und Raguel ein bisschen erschreckte. Er hatte angenommen, der andere Engel sei mittlerweile eingeschlafen. „Gott hat sie aus einer Rippe Adams gemacht“, erklärte er, „damit sie diesmal nicht von Gleichberechtigung und

Gleichstellung reden kann.“ Er schwieg kurz. „Natürlich bin ich nicht in der Position, das zu hinterfragen“, fuhr er fort, „und selbst wenn, würde ich das Folgende wahrscheinlich nicht sagen, also verzeih mir die Ausdrucksweise, aber ich kann beim besten Willen nicht verstehen, warum Gott Mann und Frau nicht gleichstellen sollte.“ Er hat die Worte gemurmelt, damit ihn niemand dort oben hörte, aber es fühlte sich trotzdem falsch an, es auszusprechen. „Aber das sind sie doch“, meint Azariel. Er war mittlerweile zu müde, um den Kopf zu heben, darum stützte er ihn auf die Hand. „Wenn Eva in irgendeiner Art unwichtig wäre, dann hätte Gott sie nicht erschaffen. Adam braucht Eva und wahrscheinlich braucht sie ihn ebenso. Dass sie aus einem Stück von ihm besteht, macht sie nicht wertlos oder weniger wichtig, sondern stellt sie gleich mit ihm. Sie sind immer noch aus dem gleichen Material, um es mal ein bisschen einfacher zu formulieren.“ Er gähnte. Raguel blinzelte. Was er sagte, ergab einen Sinn, irgendwie. Die ganze Debatte, dass Mann und Frau nicht gleich seien, kam ihm plötzlich absurd vor, wo doch die Antwort so einfach war, natürlich hatte Lilith recht gehabt. Was Adam und Eva nicht davon abhielt, dieses neue Muster zu befolgen, sie ordnete sich ihm praktisch unter. Gerade schliefen sie friedlich aneinander gekuschelt, ihre Haare waren in seinem Gesicht verteilt und das konnte gar nicht gemütlich sein. Doch trotzdem sah er aus, als hätte er in ihr eine persönliche Göttin gefunden (was auch zu einem gewissen Teil stimmte, immerhin hatte Gottes Atem die beiden zum Leben erweckt), einen Gesichtsausdruck den Raguel nie an ihm gesehen hatte, wenn er bei Lilith war.

Und auch Eva sah glücklich aus und für einen Augenblick fragte er sich, ob es nicht besser war, dass sie den Platz der ersten Frau eingenommen hatte. Dann verwarf er den Gedanken und nahm sich vor, Gott nicht zu hinterfragen. Neben ihm stand Azariel schwankend auf. „Entschuldige mich“, sagte er. „Ich geh mal lieber schlafen, bin müde wie noch nie.“ Raguel zog eine Augenbraue nach oben. „Du weißt, dass du das einfach ausschalten kannst?“ Nicken. „Schon, aber ich schlafe recht gerne. Es ist ein bisschen wie tot sein, nicht wahr? Nur, dass man nicht tot ist. Aber man wird in Ruhe gelassen, eine Art Deal mit dem Tod, wenn du so möchtest. Ach, ich rede Unsinn“, unterbrach er sich. „Gute Nacht, Raguel.“ Damit war er verschwunden und Raguel bemerkte zwei Sachen: Erstens, dass er sich diesmal verabschiedet hatte, und zweitens, dass es ihm gefiel, wenn er seinen Namen aussprach. Letzteres verwirrte ihn so sehr, dass er entgegen seiner Gewohnheit selbst einschlief.

5

Azariel schlief tagelang und war danach so ausgeruht, dass er seiner schlechten Laune mit voller Energie weiter frönen konnte. „Sie sind wieder gut gelaunt“, bemerkte er und es klang wie eine Anschuldigung. Adam und Eva waren immer gut gelaunt, anscheinend kam das als eine Nebenwirkung des Verliebtseins. „Sieh sie dir nur an! Dieses sorglose Getue macht mich ganz nervös. Als ob gleich irgendetwas Schlimmes passieren würde.“ Raguel teilte diese Meinung nicht. Für ihn sahen die beiden einfach nur glücklich aus.

Gerade saßen sie unter dem Baum der Erkenntnis, wo die schönsten Blumen blühten. Eva hatte ein paar davon gepflückt und flocht nun eine Blumenkrone daraus. Er meinte, violette und blaue Blüten ausmachen zu können, also vielleicht Veilchen und Stiefmütterchen. Dabei sang sie eine sanfte Melodie und ihre Stimme klang wie die eines Engels. Vielleicht nicht ganz so tonsicher, aber doch vergleichbar süß. Das Lied bestand nicht direkt aus Worten, es waren aneinandergereiht Silben, die später zu Worten werden sollten, und doch konnte man bereits Unterschiede in den Betonungen feststellen. Es faszinierte Raguel ungemein und Adam schien seine Meinung zu teilen. Er saß hinter seiner Frau und spielte mit ihren Haaren, dabei konnte er den Blick nicht von ihr lassen. Ab und zu unterbrach er diese Tätigkeit, um aufzustehen und ihr neue Blumen zu bringen, wofür sie ihn mit einem Lächeln belohnte. Es wurde ein dichter Kranz und er war so groß, dass er wohl nicht auf einem Kopf ruhen konnte. Mittlerweile befanden sich auch rote Blumen darin, er wurde wirklich schön. „Aber du musst zugeben, dass es wesentlich angenehmer geworden ist, seit sich Adam und Lilith nicht mehr die ganze Zeit streiten", sagte Raguel. Er hatte sie eigentlich gemocht, konnte aber – wie jeder mit klarem Verstand – sehen, dass Adam und Eva viel besser zusammenpassten als Adam und Lilith. Es machte ihn ein bisschen traurig, dass sie ein so plötzliches Ende genommen hatte. Azariel zuckte mit den Schultern. „Vielleicht. Ich hab mich noch nicht entschieden, ob mir dieses dämlich naive Verhalten so viel besser gefällt." Er hätte es nicht sagen müssen. Zum einen, weil es allen Anwesenden eh klar war, zum anderen, weil besagter Anwesender ihm gar nicht zuhörte. Raguels Aufmerksamkeit galt dem Baum der Erkenntnis, dessen Rinde sich zu bewegen schien. Bei genauerem Hinsehen erkannte er, dass dies nicht so war. Vielmehr schlängelte sich eine grünbraune Schlange an dem Stamm hoch, verschwand schließlich im Blattwerk und ließ sich auf einem Ast in unmittelbarer Nähe der Menschen nieder. „Sieh mal", unterbrach Raguel Azariel, der irgendetwas Pessimistisches gemurmelt hatte. Er deutete auf die Schlange. „Ich glaube, das ist Lilith. Jedenfalls sah sie ungefähr so aus, als ich sie das letzte Mal gesehen habe." Azariel sah nach unten. Die Schlange hatte sich perfekt getarnt, weshalb es ihm zunächst schwerfiel, sie zu identifizieren, doch als er sie bemerkt hatte, weiteten sich seine Augen ein wenig. „Was macht sie?", fragte er. Da Raguel die Antwort ebenso wenig wusste wie er, beschränkten sie sich darauf, still zu sein und zu beobachten.

Wieder einmal hatte Eva keine Blumen mehr, ein Zeichen für Adam, aufzustehen und ihr neue zu bringen. Kaum, dass er außer Sichtweite war, ließ Lilith sich herab und zog einen Kreis um Eva. Es war offensichtlich, dass sie kommunizierten, aber die Engel konnten der Unterhaltung nicht ganz folgen, daher mussten sie sich das meiste selbst zusammenreimen. Im Moment saß Eva mit angestrengtem Blick vollkommen bewegungslos vor ihrem Blumenkranz, den sie achtlos auf den Boden hatte fallen lassen. Lilith schien auf sie einzureden, ihr Zischen war leise wahrnehmbar. Irgendwann nickte Eva langsam. Sie ließ es zu, dass Lilith sich über ihre

Schultern drapierte, dann stand sie auf und ging auf den Baum zu. Just in diesem Moment kam Adam zurück, den Arm voll Blumen. Er trat zu seiner Frau, sah die Schlange und runzelte die Stirn. Lilith überließ Eva das Sprechen, schließlich nickte Adam und nahm sie bei der Hand. Zusammen traten sie zum Baum. So nah waren sie ihm noch nie gekommen und von Nahem sahen die Äpfel noch verlockender aus. Eva streckt die Hand aus – auf der Mauer hielten die beiden Engel den Atem an – und pflückte einen. Nichts passierte.

Jeder Vogel, der gesungen hatte, sang munter weiter, die Erzengel erschienen nicht, auch die anderen Wächter wirkten eher gelangweilt. „Warum bleibt es so unbemerkt?", fragte Azariel verwirrt und Raguel konnte ihm wieder keine Antwort geben. Auf den Fall des Brechens der einzigen Regel, die es im Paradies gab, war er nicht vorbereitet worden, er wusste nicht, wie er sich verhalten sollte. Darum sagt er nur: „Unglaublich, dass sie das wirklich tun." Azariel nickte, dann beendeten sie ihre kurze Konversation und beobachteten Eva gespannt. Sie führte den Apfel an ihre Lippen und als sie hineinbiss, knackte es, genauso wie es bei Azariel geknackt hatte. Nur, dass es diesmal wirklich laut war. Noch immer passierte nichts, die Spannung war kaum auszuhalten. Sie gab den Apfel an Adam weiter, Verwirrung zeigte sich auf ihrem Gesicht und Adam ging es nicht anders. Der Apfel landete im Gebüsch, es gab jetzt Interessantes. Ihre Körper, zum Beispiel, die sie erst jetzt zu bemerken schienen, oder generell die Tatsache, dass sie beide vollkommen nackt waren. Als sie das registriert hatten, stieß Adam einen erschrockenen Schrei aus und rannte ins Gebüsch, um sich dort zu verstecken. Eva tat es ihm gleich, nur band sie sich zuerst den Blumenkranz um die Taille. Azariel lehnte sich zurück. „Das hätte ich nicht erwartet", kommentierte er. „Was denn sonst?", fragt Raguel, dem es genauso ging. Der Engel zuckte mit den Schultern. „Irgendwelche Fanfaren oder so. Dass Michael, Gabriel und Raphael erscheinen und sie hochkant herausschmeißen, dass ein Blitz den Himmel überzieht und Gott sie in einem Gewitter verflucht. Irgendetwas, bloß nicht … gar nichts." Er sah Raguel von der Seite an. „Oder wusstest du, was passiert?" Der Angesprochene schüttelte den Kopf. Er stand auf und streckte die Arme, das lange Sitzen ließ seine Gliedmaßen einrosten. „Vielleicht passiert ja noch was", meinte er zweifelnd, doch kaum, dass die Worte verklungen waren, öffnete sich der Himmel. Gewissermaßen. Aus der neu erschaffenen Pforte schwebten nach und nach sieben Wesen, ganz hinten die vier seltsamsten und gleichzeitig gruseligsten Kreaturen, die Raguel je gesehen hatte. Sie hatten vier Flügel, zwei bedeckten ihren Körper und mit zweien flogen sie, diese beiden berührten sich bei jedem Flügelschlag. Ihre Köpfe waren eine Eigenart in sich, denn aus ihrem menschlichen Gesicht schienen rechts der Kopf eines Löwen, links der Kopf eines Stiers, von hinten der Kopf eines Adlers zu wachsen. Doch das Seltsamste war, dass jeder der Köpfe einen individuellen Willen zu haben schien, denn sie alle versuchten, den Körper so zu drehen, dass sie geradeaus sehen konnten, was dazu führte, dass die vier Gestalten krankhaft zuckten. Sie schienen mit brennenden Lichtblitzen um sich zu schießen.

„Gruselig“, kommentierte Raguel das Ganze. Azariel verdrehte die Augen. „Als würden wir anders aussehen.“ „Immerhin haben wir nur einen Kopf.“ Diesem Punkt musste Azariel zustimmen. Die beiden waren Malakhen, eine menschenähnliche Engelform – so ähnlich sie den Menschen eben sein konnten. Vor den vier Gestalten flogen die Erzengel Michael, Gabriel und Raphael in ihrer menschlichen Form. Sie sahen einander sehr ähnlich, man konnte sie nur anhand ihres Auftretens unterscheiden. Michael zum Beispiel trug wie immer seine Rüstung, und ein ärgerlicher Ausdruck hatte sich auf seinem Gesicht breitgemacht. Gabriels Heiligenschein leuchtete hell und tauchte sein weißes Gewand in goldenes Licht. Sein Gesicht war absolut nichtssagend, man könnte meinen, er wäre auf dem Weg zu einer Arbeit, die er unmotiviert, aber gewissenhaft ausführte, und wahrscheinlich stimmt das sogar. Raphael drückte die meisten Emotionen aus, er sah beschwichtigend auf die Menschen herab, als wollte er sagen: „Alles wird in Ordnung kommen.“ Der Allmächtige war nicht zu sehen, doch Seine Wut spiegelte sich in Michael wider. „Menschen“, rief Er und Seine Stimme war wie Donner, „kommt zu mir!“ Adam und Eva rührten sich nicht, sie schämten sich zu sehr für ihre Nacktheit. „Sofort!“, donnerte Gott. Die Wut in Seiner Stimme bewegte sie dazu, betreten aus dem Gebüsch zu kriechen. „Ihr habt gegen meine Regel verstoßen, die einzige Regel, die ihr zu befolgen hattet. Ich gab euch ein Leben im Paradies, frei von Sorgen und Arbeit, und ihr habt euch gegen mich aufgelehnt. Als Strafe sollt ihr des Gartens verwiesen und auf die Erde geschickt werden. Ihr müsst um euer Überleben kämpfen und euch alles selbst aufbauen. Aber seht es positiv“, und an dieser Stelle bekam Gottes Stimme einen eigenartigen Klang, „ihr dürft nun so viele Äpfel essen, wie ihr wollt, ohne euch schuldig zu machen.“ Ohne dass Er Michael ein Zeichen geben musste, ging dieser auf Adam und Eva zu. Die beiden weinten bereits und baten um Vergebung, doch es war zu spät. „Alle Tränen werden euch nichts bringen“, verkündete Michael. „Solange ihr nicht bereut, was ihr getan habt, werdet ihr den Himmel nicht mehr sehen.“ Mit diesen Worten packte er die beiden und zog sie zu einem der Tore. Sehr zum Bedauern Raguels und Azariels war es das Südtor, jenes, das am weitesten von ihnen entfernt war. „Ihr seid sterblich, sobald ihr den Garten verlassen habt, denn Staub seid ihr und zu Staub müsst ihr zurück“, rief Gott und als die beiden das hörten, wehrten sie sich mit aller Kraft gegen Michael, doch sein Griff war eisern und schließlich gaben sie nach und akzeptierten ihr Schicksal. Das Tor schloss sich hinter ihnen und Michael kehrte nach oben zurück. Nun wandte sich Gott an die vier Gestalten. „Ihr sollt Cherubim heißen“, sagte Er. „Ihr sollt den Garten bewachen und verhindern, dass die Menschen zurückkommen. Jeder von euch wird ein Tor zugeteilt bekommen und sollte jemand einzudringen versuchen, werdet ihr ihn mit dem Flammenschwert vertreiben.“ Mit diesen Worten begaben sie sich zurück in den Himmel. Die Cherubim – wie sie nun hießen – verteilten sich auf der Mauer. Einer bezog in Raguels und Azariels unmittelbarer Nähe Position, schien jedoch keine Notiz von ihnen zu nehmen. „Und“, fragte Raguel schließlich, „war das genug Reaktion?“ Azariel zuckte mit den Schultern. „Ein bisschen dramatisch,

wenn du mich fragst. Sie haben doch bloß einen Apfel gegessen."
„Es geht ums Prinzip."
„Schon klar."
Sie schwiegen eine Weile, der Stierkopf des Cherubs sah sie an, es war ein bisschen verstörend. „Wie meinst du, wird das alles hier weitergehen?", fragt Azariel. „Mit den Menschen und auch mit dir. Deine Aufgabe scheint übernommen worden zu sein." Raguel dachte darüber nach, bevor er antwortete. „Sicher gibt es eine andere Aufgabe im Himmel für mich", sagte er. „Ich würde sehr gerne so etwas machen wie du, aber auf der Erde, nicht im Universum. Du erinnerst dich an die Giraffenidee?" Er sah in den nunmehr unbewohnten Garten und fühlte sich seltsam heruntergezogen. „Aber es geht ja nicht darum, was ich möchte. Wahrscheinlich soll ich die Menschen weiterhin beobachten und auf den rechten Weg führen, es wird ja in Zukunft mehr von ihnen geben." In der Ferne hörten sie, wie Adam und Eva sich miteinander stritten. „Oder in ferner Zukunft", fügte er hinzu und rang sich ein Lächeln ab. „Dann nehme ich an, wir sehen uns zum letzten Mal", sagt Azariel leise. Raguel sah ihn erschrocken an. „Wahrscheinlich sollen so wenig Engel auf Erden sein wie möglich. Das würde die Menschen stören." Raguel nickte. „Ich sollte mich oben melden", meinte er und blieb sitzen. Die Sonne ging unter und tauchte den Himmel in rosa Licht. Es war der erste und schönste Sonnenuntergang – erst heute war er angemalt worden – und sie sahen ihn sich gemeinsam an. Als Raguel schließlich davonflog, sah Azariel ihm nicht nach. Sie hatten sich nicht voneinander verabschiedet.

Kapitel 2

1

Ihr Name war seit 23 Jahren Joanne Williams, doch dies würde sich in knapp drei Monaten ändern. Schon als sie Walter Hennings kennengelernt hatte, wurden ihr zwei Dinge klar. Erstens: Sie würden heiraten, Kinder bekommen und in einem Vorort Glasgows ein kleines Haus in einer netten Nachbarschaft (mit Grillpartys am Samstagabend und vormittäglichen Gesprächen über den Gartenzaun) bewohnen, wo ihre Kinder zur Schule gehen würden. Er würde an der Schule unterrichten, die er als Jugendlicher selbst besucht hatte, sie würde den Haushalt schmeißen und freitags (falls sich eine Babysitterin finden ließ) ihrem Hobby frönen, das momentan noch ihr Beruf war: dem Auftreten als Sängerin in einem kleinen, aber keineswegs ungemütlichen Pub. Sie wusste, dass es so kommen musste, es war quasi bestimmt. Zweitens: Er wusste das auch. Warum also warten? Seit etwa einem halben Jahr waren sie verlobt, die Familien waren einander vorgestellt und die Hochzeit geplant. Sie hatten sich Häuser angesehen und sich für eines entschieden, das zwar an einigen Stellen renoviert werden musste, aber billiger war als die anderen. Er hatte sich an der Schule beworben und den Job bekommen, drei Klassen in Geschichte, eine in Mathematik, und eigentlich hatte auch sie dem Pub gekündigt. Dass sie nun doch hier war, war einem Anflug aus Sentimentalität geschuldet; es war die letzte Vorstellung, die sie geben würde, bevor ihr perfektes Leben beginnen konnte. Ihr perfektes, stereotypes Leben. Und an genau diesem Leben zweifelte sie gerade erheblich. Man musste dazusagen, dass das in keiner Weise Joannes Schuld war, sondern die von Jeffrey Matthews, dem Besitzer des Pubs. Hätte er bei ihrem Abschiedsgespräch nicht angefangen, von Sentimentalität zu sprechen und damit ihre romantische Ader getroffen (natürlich besaß sie eine romantische Ader, das war Frauen wie ihr praktisch angeboren), so hätte sie sich nicht zu einer letzten Vorstellung überreden lassen. Aber dank seines Charismas stand sie nun auf der Bühne, sang *Am I Asking Too Much* von Dinah Washington und konnte den Blick nicht von der Barkeeperin reißen. Sie war neu und hatte sich mit „Nenn mich doch Cindy, das tut jeder" vorgestellt. Joanne nahm an, dass Cindy als Abkürzung für Cynthia oder Cindea stand, aber wahrscheinlich war ihr Name Cinderella oder etwas ähnlich Ungewöhnliches. Cindy und Joanne waren beide Kinder der 1970er Jahre, der Zeit, in der es beliebt gewesen war, Kindern seltsame Namen zu geben. Das hatte sich in Joannes Familie nur halb durchgesetzt (ihr Zweitname lautete Monroe) und sie wollte ihren Kindern ganz normale Namen geben – mit ‚normal' bezog sie sich auf Anna, Tom, Olivia oder John, mit anderen Worten: langweilige Namen. Hypothetische Kinder, natürlich, denn seit einer halben Stunde war sie sich nicht mehr sicher, ob sie Walter heiraten und diese Kinder bekommen sollte. Die Alternative war: Cindy anzusprechen, ihren richtigen Namen herauszufinden und mit ihr nach Amerika auszuwandern, dort einen Roadtrip zu machen und Fotos davon zu schießen, wie sie sich vor jedem berühmten Wahrzeichen küssten. Es würden gute Bilder werden. Cindy sah aus, als wäre sie fotogen und Joanne würde sie gerne so fotografieren, wie sie gerade aussah: die blonden Haare zu einem unordentlichen Zopf gebunden, die rot geschminkten Lippen angestrengt verzogen, einen Cocktailshaker in der einen und ein Longdrink-Glas in der anderen Hand. Außerdem hatte sie die Ärmel ihres Hemdes hochgekrempelt und Joanne hatte schon immer etwas für Männer mit hochgekrempelten Ärmeln übriggehabt. Jetzt anscheinend auch für Frauen. Sie schien sich auf die Getränke zu konzentrieren, immerhin war es ihr erster Tag und sie wollte einen guten Eindruck machen, aber manchmal sah sie zu Joanne und lächelte. Mr. Paddon, der Pianist, spielte die letzten Noten und gab ihr ein Zeichen, das so viel bedeutete wie „Pause, ich muss aufs Klo“ oder „Pause, ich will ein Bier“. Auf jeden Fall brauchte er eine Pause, der Grund war ziemlich egal. Sie nickte und stieg von der Bühne, die Pailletten auf ihrem Kleid glitzerten im schummrigen Licht. Cindy kam mit einem Glas auf sie zu. „Hammershow“, sagte sie und grinste. „Der hier geht auf mich.“ Die Flüssigkeit in dem Glas war rosafarben, zwischen ein paar Eiswürfeln schwammen Granatapfelkerne und ein Zweig Rosmarin. „Woher weißt du, dass ich das am liebsten trinke?“, fragte Joanne, obwohl sie das Getränk noch nie zuvor gesehen hatte, aber als sie aufsah, war Cindy bereits verschwunden. Frustriert nahm sie einen Schluck, der Sekt prickelte angenehm auf der Zunge. Sie setzte sich auf die Bühne und ließ den Blick durch den Pub schweifen, er war nicht sonderlich gut besucht. In der Ecke saß Jack McAlroy allein vor seinem Pint. Er war jeden Abend hier und das Pint war stets voll, sie wusste nicht, ob er sehr schnell oder sehr langsam trank. Ein mittelaltes Pärchen besetzte den Tisch in der Mitte, meist der beliebteste Platz, denn obwohl man wenig Privatsphäre hatte, sah man von dort aus die Bühne am besten und die Barkeeperin bemerkte sofort, wenn das Getränk leer war. Mrs. Paddon, die Ehefrau des Pianisten, saß an der Bar ganz links, stets ein Weinglas vor sich, in dem ein winziger Schluck übrig war. Sie trank nie mehr als ein Glas, wobei die ersten neunzig Prozent innerhalb von zwei Minuten getrunken waren und sie für den Rest ungefähr drei Stunden brauchte. Sie klatschte nach jedem Lied enthusiastisch, obwohl sie auf einem Ohr taub war. Es waren alles vertraute Gesichter. Mit einer Ausnahme. Joanne hätte schwören können, dass der Mann noch nicht da gewesen war, als sie angefangen hatte zu singen. Er war groß und schlank, das konnte sie sehen, obwohl er auf einem dieser unbequemen Barhocker saß. Seine Kleidung war elegant und komplett schwarz, was nicht ganz in die Ästhetik des Pubs passte. Er sah aus, als käme er geradewegs von einer Beerdigung, außerdem hatte er den Hut nicht abgenommen und das zeugte von schlechten Manieren, so fand Joanne. Cindy hatte ihm ein Glas Gin Tonic gebracht, aber er schien es nicht zu beachten, stattdessen sah er sie unverwandt an. Als sie hinter dem Vorhang verschwunden war, der den Gastronomiebereich vom Lager trennte, nahm er sein Glas, stand auf und ging mit bedächtigen Schritten zur Bühne. Er kommt zu mir, bemerkte Joanne und widerstand dem Verlangen, zu überprüfen, ob ihre Kleidung ordentlich saß. Der Fremde blieb neben ihr stehen und wartete, bis Cindy zurück war. „Sie ist niedlich, nicht wahr?“, fragte er mit einem Kopfnicken hinüber zu Cindy und nahm einen Schluck Gin Tonic. Seine Stimme hatte etwas Nüchternes an sich und irgendwie war es genau das, was Joanne brauchte, um die Gedanken beiseitezuschieben, die sie während der letzten halben Stunde beschäftigt hatten. Er hatte recht, Cindy *war* süß und Joanne sollte verdammt sein, wenn sie es sich entgehen lassen wollte, sie besser kennenzulernen. Mit anderen Worten: Sie hatte sich so schnell wie noch nie in jemanden verliebt. Walter, ihre hypothetischen Kinder und das perfekte Leben bedeuteten ihr nichts mehr, als sie den Rest des rosafarbenen Getränks herunterstürzte, zur Bar ging, Cindy an der Krawatte packte und ihr einen Kuss auf die Lippen gab. Viel später war der Fremde verschwunden und Cindy, die eigentlich Lucinda hieß, nahm Joanne mit nach Hause.

2

Aber noch war es nicht so weit. Gerade war die Pause zu Ende gegangen, Joanne und der Pianist gaben eine langsame Nummer zum Besten (irgendetwas von Nina Simone) und der Mann an der Bar versuchte, sich nicht zu sehr in das Lied hineinzusteigern. Das wäre momentan – und in seiner Position auch sonst immer – ungünstig. Trotzdem ließ er zu, dass ein bitterer Zug um seine Mundwinkel entstand. Er spülte die Bitterkeit mit einem Schluck Gin Tonic runter (Drinks erst nach der Arbeit). Ein schwacher Lichtschein fiel für kurze Zeit in den Raum und verschwand mit dem

Schließen der Tür. Ein altmodisch gekleideter Mann Anfang vierzig rutschte auf den Barhocker zwei Plätze weiter und versuchte, die Aufmerksamkeit der Barkeeperin auf sich zu ziehen – allerdings nicht auf die übliche Art, sondern mit einem freundlichen Lächeln. Als Cindy ihn schließlich bemerkte, trat sie ihm mit angemessenem Misstrauen gegenüber.

„Bitte?", fragte sie kühl. Der Mann lächelte noch mal. „Guten Abend. Sagen Sie, ist es möglich, hier einen Wodka Martini zu bekommen? Geschüttelt, nicht gerührt mit einem Stück Zitronenschale."

Der Mann in Schwarz zog eine Augenbraue hoch, aber es blieb unbemerkt. Auch Cindy sah eher skeptisch drein, dennoch begann sie, mit Gin und Eiswürfeln zu hantieren. „Haben Sie gerade James Bond gesehen?", fragte sie. Der Mann nickte, offensichtlich froh über das Gesprächsangebot. „Oh ja, gerade eben. Habe ihn mir auf VHS ausgeliehen und musste den Drink einfach ausprobieren. Er ist ja mittlerweile fast so berühmt wie der Name Bond selbst."

Als Antwort hob Cindy den Kopf zu einem leichten Nicken. Sie schüttelte den Cocktailshaker und goss das Getränk in ein Martiniglas, die Zitronenschale folgte. „Und hat er ihnen gefallen, Mister?"

„Farell", sagte er schnell, „mein Name ist Farell. Der Film war nicht besonders gut, finde ich. Generell hat dieses Actiongenre meine Sympathie noch nicht gewonnen und ich bezweifle stark, dass es das noch wird."

Er hob das Glas an und der Mann in Schwarz grinste hinter vorgehaltener Hand. Mr. Farell würde in wenigen Augenblicken eine ganz schöne Überraschung erleben. Aber noch ahnte er nichts, stattdessen prostete er Cindy zu, trank einen Schluck und versuchte angestrengt, das Gesicht nicht zu verziehen. Erst als sie sich wieder dem Gläserspülen an der anderen Seite der Theke gewidmet hatte, schnitt er eine Grimasse.

„Wohl kein Martinikenner, wie?", fragte der fremde Mann und rutschte auf den Hocker neben Mr. Farell. Der schüttelte den Kopf. „Nicht wirklich. Habe ich bei der Bestellung einen Fehler gemacht? Das schmeckt ja grauenhaft." Der Mann schüttelte den Kopf. „Nein, der Fehler steckt im Buch und ist – falls Sie es nicht gelesen haben – auch im Film vertreten. Ian Fleming, der Autor, wollte einen Scherz für Martini-Trinker einbauen, indem er den Drink so falsch zusammensetzte wie möglich. Vodka und Gin gehören nicht gemischt, Martini sollte man immer rühren und eine Zitronenschale hat da drin nichts verloren."Mr. Farell nickte. „Sprechen Sie aus Erfahrung?"

„Natürlich."

„Wie meinen Sie das?"

„Ich meine, dass ich wie jeder Bond-Fan irgendwann den Fehler gemacht habe, den Drink zu bestellen. So wie Sie."

„Oh, verstehen Sie mich bitte nicht falsch, ich bin kein Bond-Fan." Bei der Vorstellung daran rümpfte Mr. Farell die Nase. Der fremde Mann lehnte sich zurück und ließ sich nicht anmerken, dass er dadurch beinahe nach hinten gefallen wäre – der Hocker hatte keine Lehne. „Nicht?", fragte er überrascht, Mr. Farell schüttelte den Kopf. „Keinesfalls. Eigentlich habe ich mir den Film nur angesehen,

um mitreden zu können. Man möchte sich ja wenigstens ein bisschen bilden und James Bond gehört mittlerweile zur Kultur, aber gefallen hat er mir nicht. Auch die Bücher nicht, da Sie fragten. Das Frauenbild wird meiner Meinung nach einfach falsch rübergebracht. Außer M gibt es keine wichtige Rolle, die von einer Frau besetzt ist und die Bond-Girls zähle ich bewusst nicht mit. Mich stört diese ständige Sexualisierung, verstehen Sie?"
Er nickte, denn er verstand. Aus genau diesem Grund hatte er sich keinen einzigen der Filme angesehen. „Dann sind Sie also ein Feminist?"
Natürlich."
Die Barkeeperin trat zu ihnen und irgendwie unterbrach das das Gespräch. „Noch einen Gin Tonic, Mr. C?", fragte sie und sammelte das leere Glas ein. Er schüttelte den Kopf. „Aber wenn du Wein hättest ..."
„Kommt drauf an, welchen Sie möchten." Er verkniff sich ein Seufzen. In Kneipen wie dieser hier wurden solche Fragen immer gestellt – um nobel zu wirken. „Welchen Wein hätten Sie denn gerne, wir hätten einen von Januar, einen von Februar und einen, den ich heute bei Boots gekauft habe" – und natürlich würde man auf eine Antwort wie „Bacchus, halbtrocken" nur einen geringschätzigen Blick und etwas, das entfernt nach Essig schmeckt, bekommen. Darum sagte der als Mr. C Angesprochene nur: „Roten und zwei Gläser bitte."
Mr. Farell sah ihn dankbar an. „Mr. C?", fragte er. „Das klingt sehr mysteriös. Haben Sie auch einen richtigen Namen?"
„Ja."

„Und verraten Sie ihn mir?"
„Noch nicht." Er hob sein Glas, um mit ihm anzustoßen. „Aber vielleicht später. Worauf trinken wir?"
„James Bond und seinen schrecklichen Geschmack", schlug Mr. Farell vor und sie lachten. Nun, Mr. Farell lachte, Mr. C deutete ein vages Lächeln an.
Für eine Weile saßen sie in Stille beisammen, die nur von der Sängerin ausgefüllt wurde, welche sich mittlerweile durch eine Nummer von Billie Holiday schluchzte.
„Wie finden Sie sie?", fragte Mr. C, der sich mittlerweile die Taubheit der Frau des Pianisten wünschte. „Ist sie absolut furchtbar oder hat sie Zukunft?"
Mr. Farell zuckte mit den Schultern. „Ich weiß nicht. Vielleicht in Amerika, die scheinen Britinnen zu mögen." Er sah von Cindy zur Sängerin und zurück. „Und eine weitere Person in unserer Mitte scheint sie auch zu mögen. Vor allem diese hier, sehen Sie mal."
Mr. C musste nicht hinsehen, um es zu bemerken, es war so offensichtlich. „Stellt sich nur die Frage, warum sie so dermaßen ins Mikrofon heulen muss. Wenn mich jemand so ansehen würde, wie sie sie ansieht, würde ich wahrscheinlich nicht eine Sekunde ans Heulen denken."
Um ehrlich zu sein: Dieser Satz überraschte Mr. Farell. Er kannte den anderen zwar erst seit knapp zwanzig Minuten und trotzdem fühlte er sich, als sei er ihm schon einmal begegnet. Oder öfter. Außerdem war Mr. C auf seine eigene Art attraktiv. (Die meisten Menschen waren auf ihre eigene Art attraktiv, man musste nur herausfinden können, wer wirklich hübsch war und wer es nur behauptete. Meist war

das nicht schwer.) Dass er keine Freundin hatte, war unwahrscheinlich. Oder keinen Freund, immerhin befanden sie sich im 20. Jahrhundert und der elegante Mann, der mit ihm Wein trank, konnte sehr wohl schwul sein. Nein, er war es sehr wahrscheinlich. Kurz fragte er sich, ob er gerade mit ihm flirtete, dann verwarf er den Gedanken. Es war ja nicht wichtig.
„Dann haben Sie also niemanden?“
„Nicht eine Menschenseele, es sei denn, Sie wollen das ändern.“
Ja, er flirtete sehr offensichtlich. Mr. Farell lächelte milde. „Das wird wohl kaum möglich sein.“ Sofort richtete sich Mr. C auf und stellte das Glas ab. „Entschuldigen Sie“, sagte er, „ich wollte Sie nicht belästigen.“ Was er nicht hatte. Um ehrlich zu sein, fand Mr. Farell die Situation absurd lustig. Man hatte ewig nicht mehr mit ihm geflirtet und es war ganz sicher das erste Mal, dass ein Mann mit ihm flirtete. Nein, das stimmte nicht. Das zweite Mal. Bei dem Gedanken daran zog er unwillkürlich die Mundwinkel nach unten. „Seien Sie unbesorgt“, sagte er höflich und merkte, wie der andere sich sichtlich entspannte. „Dann erzählen Sie mal“, forderte er ihn auf.
„Wovon?“
„Von der Person, die Sie liebt. Ihrer Frau und Ihren drei Kindern.“
Mr. Farell zog eine Braue nach oben, eine Fähigkeit, die er lange trainiert hatte. „Sie sind sehr neugierig“, bemerkte er. Nicken.

„Aber bitte bedenken Sie: Es ist zehn Uhr an einem Samstag und ich sitze in einem Jazzclub mit mittelmäßigem Wein, einer weniger als mittelmäßigen Sängerin und habe gerade einen Korb von einem Fremden bekommen. Außerdem bin ich leicht angetrunken, in diesem Zustand werden Sie mir die Neugierde vergeben."

Mr. Farell überlegte. „Na gut", sagte er schließlich. „Nur, dass es da nicht zu viel zu erzählen gibt."

„Keine drei Kinder?"

„Nein."

„Keine Frau? Oder Mann oder Partner oder was auch immer?"

„Auch nicht." Er hielt kurz inne.

„Niemand?" Anhand seines ungläubigen Tonfalls musste Mr. Farell lachen. „Absolut niemand", gestand er. Mr. C lehnte sich an die Bar und musterte ihn. „Unmöglich", entschied er schließlich.

„Was ist unmöglich?"

„Sie müssen jemanden haben, alles andere wäre absurd."

„Absurd?"

„Oder zumindest sehr unwahrscheinlich." Sie schwiegen eine Weile, schließlich sagte Mr. Farell leise: „Wenn Sie es unbedingt wissen möchten: Es gab da jemanden."

„Sehen Sie", rief Mr. C aus, „ich wusste es!"

„Die Betonung liegt auf *gab*", warf er schnell ein. „Wir haben uns ewig nicht mehr gesehen." Er trank einen Schluck, starrte ins Weinglas. Die Farbe erinnerte ihn an die Person, über die er sprach. „Mittler-

weile weiß ich nicht einmal mehr, ob er noch lebt."
„Er?"
„Ja, er. Aber wie gesagt, es ist lange her." Er leerte das Glas und Mr. C goss ihm nach, eine nebensächliche Geste, trotzdem lächelte er kurz, bevor er fortfuhr: „Wahrscheinlich erinnert er sich nicht mehr an mich."
„Ach, reden Sie keinen Unsinn", unterbrach Mr. C ihn. „Sie glauben doch wohl nicht selbst, dass man Sie so einfach vergessen könnte."
„In meinem speziellen Fall sehe ich mich dazu gezwungen, es anzunehmen. Aber das spielt keine Rolle mehr."
Schweigen.
„Doch, tut es."
„Wie meinen?"
„Es spielt sehr wohl noch eine Rolle für Sie, sonst wären Sie nicht so niedergeschlagen. Aber glauben Sie mir: Wer auch immer Sie sitzen gelassen hat, er hat Sie überhaupt nicht verdient."
„Ich fürchte, Sie verstehen mich nicht ganz."
„Dann erklären Sie es mir."
Mr. Farell seufzte. „Es ist nicht seine Schuld gewesen, jedenfalls nicht komplett."
„Sondern Ihre?"
„Auch nicht. Mehr die unserer Arbeitgeber."
„Sie haben recht, ich verstehe nicht ganz. Was hat denn Ihr Arbeitgeber mit Ihrer Beziehung zu tun?" Er verzog die Stirn.
„Vielleicht habe ich falsch angefangen. Es ist verwirrend, ich weiß. Sehen Sie, wir haben uns über die Arbeit gewisser-

maßen kennengelernt. Er wurde gefeuert und kann sich an nicht mehr viel erinnern."
„Wie eine Amnesie?"
„Ja, genau. Wie eine Amnesie", sagte Mr. Farell erleichtert, es erschien ihm als die bestmögliche Antwort. „Darf ich fragen, was Sie arbeiten?"
„In einem Betrieb, gewissermaßen. Ich bin zuständig für englische, nun, britische Literatur." Und auch das war halb wahr.
„Und Ihr Ex-Freund?"
„Er ist nicht mein Ex-Freund, wir hatten nie eine Beziehung in dem Sinn."
„Sondern?"
„Nun …"
„Sie haben miteinander geschlafen?"
„Das wird mir jetzt wirklich zu persönlich."
„Okay."
Für ein paar Minuten war es absolut still, wenn man vom gelegentlichen Klirren der Gläser absah. Jack McAlroy war in seine Wohnung direkt über dem Pub gegangen und hatte das Pint mitgenommen, auch das Paar vom Mitteltisch hatte sich bereits verabschiedet; sie waren die einzigen Gäste. Sie und die Frau des Pianisten, die noch immer tapfer lächelnd vor ihrem Glas saß und herauszufinden versuchte, wann sie klatschen musste, weil ein Lied vorbei war. Dass das Paar weg war, machte es ihr erheblich schwerer, denn die beiden waren die Einzigen gewesen, die geklatscht hatten. Aber dem Duo auf der Bühne schien es egal zu sein, ob geklatscht wurde oder nicht. Der Pianist war so passiv wie

immer und die Sängerin sang immer traurigere Lieder. Mr. C sah auf die leere Flasche und bestellte eine neue. Cindy warf ihnen einen abschätzigen Blick zu. Wahrscheinlich hatte sie beim Vorstellungsgespräch nicht erwähnt, dass sie Anti-Alkoholikerin war – es passte einfach nicht zu einem Job wie diesem.

„Und was tun Sie hier?", fragt der Mr. Farell schließlich.

„In Glasgow? Das ist gewissermaßen berufsmäßig …"

„Nein, ich meine – Wie haben Sie es ausgedrückt? – an einem Samstagabend allein in einem Pub?"

„Ach so. Ich komme hierher aus demselben Grund wie jeder andere."

„Der da wäre?"

„Frustration. Ich bin allein, um nicht zu sagen einsam, komme hierher, um etwas zu trinken, und verschlafe den Sonntag. Und am Montag kann ich mich mit Arbeit davon ablenken, dass ich absolut nichts aus meiner Zeit auf der Erde mache."

„Das kann noch werden, Sie sind jung."

Mr. C zuckte mit der Schulter. Er sah jung aus, dass schon, die meisten Menschen schätzten ihn auf Mitte bis Ende 30. Aber er sah schon seit einer ganzen Weile aus wie Mitte bis Ende 30 – er fühlte sich wesentlich älter. Wesentlich verbitterter. Frustrierter, wenn man so wollte. Er wollte nicht, aber das brachte nicht viel.

„Es ist nicht immer schlecht," meinte er. „Manchmal treffe ich hier Leute wie Sie. Interessante Leute, mit denen man interessante Gespräche führen kann."

Gespräche worüber?"

„Ach, Unterschiedliches. Nonverbale Kommunikation beim Tanzen, zum Beispiel, oder Theorien über die Entstehung der Erde."
„Sie sind doch wohl kein Verschwörungstheoretiker?"
„Nein, nein. Sie wären überrascht, wenn ich Ihnen erzählen würde, wie viele es davon gibt."
„Wäre ich das?", murmelte Mr. Farell. Er kannte eine Menge Verschwörungstheoretiker. Jeder Mensch kannte eine Menge Verschwörungstheoretiker, weil es eine Menge Verschwörungstheoretiker gab. „Worüber würden Sie mit mir sprechen, wenn wir eine intelligente Konversation führen würden?", fragte er. Mr. C gab sich überrascht. „Tun wir das nicht?"
„Eine andere Art Konversation. Es gibt einen Unterschied zwischen meinem Ex-Freund und, wie war es, nonverbaler Kommunikation beim Turnen?"
„Tanzen."
„Egal."
Mr. C legte den Kopf schief und musterte ihn, er schien nachzudenken. „Wahrscheinlich würden wir über Literatur sprechen", entschied er. „Fragen diskutieren wie: Findet man die Philosophie Nietzsches in Schnitzlers Werk, oder so. Die Antwort zu dieser Frage ist übrigens ja."
Mr. Farell nickte langsam. „Und können Sie zu diesem Thema etwas beitragen?"
„Nicht wirklich, nein."
„Was machen Sie dann, damit keine peinlichen Gesprächspausen entstehen?"
„Ich stelle mindestens genauso peinliche persönliche Fragen."
„Noch persönlicher als vorhin?"

„Ja."
„Zum Beispiel?"
„Zum Beispiel", sagte Mr. C leise und beugte sich nach vorne, „wenn Sie die freie Wahl hätten, zwischen allen Menschen dieser Erde, also bereits Tote mit eingeschlossen, mit wem würden Sie zu Abend essen?"
Mr. Farell legte den Kopf schief, er überlegte. „Wahrscheinlich Oscar Wilde", meinte er schließlich.
„Warum ausgerechnet mit ihm?"
Beinahe hätte er gesagt: Weil ich nie die Gelegenheit hatte, ihn kennenzulernen, aber er konnte sich gerade noch daran hindern. Stattdessen sagte er: „Er ist mein Lieblingsschriftsteller. Ich würde gerne wissen, ob er wirklich so arrogant war, wie man sagt."
„Und glauben Sie es?", fragte Mr C und stützte den Kopf auf die Handfläche. Es war spät, er hatte getrunken und wurde langsam müde, schien damit allerdings der Einzige zu sein.
„Na ja, nicht direkt", sagte Mr. Farell zögernd. „Natürlich machte er oft arrogante Bemerkungen, man lese sich nur mal seine unzähligen Zitate durch, aber ich könnte mir vorstellen, dass das nur Fassade war. Ein Schutzmechanismus, wenn man so möchte. Vielleicht war er arrogant, um nicht zugeben zu müssen, dass er eigentlich ein unsicherer Mensch war, der aufgrund seiner Homosexualität ins Zuchthaus musste."
„Sie halten ihn für unsicher?" Mr. C legte den Kopf schief, diese Art der Charakterisierung Wildes faszinierte ihn.
„Ich halte die meisten Menschen für unsicher", gab Mr. Farell zu. „Das kommt daher, dass die meisten Menschen unsicher sind." Mit diesen Worten leerte er sein Glas, dann drehte

er sich zur Bühne. Die Musik hatte aufgehört, der Pianist klappte gelangweilt den Klavierdeckel zu und erhob sich, streckte die müden Glieder. Er verließ die Bühne, ohne ein Wort zu sagen. Joanne blieb oben, setzte sich gedankenverloren auf den Klavierhocker, er war noch warm. Die Frau des Pianisten legte eine Fünf-Pfund-Note auf den Tresen und ließ sich in ihren Mantel helfen. (Sie bezahlte immer mit Fünf-Pfund-Noten, obwohl der Wein nur zwei Pfund fünfzig kostete, der Rest war Trinkgeld. Sie zahlte für das Glas, das ihr Mann nicht mit ihr getrunken hatte.) Cindy bedankte sich und macht sich daran, das Glas abzuspülen, ein weiteres von einer Unmenge an schmutzigem Geschirr, das sich neben der Spüle türmte. Der Pub hatte keine Spülmaschine – zu teuer –, und jeder Barkeeper spülte nur so viel ab wie unbedingt nötig. So kam es, dass das meiste an demjenigen hängenblieb, der die letzte Schicht hatte. Heute war es Cindy, aber es schien ihr nichts auszumachen. Sie sah Joanne an und die beiden Männer folgten ihrem Blick unwillkürlich. Sie saß am Klavier, hatte den Deckel aber nicht wieder hochgeklappt. „Dann wohl ohne Begleitung“, murmelte sie ins Mikrofon. Der Pub war leer, aber die Show noch nicht zu Ende und sie würde sich diese letzte Nummer nicht nehmen lassen. „Was ist es diesmal?“, fragte Mr. C leise. „Wahrscheinlich wieder Jazz“, flüsterte Mr. Farell zurück, aber er irrte sich. Als Joanne anfing zu singen, klang ihre Stimme süß wie Honig – viel besser als mit der Klavierbegleitung. Sie sang eine noch langsamere Version von *Can‘t help falling in love with you* von Elvis Presley und sah Cindy dabei ununterbrochen in die Augen. Sie lächelte, wich ihrem Blick aus und sah wieder hin,

strich sich eine schmutzige Strähne hinters Ohr, wurde rot. „Süß“, bemerkte Mr. C. Mr. Farell hielt ihm den Mund zu. „Unterbrechen Sie den Moment nicht.“
Also schwieg er und sah den beiden Frauen dabei zu, wie sie sich ineinander verliebten. Als Joanne geendet hatte, lächelte Cindy. Es war kein breites Grinsen oder etwas in der Art, sie lächelte einfach nur und niemand sagte ein Wort, bis sich der Vorhang zum Lagerraum schwungvoll öffnete und Jeffrey Matthews den Raum betrat. Er sah sich um und sein gewinnendes Grinsen verschwand langsam. „So wenig Besuch heute?“, fragte er und manch einer wollte ihn erwürgen. „Perfekt, dann müssen wir keinen rausschmeißen. Mach Feierabend, Cindy. Gute Show, Miss Wilkins, Sie sind jederzeit wieder willkommen.“ Damit verschwand er und der Moment war vorbei. Mr. C stand auf und drückte einer unglücklich dreinsehenden Cindy das Geld für den Wein in die Hand. „Keine Sorge“, murmelte er, „sie wird Sie gleich ansprechen.“ Sie sah ihn erstaunt an.
„Woher ...?“, setzte sie an, aber er hatte sich bereits umgedreht, um Mr. Farell die Tür aufzuhalten. „Ein Gentleman, wie?“, fragte der. Er nickte. „Ein bisschen was habe ich von Oscar Wilde auch gelernt.“ „Womit wir wieder beim Thema wären“, meinte Mr. Farell erfreut und trat aus dem Pub, es regnete. „Na toll“, murmelte er, als er seinen Regenschirm aufspannte. „Haben Sie einen langen Heimweg?“, fragte Mr. C. Er nickte. Nun, es war nicht wirklich weit, aber im Regen erschien einem der Weg viel länger. Mr. C zögerte. „Wenn Sie wollen, kann ich Sie nach

Hause bringen", bot er an. „Mein Auto steht nicht weit von hier." Er nickte zum Straßenrand. Nicht weit war eine Untertreibung, sie standen mehr oder weniger daneben. Und was für ein Auto! Es war ein schwarzer Jaguar XK150 von 1957 mit braunem Lederbezug und passendem Lenkrad. Ein wirklich schönes Auto, er klopfte liebevoll auf die Motorhaube. „Und ein Umweg macht mir wirklich nichts aus", fügte er hinzu, falls das der Grund war, aus dem Mr. Farell schwieg. Er war es nicht. Nicht nur. Objektiv betrachtet würde er sogar nichts lieber tun, als sich in das warme Auto zu setzen und sich mit Mr. C weiter über Oscar Wilde zu unterhalten. Zum Beispiel hatte er ihn noch nicht nach seinem Lieblingswerk gefragt (er tippte auf „Das Gespenst von Canterville") und auch der Regen würde ihn nicht mehr stören, aber er wurde den Gedanken nicht los, dass hinter diesem Ich-bringe-Sie-nach-Hause mehr steckte als wirklich nur ein nettes Angebot. Wahrscheinlich erhoffte er sich, dass Mr. Farell ihn in die Wohnung mitnahm, sie sich eine weitere Flasche Wein teilten und die Nacht miteinander verbrachten. Nicht, dass er etwas gegen einen angetrunkenen Abend und eventuellen Sex hätte, jedenfalls nicht persönlich. „Ich weiß nicht, ob das eine gute Idee ist", sagte er leise und der hoffnungsvolle Blick verschwand aus Mr. Cs Gesicht. „Generell, dass Sie sich jetzt hinter ein Steuerrad setzen, Sie haben getrunken."

„Ja, stimmt", murmelte er, sprach es aber nicht so aus, als hielte ihn das in irgendeiner Weise vom Fahren ab. „Mr. C", begann Mr. Farell, dann unterbrach er sich selbst, „wie heißen Sie eigentlich?"

„Cacey", sagte Mr. C, sah ihn aber nicht an.
„Und wie weiter?"
„Ein andermal."
„Nun gut, Mr. Cacey, es war mir eine Freude, Ihre Bekanntschaft gemacht zu haben." Er streckte die Hand aus. Mr. Cacey schüttelte sie. „Ebenso", meinte er, „ich hoffe, es war nicht das letzte Mal." Aber beide wussten, dass es wohl so kommen musste. Glasgow war eine große Stadt, die Chance, sich noch einmal zu begegnen, war gering – außer sie kamen noch einmal zur selben Zeit in diesen Pub. Mr. Cacey stieg in den Jaguar und hupte zweimal, bevor er davon fuhr. Mr. Farell schmunzelte, dann ging er in die andere Richtung. Hinter ihnen verließen Joanne und Cindy den Pub, sie hielten sich an den Händen.

3

Eigentlich war der Regen gar nicht so schlimm. Eigentlich ließ es sich ganz gut aushalten, sobald man sich an die beißende Kälte im Gesicht, das langsame Verdrecken der Schuhe und daran, dass die Hosenbeine erst durchfeuchteten, dann am Bein klebten und schließlich steif wurden, gewöhnt hatte. Und Mr. Farell hatte viel Zeit gehabt, sich daran zu gewöhnen. Er wanderte durch die leeren Straßen und sah dem Licht der Straßenlaternen zu, wie es sich auf dem nassen Boden spiegelte. Trotz des Regenschirms waren seine Haare durchnässt und seine Brille beschlug mit jedem Atemzug so sehr, dass er nichts mehr sehen konnte. Natürlich

hätte er sie einfach abnehmen können, aber dann hätte er noch weniger gesehen.
Ab und zu eilten Menschen an ihm vorbei, Leute, die von der Arbeit zurückkamen und dem Regen zu entfliehen versuchten, aber es waren nicht viele. Mr. Farell lief gemächlich, es machte ihm nichts aus, nass zu werden. Er würde sogar so weit gehen, zu sagen, dass er den Regen mochte. Seine Wohnung war nicht weit entfernt, aber der Weg dauerte länger – er nahm einen Umweg. Statt durch die Stadtmitte zu gehen und in zwanzig Minuten im Warmen zu sein, lief er durch Seitengassen und abgelegene Siedlungen, wodurch sich der Weg verdoppelte. Dies tat er aus dem einfachen Grund, dass es nachts übel zuging. Vor allem dort, wo Menschen waren, und es waren nun einmal nirgends mehr Menschen als im Stadtzentrum. Was schade war, er kannte eine schnuckelige Buchhandlung, die bis in die frühen Morgenstunden geöffnet hatte und von einer äußerst netten jungen Dame geführt wurde. Gerne würde er dort wieder einmal vorbeischauen, doch es war ihm einfach zu gefährlich – das war es für jeden Mann mittleren Alters, der aussah, als hätte er ein wenig Geld dabei (von der Gefahr für Frauen mal ganz zu schweigen). Man hatte einmal versucht, ihn zu bestehlen, und dieser Vorfall hatte unschön für alle geendet, deshalb vermied er solche Situationen einfach. Und der lange Weg hatte auch etwas Gutes an sich, zum Beispiel hatte man wunderbar viel Zeit, sich Gedanken zu machen. Gerade dachte er an Mr. Cacey, der so offensichtlich an ihm interessiert war. Allein bei der Erinnerung wurde er leicht rot und ein kleines Lächeln stahl sich auf sein Gesicht. Ein Lächeln, das

er sofort wieder wegwischte, weil es fehl am Platz war. Was hat Mr. Cacey noch mal gefragt? Mit wem er ein Dinner haben würde? Ja, so etwas in der Art. Er wusste nicht, warum er von allen Menschen ausgerechnet Oscar Wilde genannt hatte, denn obwohl er darüber nachgedacht hatte, war die Antwort mehr oder weniger spontan gewesen. Genauso wie das darauffolgende Gespräch über jenen Schriftsteller. Dachte er wirklich, Wilde wäre unsicher gewesen? Nun zugegeben, es ergab auf verdrehte Weise sogar einen Sinn, aber trotzdem. Er hatte noch nie so gedacht und erst als die Worte seinen Mund bereits verlassen hatten, hatte er gemerkt, dass er hinter jedem seiner Worte stand. Es war seltsam, was dieser Abend an ihm verändert hatte, und er konnte nicht sagen, ob er es mochte oder nicht. Wahrscheinlich nicht, er war nicht für Spontaneitäten zu haben.
Mr. Farell bog in seine Straße ein und schüttelte den Regenschirm vor dem Hauseingang ab. Im Haus war es warm, und als er an der Tür seiner Nachbarin – sie bewohnte die andere Wohnung im Erdgeschoss – vorbeiging, stieg ihm der vertraute Duft von Lemon-Meringue-Pie in die Nase. Er lächelte, wahrscheinlich würde Mrs. Finnigan ihm morgen ein Stück davon vorbeibringen. Nein halt, heute, es war schon nach Mitternacht.
Mit klammen Fingern sperrte er die Tür auf und streifte sich den Mantel ab, der noch immer völlig nass war. Die Kleidung darunter (eine braune Anzughose mit passender Weste und ordentlich gebügeltem, cremeweißem Hemd mit farblich passender Krawatte) war trocken geblieben, bis auf die Hosenbeine, aber die würden schnell getrocknet sein.

Mantel und Handschuhe mussten allerdings in die Wäsche und auch seine Schuhe sollte er wohl mal wieder putzen. Als Erstes wusch er sich die Hände und kämmte sich durch die vom Wind zerzausten Haare, danach schaltete er die Waschmaschine ein.
Es war weit nach ein Uhr, als er sich mit einer Tasse Earl Grey und einem Buch (*Das Gespenst von Canterville* von Oscar Wilde – er war gerade in der Stimmung dafür) in den Ohrensessel am Fenster setzte. Das Grammophon spielte Experience und das gleichmäßige Prasseln des Regens an der Scheibe bot eine gemütliche Geräuschkulisse. Trotzdem konnte er sich nicht konzentrieren. Als das Gespenst den Blutfleck zum ersten Mal nachmalte, musste er an den Wein denken, den sie getrunken hatten, und als Virginia und das Gespenst sich zum letzten Mal voneinander verabschiedeten, schob sich ihm Mr. Caceys Bild vor Augen, der so enttäuscht ausgesehen hatte, als sich ihre Wege getrennt hatten. Schließlich klappte er das Buch genervt zu, der Tee war kalt, er hatte sich nicht auf die Handlung konzentrieren können und das passierte ihm nie. Nicht mal die Arbeiterdemonstrationen vor seinem Fenster hatten ihn in den 1980er Jahren von dem täglichen Ritual des Lesens abhalten können. Warum schaffte es Mr. Cacey, ihn so aus dem Konzept zu bringen? Oder anders gefragt, warum wehrte er sich so verbissen dagegen? Eigentlich wusste er es, er weigerte sich nur, es sich einzugestehen. Doch leugnen konnte er es nicht und es hätte wenig gebracht, es zu versuchen, hatte er doch schon beim Betreten des Pubs kurz an seinem Verstand gezweifelt. Er hatte gedacht, Mr. Cacey zu kennen, als er ihn von hinten

gesehen hatte. Aus diesem Grund hatte er sich neben ihn gesetzt, um herauszufinden, ob er der war, für den er ihn hielt. Und er war es nicht, das war unmöglich und er sollte es besser wissen als jeder andere. Wütend über seine Gedanken (und vielleicht sogar über das winzige bisschen Hoffnung, das sich gebildet hatte, als er Mr. Cacey so verwechselt hatte), stellte er das Buch zurück ins Regal, heftiger als beabsichtigt. Es war ein hübsches Buch, blau eingebunden, mit roten und goldenen Schriftelementen und seine Grobheit tat ihm sofort leid, aber er war zu aufgebracht, um sich auch noch darüber aufzuregen. Viel lieber regte er sich über Mr. Cacey auf. Mr. Cacey mit seinem winzigen Pferdeschwanz, den tiefschwarzen Augen, der Stimme, von der er immer gedacht hatte, sie wäre einmalig. Sicher schlief er bereits, den Jaguar vor der Tür geparkt, oder vielleicht war er in eine andere Kneipe gefahren, um dort mit jemand anderem Gespräche über verstorbene Dinner-Gäste zu führen. Und vielleicht hatte er jemand anderen gefunden, jemanden, der ihn nach Hause begleitete.

Mr. Farell ging energischen Schritts in die Küche und stellte die Tasse auf der Spüle ab. Er wusste nicht, warum ihn die Vorstellung Mr. Caceys mit jemand anderem so sehr störte und gleichzeitig wusste er es genau. Weil Mr. Cacey ihn an die Person erinnerte, über die sie gesprochen hatten. Seinen Ex-Freund, oder was auch immer er war. Eine Person, die er lange Zeit versucht hatte, aus seinem Gedächtnis zu streichen. Und jetzt tauchte er einfach auf, Jahre später. Natürlich war es vollkommener Irrsinn, anzunehmen, Mr. Cacey könnte er sein. Er hätte sich zumindest zu erkennen gegeben, nicht wahr? Und schließlich gab es viele attraktive Männer, die sich anzogen wie er und sprachen wie er und Mr. Farell dazu bringen konnten, Sachen aus einer Laune heraus zu sagen. Und doch …

Von allen Dingen verunsicherten ihn die Augen am meisten. Tiefschwarze Augen, in denen die Pupille nahtlos in die Iris überzugehen schien. Als er in diese Augen gesehen hatte, war er sich für einen kurzen Moment sicher gewesen, seinem Ex-Freund gegenüberzusitzen, doch irgendetwas war passiert, das diesen Glauben in Luft aufgelöst hatte. Mr. Farell schüttelte entschlossen den Kopf.

„Schluss", sagte er in die leere Wohnung, „es ist vorbei." Und das war es schon lange, daher verbannte er Mr. Cacey aus seinen Gedanken und widmete sich den wichtigen Dingen. Wie zum Beispiel seiner Arbeit. Trotz aller Krisen, durch die jeder Betrieb früher oder später zwangsläufig ging, mochte er seine Arbeit wirklich gerne. Hätte er sie einem Außenstehenden erklärt, so wäre dieser sehr schnell zu dem Schluss gekommen, dass Mr. Farell bei der Wohlfahrt oder einer anderen Hilfsorganisation arbeitete, aber das stimmte nur zu gewissen Teilen. Zwar bestand seine Berufung teils darin, Gutes zu tun, doch hatte der Teil, über den er zuerst sprach, wenn er über seine Arbeit ausgefragt wurde, mit Literatur zu tun. Britischer Literatur überwiegend. Und doch hat er auch schon an russischen, deutschen und französischen Werken mitgearbeitet. Wenn er das erwähnte, ließen die Leute das Thema meist fallen. Sie hielten ihn für einen Antiquar, Schriftsteller oder Literaturprofessor und wollten sich selbst die Peinlichkeit ersparen, in einem Gespräch über besagtes Thema ungebildet dazustehen. Und obwohl Mr. Farell den Wohltätigkeitsfaktor nie erwähnte, war er doch definitiv sein liebster Aspekt. Er sah auf den Terminkalender, der über dem Küchentisch hing, obwohl er die Termine auswendig kannte. Heute stand ein Symbol darin, das ein wenig aussah wie ein Apfel, aber auch etwas ganz anderes sein konnte. Er nickte und öffnete den Kühlschrank, aus dem er nach und nach verschiedene Arten Gemüse und Brotbelag holte, aus Obstschale und Brotkasten folgte Entsprechendes. Dann begann er das zu tun, was Eltern „Pausenbrot zubereiten" nannten – er nannte es „kochen". Natürlich war es nicht das Kochen im herkömmlichen Sinn, in dieser Art von Kochen war er unbegabt, um nicht zu sagen: wahnsinnig schlecht. Es war wie ein unbrechbarer Fluch, doch sobald er versuchte, eine ansprechende Mahlzeit zuzubereiten, versank seine Küche im Chaos, und was auch immer auf dem Teller lag, war entweder außen verbrannt, innen roh, versalzen oder geschmacklos und in jedem Fall ungenießbar. Er hatte sich im Laufe der Jahre darauf beschränkt, in Cafés und Restaurants zu essen, allerdings konnte er gute Pausenbrote zubereiten. Er hatte es von Mrs. Finnigan gelernt, als deren Tochter Anna noch kleiner war. Mittlerweile war sie sechzehn und steckte in einer Phase, in der sie versuchte, mit allen Mitteln Dämonen zu beschwören. Er hätte sie wirklich mögen können, wenn sie ihn nur nicht bei jeder ihrer Begegnungen erzählen würde, er hätte keine Aura. Mr. Farell kicherte bei dem Gedanken. Natürlich hatte er keine Aura.

Neben ihm auf dem Küchentisch lag eine Liste (sie war laminiert, da er dazu neigte, Butter auf allen möglichen und unmöglichen Flächen zu verteilen), die er langsam abarbeitete. Die Liste bestand aus einer dreispaltigen Tabelle. In der ersten Spalte stand ein Name, in der zweiten ein Aufenthaltsort und in der dritten Essgewohnheiten, Allergien und Eigenheiten. Zum Beispiel war eine Notiz „Vitaminmangel". Es war eine gewöhnliche Liste für Mr. Farell, doch für jeden anderen sah sie seltsam aus. Zum einen, weil kein einziger Buchstabe lateinisch war – sie sahen aus wie deformierte Hieroglyphen – zum anderen, weil diese Zeichen sich ab und zu änderten. Aber es war nicht schlimm, dass niemand die Liste verstand, Mr. Farell war der Einzige, der sie zu Gesicht bekam. Mr. Farell und seine Vorgesetzten, aber die kontrollierten sie nie. Gerade war es sieben Uhr morgens und er befand sich in der letzten Zeile, Zeile 20, der Name lautete Gillian Jacobs, die unter einer Brücke in der Nähe des Stadtplatzes wohnte. Ihre Eigenheiten-Spalte war länger. Dort stand in Mr. Farells ordentlicher Handschrift: Drei Monate nach der Entbindung, Eisenmangel und Blutverlust. Kind Eiweißmangel. Dementsprechend fügte er Mandeln für das Kind hinzu, strich ihren Namen durch und lehnte sich nach hinten. Die Küche sah aus wie ein Schlachtfeld (nein, das war kein guter Vergleich. Es war einfach sehr unordentlich), aber er gönnte sich die kleine Pause. Nach etwa fünf Minuten stand er auf, putzte die Küche und lud 20 Pappteller auf einen Bollerwagen. Um Punkt acht Uhr verließ er das Haus, pünktlich wie jeden Tag. Was Mr. Farell tat, war im Grunde einfach erklärt: Auf der Liste standen die Namen aller Obdachlosen Glasgows in seiner unmittelbaren Nähe. (Es gab noch ein paar andere Gebiete mit einer ähnlichen Zahl und für diese Gebiete waren seine Kollegen zuständig.) Von all diesen Menschen kannte er die Namen und Aufenthaltsorte, genauso wie die Art von Nahrungsmitteln, die sie gerade brauchten. Teils etwas Warmes, Proteine oder sonst etwas. Zu Hause bereitete er entsprechende Mahlzeiten zu, sie beinhalteten die Anzahl an Kalorien und Kohlenhydraten, die ein Körper am Tag brauchte – das war bei allen ungefähr dasselbe – und Individualitäten. Jeder Obdachlose erhielt einen dieser Teller pro Tag, eine andere Abteilung seines Unternehmens verteilte Decken und Kleidung und eine weitere versuchte, ihnen Arbeitsplätze oder Unterschlupf zu vermitteln. Der Zweck dieser Aktion war es, Gutes zu tun, und er konnte sich keinen schöneren Job vorstellen. Außerdem traf man viele Menschen, war nie ganz alleine. Zwar reagierten viele unfreundlich auf die Gesten, aber mindestens genauso viele freuten sich über das Essen und dankten ihm in der schönsten Währung: Zuneigung. Er erfuhr, wann es jemanden besonders schlecht ging, wann jemand ein Heim gefunden hatte, wann jemand gestorben war. Er teilte ihre Bitterkeit und ihr Leid, aber auch ihre Freude, und sah zu, wie die Zahl an Obdachlosen täglich sank. Gillian Jacobs, die letzte auf der Liste, gehörte zur ersten Sorte Menschen. Sie war erst achtzehn Jahre alt, hatte aber die Züge einer alten Frau und jedes Mal, wenn er sie sah, war er erstaunt, wie viel ein Mensch mitmachen konnte. Er kannte ihre Eltern nicht persönlich, mochte sie allerdings nicht, da sie sie aus dem Haus geschmissen hatten, als sie fünfzehn und schwanger war. Die Schwangerschaft endete mit einer Fehlgeburt im Schnee unter einer Brücke und trotzdem hatte sie den Ort nie verlassen. Die zweite Schwangerschaft war Folge einer Vergewaltigung unter jener Brücke und diesmal überlebte das Kind. Er hatte sie einmal gefragt, warum sie nicht woanders hinging, in ein Frauenhaus zum Beispiel, aber eigentlich wusste er es. Jeden Morgen und jeden Abend fuhr ihr Vater diese Brücke zur Arbeit und zurück und sie hoffte jeden Tag, er würde das Auto anhalten und sie wieder nach Hause bringen. Er sah seine Tochter jeden Tag, wie sie langsam verwahrloste, wie ihr Haar verfilzte, ihre Nägel lang wurden und brachen und ihr Gesicht immer älter wurde. Aber er hielt nie an. Mr. Farell nahm den letzten Teller vom Wagen und stieg den kleinen Abhang hinunter. „Guten Tag, Gillian", sagte er, sie erwiderte nichts, sah ihn aber an. Ihr Sohn schlief. „Ihr Essen", sagte er, „und Mandeln für den Kleinen." Sie nickte müde. „Haben Sie ihm schon einen Namen gegeben?" „Warum tun Sie das?", fragte sie schwermütig. Sie klang immer schwermütig. „Das ist mein Beruf, Gillian", sagte er und achtete darauf, ihren Namen besonders oft zu sagen. Er hatte schnell gelernt, dass sie ihren Namen mochte (doch nannte man sie Miss Jacobs, konnte sie Gift und Galle spucken). „Noch immer kein Name", sagte sie und sah auf das Kind herab. Sie hatte versucht, es nicht zu mögen, konnte sich aber nicht helfen. „Ich habe über Othello nachgedacht. Sie wissen schon, nach dem Theater." Und obwohl Mr. Farell über die Jahre schon viel Elend erlebt hatte, brach bei diesen Worten etwas in ihm. „Othello ist eine wundervolle Idee", sagt er. „Auf Wiedersehen, Gillian."

Sie nickte und rührte das Essen nicht an. Erst wenn er weg war, würde sie etwas davon zu sich nehmen, denn so war es immer. Oder vielleicht würde sie es einfach wegkippen. Das passierte in letzter Zeit immer öfter. Mr. Farell kehrte zu seiner Wohnung zurück, ohne an Mr. Cacey gedacht zu haben und ihn gleichzeitig nicht vergessen zu können.

4

Nun war Mr. Cacey keinesfalls der Ansicht, dass man kein Zuhause brauchte. Ganz im Gegenteil. Er fand die Bedeutung des Worts „Zuhause" sogar sehr schön, es führte eine gewisse Geborgenheit mit sich. Jemand, der sagen konnte: „Komm, gehen wir nach Hause", hatte seiner Meinung nach zumindest etwas im Leben erreicht. Nämlich, dass diese Person sowohl ein Zuhause hatte als auch eine Person, mit der sie es teilen konnte.

Er besaß eine Wohnung im Zentrum Glasgows, direkt über einem kleinen Buchladen, und die Wohnung an sich war nicht schlecht. Sie enthielt alles, was eine Wohnung enthalten sollte: Schlafzimmer, Wohnzimmer, Küche, Bad und eine Sammlung an CDs, die über die Jahre außer Kontrolle geraten war. Nur, dass er sie nicht sonderlich oft anhörte. Das Bett benutzte er zu gegebener Zeit und auch das Badezimmer, aber das Wohnzimmer zum Beispiel hatte er seit Jahren nicht betreten. Zwar nannte er die Wohnung sein Eigen, aber sie war eben nur eine Wohnung, kein Zuhause. Hätte man ihn gefragt, was sein Zuhause wäre, er müsste doch wie jeder Mensch eines haben, so nannte er meistens sein Auto, manchmal verbunden mit einem liebevollen Tätscheln der Motorhaube, aber meistens verbunden mit überhaupt nichts, denn ihn hatte lange niemand mehr nach seinem Zuhause gefragt. Es war lange her, dass sich jemand genug für ihn interessiert hatte, um solche Fragen zu stellen. Nicht einmal banale Fragen wie die nach seinem Namen. Mittlerweile konnte er die Menschen, die seinen vollen Namen kannten, an einer Hand abzählen – nicht mal seine Vermieterin nannte ihn Mr. Cacey. Für die meisten war er Mr. C oder Sir oder ganz schlicht „der Typ aus dem dritten Stock, Sie wissen schon, der, der aussieht, als wäre er bei der Mafia, sich aber die Kruste von seinen Sandwiches abschneidet." Beide Punkte waren falsch. Erst einmal schnitt er sich die Rinde seiner Sandwiches nicht ab. Er mochte keine Sandwiches, deswegen machte er sie sich nicht. Tradition des Roastbeef-Sandwiches hin oder her, wenn er die Gelegenheit sah, auf eine vor Blut tropfende Scheibe Fleisch zwischen zwei durchgeweichten Toastscheiben zu verzichten, dann ergriff er sie. Und bei der Mafia war er auch nicht, nicht mal bei irgendeiner kleinkriminellen Organisation. Und er hatte nie versucht, in eine reinzukommen. Was nicht heißen sollte, dass er liebend gerne Gutes tat. Eigentlich tat er nichts liebend gerne. Er war der Ansicht, dass man verwundbar war, sobald man eine Tätigkeit gefunden hatte, die man liebend gerne ausführte. Er führte ein Dasein, das von primitiven Außenstehenden als schlichter Pessimismus bezeichnet werden mochte, wobei es in Wirklichkeit eine Mischung aus Pessimismus und knallhartem Zynismus war. Natürlich war er nicht die ganze Zeit schlecht drauf (zum

Beispiel hörte er manchmal Shakespeares Sister, hätte aber nie zugegeben, dass er die futuristischen Klänge mochte), aber es war lange her, dass er gelächelt hatte. Richtig gelächelt, nicht diese Grimasse, die man auf aus Höflichkeit zog, wenn man jemanden begrüßte oder hörte, irgendjemandes Freundin sei schwanger. Eigentlich seltsam: Man tat so, als würde man sich über etwas freuen, das einem eigentlich egal oder sogar unangenehm war. Man lächelte, aber eigentlich dachte man: „Noch so ein schreiendes Bündel Aufmerksamkeit? Ihr habt doch schon zwei." Darum hatte er sich vor ein paar Jahren vorgenommen, nur noch zu lächeln, wenn ihm wirklich danach war, und musste schnell feststellen, dass diese Momente selten waren. Und niemand – niemand – hatte es bisher geschafft, ihn von diesem Vorsatz abzubringen.

Er umklammerte das Lenkrad fester. Niemand. Nicht einmal Mr. Farell. Klar, er fand ihn irgendwie niedlich mit seinem freundlichen Getue und seiner Passion für Oscar Wilde, und er hätte ganz sicher nichts dagegen gehabt, wenn er jetzt auf dem Beifahrersitz säße, aber das bedeutet nicht, dass er von jetzt an anfangen würde, zu lächeln, wenn jemand seinen Namen erwähnte oder er Oscar Wilde las. Nein, so jemand war Mr. Cacey nicht und er würde es auch weiterhin nicht sein. Er verdrehte die Augen und versuchte, anhand dieser Geste die Gedanken aus seinem Kopf zu vertreiben. Und es funktioniert sogar. Zumindest konnte er sich wieder auf die Straße konzentrieren. Die Straße, die er seit mehreren Stunden auf und ab fuhr, nur um nicht aussteigen zu müssen, um nicht in seiner leeren Wohnung sitzen und nichts tun zu müssen. Solange er fuhr, hatte er etwas zu tun, und

das war in Ordnung, alles war in Ordnung, wenn es keine negativen Nebeneffekte hatte, und so ziemlich alles hatte das. Sogar schlafen. Schlafen an sich war in Ordnung, aber die Stille davor war nicht auszuhalten. Die Stille, wenn er im Bett lag und nichts tat, außer auf den Schlaf zu warten. Die Stille, in der er sich bewusst machte, dass er in wenigen Stunden an dem Schreibtisch sitzen würde, der am anderen Ende des Zimmers stand, und seinen Job erledigen musste. Er wäre nie so weit gegangen, zu sagen, dass er seinen Job hasste, aber zumindest mochte er ihn nicht. Nicht so, wie man andere Dinge nicht mochte, sondern so, wie man etwas nicht mochte, wenn man zu viel Angst hatte, zuzugeben, dass man es hasste.
Mr. Cacey stellte den Motor ab und stieg aus. Wenn er über seinen Job nachdenken wollte, dann konnte er das auch am Schreibtisch machen. Je schneller er mit der „Aufgabe des Tages", wie er es scherzhaft nannte (aber eigentlich war es kein Scherz, er machte keine Witze) fertig war, desto besser. Desto schneller konnte er sich zurück in den Wagen setzen und … auf den nächsten Tag warten. Er fluchte. Vor Mr. Farell hatte er sich als charmant ausgegeben, aber wenn er alleine war, war er beinahe verzweifelt. Nur, dass er das Verzweifeln aufgegeben hatte, als ihm klar wurde, dass es reichlich wenig brachte, und heulend auf dem Küchenboden zu liegen war auf Dauer auch keine Lösung, sondern brachte nur weitere Probleme mit sich. Verquollene Augen und wunde Kehlen zum Beispiel. Generell fand er das Konzept des „Heulend-auf-dem-Küchenboden-Liegens" ziemlich sinnlos, wenn er darüber nachdachte. (Und in genau diesem Punkt

hätte Mr. Farell ihm widersprochen, wäre er hier. Er fand, dass es durchaus Situationen gab, in denen es half. Zum Beispiel entschied er über die Qualität von Gedichten mit genau dieser Methode. Wenn er ein Gedicht las und anschließend heulend auf dem Küchenboden lag, dann war es ein gutes Gedicht.) Er ging in seine Wohnung und begann, sich so langsam wie möglich eine Tasse Kaffee zu kochen. Als er bemerkte, dass er Zeit schindete, ließ er den Kaffee Kaffee sein und schlurfte ins Schlafzimmer – an dieser Stelle konnte man kein anderes Wort als „schlurfen" benutzen, denn seine Füße verloren kaum den Kontakt zum Boden und er bewegte sich so langsam wie möglich. Trotzdem saß er irgendwann an seinem Schreibtisch, der leer war bis auf eine Liste (einer ähnlichen wie die Mr. Farells), einen schwarzen Füller, dem Glasgower Telefonbuch und Iago. Iago war eine Topfpflanze und seines Zeichens Mr. Caceys bester Freund. Außerdem war er sein einziger Freund. Die meisten Menschen nannten Iago einen chinesischen Geldbaum, ein paar kannten seinen wirklichen Namen: „Pilea Peperomioides". Mr. Cacey nannte ihn Ufopflanze, aber in dem Katalog eines nahe gelegenen Gartencenters hatte er Pfannkuchenpflanze gelesen und das hatte die Ader an seiner Stirn beinahe platzen lassen. Also wirklich, Pfannkuchenpflanze? Iago war trotz seines albernen Namens eine prächtige Pflanze, die in einem Terrakottatopf in der rechten hinteren Ecke seines Schreibtisches stand. Mr. Cacey mochte Iago, aber er sagt es ihm nicht. Dafür erzählte er ihm allerhand anderes. Gerade schwieg er und starrte seine Liste an. Sie bestand zwar aus lateinischen Buchstaben, machte aber trotzdem für die meisten Leute keinen Sinn. Die sieben Sünden waren aufgelistet, daneben die sieben Tugenden, immer so, dass eine die andere ausglich. Völlerei neben Mäßigung, Neid neben Nächstenliebe usw. Darunter standen die zehn Gebote. Mr. Cacey nahm den Füller und machte einen Haken neben Lust und dem sechsten Gebot, strich Vorsicht und Gerechtigkeit durch, schrieb das Datum des letzten Tages darüber und legte die Liste in die linke Schreibtischschublade. Es war ein einfaches, aber effektives System: In der rechten Schublade lagen unzählige unbeschriftete Listen. Jeden Tag nahm er eine heraus, schlug das Telefonbuch auf und schrieb den Namen irgendeiner Person in die Namensspalte. Daraufhin strich er den Namen aus dem Telefonbuch, machte am Ende des Tages seine Haken und Kreuzchen und die ausgefüllte Liste landete in der linken Schublade. Sobald er keine leeren Listen mehr hatte, kam der Teil seiner Arbeit, der ihn am meisten störte: Er musste die Listen alphabetisch sortieren und sie bei seinem Arbeitgeber abgeben, wo er neue Rohlinge bekam. Was darauf folgte, war zu vergleichen mit einer Steuerprüfung. Er saß zwölf Stunden in seiner Wohnung und wartete darauf, dass man ihn anrief, um zu sagen, dass er einen Fehler gemacht hatte und nun bestraft werden müsse. Bisher hatte er es nicht gewagt, einen Fehler zu machen, und wurde demnach als gut in seinem Job angesehen. Meistens fiel der Abgabetermin auf den ersten oder zweiten Weihnachtsfeiertag, was zur Folge hatte, dass er über Weihnachten noch schlechter drauf war als sonst. Zwar musste er seinen Chef nur einmal im Jahr sehen, aber jener war arroganter als jeder Medizindozent der University of Edinburgh (und das sollte etwas heißen) und schaffte es, von allen seinen Mitarbeitern gleichermaßen gefürchtet wie gehasst zu werden. Es war mittlerweile Anfang Dezember und Mr. Caceys Laune unterschied sich nur minimal von seinem sonstigen Pessimismus, aber der Unterschied war groß genug, um anzukündigen, dass er in ein paar Wochen unausstehlich werden würde. Wochen, in denen die Leute über ihn sprachen als „der Typ aus dem dritten Stock, Sie wissen schon, der der über Weihnachten immer rumstänkert, weil er alleine ist. Aber Sie können sich schon denken, warum der keine Frau hat, ich hätte auch keine Lust, mit ihm verheiratet zu sein, bei seiner schlechten Laune." Nicht, dass es ihm etwas ausmacht, wie die Leute über ihn redeten. Es machte ihm etwas aus, allein zu sein. Die Sache mit Weihnachten war ihm ziemlich egal, er feierte es nicht, aber er konnte schlecht leugnen, dass die allgemeine Stimmung auf Frohmut, Heiterkeit und Liebe eingestellt war, und es störte ihn so immens, dass er die Wohnung nur im äußersten Notfall verließ. Immerhin hatte er Iago. Mr. Cacey nahm seinen Hut ab und legte ihn auf den Schreibtisch, dann lehnte er sich zurück und legte die Füße zwischen das Telefon und den Hut. „Ich habe heute jemanden kennengelernt", begann er, „einen Mr. Farell, der sehr literaturbegeistert war und einen Ex-Freund hat. Ich hätte ihn ja mitgebracht, aber er wollte nicht." Iago blieb still, er war ein sehr guter Zuhörer. Und eine Topfpflanze. Alle Pflanzen waren gute Zuhörer, man musste nur mit ihnen sprechen. Die frustrierende Erkenntnis, dass sie nicht antworteten, kam meist auch erst, wenn man sich den Kummer schon von der Seele gesprochen hatte. Jemand hatte

einmal gesagt, es wäre nicht schlimm, mit Gegenständen zu sprechen. Problematisch würde es, wenn sie antworten. Und Mr. Cacey hatte sich immer daran gehalten. Und da Iago kein Gegenstand, sondern ein Lebewesen war, würde es ihnen wohl auch nicht stören, wenn er irgendwann antwortete. „Er mochte Oscar Wilde. Sogar so gerne, dass er mit ihm zu Abend essen würde. Was würde eine Person wie Oscar Wilde zu Abend essen?"
Iago schwieg.
„Wahrscheinlich würde er Champagner dazu trinken, egal was es ist", gab er sich selbst die Antwort, dann schwieg er eine Weile. „Das ist lächerlich", murmelte er schließlich und stand auf, ein stechender Schmerz in seinem Rücken gab ihm ein Zeichen, dass er sich schlafen legen sollte. Das war ihm ganz recht. Vielleicht konnte er sich im Schlaf davon ablenken, dass er einsam war und schon wieder einen Korb bekommen hatte.

Kapitel 3

1

Sie schrieben das Jahr viertausend vor Christus. Nur, dass sie es eigentlich nicht schrieben. Sie wussten ja nicht, dass in ein paar Tausend Jahren (und ein paar zerquetschten) Christus geboren werden würde. Daher nannten sie es „heute". Heute stand Raguel am Strand und beobachtete das Wasser entzückt dabei, wie es über seinen Füßen zusammenschlug und sich wieder zurückzog. Er weilte seit etwa siebenhundertfünfzig Jahren unter den Menschen und man könnte meinen, dass er sich in dieser doch recht langen Zeit wenigstens ein bisschen an die Erde gewöhnt hatte, doch dem war nicht so. Tatsächlich fand er jeden Tag etwas Neues, das ihn entzückte, sei es noch so klein. Und heute war es eben das Wasser, obwohl es ihn ein bisschen traurig stimmte, wenn man in Betracht zog, was er von anderen Engeln aufgeschnappt hatte … Aber das musste nichts heißen. Noch war nichts entschieden, noch konnte er seine Füße ungehindert im Salzwasser baden.

Über die Jahre hatte er ein paar Dinge gelernt, das meiste davon über sich selbst. Sein menschlicher Körper schien erstaunlich resistent gegenüber Krankheiten zu sein, und wenn man von einer sehr fiesen Erkältung im Jahr 4381 einmal absah – wer konnte schon ahnen, dass man während eines Gewitters nicht schwimmen sollte – war er noch nie ernsthaft krank gewesen. Das gleiche galt für körperlichen Schmerz. Zwar würde der Körper wie jeder menschliche sterben, würde er beispielsweise verbrennen, aber er konnte jederzeit einen neuen beantragen. Er konnte stolz von sich sagen, dass er die Hülle bisher noch nie verloren hatte, was bei seinem Selbstfindungsprozess sehr erstaunlich war. Er musste weder schlafen noch essen noch irgendetwas tun, um seinem Körper Energie zuzuführen (was wahrscheinlich daran lag, dass er aus Energie bestand) und nach ein paar Jahrhunderten war sein Schlafbedürfnis verschwunden, was bedeutete, dass er seit ungefähr fünfhundert Jahren nicht mehr geschlafen hatte. Er vermisste es nicht – es gab so viel zu entdecken auf dieser Erde und es wurde täglich mehr. Die Sache mit dem Essen war ein bisschen komplizierter. Natürlich verspürte er keinen Hunger mehr, aber das hielt ihn nicht davon ab, zu essen. Ob das nun Völlerei – was eine der sieben Todsünden wäre – war oder nicht, wusste er nicht genau, aber der Himmel hatte ihn noch nie verwarnt, deshalb führte er die Tätigkeit einfach weiter. Mittlerweile ernährte er sich sogar halbwegs ausgewogen. Anders als die Menschen, die mindestens eine warme Mahlzeit am Tag brauchten, beschränkte er sich vor allem auf kalte Suppen, Obst, Gemüse und Süßes. Er mochte Süßes, am liebsten jedoch aß er Äpfel – das war seltsamerweise geblieben. Und er hätte auf der Stelle jedes Essen dieser Erde eingetauscht für einen bestimmten Apfel. Aber daran dachte er nicht gerne und demnach sehr oft.

Alles in allem konnte man sagen, dass er sich gerne auf der Erde befand – viel lieber als im Himmel. Und das war ein Problem. Engel sollten die Menschen überwachen, nicht sie mögen. Wobei er primär die Erde mochte und das, was die

Menschen mit ihr machten, nicht die Menschen an sich (sie waren irgendwie bloß mit dabei). Aber er glaubte nicht, dass der Himmel solche feinen Unterschiede beachten würde. Fakt war, dass er die Erde mochte und mit allen Mitteln versuchte, genau das zu verstecken. Bisher klappte es ganz gut, vor allem dann, wenn er sich unter Menschen aufhielt. Es war ihm sehr gut gelungen, keine weiteren Freundschaften einzugehen, denn das war nicht nur verboten, sondern erschien ihm mittlerweile höchst unattraktiv. Die Menschen hier waren so anders als Adam, Eva und Lilith, und gleichzeitig doch genau wie sie. Sie verhielten sich, als könnten sie nicht darauf warten, aus dem Paradies verbannt zu werden. Nur, dass sie sich nicht mehr im Paradies befanden. Und da Gott sie schlecht von der Erde verbannen konnte, war Er zunehmend schlechter auf die Menschen zu sprechen. Zum Beispiel weil sie aufgehört hatten, Ihm so regelmäßig wie früher Opfer zu bringen. Am Anfang war jeden Sonntag ein Lamm oder ein Kalb geschlachtet worden, irgendwann nur noch alle paar Jahre und dann hatte es ganz aufgehört. Was Raguel schade fand. Die Opferungen waren meist ein großes Fest gewesen, mit süßem Gewürzwein, Tanz und Musik. Das Opfertier wurde mit Blumen geschmückt, man betete zusammen und das Tier wurde geschlachtet. Letzteres geschah sehr schnell und Raguel hätte gerne geglaubt, dass das Tier es nicht richtig mitbekam. Er hätte es wirklich gerne geglaubt.
Obwohl sie aufgehört hatten, zu opfern, beteten sie nach wie vor. Sie beteten für gutes Wetter, Gesundheit, Glück, Liebe, eine reiche Ernte, viele Kinder, die Heilung der Kran-

ken und alles weitere. Und Gott gab, ohne zu bekommen. Raguel zitterte bei dem Gedanken an Gottes Zorn, der in den letzten Jahren gewachsen war, und Seine Strafe würde schrecklich sein. Das wusste er mittlerweile aus Erfahrung. Er trat aus dem Wasser, säuberte seine Füße und stieg in die Sandalen, dann begab er sich in die Stadt, wo er in einem Tempel lebte. Nicht als Mönch, sondern als Gelehrter, und es gefiel ihm. Morgens gab er ein paar Jungen Lektionen und betete mit ihnen (sie schienen eher gelangweilt). Obwohl er sich von den Menschen so weit distanzierte wie möglich, konnte er nicht verhindern, dass er mit einigen häufigeren Kontakt pflegte als mit anderen. Eine davon war Letizia, die Tochter eines Fischers. Sie hatte ihn eines Tages beim Schwimmen getroffen und wartete seitdem jeden Abend in der Nähe der Stadtmauer auf ihn, weil er dort vorbeimusste und ihr unmöglich aus dem Weg gehen konnte – und anfangs hatte er es wirklich versucht. Danach folgte sie ihm durch die Stadt zur Kirche und überredete ihn meistens, sie noch bis zum Markt zu begleiten, wo sie ihrem Vater beim Verkauf der letzten Fische half. Es waren meistens die Fische, die keiner gekauft hatte, da sie kleine Schönheitsfehler hatten, aber Letizia war gut im Reden, vor allem im Überreden, und meistens verkaufte sie die letzten Fische dann doch. Trotzdem sollte ihr älterer Bruder die Fischerei eines Tages erben, dabei interessierte er sich nicht im Geringsten dafür – nicht so wie Letizia. Sie hatte Raguel die ganze Geschichte einmal erklärt und sich darüber so sehr aufgeregt, dass er bemerkt hatte, wie klug sie war – obwohl sie erst acht Jahre alt war. Sie hat braune Locken, rosige

Pausbacken, den Verstand eines Geschäftsmannes (oder einer Geschäftsfrau, in ihrem Fall) und die Fantasie des Kindes, das sie war. Raguel gab nicht zu, dass er sie mochte, aber er fand sie lustig und stand dazu, denn was war falsch daran? Auch heute wartete sie am Torbogen, aber diesmal war sie nicht alleine und seine Schritte wurden instinktiv langsamer. Vor ihr auf dem Boden saß eine Frau. Ihre Haare hingen ihr ins Gesicht, nur ihre Lippen waren sichtbar. Lippen, die sich bewegten. Ab und zu hörte sie auf zu sprechen und dann lachte Letizia. Sie hatte die Hände in den Haaren der Frau vergraben und als Raguel das sah, entspannte er sich. Wahrscheinlich war sie Letizias Mutter. Er hob die Hand zum Gruß. „Guten Abend, Letizia", sagte er und sie grinste, auch die Frau sah auf. Dabei fielen ihr die Haare aus dem Gesicht und Raguel erkannte, dass es gar keine Frau war. Dabei war es so offensichtlich gewesen. Er hätte es schon am Haar erkennen sollen, kein Mensch konnte so rubinrotes Haar haben. Und kein Mensch hatte diese Art Haar, jedenfalls keiner, der ihm bekannt war. Der Grund, warum der Mann vor ihm trotzdem solche Haare haben konnte, war, dass er kein Mensch war. Raguel lächelte. „Und guten Abend, Azariel."

Azariel hatte sich kaum verändert. Seine Haare waren länger und auch er hatte zu menschlicher Kleidung gewechselt, aber das war alles. Er sah Letizia an. Diese verstand den Wink und machte sich alleine auf den Weg durch die Stadt. Erst als sie außer Sicht war, sprach Azariel. „Raguel", sagte er erfreut, „wie lange haben wir uns nicht mehr gesehen? 700 Jahre? Es muss länger her sein."

Raguel nickte. „750 Jahre, ziemlich genau."
„Und du warst währenddessen hier unten? Die ganze Zeit? Dann hat das mit der Versetzung also funktioniert."
Das hatte es. Nachdem er eine Weile aufgabenlos gewesen war (was im Himmel so viel bedeutete wie die Menschen zu beobachten und Berichte an Gott zu schicken) und erlebt hatte, wie die Bevölkerung stetig wuchs, hatte er sich endlich getraut, die Giraffen-Idee zur Sprache zu bringen. Und zu seiner Überraschung konnte sie sich durchsetzen. Zur Belohnung durfte er die Menschen weiter beobachten – diesmal jedoch als feste Aufgabe auf der Erde, verbunden damit, dass er sie „auf den richtigen Weg" bringen sollte. Er war einer von wenigen, insgesamt waren ungefähr zwei Dutzend Engeln auf der Erde stationiert. Diese Zahl wuchs natürlich mit der der Menschen.
Er erzählte es Azariel, während sie an der Stadtmauer entlanggingen. Sie hatten sich lange nicht mehr gesehen und doch war es, als hätten sie sich erst gestern verabschiedet.
„Jetzt bin ich also hier, in einem Fischerdorf am Rande von nirgendwo. Aber genug von mir, was treibt dich hierher? Warst du nicht in einer anderen Branche tätig?" Azariel nickte und seine Locken wippten. Es sah ungemein lustig aus und Raguel konnte sich ein Lachen nicht verkneifen.
„Ich komme gerade von einem längeren Auftrag zurück. Also, in den Himmel bin ich schon vor ein paar Tagen zurückgekehrt, habe aber bis jetzt geschlafen. Jetzt dachte ich mir, ich sehe mir die Erde mal an. War noch nie hier."
„Was für ein Zufall, dass du genau in dieses Dorf gekommen bist."

„Ich bitte dich, Zufall. Du solltest wissen, dass es sowas nicht gibt." Während er sprach, fasste er sein Haar im Nacken zu einem Zopf zusammen und Raguel konnte sich nicht helfen, er musste immerzu auf das rote Büschel starren. Irgendwas war seltsam daran, aber er wusste nicht, was.
„Tut jetzt nichts mehr zur Sache. Was für ein Projekt war es? Wieder eine Galaxie?"
„Nein, Sternbilder. Oder zumindest die Ausarbeitung von denen, die es schon gibt. Damit es nicht mehr so schwammig aussieht. Das erste Dutzend soll besonders berühmt werden, wir nennen sie Sternzeichen oder Tierkreiszeichen. Sie sind so arrangiert, dass sie den Menschen, sobald sie sie bemerkt haben, Botschaften zuzuschicken scheinen, die die Menschen dann interpretieren können."
„Funktioniert das wirklich?", fragte Raguel. Er hatte da so seine Zweifel. Azariel schüttelte den Kopf. „Gerade das ist ja das Lustige daran. Wir haben zwölf Sternzeichen konstruiert, aber sie sind nicht mehr als ein paar Sterne. Den Quatsch mit der Zukunft interpretieren sie selbst rein."
„Woher weißt du, dass sie es wirklich tun werden?" Raguel stand der Sache noch immer skeptisch gegenüber. Außerdem fand er es nicht richtig, die Menschen so an der Nase herumzuführen. Aber Azariel schien anderer Meinung zu sein. Es war wie damals, als er den Apfel geklaut hatte. Irgendetwas in ihm hatte das Verlangen danach, Streiche zu spielen, wann immer er konnte. „Weil ich ihnen die Hinweise darauf geben werde. Von allein kämen die nie auf sowas."
„Und dann? Wirst du ihnen monatlich irgendeinen Quatsch erzählen?"

„Nein, aber das mit dem Monatlichen ist eine gute Idee."
Innerlich seufzte Raguel. Hier war er, versuchte, ihn von einer Dummheit zu bewahren und er nahm das als Anstoß für weitere Ideen. Azariels Augen blitzten. „Ich werde nichts weiter unternehmen", sagte er, „und genau das ist der beste Teil. Man muss ihnen nur beim Start helfen, den Rest machen sie allein. In ein paar Jahren erzähle ich ihnen vom Sternzeichen Wassermann und in ein paar Jahrtausenden erzählt man sich: „Heute esse ich keinen Spinat, weil ich eine Waage bin und Venus in starker Verbindung zu Uranus steht." Er grinste.
„Was bitte sind Venus und Uranus?"
„Zwei Planeten unserer Galaxie."
„Wir befinden uns in einer Galaxie?"
Azariel musterte ihn von der Seite. „Ja. Dieser Planet ist nur einer von acht. Also, eigentlich neun, aber wir sind uns noch nicht sicher, ob Pluto auch dazu zählt." Er verzog unmerklich die Stirn. Das wusste doch jeder, oder? Jeder Engel, selbstverständlich. Anscheinend nicht. Raguel sah ihn gleichermaßen verwirrt wie fasziniert an. „Erzähl mir mehr", bat er. Sie setzten sich in den von der Sonne gewärmten Sand und Azariel erzählte. Er begann mit dem Aufbau des Sonnensystems, beschrieb jeden Planeten (mit Ausnahme der Erde) bis ins kleinste Detail und erklärte ihm die Besonderheiten, die jeder einzelne hatte. Bei der Geschichte der Entstehung von Jupiter und Saturn (oder: „Dem ewigen Streit zwischen den Engeln, die Saturn entworfen haben, und sehr ideenlosen Engeln", wie Azariel es nannte) musste er so stark lachen, dass er einen Schluckauf bekam – einen

der hartnäckigen Sorte, der erst nach ein paar Minuten wieder wegging.
Anscheinend war es so gewesen, dass sich das Team an Engeln, welches die Milchstraße entworfen hatte, für Jupiter und Saturn in zwei Gruppen aufgeteilt und einen freundschaftlichen Wettstreit geführt hatten. Welcher Planet war größer (Jupiter), welcher hatte mehr Satelliten (Saturn), welcher war schöner (darüber stritt man sich)? Einen ähnlichen Wettstreit sollte es mit Mars und Venus gegeben haben. Azariel war im Saturn-Team gewesen, er hatte die vier kleinsten und den durchsichtigen C-Ring entworfen. Die A- und B-Ringe waren zwar die hellsten, aber er erzählte, dass die Konstruktion des C-Rings am schwierigsten gewesen war, da er aus Fluor bestand. „Ich bin ziemlich stolz auf den Fluor-Ring, aber man wird ihn wohl erst mal übersehen. Schade eigentlich." Beim Entwurf und Bau der Venus war er verantwortlich für den giftigen Regen. Dies sei so dahingestellt.
Zu fortgeschrittener Stunde sprach er über die Sternzeichen, an denen er mit elf anderen Engeln gearbeitet hatte. „Das habe ich gemacht", sagte er irgendwann und zeigte nach oben. Raguel löste seinen Blick von Azariels Haar (irgendetwas störte ihn noch immer daran) und folgte seinem Blick. Er hatte nicht gemerkt, dass es bereits dunkel war. Erst wusste er nicht, was er sich gerade ansah, doch dann bemerkte er achtzehn Sterne, die sich vom Rest abhoben.
„Die Konstellation heißt Skorpion." Raguel legte den Kopf schief. „Inwiefern erinnert dich das an einen Skorpion?"
„Tut es nicht wirklich."
„Warum hast du es dann so genannt?"

„Mir ist nichts Besseres eingefallen. Wir mussten die Namen abgeben und ich hatte nichts. Aber ein anderer hat sein Bild ‚Krebs‘ genannt, also dachte ich mir, ein bisschen wie ein Krustentier sieht es schon aus und wenn der andere mit Krebs durchkommt, kann ich mit Skorpion nicht viel falsch machen.“ Azariel zeigte auf den hellsten Stern. „Das hier ist Antares. Wird abgeleitet von Anti Ares. Und Ares ist ein Synonym für Mars.“ Es dauerte einen Moment, bis Raguel verstand, was er damit getan hatte, dann konnte er sich vor Lachen nicht mehr halten. „Das hast du nicht gemacht!“, rief er irgendwann. Azariel nickte grinsend. „Doch. Du hättest den Gesichtsausdruck des Marsteams sehen müssen. Von amüsiert bis wütend war so ziemlich alles dabei.“ Er ließ sich nach hinten in den Sand fallen, verschränkte die Arme unter dem Kopf und sah nach oben – und da fiel Raguel auf, was genau falsch an seinen Haaren war: Ein Teil davon, nur ein paar Strähnen, waren zu einem Zopf geflochten. Ein unordentlicher, von unerfahrenen Händen geflochtener Zopf, der aussah, als würde er schrecklich ziepen. Er sah nicht gut aus. Er sah überhaupt nicht gut aus, aber trotzdem löste Azariel ihn nicht. Er bemerkte Raguels Blick und hob die Brauen. „Was gibt's denn zu sehen?“, fragte er und der Engel sah schnell weg. „Dein Zopf“, meinte er. Unwillkürlich fasste Azariel sich in die Haare. „Ach, der“, sagte er beiläufig, „den hat Letizia gemacht. Bevor du gekommen bist.“ Es war seltsam, doch er sah gleichermaßen peinlich berührt wie glücklich aus. „Du lässt sie dir die Haare flechten?“, fragte Raguel ungläubig. „Ich dachte, du magst Menschen nicht.“ „Tue ich auch nicht. Aber sie hat gefragt, und wie könnte ich

Nein sagen?“ Raguel grinste. „Gib doch zu, dass du sie magst.“
„Ich mag sie nicht.“
„Doch, du magst sie.“
„Nein.“
„Wohl.“
„Okay, ein paar Menschen sind ganz in Ordnung. Aber das ist die Minderheit.“
Schritte waren zu hören und die zwei drehten sich um. Ein alter Mann, gefolgt von jungen Männern – wahrscheinlich seinen Söhnen – bewegte sich auf den Strand zu. „Der hier ist keine Ausnahme“, sagte Raguel, „das ist Noah. Kennst du ihn?“ Azariel schüttelte den Kopf. „Damit verpasst du nichts. Sehr unangenehme Person. Behauptet, er sei sechshundert Jahre alt, ist aber fromm wie sonst wenige. Was will der denn am Strand? Vor allem so spät?“
Die beiden beobachteten Noah, der sie nicht zu bemerken schien, wie er seine Söhne zum Wasser führte. Dort nahm er eine Handvoll, roch daran, trank einen Schluck und verzog das Gesicht. „Salzwasser“, stellte er fest und Raguel machte ein Geräusch, das wie ein Schnauben klang, aber ein Lachen war. „Da ist jemand ganz schnell von Begriff“, kommentierte er. Einer der Söhne Noahs, Shem, hob einen Stock auf und begann, etwas in den Sand zu zeichnen, wobei alle durcheinandersprachen. Zwar klang es lustig, doch verstand man nun nichts mehr. Die beiden sahen sich verwirrt an. „Worum geht es gerade?“, fragte Raguel. Azariel zuckte mit den Schultern. „Hab es nicht ganz mitbekommen, aber allem Anschein nach wollen sie ein Boot bauen. Oder ein Schiff. Irgendwas in der Art.“

Raguels Züge entgleisten. „Eine Arche", murmelte er und Azariel nickte. „Genau, das war das Wort, das ich gesucht hatte." Eine Arche. Dann war es also wahr. Raguel stand auf und begann, am Strand auf und ab zu gehen, während die Panik in ihm immer weiter wuchs. „Was ist denn?", fragte Azariel verwirrt. „Sie bauen eine Arche, das ist!", sagte er und versuchte, nicht allzu aufgebracht zu klingen.

„Und?"

„Und das bedeutet, dass es eine Sintflut geben wird." Azariel blinzelte erschrocken. „Das ist ein bisschen weit hergeholt, findest du nicht? Vielleicht wollen sie bloß fischen." Er schüttelte den Kopf und ließ sich neben ihn fallen. „Nein. Ich habe in den letzten Monaten ein bisschen was mitbekommen, im Himmel und von den anderen hier unten. Die Menschen sind Gott zu hochmütig geworden, sie haben aufgehört, zu opfern. Deswegen wird Er alle Brunnen zum Überlaufen bringen und es fünfzig Tage und fünfzig Nächte lang regnen lassen und jeder wird ertrinken. Außer Noah und seine Familie. Laut Michael hat Gott Noah aufgetragen, eine Arche zu bauen, auf der Platz für sieben Paare jeder Tierart sein soll, damit sie die Flut überleben und die Welt neu bevölkern können. Mit neuen, besseren Menschen, die Gott wieder huldigen werden." Verwirrung stand Azariel nur so ins Gesicht geschrieben, er öffnete den Mund.

„Ja, ich weiß, es ist sehr grausam. Deswegen bin ich ja so aufgeregt", unterbrach Raguel ihn, noch bevor er etwas sagen konnte. „Das ist nicht das Problem", sagte Azariel langsam, eine steile Falte zwischen den Augenbrauen. „Was dann?"

„Das Boot. Pardon, die Arche. Sieben Paare jeder Gattung? Wie lang soll diese Arche denn werden?“ Raguel zuckte mit den Schultern. „Weiß nicht genau. Die Rede war von ungefähr 300 Ellen.“
„Und selbst wenn sie so lang ist, irgendwann wäre sie zu schwer. Selbst, wenn Noah Zypressenholz verwendet – und davon gehe ich aus, denn es ist leicht und hier überall verfügbar – ist das Eigengewicht irgendwann zu hoch. Vor allem, wenn dann auch noch Tiere und Menschen dazu kommen. Das Boot wird sinken.“
„Das bezweifle ich.“
„Wieso?“
„Nun, Gott will, dass die Arche hält. Und wenn Er es will, dann wird sie halten.“
„Das ergibt keinen Sinn! Warum hat er ihnen nicht gleich ein stabiles Boot geschickt?“
„Vielleicht ist es eine Vertrauensprobe. So eine Arche braucht viel Zeit. Wahrscheinlich will Gott testen, ob Noah es wert ist, gerettet zu werden. Ob er die Arbeit auf sich nimmt, weil Gott es ihm befohlen hat, oder so.“ Er sah deprimiert zu dem Menschen, dessen Plan Gestalt anzunehmen begann. Azariel zuckte mit den Schultern. „Ich bezweifle, dass es klappen wird.“
„Du kannst Gottes Pläne nicht anzweifeln.“
„Du siehst doch, dass ich es kann.“
Raguel verdrehte die Augen. „Vielleicht funktioniert es ja doch“, lenkte Azariel angesichts dieser Geste ein. „Wie ein Wunder. Wir sind gut in Wundern.“ Damit hatte er recht. Es gab einen ganzen Aufgabenbereich, in dem es nur um Wunder ging. Raguel gehörte nicht dazu. Das einzige Wunder, das

er je vollbracht hatte, war, bei seinen ersten Schwimmversuchen nicht zu ertrinken. Er nickte und sah aus dem Augenwinkel, dass Azariel gähnte. „Bist du müde?“, fragte Raguel. Nicken. „Du hältst noch immer nichts vom Ausschalten der Müdigkeit?“ Weiteres Nicken, gefolgt von einem: „Du etwa?“
„Ja, es ist ungemein praktisch.“
„Wie du meinst. Ich werde jetzt schlafen gehen.“
„Wohnst du im Dorf?“
Azariel grinste schief. „Sicher nicht. Ich schlafe oben, das ist zwar nicht sehr gemütlich, aber immerhin effektiv.“
„Was ist denn der Effekt von Schlaf?“
„Vielleicht fragst du mich das noch mal, wenn ich ausgeschlafen bin. Gute Nacht, Raguel.“
„Gute Nacht.“ Er wartete, bis kein Mensch mehr zu sehen war, dann flog er nach oben. Raguel saß noch lange am Strand. So lange, bis die Sonne aufzugehen begann, dann machte er sich auf den Weg zum Unterricht.

2

Die Arche wurde tatsächlich aus Zypressenholz gebaut und sie machte prächtige Fortschritte. Das Grundgerüst maß dreihundert Ellen in der Länge und war somit das längste Gerüst, das die Dorfbewohner je gesehen hatten. Das hatte zur Folge, dass jeden Tag die verschiedensten Leute am Strand standen, um zu helfen oder einfach nur zuzusehen. Raguel stand meistens bei den Zuschauern und beobachtete den Bau mit wachsender Beunruhigung.

Mittlerweile hatte Gottes Plan im Himmel die Runde gemacht, es sollte tatsächlich eine Sintflut geben. Eine Sintflut, die einsetzen sollte, wenn die Arche voller Tiere war und die alles verschlingen sollte. Raguel hatte angefangen, sich von den Dorfbewohnern zu distanzieren, damit es in ein paar Wochen nicht zu schlimm für ihn war, wenn sie alle starben. Natürlich würde er nicht zugeben, dass er traurig wäre, nicht einmal vor Azariel, der ihn ein paarmal die Woche besuchen kam.

Sie standen – wie fast jeden Tag – am Strand, in einiger Entfernung zu den Menschen, und beobachteten den Bau. Azariel hatte die Arme verschränkt und blickte missmutig auf das Wasser.

„Es wird nicht klappen", entschied er zum wiederholten Mal.

„Warum diesmal?", fragte Raguel. Er wies auf das Wasser.

„Es ist zu aufgewühlt. Vor allem in einer Sintflut und dem damit verbundenen Sturm. Hinzu kommt, dass das Boot aus Holz ist. Selbst im ruhigsten Meer würde es irgendwann volllaufen, Holz ist nicht sehr dicht. Die Arche wird in der Mitte durchbrechen."

Raguel schüttelte den Kopf. Zwar wusste er nicht, was genau Gott wollte, aber er vertraute Seinem Plan und hinterfragte ihn nicht. „Es wird nicht durchbrechen."

„Doch, wird es. Jedes Boot dieser Größe würde brechen, es ist einfache Physik."

„Wenn Gott nicht will, dass es durchbricht, dann wird es auch nicht durchbrechen. Und Physik wurde noch nicht erfunden."

„Physik wird nicht *erfunden*, sie ist immer da. Zwar werden physikalische Gesetze aufgeschrieben, aber sie waren schon vor ihrer Entdeckung da. Und wenn zu viel Druck auf der Arche lastet, dann zerbricht sie, es muss so kommen."
„Und genau darum wird es nicht so sein. Gott will, dass die Arche hält."
„Und was sollen die Menschen dann tun? Physik für ungültig erklären?"
„Welche Menschen? Sie werden tot sein, Azariel." Und damit hatte er es geschafft, dass Azariel tatsächlich den Mund hielt.
Die Menschen (momentan noch sehr lebendig) hielten nicht viel von Noahs Idee. Als er angefangen hatte, davon zu sprechen, gab man ihm recht, doch hinter vorgehaltener Hand flüsterte man, der alte Noah sei wohl endgültig verrückt geworden. Der tatsächliche Bau der Arche war nur ein weiterer Beweis dafür, doch was niemand verstand, war, warum seine Söhne ihm auch noch halfen. Schließlich verbreitete sich das folgende Gerücht: Noah hatte eine Halluzination gehabt, in der er Gott gesehen hatte, welcher ihm aufgetragen hatte, die Arche zu bauen. Er war nicht nur verrückt, sondern dem Tode geweiht – immerhin begann er schon zu fantasieren – und um den armen Noah nicht in dem Glauben sterben zu lassen, Gott enttäuscht zu haben, taten die Dorfbewohner, als glaubten sie ihm und halfen ihm beim Bauen. Was sie nicht wussten, war, dass Noah keineswegs verrückt war und vielmehr sie selbst diejenigen, die bald sterben würden.
Azariel strich sich den Zopf aus dem Gesicht. Er war akkurat und ordentlich, Letizia verbesserte sich täg-

lich. „Und mir ist ein anderer Gedanke gekommen."
Raguel seufzte. „Noch irgendwas Physikalisches?"
„In der Tat. Die Erde beinhaltet nicht genug Wasser, um komplett überflutet zu werden. Selbst, wenn Gott die Polkappen schmelzen und alle Wolken leerregnen lassen würde, sähe ein Teil noch immer heraus. Gebirgsgipfel und so. Gott mag zwar allmächtig sein, aber Sie kann nicht mehr Wasser benutzen, als vorhanden ist."
„Natürlich kann Er. Das ist die Bedeutung des Wortes ‚allmächtig'. Die Flut wird fünfzehn Ellen über den höchsten Berg herausragen. So sprach Er und so wird es geschehen."
„Nicht einmal Gott kann sich gegen physikalische Gesetze durchsetzen."
„Gerade Gott kann das. Nur Gott kann das. Wenn jemand anderes es könnte, wäre es nichts Besonderes mehr. Im Grunde ist das Brechen physikalischer Gesetze die Bedeutung von Wundern. Sonst wären sie keine Wunder, sondern normal."
Azariel stöhnte genervt. „Es kann einfach nicht funktionieren."
„Warum wehrst du dich so sehr dagegen?"
„Ich wehre mich überhaupt nicht dagegen."
Raguel legte den Kopf schief. „Du magst sie", stellte er fest.
„Wen mag ich?"
„Die Menschen."
„Mach dich nicht lächerlich." Aber er sah ihn nicht an und seine Hand fuhr unwillkürlich über seinen Zopf.
„Zumindest Letizia magst du, sonst hättest du ihr nicht erlaubt, deine Haare anzufassen."
Azariel zuckte mit den Schultern. Natürlich mochte er Letizia. Jeder mochte Letizia, weil sie ein sehr liebenswerter Mensch war.

Am Strand tat sich etwas. Ein lautes Geräusch, nein, viele laute Geräusche, die sich vermischten und zu einem einzigen wurden, ertönten und ein paar Menschen schrien erschrocken auf, manche rannten davon. „Was ist jetzt los?", fragte Azariel, dabei war es ziemlich offensichtlich: Die Arche war fertig und wurde mit Tieren beladen. Bis zum Beginn der Flut konnte es sich nur noch um Stunden handeln, Eile war angesagt. Das Geräusch, das so viele Leute erschreckt hatte, war das Tröten eines Elefanten gewesen. „Wie kommt der denn …", fragte Raguel leise, beendete die Frage jedoch nicht. Auch Azariel runzelte die Stirn, aber das war nicht sonderlich überraschend. „Noch ein Problem", murmelte er und diesmal wurde ihm nicht widersprochen, denn Raguel sah es selbst. „Sie werden sich gegenseitig auffressen." Dann sprang er so plötzlich auf, dass Raguel erschrocken zusammenzuckte. „Mehrere Boote!", rief er. „Wie meinen?"

„Er hätte mehrere Boote bauen sollen. Acht Stück oder so, jeder Mensch überwacht ein Boot. Und er bindet sie aneinander, damit sie sich nicht verlieren. Dann hat er das Problem mit dem Druck nicht – jedenfalls nicht so stark – und sie würden sich nicht gegenseitig auffressen." Er drehte sich zu Raguel, der erschrocken wirkte. „So könnte es funktionieren."

„Er hat es aber nicht so gemacht", bemerkte Raguel spitz. „Und funktionieren wird es auch so." Missmutig ließ Azariel sich zurück in den Sand fallen. „Wahrscheinlich hast du recht", gab er zu, „es wäre nur schön, wenn wenigstens ein bisschen Logik dahintersteckte."

Die Logik schien jedoch gänzlich zu fehlen. Nicht nur, dass die Tiere den Anschein machten, sich prächtig zu verstehen, sie hatten auch alle Platz – und es waren zu viele, um sie zu zählen. Natürlich hatten sie es anfangs versucht, als es noch halbwegs einfach war („Warum nimmt er fünfzehn Schafe mit?" – „Das ist ein sehr flauschiger Hund"), aber als die verschiedenen Hundearten durcheinanderrannten („Jetzt habe ich zwanzig Mal den gleichen Hund gezählt." „Nicht den gleichen, denselben."), wurde es zusehends schwerer. Und komplett gaben sie auf, als die Insekten und Kriechtiere dazukamen. Insgesamt hatte Raguel dreihundert Tiere gezählt, Azariel eine halbe Million. Schließlich schlossen sich die Luken, Noah und seine Familie winkten vom Deck aus und die Dorfbewohner winkten zurück. Dann zogen sie sich zurück und lachten vergnügt und waren guter Stimmung. Die Arche stand im stillen Hafen. Trotz ihres Ausmaßes sah sie irgendwie klein aus, und verlassen, obwohl sie so belebt war. „Was meinst du, wann wird es beginnen?", fragte Azariel. Raguel zog die Knie an, es wurde kalt. „Weiß nicht", sagte er, „aber lang kann es nicht mehr dauern. Die Tiere sind in Sicherheit – jedenfalls die auf der Arche – und alle Menschen, die vor Gottes Augen Gnade gefunden haben, ebenfalls." Sie zuckten gleichzeitig zusammen. „Hast du das auch gespürt?", fragte Azariel. Seine Augen waren geweitet. Raguel nickte. Es hatte angefangen zu regnen. Nicht stark, es war nicht mehr als ein Tröpfeln, aber dennoch regnete es. „Vielleicht wäre es besser, Unterschlupf zu suchen", meinte Azariel und hielt sich schützend die Hände über den Kopf.

„Wo? Im Himmel?" Es erschien Raguel als das Naheliegendste, denn das Dorf würde es bald nicht mehr geben. Zu seiner Verwunderung schüttelte Azariel den Kopf. „Du sagtest, du lebst in einem Tempel? Lass uns dahin gehen. Gerade ist es noch nicht schlimm, aber in ein paar Stunden herrscht hier richtiges Sauwetter und dann können die Leute ein bisschen Trost gebrauchen. Oder Suppe. Suppe hilft immer." Er sah Raguel nicht an, aber trotzdem wusste der, was er eigentlich sagen wollte: Er wollte den Menschen wenigstens in ihren letzten Stunden beistehen. Und irgendwie rührte ihn das, obwohl er nicht genauso empfand. Lieber wollte er nach oben fliegen, die Augen schließen und nichts mitbekommen. Aber er tat es nicht. Stattdessen stand er auf und folgte Azariel ins Dorf. Während sie gingen, nahm der Regen immer mehr an Intensität zu und als sie das Dorf erreicht hatten, schüttete es wie aus Kübeln. Azariel hatte es mittlerweile aufgegeben, seine Haare vor dem Wasser schützen zu wollen, es brachte eh nichts; seine Locken klebten ihm an Kopf und Hals fest. Er sah dementsprechend missgelaunt aus, aber dieser Umstand war keine sonderliche Ausnahme. Die meisten Menschen hatten sich in ihre Häuser zurückgezogen, sie gingen durch leere Straßen und näherten sich dem Tempel, der in der Mitte des Dorfes stand. Dort hatte sich eine kleine Ansammlung gebildet, die meisten hatten Schalen dabei. Es gab tatsächlich Suppe, in der Gemüsestücke schwammen. Raguel stellte sich zu den Ausschenkern und bot an, für sie einzuspringen, ein Angebot, das dankbar angenommen wurde. Es herrschte gespenstische Stille.

Niemand traute sich, ein Wort zu sagen, und doch dachten sie alle das Gleiche: Noah hatte recht gehabt mit seiner Prophezeiung. Und sie hatten Angst. Natürlich konnte es nur ein dummer Zufall sein, dass es direkt nach dem Fertigstellen der Arche zu regnen begann, aber daran glaubte niemand mehr. Sie hatten Angst vor dem, was passieren konnte (und würde), und warteten nur darauf, dass jemand Entwarnung gab, dass die Wolken nicht mehr brachen, dass der Himmel sich lichtete und das Wasser versickerte. Nichts dergleichen geschah.
Stattdessen bildeten sich Pfützen und die Menschen sahen dem ansteigenden Pegel mit gleichsam wachsendem Bangen zu und tranken ihre Suppe, während sie wussten, dass es wohl ihre letzte Mahlzeit war. Nun, fast alle. Die Kinder sahen in dem Unwetter nur eine Spielmöglichkeit, wie Kinder eben dazu neigen, alles zum Spielen zu benutzen. Sie jagten einander durch den Regen, sprangen in Pfützen und quietschten vor Vergnügen und niemand hatte das Herz, es ihnen zu verbieten. So verharrten sie, bis etwas passierte.

3

Tatsächlich geschah bald etwas, nur war es nicht, was sie sich erhofft hatten. Ein junger Mann kam auf den Platz gerannt, rutschte auf dem nassen Stein aus und sah sich hilfesuchend um. Azariel erkannte ihn als einen derer, die beim Schiffsbau geholfen hatten. Also ging er zu ihm, half ihm auf und fragte, was los war. Der Mann atmete zitternd aus. „Es geht um Talia, meine Frau. Sie …“ Er konnte nicht

weitersprechen, so sehr musste er sich darauf konzentrieren, zu atmen. „Ist sie tot?“, fragte Azariel. Der Mann schüttelte heftig den Kopf. „Nein, nein, sie ist nicht tot. Sie ist schwanger oder war schwanger, oder was auch immer, aber jetzt haben die Wehen eingesetzt und sie …“
„Sie hat angefangen, zu gebären?“
Verzweifeltes Nicken. „Sie hat schreckliche Schmerzen. Ihre Schwester hat mich fortgeschickt, um Hilfe zu holen, aber hier sieht jeder aus, als würde er mindestens genauso viel Hilfe brauchen.“ Azariel überlegte nicht, er sagte nur: „Bring mich zu ihr.“
Das Haus, in dem Talia wohnte, konnte man eigentlich nicht Haus nennen. Es war eine marode Baute aus wurmstichigem Holz mit einem Dach aus regennassem, durchgeweichtem Stroh. Talias Schreie konnte man bis nach draußen hören, sie vermischten sich mit dem Heulen des Windes. Der Mann, dessen Name Itai war, führte Azariel nach drinnen, blieb selbst jedoch unschlüssig neben der Tür stehen. „Nun komm schon“, sagte Azariel ungeduldig. Talias Schreie stressten ihn mehr, als er gedacht hatte. „Sie braucht dich jetzt.“ Und Itai gehorchte. Er kniete sich neben seine Frau, die kurz innehielt, um ihn anzulächeln, dann griff sie nach seiner Hand. „Alles wird gut“, murmelte er und küsste ihre verschwitzte Stirn, ihre Schwester verzog unmerklich den Mund. Azariel kniete sich zu ihrer anderen Seite nieder. „Du sitzt vollkommen falsch“, bemerkte er nüchtern. Talia sah ihn verständnislos an. „Generell, du sitzt. Wie soll das Baby rauskommen, wenn du den Ausgang mit dem Boden blockierst? Leg dich mal hin, Itai du kannst ihren Kopf in den Schoß nehmen, dann ist es nicht so un-

gemütlich. So ist es fast richtig, stell bitte die Beine auf." Sie tat wie ihr geheißen und Azariel nickte. „Genau so. Talia, ich will nicht lügen, das kann jetzt sehr schmerzhaft sein, aber du musst unbedingt atmen, das ist das Wichtigste. Du hilfst niemandem, wenn du jetzt hyperventilierst, am wenigsten dir selbst. Falls es zu schmerzhaft wird, drück einfach Itais Hand." Er sah ihn erschrocken an, als Thalia seine Hand umklammerte. Azariel verdrehte die Augen. „Du bist ja wohl mit Schuld an der Situation hier, da kannst du auch was aushalten. Die Hauptarbeit hat eh Talia." Die beiden nickten, also wandte sich Azariel an Talias Schwester, sie sollte ein Tuch und etwas Wasser holen (Letzteres sollte ja nicht allzu schwer zu finden sein), dann begann es. Talia schrie. Kurz darauf schrie Itai und irgendwann schrie auch Azariel, nur, dass sie aus unterschiedlichen Gründen schrien. Talias Schreie waren hierbei verständlich und bedürfen keiner näheren Erklärung, Itai schrie, weil seine Hand zerquetscht wurde – es war erstaunlich, wie viel Kraft in einer so zierlichen Person stecken konnte – und Azariel schrie Anweisungen wie: „Pressen, es ist gleich vorbei" oder „Das Atmen nicht vergessen" oder „Hör auf, zu heulen, Itai, es ist nicht mal deine rechte Hand". Als es schließlich vorbei war und drei Personen aufgehört hatten, zu schreien, war schließlich der Schrei eines vierten Menschen zu vernehmen. Doch es war ein schönes Geräusch, wahrscheinlich das schönste, denn es war das erste Lebenszeichen eines Neugeborenen. Azariel stand auf und sah mit einem leichten Schmunzeln auf die Familie nieder. Talia, noch sehr geschwächt und angelehnt an einen weinenden Itai, der ihr die verschwitzten Haare aus dem Gesicht strich, hielt ihren Sohn in den Armen. „Wir müssen ihm einen Namen geben", sagte sie und er nickte. In diesem Moment hätte sie wohl alles sagen können und er hätte genickt. Es war eine schöne Szene inmitten des Chaos um sie herum und Azariel nahm sich vor, sollte er sich jemals an die Sintflut erinnern (was er nicht vorhatte), so war es diese Szene, an die er denken wollte. Über ihnen knackte es und er sah nach oben. „Itai", sagte er, „wenn nicht bald was passiert, bricht das Stroh da oben demnächst durch." Itai stand auf. Was genau er tun wollte, wusste Azariel nicht, wahrscheinlich das Stroh überprüfen oder sonst etwas. Es war auch nicht wichtig, warum er aufstand, es war nur wichtig, dass er es tat, denn so trat er direkt aus der Ziellinie. Denn mit dem nächsten Knacken brach nicht das Stroh nach unten, sondern der Holzbalken, der es gehalten hatte. Und im Bruchteil einer Sekunde verwandelte sich die friedliche Szene in reinen Terror, denn wo Talia und ihr Kind gesessen hatten, lag nun ein Balken aus massivem Holz, der die beiden unter sich begraben hatte. Sie waren augenblicklich tot. Wenn auch nicht im angedachten Sinne wurden Talia und das namenlose Kind so zu den ersten Opfern der Sintflut – und sie sollten nicht die einzigen bleiben.

4

Die erste Nacht verlief weitestgehend ruhig. Wenn die Menschen über etwas klagten, so waren es meist durchgebrochene Decken oder durchflutete Ställe. Das Wasser stand am Morgen etwa zwei Ellen hoch, noch gab es keine Ertrunkenen und doch standen alle unter Druck. Azariel half, wo er konnte, aber um ehrlich zu sein: So viel gab es da nicht. Zwar konnte er helfen, Wasser aus den Häusern umzuleiten (nicht, dass es noch einen Unterschied machte), aber er konnte den Menschen nicht das geben, was sie brauchten. Jemanden, der ihnen sagte, alles würde gut werden, der Regen würde aufhören. Aber niemand sagte es, denn alle wussten, dass es nicht einfach so aufhören würde. Stattdessen versuchten sie, so zu tun, als wäre alles normal. Das Interessante war, dass plötzlich jegliche Form von Abneigung verschwunden zu sein schien. Menschen, die sich nicht hatten ausstehen können, reichten sich die Hand, einstige Feinde saßen beisammen und sprachen zum ersten Mal freundschaftlich miteinander. Obwohl die Situation nicht schrecklicher hätte sein können, war keine Spur des Hasses zu erkennen. Wo man auch hinsah, erblickte man Liebe und Vergebung.

In dem Getümmel hatte Azariel Raguel schon vor Stunden verloren und er machte sich ein bisschen Sorgen, denn in der Zwischenzeit hatte er von ein paar Unfällen gehört, die teils unschön ausgegangen waren. Letizias Bruder zum Beispiel war unter dem Fischstand gestanden, als jener durchgebrochen war, wie Talia hatte er den schnellen Tod gefunden. Ein Ochsenkarren hatte sich aufgrund mangelnder Befestigung gelöst und war die steile Straße von der Stadtmitte zum Strand heruntergeschlittert. Er kam nur dadurch zum Stehen, dass er einen Mann unter sich eingeklemmt

hatte. Er schrie wie am Spieß, während man versuchte, den viel zu schweren Karren von ihm zu heben. Als es endlich gelungen war, war er bereits tot.
Vor einem Brunnen hatte sich eine Traube gebildet und Azariel gesellte sich zu ihnen, denn er hatte einen hellblonden Haarschopf in der Menge entdeckt. Tatsächlich war es Raguel, der direkt am Brunnenrand stand und hineinsah. „Was ist?", fragte Azariel. „Ist jemand reingefallen?" Raguel schüttelte den Kopf und bedeutete ihm, still zu sein. Und da hörte er es. Ein leises Gurgeln, das im Prasseln des Regens fast unterging, aber doch zu hören war. Es wurde lauter. „Raguel", sagte Azariel alarmiert, „vielleicht sollten wir lieber gehen. Das hört sich nicht gut an." Noch während er sprach, bewegte er sich nach hinten und Raguel folgte ihm. Als sie ein bisschen an Entfernung gewonnen hatten, knallte es hinter ihnen. Die Wucht des in die Höhe schießenden Wassers hatte den Brunnen zum Bersten gebracht. Die Menschen stoben schreiend auseinander, aber es war zu spät. Ein paar von ihnen gingen zu Boden, nachdem sie von herumfliegenden Steinen getroffen wurden. Sie blieben entweder liegen oder wurden von anderen zertrampelt. Azariel wandte sich ab und auch Raguels Gesicht war bleich geworden bei dem Anblick, wie sich Blut mit Wasser mischte.
Dieser Brunnen war nicht der einzige. Innerhalb weniger Minuten platzten auch die anderen beiden Brunnen an den Stadttoren. Die eigentliche Sintflut begann. Das Wasser stieg nicht schlagartig an, aber zweifellos schneller als zuvor. Nach einer weiteren Nacht würden die Berge unter Wasser sein.

Die Arche stand noch immer am Strand, bisher hatte das Wasser sie nicht erschüttern können, man hatte noch nicht einmal die Stützbalken entfernt. Noah stand mit ausdrucksloser Miene an Deck und sah auf das Dorf. Dort hatte er einen recht guten Ausblick, bis Emzara, seine Frau, hinter ihn trat und ihn ins Innere der Arche führte. Niemand wollte seine Freunde sterben sehen, nicht mal, wenn sie von Gott persönlich bestraft wurden. Niemand wollte Kinder sterben sehen, vor allem nicht Emzara, und Azariel genauso wenig. Er drehte sich zu Raguel um.
„Sollen wir nach oben gehen?“, fragte er. Raguel nickte. Doch sie rührten sich nicht von der Stelle. Stattdessen sahen sie zum Strand, wo das Meer sich zurückzog. Doch das ergab keinen Sinn – es war eine Sintflut, keine Sintebbe. Eigentlich müsste das Meer über seine Grenzen treten und alles verschlingen. Die beiden sahen sich verwirrt an, sie begriffen nicht so schnell wie die Dorfbewohner, die schreiend herumrannten und jenen, die es noch nicht verstanden hatten, zuriefen, sich auf ein paar nahegelegene Hügel zu flüchten.
„Warum auf die Hügel?“, murmelte Raguel. „Keine Welle könnte so groß sein, dass … oh.“ Er verstand. Und aus Azariels Gesicht konnte er lesen, dass er ebenfalls verstanden hatte, worum es ging. Dass das Wasser sich zurückzog, hatte einen einfachen Grund: Ein Tsunami würde kommen.
„Meine Güte“, sagte Raguel erschrocken, „es gibt doch wirklich dumme Menschen.“
„Sich bei einem Tsunami in höher gelegene Regionen zu flüchten, ist nicht sonderlich dumm.“
„Das meine ich nicht.“

„Was dann?"
„Die da." Er zeigte zur Arche. Azariel riss die Augen auf. „Was macht sie?", fragte er ungläubig. Eine Frau stand an der Arche im kniehohen Wasser. Mit einer Hand klammerte sie sich am Schiff fest, mit der anderen hielt sie ihr Kind auf der Hüfte. Es konnte nicht älter als drei Jahre sein und auf seinem Gesicht spiegelte sich eine Mischung aus Vertrauen zur Mutter und tiefer, alles vernichtender Angst. Die Frau schrie. Meistens Noahs Namen, ab und zu die seiner Söhne. Azariel fluchte, dann entfaltete er seine Flügel. „Was machst du?", fragte Raguel überrascht. „Wolltest du nicht zurück in den Himmel? Außerdem werden die dich sehen."
„Als ob das jetzt noch irgendeinen Unterschied macht", knurrte er, dann ließ er Raguel stehen und flog nach unten. Noch während er den Weg zurücklegte, wurde der Tsunami sichtbar. Und was für ein Tsunami! Der Begriff Welle drückte es nicht mehr richtig aus, passender wäre Wand aus Wasser oder Sintflut.
Auch die Frau sah es und sie schrie lauter. Es war zu spät zum Wegrennen, und sie wusste es. Auf der Arche rührte sich nichts, niemand antwortete ihr und irgendwann schloss sie den Mund. Stattdessen weinte sie. „Nimm wenigstens meinen Sohn", rief sie mit erstickter Stimme. „Nur ihn, bitte Noah." Das Wasser rückte näher. „Bitte", schrie sie, „er hat dir nichts getan. Noah, Emzara, Shem, irgendjemand." Und obwohl es aussichtslos war, begann sie, an der Arche hochzuklettern. Azariel seufzte. *Was für eine dumme Person*, dachte er und flog weiter auf sie zu. Was genau er tun wollte,

wusste er nicht genau. Als er angekommen war und hinter den beiden schwebte, wusste er es noch immer nicht, und eigentlich war die ganze Aktion hier eher kontraproduktiv, denn als die Frau bemerkte, dass sich hinter ihr jemand befand, drehte sie sich um (so gut wie, es in ihrer bereits sehr hohen Position eben ging). Beim Anblick Azariels erschrak sie, schrie laut auf und verlor den Halt. Es war mehr eine instinktive Handlung, dass Azariel das Kind festhielt, aber er tat es. Und so fand er sich wieder am Ende einer dreiteiligen Menschenkette, die sich dem Boden näherte. Zwar war er ein Engel, aber das bedeutete nicht, dass er besonders viel Kraft hatte. Deshalb fielen sie, obwohl er versuchte, sie in der Luft zu halten.

Die Frau merkte es und wahrscheinlich ließ sie nicht los, weil sie abrutschte oder anderweitig versehentlich. Denn kurz bevor sie losließ ,lächelte sie, und dieses Lächeln war ein Zeichen der Erleichterung, denn sie hatte ihn als Engel erkannt, genau wie sie erkannt hatte, dass er nur einen von ihnen retten konnte – wenn überhaupt – und dass diese Person nicht sie war.

Der Junge weinte, als die schützenden Hände seiner Mutter sich von ihm lösten. Azariel hielt ihm die Augen zu, damit er nicht sehen musste, was ihm selbst nicht verborgen blieb. Er sah, wie die Frau nach unten stürzte, wie sie auf dem Boden aufschlug und von der Welle, die nur Sekunden später brach, aufgenommen und in Richtung Dorf getragen wurde. Er hörte ihre Knochen brechen, sah, wie des Kindes Tränen folgten. Er setzte sich das Kind seitlich auf die Hüfte, wie die Mutter es getan hatte, und brachte es auf den

Berg, wo sich einige verängstigte Menschen angesammelt hatten. Unter ihnen Raguel, der versuchte, für ein wenig Ordnung zu sorgen. Azariel hielt das Kind in die Höhe. „Kennt irgendjemand diesen Jungen?“, schrie er durch das Heulen des Windes. Niemand antwortete, er blickte in verstörte Gesichter. Er seufzte. „Na toll“, murmelte er, dann wandte er sich an eine Familie mit Kindern, die aussahen, als könnten sie genauso alt sein wie der Junge. „Halt mal“, sagte er und drückte dem Vater den Waisen in die Arme. Dann lief er zu Raguel. „Der Tsunami ist da“, berichtete er, „sind noch Menschen im Dorf?“ Raguel zuckte ratlos mit den Schultern. „Weiß nicht. Ich habe versucht, sie zu zählen, aber es ist fast unmöglich, sie rennen durcheinander.“ Es war ihm anzusehen, dass er überall lieber wäre als hier, und Azariel konnte es verstehen, denn ihm ging es genauso. Und trotzdem blieben sie und wussten, dass sich das bis zum bitteren Ende nicht ändern würde. „Ich gehe mal davon aus, dass die meisten es bis hier geschafft haben, so viele sind es ja nicht. Aber definitiv sind unten noch ein paar,“ meinte Raguel. Er sah ihn zögernd an. „Meinst du, wir sollten sie evakuieren? Oder könnte das eine Strafe nach sich ziehen?“ Azariel schüttelte den Kopf. „Wahrscheinlich macht es keinen Unterschied, ob sie jetzt sterben oder erst in ein paar Stunden. Zu ertrinken muss schrecklich sein, es ist wohl besser, wenn sie es schnell hinter sich haben.“ Aber er selbst zweifelte an seinen Worten, darum flogen sie zurück, setzten sich auf das Dach des Tempels, eines der einzigen, die der Sturm bis jetzt verschont hatte, und sahen sich um. Das Wasser überflutete das Dorf mit immenser Kraft und riss alles mit sich, was nicht stabil war – und das meiste

Stabile ebenso. Plötzlich atmete Raguel erschrocken ein. Er zeigte nach unten. „Kennst du die nicht?", fragte er und Azariel nickte mit zusammengebissenen Zähnen. Itai und Talias Schwester stolperten, sich gegenseitig stützend, in Richtung Dorfende und versuchten, sich in Sicherheit zu bringen. Doch es war zu spät, das Wasser schlug über ihnen zusammen und sie verschwanden aus dem Blickfeld der beiden Engel, die nun schleunigst aufstanden, um nicht mitsamt des Tempels im Wasser unterzugehen. In all dem Chaos dachten sie erst wieder an die Arche, als diese knackte. „Sag ich doch", meinte Azariel, „sie hält das nicht aus." Doch es war nur einer der Stützbalken, der durchgebrochen war und ihm folgten die anderen. Die Arche wackelte, man konnte die Laute verängstigter Tiere aus ihrem Inneren hören. Mit jeder Welle, die gegen sie schlug, wackelte sie mehr und schließlich setzte sie sich in Bewegung. „Noch ein Fehler", sagte Azariel betont gleichgültig. „Der Tsunami spült das Schiff in Richtung Dorf, was bedeutet, dass es entweder steckenbleiben oder unten aufreißen wird." Raguel schüttelte den Kopf. Zwar konnte er ihm auf einer logischen Ebene folgen, aber er war ein Engel. Er wusste es besser. „Nichts davon wird passieren, du wirst sehen." „Ich will das gar nicht sehen", murmelte Azariel, gleich darauf rief er: „Was habe ich gesagt?", denn er hatte recht. Die Arche war, von den Wellen getragen, auf das Dorf zugefahren und bewegte sich mit einem Mal nicht mehr. Der Rumpf steckte zwischen den Ruinen zweier Bauten fest und kam weder nach vorne noch nach hinten. Und der Tsunami hörte nicht auf. Heftige Wellen schlugen gegen die Arche und ließen sie

erzittern, Wellen, die immer höher und höher wurden, bis eine direkt vor der Arche brach und sie überrollte und. Das Schiff war nicht kaputt, sah aber arg mitgenommen aus und die Tiere schienen vor Angst halb wahnsinnig zu werden. Und dann war es vorbei. Mit einem Mal hörte man nur noch den Regen und das Gurgeln der Brunnen. Der Tsunami war überstanden, nur der Wasserspiegel stieg noch. Zwar rollten noch vereinzelt Wellen über das Dorf, doch nicht mehr von der Größe und Wucht ihrer Vorgänger. Das Dorf selbst war ein Trauerspiel, dessen Requisiten aus einzelnen Dächern und herumschwimmenden Haushaltsgegenständen bestanden. Vereinzelt sah man Menschen, doch sie schwammen mit dem Gesicht nach unten auf der Wasseroberfläche.
„Es waren doch noch nicht alle draußen“, bemerkte Raguel deprimiert.
„Immerhin nicht so viele.“
„Trotzdem. Die sind jetzt alle tot, obwohl sie bei ihren Familien sein könnten. Ich wurde mindestens zwei Dutzend Mal gefragt, ob ich diese oder jene Person gesehen habe.“ Er seufzte. „Was soll ich denen jetzt erzählen? Dass ihre Freunde und Verwandten tot sind?“
„Das wäre zumindest die Wahrheit.“
„Es ist keine schöne Wahrheit.“
„Das ist sie meistens nicht. Und du musst ihnen nicht sagen, dass sie tot sind. Ein paar leben ja noch. Sag einfach, dass du es nicht weißt.“
Raguel sah ihn ungläubig an. „Wer soll denn das hier überlebt haben? Im Dorf, meine ich.“ Azariel zeigte nach unten. „Sie zum Beispiel.“ Und er hatte recht. Zwischen

den Ruinen, von Wellen hin und her gerissen, schwamm ein hellbrauner Haarschopf. Ein hellbrauner lockiger Haarschopf, der zu einem gewissen achtjährigen Mädchen gehörte. „Letizia“, rief Raguel erschrocken aus und da erkannte auch Azariel sie. „Was?“, fragte er, erwartete aber keine Antwort. Zu versuchen, jetzt noch auf den Berg zu kommen, war aussichtslos, man könnte sagen, es war dumm, und dennoch … Letizia war direkt am Meer aufgewachsen und hatte früh angefangen, ihrem Vater beim Fischen zu helfen. Sie war eine gute, nein, eine ausgezeichnete Schwimmerin, und wenn jemand es schaffen konnte, das hier zu überleben, dann war es sie. Und es sah ganz danach aus. Sie hielt den Kopf wacker über Wasser und schwamm mit kräftigen Stößen von einem stabilen Standpunkt zum nächsten. Und für einen kurzen Moment erlaubte Azariel sich zu glauben, dass sie es schaffen würde. Ein paar Sekunden war er sich sicher, dass sie es zum Berg schaffen und ihre Eltern und Freunde wiedersehen würde. Dann war der Moment vorbei und eine Welle, die größer war als die, mit denen sie bis jetzt gekämpft hatte, erfasste sie. Ihr spitzer Schrei war bis zu den beiden Engeln zu hören, Raguel verzog gequält das Gesicht. Die Welle trug sie mit wachsender Geschwindigkeit zum Dorfende, sie überschlug sich, ging unter, schwamm an die Oberfläche, schnappte nach Luft, wurde erneut untergetaucht. Als die Welle schließlich brach, brach sie an der Stadtmauer und schleuderte Letizia mit sich gegen den Stein. Zum zweiten Mal an diesem Tag hörte Azariel Knochen brechen. Er wollte nicht hinsehen, doch er konnte sich auch nicht abwenden. Trotz allem lebte Letizia. Sie war beinahe bewusstlos, ein

Rinnsal Blut floss über ihre Stirn und doch konnte sie sich mit aller Kraft, die sie noch aufbringen konnte (nicht besonders viel), an der Mauer festhalten. Die Mauer, an der Wellen brachen, die sie mit sich rissen, sie jedes Mal ein bisschen stärker an den Stein schleuderten, sie jedes Mal ein bisschen mehr töteten. Bis es vorbei war. Irgendwann gab Letizia das Festhalten auf und die Wellen trugen ihren Körper mit sich fort, ersparten den Engeln ihren zertrümmerten Anblick. Raguel, der sich die Hand vor den Mund geschlagen hatte, ließ diese langsam sinken. „Können wir jetzt gehen?“, fragte er. Er konnte nicht mehr länger so tun, als wäre ihm alles gleichgültig. Azariel nickte. Diesmal gingen sie wirklich, ließen das zerstörte Dorf und seine Einwohner ihrem Schicksal ausgeliefert und stellten sich im Himmel zu den anderen Engeln, die nichts Besseres zu tun hatten, als der Sintflut zuzusehen.

5

Insgesamt regnete es fünfzig Tage und fünfzig Nächte, genau wie angedacht. Obwohl eigentlich zu wenig Wasser vorhanden war, wurde tatsächlich die gesamte Erde so lange überflutet, bis ganz sicher jeder Mensch – mit Ausnahme derer auf der Arche – ertrunken war. Noah schickte einen Raben los, der mit nichts zurückkam, außer der Nachricht, dass die Erde noch nicht trocken war. Die erste Taube kehrte auf dieselbe Weise zurück, doch die zweite brachte einen Ölzweig und das war wieder ein Wunder Gottes, denn eigentlich hätten auch alle Bäume und anderen Gewächse ertrinken müssen, einen blühenden Ölzweig hätte man also gar nicht auftreiben können. Aber irgendwie tat sie es doch, und es war der Beweis, den Noah brauchte, um zu sehen, dass das Wasser sich zurückzog. Nach langem Warten und der Geburt eines Kindes (Salit, die Frau Shems, hatte während der Reise zwischen Tierfutter ein Kind auf die Welt gebracht und die Laune war dementsprechend angespannt), liefen sie auf dem Gebirge Ararak auf, doch es dauerte noch ein paar Wochen, bis sie die Arche verlassen konnten. Der Boden war fruchtbar (schon wieder eine Tatsache, der Azariel widersprochen hätte) und sie begannen mit dem Bewirtschaften der Fläche. Außerdem bauten sie die Arche auseinander. Das Holz am Boden war durchweicht und verfaulte schnell, aber das meiste war noch in gutem Zustand und sie benutzten es, um sich daraus Häuser zu bauen und Feuer zu entfachen. Es lebte sich nur schwer auf der Erde ein, aber die wenigen Menschen freuten sich darüber, noch am Leben zu sein, und machten das Beste daraus. Sie versuchten, die Bilder, die sie gesehen hatten, zu verdrängen, jedoch erfolglos. Und als Noah Jahre später starb, wünschten sich manche, es ihm gleich zu tun. Doch sie durften nicht. Die Bevölkerung wuchs, und sie wuchs schnell. Knapp zehn Jahre später spielten Kinder dort, wo andere gestorben waren. Sie wussten nicht, dass sie wenige waren, und nahmen es als normal wahr, auch, dass sie ihre Cousinen und Cousins heiraten mussten, erschien normal. Jemand würde es ihnen erzählen, in ferner Zukunft, wenn sie alt genug waren. Doch das waren sie noch nicht und im Moment war alles gut, im Moment spielten sie. Wenn Emzara mit ihren Söhnen und Schwiegertöchtern sprach, vermieden sie das Thema. Niemand wollte die Geschichte erzählen, darum schrieb Emzara sie nieder und verschönerte sie, so weit wie möglich. In Emzaras Version tauchten keine sterbenden Menschen auf, sie setzte dieses Wissen als selbstverständlich voraus. Stattdessen beschrieb sie die Rettung der Tiere und die wenigen harmonischen Momente auf der Arche. Diese Version war es, die erzählt wurde, und jeder war froh darüber, denn so konnten sie die Wahrheit besser verdrängen. Azariel bekam von alledem nichts mit. Er lag irgendwo im Himmel und schlief, denn er hatte sich vorgenommen, mindestens fünfzehn Jahre lang zu schlafen, und war ganz gut dabei, diesen Vorsatz zu erfüllen. Raguel saß irgendwo anders, die meiste Zeit wartete er darauf, eine neue Aufgabe zu bekommen. Und manchmal vergrub er das Gesicht in den Händen, breitete seine Flügel um sich wie eine Decke und weinte bitterlich.

Kapitel 4

1

Die Buchhändlerin mochte ihn nicht und er verstand es beim besten Willen nicht. Immerhin war er mit seinen Anmachversuchen wenigstens anfangs subtil gewesen. (Der erste „Anmachversuch“ sah so aus, dass er anbot, ihr beim Inventarisieren der Bücher zu helfen, wobei er mehr Unordnung als Ordnung hineinbrachte, seine Haupttätigkeit darin bestand, mit den Händen obszöne Gesten zu machen und er nach einer halben Stunde wieder ging, weil sie ihn vollkommen entnervt rausgeschmissen hatte. Das war vor etwa drei Monaten gewesen. Seitdem beschränkte er sich darauf, in ihrem Laden herumzulungern, Stellen aus Erotikromanen laut vorzulesen und sie manchmal schlicht und einfach zu fragen, ob sie mit ihm schlafen wollte. Zur Überraschung weniger, aber seiner war die Antwort immer ein Nein.) Daher nahm er an, mit Recht wütend auf sie sein zu dürfen. Sein Name war Ian Kade, er war Ende dreißig, studierte seit Jahren „immer mal was anderes“ und lebte nach wie vor bei seinen Eltern. Ian Kade war also sauer auf Agatha Thomas, die Besitzerin und einzige Mitarbeitende des Buchladens in der Nähe der St. Mungo's Cathedral, und verbrachte den Großteil seiner Nächte damit, sich auszumalen, wie er sich an ihr rächen könnte. Denn wie konnte sie die Frechheit haben, ihm, den eifersüchtigen, untersetzten Ian mit seinen bunten Hosenträgern und den ständigen halb festgetrockneten Schweißflecken unter den Achseln, einen Korb zu geben? Nun, mehrere Körbe. 42 insgesamt, um genau zu sein. Nicht, dass er mitzählte – sie tat es. Beim fünfzigsten Mal, so hatte sie sich vorgenommen, würde sie ihn anzeigen. Sie führte eine Strichliste mit den Schweinereien, die er ihr zuflüsterte, wobei er nicht sonderlich kreativ war. Die Kategorie „Hey Süße, Lust auf ne Nummer auf der Theke?", hatte bereits neun Striche, die Kategorie „Wann hast du Ladenschluss? Mein Haus ist nur ein paar Minuten entfernt" dreizehn und „Noch so eine Bemerkung und ich geb's dir hier und jetzt, ob du willst oder nicht" zehn. Es war erstaunlich, wie wenig dem Mann einfiel. Als er an diesem Montag den Laden betrat, trug er ein pinkfarbenes Hemd mit hellroten Schweißflecken und orangefarbenen Hosenträgern. Sie seufzte. Es sah so aus, als würde heute ein Tag werden, an dem er seinen Vergewaltigungsfantasien frönen würde – die zweitschlimmsten Tage nach den Todesdrohungen. Manchmal fragte sie sich, warum sie ihm nicht einfach Hausverbot erteilte, aber er würde sich wohl nicht daran halten und Ian wusste genau, dass sie nie zur Polizei gehen würde. Darum machte er ungehindert weiter mit seinen Belästigungen und sie ertrug es (mittlerweile hatte sie aufgehört zu glauben, jemand könnte sie vor ihm beschützen. Die einzige Person, die dazu fähig war, war sie selbst, und sie stand sich recht gerne selbst im Weg). Miss Thomas massierte ihre Stirn ein wenig stärker und spürte, dass eine Migräne sich anbahnte. Noch tat Ian nichts. Er betrat den Buchladen und schritt mit einer beinahe unverschämten Selbstverständlichkeit zu den Erotikromanen. Dort blieb er stehen, sah sich kurz um und verschwand zwischen den Regalen und damit aus ihrem Blickfeld. Sie atmete tief durch und sah sich die anderen Kunden an, versuchte herauszufinden, bei wem sie Hilfe suchen konnte, wenn er handgreiflich würde (was nicht das erste Mal wäre: Die Kategorie „Wie zufällig auf den Hintern langen" hatte 24 Striche). Bei den Jugendromanen stand Mrs. Finnigan, ihre Tochter Anna ein paar Regale weiter bei der recht überschaubaren Fantasy-Sammlung. Zwar würde Mrs. Finnigan sicher etwas sagen, wie: „Hören Sie auf, das Mädchen zu belästigen, Sie Flegel", aber davon würde Ian sich nicht stören lassen und die Dame würde eher die Buchhandlung verlassen, als etwas zu tun. Und Anna war ein Kind. In der Sci-Fi- und Horror-Ecke lehnten zwei Teenager betont lässig an einer Leiter und versuchten, sich zwischen Stephen King und Philip K. Dick zu entscheiden, wobei sie sich lautstark über den Nachnamen des Letzteren lustig machten. Auch hier Fehlanzeige. Die beiden würden am ehesten noch Ian helfen, nicht ihr. Darum legte sie ihre Hoffnung auf den Mann bei der Weltliteratur (sie nannte es gerne so. Die eigentliche Bezeichnung war „Historisches" und beinhaltete Tolstoi, Poe, Schiller, und wie sie alle hießen). Er war hochgewachsen und hatte ausgeprägte Wangenknochen, mehr konnte sie von seinem Gesicht nicht erkennen, denn er hatte den Hut tief nach unten gezogen. Außerdem war er ganz in Schwarz gekleidet – ob das nun ein gutes oder schlechtes Zeichen war, wusste sie nicht, aber er suchte nach Wilde und das war definitiv gut – und stand nur ein paar Regale von Ian entfernt. Gefährlich nahe. Ja, entschied sie, das war gut. Der Mann strömte eine Art Autorität aus und Ian würde sich nicht trauen, in Gegenwart einer Autoritätsperson etwas zu tun – schließlich könnte der Mann ein Polizist oder etwas dergleichen sein. Natürlich wusste sie, dass es gefährlich war, sich vollkommen auf einen fremden Mann zu verlassen, aber ganz fremd war er nicht. Sie kannte ihn flüchtig, denn er bewohnte eine der Wohnungen über dem Laden, und wenn sie ihn im Treppenhaus sah, grüßte er immer höflich. Dort hatte sie ihn schon oft gesehen, im Laden jedoch noch nie, und es irritierte sie ein wenig, ihn heute hier anzutreffen, hielt sie ihn doch nicht für eine belesene Person, doch sie hinterfragte es nicht. Stattdessen ging sie zu Mrs. Finnigan und half ihr mit der Auswahl eines Geschenks für den Geburtstag irgendeiner Nichte. An Ian dachte sie nicht. Und auch Ian dachte nicht an sie. Er hielt ein Buch in den fleischigen Pranken, ein Buch, das er sehr gut kannte, denn er hatte es bisher schon oft in den Händen gehalten. Es war ein schönes Buch und er sah in ihm die Möglichkeit, sich an Agatha Thomas zu rächen. Zweifellos musste es sehr alt sein, dieses schicksalhafte Buch, denn es war in Leder eingebunden und der Titel stand in halb abgeblätterten Blattgoldbuchstaben darauf. Ein Autor oder eine Autorin war nicht angegeben und er machte sich nicht die Mühe, den Titel zu lesen. Es war auch nicht wichtig. Fakt war, dass das Buch alt und teuer war (das Preisschild sagte „Antiquität" und etwas von 150 Pfund) und er war gerade dabei, zu überlegen, ob er es stehlen sollte. Er sah auf. Sah nach links, nach rechts. Der Mann in Schwarz sah ihn an. Nein, er sah ihn nicht an, er sah in ihn. Und dann nickte er langsam. Plötzlich wusste Ian, dass es in Ordnung war, das Buch zu stehlen, dass er es tun musste, dass er dieses Buch und kein anderes wollte und dass er es bekommen würde. Mit einem Seitenblick auf Miss Thomas drehte er sich um, steckte das Buch in seinen Hosenbund und bewegte sich auf den Ausgang zu. Und beinahe hätte er es geschafft, streckte schon die Hand nach dem Türknauf aus, als er zurückgerufen wurde. „Mr. Kade", rief sie. Ihre Stimme zitterte, es war das erste Mal, dass sie ein Gespräch begann. Er drehte sich halb um. „Ist da ein Buch in Ihrer Hose?" Er grinste zweideutig. „Nein, aber wenn du dich davon überzeugen willst, nur zu." Mit einem angewiderten Gesichtsausdruck wendete sie sich ab und er trat aus dem Laden. Hinter der nächsten Ecke zog er das Buch hervor, er schwitzte stärker als sonst. Doch kaum, dass er das Buch in Händen hielt, stieß er einen spitzen Schrei aus, denn es war nicht das wertvolle Schriftstück, sondern … eine Broschüre über Kleptomanie? Er schrie vor Wut, dann stapfte er nach Hause. Hinter ihm grinste Mr. Cacey. Er zog eine Liste aus seiner Hosentasche, machte ein Kreuz bei Zorn und Gier sowie dem siebten, achten und zehnten Gebot und strich Vorsicht durch. Er pfiff durch die Zähne, bevor er zurück zum Laden ging, das in Leder eingebundene Buch in der hinteren Hosentasche.

2

Die kleine Messingglocke über der Tür des Buchladens klingelte leise und sofort entspannte sich Mr. Farell. Er war schon immer gerne hier gewesen (in diesem Fall bezog sich das Wort „immer“ auf die Zeitspanne von sieben Jahren, denn so lange lief der Laden bereits), ob es nun dem Bücherkauf oder dem Teetrinken mit Miss Thomas diente. Tatsächlich bot die düstere Atmosphäre, die den Mahagoniregalen verschuldet war, eine beinahe perfekte Kulisse für eine Tasse Earl Grey mit einem Spritzer Milch und drei Stück Zucker. Beinahe, weil er nicht der Einzige war, der die Gemütlichkeit des Ladens für sich entdeckt hatte, und die ganze Zeit Leute da waren. Zwar nicht viele, aber immer ein paar und ein paar Menschen waren bekanntermaßen in der Lage, den süßesten Tee bitter werden zu lassen.
Mr. Farell schloss die Augen und atmete den vertrauten Geruch vergilbter Blätter und Rostpoliturmittel ein. (Um zu verstehen, warum es in einer Buchhandlung der Neunzigerjahre nach Rostpolitur roch, hier ein bisschen Vorgeschichte: Der Laden war bis 1987 ein französisches Restaurant gewesen. Ein sehr einfaches Restaurant ohne bunte Fassade und ohne ein großes Schild, auf dem etwas Ähnliches stand wie: „Hier gibt es zwar Froschschenkel, aber wir befinden uns in Schottland, deshalb werden Tee und Shortbreads dazu serviert“, wie alle Restaurants es zu haben schienen. Ein Schaufenster gab es auch nicht, denn das Restaurant war in das Erdgeschoss eines Apartmenthauses gebaut worden. Demnach war es nicht überraschend, dass die Besitzer

den Laden dichtmachen mussten. Ein Jahr später war der Geruch nach altem Rotwein endlich ausgelüftet gewesen und Miss Thomas hatte ein Antiquariat darin aufgebaut. Es blieb genauso erfolglos wie das Restaurant, mit dem Unterschied, dass es diesmal beabsichtigt war. So lange, bis sie ihre Rechnungen nicht mehr begleichen konnte. Danach strukturierte sie den Laden so um, dass aus dem Antiquariat eine Buchhandlung wurde, und sie fing an, Umsatz zu machen. Nicht viel, aber genug. Das Konzept Buchladen an sich fand sie ganz in Ordnung, obwohl sie das Antiquariat lieber als solches weitergeführt hätte. Sie verkaufte auch weiterhin Antiquitäten, mit Vorliebe Bücher und so ziemlich jedes Buch, das sie besaß, war ein Unikat. Bis auf die zweihundert Bücher, die laut Verlagskatalog der letzte Schrei waren. Regale voller moderner Bestseller waren klein und die Bücher blieben Ladenhüter, aber nur durch ihre Anwesenheit durfte sie den Laden Buchladen nennen. Zu dem Rostpoliturmittel: Das Zeug stank wie sonst was und ließ sich schwer loswerden, aber silberne Taschenuhren und Kerzenständer mussten ab und zu entrostet werden. Es schien niemanden zu stören.)

In alter Manier nahm Mr. Farell seinen Schal ab und hängte ihn an den Hutständer, er richtete seine Manschetten und ging auf Miss Thomas zu. „Guten Morgen“, begann er höflich, sie lächelte. Er wusste nichts von ihren Problemen mit Ian und würde auch weiterhin nichts davon erfahren, die Sache war ihr viel zu peinlich – obwohl sie keinerlei Schuld traf.

„Guten Morgen, Mr. Farell. Tee?“

„Danke, nein, ich habe leider gar keine Zeit. Wollte mich nur schnell umsehen." Dieser Austausch an Formalitäten fand jeden Morgen in ähnlicher Ausführung statt. Nach sieben Jahren verstanden die beiden sich gut, zu einer Freundschaft war es jedoch nicht gekommen und das war ihnen recht so. Ab und zu eine Tasse Tee gemeinsam zu trinken, war genug, mehr Kontakt mussten sie nun wirklich nicht miteinander haben. Mr. Farell respektierte Miss Thomas, weil sie sich den gesamten Laden selbst aufgebaut hatte, dabei aber erst 29 Jahre alt war. Und Miss Thomas mochte seine altmodische Art. Außerdem fand sie die Paradoxie zwischen seinem Sprechen und Handeln sehr lustig. Fast jedes Mal hatte er „leider gar keine Zeit" und wollte sich „nur schnell umsehen", verbrachte letztendlich aber mehrere Stunden zwischen den Regalen, bis er ein Werk gefunden hatte, das ihn interessierte. Meistens hatte es mit Lyrik zu tun, immer war es ein altes Buch und manchmal erinnerte sie sich nicht daran, das Buch, das er ihr unter die Nase hielt, jemals gesehen zu haben. Aber es war ihre Handschrift auf dem Preisschild und der Preis selbst war vernünftig, deshalb hinterfragte sie es nicht.

Auch heute ging Mr. Farell als Erstes in den hinteren Teil des Ladens (früher, zu Restaurantzeiten, eine romantische Nische, jetzt voll mit fremdsprachigen Werken, Originale von Kafka und den Brontë-Geschwistern – teils Erstausgaben unter männlichem Pseudonym) und griff nach dem erstbesten Buch. Hellgrüner Einband, schwarze Buchstaben, die etwas Griechisches darstellten. Er seufzte und begann zu übersetzen. Zwei Worte, das zweite länger als das erste. Mr.

Farell zog die Augenbrauen zusammen. Konnte es wirklich ein Buch geben, das „Das Buch“ hieß? Ja, konnte es, und er grinste über sich selbst, als er die Bibel zurück ins Regal stellte. Eine weitere Bibel brauchte er nicht und schon gar keine auf Altgriechisch. Davon hatte er schon zwei – zwei weitaus hübschere Ausgaben, nebenbei bemerkt. Er griff nach dem nächsten Buch und wollte gerade anfangen, anhand der ersten Seite zu entscheiden, ob er es sich genauer ansehen sollte (zum Glück war dieses hier auf Gälisch. Sein Gälisch war besser als sein Altgriechisch und weitaus besser als sein Hebräisch), aber etwas lenkte ihn ab. Das Klingeln der Messingglocke. Er sah auf und hätte er in diesem Moment Tee getrunken, so hätte er ihn wohl über dem Buch verschüttet. Aber er trank keinen Tee beim Lesen, genau aus genanntem Grund. Darum klappte er nur sehr stupide den Mund auf. Miss Thomas unterhielt sich mit jemandem, einer großen Person ganz in Schwarz gekleidet, deren obere Haarhälfte zu einem pinselartigen Zopf zusammengebunden war. Mr. Cacey stand in der Buchhandlung, ein sehr alt aussehendes Buch in der Hosentasche und scherzte mit der sonst so ernsten Miss Thomas. Gott, er nannte sie Agatha! Unauffällig bewegte Mr. Farell sich auf die beiden zu, um dem Gespräch lauschen zu können.

„Aber Spaß beiseite“, sagte Mr. Cacey und klang plötzlich sehr ernst. Zwar hatte er davor nicht mitgelacht, aber es gab einen Unterschied zwischen einem Gespräch mit einer Bekannten und „ich berichte Ihnen jetzt von einem Verbrechen“. Die Sekunde, in der Mr. Caceys Ton umschlug, war dieser Unterschied. Er zog das Buch aus der Tasche und

Mr. Farell sah das kurze Aufblitzen von Goldbuchstaben. „Dieses Buch habe ich bei dem Mann gefunden, der gerade aus dem Laden gerannt ist.“ Miss Thomas versteifte sich unmerklich. „Es sah nicht so aus, als hätte er dafür bezahlt.“ Er legte die Stirn in Falten. „Ihnen ist klar, dass Sie ihn dafür anzeigen können. Ladendiebstahl ist nicht zu unterschätzen, vor allem bei Gegenständen dieses Werts.“ Miss Thomas sah verwirrt auf das Buch. „Ich fürchte, Sie haben einen Fehler gemacht“, begann sie. „Dieses Buch gehört nicht mir … oh.“ Sie hatte das Preisschild entdeckt, das in ihrer altmodischen Schrift verkündete, das Buch würde 120 Pfund kosten. Ein stattlicher Preis für so ein kleines Buch. „Kommt es Ihnen jetzt bekannt vor?“, fragte Mr. Cacey, sie nickte. Mr. Farell schüttelte den Kopf, denn er selbst hatte nur Fragen. Erstens: Was machte Mr. Cacey hier? Es konnte doch nicht sein, dass er sieben Jahre lang denselben Buchladen besuchte und er ihm nie über den Weg gelaufen war. Und kaum eine Woche, nachdem sie sich kennengelernt hatten, traf er ihn hier, am unwahrscheinlichsten aller Orte. Zweitens: Er kannte das Buch nicht und das passierte *sehr* selten.

Miss Thomas hatte ihre Verwirrung wieder halbwegs unter Kontrolle. Sie pflückte Mr. Cacey das Buch aus den Händen, bedankte sich höflich dafür, dass er es zurückgebracht hatte, und legte es auf den Tresen, um es später an seinen Platz zurück zu räumen. Nur, dass sie keine Ahnung hatte, wo dieser Platz sein sollte. Mr. Cacey tippte sich grüßend an den Hut und bewegte sich auf den Ausgang zu – nur, dass es nicht der reguläre Ausgang war, sondern die Tür, die ins

Treppenhaus führte. Wohnte er hier? Das hielt Mr. Farell für äußerst unwahrscheinlich, es passte einfach nicht zu ihm. Allein, in einem großen dunklen Haus, in dem alle Räume abgesperrt waren, bis auf einem – ja, das schon eher. Aber doch nicht über einem Buchladen. Und doch sah es ganz danach aus.

Bevor er die Tür erreicht hatte, sah er sich noch einmal im Laden um, an Mr. Farells Kamelhaarmantel blieb sein Blick hängen. Er erkannte ihn, dann änderte er die Richtung. Anstatt nach oben in seine Wohnung zu gehen, steuerte er nun auf Mr. Farell zu, der so tat, als bemerkte er ihn nicht. Erst, als er sich neben ihn an das Regal lehnte und ein „Hi" in seine Richtung raunte, sah er auf und erschrak, denn Mr. Cacey stand wirklich nah bei ihm. Unwillkürlich machte er einen Schritt zurück.

„Das nenne ich einen Zufall, nicht wahr?", sagte Mr. Farell und lächelte kurz.

„Der Zufall lenkt unsere Federn", meinte Mr. Cacey und verschwieg, dass er eigentlich nicht an Zufall glaubte. „Das kann man so sagen", meinte Mr. Farell, dann stutzte er. „Haben Sie gerade Marie de Rabutin-Chantal, die Marquise de Sévigné, zitiert?"

Mr. Cacey nickte.

„Ich hätte nicht gedacht, dass Sie sie kennen."

„So ungebildet bin ich auch wieder nicht", sagte Mr. Cacey, sah allerdings nicht beleidigt aus. Er legte den Kopf schief und musterte sein Gegenüber, dann warf er einen kurzen Blick auf das Buch, das jener aufgeschlagen hatte. „Sie sprechen Gälisch?" Mr. Farell richtete seine Brille. Er wurde

immer ein wenig nervös, wenn er auf seine Sprachkenntnisse angesprochen wurde. Menschen tendierten dazu, wenn sie von den Fremdsprachenkenntnissen eines oder einer anderen erfuhren, eine Demonstration selbiger zu erwarten. Und Mr. Farell sprach viele Sprachen, die meisten davon sehr gut, doch kaum, dass jemand etwas davon hören wollte, schien jegliches Wissen verloren. Darum sagte er: „Nicht direkt, ich beschäftige mich nur mit der Literatur – das Übersetzen funktioniert nebenbei."
Mr. Cacey nickte, als würde er verstehen, was er nicht tat. „Wie auch immer", sagte Mr. Farell hastig, da es ihm gelungen war, seine Contenance wieder zu finden, „eigentlich bin ich nur hier, um ein Buch zu finden."
„Dieses Konzept nennt man, glaube ich, Buchladen", sagte Mr. Cacey amüsiert. „Um welches Buch handelt es sich denn?"
„Das habe ich noch nicht entschieden. Würden Sie das kurz halten?" Und er drückte ihm das gälische Buch in die Hand. Mr. Cacey, der sich zuvor lässig gegen das Regal gelehnt hatte, richtete sich nun auf und lehnte sich lässig gegen die Luft, was nicht unbedingt lässig, sondern eher ungemütlich aussah. Um ehrlich zu sein, sah er eher aus, als würde er gleich umkippen, aber er hielt das Buch.
„Großbritanniens Folklore?", fragte er, „dieses Märchenzeug?"
„Besser noch", erwiderte Mr. Farell, der inzwischen nach weiteren Büchern suchte, „Mythen und Legenden. Nicht einfach nur Märchen. Diese Geschichten sind um einiges gruseliger und basieren auf wahren Begebenheiten … aha!" Er zog ein Buch aus dem Regal und schlug es auf.

„Märchen können auch auf wahren Geschichten beruhen“, meinte Mr. Cacey. „Kennen Sie die Gebrüder Grimm? Schreckliches Zeug, wirklich. Und alles wahr. Also, vom Volksmund verändert und unnatürlich dargestellt, aber mit einem wahren Kern. Und Sie werden nicht behaupten, dass diese Legenden und Mythen genau so passiert sind, wie sie in diesem Buch stehen. Und was den Gruselfaktor betrifft: Sowohl Baba Yaga als auch Aschenbrödel sind auf ihre Weise unheimlich.“
Aber Mr. Farell hörte ihm gar nicht richtig zu. Er legte das Buch auf jenes, das Mr. Cacey bereits in Händen hielt, und suchte weiter. Bei diesem handelte es sich um ein kleines, in blaues Leder eingebundenes Buch, dessen Titel Mr. Cacey nicht entziffern konnte, denn er war in kyrillischen Schriftzeichen geprägt. Altrussisch. Er verzog das Gesicht. „So etwas tun Sie sich freiwillig an?“, murmelte er. „Altrussisch. Habe nie verstanden, warum sie nicht sofort darauf gekommen sind, Russisch so zu sprechen, wie sie es jetzt tun, es ist doch viel einfacher. Und man plagt sich nicht die ganze Zeit mit den slawischen Ableitungen herum. Aber sie sprechen sicher auch Slawisch.“ Zu seiner Überraschung schüttelte Mr. Farell den Kopf. Er sprach kein Slawisch, nur Altslawisch. Genau wie er auch kein modernes Russisch oder Griechisch sprach. Italienisch, das oftmals als gesprochenes Latein bezeichnet wurde, was Latein zu einer Art Altitalienisch machte, verstand er nur mit Mühe. Vor ein paar Jahren war er in Italien gewesen und herbe enttäuscht davon, dass er mit seinem Latein nicht weiterkam – dass ihn beinahe niemand verstand. Aber die lokale Küche …

Er driftete in Gedanken ab, dachte an die italienische Küche und stapelte immer mehr Bücher auf Mr. Caceys Armen, wobei sie sich durch den gesamten Laden bewegten. Er war niemand, der gerne summte, aber eine andere Person hätte bei dieser Tätigkeit wohl gesummt.

Mr. Cacey holte ihn mit einem Räuspern zurück in die Realität. Mr. Farell war gerade dabei, ihm ein weiteres Buch zu geben. „Ist das eine gute Idee?", fragte er zweifelnd, er hatte ein wenig Abstand genommen. „Ich meine, Sie haben wirklich viele Bücher gesammelt." Womit er recht hatte, er trug mindestens ein Dutzend Bücher. Mr. Farell stellte das letzte Buch, eine weitere Bibel, zurück ins Regal und nickte. Normalerweise sammelte er nur drei oder vier Bücher, bevor er sich daran machte, zu entscheiden, welches er kaufen würde und welches nicht, das aber nur aus dem Grund, dass er nicht mehr tragen konnte – heute hatte er das nicht beachten müssen.

„Entschuldigen Sie", sagte er lächelnd, „ich wollte Ihnen nicht zu viel aufhalsen." Mr. Cacey winkte ab (mit der Schulter, er hatte keine Hand frei) und stellte den Stapel auf einen Tisch, der genau zu diesem Zweck im Raum stand. Neugierig setzte Mr. Farell sich neben ihn, er wusste schon nicht mehr, was er ausgesucht hatte. Der Auswahlteil des Buchkaufrituals begann und er lief wie immer ab: Er stapelte die Bücher neu auf zwei Stapel. Der eine beinhaltete die Bücher, die er zurück ins Regal stellte (er tat es wie selbstverständlich, denn er sah nicht ein, dass Miss Thomas es für ihn erledigen sollte), die anderen Bücher wollte er sich genauer ansehen. Das wiederholte er so lange, bis nur

noch ein Buch übrig war. Die ersten 20 Minuten lang sah Mr. Cacey ihm teils fasziniert, teils gelangweilt zu, dann griff er sich eines der Bücher, die Mr. Farell nicht wollte. Es war Shakespeares Othello und das machte ihn stutzig. „Gibt es irgendeinen akzeptablen Grund", fragte er, „Othello nicht zu lesen? Ich meine, es ist ganz klar eines seiner besten Werke. Und der durchdachtesten. Iago, zum Beispiel, ist der Antagonist, der am ausgeklügeltsten in der gesamten Literaturgeschichte Englands, wahrscheinlich der ganzen Welt ist. Ich habe meine Topfpflanze nach ihm benannt."
„Natürlich habe ich Othello gelesen", sagte Mr. Farell abwesend, dann sah er auf. „Sie geben Ihren Topfpflanzen Namen?" Mr. Cacey nickte und versuchte zu überspielen, dass ihm diese Informationen versehentlich herausgerutscht waren. „Das mache ich immer so. Die Schurken gehen viel langsamer kaputt als die Helden. Lady Macbeth, also mein Zitronenbaum, hat fast zehn Jahre lang geblüht und sogar Früchte getragen. Romeo hingegen, das war eine Topfgeranie, bloß ein paar Wochen – erstaunlich, wie wenig die aushalten."
Grinsend widmete Mr. Farell sich wieder seinen Büchern. Es waren nur noch zwei, zwischen denen er sich entscheiden musste, aber lästigerweise war diese Wahl immer die schwerste. Zur Wahl standen das gälische Legendenbuch und Dostojewskis „Der Idiot". Er mochte russische Autoren, vor allem Tolstoi, den er aus Arbeitsgründen hatte lesen müssen, und war generell kein Anhänger der „Man kann nur einen mögen, Tolstoi oder Dostojewski"-Theorie. Das Werk „Der Idiot" hatte er noch nicht gelesen, plante aber, es in naher Zukunft zu tun. Ach was, natürlich würde er ihn lesen, er

würde beide Bücher lesen, aber nicht gleichzeitig und es galt sich zu entscheiden, welches er als Erstes lesen würde. Schließlich seufzte er. „Na gut. Dann muss Bean Nighe eben warten.“ Mr. Cacey sah verwirrt auf. „Bitte wer muss warten?“
„Bean Nighe. Nie von ihr gehört?“
„Ich befürchte nicht, nein.“ Er lehnte sich zurück und sah Mr. Farell abwartend an, was jener als Aufforderung nahm, die Legende zu erzählen. „Bean Nighe ist ein schottischer Urmythos, die sich um eine böse Fee dreht. Bean Nighe hat eine groteske Form mit langen, dünnen Gliedmaßen, über deren Knochen papierartige Haut spannt. Sie trägt Grün und ist recht klein, aber obwohl sie aussieht wie eine alte Frau mit eingefallenen Augen, nur einem Nasenloch und einem Zahn, sollte man sie nicht unterschätzen. Denn laut der Sage ist sie eine Botschafterin des Todes. Wo auch immer sie auftaucht, brechen Krieg und Seuchen aus, normale Mittelaltergeschichte eben.“ Mr. Cacey sah ihn einen Augenblick still an, dann nickte er. „Ganz normale Gutenachtgeschichte, ja.“ Er schüttelte den Kopf und murmelte etwas, das sich nach „Und da wundert man sich, dass die Menschen alle so verkorkst sind“ anhörte, aber es war zu leise, um es vollständig zu verstehen, und Mr. Farell fragte nicht nach. Stattdessen schnappte er sich die restlichen Bücher, drückte sie Mr. Cacey in die Hand und begann, sie mit dessen mehr oder weniger freiwilliger Hilfe einzuräumen. „Wissen Sie, was ich nicht verstehe?“, fragte Mr. Cacey nach einer Weile. Mr. Farell schüttelte den Kopf, obwohl ihm auf Anhieb ein paar Ideen kamen. Zum Beispiel verstand Mr. Cacey nicht, dass Schweigen manchmal die bessere Art der Konversation war, aber darauf wollte er sicher nicht hinaus.

„Warum haben Gutenachtgeschichten immer so eine dunkle Seite? Ich meine, man erzählt Kindern eine Geschichte, die ganz harmlos beginnt, wie Schneewittchen, und damit endet, dass die Stiefmutter so lange auf glühenden Kohlen tanzen muss, bis sie stirbt. Das ist doch keine Kindergeschichte. Und schon gar keine, die man vor dem Schlafen erzählt bekommen möchte."
„Dann sind Sie also einer von denen, die ihren Kindern die verweichlichte Märchenversion vorlesen?", fragte Mr. Farell, wohl wissend, dass Mr. Cacey keine Kinder hatte. Der schüttelte der Kopf. „Nein. Diese Geschichten nehmen den Märchen ihren Charme. Die echten Versionen sind natürlich die besten, ich finde nur nicht, dass man sie Kindern vorlesen sollte." Er steckte das letzte Buch ins Regal und Mr. Farell verzog das Gesicht. Es waren Kurzgeschichten von Heinrich Heine, die jetzt zwischen 1984 von George Orwell und The Dark Half von Stephen King standen. Zwar sah er kein System in der Verteilung der Bücher – jedenfalls kein alphabetisches –, aber das erschien ihm doch sehr fehl am Platz. Trotzdem sagte er nichts. Mr. Cacey begleitete ihn bis zum Tresen, wo Miss Thomas in dem ihr unbekannten Buch las. Die Brille hatte sie schon vor einer halben Stunde abgesetzt und ihre Stirn war in tiefe Falten gelegt. „Ist alles in Ordnung, Miss Thomas?", fragte Mr. Farell und legte den „Idiot" auf die Tischplatte. Sie nickte. „Nur dieses verdammte – oh, Pardon – dieses Buch hier raubt mir die Nerven. Seit zwei Stunden versuche ich, irgendetwas zu entziffern, aber es sieht anders aus als alles, was ich bisher gesehen habe. Und in irgendein Regal schieben kann ich es

nicht, das würde das System durcheinanderbringen." Sie sah ihn verzweifelt an. „Nicht mal Hieroglyphen sind das." Und mit diesem Satz hatte sie Mr. Farells Interesse geweckt. Für einen Moment vergaß er Dostojewski und bat Miss Thomas, ihm das Buch zu zeigen. Sie tat es, und als er die Schriftzeichen sah, wusste er nicht, ob er lachen oder erschrocken sein sollte. Erst mal war es kein Wunder, dass sie die Schrift nicht verstand, denn es gab auf Erden gerade mal eine Handvoll Menschen, die sie lesen konnten (die meisten wurden für verrückt erklärt – nur einer war es wirklich), und eigentlich hatte Mr. Farell immer gedacht, alle Schriftstücke in dieser Schriftart zu besitzen. Lachen wollte er, weil er endlich ein weiteres Stück für seine Sammlung gefunden hatte, und seltsamerweise war auch das der erschreckende Faktor. Er hatte Jahre investiert, um jedes einzelne verbliebene Werk zu finden, ins Englische zu übersetzen und zu analysieren. Wie hatte sich ein komplettes Buch seiner Aufmerksamkeit entziehen können? Er klappte es nicht auf, dafür war später Zeit, aber er legte es behutsam auf die Theke. „Würden Sie mir das Buch verkaufen?" Miss Thomas sah sehr erleichtert aus, denn so blieb ihr der Stress des weiteren Studiums erspart, darum nickte sie. Mr. Cacey sah ihn merkwürdig an, sagte aber nichts und er schob es darauf, dass er sich wohl fragte, warum sie dann die letzten zwei Stunden Bücher herumgeräumt hatten, wenn er nun alles umwarf und ein anderes Buch kaufte. Er blieb recht lange still und Mr. Farell begann, sich zu fragen, ob er etwas Falsches gesagt hatte. Als er ihn aber fragte, schüttelte er schnell den Kopf. „Nein, nein, ich wundere mich nur über das Buch. Dieses Gekrakel kann doch keiner entziffern." Er sah ihn von der Seite an. „Oder wollen Sie mir erzählen, dass sie das auch können?" Mr. Farell überlegte. Er hatte nicht gesehen, dass Mr. Cacey einen Blick auf die Schrift geworfen hatte, und glaubte auch nicht, dass ausgerechnet er sie verstehen würde. Andererseits wollte er nicht zugeben, dass er dieses Alphabet beherrschte, besser noch als jedes andere, es hätte wirklich seltsam gewirkt. „Sie sind doch wirklich faszinierend, diese Zeichen, nicht wahr?", sagte er deshalb nur. „Vielleicht kann ich Übereinstimmungen mit einem anderen Schriftbild erkennen und mir ein bisschen was ableiten." Nichts davon war gelogen, die Schrift faszinierte ihn tatsächlich. Und dass er sich Zeichen aus anderen Alphabeten ableiten wollte, diente nur dem Zweck, sich in diesen anderen Schriftbildern besser zurechtzufinden. Es gab tatsächlich Parallelen zwischen Punjabi und dieser Schrift und er arbeitete seit Langem daran, sie als Regeln festzuhalten. Mr. Cacey nickte langsam. Es sah aus, als könnte er nicht verstehen, warum jemand ein Buch nur nach dessen Aussehen aussuchte, und in jeder anderen Situation hätte Mr. Farell ihm zugestimmt – nur eben in dieser nicht. Er bezahlte das Buch („Der Idiot" blieb unbeachtet auf der Theke liegen und es würde das erste Mal sein, dass Miss Thomas ein von Mr. Farell angesehenes Buch selbst aufräumen musste) und wurde von Mr. Cacey nach draußen begleitet, wo sie unschlüssig stehen blieben. Nun, Mr. Cacey blieb unschlüssig stehen. Er selbst hatte ziemlich genaue Pläne, wie er den Tag verbringen würde, und war gewillt, sie sofort durchzuführen.

Den Abschied sah er als keine große Sache (und wusste auch nicht, warum es das sein sollte), aber Mr. Cacey erhoffte sich offenbar mehr als nur ein paar freundliche Worte. „Wissen Sie“, begann dieser zögerlich, „das ist jetzt schon das zweite Mal, dass wir uns über den Weg laufen. Vielleicht wäre es schöner, wenn diese Treffen geplant ablaufen würden.“ Mr. Farell stutzte. Fragte er ihn gerade auf recht unbeholfene Weise nach einem Date? Er schüttelte den Kopf. „Ich habe Ihnen schon einmal gesagt, dass ich nicht an Ihnen interessiert bin“, meinte er. „So meinte ich das nicht“, warf Mr. Cacey sehr schnell ein. Zu schnell. So schnell, dass klar wurde, dass er ziemlich genau das gemeint hatte. „Wie denn dann?“ „Als ein normales Treffen unter zweien, die sich nicht gut kennen, um einander kennenzulernen. So wie man eben Freundschaft mit Leuten schließt.“ Da Mr. Farell immer noch skeptisch dreinsah, setzte er dahinter: „Wir könnten in ein Museum gehen.“ Und damit hatte er sein Interesse geweckt. „Gut“, willigte er ein, „aber das ist wirklich nicht mehr als ein freundschaftliches Treffen?“
„Natürlich. Was halten Sie von der Kelvingrove Art Gallery?“ Er nickte und man verabredete sich für den kommenden Samstag, dann gingen sie getrennte Wege.

3

Mr. Farell ging schnellen Schritts. Er hatte es zwar nicht eilig – das hatte er nie –, aber seine Neugierde trieb ihn an. Und obwohl er das Buch am liebsten jetzt schon analysiert hätte, wartete er noch und hielt es wie etwas Heiliges – was es in gewisser Weise auch war. In seiner Wohnung zwang er sich dazu, ruhig vorzugehen, denn zu viel Neugierde konnte zum Überstürzen der Dinge führen, und wenn das der Fall war, machte er leichter Fehler. Was an sich nicht schlimm war, er war der Ansicht, dass man aus seinen Fehlern wunderbar lernen konnte (und hatte er nicht in seiner Zeit als Lehrer jedes Schuljahr mit den Worten „Ich lade euch ein, Fehler zu machen“ begonnen?), aber in dieser speziellen Angelegenheit durfte er sich keine Erlauben. Das hier war ein ganzes Buch, nicht nur ein auf ein Stück Pergament gekrakelter Satz, und die Schrift war so komplex, dass das Missverstehen eines einzelnen Zeichens zur Verschlüsselung des ganzen Textes führen konnte. Deshalb kochte er sich erstmal eine Tasse Earl Grey, und als seine Hände aufgehört hatten zu zittern, rührte er Milch und Zucker hinein. Dann setzte er sich an den Schreibtisch (ein antiker Schreibsekretär aus Mahagoniholz) und begann mit einem Verfahren, das sich Bibliomantie nannte. Es war ein Vorgehen, bei dem man ein fremdes Buch vor dem Lesen auf einer willkürlichen Seite öffnete und den ersten Satz, beziehungsweise das erste Wort las, das einem in die Augen fiel. Man sagte, dieser Satz könne die persönliche Zukunft voraussagen – und am besten funktionierte es natürlich mit der Bibel. Er selbst hatte gemischte Erfahrungen mit dem Vorgehen gemacht und wusste nicht ganz, für wie wahr er es halten sollte, befand es allerdings als ganz lustigen Zeitvertreib. Mr. Farell legte das Buch vor sich, daneben einen Stapel Pergamentblätter mitsamt Tintenfeder und – weniger altehrwürdig – ein Notizbuch mit Füller. Dann schlug er das Buch auf, die Augen hielt er geschlossen. Als er sie öffnete, las er die Seitenzahl zuerst, 238, da Zahlen einfacher zu übersetzen waren als die Schrift. Beim Lesen des ersten Satzes stutzte er jedoch. Es handelte sich nicht um einen Fließtext, mehr um eine Ansammlung verschiedener Passagen, die ansehnlich gegliedert und mit schwarzer Tinte von Hand verfasst worden waren. „Das ist neu", murmelte er, bezog sich jedoch auf nichts Spezifisches. Jedes Schriftstück in dieser Sprache war von Hand verfasst worden, da es zu der Zeit, als die meisten davon geschrieben wurden, noch keine andere Möglichkeit gegeben hatte – und noch immer war es schwer, eine Art Schreibmaschine dieses Alphabets zu finden. Die Handschrift der Verfasserin oder des Verfassers war sehr ordentlich, besaß keinen großartigen Schwung und war doch altmodisch. Um das Erscheinungsbild der Schrift zu beschreiben: Sie hatte den charakteristischen Strich der indischen Schrift über jedem Wort, der die Zeichen miteinander zu Wörtern verband. Die einzelnen Zeichen – es waren keine wirklichen Buchstaben, dafür waren es einfach zu viele – bestanden, wie die koreanische Schrift Hangul, aus Strichen und Kringeln, doch hier waren die Ecken stärker betont. Und zum ersten Mal konnte Mr. Farell Parallelen zur deutschen Schrift ziehen, die im 16. Jahrhundert entstanden war, denn die Kringel, welche jedes Wort mit mehr als dreieinhalb Vokalen zierten, waren das einzig Schiefe. Was genau ein halber Vokal war, wusste er nicht, aber das spielte keine Rolle, er fokussierte sich erst einmal aufs Übersetzen – also, nachdem er die Worte in lateinische Schrift übertragen hatte, sonst wäre es wirklich zu kompliziert geworden. Zuerst galt es nämlich herauszufinden, auf welcher Sprache geschrieben worden war. Zu seiner großen Erleichterung war es Englisch – eine sehr veraltete Version des Englischen. Nachdem er eine halbe Stunde wild in seinem Notizbuch herumgekritzelt und mehrere Seiten vollgeschrieben hatte, klappte er das Buch zu, legte den Füller zur Seite und griff zur Feder. Es war eine hübsche Feder, rot, mit einem Übergang ins Schwarze und silbernen Verzierungen auf dem Griff, die er in tiefschwarze Tinte tauchte. Auf ein Blatt Pergament schrieb er:

Thinking of a rose
Blooming in the deepest forest
Dying
Without anyone having seen her beauty
And wondering why it reminds me
Of thine eyes

Danach starrte er das Geschriebene eine Weile verständnislos an. Normalerweise hatten Texte dieser Schrift etwas mit Gott und dem Glauben zu tun, ab und zu etwas mit Dämonen, und einmal hatte er sogar etwas über Menschen gelesen. Doch das hier war etwas anderes, etwas ganz anderes, etwas fast Lyrisches. Mr. Farell schüttelte den Kopf, dann begann er, das Buch von vorne zu übersetzen. Er begann nicht mit dem Titel, denn seltsamerweise hatte das Buch keinen, sondern direkt mit der ersten Seite. Auch ein Autor oder eine Autorin war nicht vermerkt, genauso wenig wie ein Datum. Und da er es nicht wagte, einen voreiligen

Schluss über das Geschlecht zu ziehen, schrieb er des Öfteren „X“ in sein Notizbuch. Es erschien ihm als passend. Nach mehreren Stunden, die Standuhr zeigte bereits nach drei Uhr und draußen war es dunkel, stand das Folgende in seinem Buch: „X scheint der Schrift mächtig zu sein, nicht jedoch der Fähigkeit, einen Text zusammenhängend oder nur logisch zu verfassen. Die Sätze unterbrechen sich selbst und spiegeln Xs paradoxe Denkweise wider, vor allem durch die Verwendung von Oxymora. Teils scheint X sich zwingen zu müssen, das Gedachte niederzuschreiben, was sich in der Handschrift erkennen lässt, die oft bis ins Unerkenntliche verschmiert ist.“ Darunter schrieb er eine Legende, in der die Symbole dargestellt waren, die durch die persönliche Handschrift verändert worden waren – auch etwas Neues – und anhand dieser Richtlinie arbeitete er sich immer weiter durch das Buch. Noch achtete er nicht genau auf den Inhalt dessen, was er schrieb, sondern kämpfte mit der Schrift. Es gab Abschnitte, die in löblichster Ordentlichkeit dastanden, die er einfach Wort für Wort übertragen konnte, doch sie waren selten. Häufig war die Schrift zwar lesbar, aber ein bisschen wackelig und er verbrachte Minuten damit, ein einzelnes Wort zu entschlüsseln.

Nach den ersten hundert Seiten hatte er sich mehr oder weniger mit der Handschrift vertraut gemacht und begann, sie sogar zu mögen. Sie hatte etwas so Natürliches an sich, manchmal strukturiert, manchmal chaotisch, emotional und immer einhergehend mit dem Inhalt des Textes. Jedenfalls oberflächlich. Gerade als Mr. Farell sich überlegte, ob er nicht eine Platte auflegen wollte (das würde ihn nun nicht mehr großartig ablenken), stieß er auf eine härtere Nuss. Er seufzte. Der komplette Text war durchgestrichen und manch einer hätte das wohl als Anlass genommen, die Seite einfach wegzulassen – der Text war doch aus einem Grund durchgestrichen, nicht wahr? Aber genau jenes Durchgestrichene, also Verbannte, beinhaltete meist das Interessanteste. Und der diagonale Strich war nur der Anfang. Tintenkleckse zierten die Seite, manche dicker als die anderen. „Bei X", so urteilte Mr. Farell in seinen Notizen, „muss wohl die Tasse umgefallen sein und ihren Inhalt auf dem Text verteilt haben, oder aber der Inhalt desselben hatte X so aufgewühlt, dass es Tränen darauf verteilte." Letzteres erschien ihm plausibler. Die Schrift war verwackelt, verschmiert und einzelne Wörter bis zur Unkenntlichkeit durchgestrichen. Mr. Farell sah seinen Schreibtisch an, als empfände er es als persönliche Beleidigung, einen Text in solchem Zustand zu überliefern (man denke doch bitte an die Historiker der Zukunft), dann begann er aufzuräumen. Er streckte die eingerosteten Gliedmaßen, stand auf und ging durch die Wohnung, um seine Gedanken zu ordnen. Eine Tasse Jasmintee später setzte er sich zurück vor den Text und begann sorgfältig mit der Übertragung. Es wurde spät und später und irgendwann früher, denn der Morgen machte sich durch Vogelgesang bemerkbar. Pünktlich um sieben Uhr legte Mr. Farell die Feder nieder. Er fuhr sich durch die Haare und blinzelte ein paarmal, damit die bunten Lichtpunkte, die vor seinen Augen tanzten, verschwanden. Dann las er sich ein letztes Mal durch, was auf dem Pergament mit der Überschrift „Seite 105" stand, allerdings war er nicht mehr vollkommen aufnahmefähig. Er nickte, um sich selbst zu signalisieren, dass er gute Arbeit geleistet hatte, dann sah er auf die Uhr, die verkündete, dass er sich mit den Lunchpaketen für die Obdachlosen beeilen musste. Also tat er genau das, nur dass er sich diesmal in die Küche stellte. Vom langen Sitzen tat ihm einiges weh und er hatte keine Lust, diesen Zustand noch zu verschlechtern. Um sieben Uhr war er bei Gillian Jacobs' Namen angelangt. Zu seiner Überraschung hatte sich ihr Eisenmangel drastisch verändert – ins Negative. Er zog die Stirn in Falten und las ihre Spalte noch mal, vielleicht hatte er sich vertan. Aber das hatte er nicht, ihre Gesundheit war tatsächlich noch angeschlagener. Außerdem hatte sie sich eine Erkältung geholt, was nun wirklich nicht verwunderlich war. Er füllte ein bisschen Hustensaft in eine Flasche mit Schraubverschluss und legte sie auf den Pappteller, dann machte er sich auf den Weg – die Küche ließ er in ihrem unaufgeräumten Zustand, darum würde er sich später kümmern. Während seiner Arbeit hatte er zwar mit Menschen zu tun, aber es gab genügend Gelegenheiten, bei denen er allein mit sich selbst durch Glasgow stapfte und Zeit hatte, sich Gedanken zu machen. Gerade kreisten sie um ein gewisses Buch, das eingeschlossen in seiner Schreibtischschublade lag. Er freute sich bereits darauf, es zu den anderen Büchern ins Regal zu stellen, nur wusste er nicht genau, wo er es hinstellen sollte. Zu anderen Büchern der Epoche, natürlich (er ordnete seine Bücher erst nach Jahrhundert, dann nach Genre und schließlich alphabetisch nach Autor), nur wusste er leider nicht, welcher es angehörte, denn es war

nirgends verzeichnet. In vielerlei Hinsicht erinnerte es ihn an Werke aus dem 19. Jahrhundert, die Ausdrucksweise war ein Beispiel dafür, und doch hatte es etwas seltsam Zeitloses an sich, etwas, das selbst jetzt modern wirkte. Er beschloss, die Epoche bei der Analyse zu bestimmen, doch er musste vorsichtig sein, denn bei Zuordnungen solcher Art machte er schnell Fehler und zog voreilige Schlüsse. In Gedanken analysierte er das, woran er sich noch erinnern konnte, und wusste nicht, ob er der Wahrheit auch nur entfernt nahekam.
Gillian saß unter der Brücke und war damit beschäftigt, ihr Kind in möglichst viele Lagen einer einzelnen Decke zu wickeln. Heute war es wach, brabbelte fröhlich vor sich hin und Mr. Farell sah zum ersten Mal, wie Gillian aussah, wenn sie lächelte. Zwar wusste er, dass sie sofort aufhören würde, wenn sie ihn sah, aber momentan tat sie es nicht. Sie lächelte ihren Sohn an, kitzelte ihn an den Füßen und verdeckte diese sofort wieder mit der Decke. Der Junge lachte glucksend und ihr Lächeln vertiefte sich. Es ließ das Alter und die Bitterkeit aus ihrem Gesicht verschwinden und brachte ihre braunen Augen, die sonst dumpf auf den Fluss starrten, zum Strahlen. Sie sah aus wie die junge Frau, die sie war, und diese Person war so anders als Gillian Jacobs. Niedlich, irgendwie. Und schrecklich verwundbar. Mr. Farell räusperte sich und sofort fiel ihr Lächeln in sich zusammen, das Kind gluckste weiter.
„Guten Tag, Gillian“, sagte er und stellte den Teller neben sie. „Was ist das?“, fragte sie mit einem Blick auf die Flasche. „Hustensaft. Für die Erkältung.“
„Ich bin nicht …“, begann sie, unterbrach sich jedoch mit einem lauten Niesen selbst. Als sie aufblickte, bemerkte er ihre

Augenringe. „Oh, wie sehen Sie denn aus?", entfuhr es ihm. „Haben Sie nicht geschlafen? Sie sind ja völlig übermüdet." Sie verdrehte die Augen. „Was denken Sie denn?", fauchte sie. „Es ist saukalt in der Nacht. Jetzt ja auch. Und Othello schreit, wenn er friert, wie soll ich denn da zu Schlaf kommen?" Mr. Farell hatte Mitleid mit ihr und sie spürte es. Wahrscheinlich war sie deswegen so biestig. Er nahm den Hut ab und drehte ihn in den Händen, einfach um etwas zu tun. „Sie können jederzeit zu mir kommen", bot er an und überraschte sich selbst. Das war nicht vorgesehen und eigentlich auch nicht das, was er sagen wollte. Auch Gillian sah ihn misstrauisch an. „Dann können Sie sich ausruhen und für das Baby wäre gesorgt. Meine Nachbarin hat eine Tochter, die sicher babysitten würde", fügte er schnell hinzu. „Verziehen Sie sich", keifte Gillian, aber das Keifen wirkte schwach. Er nickte und ging, innerlich fragte er sich, was ihn zu solch einem Angebot bewegt hatte. Es war nur schon so lange her, dass er Gesellschaft irgendeiner Art gehabt hatte. In diesem Moment fiel ihm das gestrige Gespräch mit Mr. Cacey ein und er blieb ruckartig stehen. Was hatte er getan? Sich mit ihm in einem Museum verabredet? Am liebsten würde er absagen, aber das ging nicht, denn er hatte keine Telefonnummer und bezweifelte, ihn im Telefonbuch zu finden. Dabei war er nicht abgeneigt von der Idee, mit ihm durch die Galerie zu gehen – er empfand ihn als angenehmen Zeitgenossen – nur wollte er momentan jeden freien Moment mit dem Buch und seiner Analyse verbringen (eine der unschönen Nebenwirkungen der Schrift, sie machte beinahe süchtig). Dann beschloss er, dass sie sich erst am

Samstag treffen würden und dass bis dahin noch ein paar Tage waren, Tage, in denen er sich der Übersetzung widmen könnte und würde. Er setzte sich wieder in Bewegung und ging nach Hause, um die nächsten drei Tage genauso zu verbringen wie diesen.

4

Nur einige Meilen von ihm entfernt lag Mr. Cacey im Bett, starrte die Decke an und konnte nicht schlafen. Er war in letzter Zeit oft wach im Bett gelegen, da ihm ein paar Dinge keine Ruhe lassen wollten. Das eine war das heranrückende Jahresende und der damit kommende Besuch bei seinen Chefs, worauf er weniger als gar keine Lust hatte. Ihn schauderte es, wenn er an seine Vorgesetzten dachte, und wahrscheinlich war das ganz in ihrem Sinn. Dabei könnte er eigentlich still sein, er machte seine Arbeit gewissenhaft und ordentlich und wusste es. Er musste sich also keine Sorgen machen.

Worum er sich allerdings sorgte, war das Treffen mit Mr. Farell. Er fragte sich, wie es in wenigen Tagen von einem Gespräch in einem Pub zu einem Treffen in der Kelvingrove Art Gallery hatte kommen können. Der einzige Grund, aus dem er Mr. Farell angesprochen hatte, war ziemlich offensichtlich: Er war niedlich und Mr. Cacey hatte sich Gesellschaft gewünscht. Und er hatte auf einen One-Night-Stand gehofft – dazu war es allerdings nicht gekommen. Stattdessen hatte er einen Korb bekommen. Einen sehr höflichen zwar, aber trotzdem einen Korb, und ein stundenlanges Gespräch über Literatur. Ausgerechnet Bücher, ein Thema, das ihn nur eine kurze Zeitspanne lang interessiert hatte. Und, nicht zu vergessen, er hatte ein wenig über Mr. Farells Ex-Freund erfahren, woran wahrscheinlich lag, dass er sich ihm gegenüber vertraut fühlte. An diesem Abend war er allein nach Hause gefahren, aber mit dem Gefühl, ein gutes Gespräch geführt zu haben, und dieses Gefühl hatte er nicht oft. Und es war vollkommen in Ordnung, es hätte bei diesem einen Gespräch und diesem einen Gefühl bleiben sollen. War es aber nicht. Stattdessen hatten sie sich wieder getroffen, ihr Gespräch fortgeführt und sich verabredet.

Mr. Cacey wollte in sein Kissen schreien, wusste allerdings nicht genau, wieso. Würde er nur laut genug schreien – so kam es ihm vor – wären seine Probleme gelöst. Nun, vielleicht nicht gelöst, aber er würde klarer über sie nachdenken können. Er schrie nicht, sondern gab die Aussicht auf Schlaf auf und stieg aus dem Bett. Der Schlafanzug schlotterte um seine Beine, als er zum Schreibtisch ging und sich rücklings daraufsetzte. Normalerweise saß er nicht auf der Tischplatte, und er hätte auch nie daran gedacht, das zu verändern, aber das hier war eine außergewöhnliche Situation und außergewöhnliche Situationen erforderten außergewöhnliche Maßnahmen.

Also saß er auf der Tischplatte, stützte das Kinn auf die angezogenen Knie und sah Iago an. Jener bemühte sich, selbst im schwachen Mondlicht, das träge durch das Fenster mit den halb zugezogenen Vorhängen fiel, halbwegs nach einer Pflanze auszusehen. Es gelang nicht. Iago sah aus wie jede andere Ufopflanze im Halbdunklen: Wie ein Blumentopf,

aus dem Ufos wachsen. Mr. Cacey seufzte leise. Hier saß er und war schon wieder kurz davor, all seine Probleme an einer Topfpflanze auszulassen. Es wäre ja nicht das erste Mal. Trotzdem war es traurig. Iago schien das genauso zu empfinden, er ließ die Ufos hängen.
„Es ist ja nicht so, als würde er mir irgendwas bedeuten", begann Mr. Cacey und merkte, dass er log. „Aber man kann so gut mit ihm sprechen. Also, echt gut. Und ich tu's auch gerne. Aber das bedeutet nichts. Man kann sich mit vielen Menschen gut unterhalten, ohne sie gleich ins Museum zu begleiten. Ach du Scheiße, was habe ich mir dabei gedacht?" Jetzt schrie er doch, allerdings nicht in sein Kissen und so laut, dass Miss Thomas es im Erdgeschoss noch hören musste. Dabei wusste er nicht, was genau sein Problem war. Mr. Farell ja wohl nicht, er hatte sogar angefangen, so etwas wie Sympathie für ihn zu empfinden. Nein, das Problem war definitiv nicht Mr. Farell. Das Problem war, dass Mr. Farell ihm zweimal mehr als deutlich klar gemacht hatte, dass er nicht an ihm interessiert war und dass es das erste Mal war, dass Mr. Cacey so etwas passierte. (Da der unbeteiligte Betrachter, beziehungsweise die unbeteiligte Betrachterin Letzteres falsch verstehen könnte: Mr. Cacey hielt sich keineswegs für unwiderstehlich – ganz im Gegenteil, meistens konnte er sich nicht ausstehen. Der Grund, aus dem er sich über Mr. Farell wunderte, war, dass die meisten Menschen diese unsichere Seite an ihm nicht sahen und nie sehen würden. Er trat charismatisch auf und sie beurteilten diesen ersten Eindruck, zogen einen voreiligen Schluss – einen Schluss, den Mr. Farell nicht als endgültig

hatte akzeptieren wollen. Es traf sich allerdings nicht weiterhin mit ihm, um ihn doch noch rumzukriegen, sondern um vielleicht doch eine Freundschaft zu schließen, vielleicht wäre das eine nette Abwechslung zur sonstigen Einsamkeit.) „Irgendetwas an ihm fasziniert mich“, schloss er, „und wenn ich herausgefunden habe, was das ist, kann ich entscheiden, wie das alles weitergeht.“ Er ließ die Beine vom Tisch baumeln. „Wer weiß“, murmelte er, „vielleicht bin ich nicht mehr so unausstehlich, wenn ich Freunde habe. Oder einen Freund, für den Anfang.“ Das Wort fühlte sich komisch auf der Zunge an, unbekannt, unvertraut. Ungewollt. Mit einem Satz sprang er vom Tisch und schaltete die Deckenlampe an. Helligkeit durchflutete den Raum, er schaltete es wieder aus. Zu hell. Es würde auch ohne Licht gehen. Was er nun tat, hatte er schon oft in Filmen (hauptsächlich romantischen Komödien) gesehen, jedoch nie selbst ausprobiert: Er stellte sich vor den Schrank und fragte sich, was er anziehen würde. Eigentlich tat er das nicht, er sah jeden Tag mehr oder weniger gleich aus: schwarzes Hemd, schwarze Anzughose, schwarze glänzende Lederschuhe, schwarze Weste (manchmal mit rotem Rücken, meistens ohne), schwarzer Gürtel mit Metallschnalle. Er legte viel Wert auf diese Schnalle, denn sie passte zu dem silbernen Ohrring, den er im rechten Ohr trug. Dazu kam ein Mantel im Stil Ozzy Osbournes und ein Hut aus den 1940er Jahren – beides schwarz. Vielleicht war es Zeit, etwas Neues auszuprobieren. Problematisch nur, dass er nichts anderes hatte. Seine Garderobe bestand ausschließlich aus schwarzer Kleidung, die mehr oder weniger formell war. (Nun, nicht ganz. Er besaß einen roten Pulli, den ihm eine Nachbarin vor etlichen Jahren zu Weihnachten geschenkt hatte, weil er „doch sonst niemanden hatte“ und „der Pulli so gut zu Ihren Haaren passt“. Er hatte ihn ein paar Mal getragen, damit die Dame sah, dass er sich wirklich freute, aber irgendwann hatte er damit aufgehört und nie wieder darüber gesprochen. Auch nicht über die Tatsache, dass er den Pulli nicht mehr hatte ausziehen wollen, als er ihn das erste Mal getragen hatte.) An sich ja nichts Schlechtes, nur manchmal ein bisschen unpassend. Jetzt, zum Beispiel. Was zog man in ein Museum an? Er war schon so lange nicht mehr in einem gewesen. Mr. Cacey griff auf gut Glück in den Schrank und zog zu seiner Überraschung eine Krawatte hervor. Er trug keine Krawatten und hatte auch nicht vor, das zu ändern, darum warf er sie mit einem abschätzigen „Näh“ aufs Bett. Der nächste Griff war ein weiterer ins Klo und neben der Krawatte landete ein Paar Chelsea-Boots. In dieser Art ging es weiter und es erschien ihm wie verhext, denn an jedem Teil, das ihm in die Hand fiel, hatte er etwas auszusetzen. Es war entweder zu abgetragen oder zu unbequem oder zu lässig oder einfach unpassend. Nach einer Stunde und 23 Minuten stand er vor einem leeren Schrank. „Und was jetzt?“, fragte er und drehte sich zu Iago. Zwischen den Ufos hing eine Socke, er entfernte sie mit spitzen Fingern. „Ich kann ja schlecht im Schlafanzug gehen“, murmelte er. Und gleichzeitig, warum nicht? Wenn Kurt Cobain im Schlafanzug heiraten konnte, warum konnte er dann nicht so ins Museum gehen? Vielleicht, weil er nicht Kurt Cobain war. Und generell, warum machte er sich solche Gedanken darüber? Es kam ihm übertrieben vor,

vor allem, als er auf sein Bett sah und den Stapel Stoff darauf bemerkte. Er seufzte. Jetzt würde er die ersten Stunden des Samstags nicht mit Schlafen verbringen, sondern mit dem Aufräumen seiner Klamotten. Um es ein wenig erträglicher zu machen, legte er eine Platte von Aretha Franklin auf und pfiff mit, und tatsächlich wirkte ihre Musik befreiend auf ihn, sodass er nach einer halben Stunde mit einem klaren Kopf über den Tagesablauf nachdenken konnte. Welche Gespräche man zum Beispiel führen konnte, wenn man sich in einer Kunstgalerie befand. Das Nächstliegende waren natürlich die Werke, aber er war kein Kunstkritiker und hatte sich beim versuchten Analysieren eines Bildes schon einmal schrecklich blamiert. Er hatte sich nie groß für Kunst interessiert, Van Gogh kannte er nur wegen der Geschichte mit dem abgeschnittenen Ohr und der einzige Rembrandt, den er identifizieren konnte, war „Der Kampf mit dem Engel“. Wahrscheinlich war es keine gute Idee gewesen, das Museum als Treffpunkt vorzuschlagen, gleichzeitig könnte es auch brillant gewesen sein. Eine Analyse hatte immer sehr viel mit der eigenen Person zu tun; und mochte sie auch nicht korrekt sein – die interessantesten Gespräche entstanden unter Leuten, die unterschiedliche Meinungen hatten – jedenfalls bei belanglosen Themen. Guter Dinge schloss er den Schrank, vielleicht würde der Tag doch nicht das Desaster werden, das er sich vor wenigen Stunden ausgemalt hatte. Um seinem Vorsatz nachzukommen, etwas Neues auszuprobieren, zog er einen Rollkragenpullover an, verzichtete jedoch nicht auf die Anzughose, obwohl er ein paar Mal eine Jeans in Erwägung gezogen hatte. An seinen

Haaren veränderte er nichts, sie waren gut, wie sie waren. Er band die obere Hälfte zu einem kleinen Zopf zusammen, von dem er glaubte, er ließe ihn jünger aussehen, dann ging er in die Küche und kochte sich eine Tasse Kaffee. Dabei fiel sein Blick auf den Terminkalender, der direkt über der Kaffeemaschine hing, und seine gute Laune fiel in sich zusammen, ein Phänomen, das jedem bekannt war, der samstags arbeiten musste. Vor sich hin murmelnd trank er den Kaffee und machte sich auf den Weg ins Museum, obwohl er erst in ein paar Stunden mit Mr. Farell verabredet war. In dem Moment, als Mr. Cacey die Haustür ins Schloss fallen ließ, schloss Mr. Farell das Buch zum letzten Mal. Er hatte zwei Notizhefte vollgeschrieben und würde am Abend mit der Analyse beginnen. Zumindest hatte er es sich vorgenommen. Doch als er seinen Mantel anzog, konnte er es nicht lassen, das erste Notizbuch einzustecken. Wer wusste schon, ob Mr. Cacey sich nicht vielleicht verspäten würde? Und in dieser Wartezeit brauchte er schließlich eine Beschäftigung. Er hastete aus der Wohnung, um möglichst früh damit beginnen zu können.

Kapitel 5

1

Im Jahr 3500 vor Christus hatte sich die Erde wieder einigermaßen bevölkert und trotz all seiner Grausamkeit schien Gottes Plan aufgegangen zu sein: Die Menschen waren frommer als ihre Vorgänger. Die Tiere hatten sich vermehrt und lebten ihr Leben als Haustiere, Nahrungsmittel oder Feinde und man sah ihnen den Inzest vor fünfhundert Jahren nicht mehr an. Die Menschen allerdings … Es hatte ihnen auf die Psyche geschlagen, vor allem in den ersten hundert Jahren, als sie alle noch zurückverfolgbar miteinander verwandt waren, entstanden zwei bis drei Generationen, die sowohl dumm als auch ein wenig naiv waren (und vielleicht hatte Gott es auf genau das abgesehen, naive Menschen glaubten leichter und man konnte sie besser einschüchtern). Auch vom Äußerlichen hatten sie sich verändert – ins Negative. Ihre Unterlippen wurden dick, fast aufgedunsen, sie entwickelten Wasserköpfe und bei manchen funktionierten ein paar Funktionen im Gehirn nicht, wie sie sollten. Ein paar waren so unansehnlich und unterentwickelt, dass sie mit ihren Müttern im Kindbett starben. Es war eine dunkle Zeit, aber sie ging vorbei und mittlerweile gab es hässliche wie hübsche und dumme wie kluge Menschen. Auch war die Kindersterblichkeitsrate gesunken, was Azariel darauf zurückführte, dass die Leute aufgehört hatten, ihre Brüder oder Cousinen zu heiraten, sondern Menschen, die nur im Entferntesten mit ihnen verwandt waren. Sie wurden gesünder, fast lebendiger, und ab und zu sah Azariel außergewöhnlich schöne. Der Mann, der neben ihm stand, zum Beispiel. Er hatte langes schwarzes Haar, das ihm von sanfter Brise getragen um den Kopf wallte (dabei wehte gar kein Wind, der das Haar hätte tragen können. Er hinterfragte es nicht: Wenn solche Männer wollten, dass ihr Haar wehte, dann tat es das auch – so seine Annahme). Seine Gesichtszüge waren ausgeprägt, aber nicht so markant, dass es lächerlich wirkte – was er ein paarmal gesehen hatte. Die Augen stachen im tiefsten Braun unter akkurat gezogenen Brauen hervor. Er hatte sich ein Leinentuch um die Hüfte gebunden, sodass nur sein gebräunter Oberkörper zu sehen war, der gerade so muskulös war, dass es attraktiv wirkte. Azariel pfiff durch die Zähne. Entweder hatte dieser Mensch richtig viel Glück mit der Partnerwahl seinen Eltern gehabt oder er war gar kein Mensch. Von dem Pfiff auf ihn aufmerksam gemacht, drehte sich der Mann zu Azariel um und in dem Moment, in dem sie sich in die Augen sahen, wusste Azariel: Diese Person war etwa so viel Mensch wie er selbst. Nun, nicht ganz. Der Mann – falls er denn einer war, es sah bloß so aus – war kein Mensch, allerdings wirkte er auch nicht wie ein Engel auf ihn. Irgendetwas dazwischen? Nun, da gab es nicht sonderlich viel. Der Nichtengel gesellte sich zu Azariel, der auf einem Felsen saß und missmutig zu den Menschen sah, die dabei waren, eine Schule zu bauen. Raguel half ihnen und stellte sich nicht unbedingt geschickt dabei an. Es sah zwar amüsant aus, aber Azariel hätte sich lieber mit ihm unterhalten. Immerhin war seine Pause auf Erden nur kurz. Diese hier würde nur drei Jahre dauern und er wusste wirklich Besseres anzustellen, als beim Bau einer Schule (von allen Dingen – eine Schule!) zuzusehen. Mithelfen, zum Beispiel, und bevor der Mann aufgetaucht war, hatte er es ernsthaft in Erwägung gezogen. Aber jetzt war er da und sprang behände auf den Stein. „Guten Morgen, Azariel", sagte er mit einer melodischen Bassstimme und in diesem Moment wusste Azariel, was der Mann war: ein Seraph. Die Seraphim standen über den Malakhen (zu denen Raguel und er gehörten), deshalb hatte er ihn nicht als Engel erkannt (natürlich war er ein Engel, aber keiner, den Azariel identifizieren konnte – so dachte er). „Guten Morgen", sagte Azariel und klang sogar freundlich. Das tat man üblicherweise, wenn man mit einer Person sprach, die einen höheren Rang hatte als man selbst, und es störte ihn ein wenig. „Ein schöner Tag, nicht wahr? Nicht zu heiß, nicht zu kalt, sie werden sich zwar anstrengen, sich aber nicht zu Tode schwitzen", meinte der Mann und ließ eine Reihe gerader weißer Zähne blitzen. „Der perfekte Tag zum Arbeiten, vor allem auf dem Bau. Sie haben Gesellschaft, und wenn die Arbeit nicht zu schwer ist, singen sie sogar. Hörst du sie singen, Azariel?" Er nickte. Die Arbeiter auf dem Bau sangen eine einfache Weise, nicht zu anstrengend und doch munter. Der Seraph seufzte theatralisch. Plötzlich wirkten seine perfekten Züge traurig und farblos, irgendetwas an seiner Ausstrahlung weckte in Azariel das Bedürfnis, ihm zu helfen, wie er nur konnte. „Wenn es nur nicht … ach, nein, das wird sich seltsam anhören."

„Sicher nicht“, beruhigte Azariel ihn, „sag es nur, es wird sich eine Lösung finden lassen.“
„Ach, es ist nur ein dummer Gedanke, wirklich. Aber wenn es nur nicht gerade eine Schule wäre, die sie bauen. Kannst du das nachvollziehen oder rede ich Unsinn?“
„Nein, bestens, ich verstehe.“ Und das tat er wirklich. Der Seraph sprach ihm förmlich aus der Seele. Hier saß er und sah den Arbeitern zu, wie sie frohgemut eine Schule errichteten, ein mit Liebe aufgestelltes Gebäude, das in Zukunft die Leiden der Kinder beherbergen würde. Dutzende von Kindern, die innerhalb dieser Mauern verzweifeln und ihre Lehrer verfluchen würden, weil Schule als Konzept nicht so funktionierte, wie man wollte, weil Menschen zu menschlich waren, um nicht gemein zu werden, weil die Erwachsenen die Probleme nicht sahen oder nicht sehen wollten oder vergessen hatten.
„Mir zumindest wäre es angenehmer, sie würden etwas Sinnvolles bauen“, fuhr der Seraph fort, „etwas mit einem anderen Nutzen als dem, Leuten etwas beizubringen, das sie eh wieder vergessen werden. Etwas, das sie widerspiegelt, auf das sie stolz sein können. Eine Statue oder ein Denkmal.“ Er sah Azariel von der Seite an und wartete auf Zustimmung, die sofort kam. „Das hier sind Menschen“, rief der Seraph. „Gottes schönste Schöpfung, Gottes beste Schöpfung, die einzige Gattung, der ein eigener Wille geschenkt wurde. Sie sollten nicht auf der Erde verenden wie Würmer, sie sollten Gott gleich sein, wo sie Ihr doch in jeder Beziehung ebenbürtig, wenn nicht sogar überlegen sind. Findest du nicht auch?“
Mittlerweile war es wohl egal, was er sagte, Azariel hätte zugestimmt, so sehr war er seinem Charme verfallen. Der

Seraph lächelte. „Sehr gut. Dann sieh zu, dass du heute früh zu Bett gehst und gut schläfst.“ Azariel nickte verwirrt. Genau das hatte er eh vor gehabt, obwohl er es sonst nie tat. Der Seraph lächelte erneut, diesmal breiter, die Mundwinkel drückten sich in die Wangen und verzerrten das schöne Gesicht zu einer unmenschlichen Fratze.

2

Als Raguel sich am späten Nachmittag von den Arbeitern verabschiedete, fand er Azariel seltsam weggetreten auf dem Fels. Er war in sich zusammengekauert, hatte die Augen halb geschlossen und wippte vor und zurück. „Ist alles in Ordnung?“, fragte Raguel besorgt. „Du bist ganz grün im Gesicht. Ist dir schlecht?“ Er schien ihn aus einer Art Trance zu reißen, denn sofort klärten sich Azariels Gesichtszüge. „Alles gut bei mir“, meinte er. „Oh“, sagte Raguel erfreut, „dann lass uns etwas essen.“ Er bemerkte nicht, dass Azariels schwarze Augen heller wirkten als sonst. Fast waren sie rot.

3

In dieser Nacht hatte Azariel einen äußerst seltsamen Traum. Es war einer jener Träume, in denen der Träumende wusste, dass er träumte, jedoch keinerlei Einfluss auf das Geschehen hatte. Sein Traum war sehr unrealistisch und so verzerrt, dass Azariel sofort wusste, dass er träumen musste. Allem Anschein nach befand er sich in Babel, der Stadt, in der er schlief. Und

auch die Zeit passte, es war tiefe Nacht. Sein Traumselbst wanderte durch die Straßen, vorbei an prunkvollen Häusern und Palmen, und es erfüllte ihn mit einer tiefen Zufriedenheit, diese majestätischste aller Städte in all ihrer Pracht zu erleben. Vor einem Haus blieb er stehen und hier begann der Teil, an dem ihm bewusst wurde, dass er in diesem Traum vollkommen machtlos war, denn er begann durch ein Fenster zu klettern, ohne zu wissen, warum. Es war ihm sogar weitestgehend egal, es würde schon einen Grund geben. Das Zimmer, in dem er landete, war anscheinend ein Schlafzimmer, denn in der Mitte stand ein Bett, auf dem ein Mann und eine Frau lagen. Sie schlief friedlich, doch er warf sich unruhig hin und her. Azariel ging zum Bett und setzte sich davor, wartete, bis er bemerkt wurde. Es dauerte eine Weile, bis der Mann sich das nächste Mal zu ihm drehte, doch als er es tat, blinzelte er und erblickte den Eindringling. Sofort fuhr er hoch und hielt sich schützend ein Kissen vor den Leib.
„Was tut Ihr hier?“, schrie er. „Geht fort oder ich schreie!“
„Beruhig dich“, sagte Azariel, aber es war nicht seine Stimme, die aus seinem Mund kam. Es war die Stimme des schönen Mannes, den er am Vormittag getroffen hatte, und sie wirkte beruhigend. Der Mann ließ das Kissen sinken und setzte sich auf das Bett.
„Dann sprecht“, forderte er ihn auf, „was führt Euch zu so später Stunde zu mir?“
Azariel legte den Kopf schief. „Du kannst nicht schlafen“, begann er langsam, noch immer mit der fremden Stimme. „Du bist unruhig, denn was du tust, befriedigt dich nicht. Sag, bist du der Baumeister der Schule?“

Der Mann nickte. „Ganz recht. Und es wird eine Schule, die noch kein menschliches Auge erblickt hat."
„Aber es wird eine Schule."
„Ihr sagt das, als wäre es etwas Schlechtes."
Azariels Traumselbst gab sich gelangweilt, betrachtete seine Fingernägel. Sie sahen seltsam gelblich aus. „Es ist nichts Schlechtes", meinte er, „jedenfalls nicht ausschließlich, immerhin hast du sie geplant. Und ich bin sicher, dass keine Schule je prachtvoller sein wird als diese, nur ..." Er machte eine kurze Pause, der Baumeister sah ihn abwartend an. „Nur habe ich das Gefühl, dass eine Schule ein viel zu kleines Projekt ist. Es unterfordert dich sozusagen. Und würdest du nicht selbst lieber etwas anderes bauen? Etwas von größerer Bedeutung, höherem Ausmaß?"
„Was soll das denn sein?", fragte er. Eigentlich mochte er sein Schulprojekt, doch jetzt, da er Azariel so sprechen hörte, begann er, es zu bezweifeln. Vielleicht war eine einfache Schule wirklich kein allzu interessantes Projekt. Nein, nicht vielleicht, ganz sicher war es zu wenig. Es brauchte etwas, das zeigte, wie fortgeschritten die Menschen waren, wie wunderbar sie sich entwickelt hatten, von Sündern zu Heiligen. Es brauchte ein Denkmal ihrer Großartigkeit und er selbst würde es bauen. Beflügelt von der Idee, die ihm durch den Kopf ging, nickte er. „Ihr habt recht. Nur wie soll es aussehen?" Azariel erhob sich und der Baumeister sah respektvoll zu ihm auf. „Das bleibt dir überlassen. Ich verlasse mich darauf, dass du die richtige Eingebung hast."

4

Der Azariel, der in der echten Welt schlief, erwachte ruckartig. Er war verschwitzt und atmete schwer, die dünne Decke klebte an seinen Beinen. Es war noch dunkel, doch an Schlaf war nicht mehr zu denken, egal, wie sehr er ihn brauchte. Er hatte einen furchtbaren Traum gehabt. Nun, nicht direkt. Er wusste nicht mehr genau, worum es gegangen war, aber er hatte sich die ganze Zeit schrecklich unwohl gefühlt und wollte nichts anderes, als aufzuwachen. Wahrscheinlich war es besser, dass er sich nicht erinnerte. Er fuhr sich durch die verschwitzten Haare und bemerkte, dass seine Hände zitterten, genau wie alles andere. Nur langsam gelang es ihm, sich einigermaßen zu beruhigen, und als sein Atem nicht mehr stoßweise ging und er sich halbwegs sicher auf den Beinen fühlte, stand er auf. Wenn er jetzt eines tun musste, dann war es, dieses stickige Zimmer zu verlassen. Also tat er genau das und wanderte ziellos durch die Gassen, wusste selbst nicht, was er suchte, bis er es schließlich gefunden hatte.

Raguel stand bei der Baugrube und betrachtete die Grundmauern der Schule. Sie waren erst heute errichtet worden und noch feucht vom Lehm, aber sie standen und erfüllten jeden Arbeiter mit Stolz.

„Was ist eigentlich so toll an einer Schule?“, fragte er und stellte sich neben Raguel, der zusammenzuckte. „Guten Morgen“, sagte er lächelnd. „So früh schon auf?“

„Konnte nicht mehr schlafen.“ Er nickte verständnisvoll, obwohl er es natürlich nicht verstand. Das Bedürfnis nach

Schlaf war ihm so fremd wie Azariel der Wunsch nach Essen. Raguel sah zurück in die Baugrube, dann entsann er sich der vorher gestellten Frage. „Nun, ich sehe nicht, was so falsch daran sein soll“, meinte er. Azariel verdrehte die Augen. „So ziemlich alles daran ist falsch. Hast du mal gesehen, wie so eine Unterrichtsstunde abläuft? Die Lehrer schlagen die Schüler, wenn sie eine Antwort nicht wissen.“ Raguel seufzte. Auch ihm war die brutale Lehrweise aufgefallen, aber wenn Gott wollte, dass Wissen vermittelt wurde, dann war es Ihm sicher auch recht, wenn es durch Gewalt geschah. Oder so ähnlich.

„Wenn du diesen Aspekt für einen Moment unbeachtet lässt und an die guten Dinge denkst, die Schulbildung anstellen kann, würdest du deine Meinung sicher schnell ändern.“

„Gute Dinge, die da wären?“

„Das verstehen physikalischer Zusammenhänge, die unser alltägliches Leben bestimmen, zum Beispiel.“

„Du meinst das Nichtverstehen selbiger, was dazu führt, sich den anderen Schülern untergestellt zu fühlen und sich selbst als dumm abzustempeln?“

„Das Vermitteln astronomischen Wissens und des Ausmaßes unseres Universums.“

„Wodurch einem bewusst wird, wie kurz die Lebenszeit ist, und dass man selbst gänzlich unbedeutend ist, leben und sterben wird und generell so unnötig ist, dass in hundert Jahren niemand sich auch nur an den Namen erinnern wird.“ Raguel verzog die Stirn. Er hatte gehofft, ihn mit dem astronomischen Aspekt überzeugen zu können. „Du bist

unheilbar pessimistisch“, bemerkte er. „Und du bist wahnsinnig optimistisch.“
„Lieber blind gegenüber Problemen, als Probleme aus dem nichts zu erschaffen“, meinte Raguel und faltete wie im Gebet die Hände. Azariel schlug sich gespielt getroffen die Hand auf die Brust. „Das tat weh“, sagte er. Sie sahen sich an und lachten, dann setzten sie sich auf einen Felsen in der Nähe der Baustelle und sahen der Sonne beim Aufgehen zu. Die Arbeiter kamen so früh wie immer. Sie kamen aus der Stadt und man hörte ihre laute Art zu lachen schon von Weitem. Sie scherzten gut gelaunt, denn sie verstanden einander und es war ein schöner Tag. An der Baustelle angekommen, fingen sie jedoch nicht gleich mit dem Arbeiten an. Stattdessen setzten sie sich auf den Boden und sprachen weiter, ab und zu sahen sie abwartend in die Richtung, aus der sie gekommen waren. Mit der Zeit sahen sie immer öfter zur Stadt. Da Azariel infolge der unruhigen Nacht müde war und in der Sonne döste, stand Raguel auf und gesellte sich zu den Männern.
„Wartet ihr auf etwas?“, fragte er einen Mann namens Baal, seines Zeichens die rechte Hand des Baumeisters. „Ihr seid doch hier und könnt mit dem Bauen beginnen.“ Baal sah ratlos drein, ließ den Blick wieder zur Stadt wandern. „Wir warten auf Baumeister Merodach. Erst wenn er eintrifft, können wir beginnen.“ Es war an Raguel, verwirrt dreinzublicken. Der Baumeister war eine kompetente Person und er verspätete sich nie. Viel eher war er früher als alle anderen am Bau, um sich einen Plan für den Tag zu erstellen. Vielleicht war er krank, doch er hätte Bescheid gegeben. Mit

besorgter Miene setzte Raguel sich neben Azariel, der ihn verschlafen anblinzelte.
„Was ist los?", fragte er. „Nichts, nichts", meinte Raguel, sicher würde es eine passende Erklärung geben. „Doch, irgendetwas stimmt nicht. Du hast die Stirn verzogen." Verdutzt fasste Raguel sich an die Stirn, um festzustellen, dass da tatsächlich eine Falte war, doch bevor er etwas erwidern konnte, sah er, wie Baal erleichtert aufatmete. Baumeister Merodach schlurfte auf den Bau, dunkle Ringe unter seinen Augen und die Falte auf Raguels Stirn glättete sich.
„Das war's?", fragte Azariel. „Er verspätet sich und alle machen sich Sorgen darum?"
„Für Menschen ist es eben irritierend, wenn etwas wochenlang nach demselben Muster passiert und es eines Tages anders ist."
„Schon, aber du bist kein Mensch."
Sie konnten ihre Zankerei nicht fortsetzen, da sie um Ruhe gebeten wurden. Also, nicht sie direkt. Merodach war auf einen Felsen geklettert und bat allgemein um Gehör. Die Arbeiter, die gerade dabei waren, ihre Arbeit aufzunehmen, ließen verwirrt ihr Werkzeug fallen. „Bevor wir weitermachen", begann Merodach, „möchte ich euch gerne daran erinnern, was wir sind." Niemand erhob Einspruch, wenngleich die Aktion sinnlos wirkte. Sie wussten doch, was sie waren. „Wir sind das fortschrittlichste Volk auf dieser Erde", schrie er und erntete zustimmendes Nicken. „Wir sind die Erschaffer aller Intelligenz. Weltweit benutzt man unser Rechensystem, unser Alphabet, unsere Methoden

der Landwirtschaft." Azariel lachte spöttisch. „Meint er wohl die Landwirtschaft, die schon vor etlichen Jahren in Sahel, Ägypten und Äthiopien benutzt wird, um nur ein paar davon aufzuzählen? Deren Landwirtschaft, dass ich nicht lache." Er lachte tatsächlich nicht. Stattdessen sah er unwohl zu Merodach, der ihn nicht gehört hatte. Er hatte eine Ahnung, in welche Richtung diese Rede führen könnte. „Wir erfanden die Bögen", fuhr der Baumeister fort, „wir erfanden die Räder und alle Welt nutzt sie, ohne zu wissen, dass wir es sind, denen sie zu danken haben."
„Stimmt auch nicht", murmelte Raguel. „Bögen kommen aus Afrika und mehrere Menschen hatten die Idee mit dem Rad gleichzeitig. Ist irgendwie naheliegend, so was zu bauen, es ist einfach praktisch." Genau wie Azariel blieb er ungehört, jedenfalls von den Menschen, sein Freund nickte zustimmend. Die Arbeiter waren mittlerweile vom Nicken zu bejahenden Rufen übergegangen, und als Merodach die letzten Worte schrie, brachen sie in lauten Jubel aus. „Wir sind das beste Volk der Welt", donnerte er, „und wir leben in der schönsten aller Städte, die unsere Väter und unserer Väter Väter im Schweiße ihres Angesichts erbauten – und sie ist so prachtvoll wie wir selbst. Unser Palast besteht aus purem Gold, unsere Schulen sind die fortschrittlichsten der Umgebung und unser König ist der gütigste aller Könige." Beifall brandete auf, Azariel klatschte sarkastisch. „Ganz toll", kommentierte er und konnte sich nichts Ironischeres einfallen lassen, zu besorgt war er. Was hier geschah, grenzte an Demagogie und so etwas endete selten gut. „Gott selbst hat uns nach Seinem und der Engel Ebenbild

erschaffen. Er gab uns einen eigenen Willen und die Kraft, das zu tun, was wir wollen. Und seht euch doch um! Nur weil wir Menschen, und besonders wir in Babel, diese Gabe besitzen, konnte all das hier entstehen. Und hier stehen wir, nutzen unseren Verstand nicht, sondern bauen Schulen und verschwenden damit unsere Zeit."
„Was sollen wir dann tun?", rief jemand aus der Menge. „Gott will, dass wir Schulen in Seinem Namen bauen, er möchte, dass wir Wissen vermitteln, um die kommende Generation stärker zu machen, als wir es sein können."
Merodach blickte böse in die Menge. „Haben wir nicht genug Schulen?", schrie er. „Können unsere Kinder nicht an genug Orten lernen? Haben wir nicht genug Tempel, in denen wir Gott anbeten und Ihm Opfer bringen? Haben wir nicht genug getan, nur weil Gott es wollte? Ich sage, wir hätten all das auch ohne einen Gott schaffen können, der uns sagt, was wir zu tun und zu lassen haben. Wir hätten alles ebenso gut, wenn nicht sogar besser machen können, ohne seine Anweisungen."
Er machte eine Pause, in der Azariel ein „Ui" entwich. Davor war es noch halbwegs amüsant gewesen, zu sehen, wie der Baumeister halb wahnsinnig seine Parolen schrie, aber jetzt war etwas anderes dazugekommen, etwas Blasphemisches. Die Engel sahen sich erschrocken an, zu schnell war die Situation eskaliert.
„Sind wir nicht in vielerlei Hinsicht besser als Gott? Er gab uns nur Anweisungen, wir aber führten sie durch. Wir sind imstande, Pläne durchzusetzen, während Er nur anschaffen kann. Wir sind Gottes liebste Schöpfung, seine gelungenste

Schöpfung, wenn wir uns irgendwo befinden, dann auf einer Ebene mit Gott." Er machte eine weitere Pause, um Luft zu holen und das Gesagte wirken zu lassen, als er erneut die Stimme hob, klang er wie Donner: „Ich sage, wir lassen die Schule Schule sein und bauen etwas nach unserem Plan. Ich sage, wir bauen uns ein Denkmal unserer Großartigkeit. Es wird ein Turm sein und er wird bis zum Himmel reichen. Und nennen werden wir ihn den Turm zu Babel." Die Arbeiter stimmten jubelnd zu und Merodach sprang von dem Felsen. Er fing an, mit Baal einen Bauplan auszuarbeiten, während im Hintergrund die Grundmauern der Schule eingerissen wurden. Ein neunzig auf neunzig Ellen großes Stück Land wurde ausgemessen, hier sollte der Turm entstehen und er sollte die Menschen widerspiegeln. Raguel und Azariel teilten die Begeisterung der Menschen nicht. Sie saßen auf dem Felsen und sahen erschrocken drein. Raguel hatte sich die Hand vor den Mund geschlagen. „Oh", sagte er und drückte das Empfinden beider damit ziemlich akkurat aus. Sogar war „Oh" das Einzige, was sie noch sagen konnten. Für mehr hatte es ihnen die Sprache verschlagen. Es war ein weiterer Punkt in der Geschichte erreicht, in der die Menschen anfingen, sich frevelhaft zu benehmen, und sie waren dabei und konnten sie nicht aufhalten. „Meinst du, das funktioniert?", fragte Raguel irgendwann. Azariel nickte zögerlich. „Muss wohl. Ich meine, Gott kann nicht noch eine Sintflut veranlassen. Die erste hat zu viel Mist nach sich gezogen." Er schauderte beim Gedanken an die missgestalteten menschlichen Wesen, die er gesehen hatte. Nein, eine zweite Sintflut würde nur noch mehr Ärger bringen.

„Das meinte ich eigentlich nicht“, erwiderte Raguel.
„Sondern?“
„Sondern: Kann man einen Turm bauen, der bis zum Himmel reicht? Ist das physikalisch oder physisch oder was auch immer möglich? Du hast dich doch bei Noah so darüber aufgeregt und hier ist kein Gott im Spiel, der ihnen helfen kann.“
„Ach so.“ Azariel dachte einen Moment nach, allerdings nicht über die Frage, sondern über den Beweggrund, aus dem sie gestellt wurde. Raguel war ein Engel, wenn er sich für eines interessierte, dann war es Gott und seine Aufgabe. Als er sich vor zig Jahren über genau dieses Thema aufgeregt hatte, war Raguel direkt abweisend gewesen, wollte nichts über das Ding, das noch nicht Physik genannt wurde, wissen. Warum stellte er jetzt diese Frage? Er hatte ihn wohl recht lange angestarrt, denn Raguel lächelte erwartungsvoll.
„Äh, ich glaube, wir müssen erst mal die Rahmenbedingungen klären“, begann Azariel langsam. „Aus welchen Materialien besteht der Turm?“ Raguel zuckte mit den Schultern. „Stein, nehme ich an.“
„Und was noch?“
„Wie, was noch? Reicht Stein nicht?“
„Nein. Man kann ein Gebäude nicht aus nur einem Material herstellen. Der Eigendruck wird irgendwann zu groß und es stürzt in sich zusammen.“ Er sah sich um. Auf der Baustelle wurde gesägt, was ihn vermuten ließ, dass auch Holz im Spiel war. „Also Stein und Holz“, fuhr er fort, „und zur Stabilisierung wahrscheinlich Mörtel oder Lehm, oder so. Damit sollten sie imstande sein, einen recht hohen Turm zu bauen.“ Raguel

nickte. Er verstand nicht ganz, was ihm da erzählt wurde, konnte es aber zumindest halbwegs nachvollziehen. „Dann müssen wir außerdem wissen, wie weit der Himmel entfernt ist. Der Turm soll ja bis dahin reichen." Hier war allerdings das Problem, dass der Himmel nicht unbedingt ein Ort war. Also, schon. Es gab Audienzräume, Aufgabenbereiche, Schlafecken, eine Arena mit Hinrichtungsplatz, und diese waren allesamt vorhanden in einer Materie, die von Menschen wohl Ort genannt werden würde. Nur war es kein Ort, an den man gehen konnte, wann es einem beliebte, kein Schloss aus Wolken zwischen Sonne und Mond. Es war mehr eine Art Energie, deren Anwesenheit allumfassend und gleichzeitig unerreichbar war. Der Himmel war also überall und nirgends. Das reimten sich die beiden im Laufe eines Nachmittags zusammen, und da das Ergebnis äußerst unzufriedenstellend war, fassten sie folgenden Entschluss: Wenn die Menschen den Turm so hoch gebaut hatten, dass seine Existenz Gott störte, wäre der Himmel erreicht. Und da kein einziges Gebäude höher als fünfhundert Ellen war, befand sich dort wohl etwa die Grenze. Azariel ließ sich auf den Stein sinken. Die Sonne war dabei, unterzugehen, und man konnte in den Himmel sehen, ohne dass einem davon die Augen wehtaten. „Also funktioniert es?", fragte Raguel. Er zuckte mit den Schultern. „Kann sein. Fünfhundert Ellen ist hoch, aber nicht unerreichbar. Trotzdem, ich bezweifle es." „Warum das?" Jetzt war Raguel vollends verwirrt. Hatten sie nicht gerade Stunden damit verbracht, herauszufinden, *dass* es funktionierte? Wobei: Im

Grunde hatten sie nur die Höhe herausgefunden. „Sie haben keine allzu große Fläche“, meinte Azariel. „Du siehst doch die Grundmauern der Schule, die sie heute weggerissen haben. Sie wollen einen runden Turm bauen, immer eine Etage von kleinerem Radius als die darunter. Irgendwann ist dieser Kreis so klein, dass sie nur noch einen Deckel daraufsetzen können – und ich bezweifle, dass das Konstrukt fünfhundert Ellen hoch wird.“ Das leuchtete ihm ein. „Vielleicht liegen wir auch falsch mit den fünfhundert Ellen“, gab er schließlich zu bedenken. Azariel drehte fragend die Augen in seine Richtung, es war zu gemütlich, um aufzustehen. „Vielleicht ist der Himmel dann erreicht, wenn der Turm fertig ist und sie beschlossen haben: ‚Hier ist der Himmel‘. Eine Energie besteht aus Glaube, und wenn sie glauben, den Himmel erreicht zu haben, sind sie schon da.“

„Poetisch.“

„Danke.“

Sie grinsten sich an, dann wurden sie schlagartig ernst. So schön es war, darüber zu scherzen, sie wussten, dass Gott über solch einen blasphemischen Akt zornig werden würde. Und die Vergeltung würde schlimm sein, das wussten sie bereits. Azariel sah zurück in die Wolken. „Wie wird Sie darauf reagieren?“, fragte er. Ungute Vorahnungen und ungewollte Bilder versuchten, sich in seinen Kopf zu schieben. „Weiß nicht“, meinte Raguel leise, „aber Seine Strafe wird göttlich sein. Die Menschen sind stolz geworden, stellen sich neben und sogar über Ihn. Und du weißt so gut wie ich, was das letzte Mal passiert ist, als Engel stolz wurden.“ Er nickte. Genau dieses Bild hatte er zu verdrängen versucht.

Vor der Revolution hatte er einen Engel aus seinem Team recht gerne gehabt. Ihr Name war Nocturna und trotz ihrer aufmüpfigen Art und seines Zynismus waren sie so etwas wie Freunde gewesen. Als sie angefangen hatte, näher mit Lucifer, Satan und der ganzen Truppe zu konferieren, war diese Freundschaft etwas eingeschlafen und nur diesem Umstand hatte Azariel es zu verdanken, dass er selbst noch ein Engel war. Was die Allmächtige überzeugt hatte, war wohl, dass er in der entscheidenden Schlacht gegen Nocturna gekämpft hatte. Zu dieser Zeit waren sie weniger Freunde als Feinde gewesen und doch … sie fallen zu sehen, war etwas, das er in die Tiefen seines Gedächtnisses gedrängt hatte und woran er nie wieder denken wollte; der Grund, aus dem er noch immer so furchtbar pessimistisch war. Aber das erzählte er Raguel nicht, stattdessen sagte er: „Noch mal von vorne anfangen kann Sie wohl nicht."
Raguel lachte, was gut war, obwohl es kein Scherz gewesen war. Es war logisch, einen Neustart für undenkbar zu halten, wo sie doch schon so weit gekommen waren. Sie saßen auf dem Stein, scherzten darüber, dass Gott die Menschen nicht einfach auslöschen konnte, wohl wissend, dass Er genau das tun konnte, wenn Er wütend war. Und Er würde wütend sein.

5

Insgesamt dauerte Azariels Pause knapp zwei Jahre und er hoffte, in dieser Zeit den Turmbau mitansehen zu können. Anfangs zweifelte er stark daran, zwei Jahre waren eine sehr

kurze Zeit für ein Projekt dieses Ausmaßes, aber nach dem ersten Monat lösten sich seine Zweifel mehr und mehr. „Vielleicht funktioniert es doch“, sagte er im ersten Halbjahr zu Raguel, „die Pyramiden haben sie ja auch bauen können.“ Dieser nickte. Die Sonne brannte auf sie herunter und die Arbeiter schwitzten stark, doch sie legten nur kurze Trinkpausen ein.
Die ganze Stadt schien begeistert von dem Projekt. Oft standen Kinder und Jugendliche in einiger Entfernung zur Baustelle (dass man ihnen ja keine Arbeit auftrug) und sahen zu, andere Schaulustige standen näher und halfen ab und zu. Frauen mit Körben voll Bechern versorgten ihre Männer mit Wasser (offenbar war keiner der Arbeiter so multitaskingfähig, um gleichzeitig zu bauen und hydriert zu bleiben). Es kamen sogar Menschen aus nahe gelegenen Städten, um dem Bau zuzusehen, denn die Baustelle gewann an Berühmtheit. Und das zu Recht. Irgendwo hatten Merodach und Baal recht gehabt, als sie sagten, dass sie Gott für ihre Projekte nicht brauchten, denn der Turm entstand auch ohne Seine Hilfe und er wurde prächtig.
Nach dem ersten halben Jahr in knallender Hitze standen die Grundmauern. Sie war zweiundzwanzig Ellen hoch und hatte einen Radius von knapp achtzig Ellen. Dieser Meilenstein wurde gebührend gefeiert, danach brauchten die Arbeiter ein paar Tage, um sich auszuruhen. Doch obwohl das Fundament nun geschaffen war, schien das Interesse der Zusehenden zu schrumpfen. Im Herbst gingen die Bewohner Babels ihrer Arbeit nach und niemand reiste mehr zur Baustelle. Die Kinder kamen noch ab und zu, doch nachdem es auf der

Baustelle einen Unfall gegeben hatte (auf der schiefen Ebene war ein Stein losgekommen und hatte einen Arbeiter seine rechte Hand gekostet), wurde es ihnen großteils verboten. Die Einzigen, die noch kamen, waren die Frauen, und selbst diese nur noch selten – sie hatten angefangen, ihren Männern Brote und Wasser mitzugeben, damit sie nicht jeden Tag selbst mehrmals zur Baustelle gehen mussten. Es regnete viel in diesem Herbst und auch das beeinträchtigte den Bau. „Ob das noch was wird?", zweifelte Raguel, als die Baustelle ein weiteres Mal verlassen vor ihnen lag und der Regen den Mörtel aufweichte. Azariel zuckte mit den Schultern. Er hoffte zwar, dass der Bau abgebrochen würde, aber diese Hoffnung war unbegründet. Die Arbeiter nämlich, die angesichts ihres schrumpfenden Ansehens hätten deprimiert sein können, waren enthusiastischer als zuvor, was vor allem Merodach zu verdanken war. Nach jenem Unfall, der den Tiefpunkt der Arbeit markierte, hätte manch einer erwartet, dass das Projekt abgebrochen würde. Stattdessen hatte Merodach allerdings eine Rede geschwungen, dass die Mauern vom Blut ihrer Freunde getränkt und damit noch wichtiger wären.

Es zeigte Wirkung, denn die nächsten beiden Etagen standen, noch bevor der Winter einbrach. Sie waren sowohl niedriger als auch von kleinerem Radius als die untere, aber sie waren mindestens genauso imposant. Rund um den Turm befanden sich aus Stein geschlagene Treppen, Felsbögen und Fenster, filigrane und weniger zierliche Dekorationen – und alles so sicher, dass man darauf spazieren gehen konnte – was

niemand tat. Die Baustelle war abgesperrt, zu groß war die Gefahr, dass etwas kaputtgehen könnte.
Als man im Frühjahr versuchte, die Arbeit wieder aufzunehmen, scheiterte man, die Kälte saß tief in den Knochen aller. Zu dieser Zeit begann Azariel zu zweifeln, die Vollendung des Turmes noch mitzubekommen, denn das zweite Jahr seiner Pause war bereits zu einem Viertel vorbei. Doch wieder einmal belehrte Merodach ihn eines Besseren, denn als die Arbeiter wieder begannen, ging der Bau zügiger voran als bisher. Die vierte und fünfte Etage standen im Sommer und der Turm wurde erstaunlich hoch. In der Stadt hieß es: „Er wird ihn tatsächlich in den Himmel bauen" oder „Was für eine Zeit, am Leben zu sein." Oder aber: „Jetzt hat Baumeister Merodach endgültig den Verstand verloren." Letzteres hörte man eher selten und es war von Neidern gesprochen, denn jeder war beeindruckt von dem Werk und der Baumeister galt als angesehenster Mann der Stadt – unter dem König, versteht sich.
Nun fehlten noch die letzten beiden Stockwerke, für die Merodach sich eine architektonische Besonderheit ausgedacht hatte. Mit dieser musste er bereits auf der drittobersten Ebene anfangen: Anstatt die Mauer komplett rund zu bauen, ließ er ein Drittel frei. In dieses Drittel baute er nach und nach eine Art Stadt in der Stadt, und als die siebte und letzte Etage fertig war, setzte er auf einer Empore vier weitere in diese Stadtmitte.
Das ereignete sich im späten Herbst, wenige Tage bevor Azariel gehen musste und man plante, ein großes Fest zu feiern. Der Turm war fertig und er war durch und durch

menschlich. Fast 300 Ellen hoch – nicht ganz 500, aber immerhin – und man konnte ihn von Weitem sehen, von welcher Seite auch immer man auf Babel zukam. Wahrhaftig, es war ein Meisterwerk und es hatte nur zwei Jahre gedauert, was an Unmöglichkeit grenzte.

„Wenn ich es nicht mit eigenen Augen gesehen hätte", sagte Azariel am Tag des Fests, „würde ich es nicht glauben. Es ist unmöglich, aber trotzdem ..." Mit einer hilflosen Handbewegung beendete er den Satz, aber Raguel wusste auch so, was er meinte. Er selbst konnte es nicht ausdrücken, aber was er meinte, war ungefähr: Sollte Gott tatsächlich geholfen haben, so war Er sehr ungenau vorgegangen (und er nahm an, dass Gott geholfen hatte, anders hätte es nicht funktioniert). Zum einen hatte Er den Bau ermöglicht, nichts war schief gegangen – also, fast nichts – und ihn in so rasender Geschwindigkeit fertiggestellt, andererseits hatte Er ihnen so viele Steine in den Weg gelegt. Das ständig unpassende Wetter, die mangelnde Begeisterung anderer, die Unfälle. Es schien ihm, als wär Gott selbst unentschlossen, was Er wollte.

Raguel beschloss, nicht weiter darüber nachzudenken, stattdessen ging er mit Azariel zu dem Fest und beobachtete die Menschen aus einiger Entfernung, wie sie tanzten und lachten und sich über ihr Denkmal freuten. „Seine Rache wird grausam sein", predigte Azariel nur halb ironisch. „Lass ihnen den Spaß", sagte Raguel, obwohl er wusste, dass Azariel recht hatte. Doch zuerst hatten die Menschen ihren Moment, und so kurz er in den Augen der Engel auch war, sie genossen ihn.

Das Fest begann mit dem Sonnenuntergang, doch schon seit Mittag wurden Tische aufgestellt und Speisen zubereitet. Ein würziger Duft lag in der Luft, fettiges Essen gemischt mit süßem Wein, und als die Sonne schließlich tiefer wanderte, kam zunehmend Gelächter auf. Die allgemeine Stimmung war beschwingt, und später, als ein paar Musikerinnen und Musiker anfingen, ihre Instrumente zu spielen, steigerte sie sich noch. Neben den Tischen wurde getanzt und ausgelassen mitgesungen, man feierte sich selbst und die Menschlichkeit als solche. Geschmückt war die Szenerie mit Blumen, deren Farben zwar unerkennbar, doch deren Duft und Form unverwechselbar waren. Kinder mit abgerissenen Blumen in den Händen rannten den Erwachsenen um die Beine und an einem Tisch saß eine alte Frau, die ihnen die Blumen ins Haar flocht, mit einer Geschicklichkeit, die man ihren Gichtgekrümmten Fingern nicht zugetraut hätte. Direkt zu Beginn wurde ein Schwein geopfert. Dies ließ die Engel zumindest etwas aufatmen, denn so könnte Gott zumindest ein bisschen zufriedengestellt werden. Hatten sie anfangs noch wachsam dagesessen, jederzeit bereit, von Gott und den Erzengeln besucht zu werden, so saßen sie zu fortgeschrittener Stunde entspannt da und sahen dem Treiben zu.
„Vielleicht haben wir uns komplett geirrt“, meinte Raguel schließlich. Azariel sah auf. Er flocht Blumen zu einem Kranz, wobei er sich nicht allzu geschickt anstellte. „Es könnte sein, dass Gott gar nicht sauer ist“, führte Raguel den Gedanken fort.
„Sondern?“
„Sondern stolz. Immerhin hat Seine Kreation es geschafft, so etwas Beeindruckendes auf die Bei-

ne zu stellen – und das ohne Seine Hilfe. Der erste Schritt zur Selbstständigkeit, wenn du so willst."
„Du denkst, Sie möchte, dass die Menschen selbstständig werden? Aber dann würden sie Sie nicht mehr brauchen."
„Nicht direkt. Ich denke, Gott entwickelt ihnen gegenüber väterliche Gefühle. Und wie jeder Elternteil möchte Er, dass Seine Kinder zumindest zu einem gewissen Grad erwachsen werden. Natürlich sollen sie Ihn nicht vergessen oder nicht mehr brauchen, aber kein Kind vergisst seine Eltern."
„Das würde voraussetzen, dass Gott Gefühle empfinden kann."
Raguel sah ihn erstaunt an, aber der Blick wurde nicht erwidert, zu sehr war Azariel ins Flechten seiner Blumen vertieft. Und trotzdem – ein bitterer Zug hatte sich um seinen Mund gebildet.
„Erklär das bitte."
„Was?"
„Dass Gott keine Gefühle haben soll. Das stimmt doch nicht. Er liebt uns und die Menschen."
Azariel schüttelte den Kopf. „Wenn Sie wirklich zu Liebe fähig wäre, dann hätte Sie nicht die gesamte Menschheit ausgelöscht, würde das Elend dieser Welt nicht verschlimmern. Nur jemand, der aus purer Grausamkeit besteht, ist fähig dazu, denn kein Liebender würde seine Schöpfung umbringen. Gott hat keine Tränen vergossen, als Sie die Welt überflutete, doch genauso wenig hat Sie gelacht. Es ist Routine und es ist Ihr egal."
Nach diesen harten Worten schwiegen beide, Raguel sah dumpf auf den Boden vor ihnen. „Nein", sagte er schließlich, „Er liebt uns. Sicher tut Er es, und wenn ich es nur glauben möchte."
Sie verblieben in angespannter Stille, nur von den Menschen drangen fröhliche Geräusche herüber. Ein Feuer prasselte

in der Nähe und wärmte sie, Azariel flocht seinen Kranz zu Ende. „Hier“, sagte er und legte ihn Raguel in den Schoß.
„Ist das ein Friedensangebot?“
„So was in der Art.“ Er grinste schief. „Und vielleicht hast du ja recht mit dieser These über elterliche Gefühle. Immerhin sieht es nicht so aus, als würde Sie sie bestrafen.“
Noch während die letzten Silben in der Luft hingen, wurde der Platz erfüllt von einem plötzlichen Licht, das heller war, als die Menschen es je gesehen hatten. Geblendet wendeten sie sich ab, ein paar fielen auf die Knie, denn sie hatten ihren Schöpfer erkannt. Als Gottes Stimme aus dem Licht erklang, hielt Azariel sich die Ohren zu und hörte es trotzdem.
„Ihr habt meinen Namen missbraucht“, donnerte Gott, „habt gedacht, ihr wäret mir ebenbürtig, dachtet, ihr wäret besser als ich.“ Mit jedem Wort, das Er sprach, verstärkte sich Seine Wut und graue Sturmwolken zogen auf. „Doch ihr seid nichts“, fuhr er fort und Donner unterstrich das Gesprochene. „Ihr seid nichts ohne mich, eure Existenz ist vergänglich, ich aber bin allumfassend, von einer Großartigkeit, die ihr nicht begreifen könnt. Wer seid ihr, euch anzumaßen, mir auch nur ähnlich zu sein? Nichts seid ihr, Asche seid ihr, so Gott will – und ich will!“
Ein Blitz zuckte auf, doch anders als die vorherigen Blitze verschwand er nicht wieder, sondern lud sich immer weiter auf, gewann an Intensität und schlug schließlich in den Turm ein, der sofort lichterloh in Flammen stand. Auf der Wiese schrien die Leute, manche vor Wut, manche um Vergebung bittend. Merodach sprang wutentbrannt auf. „Das dürft Ihr nicht“, schrie er, „es war

unser Turm. Ihr dürft nicht zerstören, was nicht Euer ist." Für einen Moment schien der Sturm innezuhalten, dann stieß Gott einen wütenden Schrei aus und Merodach starb auf der Stelle – was dazu führte, dass die Menschen in ihrer Panik versuchten, wegzurennen (nur, dass man Gottes Zorn nicht entgehen konnte). „Als Strafe sollt ihr euch nie wieder gegen mich verbünden können", rief Er. „Von nun an wird niemand mehr fähig sein, die anderen zu verstehen. Ich nehme euch die Sprache und zerstreue sie, sodass ihr nicht mehr wisst, wer Freund und wer Feind ist, wer euch Gutes und wer euch Böses will. Ihr werdet nicht mehr urteilen können, denn es steht mir allein zu." Das Licht erlosch und der Sturm zog ab, doch das war nebensächlich, denn von einer Sekunde auf die andere war das Chaos noch unübersichtlicher geworden. Die Menschen sprachen in verschiedenen Sprachen und keiner verstand den anderen, was zu großer Verwirrung führte. „Das", kommentierte Azariel, als sie sich ein wenig entfernt hatten, „war echt mies." Raguel sagte nichts, er hatte zu viel Angst, zuzugeben, dass er diese Meinung teilte. Diese Art der Strafe war in gewisser Weise gnädiger, als wieder alle umzubringen, gleichzeitig aber auch brutaler. Im Tod litt man nur kurzzeitig. „Außerdem geht der Plan nicht auf", fügte Azariel hinzu. „Schon wieder?"
„Ja, schon wieder. Gott scheint Ihre Pläne nicht wirklich zu durchdenken. Auf diesem Fest sind wie viele Leute? 300? Nicht gerade viele. Wir haben also 300 Menschen, die sich nicht verstehen, sehen wir es logisch, die werden allein sterben. Die restlichen Menschen – und davon gibt

es ja genug – sprechen weiterhin eine Sprache. In 70 Jahren erinnert sich schon niemand mehr an den Turm. Wenn es etwas war, dann eine Strafe für Merodach und seine Truppe."
„Und was, wenn es sich ausbreitet?", fragte Raguel. „Systematisch die Erde überrollt, bis jeder seine eigene Sprache sprechen muss?"
„Dann entstehen neue Sprachen", meinte Azariel, „oder sie sterben komplett aus. In beiden Fällen: Ich wünschte, ich könnte dabei sein." Er pflückte Raguel den Kranz aus der Hand und legte ihn neben Merodach. „Möge er ein Begräbnis haben", predigte er, „wenn noch jemand einen Funken Anstand in sich hat." Dann entfaltete er seine Flügel.
„Gehst du schon?", fragte Raguel und wusste die Antwort. Seine Pause war vorbei, und bis sie sich wiedersehen würden, würden Jahrzehnte vergehen. Azariel nickte. „Die Milchstraße ist fast fertig, sie braucht nur noch ein bisschen Farbe." Er sah Raguel mit einem seltsamen Gesichtsausdruck an. „Irgendwelche Farbwünsche?"
„Wie wäre es mit Rosa? Kommt hier unten nicht oft vor."
„Rosa also", murmelte Azariel. Mit diesen Worten breitete er die Flügel aus und flog davon. Er verabschiedete sich nicht, aber es machte Raguel nichts aus, denn solange kein Wort des Abschieds gefallen war, so war dieser noch nicht erreicht. Er sah ihm hinterher, bis er nur noch ein Punkt am nachtschwarzen Himmel war und aussah, als sei er selbst ein Stern.

Kapitel 6

1

Seit Brian weg war, verlief jeder Tag in der Familie Anderson ungefähr gleich. Wenn Eileen in der Früh um sieben aufstand, war Mum schon wach und kochte in der Küche Porridge. Sie fragte: „Hast du gut geschlafen?“ oder „Einen Traum gehabt?“, klang aber immer desinteressiert. Sie aßen schweigend und um viertel nach sieben kam Dad die Treppe heruntergeschlurft. Er gab seiner Frau einen Kuss auf den Kopf, sie beschwerte sich, dass er unrasiert war, und er goss sich eine Tasse Tee ein. Earl Grey, zehn Minuten gezogen, weil er die schwarze Brühe nur so bitter mochte. Eileen beachtete er nicht, bis sie „Guten Morgen, Dad“ oder „Kann ich mal die Butter haben?“ sagte. Dann lächelte er und antwortete: „Klar, Ellie, aber es heißt ‚darf ich‘ und nicht ‚kann ich‘.“
Um halb acht stand Eileen in ihrem Zimmer und zog die Schuluniform an (eine Beleidigung für die Augen, aus grauem Blazerstoff und einer senfgelben Krawatte), band ihre braunen Haare zu zwei Zöpfen und putzte ihre Brille. Wenn Dad fertig mit seiner Morgentoilette war, verabschiedeten sie sich von Mum und gingen zur Bushaltestelle, wo er mit ihr auf den Bus wartete und bis zur vorletzten Haltestelle mitfuhr. Von dort aus nahm er die U-Bahn bis zur Arbeit und sie fuhr allein bis zur Schule weiter.
Wenn sie zurückkam, gab es ein schnell hergerichtetes Abendessen mit halbherzigen Gesprächen über die im-

mer gleichen Themen (Schule, Arbeit, Haushalt, Reitverein), dann wollten Mum und Dad meist ungestört fernsehen. Eileen saß meist allein in ihrem Zimmer und las etwas oder malte, oder tat etwas anderes, was elfjährige Mädchen eben tun, wenn sie keine Freundinnen hatten. Bis vor ein paar Monaten, nämlich Anfang September, war noch alles gut gewesen, da hatte sie Gesellschaft gehabt. Weil Brian noch da gewesen war. Sie hatten im Bus 20 Questions gespielt (Brian hatte die lustigsten Einfälle. Einmal musste sie siebzehn Minuten – er hatte die Zeit gestoppt – raten, bis sie darauf kam, dass er die Glatze des Busfahrers meinte) und beim Essen die interessantesten Gespräche geführt. Er hatte sich nicht für sie geschämt wie andere Jungs in seinem Alter und manchmal durfte sie dabei sein, wenn er mit seinen Freunden zusammen war. Diese Tage waren die schönsten und sie waren geheim, was alles nur noch besser machte. Brian und seine Freunde saßen im Zimmer eines Jungen und unterhielten sich über Dinge, die Ellie nicht mal eingefallen wären. Zum Beispiel, ob der Mathelehrer der Oberstufe so verbohrt war, weil er noch bei seiner Mutter wohnte, oder wie man sich auf das nächste Madonna-Konzert schmuggeln könnte, ohne vor den Mitschülerinnen zugeben zu müssen, dass man ihre Musik hörte. Diese Gespräche waren immer sehr lustig, und obwohl Ellie sich nicht oft daran beteiligte, kam sie sich wie ein gleichberechtigtes Mitglied der Gemeinschaft vor. Denn wenn sie etwas sagte, hörten ihr die älteren Jungen zu und Brian ließ nicht zu, dass sich jemand über seine kleine Schwester lustig machte. Manchmal rauchten die Jungen etwas, aber dabei durfte sie nicht mitmachen, und obwohl sie es unfair fand, verstand sie es irgendwie. Nachts, wenn sie nicht schlafen konnte oder einen Albtraum gehabt hatte, durfte sie bei Brian unter die Decke kriechen und er sprach so lange beruhigend auf sie ein, bis sie einschlief. Er war immer da gewesen, obwohl er sieben Jahre älter war als sie, und jetzt war er plötzlich weg. Natürlich nicht ganz plötzlich. Schon nach seinem Schulabschluss hatte sie gewusst, dass dieser Moment kommen würde. Und als er sich an verschiedenen Universitäten beworben hatte, war sie nur noch sicherer geworden. Und trotzdem war sie unvorbereitet auf die Stille, die folgte. Nun war er nicht *irgendwo*. Sie hätte es verkraften können, wenn er auf irgendeine Universität in der Nähe Glasgows gegangen wäre und sie oft besucht hätte, aber er war nicht in Glasgow. Er war nicht mal mehr in Schottland. Stattdessen studierte er in London, in Oxford. Von allen Universitäten hatte er sich ausgerechnet jene angesehenste ausgesucht, und obwohl sie sich freuen sollte, war sie schrecklich wütend auf ihn. Er telefonierte häufig mit ihr, jeden Sonntag um drei, aber es war eben nicht dasselbe, wie ihn hier zu haben, und sie vermisste ihn fürchterlich. Wie erwähnt, jeder Tag im Hause Anderson verlief gleich, aber nur jeder normale Tag und heute war kein normaler Tag. Heute war ihr Geburtstag, ihr zwölfter Geburtstag, um genau zu sein, und dieser Tag würde besser werden als alle anderen, denn es war ein Samstag und Brian würde zum Mittagessen kommen, um mit ihr zu feiern. Schon als das Piepsen des Weckers sie weckte, grinste sie. Der Himmel war grau wie immer, aber es regnete nicht und der Dezembertag würde angenehm werden – vorausgesetzt, man verbrachte ihn mit einem heißen Kakao und einer Kuscheldecke vor dem Fenster. Eileen Anderson sah in den Spiegel, sah sich zum ersten Mal als Zwölfjährige und lächelte. Dann zog sie ihr Geburtstagskleid an. Es war schon immer ein sehr schönes Kleid gewesen, doch diesmal war es besonders schön, obwohl es blau war und Blau eine sehr gewöhnliche Farbe darstellte. Sie ließ ihre Haare offen, denn heute war keine Schule, und sprang mit fliegenden Schritten die Treppe runter. „Ist er schon da?", fragte sie atemlos, als sie in der Küche ankam. Mrs. Anderson schüttelte den Kopf. „Erst in vier Stunden, das weißt du doch." Niedergeschlagen setzte Ellie sich an den Tisch und stützte das Kinn auf die Handflächen. Vier Stunden. Vier ganze Stunden! Für Erwachsene nur eine Zeitspanne, aber für ein Kind, eine sehr ungeduldige Zwölfjährige, waren vier Stunden eine Ewigkeit. „Sei nicht traurig", meinte Mrs. Anderson. „Er kommt schon noch. Und schließlich geht es heute nicht um ihn, sondern um dich. Möchtest du ein Stück Geburtstagskuchen?" Ellie nickte heftig, die schlechte Laune war wie weggeblasen. Der Geburtstagskuchen war etwas ganz Besonderes, da es ihr Lieblingskuchen war, egal welche Sorte es auch sein mochte. Dieses Jahr war es ein Banoffee-Pie und sie schafften beide ein ganzes Stück, bevor Mr. Anderson in die Küche kam. „Happy Birthday, Ellie", sagte er und gab ihr einen Kuss auf die Stirn. „Dann wollen wir nur noch auf Brian warten." Von da an fragte sie alle halbe Stunde, wann er denn endlich kommen würde, und es fühlte sich an, als vergingen Jahre, bis ihre Mutter endlich sagte: „Setz dich ans Fenster, er kann jeden Moment kommen." Flink sprang Ellie aufs Fensterbrett und stierte nach draußen, jedes Mal wenn ein Auto die Einfahrt hochfuhr, machte ihr Herz einen Sprung, doch er war es nicht. Bis ein schwarzer Wagen in die Einfahrt rollte und langsam zum Stehen kam. Sie wusste, dass er es war, noch bevor die Beifahrertür sich öffnete, er seinen verwuschelten Haarschopf aus dem Auto geschoben und ein in einer Jeans und Motorradstiefeln steckendes Bein herausgeschwungen hatte. So schnell wie noch nie kam sie aus dem Haus gerannt und fiel ihrem Bruder, kaum dass dieser stand, um den Hals. Um von ihrer Wucht nicht umgerissen zu werden, machte er einen Schritt nach hinten, dann lachte er. „Wow, stürmisch. Alles Gute, Kleines", sagte er dann und es waren die schönsten Worte, die sie je gehört hatte. Ellie noch immer auf dem Arm – sie weigerte sich, seinen Hals loszulassen – ging er auf seine Eltern zu, die im Türrahmen standen. „Tag, Mum, Dad", meinte er und sein Tonfall war so ungewöhnlich, dass Ellie den Kopf hob und ihn verwundert ansah. In seinen Augen lag ein kalter Ausdruck, der so plötzlich verschwand, wie er gekommen war. Für einen kurzen Moment machte sie sich Sorgen, dann war der Moment vorbei. Er war ihr großer Bruder, ihr cooler großer Bruder, und wenn er sich mit den Eltern streiten wollte, so würde er es erst tun, wenn sie im Bett lag. Stille herrschte in der Einfahrt. Stille, in der Brian und seine Eltern sich unverwandt anstarrten, dann hupte der Fahrer des Wagens, der ihn hergebracht hatte, und riss sie somit aus ihrer Trance. Er hob die Hand und winkte, der Wagen fuhr davon. „Nettes Auto", meint Mr. Anderson und Mrs. Anderson fragte empört: „Bist du etwa getrampt?" Ein vorwurfsvoller Ton schwang in ihrer Stimme mit. „Nur vom Bahnhof bis hier, Mum“, sagte Brian und setzte Ellie ab. „Kommst du mit rein?“, rief sie aufgeregt. Es gibt Banoffee-Pie und später Würstchen mit Senf und morgen früh – bleibst du überhaupt bis morgen früh?“, unterbrach sie sich selbst. Er nickte und sie zog ihn grinsend in die Küche. Nun, sie zog ihn nicht wirklich. Sie hielt ihn bei der Hand und lief voraus, wobei er mitlief und gerade so viel Widerstand leistete, dass sie sich stark fühlte. Den restlichen Tag verbrachten sie damit, dem jetzt doch einsetzenden Regen zuzuhören und Spiele zu spielen (außer Kniffel gewann Ellie alle), wobei sie sich bemühte zu ignorieren, dass Brian sich ihren Eltern gegenüber anders verhielt, als sie es von ihm gewohnt war. Wenn sie sprachen, beherrschte eine gewisse Kälte ihren Tonfall und sie hielten fast keinen Augenkontakt. Es fiel nicht weiter auf. Die Kinder sprachen hauptsächlich untereinander und doch verlieh es dem gesamten Arrangement etwas Aufgesetztes, das die gute Laune unwirklich erscheinen ließ.

Abends besserte sich die Stimmung ein bisschen. Sie saßen zu viert vor dem Fernseher und sahen *Mary Poppins*, Ellies Lieblingsfilm. Sie konnte sich nicht ganz auf die Handlung konzentrieren, es war ein langer Tag gewesen und sie war müde, aber sie hatte sich in Brians Pulli gekuschelt, sein Arm lag auf ihren Schultern und die Klänge des Schornsteinfegerliedes beförderten sie langsam in den Schlaf. Als Mr. und Mrs. Anderson sicher sein konnten, dass sie schlief, ließen sie ihre aufgesetzte Fröhlichkeit fallen und sahen ihren Sohn vorwurfsvoll an – was dieser natürlich bemerkte. Er seufzte. „Was ist jetzt?“, fragte er, obwohl der Ausdruck

‚jetzt' unpassend gewählt war. Schon Monate vor seinem Auszug war etwas los gewesen und er wusste es. Da war vieles nicht ausgesprochen zwischen ihnen. „Du bist getrampt", sagte sein Vater schließlich. „Nicht viel." „Trotzdem! Weißt du überhaupt, wie gefährlich das ist?" Brian bemühte sich stark, nicht die Augen zu verdrehen. „Der Mann war sehr freundlich und machte nicht den Eindruck, ein Entführer zu sein." „Aber er hätte einer sein können", schaltete seine Mutter sich ein. „Die meisten Kriminellen sind sehr höfliche Menschen." „Damit ihre Opfer nicht wegrennen", fügte ihr Mann hinzu und sie nickte zustimmend. „Er war aber keiner, sonst wäre ich verdammt noch mal nicht hier, oder?", sagte er gereizt. Mrs. Anderson schlug sich die Hand auf die Brust. „Brian!", rief sie erschrocken aus. „Wie kommst du dazu, so mit deiner Mutter zu sprechen?", donnerte Mr. Anderson. „Und das am Geburtstag deiner Schwester! Du solltest dich schämen. Wahrscheinlich wäre es das Beste, wenn ihr beiden euch nicht mehr sehen würdet." Natürlich war diese Reaktion völlig übertrieben, aber es war der einzige Weg, wie die Andersons ihren Sohn irgendwie daran erinnern konnten, dass er zwar volljährig, aber immer noch ihr Kind war. Und es ging hierbei nicht darum, dass er geflucht hatte, sondern um viel mehr. Die beiden fühlten sich in ihrer Ehre verletzt, da er ausgezogen war – bevor die Kinder all ihrer Verwandten ausgezogen waren. „Echt jetzt?", fragte Brian. Unter anderen Umständen wäre er an dieser Stelle aufbrausend geworden, aber er wollte Ellie nicht wecken. „Ihr wollt sie mir auch noch wegnehmen? Und was dann? Ihr die nächsten sechs Jahre von

ihrem bösen Bruder erzählen, der so furchtbar ist, weil er euch so verletzt hat, was nur dazu führt, dass wir uns voneinander entfremden und sie nicht mehr weiß, wer in ihrer Familie gut und böse ist. Ihr habt doch schon ein Kind verloren, macht nicht das Gleiche mit ihr."
„Ich verstehe nicht, wie du so etwas sagen kannst", rief Mr. Anderson verständnislos. „Deine Mutter und ich haben uns *immer* aufopfernd um euch gekümmert, *immer* unsere Bedürfnisse unter eure gestellt, und so dankst du es uns. Was auch immer wir in unserer Erziehung falsch gemacht haben …"
Er ließ den Satz unvollendet und die Stille sprechen. „Wenn ihr euch wirklich für uns interessieren würdet, dann wüsstet ihr, was ihr falsch gemacht habt." Nun wurde er doch laut, was seine Mutter dazu veranlasste, ebenso laut „Pssst!" zu zischen. Mit gesenkter Stimme fuhr er fort: „Aber das tut ihr nicht. Ihr sprecht nie mit uns, und wenn doch, dann nur über Themen, die euch interessieren. Und wenn ich euch darauf anspreche, sucht ihr den Fehler darin, dass Ellie keine Freunde hat oder ich nicht verlobt bin." „Jetzt gibst du es ja sogar zu", kreischte Mrs. Anderson. „Wenn du eine Verlobte hättest …" „Kein Interesse, Mum, kein Interesse."
Er stand auf und legte Ellie sanft auf das Sofa. „Ich gehe", sagte er gefasst, „und nächste Woche Freitag komme ich wieder. Aber nicht zu euch. Dann bekommt Ellie ihr Geschenk. Ich hole sie von der Schule ab und fahre mit ihr nach London, zeige ihr die Stadt und das Wohnheim und so. Ihr wisst schon, Sachen, die Eltern mit ihren Kindern machen sollten. Sie wird ein schönes Wochenende verbringen, eines außerhalb dieses Gefängnisses. Das Einzige,

was ihr tun müsst, ist, sicherzustellen, dass sie ihre Schlafsachen und ihre Wechselklamotten mitnimmt." Damit ging er aus dem Zimmer, seine Eltern folgten ihm. „Wenn du glaubst, wir würden dir bei dieser Idee helfen, dann liegst du komplett falsch, junger Mann", brauste sein Vater auf. „Ich erzähle dir, was wir machen werden. Wir werden …"

„… endlich darüber hinwegkommen, dass ich das Erste von den Kindern eurer Freunde bin, das ausgezogen ist und jetzt, wo alle ausgezogen sind, als Einziger keine Freundin oder Verlobte habe und ihr nicht mit mir angeben könnt. Kommt darüber hinweg, dass ich als Einziger kein hübsches Mädchen aus einer katholischen Familie mit freundlichen Eltern und der Intelligenz einer Fliege am Arm kleben habe, das kommt früh genug. Ich möchte eine Frau heiraten, die ich liebe, nicht eine, die sich auf Familienfotos gut macht." Sie mussten zusehen, wie er die Hände in den Taschen seiner Jeansjacke vergrub und in der Dunkelheit verschwand, wissend, dass sie ihn zum letzten Mal gesehen hatten.

2

Mr. Farell betrat den Kelvingrove Park um kurz nach halb neun und damit fast zweieinhalb Stunden zu früh. Er sah zu den drei roten Sandsteintorbögen, die den Eingang des Museums darstellten, und ging daran vorbei, eine Parkbank in der Nähe eines Teiches ansteuernd. Zu dieser Stunde befanden sich viele Leute im Park, auf einer nahegelegenen Wiese wurden Kinder von ihren Eltern beim Spielen beaufsichtigt und zahllose Hunde Gassi geführt. Gut gelaunt setzte er sich und zog das Notizbuch aus seiner Tasche, mit flinken Fingern blätterte er zu der Seite, die er mit dem Gedicht von Seite 135 vollgekritzelt hatte, dann las er es ein weiteres Mal. Wie schon beim ersten Mal irritierte es ihn ein wenig. Der Schriftsteller (mittlerweile hatte er herausgefunden, dass es sich tatsächlich um einen Schriftsteller und nicht etwa um eine Schriftstellerin handelte, da es in manchen Gedichten um „my masculinity" ging. Zwar war es auch denkbar, dass es sich um eine Transfrau handelte, die noch immer in ihrem männlichen Körper steckte, doch da Maskulinität meist einen Geisteszustand, also eine gedankliche Identifikation meinte, blieb er bei seinem Schluss, dass die Gedichte von einem Mann geschrieben worden waren) schrieb in erster Linie über Blumen, dann plötzlich über Augen und hatte es somit geschafft, was moderne wie alte Lyrik anscheinend erzielen wollte: den Leser bzw. die Leserin gründlich zu verwirren. Mr. Farell hatte nie gerne Gedichte analysiert und diese Tatsache ließ ihn ein wenig lustlos an die Sache gehen, doch nachdem er die ersten Sätze seines Gedankenflusses niedergeschrieben hatte, fiel es ihm relativ leicht.

„Der Schriftsteller", schrieb er in ordentlichen Buchstaben auf eine neue Seite, „denkt an Rosen, die seit jeher die Liebe symbolisieren. Stellt sich doch die Frage, welche Farbe die Rosen haben, da dies mitunter eine Rolle zum Verständnis des Einsetzens des Symbols der Rose spielen kann. Die rote Rose, welche zuerst in den Sinn kommt, bedeutet unter anderem Mut, Anerkennung und Respekt, tiefrote Rosen außerdem Trauer. Letzteres wird außerdem verkörpert von weißen Rosen, die zudem Unschuld und –

wie ein innerer Widerspruch – Leidenschaft darstellen. Diese beiden Farben sind unbestritten die am häufigsten genannten und beschriebenen, doch gibt es nicht nur sie. Zu den weniger bekannten Rosen zählen gelbe (positive Dinge wie Zufriedenheit und Freundschaft), orangene bzw. pfirsichfarbene (Dankbarkeit und Kreativität), rosafarbene (Eleganz und Schönheit) und schwarze (Trauer und Mysterie) Rosen. Da es jedoch unwahrscheinlich ist, dass eine Rose überhaupt im Walde blüht, sind jene tropischen Farben wohl nicht gemeint. Es bleiben die Farben Rot, Weiß und Schwarz, und da sie alle Trauer symbolisieren können – nicht nur, doch ist es das Einzige, was sie verbindet – nehme ich an, dass die wirkliche Farbe egal ist und sie nur die Trauer verkörpern soll, was noch von der Tatsache unterstrichen wird, dass es sich nicht um viele Rosen, wie anfangs angenommen, sondern eine einzelne handelt. Und zugegeben, das Bild der einsamen Rose bringt eine gewisse Melancholie mit sich."
Er klappte das Notizbuch zufrieden zu und steckte es zurück in die Manteltasche. Das Geschriebene war ein guter Anfang und heute Abend würde sich sicher etwas daraus machen lassen. Mr. Farell schloss die Augen und tat einen tiefen Atemzug. Als er sie wieder öffnete, sah er geradewegs in Mr. Caceys Gesicht und zuckte ein wenig zusammen. „Entschuldigen Sie", sagte Mr. Cacey, „ich wollte Sie nicht schon wieder erschrecken, aber es sieht so aus, als passiert das fast zwangsläufig, wenn wir uns sehen." Mr. Farell winkte ab und fragte sich, wie er ihn nicht hatte bemerken können, doch auch diese Frage wurde ihm beantwortet. „Sie sahen so vertieft in Ihr Schreiben aus, dass ich Sie nicht stören wollte."

Was tatsächlich stimmte. Wenn Mr. Farell in einen Text vertieft war – ob er ihn las oder schrieb, spielte keine Rolle – so bekam er von seinem Umfeld nicht viel mit. „Darf ich fragen, was Sie schreiben?“ Mr. Cacey setzte sich neben ihn und Mr. Farell fiel auf, dass er eine interessante Art hatte zu sitzen, bei der er einen Fuß auf den Oberschenkel des anderen Beines legte und sich zurücklehnte. „Nichts Besonderes“, winkte er ab. „Sie erinnern sich an das Buch, das ich bei Miss Thomas bekommen habe? Es enthält Gedichte und ich versuche mein Bestes, sie zu entschlüsseln. Recht unerfolgreich bisher, wie ich gestehen muss.“ Bei seinen letzten Worte sah er ihn nicht an, es war nicht schön, zu lügen, doch er wollte nicht über die Gedichte sprechen, da das unweigerlich dazu führen würde, dass Mr. Cacey ihm Fragen über die Schrift stellte und warum er sie lesen konnte. Und er wollte es wirklich nicht erklären, da es keine sinnvolle Erklärung gab. Mr. Cacey verzog den Mund. „Oh, schreckliche Arbeit, dieses Gedichtzeug, nicht wahr? Könnte einen in den Wahnsinn treiben.“
„Sprechen Sie aus Erfahrung?“ Er nickte. „Ich habe mal versucht, ein Gedicht über eine Meerjungfrau zu analysieren, dabei aber nicht verstanden, dass mit ‚Nix‘ tatsächlich eine Nixe gemeint war und nicht etwa das Nichts. Die Analyse ging dementsprechend daneben.“
Bevor er es sich verkneifen konnte, kicherte Mr. Farell und das verwunderte ihn selbst, denn er war niemand, der kicherte. Lachen, das schon, wenn es einen Anlass gab, lachte er sogar sehr gerne, aber kichern? Nein, das überließ er den Jugendlichen. Er bemerkte vollkommen neue

Seiten an sich, wenn er mit Mr. Cacey zusammen war, und wusste nicht, ob er das gut oder schlecht finden sollte. „Ich hätte nicht gedacht, dass Sie auch Gedichte lesen, wo Sie sich doch als so unbelesen vorgestellt hatten", sagte er irgendwann. Mr. Cacey zuckte mit den Schultern. „Ganz so ist es doch nicht. Ich lese nicht allzu gerne, doch wenn ich es tue, dann mit Engagement." Dachte man jetzt jedoch, Mr. Cacey sei eine jener unangenehmen Persönlichkeiten, die jedes Stückchen Text, das sie je gelesen hatten, unbedingt analysieren mussten, so lag man falsch. Er analysierte auch jene, von denen er nur gehört hatte. Dies tat er mit einer großen Selbstverständlichkeit, die seine Gesprächspartner in den Wahnsinn treiben konnte – nur nicht Mr. Farell, der sogar interessiert wirkte.

„Wie gut sich das trifft", freute er sich, „vielleicht können Sie mir helfen?" Mr. Cacey nickte. Bevor es jedoch dazu kam, machten sie sich auf den Weg ins Museum, schließlich waren sie deshalb hergekommen. Die Eingangshalle sah in der Realität noch schöner aus als in den Broschüren und Mr. Farell konnte seine Begeisterung nur schwer verbergen. Was er auch nicht wirklich wollte. Er zeigte zu der Orgel, die an der Stirnseite des Raumes stand. „Eigentlich sollten in dieser Halle Konzerte gegeben werden", sagte er und erntete ein weiteres Nicken.

„Passiert aber nicht oft", meinte Mr. Cacey, „oder jedenfalls nur selten. Ich kenne eine Dame, die hier Hochzeit gehalten hat. Dabei wurde die Orgel meines Wissens nach das letzte Mal benutzt und das ist an die zwanzig Jahre her." „Damals sind Sie wohl noch sehr jung gewesen?" Es war mehr Frage als eine Feststellung und ein Versuch, mehr über ihn herauszufinden. Mr. Cacey zuckte mit den Schultern. „Wie man's nimmt. Manche sind schon mit 15 alt, andere sind es noch im Alter von 70 nicht." Er hatte sich also entschieden, geheimnisvoll zu bleiben. Sich über die Hochzeit unterhaltend gingen sie langsam in Richtung Kunstgalerie, denn obwohl die Kelvingrove Art Gallery gut als historisches Museum taugte, so waren doch die Sonderausstellungen mit Gemälden die schönsten. „Nachdem sich alle gesetzt hatten, wurde der Tag sogar recht schön", sagte Mr. Cacey nach einer ausschweifenden Darstellung der Hochzeitsfotokatastrophe, die damit anfing, dass der Fotograf zwei Stunden zu früh kam und die Bilder vor der Trauung gemacht werden mussten, da er noch bei einer anderen Feier fotografieren sollte. „Die Bilder sind, soweit ich weiß, nicht unbedingt schön geworden. Der Fotograf hat offenbar nie gelernt, dass Füße sehr wohl zum menschlichen Körper gehören und demnach auch auf einem Foto dabei sein dürfen." Mr. Farell lachte leise. Er hätte gerne laut gelacht, aber sie befanden sich in einem Museum: Ruhe bitte, die Portraits wünschen nicht in ihrem Schlaf aus Ölfarbe gestört zu werden. „Haben Sie diese Fotos noch?", fragte er, doch zu seiner Enttäuschung schüttelte Mr. Cacey den Kopf. „Es wurde wohl auch versäumt, alle Gäste in die Bilder zu integrieren. Ich bin auf keinem zu sehen, weshalb man es nicht als wichtig erachtete, mir welche zu schicken." „Wie schade. Dabei ist gerade der Kelvingrove Park eine so schöne Kulisse, vor allem für Hochzeiten. Sollte ich einmal heiraten,

dann definitiv hier", meinte Mr. Farell, bezweifelte jedoch, dass das passieren würde. „Dann haben Sie es vor? Zu heiraten?"
„Vielleicht irgendwann, wenn es sich richtig anfühlt. Andererseits bin ich wohl schon zu alt dafür."
„Für manche Dinge ist man nie zu alt. Lernen, zum Beispiel, man lernt nie aus."
Für ein paar Minuten verharrten sie in Schweigen, jeder hing seinen eigenen Gedanken nach, dann fragte Mr. Farell: „Wie sieht es mit Ihnen aus? Zukunftspläne?"
„Keine namhaften, also nichts von wegen Familiengründung, Hausbau und Baumpflanzung. Ich lebe in Glasgow, jedenfalls solange es mir gefällt." Er schwieg kurz und als er die nächsten Worte sprach, klang er fast ein bisschen traurig. „Und wenn es das nicht mehr tut, setze ich mich ins Auto, lasse alles hinter mir und fange irgendwo neu an. Es wäre nicht das erste Mal."
„Diese Unabhängigkeit muss schön sein", sagte Mr. Farell und wusste nicht, dass Mr. Cacey, der es vorzog, auf diese Frage nicht zu antworten, nichts schlimmer fand als genau das: keinen festen Ort zu haben, den man sein Heim nennen konnte, immer in der Lage zu sein, genau das zu tun, was die Arbeitgeber wollten.
„Sie haben vorhin ein Gedicht erwähnt", wechselte er das Thema. Mr. Farell nickte und kramte das Notizbuch aus seiner Manteltasche. „Soll ich es Ihnen vorlesen oder wollen Sie selbst?", fragte er, während er die Seite suchte. „Lesen Sie nur." Also las er. Als er fertig war, sah er einen sehr verschlossenen Mr. Cacey an, der die Lippen zu einem Strich zusammengepresst hatte.
„So aufwühlend?", fragte er scherzhaft und tatsächlich ge-

wann der Strich ein bisschen an Farbe. „Ich überlege nur. Schade, dass die Farbe der Blume nicht genannt wurde. Sie sind bekannt mit der Farbbedeutung von Rosen?“ Mr. Farell nickte stolz und erzählte ihm von den Gedanken, die er davor niedergeschrieben hatte. Eine Weile rätselten sie herum, kamen dann zu dem Schluss, dass die Rose eine tiefe Rottönung haben musste, die ins Schwarze überzugehen schien. Denn, so Mr. Cacey: „Denkt man an einen Wald, vor allem einen dunklen Wald wie im Gedicht dargestellt, kommen logischerweise dunkle Farbtöne in die Gedanken: Dunkelgrün, Blau, Grau, Braun und so weiter. Schwarz jedoch ist zu dominant, zu dunkel für die Dunkelheit, wenn man so möchte, und Weiß wäre zu hell. Dasselbe Problem ergibt sich mit Rot. Das klassische Rosenrot wirkt fehl am Platz, wo doch die ganze Szenerie eher gedeckt gehalten ist, doch ein dunkles Rot passt sich der Ästhetik an. Hier gilt, anders als bei Schwarz, je dunkler, desto besser, denn mit zunehmender Dunkelheit nimmt auch die Mysterie zu, die das Symbol ‚Rose im Wald‘ umgibt.“ Er holte Luft, als wollte er noch etwas hinzufügen, beließ es dann aber dabei, schloss den Mund und nickte. „Das“, sagte Mr. Farell, „war eine sehr lange Interpretation des ersten Verses. Und sehr präzise. Machen Sie sowas öfter?“ Er winkte ab. „Nur selten. In der Schule wird man ja förmlich gequält mit diesen Analysen. Ich glaube, wenn ich nochmal ‚London‘ von Blake lesen muss, schreie ich.“ Was wahrscheinlich lustig ausgesehen hätte, denn Mr. Cacey neigte nicht dazu, schnell die Contenance zu verlieren. „Sie lesen auch William Blake?“, fragte Mr. Farell und freute sich insgeheim. Obwohl Blake einer der bedeutendsten

britischen Dichter war, fand er heutzutage selten jemanden, der ihn wirklich gerne las und es wäre schön, mal wieder ausschweifend über einzelne Strophen zu diskutieren. „Nicht mehr, nein", sagte Mr. Cacey. „Schon ewig nicht mehr. Schade eigentlich, ich habe ihn immer gerne gelesen. Aber wer weiß, vielleicht nehme ich mir heute Abend die Zeit und krame den Gedichtband heraus, es muss sich mittlerweile eine Staubschicht darauf gebildet haben." Mr. Farell lachte leise und sah auf seine Hände, der Ring an seinem kleinen Finger beanspruchte seine Aufmerksamkeit für einen Moment. „Tun Sie es nur", sagte er, „die meisten sind wirklich gut."
„Darf ich wissen, welches Sie am liebsten mögen?"
„Wie würde das helfen?"
„Ich würde es danach mit anderen Augen lesen. Tut man das nicht immer? Dass man eine Sache sein Leben lang kennt, doch sobald man die Meinung einer anderen Person darüber hört, hat sie nicht mehr dieselbe Bedeutung wie davor, egal wie vertraut."
„Gut möglich." Er überlegte einen Moment. „Wie gesagt, ‚London' ist sehr berühmt, wohl hauptsächlich der Anapher wegen, mit der Englischlehrer ihre Schüler nur zu gerne quälen, und ich würde lügen, sagte ich, ich würde es nicht hin und wieder lesen, es ist ein nettes Gedicht. Am meisten mag ich aber ‚The Garden Of Love'."
„Warum ausgerechnet das?", fragte Mr. Cacey interessiert.
„Genau wie Sie sagten, es ist dieses veränderte Vertraute: *I went to the garden of love / And saw what I never had seen / A chapel was built in the midst / Where I used to play in the green.* Er spielte dort als Kind und bemerkt jetzt, da er nach Jahren

zurückgekehrt ist, dass eine Kapelle dort gebaut wird. Mich bringt es zurück in eine bessere Zeit, könnte man sagen."
„Zu jenem Exfreund, von dem Sie erzählten?"
Stille.
„Oh, Mist, das war ein gewaltiges Fettnäpfchen, in das ich mich gerade gesetzt habe, nicht wahr?"
Mr. Farell nickte. „Schon, macht aber nichts. Viele Menschen neigen dazu, genau das zu tun."
„Das bringt es nicht in Ordnung. Nur weil viele es tun, muss es nicht richtig sein."
„Stimmt. Und Sie hatten recht in der Sache mit meinem Ex. Soweit ich mich erinnere, mochte er ‚The Garden Of Love' ebenfalls am liebsten. Mehr noch, er hat es mir erst gezeigt. Ich hatte mir nie viel aus diesem Gedicht gemacht, doch dann las er es mir mit solchem Enthusiasmus und Emotionen vor, und von da an konnte ich es nicht mehr langweilig finden. Und schrieb nicht Bram Stoker: ‚Erzähle mir alles, denn es gibt nichts, das mir gleichgültig wäre, wenn es für dich von Interesse ist'?"
Mr. Cacey schwieg eine Weile, sie gingen nebeneinander her und würdigten die an ihnen vorbeiziehenden Bilder keines Blickes.
„Sie lesen also auch Dracula", bemerkte er irgendwann. „Ich gebe zu, das überrascht mich."
„Warum? Dracula ist ein Klassiker", meinte Mr. Farell verblüfft.

„Natürlich ist es das, doch gleichzeitig ist es einer der ersten

Horrorromane. Der erste war ‚Dr. Jekyll and Mr. Hyde' von Stevenson, wenn ich mich nicht täusche?"

Mr. Farell drehte an seinem Ring. „Dann lassen Sie uns doch über die sogenannten Klassiker diskutieren", schlug er vor. „Sie mögen Dracula?"

„Oh, ich kann ihn nicht ausstehen."

Er sah auf. „Wieso das?"

„Persönliche Gründe. Der Graf erinnert mich an einen Bekannten, und obwohl das Konzept Vampir an sich spannend ist, verstehe ich doch nicht, warum ein zum Vampir gewordener Mensch jeden Funken Liebe verlernt haben soll. Dracula ist eine vollkommen aus Hass gebaute Figur, das ist selbst für einen Antagonisten etwas unrealistisch, nicht?"

„Nein. Um ehrlich zu sein, finde ich gerade das logisch. Was den Menschen vom Vampir trennt, ist der Tod, und dass dieser Akt – ich nenne es jetzt mal so, etwas anderes als ein Akt ist es nun wirklich nicht – einem jegliche Menschlichkeit und damit auch die Fähigkeit zu lieben nimmt, kommt mir plausibel vor. Schließlich ist es genau das, was uns zu Menschen macht."

Mr. Cacey überlegte, dann nickte er, schüttelte den Kopf, kombinierte beides. „Ja und nein", sagte er. „Das ist zwar alles nachvollziehbar, doch könnte man nicht auch sagen, dass mit der Fähigkeit zu lieben auch die Fähigkeit zu hassen verschwinden müsste?"

„Das würde Dracula zu einer emotionslosen Persönlichkeit werden lassen und ich glaube, dass das ziemlich langweilig wäre."

„Aber gleichzeitig umso gruseliger. Stellen Sie sich vor", er machte eine große Geste mit den Händen, um seinen Standpunkt zu unterstützen, „man befände sich in der Situation von Mina, Van Helsing, und wie sie alle heißen, und macht alles, wirklich alles richtig, ist aber doch nicht in der Lage, Lucy zu retten oder Dracula zu töten. Nichts ist gruseliger, als alles richtig zu machen und trotzdem ein paar Schritte hinter dem Gegenspieler zu sein."
Mr. Farell nickte. So hatte er die Sache noch nie betrachtet, er las einfach gerne und fand das Buch spannend – den Versuch einer Analyse hatte er nie unternommen. Er schüttelte den Kopf. „Lassen Sie uns nicht weiter den Kopf über längst geschriebene Geschichten zerbrechen, meiner tut schon ganz weh davon." Und um das genaue Gegenteil zu tun: „Man darf nur nicht vergessen, dass Dracula in keiner Weise logisch sein *soll.* Er ist nur böse, kein tragischer Held wie Frankenstein."
„Elegante Überleitung", meinte Mr. Cacey und zog anerkennend den Hut, wobei sein kleiner Zopf wippte. Mr. Farell lächelte. „Danke, danke", sagte er grinsend, „eigentlich hatte ich gehofft, das Thema unauffällig auf jenes Buch lenken zu können, aber Sie haben meinen Trick durchschaut." Er setzte den Hut wieder auf. „Das ist doch nicht wichtig. Kein Magier kann erfolgreich sein, wenn nicht mindestens eine Person seine Tricks entschlüsselt. Aber Sie haben mich neugierig gemacht, warum wollen Sie sich über Mary Shelley unterhalten?"
„Haben Sie Frankenstein nicht gelesen?"
„Doch. Um Welten besser als Dracula, wenn Sie mich fragen."

„Dann verstehe ich nicht, warum Sie sich nicht darüber unterhalten wollen würden."
Mr. Cacey verstand es selbst nicht ganz. Er mochte Frankenstein und unterhielt sich gerne über das Buch, nur bot Dracula eben viel mehr Spielraum für Analysen und Gedanken, die unauffällig hineingewebt werden konnten. Er beschränkte sich im weiteren Verlauf des Gesprächs darauf, Mr. Farell zuzuhören und ihn von der Seite zu betrachten. Was der nicht zu bemerken schien, zu versunken war er in seine Erklärung, warum Frankensteins Monster nicht der Böse war, sondern Victor Frankenstein selbst. Dabei gestikulierte er weniger mit den Händen als eher mit dem Gesicht und beschränkte sich darauf, ab und zu an seinem Ring zu drehen.
Nach einiger Zeit war es Mr. Cacey gelungen, ein Muster festzustellen: Wann immer Mr. Farell über etwas sprach, das ihn amüsierte, es jedoch nicht zugeben wollte, zog er für einen Moment die Mundwinkel und die Nasenspitze nach oben; wenn er sich die Brille richtete, schloss er die Augen; nach jedem „nicht wahr?" folgte ein kurzer Blick zum Gesprächspartner – und etliche weitere Details, von denen Mr. Cacey sich nicht erklären konnte, warum sie ihn faszinierten.
„Es muss einfach schrecklich sein", endete Mr. Farell betrübt. „So ganz allein zu sterben – also, allein mit der Person, die einen erschaffen hat und jetzt hasst. Und dann diese Kälte." Er schüttelte sich. „Schlimmer kann ich es mir fast nicht vorstellen."
„Was ist mit verbrennen?", griff Mr. Cacey das Gegenteil auf. Mr. Farell schüttelte den Kopf. „Nicht so schlimm. Nach

allem verbindet man Wärme doch mit etwas eher Positiven. Jedenfalls positiver als Kälte."
Innerlich fragte Mr. Cacey sich, ob man es als Wärme auffassen konnte, verbrannt zu werden, sprach es jedoch nicht aus. Stattdessen sagte er: „Darf ich Ihnen eine Frage stellen?"
„Sicher."
„Wenn ihre Wohnung brennen würde und alle Menschen und Tiere bereits evakuiert wären, Sie aber noch genug Zeit hätten, einen einzigen Gegenstand zu retten – welcher wäre das?"
Eine Weile sah Mr. Farell auf seine Hände und fast erwartete Mr. Cacey, dass die Antwort der Ring sein würde, doch das war sie nicht. „Das könnte sich ein wenig einfältig anhören", meinte er mit einem schmalen Lächeln. „Ich versichere Ihnen, dass es das nicht wird. Der Gegenstand muss von besonderer Wichtigkeit für Sie sein, wie könnte es sich da dumm anhören?"
Das Lächeln wurde ein bisschen breiter. „Nun gut. Wahrscheinlich würde ich meine Schreibfeder mitnehmen." Zugegeben, damit hatte er tatsächlich nicht gerechnet und er schwieg, um es ihn erklären zu lassen. „Es ist eine wirklich hübsche Feder", sagte Mr. Farell und klang, als wollte er seine Entscheidung verteidigen. „Sie ist unten schwarz, oben rot und hat einen filigranen Schreibaufsatz aus Silber … aber denken Sie bitte nicht, ich sei so oberflächlich, sie nur ihres Aussehens wegen mitzunehmen."
„Das denke ich auch nicht. Was ist denn nun der Grund?"
„Ich habe die Feder gefunden, schon vor etlichen Jahren, zu einer Zeit, in der es mir nicht sonderlich gut ging. Seitdem

verkörpert sie für mich innere Ruhe. Wenn ich sie ansehe oder mit ihr schreibe, erinnere ich mich an diese Situation und die damit verbundene Person, gleichzeitig aber auch daran, wie ich mich aus dieser temporären Depression befreien konnte. Wenn das Sinn macht."
Lange Zeit sagte Mr. Cacey gar nichts, dann: „Es ergibt Sinn. Und danke für diese ehrliche Antwort." Sie sagten nichts weiter und das war in Ordnung, denn es musste nichts mehr gesagt werden. Langsam bewegten sie sich vorwärts, immer weiter zum Herzen der Galerie, bis sie schließlich in einer Sonderausstellung landeten, in welcher der Bibel nachempfundene, italienische Gemälde zu sehen waren. Ohne große Überraschung stellten sie fest, dass die Ausstellung sehr groß war.
Vor dem Bild „Die drei Engel und der junge Tobias" von Francesco Botticini blieb Mr. Cacey stehen. „Meinen Sie, die drei sehen wirklich so aus?", fragte er und legte den Kopf schief. Die drei Gestalten hatten alle unterschiedliche Persönlichkeiten, Michael in der Rüstung, Raphael an der Seite Tobias' und Gabriel mit den roten Flügeln – und doch sahen sie gleich aus. Sie waren von unmenschlicher Schönheit mit wallendem blonden Haar und ihr Antlitz zeigte Güte und Vergebung. Aber etwas stimmte nicht. Irgendetwas, was auch immer es sein mochte, ließ in Mr. Caceys Überlegungen den Gedanken aufkommen, dass sie nicht wirklich so aussahen, dass das Bild unwirklich war.
„Nein", sagte auch Mr. Farell, „sie sehen einander zu ähnlich. Und in einer Weise sehen sie traurig aus, finden Sie nicht? Mit Engeln ist es ähnlich wie mit Dracula, sie sind nicht

fähig zu lieben, das ist nur Gott. Also, nehme ich an", schob er schnell hinterher.
Mr. Cacey nickte. „Das wäre mir gar nicht eingefallen. Ich meinte, sie sehen alle drei gleich aus, obwohl sie in der Bibel so unterschiedlich dargestellt werden. Michael der Krieger, Gabriel der Verkünder und Raphael der Gefährte. Es ist schon erkennbar, wer wer sein soll, wegen der Rüstung und der Engelstrompete, aber …"
„Der was?", unterbrach Mr. Farell ihn. Es entsprach zwar nicht der feinen Art, doch konnte er es sich nicht verkneifen, denn er sah auf dem gesamten Bild keine Trompete.
Mr. Cacey deutete auf die Blume, die Gabriel in der Hand hielt. „Das ist eine Engelstrompete, eine der schönsten und gleichzeitig giftigsten Blumen weltweit. Zugegeben, es könnte auch eine Lilie sein, aber dann wäre das schöne Wortspiel weg. Aber wo war ich? Ah, die Ähnlichkeit. Zum Beispiel die Gesichter. Sie sehen alle perfekt aus, aber nur im Einzelnen, denn was perfekt ist, kann es nur einmal geben, und hier ist es dreimal dargestellt. Sie alle haben die gleichen dunkelblonden Locken, sogar dieselbe Frisur. Sie erwecken den Eindruck, als wäre keiner wirklich vollkommen."
Er sah zu Mr. Farell, der nickte. „Stimmt", pflichtete er ihm bei, „es wäre glaubwürdiger, wenn sie wenigstens unterschiedliche Haarfarben hätten. Oder von unterschiedlicher Größe wären. Ich für meinen Teil nehme Raphael immer als ziemlich klein wahr, ungefähr so." Er deutete eine Größe von knapp einssechzig an, was nicht viel kleiner war als er selbst. Mr. Caceys Mundwinkel zuckten. „Haben Sie noch andere Vorstellungen von Erzengeln?", fragte er.

„Natürlich, nur weiß ich nicht, wie es aufgenommen wird, wenn ich so über sie spreche."
„Tun Sie es einfach und finden Sie es heraus."
„Nun gut", nach einigem Zögern. „Also Michael. Er trägt diese Uniform definitiv nicht immer, das wäre viel zu unpraktisch. So eine Rüstung ist ganz schön schwer und sehr unbequem, haben Sie schon einmal eine getragen?" Nicken, er fuhr fort: „Seine Haare sind auch nicht dunkelblond und nicht so kurz. Ungefähr brustlang, würde ich sagen, und hellblond. Meistens trägt er sie über eine Schulter gelegt, er weigert sich, einen Zopf zu tragen, weil das bei seiner Gesichtsform immer recht seltsam aussieht, nämlich herzförmig. Aber nicht herzförmig in dem Sinne, dass die Stirn breiter wäre als das Kinn, nein, er hat ein richtig spitz zulaufendes Kinn. Außerdem ist seine Nase nicht so gerade wie dargestellt und er hat ein Problem mit Nasenhaaren."
An diesem Punkt war es vorbei mit Mr. Caceys Selbstbeherrschung, er legte den Kopf in den Nacken und lachte laut. Es war kein hübsches Lachen, das war es wirklich nicht, vielmehr war es das Lachen einer Person, die schon lange nicht mehr laut losgelacht und es deshalb beinahe verlernt hatte, ein raues Lachen, das tief aus der Kehle kam, und Mr. Farell kam es vor, als hätte er nie etwas Schöneres gehört. Ein paar Minuten lachten sie vor sich hin, und immer wenn einer sich beruhigt hatte, sah er den anderen an und begann von vorne.
„Der heilige Erzengel Michael hat Nasenhaare", sagte Mr. Cacey, als sie endgültig aufgehört hatten. „Möchte ich wissen, wie Sie darauf gekommen sind?" Mr. Farell schüttelte den Kopf. „Wohl eher nicht."

Guter Dinge gingen sie weiter durch die Ausstellung, wobei sie die Bilder jedoch nicht beachteten, zu sehr waren sie ins Gespräch vertieft. Es war ein nettes Gespräch, das sich nicht um tiefschürfenden Inhalt drehte, und die Zeit verging wie im Flug. Als sie wieder in der Vorhalle unter dem Modellflugzeug standen, waren sie beide überrascht, dass es bereits zu dunkeln begonnen hatte. Weniger überrascht waren sie über das Wetter – grau und nebelig, ab und an tröpfelte es und es war nur eine Frage der Zeit, bis es zu regnen beginnen würde. Unentschlossen stand Mr. Farell unter dem Torbogen, der Heimweg würde nicht gerade angenehm werden. Anders als Regen war Nebel nicht besonders schön und würde nicht nur seine eigene Sicht behindern, sondern auch die etwaiger Autofahrer, die ihn überfahren könnten – in einer Stadt wie dieser keine unbegründete Angst. „Wenn Sie möchten, kann ich Sie nach Hause bringen", schlug Mr. Cacey vor und diesmal schwang kein zweites Angebot in seinen Worten mit, darum nickte Mr. Farell. Der Jaguar stand in der Nähe des Parkeingangs und hatte erstaunlicherweise keinen Strafzettel bekommen, dabei hatte Mr. Cacey fürchterlich geparkt. Mr. Farell setzte sich auf den Beifahrersitz, der, wenn auch etwas kalt, erstaunlich gemütlich war. Definitiv war er nicht so durchgesessen wie der Fahrersitz, was darauf zurückzuführen war, dass er nicht so oft gebraucht wurde. Im Auto war es warm, und ohne sich dessen bewusst zu sein, entspannte sich Mr. Farell. „Im Handschuhfach sind Kassetten, wenn Sie ein bisschen Musik hören wollen", meinte Mr. Cacey, während er den Motor startete. „Hören Sie gerne Musik?" Mr. Farell, der damit beschäftigt war, sich die Namen auf den Hüllen durchzulesen, nickte abwesend. Was er fand, waren lauter Blues-Alben, nicht gerade seine bevorzugte Musik, und eine Vivaldi-Kassette, die er auswählte. Noch während die ersten Noten durch das Auto klangen, bemerkte er, dass er sie beim letzten Mal nicht vollständig angehört hatte, denn was sie hörten, war nicht der Frühling, sondern der Herbst, was Mr. Cacey nicht zu stören schien, er nickte im Takt. „Welche Jahreszeit mögen Sie am liebsten?“, fragte er. „Und nennen Sie jetzt bitte nicht den Frühling, ich wäre schrecklich enttäuscht.“ Mr. Farell lächelte. „Ich kann Sie beruhigen, mir ist der Sommer am liebsten. Die langsamen Geigen machen ihn so sinnlich. Und Sie?“ „Den Winter, er bringt etwas Mystisches mit sich. Und er ist nicht so trostlos, wie immer behauptet wird. Nur den Frühling kann ich nicht ausstehen, weil er immer so hochgelobt wird. Er sagt einfach nichts aus.“ Sie fuhren zu den Klängen des Herbstes und nach ein paar Minuten, zu denen des Winters, wo das Gespräch verstummte. Mr. Farell schloss die Augen und versuchte, sich auf die Musik zu konzentrieren, was nicht ganz funktionierte, da sie von dem Lärm des Feierabendverkehrs übertönt wurde. Als der Wagen hielt, öffnete er die Augen wieder, sie standen an einer Kreuzung. Mr. Cacey sah ihn verlegen an. „Wo wohnen Sie eigentlich?“, fragte er und Mr. Farell diktierte ihm den Weg. Als sie schließlich vor seiner Wohnung standen, blieben sie noch eine Weile sitzen, die Kassette war vorbei. „Es war sehr schön mit Ihnen“, sagte Mr. Cacey. „Hätten Sie Lust, das zu wiederholen?“ Mr. Farell lächelte zaghaft. „Vielleicht irgendwann, wir sehen uns sicher wieder." Dann nahm er sein Notizbuch zur Hand, riss eine Seite aus (obwohl er das sonst nie tat) und schrieb seine Festnetznummer darauf. „Gute Nacht", sagte er und sah dem Wagen beim Wegfahren zu. In seiner Wohnung atmete er tief durch. Hatte er Mr. Cacey gerade seine Nummer gegeben? Wirklich? Obwohl er eigentlich keine Freunde hatte, keine Freunde wollte? Er verstand sein Handeln selbst nicht ... aber wer konnte schon genau sagen, ob Mr. Cacey sich überhaupt melden würde. Mr. Farell beschloss, seine Bedenken auf den Tag zu verschieben, an dem das Telefon klingeln würde. Nach kurzem Überlegen zog er den Telefonstecker aus der Wand und fing an, sich auf die wirklich wichtigen Dinge zu konzentrieren. Wie zum Beispiel der Fall Gillian und Othello Jacobs. Sein Zustand hatte sich gebessert, während ihrer drastisch schlimmer wurde. Starker Gewichtsverlust stand auf seiner Liste, genauso wie Schlafprobleme und Wassermangel. Er schloss die Augen und atmete tief durch. Im Laufe seiner Karriere hatte er schon mit weitaus schlimmeren Fällen zu tun gehabt, aber auf irgendeiner Ebene war ihrer trotzdem der herzzerreißendste. Er wusste nicht, was es war. Vielleicht diese Familiengeschichte, die Grausamkeit, die Tatsache, dass sie ihr Kind Othello genannt hatte ... irgendetwas ließ ihn Mitleid empfinden und das war falsch. Er sollte ihr helfen, ihr ein besseres Leben ermöglichen, nicht wie ein Freund an ihrer Seite stehen. Er seufzte und setzte sich in die Küche, um die Teller vorzubereiten, was diesmal länger zu dauern schien als sonst.

3

Sie saß unter ihrer Brücke und war lange genug wach, um Othello eine Geschichte zu erzählen. Keine der gruseligen von Hoffmann, wie ihre Mutter sie ihr erzählt hatte, sondern eine schöne, unaufregende. Sie handelte von Feen, Kobolden und Prinzessinnen und sie hatte sie zum letzten Mal gehört, als sie noch ein Kind gewesen war, als sie noch ein Kind sein durfte. Othello schien sie zu mögen, denn er hörte für einen Moment auf zu brabbeln und sah mit großen Augen zu seiner Mutter auf. Sie konnte nicht weitererzählen, sondern drückte den Jungen an sich und fing an zu weinen, wie sie es in letzter Zeit viel zu oft tat. Aus Solidarität weinte Othello mit. Gillian steckte in jener Depression, in die viele Mütter direkt nach der Geburt verfielen, nur, dass sie bei ihr bereits über einen Monat anhielt. Ein Monat, in dem sie ihrem Kind ein echtes Leben hätte ermöglichen sollen und es doch nicht konnte. Weil sie immer noch diese dumme Hoffnung hatte, sich eines Tages mit ihren Eltern vertragen zu können. Mr. Farell fand sie weinend. „Guten Abend, Gillian", sagte er und sie sah ihn mit verschleierten Augen an, konnte keine spitze Bemerkung fallen lassen, zu geschwächt waren Körper und Geist. „Warum tun Sie das?", fragte sie leise, als er den Teller neben ihr abstellte. Fragen wie diese wurden ihm schon öfter gestellt, teils dankbar, teils bitter und manchmal sogar wütend, doch noch nie mit so viel Hoffnungslosigkeit. „Es ist mein Beruf", sagte er, aber sie schüttelte den Kopf. „Nein, das Austeilen von Essen ist Ihr Beruf. Das weiß ich und das meine ich nicht. Die Frage hätte ei-

gentlich heißen müssen: Warum verhalten Sie sich so?"
„Wie verhalte ich mich denn?", fragte er und sah sie erstaunt an. Ihm war nie in den Sinn gekommen, irgendetwas falsch gemacht zu haben. Hatte er wohl auch nicht.
„Sie sind nett, Mister. Ich meine, Sie kennen mich und meine Geschichte, weil Sie mich irgendwie dazu gebracht haben, sie Ihnen zu erzählen, und trotzdem stoßen Sie mich nicht ab, wie die anderen es tun. Stattdessen versorgen Sie mich und Othello. Was sind Sie, wenn nicht ein Engel, den Gott persönlich geschickt hat?" Es erschien ihm seltsam, dass sie lächelte, weil sie es sonst nicht tat, und schon gar nicht ihm gewidmet. Auch antworten konnte er nicht. „Essen Sie diesmal", sagte er nur. „Ich kann sehen, dass Sie es sonst nicht tun, der Gewichtsverlust macht sich bemerkbar." Damit ging er schnellen Schritts, damit sie nicht sehen konnte, wie sehr ihn die Worte ergriffen hatten. Er hatte nicht gedacht, dass sie gläubig war, und vielleicht war sie es auch nicht und dieser Anflug von Glaube war nur eine Phase, in die man verfiel, wenn man kurz vor dem Tod stand. Denn obwohl niemand es wahrhaben wollte, genau dort befand sie sich. Erst der Blutverlust, der ihre Haut papierartig gemacht hatte, jetzt das schnelle Abnehmen. Die ständige Kälte, der sie ausgesetzt war, machte sich erkennbar, die Fingerspitzen waren blau angelaufen und obwohl er ihre Füße unter der Decke nicht sehen konnte, wusste er, dass auch diese blau waren. Noch hatten sich keine Frostbeulen auf ihrer Haut gebildet, der Körper kämpfte mit allen Mitteln dagegen. Zum Beispiel durch Lanugo-Behaarung, eine dünne, fellartige Haarschicht, die ihre Arme, Schenkel und den Rücken bedeckte.

Es war nicht so, dass Gillian das alles *wollte*. Sie war krank und merkte es, weshalb sie versuchte, wenigstens ein bisschen von dem zu essen, was Mr. Farell ihr brachte. Doch sie schaffte es nicht. Alles, was mehr war als ein Stückchen Gemüse oder ein Kanten Brot, würgte sie unter Schmerzen wieder hervor, konnte nichts bei sich behalten. Sie wusste, dass sie sterben würde, und Mr. Farell wusste es genauso. Und sie hatte Angst. Keine Angst vor dem Tod oder dem, was danach kam, damit hatte sie sich mittlerweile abgefunden und sah es als einen Weg, dieser Hölle, die sie Leben nannte, zu entfliehen, sondern Angst davor, was aus Othello werden würde. Sie hatte nicht die Kraft, mit ihm in ein Kinderheim zu gehen, und wollte es auch nicht, denn dadurch würde sie sich eingestehen müssen, dass es tatsächlich zu Ende ging. Sie war sich zumindest ein wenig sicher, dass Mr. Farell ihn in ein Heim bringen würde. Mehr verlangte sie gar nicht. Sie würde ihn fragen, wenn er das nächste Mal kam, und wenn sie die Bestätigung hatte, würde sie in Ruhe sterben können.

4

Mr. Cacey saß im Auto vor dem Buchladen und legte den Kopf auf das Lenkrad. Er atmete tief durch, bevor er ausstieg. Eigentlich wollte er nicht zurück in seine Wohnung, wo er sich mit niemand anderem als Iago unterhalten konnte. Und selbst das waren eher Selbstgespräche. Aber er musste und er wusste es, darum tat er es (denn welche andere Wahl hatte er?). An seinem Schreibtisch starrte er das Blatt erst sehr lange an, bevor er seine Kreuze und Striche setzte, aber er tat es wie immer. Bevor er sich mit Mr. Farell getroffen hatte, war er seiner Arbeit nachgegangen und hatte den jungen Brian Anderson mitgenommen. Die zwanzig Minuten hatten gereicht, um ihm einen guten Überblick über die Situation zu geben, und Brian war redselig gewesen. Wahrscheinlich hatte er sich aussprechen müssen, und dass Mr. Cacey ein Fremder war, erleichterte es ungemein. Dass er einen Groll gegen seine Eltern hegte, verstanden wohl alle Eingeweihten, mit Ausnahme derer, die es sollten – nämlich die Eltern höchstselbst. Mr. Cacey seufzte und vertrieb die beinahe freundschaftlichen Gedanken aus seinem Kopf, dann machte er ein Kreuz bei Zorn, strich Vorsicht durch und legte den Zettel in die linke Schublade. Sie wurden von Tag zu Tag mehr und von Tag zu Tag rückte auch das Gespräch zum Jahresende näher – eigentlich sollte er schlecht gelaunt sein. War er aber nicht. Stattdessen verspürte er eine Art innerer Zufriedenheit, was äußerst seltsam war. Er hatte *gelacht.* Zum ersten Mal seit mehr oder weniger vielen Jahren. Und verantwortlich war Mr. Farell. In letzter Zeit war dieser verantwortlich für vieles und zu seiner eigenen Überraschung war das meiste positiv. Mr. Cacey las mehr, seit er ihn kannte, vor allem Oscar Wilde, da er ihn offenbar so verehrte, und es gefiel ihm sogar. Er konnte besser schlafen (was seltsam war, denn er hatte davor nicht gewusst, wie schlecht er tatsächlich schlief. Er hatte gedacht, ständiges Aufwachen mitten in der Nacht und ruheloses Herumwälzen wären normal. Erst, als er eine ganze Nacht durchgeschlafen hatte und am Morgen nicht mit steifem Nacken und einem schalen Geschmack im Mund aufgewacht war, war er zu dem Schluss gekommen, dass sein

normaler Schlafrhythmus ziemlich am Ziel vorbeischoss) und wenn er aufwachte, war er nicht mehr so schlecht drauf wie sonst – das setzte erst über die ersten wachen Minuten ein. Er lag dann meistens mit geschlossenen Augen im Bett, hatte keine namhaft negativen Gedanken, sondern sehr banale wie „Konnte man schon immer Vogelgezwitscher hören?“ oder „Warum müffelt es hier?“ und war generell eher gut gelaunt. Doch kaum, dass er die Augen öffnete und sein Blick auf den Schreibtisch fiel, wurde er sich bewusst, was er war, und seine Laune wanderte in den Keller, wo sie es vorzog, den ganzen Tag zu bleiben, bis er abends ein Buch aufschlug und nachzuvollziehen versuchte, warum Mr. Farell den Iren so sehr mochte. Miss Thomas hatte ihm geholfen, passende Bücher herauszusuchen (sein plötzliches Interesse an Büchern hatte sie stutzig gemacht, doch sie war zu wohl erzogen, um etwas dergleichen verlauten zu lassen) und er war ihr dankbar dafür, denn die meisten Bücher, die nun auf seinem Schreibtisch lagen, hätte er wohl von selbst nicht mit dem Rücken angesehen.
Mr. Cacey legte den Kopf auf die verschränkten Arme und schloss die Augen. Es war ein langer Tag gewesen und er war müde, doch wollten ihm ein paar Dinge einfach nicht aus dem Kopf gehen.
Er hatte gelacht.
Er hatte tatsächlich gelacht und sich zum ersten Mal seit Ewigkeiten dabei zugehört. Sein Lachen klang seltsam, so fand er, doch es passte ganz gut zu ihm. Er hatte es so lange nicht mehr gehört, dass er ganz vergessen hatte, wie es klang, und er war Mr. Farell so dankbar, dass er es ihm zurückgebracht hatte, dass er am liebsten auf der Stelle losweinen

würde. Doch er tat es nicht, denn er weinte noch seltener als er lachte, und zumindest daran wollte er nichts ändern. Er stand auf und zog sich den Zopfgummi aus den Haaren, die sofort begannen, an den Wurzeln zu ziepen. Rasch fuhr er sich durch die Haare und verstrubbelte sie, sodass sie weniger schmerzten. Es war sehr spät und er fragte sich, ob es sich überhaupt lohnte, noch ins Bett zu gehen, aber seine Müdigkeit führte ihn – und mit ständigem Gähnen und zufallenden Augen wäre er morgen zu wenig nütze. Nein, lieber spät ins Bett gehen und wenig schlafen als gar nicht. Obwohl er sonst sehr auf Ordentlichkeit achtete, ließ er seine Klamotten einfach neben dem Bett liegen und kroch unter die Decke. Kalt, aber bald würde sie durch seinen Körper angenehm warm werden, und da er bis dahin eh nicht schlafen können würde, verschränkte er die Arme hinter dem Kopf und dachte zum ersten Mal darüber nach, ob er wirklich so einsam war, wie er sich fühlte. Ganz allein war er ja nicht. Er konnte mit Iago sprechen, wann immer er wollte, Miss Thomas wäre sicher ebenfalls bereit, eine Tasse Tee mit ihm zu trinken (oder etwas anderes, er hatte dem Gebräu nie viel abgewinnen können), und einmal im Jahr traf er sich mit einer Kollegin. Außerdem waren da die Leute, mit denen er tagtäglich zu tun hatte und die zwangsläufig mit ihm kommunizierten. Nein, allein war er nicht und er hatte sich auch nicht so gefühlt. Bis vor einer Woche.
Bis er Mr. Farell kennengelernt und ein paar Gespräche mit ihm geführt hatte.

Bis er ihm das erste Mal auf Wiedersehen gesagt hatte und allein war mit dem Gefühl, etwas zu verpassen. Doch jetzt hatte er keinen Grund mehr für solche Gefühle, oder? Jetzt trafen sie sich ja und er hatte seine Telefonnummer. Jetzt waren sie ja Freunde. Mr. Cacey drehte sich energisch auf die Seite. Langsam heizte sich die Decke auf. Lustig, was in einer Woche alles passieren konnte. Er schloss die Augen. Und wie aufregend, sich auszumalen, was in den nächsten passieren würde. Momentan war Mr. Farell eine Art Freund, aber das war nur gerade. Es würde sich verändern, ob zum Negativen, zum Positiven oder zu beidem, blieb offen. Ihr nächstes Treffen würde anders werden, beschloss Mr. Cacey, und mit diesem Gedanken zwang er sich in einen unruhigen Schlaf, der keine drei Stunden andauern sollte.

Kapitel 7

1

Um nicht lange darum herumzureden: Das Gebäude war riesig. Von Säulen gestützt erhob sich der Eingang etliche Meter über die Köpfe der größten Menschen und die Tür war verziert mit allen möglichen und unmöglichen ehernen Zeichen, die wie Runen aussahen. Azariel konnte die ägyptische Schrift nicht lesen, deshalb sah es für ihn aus wie Runen. Für jeden anderen sah es aus wie ein Schild, auf dem stand: „Bibliothek von Alexandria". Nur dass man es gerade nicht sehen konnte, denn beide riesigen Türflügel standen weit offen.

„Warum", fragte Azariel an Raguel gewandt, „baut man so große Türen? Es hat keinen Sinn, wirklich. Man verschwendet nur Stauraum und erschwert das Türöffnen erheblich." Raguel warf ihm einen genervten Blick zu, obwohl er nicht viel erwartet hatte. „Es ist architektonische Freiheit", erklärte er. Azariel nickte nur, dann erkannte er, dass er tatsächlich beeindruckt war. An die 700 Jahre hatten sie sich nicht gesehen. 700 Jahre, in denen so einiges passiert war. Die Bibliothek war nur eine Sache, doch bei Weitem nicht die am wenigsten interessanteste. Sonst wäre sie nicht das Erste, was Raguel ihm gezeigt hatte, kaum dass er angekommen war. „Ist es nicht ein bisschen riskant, dieses ganze Projekt?", fragte Azariel weiter. Sie sahen ein paar Leuten dabei zu, wie sie die Regale mit Schriftrollen füllten. „So viele Schriftstücke, wichtige Schriftstücke an einem einzigen Platz aufzubewahren. Den ganzen Diebstahl nicht auszuschließen", fügte er mit einem kritischen Seitenblick hinzu. „Irgendwann werden die ganzen Seefahrer doch mitbekommen, dass man ihnen die Originale abnimmt, sie kopiert und ihnen die Kopien anstelle der Originale zurückgibt. Ich glaube, das könnte zu Streit führen, meinst du nicht auch?"

„Es ist eben schöner, Originale zu haben", meinte Raguel, klang aber kleinlaut, denn er wusste, dass Azariel recht hatte. „Die Originale müssen eh ersetzt werden", verteidigte er sich. „In ein paar Hundert Jahren sind sie von der Feuchtigkeit zerstört und man muss Kopien anfertigen, ob man will oder nicht. Und wo genau die Rollen verschimmeln, ist doch egal, oder nicht?" Er wusste, dass es nicht egal war, aber er wollte nicht einsehen, dass eine so großartige Einrichtung wie die Bibliothek von Alexandria etwas Falsches an sich haben konnte. Sie bot ja auch viel Gutes – wenn man vom Raub einer halben Million Schriftrollen absah. Zum Beispiel war sie ein Studienzentrum, in dem Schüler aus ganz Alexandria und nahe gelegenen Städten Ägyptens unterrichtet wurden, und das sogar in naturwissenschaftlichen Fächern wie Mathematik, Physik und Astronomie. Raguel selbst arbeitete in der Bibliothek, er registrierte, ordnete und pflegte die Papyri und gab das Wissen an jene weiter, denen es nicht erlaubt war, es selbst nachzulesen. Er genoss einen angesehenen Ruf in Ägypten, so wie er es überall tat. Das lag daran, dass er eine sehr angenehme Person war – und äußerst gebildet. Die Leute sahen ihn als Gelehrten, obwohl er nicht selbst unterrichtete.

„Komm schon“, sagte er gut gelaunt, „lass uns reingehen. Ich würde dir gerne etwas zeigen und vielleicht brauchen sie Hilfe beim Einräumen.“ Azariel folgte ihm skeptisch. „Papyrusrollen“, murmelte er, als sie an vollgestopften Regalen vorbeigingen. „Wie kann so etwas denn gutgehen? Ist hier ein System dahinter oder habt ihr die einfach irgendwo hingestopft?“
„*Natürlich* gibt es hier ein System, es wäre sinnlos, eine Bibliothek zu bauen und ohne System einzurichten.“
„Und wie lautet dieses System?“
„Das äh“, er verstummte. „Das verstehst du selbst nicht genau?“, versuchte Azariel den Satz zu beenden. „Nein, das ist zu kompliziert, um es dir jetzt zu erklären“, sagte Raguel schnell. „Aha“, meinte Azariel nur und folgte ihm weiter durch den Wald aus Papyrus, ein leicht spöttisches Lächeln um den Mund. Als Raguel gefunden hatte, was er suchte, oder zumindest das Regal, in dem er weitersuchen wollte, stand Azariel erst eine Weile unschlüssig daneben, dann setzte er sich auf den Boden und lehnte sich an eine Säule. „Eine halbe Million Schriftrollen“, meinte er kopfschüttelnd, „und nicht der Hauch einer Ordnung.“ Aber Raguel hörte ihm nicht zu, so vertieft war er in seine Suche. „Was fasziniert dich an dem Zeug eigentlich so?“, fragte er weiter. „Also bitte!“, rief Raguel aus dem Regal. „Das ist doch kein Zeug. Das hier ist über Jahrhunderte angesammeltes Wissen der gesamten Menschheit – oder zumindest aus dem europäischen und vorderasiatischen Raum – und alles versammelt an einem Platz, zugänglich und verständlich für alle. Ist das nicht ein bedeutender Schritt in der Geschichte? Mit dem

Wissen, das wir uns mithilfe dieser Werke noch aneignen werden, sind wir imstande, Gesellschaftsformen weltweit zu optimieren. In Griechenland zum Beispiel haben sie neulich etwas entwickelt, das sich Demokratie nennt. Ohne Schriften wäre das wohl kaum möglich gewesen."
„Was bitte ist Demokratie?"
„Es ist, wenn es nicht mehr einen Herrscher gibt, der alles bestimmt, sondern das Volk gefragt wird, was es denkt, und nach dem Willen der Mehrheit entschieden wird. Das braucht natürlich noch Anpassungen, zum Beispiel sollten Frauen auch mitmachen dürfen, aber für den Moment ist das ziemlich gut, nicht?"
„Zugegeben, es hört sich sinnvoll an." Azariel zog eine Papyrusrolle aus dem untersten Regalbrett und rollte sie ziemlich ungeschickt auseinander, das Pergament knisterte. „Vorsicht", rief Raguel, „zerbrechlich. Das ist eine von den älteren Schriften." Er nickte nur und starrte auf die Schriftzeichen, ohne etwas zu verstehen. „Was genau steht da?", fragte er nach einer Weile. Er konnte eine ovale Zeichnung ausmachen, aber das war es auch schon. Raguel beugte sich über ihn und lächelte erfreut. „Perfekt, genau diese Rolle habe ich gesucht. Kannst du erraten, was es darstellt?"
„Würde ich fragen, wenn ich es könnte?"
Er überging diese Bemerkung. „Das schildert den Aufbau der Milchstraße", sagte er nur und schaffte es damit tatsächlich, Azariel sprachlos zu machen. „Den Aufbau der Milchstraße?", brachte er schließlich heraus. „Sind sie schon so weit mit ihren Entdeckungen?" Raguel lachte und schüttelte den Kopf. „Nein, keine Sorge, es beinhaltet

nicht alles, jedenfalls nicht nach dem, was du mir erzählt hast, aber ja: Sie sind schon ziemlich weit. Immerhin hat die Galaxie schon ihren Namen. Schau mal", er zeigte auf einen listenähnlichen Abschnitt, „hier sind die Planeten aufgeführt: Erde, Mars, Merkur, Venus, Jupiter und die Sonne."
„Und der Rest?"
„Noch nicht bekannt, aber darauf wollte ich nicht hinaus."
Azariel starrte die Schriftrolle ungläubig an. „Die Sonne ist doch kein Planet", murmelte er. „Sie ist ein Stern und ein ziemlich mickriger noch dazu. Wäre sie kein Stern, würde sie nicht so hell scheinen. Ein Planet, also bitte."
„Hör doch auf zu meckern, sie werden noch früh genug daraufkommen", sagte Raguel, dann rief er freudig auf: „Hier! Da ist das Erscheinungsbild der Milchstraße beschrieben, nämlich ein weißer Streifen am Nachthimmel. Das ist aber nicht alles, manche schreiben über braune und lilafarbene Flecken und einer hat ein paar rosafarbene entdeckt. Jetzt ist meine Frage: Warst du das?"
„Was? Das braune Zeug? Nee, das war ein Kollege, der kann nur braun. Eigentlich sollte es blau werden."
„Nein, ich meine das Rosa."
„Ach so." Er schwieg kurz. „Ja, das war ich. Hatte dich doch nach Vorschlägen gefragt und es erschien mir ganz vernünftig." Er zuckte mit den Schultern und versuchte zu überspielen, dass er es süß fand, wie Raguel sich darüber freute. Der lächelte breit. „Egal", sagte Azariel schnell und wechselte das Thema, indem er eine neue Schriftrolle hervorzog. „Was ist das hier?" Raguel setzte sich neben ihn und begann

zu lesen, sein Lächeln vertiefte sich. „Prophezeiungen."
„Prophezeiungen worüber?"
„Verschiedenes. Ein Heiland, der uns retten will, und generell viel Positives."
„Und das gefällt dir?" Er klang nicht, als würde er ihn verurteilen, vielmehr fragte er aus Interesse. Raguel nickte.
„Warum?"
„Wie, warum? Es ist ganz nett zu lesen." Azariel schüttelte den Kopf. „Das meine ich nicht. Warum im Sinne von: Du weißt doch, wie die göttliche Vorsehung ist, warum also interessiert es dich, was ein paar Menschen sich zusammenreimen?"
„Ist das nicht unwichtig?"
„Nee, ich möchte es echt gerne wissen." Er entrollte das Schriftstück etwas weiter und sah darauf, als würde er aus den Zeichen schlau werden, dabei knisterte das Pergament und Raguel verzog ein weiteres Mal das Gesicht. „Es ist ihr Optimismus", sagte er schließlich. „Zwar kenne ich Teile des Plans, doch bei Weitem nicht den ganzen, und sie erst recht nicht. Und trotzdem versuchen sie, es herauszufinden, einen Blick in die Zukunft zu werfen. Sie schreiben es auf und teilen es mit anderen Menschen, ihren unsäglichen Optimismus. Erzählen ihnen, dass alles gut wird und sie sich nicht fürchten müssen. Sie sprechen über Gott, als wäre es ihnen egal, was für Folgen es für sie hat – ein paar wurden für ihre Schriften ins Gefängnis geworfen – und vielleicht ist es ihnen auch egal. Aber das tut nichts zur Sache, denn selbst wenn sie ins Gefängnis gehen, stehen sie noch zu ihren Thesen, auch wenn sie vollkommener Unsinn sind. Man könnte sagen, sie wären Märtyrer ihrer Überzeugung. Das alles tun sie, um anderen

Menschen vom Guten in der Welt zu berichten, und diese Rollen sind Beweis ihrer Liebe." Er hörte abrupt auf und sah ihn erschrocken an. „Das hört sich ziemlich dramatisch an, nicht wahr? Ich fürchte, ich habe ein wenig übertrieben." Doch Azariel schüttelte den Kopf. „Ganz und gar nicht. Danke. Für die Erklärung." Er rollte den Papyrus zusammen, diesmal vorsichtig, um nichts zu zerknittern, und steckte ihn zurück ins Regal. „Was genau machst du hier eigentlich?", fragte er. „Was ist deine Aufgabe? Es kann nicht nur das Registrieren sein."
„Du wärst überrascht, wie viel es ist", sagte Raguel. Sie standen auf und gingen durch die Regalreihen, eine Wand nach der anderen, unmöglich zu unterscheiden. „Ich helfe, ein Inventar zu schreiben, eine Art Inhaltsverzeichnis der Bibliothek. Bisher haben wir etwa ein Drittel der mathematischen Abteilung, zusammengefasst auf mehrere Hundert Rollen, die allerdings separat liegen. Es dauert sehr lange, dieses zu inventarisieren, da jedes Werk nicht nur auf Fehler und dergleichen überprüft, sondern auch zusammengefasst werden muss." Er wandte den Kopf ab. „Um ehrlich zu sein, lasse ich das immer von magischer Hand geschehen und verbringe meine Zeit hier mit dem eingehenden Studium ausgewählter Werke."
„Wie zum Beispiel Prophezeiungen?", fragte Azariel neckend. Ein Nicken war die Antwort. Er sah sich um. Wenn man zwischen den steinernen Regalen stand, wurde man sich des immensen Ausmaßes der Bibliothek nicht bewusst, sondern dachte nur: „Das sind ein paar sehr hohe Regale." Ging man jedoch weiter in das Labyrinth, wurden aus den paar Regalen sehr viele Regale, bis man sich nicht mehr auskannte und Gefahr lief, sich zu verlaufen. Es waren

schöne Regale, das war unbestreitbar, doch wirkten sie auch einschüchternd auf Azariel, denn sie waren so hoch, dass man schwerlich die Decke erblicken konnte. Er hatte den Überblick bereits verloren und war direkt überrascht, wieder in der Vorhalle zu stehen, die, im Gegenteil zum eher dunklen Rest der Bibliothek lichtdurchflutet war. In der Mitte stand ein Brunnen, der lustig vor sich hin plätscherte und das Geräusch wirkte beruhigend auf die Anwesenden und schaffte eine ausgeglichene Atmosphäre. „Dort hinten geht es zu den Studierzimmern", sagte Raguel und deutete in eine unbestimmte Richtung zwischen den Regalwänden. „Ich bin auch manchmal dort, um zuzuhören. Ab und zu darf ich etwas beisteuern, das ist immer schön, und doch muss ich zugeben, dass sich mir das meiste nicht ganz erschließen will. Es ist schon faszinierend, wozu der menschliche Geist imstande ist – dass er sich sogar Dinge ausdenken kann, die ein Engel nicht versteht." Es schien ihm nicht allzu viel auszumachen, denn er sagte es leichthin und wirkte eher, als *könnte* er es nicht warten, es irgendwann doch zu verstehen. Natürlich könnte er es. Ein Fingerschnipsen und mathematische Zusammenhänge wären ihm klar, als hätte er sie immer gewusst, doch wo blieb da der Spaß am Lernen? Wo blieb die Freude des Verstehens? Denn lernte man nicht eigentlich um des Lernens willen, und nicht um des Könnens? Azariel würde widersprechen, er tat sich schwer, Neues zu lernen, und wollte es daher erst gar nicht versuchen, was er Raguel auch mitteilte. „Früher oder später wirst du es tun müssen", meint dieser. „Wenn du weiterhin auf Erden sein möchtest, kommst du ohne Sprachkenntnisse nicht weit. Und es gibt auch schon Sprachen, die einfach zu lernen sind. Nimm Schwedisch als Beispiel. Oder Englisch. Vielleicht solltest du mit Englisch beginnen." Er zeigte sich unbegeistert. „Vielleicht", sagte er deshalb nur und sie verließen die Bibliothek, um sich davor in die Sonne zu setzen. Es war ein angenehmer Tag, zu schön, um ihn in dunklen Gewölben zu verbringen. „Wie lange bleibst du diesmal?", fragte Raguel. Azariel zuckte mit den Schultern. „Ich weiß nicht genau. Auf jeden Fall ein paar Jahre, die Milchstraße ist fertig und alles Weitere wird erst noch geplant, dabei bin ich nicht einbezogen. Erst wenn feststeht, was mein Team machen soll, kann ich mit dem Planen des Eigentlichen beginnen. Und selbst dann werde ich noch ein bisschen Zeit hier unten haben." Er hielt kurz inne und sah zwei Vögeln zu, die in die Bibliothek flogen und sofort wieder hinausgescheucht wurden. „Vielleicht dreißig Jahre", meinte er schließlich und Raguel nickte ein wenig betrübt. Dreißig Jahre waren für einen Menschen fast die Hälfte seiner Lebensdauer und damit eine Menge, doch für einen Engel kaum mehr als ein Wimpernschlag. Manchmal verfluchte er die Ewigkeit, der er ausgesetzt war, doch so durfte er nicht denken. „Und hast du Pläne?", fragte er weiter. „So, wie es aussieht, werde ich wohl eine Sprache lernen." Sie grinsten sich an.

2

Als die Sonne langsam unterging, betraten ein paar Menschen die Bibliothek und auch Raguel stand auf. „Ist heute etwas Besonderes?", fragte Azariel, der sitzen blieb. „Mehr oder weniger. Eine philosophische Debatte soll stattfinden. Das passiert ab und zu und ist immer recht lustig. So lustig streitende Menschen eben sein können. Ich sehe es mir ganz gerne an, man kann dabei unglaublich viel über ihre Denkweise lernen. Möchtest du mitkommen?" Azariel schüttelte den Kopf. Er war ein wenig müde und wollte schlafen, deshalb verabschiedete er sich von Raguel und sah ihm nach, wie er in der Bibliothek verschwand. Dann drehte er sich um. „Hübsches Gebäude, nicht wahr?", fragte jemand und hielt ihn somit vom Gehen ab. Jemand, der kein Mensch war. Das Erste, was ihm neben der Größe auffiel (die Frau war unglaublich groß – so groß, dass Azariel, der selbst vier Ellen maß, zu ihr aufsehen musste), war, wie seltsam dünn, fast unterernährt sie war. Die langen Gliedmaßen waren kaum dicker als Stöcke. Die Haut spannte sich darüber, sodass Arme und Beine sehr eckig aussahen, als könnte man sich an ihnen verletzen. Außerdem hatte die Frau sehr spitze Ellenbogen, die sich wie Zacken nach außen bogen. Auch die Hände hatten eine abnormale Dimension und obwohl die langen Finger zerbrechlich wirkten, flößten sie eine gehörige Portion Respekt ein, denn sie waren gebogen wie Krallen und aus blutigen Nagelbetten ragten gelbe Nägel. Ihre Haut schien fast grünlich, so bleich war sie, und am Halsansatz glänzten Schuppen. Ihr Haar schien aus Algen zu bestehen, die ihr platt am Kopf klebten und einen vermoderten Gestank absonderten, der stark an etwas erinnerte, das im Wasser seinen Tod gefunden hatte. Auf einem Hals, der so dünn war, dass man jeden Wirbel erkennen

konnte, saß ein länglicher schlangenähnlicher Kopf mit schmalen Nüstern und schleimverschmierten Schuppen, die Wangen und Stirn bedeckten. Einzig zwei tiefgrüne Augen stachen hervor und in ihnen glitzerte etwas, das Azariel nicht ganz identifizieren konnte. Das Zweite, was ihm auffiel, war, dass die Frau – konnte man sie denn so bezeichnen – halb über ihn gebeugt stand und ihm Angst einjagte. Darum konnte er auf die Frage nur stumm nicken.
„Sie beinhaltet wichtige Schriften“, fuhr die Frau fort und entblößte drei Reihen spitzer Zähne, zwischen denen sich Schleimfäden spannten. Mit ihren Worten drang ein abscheulicher Gestank aus ihrem Mund und Azariel wurde speiübel. „Wohl die wichtigsten der Welt und sie alle sind hier. Passend, nicht wahr?“
Eigentlich wollte er fragen, warum das so passend war, aber er wollte den Mund nicht öffnen und den Gestank auch noch dadurch einatmen. Darum nickte er nur, er bekam die Antwort sowieso. „Denn ist nicht Ägypten das fortschrittlichste Land von allen? Mit den Pyramiden, die sonst niemand hat, den Hieroglyphen, dem ausgeklügeltsten Schriftsystem aller, und der schönsten Frau der Welt als Pharaonin – und das gleich zweimal.“
Na ja, dachte Azariel, darüber lässt sich jetzt streiten. *Rom ist auch recht fortschrittlich. Und denk mal an die Inka mit ihrem Kalender. Und hübsch würde ich Kleopatra nicht nennen, das wollt ihr nur unbedingt.* Aber das sagte er nicht. Stattdessen hielt er die Luft an und hoffte, die Riesin möge bald gehen. Einfach selbst zu gehen, wäre unhöflich. Zu seinem Glück wandte sie sich ein Stück ab.

„Könnten nicht andere Völker neidisch werden auf so viel Erfolg?“, fragte sie, und als Azariel diesmal nickte, meinte er es so. Neid war etwas sehr Menschliches und ganz sicher war jemand neidisch auf Alexandria. „Vor allem die Römer“, fuhr sie fort. „Gaius Julius Cäsar regiert Rom, doch er muss sich Ägypten unterordnen – einem Land, das von seiner Ex regiert wird. Gerade er mag missgünstig sein.“ Sie zeigte auf einen Mann, der am Eingang der Bibliothek stand und angestrengt versuchte, aus den ehernen Hieroglyphen schlau zu werden. „Den hier hat er hierher geschickt. Einen einfachen Mann, der für die Patrouille eingeteilt ist. Er soll ihm Nachricht bringen, wie es um die Bibliothek steht. Und wie man Cäsar kennt, wird er nicht glücklich über die Antwort sein.“ Sie drehte sich wieder zu Azariel und sah, dass er nur mit Mühe ein Gähnen unterdrücken konnte. „Aber das sollte nicht Euer Problem sein, Ihr seid müde. Wollt Ihr euch nicht hinlegen?“ Das wollte er. Also wünschte er eine gute Nacht. Die Frau sah ihm hinterher und lächelte, wobei sie ihre spitzen Zähne entblößte. Dann ging sie seltsam staksend auf verformten Gliedmaßen davon und irgendwann sah es so aus, als verschmölze sie mit dem Boden.

3

Azariel träumte und in seinem Traum war alles finster. Er blickte um sich und konnte doch nicht weiter als bis zu seinen Handfläche sehen, darum streckte er die Arme von sich und tat vorsichtige Schritte, um nicht zu stolpern.

Schließlich berührte er etwas, das sich nach einem Holzbrett anfühlte. Er tastete sich weiter nach vorne und fühlte ein weiteres Brett, dann noch eines, bis seine Hand auf kaltem Stein lag. Er ließ sie ein wenig höher wandern und etwas knisterte. Sofort durchflutete ihn Erleichterung, denn er wusste, wo er war: in der Bibliothek. Erleichterung, die sofort durch Grauen abgelöst wurde. Er war in der Bibliothek, jenem riesigen Gebilde, in dem er sich ohne Raguel nicht zurechtfand und in dem es außerdem stockfinster war. Wie in den meisten Träumen war ihm auch jetzt nicht bewusst, dass er sich nicht in der Realität befand. Darum wurde er von spontaner Panik erfasst, so verloren fühlte er sich zwischen den Regalen. In der Realität konnte man sich ja schlecht hinsetzen und aufs Aufwachen warten. Gerade als er die Fassung vollkommen verlieren wollte, kam ihm ein Gedanke: An diesem Abend fand eine philosophische Debatte hier statt, davon hatte Raguel erzählt, der selbst teilnehmen wollte. Er befand sich also in der Bibliothek, und wenn er ihn fand, hätte er auch den Weg ins Freie gefunden. Guter Dinge machte er sich auf die Suche und irrte blind durch die unzähligen Räume. Nur, dass er Raguel nicht fand, und als er nach Stunden (Traumstunden – in der Realität wenige Minuten) aufgeben wollte, sah er den Schein einer Fackel. Vorsichtig näherte er sich dem Licht, denn er wusste, dass es nicht Raguel war, sondern Menschen, und denen konnte man nicht trauen. Aber vielleicht konnte er sich ihnen unbemerkt anschließen. Um drei Fackeln standen drei Männer über einen Plan gebeugt, sie berieten sich auf Ägyptisch und er verstand jedes Wort, obwohl er die Sprache nicht beherrschte. Aber es war ein Traum und im Traum hinterfragte man die Dinge nicht. Wenn sie da waren, erschienen sie logisch und gottgegeben. Es überraschte ihn also weder, dass er sie verstand, noch, dass sie so deutlich zu hören waren, standen sie doch mehrere Hundert Ellen entfernt. „Noch diese Abteilung, dann sind wir durch“, sagte einer. „Khafra, du gehst links, Menes rechts und ich geradeaus. Betet zwei Gebete und dann dreht um und kommt hierher zurück! Dann gehen wir.“ Die beiden anderen nickten und machten sich auf den Weg. Leises Murmeln erfüllte den Raum und hallte von den Wänden wider. Sie nutzten diese Methode als Zeiteinteilung, um nicht zu lange voneinander getrennt zu sein. Der dritte Mann ging in Azariels Richtung, schien ihn jedoch nicht zu bemerken. Seltsamerweise betete er an Jupiter und es dauerte ein wenig, bis Azariel in ihm den römischen Gesandten erkannte. Vor einem Regal blieb er stehen und überprüfte den Bestand, dabei kam seine Fackel den Schriftrollen gefährlich nahe. „Senke deinen Arm ein Stück“, zischte Azariel mit einer Stimme, die verklebt und gleichzeitig grollend klang. „Tu es!“ Und mit Augen, die nicht die seinen waren, folgte er der Handbewegung.

4

In kalten Schweiß gebadet wachte er auf, das dünne Leinentuch, das er als Decke benutzte, klebte unangenehm an seinem Körper. Azariel strampelte sich frei. Ein paar

Minuten lang saß er mit angezogenen Beinen an die Wand gelehnt, atmete schwer und wusste nicht, warum. Langsam beruhigte sich seine Atmung und Wärme kehrte in seinen Körper zurück. Es wunderte ihn ohnehin, dass er gefroren hatte, im Zimmer war es erdrückend heiß. Wackelig stand er auf und öffnete ein Fenster, was die Hitze nur noch verschlimmerte, denn offensichtlich kam sie von draußen. Er schloss das Fenster wieder und setzte sich auf das Bett, trommelte ungeduldig auf dem Holzrahmen herum. Wovon hatte er geträumt? Er erinnerte sich an Dunkelheit, aber an nicht viel mehr als das. Nur, dass er irgendwann an Raguel gedacht hatte, der immer noch nicht da war.

„Na toll“, brummte er und seine Stimme klang kratzig. Jetzt, da er eh nicht mehr schlafen wollte, konnte er ihn genauso gut von da abholen, wo auch immer er war. *In der Bibliothek*, erinnerte er sich und schlüpfte in eine graue Toga. Er mochte das Kleidungsstück nicht, vor allem, weil man es beim Laufen immer festhalten musste, damit es nicht rutschte. Oder zumindest musste er das. Vielleicht band er es falsch. Als er ein weiteres Mal keinen vernünftigen Weg gefunden hatte, die Enden so miteinander zu verknüpfen, dass es nicht vollkommen unpraktisch war, winkte er genervt ab und ging aus dem Haus. Es musste auch so gehen. Die Bibliothek würde er ohne Schwierigkeiten finden, obwohl er noch nie allein dorthin gegangen war, denn sie war schwer zu übersehen und selbst zu dieser späten Stunde strömten Menschen in ihre Richtung. Viele Menschen. Zu viele Menschen mit zu verstörten Gesichtern, die zu laut durch die Gegend schrien. Irgendetwas war faul.

Azariel bewegte sich mit ihnen in die Richtung, in die die meisten gingen, doch es war schwer, diese Richtung auszumachen, da alle durcheinanderliefen. Ein Mann lief auf ihn zu und schien ihn in seiner Panik nicht zu sehen, denn er rannte ihn direkt über den Haufen und beide stürzten hart zu Boden.

„Autsch", keifte Azariel, „könnt Ihr nicht aufpassen?" Die Situation reizte ihn und er konnte sich den genervten Tonfall nicht verkneifen. Obwohl der Mann ihn nicht verstand, erwiderte er etwas auf Ägyptisch, versuchte wohl, ihm etwas zu erzählen. Nun hätte Azariel ihn wohl auch nicht verstanden, wäre er des Ägyptischen mächtig, denn der Mann war zu aufgeregt, um normal zu sprechen, und verhaspelte sich ständig.

„Eh", sagte Azariel ratlos, rappelte sich auf und versuchte, auf andere Weise an Informationen zu gelangen. Er wünschte sich, wie Raguel mit einem Fingerschnipsen jede Sprache zu beherrschen, aber diese Art von Macht besaß er nicht. Raguel war ein Engel der Erde, ihm war diese Fähigkeit zugeschrieben, damit er seine Aufgabe überall erfüllen konnte. Er selbst war nicht für die Menschen gemacht, sondern für alles außerhalb: für Planeten, Sterne, Satelliten, und was sich sonst noch im All befand. Für seine Arbeit musste er nicht mit Menschen kommunizieren, also musste er es auch nicht können – obwohl es sehr praktisch wäre, zum Beispiel in Situationen wie dieser.

„Was in Gottes Namen ist los?", murmelte er misstrauisch und ging in Richtung Stadtmitte, wo das Zentrum zu sein schien – dachte er jedenfalls, doch als er ankam, konnte er die Quelle der Unruhe nicht finden. Es war lediglich der Punkt, an dem sich die Menschen versammelten und sich geschockt unterhielten. Einige weinten, während andere versuchten, sie zu trösten, und wieder andere mit wachsender Panik versuchten, herauszufinden, was los war. Zweifellos war etwas Schlimmes passiert, aber Azariel konnte noch immer nur ahnen, was es sein mochte. Und dass Raguel nicht da war, beunruhigte ihn stark, denn Teil seiner Aufgabe war es, den Menschen beizustehen, wenn sie es brauchten, und gerade brauchten sie es ganz offensichtlich. Wie in Trance ging er über den Platz, schnappte Wortfetzen auf, die ihm nichts sagten, und hielt Ausschau nach einem blonden Haarschopf. Keiner zu sehen. Er blieb stehen und sah verzweifelt in die Menge, von einer Einsamkeit ergriffen, die er noch nie erlebt hatte. Etwas zupfte an seinem Rock und er sah nach unten. Ein Kind, wahrscheinlich etwa zwölf Jahre alt, klammerte sich an seine Toga.

„Was?“, fragte er. Kommunikation zwischen Erwachsenen war kompliziert, da sie gewisse Bedingungen erfüllen musste, dieselbe Sprache war nur eine davon. Mit Kindern war es einfach. Sie hörten oft nicht auf die tatsächlichen Worte, sondern darauf, wie sie ausgesprochen wurden, und machten daran ihre Reaktion fest. Azariels Tonfall vermittelte dem Kind also: „Was ist los?“, obwohl sie nicht dieselbe Sprache sprachen.

Es zeigte vage in die Richtung, aus der der meiste Lärm zu kommen schien, und sagte irgendetwas. Dann sah es Azariel flehentlich an und sagte ein Wort, dessen Bedeutung er wohl in jeder Sprache hätte verstehen können: „Hilfe.“ Er nickte und zeigte mit dem Kinn in die Richtung, in die es gedeutet hatte. Dies war eine Aufforderung, ihn zur Problemstelle zu führen. Sie gingen zügig ihres Weges, es zog ihn beinahe, und sie schwiegen. Es ging durch die Stadt, durch dunkle Seitengänge und immer mehr Menschen kamen ihnen entgegen, bis sie schließlich aus dem Straßenlabyrinth traten. Und Azariel begann zu rennen, gepackt von mehr Panik (und Angst, aber das nahm er nicht wahr) als je zuvor, denn er sah es von hier aus: Die Bibliothek von Alexandria, die Wiege allen menschlichen Wissens, stand lichterloh in Flammen. Und er wusste nicht, ob Raguel noch darin war oder nicht. Vor der Bibliothek hatte sich eine Traube Menschen gebildet, die andere Leute wegführten (wohl die, die aus den Flammen gekommen waren) oder mit bangem Blick zum Eingang starrten. Man versuchte, den Brand zu löschen, doch für jede ausgehende Flamme schienen drei neue sich zu entzünden und das Wasser verdunstete, noch bevor es die Mauern erreichte. Ab und zu kämpfte einer sich aus den brennenden Trümmern, manchmal zwei auf einmal, und wurde sofort mit schmerzlindernden Mitteln, Brandsalben und einem Schluck Wein behandelt. Je später es wurde, desto weniger Menschen kamen aus der Bibliothek, desto schlimmer sahen ihre Verbrennungen aus und desto höher wuchsen die Flammen. Die Ansammlung wurde kleiner, wann immer ein Verwundeter kam, wurde laut gejubelt. Doch die Stille danach war erdrückend. Angespannt. Menschen bangten um das Leben derer, die noch drinnen waren, und es mussten noch Leute in Gefahr sein, sonst würde man nicht hier auf sie warten.

Das Kind, das Azariel hergeführt hatte, war mit seiner Mutter nach Hause gegangen, nachdem sein Vater sich aus den Flammen befreit hatte. Seitdem war Azariel allein. Schließlich befanden sich nur noch etwa ein Dutzend Menschen vor der Bibliothek und er konnte nicht mehr still stehen, darum wendete er sich an die Frau, die neben ihm stand. „Wisst Ihr, ob Raguel noch da drin ist?“, fragte er. Sie sah ihn verständnislos an, ihre Augen waren vom Weinen rot gerändert. „Raguel“, sagte er nachdrücklich und zeigte auf die Bibliothek. Sie schien zu verstehen, denn sie nickte eifrig. „Meister Raguel“, sagte sie (das verstand er, denn er war oft dabei gewesen, wenn Leute ihn so genannt hatten), gleich darauf begann sie, noch bitterlicher zu weinen, und das war Beweis genug für Azariel: Raguel befand sich noch immer in diesem brennenden Haufen Enttäuschung und irgendetwas machte es ihm unmöglich, herauszukommen. „Mist, Mist, Mist, Mist, Mist“, fluchte Azariel. Er begann, unruhig im Kreis auf und ab zu laufen. Raguel war ein Engel, er sollte in der Lage sein, sich aus jeder Situation problemlos zu befreien. Es sei denn … Ja, es sei denn, da drin gab es ein größeres Problem als das Feuer (für die Menschen unwichtig, sie sahen nur das Feuer, alles andere wirkte nebensächlich). Ein Problem, wie zum Beispiel, dass jemand unter einem Tisch eingeklemmt war. Oder etwas Ähnliches, im Vergleich Geringes, das Raguel dazu zwang, zu bleiben und zu helfen. Weil er ein Engel war. Er war verpflichtet, den Menschen in ihrer Not zu helfen und sich selbst in den Hintergrund zu stellen, selbst wenn es ein winziger Akt war. Denn während er technisch gesehen unsterblich war, so hatten die Menschen

nur ein Leben, das es zu schützen galt. Er war wohl innen, half den anderen beim Herauskommen und dachte nicht daran, selbst zu gehen, wobei seine Lunge sich immer weiter mit Rauch füllte, bis er zu husten begann und die ganz normale körperliche Aktion des Erstickens in Kraft trat.
Nun konnten Engel in extremen Ausnahmefällen wirklich sterben. Es war, sollte man sich für den Versuch interessieren, tatsächlich recht schwer, einen Engel umzubringen – doch ihre menschlichen Körper starben wie Menschen: sehr leicht. Die freigesetzte Energie bekam danach einen neuen Körper und eine Verwarnung, nicht noch mal so unvorsichtig zu sein. Das Schwierige daran war nur, dass es lang dauerte, einen neuen Körper zu bekommen. Wenn Raguel jetzt seinen Körper verlor, konnte es Jahrhunderte dauern, bis sie sich wiedersahen. *Nein, dachte Azariel, so weit kommt es nicht.*
Und bevor er selbst oder irgendjemand sonst ihn davon abhalten konnte, rannte er auf den brennenden Haufen zu, der einmal die stolzeste Bibliothek auf Erden war, und verschwand darin. Die Frau, die er nach Raguel gefragt hatte, schrie etwas, das wohl so viel bedeutete wie: „Seid Ihr wahnsinnig? Ihr werdet euch umbringen!" (Es könnte aber auch heißen: „Seht bitte nach, ob mein Mann noch da drin ist.") Aber er beachtete es nicht. War es draußen schon warm gewesen, hier drin brannte es. Die Luft war schwer vom Rauch und er konnte nichts sehen, denn das Feuer machte keinen Unterschied zwischen Tisch, Papier und Wand, es verschlang alles mit einer unbändigen Wucht, die niemand aufhalten konnte. Es schien sich auch nicht dafür zu interessieren, wer die Toga trug, die es anfackelte.

Azariel stieß einen erschrockenen Laut aus und begann, auf dem brennenden Stück Stoff herumzutrampeln. Als das die Flammen nicht löschte, riss er kurzerhand daran und ein unschönes Loch entstand, aber immerhin brannte er nicht mehr. „Verdammt unpraktisches Kleidungsstück", knurrte er, dann tat er einen tiefen Luftzug, aus Erleichterung, nicht mit dem Feuer in Berührung gekommen zu sein. Böser Fehler. Seine Lunge füllte sich mit Rauch und Asche und er begann zu husten. *Vielleicht*, dachte er, *denke ich das nächste Mal nach, bevor ich einatme.*

Die Lehrräume waren in der Nähe der Eingangshalle, das hatte er sich gemerkt, aber der Weg dahin war von umgefallenen Tischen und Balken blockiert (oder etwas anderem – es war wirklich schwer, das Hindernis in seinem brennenden Zustand zu identifizieren). Mit so flachem Atem wie irgend möglich ging er vage in die Richtung, in der er die Räume vermutete und hatte bald die Orientierung verloren. Jedes Regal sah aus wie das davor, es gab keine Wegweiser und überall war nur Feuer. Feuer und Asche und Staub und irgendwo da drin war Raguel. Verbissen kämpfte er sich weiter ins Innere der Bibliothek, begann zu schreien. „Raguel", brüllte er und hustete sofort wieder, „wo bist du, verdammt?" Ein Hustenanfall schüttelte ihn so stark, dass er in die Knie gezwungen wurde und ihm Tränen in die Augen traten. Seine Kehle schmerzte, trotzdem schrie er weiter und atmete immer mehr des giftigen Gases ein. Dann setzte er sich hin und röchelte eine Weile vor sich hin. Und da hörte er es.

Nur sehr leise und geschwächt, aber unverkennbar: Raguels Stimme, die irgendetwas auf Ägyptisch befahl. Und obwohl er sich nicht sicher war, ob er ihn wirklich gehört hatte oder ob ihm seine Sinne einen Streich gespielt hatten, raffte er sich auf und rannte in die Richtung, aus der er es gehört hatte. Es stellte sich heraus, dass er direkt auf die Lehrräume zurannte. Raguel und die verbleibenden Philosophen hatten es geschafft, einen brennenden Tischstapel, der den Weg zur Tür versperrt hatte, zu löschen, und kletterten einer nach dem anderen darüber. Als Azariel sie erreichte, keuchte er heftig und versuchte, die Hände auf die Oberschenkel gestützt, zu Atem zu kommen. Seine Sicht war verschleiert und sein Kopf tat weh. Er wurde nicht gesehen und konnte noch nicht auf sich aufmerksam machen, darum schloss er die Augen und versuchte, einen klaren Gedanken zu fassen. Der letzte Mann stieg mit Raguels Hilfe über den Tischberg. Er schwankte und hatte mehrere Verbrennungen, trotzdem konnte er sich nach draußen schleppen, wo er mit lauten Jubelrufen begrüßt wurde, denn er war der Letzte, der noch gefehlt hatte. Der Letzte – außer Raguel, der noch immer hinter den Tischen stand. Azariel öffnete seine Augen gerade schnell genug, um zu sehen, wie er noch beim Versuch, selbst darüber zu klettern, das Bewusstsein verlor und auf den Boden fiel. „Mist“, fluchte er ein weiteres Mal. Mit drei langen Sätzen war er bei ihm und erschrak gehörig. Zwar konnte er Raguels Verletzungen nicht genau erkennen, zu viele Schatten warf das Feuer, doch was er ausmachen konnte, war genug, um zu verstehen, dass Raguel in ernsten Schwierigkeiten steckte.

Oder zumindest sein Körper. Doch jetzt war nicht der Zeitpunkt für eine genaue Untersuchung – sie mussten so schnell wie möglich aus dem Gebäude, bevor es zusammenstürzte. In der Hoffnung, ihn wecken zu können, rüttelte er an seiner Schulter, aber das funktionierte nicht. Also gab er dem untersten Tisch einen gehörigen Tritt und das eh schon halb zerstörte Holz nahm das als endgültigen Gnadenstoß und brach zusammen. Es rumpelte und der Weg war frei. Halbwegs. Denn gerade als Azariel sich fragte, warum die ach so klugen Philosophen nicht selbst auf diese Idee gekommen waren, bemerkte er, dass der Weg zum Ausgang jetzt mit Holzsplittern übersät war, an denen man sich wohl verletzen würde, stiege man hinein. Aber jetzt war es zu spät, die Entscheidung zu überdenken. Und es fehlte auch die Zeit, um den Weg erst freizukehren und Raguel dann zu holen. Also biss er die Zähne zusammen und hob Raguel hoch. Er war schwerer, als er gedacht hatte. Mit langsamen Schritten, um nicht zu stolpern und ihn fallen zu lassen, machte Azariel sich auf den Weg nach draußen, der ihm länger erschien, als er eigentlich war. Nach einem Viertel der Strecke trat er zum ersten Mal in einen Holzsplitter, und obwohl er Sandalen trug, tat es so weh, dass es ihn laut aufzischen ließ. Bis jetzt hatte das Nicht-in-Holz-Treten ganz gut funktioniert, da er vor jedem Schritt alles, was ihm den Weg blockierte, mit einem Fuß auf die Seite geschoben hatte. Nur diesen Splitter hatte er übersehen, und als er sich seitlich in seinen Fußballen bohrte, ärgerte er sich darüber, nicht vorsichtiger gewesen zu sein. Auch konnte er nicht einfach anhalten, um den Splitter zu entfernen, darum ging er verbissen weiter. Bis zum Ausgang zog er sich vier weitere Spreißel zu und die Tränen in seinen Augen kamen nicht nur vom Rauch – obwohl er es nicht zugeben würde. Der erste Atemzug im Freien, der erste Luftzug, der nicht von irgendwelchen Gasen verpestet war, füllte seine Lunge mit frischer Luft und ließ ihn klarer denken. Waren seine Gedanken noch vor Sekunden darum gekreist, wie er die Splitter am besten entfernen könnte, so galten sie jetzt einzig Raguel. Wie er ihn auf dem schnellsten Weg in Sicherheit bringen und sich um die Verbrennungen kümmern konnte. Er wusste nicht, was man bei Verbrennungen machen musste, doch das war ein Problem für später, denn gerade hörte er einen Torbogen knacken und wusste: Wenn er jetzt nicht rannte, würde die Bibliothek doch noch über ihnen zusammenbrechen und dann müsste nicht nur Raguel einen neuen Körper beantragen. Also rannte er auf wunden Füßen die Treppe herunter und war froh, einen Teil seiner Toga abgerissen zu haben, denn wäre sie jetzt noch im Originalzustand, so wäre er mit Sicherheit darüber gestolpert und er und Raguel hätten sich sämtliche Knochen gebrochen. Die Menschen, die davor auf die Philosophen gewartet hatten, waren fast alle weg, nur die Frau, mit der Azariel sich mehr oder weniger unterhalten hatte, stand noch neben dem eilig aufgebauten Medizintisch und verband die Verbrennungen eines Mannes, dabei sprach sie beruhigend auf ihn ein. Der Mann stand auf, wahrscheinlich um sich zu bedanken, doch als er die beiden Männer sah, die hinter ihr standen, schrie er stattdessen auf. „Kein Grund zur Besorgnis", sagte Azariel besser gelaunt als angemessen. „Wir wollen Euch nicht stören. Oder eher: Ich wollte das nicht. Er kann ja schlecht“, und nickte zu Raguel, der noch immer bewusstlos war. Hinter ihnen stürzte das Tor ein und Azariel verabschiedete sich mit einem Nicken, dann drehte er sich auf dem Absatz um (wobei sich einer der Splitter tiefer in seine Ferse bohrte und ihn aufzischen ließ) und ging wankend auf die Stadt zu. „Hast du verstanden, was der wollte, Meresank?“, fragte der Mann. Die Frau, die Meresank hieß, schüttelte den Kopf. „Nein, aber ich nehme an, dass er eine der Salben mitnehmen darf, das hat er nämlich.“ Nur, dass er nicht wusste, was für eine Salbe es war. Er hatte lediglich gesehen, wie Meresank sie auf den Verbrennungen des Mannes aufgetragen hatte, und deshalb angenommen, es könne nicht schaden, Raguels Wunden zu behandeln. Als er die Bleibe erreicht hatte, legte er Raguel auf das Bett und streckte die vom Tragen müde gewordenen Arme. Dann setzte er sich auf den Boden und begann, sich im Schein eines rasch entzündeten Feuers die Splitter aus den Füßen zu ziehen, was teils schlimmer schmerzte, als in sie zu treten. Ein besonders schönes Exemplar, das fast so lang war wie sein kleiner Finger, hinterließ eine klaffende Wunde, die er mit einem Stück Leinen verband. Sein Gesicht blieb steinern, die Zähne aufeinandergepresst und auf seine Bewegungen fokussiert. Er wollte nicht daran denken, was passiert war und noch passieren könnte. Er stand auf, überprüfte, ob er auftreten konnte. Es gelang ihm, also konnte er sich Raguel widmen. Glücklicherweise waren die meisten Verbrennungen oberflächlich und nicht bis in die unteren Hautschichten durchgedrungen. Die meisten waren klein, nicht mal fingerbreit, und hauptsächlich an den Schienbeinen und am rechten Oberarm, auf den er gefallen war. Er spülte sie mit lauwarmem Wasser aus und rieb die Salbe darauf. Dann umwickelte er alles mit Streifen eines Leinentuchs, wobei er darauf achtete, dass es sauber war, um keinen Schmutz in die Wunde zu lassen. Raguels Ohnmacht war kaum merklich in einen leichten Schlaf übergegangen und das entspannte Azariel ein wenig. Das Einzige, was ihm jetzt noch Sorge bereitete, war die große Brandwunde, die er bemerkte, als er ihn umdrehte, und die fast den gesamten linken Oberarm einnahm. Sie hatte eine klebrige Oberfläche und schien Raguel Schmerzen zu bereiten, mehr Schmerzen als die kleinen, bereits versorgten Brandblasen, denn jedes Mal, wenn Azariel versuchte, sie in irgendeiner Weise zu berühren, zuckte Raguel im Schlaf zusammen. Er ging also sorgfältig vor, versuchte, die Wunde so wenig wie möglich zu berühren, und legte das Tuch nur darüber. Dann setzte er sich an die Wand, lehnte den Kopf dagegen und wartete. Nur worauf, das wusste er nicht.

5

Raguel schlief nicht, doch noch weniger wachte er. Er befand sich in diesem Zustand zwischen Schlaf und Wachen, in dem der Traum noch nicht vorbei und die Realität doch noch nicht erreicht war. Die verschiedenen Eindrücke mischten sich und verwirrten ihn, er konnte nicht unterscheiden, was Wirklichkeit war und was seine Fantasie ihm vorgaukelte.

Die prickelnden Schmerzen an seinem Arm waren real, darin bestand kein Zweifel, und auch Azariels Gesicht, das ab und zu über seinem schwebte, konnte echt sein, doch er konnte es nicht berühren, um sich dessen zu vergewissern. Was auf keinen Fall stimmte, war, dass die Bibliothek gebrannt hatte. Das konnte nicht wahr sein (und er wollte es auch nicht wahrhaben), doch eine Stimme in seinem Kopf sagte ihm schon seit Stunden, dass sie tatsächlich vernichtet war. Es war seine eigene Stimme, die ihm auch jetzt zuflüsterte: „Warum sonst sollte es sich anfühlen, als stünde dein Arm in Flammen? Warum kannst du dich nicht daran erinnern, wie du nach Hause gekommen bist oder wie viele Tage seitdem vergangen sind? Warum rufst du dir immer und immer wieder Bilder ins Gedächtnis, wie ihr in diesem Raum sitzt und plötzlich den Geruch von Rauch wahrnehmt? Und bist du dir nicht sicher, dass dein Freund Anosis tot ist? Warum, wenn nicht die Bibliothek abgebrannt und etliche in dem Feuer gestorben sind?"
Er wollte die Stimme zum Schweigen bringen, doch er wusste nicht, wie, und noch weniger wusste er, wie er gänzlich erwachen konnte. So war er denn gefangen in jenem Zustand, der ihn gepackt hatte und nicht loslassen wollte. Teils lag es an den Verbrennungen, die den Körper geschwächt hatten, wie sie jeden Menschen schwächen würden, doch größtenteils lag es an dem Gift, das durch seine Adern rann. Ein Gift, das für Menschen ungefährlich war, von dessen Existenz in der momentanen Situation nur er selbst wusste.
Für die Menschen war der Bibliotheksbrand eine Katastrophe gewesen, die sie in ihren Forschungen um Hunderte von

Jahren zurückwarf. Eine halbe Million Papyri verbrannt in einem unnachgiebigen Feuer. So dachten sie. Raguel wusste es besser, er wusste es, seit das Feuer ihn zum ersten Mal berührt hatte, doch war der Einzige, dem er es anvertrauen konnte, für ihn unerreichbar. Das Feuer – falls man es überhaupt so nennen konnte – war aggressiver und mächtiger als normales Feuer und die Feuerwehr hatte viel mehr Zeit investieren müssen, es zu löschen, als bei jedem anderen Feuer. Dennoch kam es ihnen vor wie ein Brand, der allen vorherigen glich – was er nicht tat. Der römische Gesandte Cäsars hatte wie in Trance die Fackel gesenkt und eine Reihe Schriftrollen angezündet, weil er neidisch war auf den Fortschritt Ägyptens. Dieses kleine Reich, zu allem regiert von einer Frau, sollte besser sein als das stolze Rom? Nein, das sollte und war es nicht. Nur war Neid eine der sieben Todsünden und jegliche Tat geleitet von einer der Sieben (sei es zum Eigennutz oder weil es als richtig angesehen wurde) endete in einer tödlichen Katastrophe. Tödlich für Mensch und Tier und, da es von der Hölle besessen war, auch für Engel.

Das aus Neid gezündete Feuer war zum Höllenfeuer geworden, das auch für Engel tödlich war, und obwohl Raguels Verbrennungen nicht von großem Ausmaß waren – außer derjenigen am Arm – vergifteten sie ihn von innen heraus. Die äußeren Wunden würden heilen, vielleicht zarte Narben hinterlassen, doch was man von außen nicht sah, fraß sich im Inneren wie Säure durch ihn, bis er schließlich zerfiel. Eine grausame Art zu sterben, ohne einen Rückfahrschein in Form eines neuen Körpers, da die Energie selbst zerstört wurde. Und Raguel befand sich auf dem besten Weg dorthin. Er wusste es.

Zwar hatte er sich schon öfter verbrannt, manchmal sehr schlimm, manchmal weniger schlimm, doch es hatte sich immer anders angefühlt als dieses Mal. Das Höllenfeuer war wie die Dämonen selbst: angenehm und lockend. Man spürte nichts als ein sanftes Kribbeln, das nach mehr verlangen ließ, bemerkte die quälenden Schmerzen noch nicht und ebenso wenig die Geschwindigkeit, mit der es sich durch das Fleisch fraß. Raguels Arm hatte nicht länger als drei Sekunden gebrannt und doch hatte diese kurze Zeitspanne ausgereicht, um ein Loch zu graben, in dem sich das höllische Gift ausbreiten konnte. Es brannte jetzt. Es brannte von einer Immensität, die normales Feuer nie erreichen könnte, und dieser Schmerz machte Raguel halb ohnmächtig. So konnte er nicht sprechen, sich nicht rühren, nicht zu verstehen geben, dass jemand sehr dringend das Gift aussaugen musste. Dieser jemand war Azariel und der hatte keine Ahnung. Er wechselte täglich den Verband und das Heilen der Wunden beruhigte ihn mehr und mehr. Nach einer Woche waren die kleinen Verbrennungen an den Beinen nur noch durch hellrote Flecken aufzufinden und er dachte, es läge daran, dass sie so klein waren. Was teilweise stimmte. Die Wunden waren nicht klein, aber zu klein für die Zwecke des Höllenfeuers. Glück für Raguel, denn so schnell das Gift auch in den Körper kam, es verteilte sich nur langsam. Der vollständige Prozess dauerte mehrere Wochen und das Gift verbreitete sich systematisch von der Infektionsquelle aus. Gerade war es bis in seine Schulter gedrungen, der gesamte Arm war taub und der restliche Körper, vor allem in der Nähe der Schulter, pochte unangenehm. Über die verbrannte Stelle wollte er nicht mal nachdenken. Aber er musste, denn viele Alternativen gab es nicht, und als er gründlich darüber nachgedacht hatte, kam er zu dem Schluss, dass er nicht sterben wollte. Und er würde nicht sterben, nicht jetzt und nicht in absehbarer Zukunft und ganz sicher nicht durch einen dummen Unfall. Also regte er sich. Es war eine andere Art der Bewegung als jenes Zucken, das Azariel anfangs ein wenig Angst bereitet hatte. Doch jetzt beruhigte es ihn, denn es zeigte ihm, dass Raguel noch lebte. Er blinzelte. Nur sehr kurz, aber immerhin, und wahrscheinlich wäre es Azariel nicht aufgefallen, hätte er nicht gerade zum wiederholten Mal den Verband gewechselt. Er besah sich die noch nicht ganz verheilte Wunde und war so vertieft darin, dass er das Blinzeln tatsächlich fast übersehen hätte, aber er sah es, wenn auch nur kurz. Dieses Aufblitzen zweier grauer Augen ließ ihn so abrupt auffahren, dass er den Verband fallen ließ und den Tiegel mit Salbe umtrat. Das Klackern des Tontopfes auf Holzdielen war das einzige Geräusch im Raum, er traute sich nicht, einen Laut von sich zu geben, wusste nicht, ob er sich so sehr gewünscht hatte, Raguel möge aufwachen, dass seine Fantasie es ihm vorspielte. Auch hatte er seit Tagen nicht geschlafen und es könnte sich um eine Halluzination, ausgelöst durch Schlafentzug, handeln. „Raguel?“, fragte er schließlich zögernd, hatte Angst vor der Antwort. Falls überhaupt eine kam. Er wusste nicht, was schlimmer war: Eine Antwort, in der Raguel seinem Schmerz Ausdruck verlieh, oder keine Antwort, was beweisen würde, dass er selbst Wahnvorstellungen hatte. Raguel blinzelte ein weiteres Mal und Azariel konnte nicht verhindern, dass sich ein Lächeln auf seine Lippen stahl. Ein freudiges, erleichtertes Lächeln, doch auch eines voller Mitleid, denn sobald er halb bei Bewusstsein war, verzog Raguel das Gesicht. „Es ist okay", sagte Azariel leise. „Alles ist okay. Das tut jetzt weh, aber es kommt wieder in Ordnung, versprochen." Zu seiner Überraschung schüttelte Raguel den Kopf. Mit viel zu langsamen Bewegungen zeigte er auf die Wunde am linken Arm und versuchte, Worte zu formulieren. Heraus kam nicht mehr als ein Flüstern. „Ja, es tu weh, aber es wird besser. Sieh, die Wunde heilt schon", sprach Azariel weiter und verstand nicht, warum Raguel daraufhin noch schockierter dreinsah. Er versuchte, den Kopf zu schütteln, deutete weiterhin auf den Arm und krächzte vor sich hin. Azariel lehnte sich näher und irgendwann verstand er, was Raguel ihm zu verstehen geben wollte. Es war nur ein Wort, und nicht mal ein ganzes. Raguel dachte, er sagte „Höllenfeuer", dabei sagte er eigentlich: „Höllenfwrkhh." Eigentlich war egal, was er sagte, denn Azariel hörte ihn, und als er endlich verstand, weiteten seine Augen sich erschrocken. Die frohe Miene war verschwunden, sein Gesicht zeigte Schrecken und eine Spur Hoffnungslosigkeit. Natürlich hatte er schon von Höllenfeuer und dessen Auswirkungen gehört, doch miterlebt hatte er es noch nie und wusste deshalb nur vage, was zu tun war. Das Gift musste aus Raguels Blut gefiltert werden, und das so schnell wie möglich, denn dann konnte es sich nicht weiter ausbreiten und sobald die Wunde komplett geschlossen war, standen

die Chancen gering, überhaupt einen Tropfen Gift herauszubekommen. Sie mussten jetzt handeln, sonst wäre es zu spät. Nur wie?
Azariel stand auf und begann, im Raum auf und ab zu gehen, zermarterte sich das Hirn darüber, was er tun musste, was er tun konnte, doch es fiel ihm nichts ein. Er war nicht in einer Position, in der er selbst mit Höllenfeuer in Berührung kommen konnte, jedenfalls theoretisch nicht, deshalb hatte er nie auch nur daran gedacht, sich für den unwahrscheinlichen Fall einer Infektion darüber zu informieren. Raguel schon. Er wusste, wie das Gift aus der Wunde gesaugt werden musste, doch er selbst konnte es nicht tun. Daher verdrehte er nur die Augen über Azariels Denkanstöße und machte mit einem Krächzen auf sich aufmerksam. Azariel setzte sich zurück auf die Bettkante. „Was soll ich tun?“, fragte er und sah ihn unglücklich an, wobei Raguel bewusst wurde, dass er tatsächlich keine Ahnung hatte. Er zog Luft durch die Zähne ein, was ein saugendes Geräusch erzeugte, dann sah er vielsagend auf seinen Arm. Und es schien zu funktionieren, denn Azariel fragte: „Soll ich das Gift aussaugen?“ Stumme Zustimmung durch die Augen war momentan Raguels einzige Form der Kommunikation, also machte er sie sich zunutze. Azariel zögerte nur kurz, dann nickte er und beugte sich über den verbrannten Arm. Raguel schloss die Augen und krallte die gesunde Hand in die Matratze, denn so verzehrend der Schmerz des Giftes im Körper war, noch schlimmer war es, es zu verlieren. Es verbreitete sich, und obwohl es an den Kräften zehrte und man vor Schmerz nicht fähig war, sich zu

bewegen oder gar bei Bewusstsein zu bleiben, gewöhnte man sich schnell daran. Man konnte auf Dauer nicht damit leben, doch auch ohne war ein Weiterleben schwer. Als das Gift nach und nach aus seinem Körper entwich, fühlte Raguel sich, als entfernte man ihm auf qualvolle Weise einen Teil seiner Seele – und hatte damit gewissermaßen recht, schließlich griff das Feuer die Energie an, nicht die Hülle. Er war geschwächt, als es vorüber war, schwitzte und zitterte unkontrolliert, aber es war vorbei, und als er diesmal die Augen schloss, schlief er ruhig. Azariel sah ihn eine Zeitlang an, ein schmales Lächeln auf den Lippen, dann legte auch er sich hin. Die letzten Tage waren anstrengend gewesen und der Schlaf kam wie ein Freund, den er lange nicht gesehen und dessen Ankunft er mit sehnsüchtiger Freude erwartet hatte.

6

Raguel wachte allein auf. Es ging ihm nicht gut, aber besser als zuvor, und das war zumindest ein Anfang. Azariel hatte den Verband noch ein paar Mal gewechselt, während Raguel schlief, aber es war nicht mehr so oft nötig. Er stand auf, langsam, um nicht umzukippen, dann sah er sich um, fand Azariel nicht. Er blinzelte enttäuscht, denn er hatte gehofft, ihn sofort anzutreffen. Mit vorsichtigen Schritten ging er nach draußen. Nicht, um ihn zu suchen, aber um sich Klarheit über die Sache mit der Bibliothek zu verschaffen und ihn dabei vielleicht zu finden. Auf dem Weg ins Stadtinnere wurde er mit verwirrten, aber auch erleichterten Blicken gestreift. Jene, die ihn kannten, wunderten sich, warum er fast zwei Wochen lang fort gewesen war, nur um jetzt wieder aufzutauchen – gesund, mit Ausnahme des bandagierten Armes. Aber sie sprachen ihn nicht darauf an. Zu viele waren im Feuer umgekommen und niemand brauchte die Geschichte von einem, der es überlebt hatte. Er ging also durch die Stadt, immer in Richtung Bibliothek, und musste nur noch um zwei Ecken biegen, als ein lauter Schrei ihn aufhielt. Erst konnte er ihn nicht zuordnen, weshalb er sehr erschrocken aussah, als er sich umdrehte, doch dann sah er Meresank, die geschrien hatte und jetzt mit fliegender Tunika auf ihn zurannte, und er wusste, dass es ein Freudenschrei gewesen war. Sie fiel ihm um den Hals und er hielt sie eine Weile, wobei sie gleichzeitig weinte und redete. „Wie froh ich bin, Euch zu sehen“, schluchzte sie, „wie unglaublich froh! Khafra hielt Wache in jener schrecklichen Nacht. Er erzählte mir, wie Ihr ihm geholfen habt, dem Feuer zu entfliehen, und das trotz der Wunden. Seine eigenen waren schlimm, aber dann beschrieb er Euren Arm und wie Ihr beim Berühren des Feuers geschrien habt. Er sagte, nachdem er gehen konnte, wärt Ihr zusammengebrochen, und war ganz aufgelöst, als er bei mir ankam. Und als der andere, dieser Ausländer, Euch nach draußen trug, saht Ihr mehr tot als lebendig aus. Oh, wir befürchteten das Schlimmste und ich danke den Göttern, dass Sie euch auf der Erde gelassen haben.“ Sie weinte, aber als sie ihn schließlich losließ, sah er, dass sie strahlte. „Über welchen Ausländer sprecht Ihr?“, fragte Raguel verdutzt. Er hatte sich bis jetzt keine Gedanken darüber gemacht, wie er aus der Bibliothek gekommen war, aber demnach, was Meresank erzählte, interessierte es ihn doch. „Jene seltsame Person, die schon seit Wochen in der Stadt ist. Ihr kennt ihn doch, scheint der Einzige zu sein, mit dem er spricht. Er ist wohl ein Ausländer, denn er sprach in einer mir vollkommen fremden Zunge. Wartet, ich bringe Euch zu ihm, sicher wollt Ihr Euch bedanken." Mit diesen Worten packte sie ihn beim Handgelenk und zog ihn Richtung Strand. Dort blieb sie stehen, sah sich suchend um und zeigte schließlich auf eine Gruppe Menschen. Es war vielleicht ein halbes Dutzend Kinder, die im Halbkreis um Azariel saßen und ihm gespannt zuhörten, obwohl sie kein Wort von der fremden Sprache verstanden, in der er ihnen eine Geschichte erzählte. Mit einem Stock malte er Bilder in den Sand, damit sie der Geschichte folgen konnten. Und eigentlich waren sie das Einzige, das die Handlung aufrechterhielt. Azariels Stimme war dabei die vokale Untermalung, die die Bilder zum Leben erweckte und für sich selbst sprechen ließ. Ein Mädchen stand auf und stellte sich hinter Azariel, versenkte die Hände in seinen Locken. Erst zuckte er zusammen, doch dann nickte er und machte weiter mit seinen Erzählungen, während sie ihm die Haare zu einer vereinfachten Version einer traditionellen Frisur band. „Dieser Mann war es", sagte Meresank und lächelte. „Seltsam, oder? Dass sie ihn so mögen, obwohl sie ihn nicht verstehen." Raguel nickte. Er sah Azariel noch lange bei seiner Interaktion zu, in die er so vertieft war, dass er ihn nicht bemerkte, dann drehte er sich um und machte sich auf den Heimweg. Und dabei lächelte er die ganze Zeit vor sich hin.

Kapitel 8

1

Das Wohnzimmer war aufgrund der Panoramascheibe, die eine gesamte Wand ersetzte, immer lichtdurchflutet. Es war im Stil des 18. Jahrhunderts eingerichtet, ganz in Weiß mit vielen Schnörkeln und Baldachinen. Die Küche ging nahtlos darin über, weniger altbacken, aber trotzdem sehr modisch eingerichtet. Die Arbeitsfläche bestand aus Marmor und war so sauber, dass man hätte denken können, sie wäre erst vor ein paar Tagen erbaut worden, und nicht etwa vor zehn Jahren, was tatsächlich der Fall war. Außerdem war die Küche sehr ausladend, mit einer Kochinsel in der Mitte und an die Wand gehängten Kochutensilien. Alles war blitzsauber, sogar die Klappe des Ofens war gewischt und in der Dunstabzugshaube konnte man sich tatsächlich spiegeln. Der Grund für all diese Sauberkeit hieß Winona Davis. In dem außergewöhnlich hübschen Haus lebte eine außergewöhnlich hübsche Frau. Und da sie nicht arbeitete und keine Kinder hatte (Marshal wollte beides nicht), hielt sie den Haushalt in Schuss. Natürlich sah sie nicht so aus, als putzte sie, das wollte Marshal auch nicht. Er sagte stets: „Wenn du allein bist, kannst du aussehen wie die Magd, die du bist, aber sobald ich da bin, hast du auszusehen, als wärst du nichts weniger als eine Königin." Sie war keine Königin, sondern ein ganz normaler Mensch, und wie bei jedem Menschen hinterließ die lange Arbeit im

Haushalt Spuren. Ihre Hände waren an den Fingerkuppen fast immer verschrumpelt, sie hatte keine nennenswert langen Fingernägel und ihre Oberschenkelmuskeln waren ausgebildeter als die von Marshal, was dieser natürlich überhaupt nicht gerne sah. Er sah sie gerne so, wie sie gerade aussah: Die langen braunen Haare gewaschen und nach Orchideen duftend zu Wellen frisiert und zu einem hohen Zopf aufgesteckt, leicht geschminkt (er verbot ihr jedes Makeup, das nicht Wimperntusche und Lippenstift war, obwohl er vor ihrer Hochzeit oft beteuert hatte, wie sehr er ihr extravagantes Make-up bewundere) mit Kontaktlinsen anstelle der Brille, obwohl sie ihre Augen tränen ließen. Ihre Augen waren braun, aber da Marshal das langweilig fand, trug sie grüne Kontaktlinsen, die die gleiche Farbe hatten wie ihr Kleid. Das Kleid war langärmlich, hatte einen Rollkragen und ging ihr bis zu den Knien, darunter trug sie eine schwarze Strumpfhose und schwarze Stiefeletten, die ihr eine Nummer zu klein waren. Es deckte also jeden Fetzen Haut ab, der nicht Hände und Gesicht war, und das musste so sein, heute musste es so sein, durfte nicht anders sein, denn Marshals Eltern kamen und die durften auf keinen Fall sehen, was unter dem Kleid war. Denn hätten sie die Prellungen, Quetschungen, blauen Flecke und halb verheilten Wunden gesehen, so hätten sie nicht nur gewusst, dass ihr Sohn seine Frau schlug, sondern sich von beiden abgewandt, und das durfte nicht passieren, denn seine Eltern waren der einzige Grund, aus dem er Winona noch nicht umgebracht hatte. Sie hatten ihn so lange damit genervt, endlich eine Frau zu finden, bis er sich eine genommen hatte, und wenn sie sich nicht mehr für ihn interessierten, würde Winona sterben, das wusste sie und das wusste Marshal. Er würde sich nicht scheiden lassen. Nein, ein Mann wie Marshal ließ sich nicht scheiden, er verwickelte seine Frau in einen tragischen Unfall und ließ sich bezahlten Trauerurlaub geben. Darum tat Winona alles, um Mr. und Mrs. Davis irgendwie gnädig zu stimmen, und das war bei Weitem schwerer, als man denken sollte.

Die beiden waren die Verkörperung von Schwiegereltern, wie man sie nicht haben wollte: Laut und herrisch mischten sie sich in jede Angelegenheit ein, vor allem die, die sie nichts angingen, kritisierten an allem herum und lobten ihren Sohn über den grünen Klee. Unnötig zu sagen, dass Winona sie nicht ausstehen konnte, aber sie hatte sie erst an ihrem Hochzeitstag kennengelernt und da war es zu spät, sich anders zu entscheiden. Ihr Hochzeitstag, der 27. Juli 1984. Dreimal verfluchter 27. Juli 1984, warum nur war sie so dumm gewesen, auf Marshal hereinzufallen und ihn zu heiraten? Damals war sie jung und mehr als ein wenig naiv gewesen. Jetzt, zehn Jahre später, war sie Anfang vierzig, hatte Angst vor ihrem Mann, Angst vor dessen Eltern und Angst vor dem, was kam, wenn diese unter der Erde lagen. Denn lang würden es nicht mehr dauern, vielleicht noch drei Jahre für Mr. Davis, vier weitere für Mrs. Davis, wenn man sich die Gesundheitszustände der beiden ansah. Noch sieben Jahre. In sieben Jahren war Winona noch nicht mal 50 Jahre alt, und dass Marshal sie noch am Tag der letzten Beerdigung umbringen würde, lag auf der Hand. Sie suchte verzweifelt nach einem Weg, dieser Todesfalle zu entfliehen, und fand doch keinen.

Und während sie innerlich aufgewühlt war und in immer größere Panik geriet, blieb sie äußerlich so ruhig wie immer und rührte die Pannacotta. Eigentlich hätte sie es schon früher erledigen sollen, und auf keinen Fall in dem hübschen Kleid, aber dazu fehlte ihr einfach die Zeit. Im Ofen schmorte der Braten vor sich hin, sie hatte ihn begossen, weil Mr. Davis' Zähne nicht mehr die besten waren und sie ihn nicht mit einer zu knackigen Kruste beleidigen wollte. Ein Topf voll Erbsen stand auf dem Herd, Salat auf der Kücheninsel, sie hatte den Essig weggelassen, weil er Mrs. Davis zu sauer war. Und eigentlich sollte die Pannacotta schon im Kühlschrank stehen, aber sie stand eben nicht dort, sondern wurde gerade erst zusammengerührt von einer Frau, die Angst davor hatte, was ihr Mann tun würde, wenn er herausfand, dass sie noch nicht fertig war.

Besagter Mann stapfte halb angezogen die Treppe herunter, als sie die Creme in filigrane Nachtischgläschen füllte. Er kam in die Küche, gab ihr einen Klaps auf den Hintern und sah ihr über die Schulter. „Was machst du da?", fragte er. „Pannacotta." Sie sprach leise, um das Zittern in ihrer Stimme zu verbergen. „Sollte die nicht längst fertig sein?" Marshal klang ruhig und das versetzte sie in noch mehr Angst, denn wenn er ruhig war, zeigte er nicht die Gefühle, die nötig waren, seine Fäuste ihr Ziel verfehlen zu lassen. „Sie ist es jetzt", sagte Winona und stellte die Schälchen in den Kühlschrank. „Siehst du? Alles verläuft, wie du möchtest." Er grunzte und zeigte auf seine Krawatte, eine stumme Aufforderung, sie ihm zu binden, denn er wusste nicht, wie es ging. Oder wollte es nicht selbst tun. Mit zitternden Händen band sie ihm die Krawatte. „Meine Güte, Frau“, murmelte er. „Hast du Parkinson oder ist dir kalt? Vergiss ja nicht, die Heizung hochzudrehen! Wenn Mum wieder eine Erkältung bekommt, bist du schuld.“ Damit ging er aus dem Raum und sie beeilte sich, die Heizung hochzudrehen. Marshal saß im Wohnzimmer und hatte sich ein Glas Whisky aus der Kristallglaskaraffe eingeschenkt. Als sie zu ihm trat, musterte er sie abschätzig. „Leg Schmuck an“, sagte er. „Meine Eltern sollen nicht denken, dass du hier kurz gehalten wirst.“ Also stand sie auf und ging nach oben, wo sie den Goldschmuck anlegte, der zu ihrem Ehering passte, und verfluchte sich dabei. Warum ließ sie zu, dass er sie so herumkommandierte? Es klingelte und sie hastete nach unten, um die Tür zu öffnen, denn er dachte nicht im Traum daran, solche Banalitäten selbst zu erledigen. „Guten Tag“, sagte sie gespielt fröhlich und trat zur Seite, um ihre Schwiegereltern eintreten zu lassen. Mrs. Davis senior musterte sie abschätzig. „Zieh keine schwarzen Schuhe an“, zischte sie zur Begrüßung, „das passt nicht zu deiner Aura.“ Mr. Davis sagte nichts, er drückte ihr nur schweigend seinen Regenschirm in die Hand – obwohl der Schirmständer direkt neben ihm stand – und folgte seiner Frau ins Wohnzimmer, die lautstark und plötzlich freundlich ihren Sohn begrüßte. Beide ließen die Straßenschuhe an, wie immer war es egal, dass Winona Stunden damit verbracht hatte, auf den Knien das Parkett zu schrubben. Sie schlüpfte in goldfarbene Ballerinas und eilte ihnen hinterher. Sobald sie es sich auf der Couchgarnitur gemütlich gemacht hatten, begann der übliche Verlauf jedes Besuches: Sie unterhielten sich mit Marshal und Winona saß daneben, lächelte, nickte und ließ ein paar bissige Kommentare über sich ergehen. Mrs. Davis strahlte, was die Falten in ihren Wangen noch vertiefte. „Wir freuen uns ja unglaublich, wieder hier zu sein", rief sie aus. Mrs. Davis hatte nur zwei Arten der Kommunikation: Entweder zischte sie etwas Stichelndes oder Bösartiges, oder sie rief etwas aus – Letzteres war meist das geringere Übel. „Und wir uns auch, nicht wahr, Darling?", meinte Marshal und sie nickte stumm. Er stand auf und füllte drei weitere Gläser mit der bernsteinfarbenen Flüssigkeit, gab sie in die Runde. Mrs. Davis' Krähenaugen verzogen sich zu fiesen Schlitzen. „Sollte deine Gemahlin denn trinken?", zischelte sie. „Wo doch das Baby unterwegs ist!" „Ich bin nicht schwanger", sagte Winona leise. „Nicht?" Sie wirkte überrascht. „Dann musst du zugenommen haben, ich dachte wirklich, du wärest schwanger. Habe ich es nicht im Auto erst wieder gesagt, Charles? Sie sah schon letzten Monat ein bisschen schwanger aus, aber man traut sich ja nichts sagen, sonst kriegt man wieder diesen geschmerzten Blick ab." Mr. Davis nickte nur. Winona nippte still an ihrem Whisky. Typisch für ihre Schwiegermutter, einen abfälligen Kommentar über ihren Körper zu machen, typisch für deren Mann, sie darin zu unterstützen, und typisch für ihren eigenen Mann, nur daneben zu sitzen und doof zu grinsen. Gott, wie sehr sie die drei hasste! Moment.

Sie richtete sich auf, das Gespräch hatte sie längst ausgeblendet. Hatte sie gerade wirklich zugegeben, ihre Familie zu hassen? Ja, hatte sie. Und so schrecklich es klang, es fühlte sich richtig an, sich endlich im Klaren über die eigenen Gefühle zu sein. Oh, sie hasste diese Leute, und was würde sie nicht dafür geben, sie loszuwerden, wie Marshal sie loswerden wollte. Jener stand gerade auf und wies auf das Esszimmer zwischen Wohnzimmer und Küche, was für Winona das Zeichen war, den Salat zu servieren. Natürlich verzog Mrs. Davis das Gesicht darüber.
„Du hast schon wieder zu viel Öl benutzt“, zeterte sie, „dabei habe ich letztes Mal ausdrücklich gesagt, dass ich genau das nicht mag.“
„Du meintest, du mögest den Essig nicht“, meinte Winona und verkniff sich den genervten Tonfall, „deswegen habe ich ihn weggelassen.“
„Essig? Unsinn! Ich liebe Essig, nur Öl kann ich nicht ausstehen. So habe ich es doch gesagt, nicht wahr, Charles?“
Der nickte geistesabwesend.
„Hör nächstes Mal einfach besser hin“, meinte Marshal, „ich kann Öl auch nicht ausstehen. Obwohl sie an so ein Benehmen gewöhnt sein sollte, kochte Winona vor Wut, als sie den nächsten Gang auftischte – und es wurde nicht besser. Mrs. Davis war das Gemüse zu hart, sie könne ja mit ihren alten Zähnen nicht mehr so gut zubeißen, doch die Bratenkruste war zu lasch, wer käme denn auf die Idee, einen Braten zu gießen, und auf den Erbsen war zu viel Butter, man denke doch bitte an den Cholesterinspiegel, und generell war alles schlecht. Zwischen Hauptgericht und Dessert legten die drei eine Pause von dem vielen Essen ein und Winona durfte in dieser Zeit

die Pannacotta vorbereiten. Tränen der Wut und Demütigung standen in ihren Augen, doch sie wischte sie rasch weg. Das Blech, auf dem sie den Braten gegart hatte, war eingebrannt und von einer schwarzen Kruste überzogen. Sie atmete hörbar aus, um nicht über diese Lappalie in Tränen auszubrechen. Sie öffnete das Fenster und kühle Dezemberluft durchströmte die Küche und klärte ihre Gedanken. Vor dem Fenster standen die Pannacotta-Gläser und sie holte sie ins Warme, wobei sie mit dem Ellenbogen gegen das Backblech stieß, welches daraufhin in hohem Bogen auf den Gehsteig flog.
„Oh, verdammt“, fluchte sie leise, als es direkt vor den Füßen eines Spaziergängers scheppernd zum Stillstand kam. Der Mann sah es verdutzt an, dann hob er es auf und brachte es ihr zurück. Seine Raubvogelnase rümpfte sich ein wenig, als er den Duft, der aus dem Fenster stieg, einatmete.
„Sonntagsbraten am Samstag?“, fragte er.
„Muss ein sehr wichtiger Besuch sein, Madam.“
Sie lächelte traurig. „Nur meine Schwiegereltern. Danke für das Blech, sonst hätte ich auch *das* erklären müssen.“
Er winkte ab. „Keine Ursache. Ein bisschen Spülmittel hilft übrigens gegen die Brandflecken. Und“, mit einem Seitenblick auf die Pannacotta, „alle anderen unschönen Probleme.“
Damit tippte er sich an den Hut und ging, Winona sah ihm nach, bis er um die Ecke gebogen war. Ob er es so gemeint hatte oder nicht, war egal. Sie wusste, was sie zu tun hatte. Mit zitternden Fingern schloss sie das Fenster und suchte unter der Spüle nach dem Spülmittel, die Flache stand ganz hinten. Durchsichtiges, toxisches Lösungsmittel auf Säurebasis. Sie las sich das Etikett mehrmals durch, ohne

die Anweisungen aufzunehmen, verstand nur das eine: Nicht zum Verzehr geeignet, bei versehentlichem Verschlucken Giftnotrufnummer wählen. Kurz schloss sie die Augen und schluckte, dann schraubte sie den Verschluss ab. Sorgfältig mischte sie in drei der noch halbflüssigen Pannacotta-Schälchen reichlich Reiniger, ihr eigenes goss sie mit Sahne auf, damit der Höhenunterschied nicht auffiel. Das Spülmittel roch nur schwach, und um selbst diesen Geruch zu überspielen, garnierte sie jedes Schälchen mit einem Zweig Lavendel. Eine Viertelstunde später stellte sie die Schälchen auf die Plätze und richtete sich auf. „Der Nachtisch ist angerichtet", rief sie, und als sie diesmal lächelte, war es ein echtes Lächeln.

2

Als er sich sicher sein konnte, dass die Familie Davis beim Dessert verunglückt war (oder zumindest bleibende Schäden davontragen würde), zog er die Liste aus der Tasche und strich „Vorsicht" durch. Eigentlich strich er diese Tugend so gut wie immer durch, denn es war sehr leicht, die Leute zum Gegenteil zu verleiten. Und Winona Davis war sehr unvorsichtig gewesen, wahrscheinlich würde sie wegen Mordes oder versuchten Mordes ins Gefängnis kommen. *Na ja,* dachte er, *wahrscheinlich besser, als bei diesem Scheusal von Ehemann zu bleiben*. Sie tat ihm leid, irgendwie, gleichzeitig wünschte er sich, sie könnte ihm egal sein. Nach Vorsicht strich er außerdem „Nächstenliebe" und das fünfte Gebot, „Du sollst nicht töten", durch. Denn selbst wenn die Davis' nicht starben, so hatte Winona es immerhin versucht, und das galt als Gebotsbruch. Die Sünde, neben die er seinen Haken setzte, war Zorn, jene, die ihm am leichtesten zu verstehen fiel, da er sie oft genug erlebt hatte. Auch an sich selbst. Es hatte eine Zeit gegeben, in der er nichts anderes gekannt hatte, nichts anderes hatte kennen wollen, und doch verzweifelt nach einem Ausweg gesucht hatte. Einem Ausweg aus allem, diesem Nichtleben, einen Weg zurück in die Vergangenheit, um einige Dinge geradezurücken. Doch selbst er konnte das nicht.

Mr. Cacey legte den Zettel ins Handschuhfach und startete den Motor. Wohin er fuhr, wusste er nicht, aber er vertraute darauf, dass der Jaguar ihn genau zur richtigen Stelle bringen würde. Das tat er immer, selbst, wenn er nicht wusste, was er brauchte. Wie in der Nacht, als er Mr. Farell kennengelernt hatte. Wie eine Faustregel: Beeinflusse jemanden, den Verlobten zu verlassen, und finde dafür einen Freund. Heute wohl: Lasse jemanden seine Familie vergiften und … ja, was eigentlich?

Er hatte die Lippen zusammengekniffen, wie so oft, wenn er alles andere tun wollte, als diese steinerne Maske aufzusetzen. Wie so oft, wenn er schreien oder weinen oder beides gleichzeitig tun wollte. Seine Kollegin hatte ihm einmal erzählt, diese Gewissenssache würde ihn nur die ersten paar Jahre stören, dann ginge das vorüber und man könne sich vollkommen auf die Arbeit konzentrieren. Und mit einer Sache hatte sie recht gehabt: Mr. Cacey konnte sich gut auf die Arbeit konzentrieren und erledigte sie gewissenhaft, doch mehr aus Angst vor seinen Vorgesetzten, und weil es

nicht viel anderes gab, auf das er sich hätte konzentrieren können – selbst, wenn er wollte.
Falschgelegen hatte sie bei der Gewissenssache. Vielleicht hatte sie es irgendwann hinter sich lassen können, ihr Engelsdasein komplett abgelegt und die Dämonenseite in ihr, die nun keine Seite mehr war, sondern ihr ganzes Selbst, an die Oberfläche gelassen. Und auch alle anderen, die er gefragt hatte, hatten dasselbe berichtet. Dass man den Engel in sich irgendwann vergessen hatte, weil alles Gute nicht mehr gebraucht wurde, und wenn jemand sie als böse bezeichnen sollte, dann wäre das nur halb wahr, sie wären ja vor allem da, um Gleichgewicht herzustellen und bla, bla, bla. Sie alle irrten sich in dem Punkt, dass sie annahmen, Engel wären gut. Sie brachten Frieden und Gerechtigkeit, das stimmte. Aber Gerechtigkeit musste nicht für alle Beteiligten gut ausfallen. Das Gewissen, das jene Dämonen beschrieben, war nichts anderes als eine moralische Umstellung im Hinblick auf ihre Arbeitsstelle. Und dass bei Mr. Cacey genau diese Umstellung nicht funktionierte, hatte den einfachen Grund, dass das Gute in ihm nicht von seinem ehemaligen Engelswesen kam, sondern davon, dass er in seinem Dasein zwischen den Menschen gelernt hatte, sie zu schätzen und zu lieben.
Und er hasste sich dafür.
Genannten Zorn hatten alle Dämonen kurz nach dem Fall gespürt, Zorn auf Gott und Ihre Arroganz, dass Sie den Menschen einen eigenen Willen erlaubte, nicht aber den Engeln und das Übliche. Und meist kam nach diesem Zorn die antrainierte Akzeptanz der Umstände. Nicht

aber bei Mr. Cacey. Nach etwa fünfzig Jahren, Ende des 19. Jahrhunderts, hatte dieser Zorn sich in etwas anderes gewandelt, etwas Schlimmeres – jedenfalls für ihn. Hoffnung. Er war ein Dämon, der noch Hoffnung in Gott hatte, und hasste so ziemlich alles und jeden dafür. Sogar Gott. Man konnte jemanden gleichzeitig lieben und hassen, das wusste er mittlerweile recht gut, und das Einzige, was er sich wünschte, war, selbst wieder so geliebt zu werden wie früher. Wie vor seinem Fall. Und lustigerweise – oder tragischerweise, wie auch immer man es sehen wollte – war genau das erst der Auslöser für seinen Fall gewesen. Er schnaubte, denn obwohl er nicht über das Thema nachdenken wollte, tat er es doch ab und zu, und es erfüllte ihn mit einem Gefühl, das er nicht ganz erklären konnte. Da war definitiv noch etwas von dem Zorn übrig, aber auch eine gewisse Verzweiflung, da er wusste, dass Gott ihn nicht mehr lieben würde. Sie hatte sich von ihm abgewandt und er wusste es. Mr. Cacey schloss die Augen, was an und für sich keine gute Idee war, wenn man am Steuer saß, aber er konnte sich nicht helfen. Und er musste die Straße eh nicht sehen, um unfallfrei darauf zu fahren, das konnte der Wagen mittlerweile allein. Das Auto blieb stehen und Mr. Cacey öffnete die Augen, wusste sofort, wo er war. Er stand zwischen Bäumen auf einem Platz, der eigentlich kein Parkplatz war und doch immer als solcher benutzt wurde. Den Rest des Weges legte er zu Fuß zurück. Er war diese Strecke schon oft gegangen und es dauerte nicht lange, bis er sein Ziel erreicht hatte. Das Ziel bestand in diesem Fall aus einem Fluss, von dem ein niedriger Wasserfall in einen kleinen, aber erstaunlich tiefen

See führte. Es war ein idyllischer Platz, sein Platz, und er redete sich gerne ein, der einzige Besucher des Sees zu sein, obwohl er wusste, dass dem nicht so war. Natürlich kam niemand, wenn er hier war, dafür sorgte er, aber es war trotzdem ein öffentlicher See, so abseits gelegen er auch sein mochte. Er stand auf einer Wiese, die sich perfekt zum Picknicken eignete, und starrte auf den Wasserfall, der ein leises Rauschen von sich gab. Der Wind wehte nicht allzu stark an diesem Tag im Dezember und er fror nicht, dennoch hatte sich eine Gänsehaut auf seinen Armen ausgebreitet. Er begann, sich zu entkleiden, und störte sich nicht daran, dass er kein Handtuch mitgebracht hatte. Das tat er nie und eigentlich war es ihm egal. Langsam begann es zu regnen und kleine Tropfen trafen seine Haut. Der Regen war eisig und rann in immer größeren Bächen über seinen Rücken, seine Beine, seine Brust, bis er irgendwann völlig durchnässt dastand, obwohl er noch keinen Schritt in den See getan hatte. Mit entschlossener – und doch so ausdrucksloser – Miene ging er ein paar Schritte nach vorne, so lange, bis die winzigen Wellen, die Wasserfall und Regen bildeten, über seine Zehen schwappten. Auch sie waren kalt, aber es war eine angenehme Kälte, eine vertraute Kälte, und sie schien ihn zu wärmen. Noch ein Schritt und er stand bis zu den Knöcheln im See, drei weitere und das Wasser reichte ihm bis zu den Knien. Als er bis zur Hüfte im See stand, dessen Oberfläche vom Regen aufgeschäumt war, sodass ihm das Wasser bis zur Brust spritzte, tat er den ersten Schwimmzug. Es war ein kräftiger Stoß, der seine Gedanken vertreiben sollte und es auch schaffte. Für kurze Zeit. Schwimmen hatte ihn immer beruhigt und auch

jetzt ließ es wenigstens seinen Körper ein wenig entspannen. Die Mitte des Sees war der tiefste Punkt und dort ließ er sich auf dem Rücken treiben, weit konnte er ja nicht kommen. Er versuchte, das zu tun, was ihm geraten wurde, wenn seine Gedanken ihn zu übermannen drohten: Sie einfach nicht zuzulassen. Die Augen schließen, einen klaren Kopf bekommen, sich nicht auf die Probleme konzentrieren, sondern auf gar nichts. Sie sagten, es wäre nicht schwer, das eigene Gewissen auszuschalten, aber sie hatten nicht den Hauch einer Ahnung, wie ausgeprägt seines war. Wenn er zu erklären versuchte, dass die „einfach ignorieren"-Masche bei ihm nicht funktionierte, wurde er nur schief gemustert und es hieß: „Dann versuch es stärker. Du bist ein Dämon, da wirst du doch wohl nicht die Oberhand über deine Gefühle verloren haben." Und obwohl er versuchte, genau das zu tun, sie einfach zu verdrängen, kam er nicht umhin, sich einzugestehen, dass er tatsächlich keine Kontrolle mehr über seine Gedanken hatte. Er konnte sich ablenken, natürlich, aber sobald er allein war oder nichts zu tun hatte, kamen sie von allein, blieben und wollten nicht gehen. Und sie bissen, das war das Schlimmste.
Die Gedanken bissen sie genau dahin, wo es wehtat, hielten ihm immer wieder vor Augen, dass er gefallen war, wie er gefallen war und was er verloren hatte und nie wieder bekommen würde. Gerade war so ein Moment. Mr. Cacey zog die Stirn in Falten, als würde das irgendwie helfen, und da es das nicht tat, tauchte er ab. Die Beine an den Oberkörper geklammert und fest umschlossen sank er immer tiefer, bis er den Regen nicht mehr hörte, das Sonnenlicht die Was-

seroberfläche nur noch stellenweise durchbrach und er den Grund doch noch nicht erreicht hatte. Er biss die Zähne aufeinander, stark, um durch den Schmerz die Gedanken, die Dämonen, die ihn aufsuchten und quälten, wenigstens kurzzeitig loszuwerden. Aber es funktionierte nicht, es funktionierte nie. Er merkte nur, dass er weinte, weil das Wasser plötzlich salzig schmeckte, obwohl es ein Süßwassersee war, und seltsamerweise hatte das den gewünschten Effekt. Er war ein Dämon, verdammt, warum lag er hier zusammengekauert in irgendeinem Loch Schottlands und weinte den Flügeln hinterher, die er einst sein Eigen geglaubt hatte? Was nun folgte, konnte er nicht kontrollieren, doch es passierte immer dann, wenn er zu lange an sein Engelsdasein gedacht hatte: Sein Rücken begann zu kribbeln. Als er es spürte, weiteten sich seine Augen, doch es war zu spät. Das Kribbeln wurde stärker, wurde zu einem unangenehmen Pochen, das sich unter den beiden gezackten Narben auf seinem Rücken sammelte und schließlich in weiß glühenden Schmerz überging, als sie zu reißen begannen, wie sie es schon unzählige Male davor getan hatten. Seine Haut riss nicht wie normale Haut, sie bröckelte eher Stück für Stück ab und ließ ausgefranste Enden zurück, zwischen denen sich frisches, blutiges Fleisch befand, wundes Fleisch, aus dem sich zwei nachtschwarze Flügel schoben. Die unteren Federn glänzten rot von dem Blut, aus dem sie sich befreit hatten, und getrocknete Klumpen desselben hingen zwischen ihnen, doch die mittleren und oberen strahlten schöner, als Engelsflügel es je könnten. Mr. Cacey schrie vor Schmerz, was sich jedoch eher wie ein

Gurgeln anhörte, denn er befand sich nach wie vor unter Wasser und sein Rücken schien in Flammen zu stehen, die ihn nach und nach auffraßen. Nur langsam klang der Schmerz ab und zurück blieben eine Art Sorglosigkeit und Arroganz, die die Flügel hervorriefen. Er war ein Dämon und ein verdammt guter noch dazu, kein Grund, in irgendeiner Weise deprimiert zu sein. Er flatterte mit den Flügeln, was eine Welle erzeugte, und als er diese Welle über sich brechen hörte, grinste er, wobei er zwei scharfe Fangzähne entblößte. Mit zwei kräftigen Stößen gelangte er nach oben, durchstieß die Wasseroberfläche. Zwar standen ihm Tränen in den Augen, doch da war auch etwas anderes, etwas Dämonisches, das durch die Verzweiflung brach. Zwei Meter über dem See stand er in der Luft, dann schloss er die Augen und fiel. Mal wieder. Sein durchnässtes Haar wehte im Sturzflug, die Flügel umschlossen ihn wie eine Decke, so fiel er zurück ins Wasser.

3

Mr. Cacey weinte. Seine Flügel hatten sich zurückgezogen, er lag wieder in der Mitte des Sees und das Blut, das aus den frischen Wunden floss, vermischte sich mit dem Wasser unter ihm und färbte es rosa. Er wusste nicht, ob der Schmerz oder die Verzweiflung oder eine ungesunde Mischung aus beidem seine Tränen ausgelöst hatten. Aber er wusste, *dass* er weinte, und es war wie eine Erleichterung, denn er hatte es schon so lange nicht mehr tun dürfen. Es war kein lautes Weinen, bei dem die Nase ohne Ende lief und man mit

seinem Schluchzen die halbe Nachbarschaft weckte, sondern ein stummes Bilden und Auslassen von Tränenflüssigkeit durch die Augen, die ihren dämonischen Glanz verloren hatten und wieder komplett schwarz waren. Schwarz, wie sie immer gewesen waren – oder zumindest, solange er sich erinnern konnte. Was allerdings ein Problem war. Wie die meisten Dämonen erinnerte er sich an nicht viel, was vor dem Fall passiert war. Er hatte eine Amnesie – (*kalter Stein, auf dem ein Körper liegt, so heiß, dass man sich daran verbrennen könnte, weil er bis vor ein paar Minuten tatsächlich gebrannt hat. Blut und Federn überall, schwarze wie weiße und rote, deren ursprüngliche Farbe man nicht mehr erkennen kann, weil sie vom Blut getränkt sind*) – die nur durch das durchbrochen werden konnte, was die anderen ihm erzählten. Und das meiste davon wollte er sowieso nicht wissen – (*um den Körper herum ist der Boden mit Rissen versehen, die, je weiter sie sich entfernen, immer dünner werden. Direkt unter ihm sind sie am stärksten, da er dort vor wenigen Minuten mit voller Wucht aufgeprallt ist und sich seither nicht gerührt hat*) –, denn es verband nur unschöne Halberinnerungen und ließ ihn noch tiefer sinken in das selbstgesponnene Netz aus Zorn und Trauer.
(*Der Boden ist kalt, eiskalt, er kühlt den Körper nur langsam und jener lechzt nach Befreiung aus dem Feuer, in dem er sich noch zu befinden scheint, denn alles ist heiß, alles brennt, er liegt auf gebrochenem Boden und unter ihm ist weiteres Feuer, das er bereits spüren kann.*)
Irgendwann reimte er sich die Dinge selbst zusammen und war zufrieden mit der Lösung, doch manches kam von

selbst, kam spontan – (*es ist der Körper eines Mannes, nicht unansehnlich gebaut. Muskeln zeichnen sich dezent an Armen und Oberschenkeln ab, das Gesicht zieht scharfe Linien und eine markante Raubvogelnase sitzt über einem Mund, der früher einmal weich war. Ein hübsches Gesicht, könnte man sagen, aber treffender wäre: ein gequältes Gesicht. Der Mann ist nackt, seine Klamotten, seine Haare sind verbrannt. Nur zwei rubinrote Augenbrauen, die noch mehr oder weniger vorhanden sind, lassen darauf schließen, dass er rotes Haar gehabt haben muss*) – und er wachte nachts auf, in irgendeinem Bett, das nicht das eigene sein sollte, es nicht wäre, hätte er nur zu jener Zeit dieses nicht gesagt oder getan. – (*Er kommt zu sich, langsam, quälend, dann plötzlich auf einen Schlag. Die Nasenflügel zucken, die Lunge nimmt Luft auf und mit einem lauten Keuchen öffnet sich der Mund, tut seinen ersten Atemzug in einem neuen Leben. Die Brust hebt und senkt sich jetzt schnell, immer schneller, weil er plötzlich atmet, und wegen der Todesangst, die er noch vor Minuten ausgestanden hatte.*)
Für viele Dämonen war der Fall der Anfang eines neuen, besseren Seins. Für Mr. Cacey jedoch war es das Ende von etwas gewesen, an das er sich nicht erinnern konnte, das er aber vermisste.
(*Dann öffnet er seine Augen. Schwarz, oder? Schwarz wie der Nachthimmel, den er andere zu lieben gelehrt hat, den er selbst liebt. Nur, dass sie nicht schwarz sind, sondern rot, rubinrot, und sie scheinen zu brennen, wie er selbst gebrannt hat. Es sind keine guten Augen, und während er durch sie blickt, sieht er nichts.*)

Natürlich hatte er nicht alles vergessen, das wäre dann doch zu unwahrscheinlich, aber er konnte sich an weniger erinnern, als ihm im Nachhinein erzählt wurde.
(*Er sieht sich um, kennt seine Umgebung nicht. Neben ihm steht jemand, doch er kann nicht erkennen, um welch seltsame Schöpfung es sich handelt. Ihm wird aufgeholfen und er entfernt sich von dem Feuer im Boden. Er wird nach seinem Namen gefragt – als würde das jetzt noch etwas bedeuten –, sagt aber nichts. Eine andere Stimme verkündet, ihn zu kennen, und man tuschelt aufgeregt, aber er hört nicht hin, driftet ab in seine Gedanken. Was ist passiert? Er weiß es nicht und das macht ihn leicht panisch, gleichzeitig ist es ihm egal.*)
Er erinnerte sich an die Sterne, die er erschaffen hatte, jedes kleine Detail war in seinem Kopf verankert und kam doch nicht heraus, wollte nicht heraus. Er erinnerte sich an seine Liebe zu den Sternen, wie er sie noch immer liebte, aber anders, ganz anders. Interaktionen mit Menschen, gute wie schlechte, aber bei Weitem nicht alle. Treffen mit Dämonen, als er noch keiner gewesen war, was dazu geführt haben könnte, dass er jetzt einer war. Vor allem erinnerte er sich an die acht Lords und Ladys der Hölle.
(*Als sein Name fällt, blickt er auf. „Ich kenne ihn", hat ein Dämon gesagt, „wir sind Freunde, sein Name ist Azariel." „Nein", sagt er rau und weiß, dass es stimmt. Azariel war nur eine Bezeichnung, eine Zeitlang hat man ihn so genannt. Aber es ist nicht sein Name, nicht mehr. „Was soll er dann sein?", fragt der Dämon, den er als Nocturna erkannt hat. Er überlegt eine Weile, dann sagt er: „Cacey." Keine spezielle Bedeutung*

steckt hinter diesem Beschluss, es fühlt sich einfach richtig an. Nocturna lächelt. „Na dann, willkommen zu Hause, Cacey".)
Es waren wenige Erinnerungen, nur Bruchstücke, aber mit ihnen war er gefallen und darum konnte er sie nicht vergessen. Was er sicher wusste, war, dass er glücklicher gewesen war, jedenfalls meistens. Ein Gefühl, das er vermisste. Und dann war da noch etwas. Etwas, von dem er nicht wusste, ob er es sich ausgedacht hatte oder ob es wahr war. Dabei war es so banal.
Graue Augen.
Viele, sehr viele graue Augen, die ihn ansahen mit mehr Liebe, als er je wieder erblickt hatte. Anderes wurde ihm erzählt und die Erinnerungen kamen daraufhin. Nocturna, zum Beispiel. Ihr Name hatte gereicht, um sie zu erkennen und wieder zu den Freunden zu werden, die sie einst waren. Fast genauso wie damals, irgendwas war anders. Auch winzige Details, Schlagwörter in Nebensätzen, regten sein Gedächtnis an. Jemand sagte: „Im Unabhängigkeitskrieg '16 war ich ja auch beteiligt." Und er erinnerte sich an eine Schale Ziegenmilch, die er sich im Mittelalter mit einem Iren geteilt und dessen Geschichten er gelauscht hatte. Kleine Bruchstücke, die er zu einem Puzzle in seinem Kopf zusammenfügte und hoffte, es irgendwann vollständig zu sehen – gleichzeitig fürchtete er es. Sein Dämonenleben war nicht unaushaltbar. Erledigte er seinen Job gewissenhaft – und er hasste es, ‚Job' als Bezeichnung verwenden zu müssen –, wurde er bezahlt in jener wertvollsten aller Währungen: Freiheit. Man fing in der Hölle stationiert an, kam ab und zu auf die Erde und schlug man sich gut, so durfte man

immer unabhängiger, immer freier – immer kreativer, wie sie es nannten – handeln. Mr. Cacey war an den Punkt gelangt, wo er praktisch das ganze Jahr tun und lassen konnte, was er wollte. Nur einmal, zum Jahresende, musste er in die Hölle und seine Listen abgeben, die peinlich genau jeden Tag und jede Tat dokumentierten. Wenn die Listen stimmten – und sie stimmten immer – durfte er weitermachen wie gehabt. Und, als hätte der Teufel Humor, manchmal durfte er sich sogar freinehmen. Die Hölle bot, soweit er sich erinnerte, angenehmere Arbeitszeiten als der Himmel. Und es tat verdammt weh, dass er trotzdem zurückwollte.

Er schwamm zurück zum Ufer. Der Regen hatte aufgehört und jetzt fror er doch. Obwohl seine Kleidung halb im Wasser gelegen hatte, war sie trocken und warm und tröstete ihn ein bisschen. Mit den Händen in den Hosentaschen ging er zum Auto, der mürrische Ausdruck hatte sich wieder auf seinem Gesicht breitgemacht. Er stützte die Arme auf das Lenkrad, legte den Kopf darauf und schloss die Augen. Trauer und Wut lagen hinter ihm, jetzt war er nur noch allein. Und so schrecklich müde.

Mit steinerner Miene startete er den Motor und fuhr los. Glasgows Vororte zogen unbeachtet an ihm vorbei. Was hielt ihn eigentlich in der Stadt? Sie war nur eine weitere schmutzige Großstadt, in der viele wohnten und niemand lebte. Andererseits: Hatte er Glasgow nicht die letzten zehn Jahre sein Zuhause genannt? Oder zumindest das, was einem Zuhause am nächsten kam, denn die Hölle würde es sicher nie sein und der Himmel war es nie gewesen. *Sollte ich diesen verschimmelten Ort je mein Heim nennen*, so legte er fest, *ist das der Tag, an dem ich den letzten anständigen Funken in mir verloren habe.* Hätte er beten können, so hätte er gebetet, dass dieser Tag nie kommen würde, aber er wusste, dass er kommen musste. Bis dahin lenkte er sich einfach von seinem Dasein ab.

Als er keine zwei Stunden später mehr in die Wohnung stolperte als trat, war er bereits leicht angetrunken. Er trank nicht oft, um sich zu betrinken, doch wenn er es tat, hatte es einen von zwei Gründen: Er freute sich über irgendetwas ganz außerordentlich und wollte es feiern oder er versuchte, seine Sorgen zu ertränken. Meistens in Gin Tonic mit einer Limettenscheibe, denn das schmeckte ihm und er dachte, es habe Stil. Was nicht ganz falsch war. Er sah tatsächlich recht interessant aus, wenn er mit einem Longdrinkglas am Tresen stand, doch sich so lange zu betrinken, bis man sich am nächsten Tag an nichts erinnern konnte, hatte nie, in keiner Situation, Stil. Und Letzteres war, worauf er hinarbeitete: den heutigen Tag nach Strich und Faden zu vergessen.

Es rumpelte, als er über die Türschwelle stolperte und zwei schnelle Schritte machen musste, um nicht hinzufallen. Unten ging eine Tür auf. „Sind Sie das, Mr. Cacey?", rief Miss Thomas durch das Treppenhaus. „Ist alles in Ordnung?"

„Alles ist gut", rief er zurück, doch man konnte hören, dass er getrunken hatte, und er biss sich auf die Zunge, denn er wusste, was jetzt passieren würde. Miss Thomas erzählte natürlich einer Nachbarin im Buchladen davon, dass der komische Kauz aus dem dritten Stock gestern Nacht stockbesoffen heimgekommen war (dabei war er es noch nicht) und harsche Bemerkungen gemacht habe, denn für Miss

Thomas war jeder Satz, der keine persönliche Anrede beinhaltete, eine harsche Bemerkung.
Diese Nachbarin erzählte ihrem Mann beim Mittagessen, dass der unfreundliche Typ aus dem dritten Stock gestern wieder schlecht gelaunt gewesen war und wohl Streit mit einer eventuellen Freundin gehabt hatte (denn man hatte in ihrer Imagination keinen anderen Grund zur schlechten Laune, als den Streit mit der Freundin) und wohl nie eine Partnerin bekommen würde, wenn er weiterhin so ein Miesepeter war. Ihr Mann erzählte dem Vermieter, der direkt über dem Laden wohnte, nach der Teatime, dass der Depp aus dem dritten Stock wieder Beziehungsstress hatte und in der Nacht randalieren würde, da er ja außerdem ein Alkoholproblem hatte, was nicht nur die Nachtruhe seiner Gemahlin, sondern auch den Haussegen stören würde. Und der bereits zweimal geschiedene Vermieter würde sagen: „Wir haben doch alle mal Streit mit jenen, die wir lieben."
Interessant zu verfolgen, welche Annahmen die Nachbarn über einen machten und wie falsch sie lagen. Nicht, dass er sich die Mühe machen würde, sie zu berichtigen, dafür waren sie ihm viel zu egal. Was ihm nicht egal war, waren die Blicke, mit denen sie ihn streiften. Blicke, die besagten: Seht euch den armen Mr. Cacey an, der sich langsam, aber sicher sein eigenes Grab gräbt, weil er sich aus Kummer zu Tode säuft. Armer Mr. Cacey, der niemanden hat, weil er alle seine Freunde vergrault. Armer Mr. Cacey, der immer allein ist.
Er schlug die Tür zu und wankte zu seinem Schreibtisch. „Ich bin nicht allein", brummte er. „Ich hab doch dich." Iago antwortete nicht, aber er wartete trotzdem, nahm einen Schluck,

wartete weiter. Keine Antwort. „Blöde Topfpflanze“, murrte er und in einem Anflug von Wut, die sich auf Trunkenheit zurückführen ließ – allerdings auch auf etwas anderes – packte er den Topf und schleuderte ihn gegen die Wand, wo er in tausend Scherben zersprang. Die traurigen Überreste hinterließen eine Spur aus Erde an der dunkelgrauen Wand, aber obwohl er sonst so ordentlich war, störte es ihn nicht. „Blöde Topfpflanze“, sagte er nochmals, allerdings mehr, um sich selbst zu überzeugen. Seufzend streifte er die Schuhe ab und ließ sich vollkommen bekleidet aufs Bett fallen. Der Drink landete auf dem Boden, wo er einen nassen Fleck bildete. Er war ungefähr da angekommen, wo er sein wollte: ziemlich betrunken in seinem Bett. Nur, dass er irgendwie ungemütlich lag. Erst versuchte er, es zu ignorieren, aber das ständige Knistern bei jedem Atemzug und der unangenehme Druck an seiner Taille ließen ihn doch aufstehen. Genervt davon, in seiner Unruhe gestört zu werden, setzte er sich auf und tastete an sich herunter. Er griff in seine Hosentasche. Etwas knisterte. Er zog einen kleinen Zettel aus der Tasche, den er als den Störenfried erkannte, und wollte ihn schon wegwerfen, da fiel sein Blick auf die Aufschrift. Es war eine eine Telefonnummer. Darunter stand in geschwungenen Buchstaben der Name „Farell“. Wie weggewaschen war seine Müdigkeit, denn es erschien ihm wie ein Lichtschimmer im Wirrwarr seiner Gedanken. Mr. Farell hatte ihm seine Nummer gegeben und er hatte es komplett vergessen. Mr. Farell, jener, den er zum ersten Mal seit Langem einen Freund nennen durfte. Und wann brauchte man dringender einen Freund als in der

Situation vollkommener Verzweiflung, in der er sich befand? Er schwang die Füße aus dem Bett und landete mit den Socken in einer Pfütze Gin Tonic. „Oh", sagte er. „Mist." Zu mehr war er nicht mehr fähig. Er zog sich ein Kissen übers Gesicht und brüllte hinein. Mr. Farell war liebenswert, das war er wirklich, und er erinnerte ihn an etwas, das er nicht ganz in Worte fassen konnte. Es war auch keine Erinnerung per se, mehr die Erinnerung an eine Erinnerung. In den ersten zehn Jahren seines Dämonenseins hatte er oftmals an winzige Begebenheiten gedacht, die zweifellos aus seinem Engelswesen stammen mussten, doch über die Jahre hatte er sie vergessen. Der Geruch von Tautropfen auf einer Wiese in der Früh. Regen, der leise gegen die Fenster klopft, während sich im hell erleuchteten Saal die Paare drehen und die Lichter sich in ihren Augen widerspiegeln. Schnee, der sich in den Haaren verfängt, während er auf die Hände des anderen haucht, um sie zu wärmen. Solche Dinge, die er vergessen und nicht einmal vermisst hatte. Mr. Farell machte etwas, was auch immer es war, und plötzlich konnte Mr. Cacey sich wieder an diese Dinge erinnern. Wenn auch nur schwach, so machte sich doch das Gefühl eines lang verlorenen Glücks in ihm breit und er würde alles dafür geben, zu wissen, woher diese Erinnerungen stammten. Doch gleichzeitig wünschte er sich, sie sofort wieder zu vergessen. Als er diesmal aufstand, zog er sich erst die Socken aus und machte einen großen Bogen um den Gin-Tonic-Fleck. Er würde Mr. Farell nicht anrufen, nichts läge ihm ferner. Stattdessen zog er frische Socken an, band sich die zerzausten Haare zu einem kleinen Zopf und setzte den Hut auf. Dann verließ er die Wohnung. Glücklicherweise war Miss Thomas nicht mehr im Treppenhaus, so kam er ungestört zum Auto, den Mantel fest um sich geschlungen. Es war eiskalt in dieser Nacht und vom Regen hatten sich Pfützen gebildet, die spritzten, wenn er durchfuhr. Wie immer dauerte es ein wenig, bis er die Brücke gefunden hatte – die Dunkelheit erschwerte es noch – und als er den Jaguar schließlich daneben parkte, war es beinahe wieder Morgen. Die Kirchturmuhr schlug drei Uhr, als er unter die Brücke trat und grüßend den Hut zog. „Gute Nacht, Miss Jacobs“, sagte er leise. Sie schreckte hoch, hatte wohl gedöst, doch als sie ihn erkannte, verschwand der paranoide Ausdruck aus ihrem Gesicht und sie nickte ihm zu. „Guten Morgen, könnte man fast sagen“, meinte sie und gab ihm mit einem Nicken zu verstehen, dass er sich neben sie setzen sollte. Bevor er es tat, zog er den Mantel aus und breitete ihn über Gillian und Othello, der in ihren Armen schlief. „Kalt, nicht?“, fragte er, als er neben ihr saß. Wieder kam nur ein Nicken. Er merkte, dass sie den Jungen nicht mehr lange würde halten können, zu wenig Kraft war in ihren verformten Armen, deshalb sagte er mit ungewohnter Sanftheit: „Geben Sie ihn mir.“ Erst zögerte sie, doch dann sah sie ihm in die Augen und gab Othello vorsichtig an ihn weiter. Es war nicht das erste Mal, dass sie ihn das Kind halten ließ, doch es war das erste Mal, dass sie daraufhin die Augen schloss und den Kopf schwer auf seine Schulter sinken ließ. „Sie sind müde, nicht wahr?“ Und obwohl sie nichts sagte, wusste er, dass es stimmte. Sie war mehr als müde, sie war dem Tod so nahe, dass sie ihn hätte greifen können, wären ihre Arme stark genug gewesen. „Das ist in Ordnung“, murmelte er, „schlafen Sie ruhig.“ Und sie lächelte, denn sie wusste, dass er recht hatte.

4

Mr. Farell ließ den Stapel an unzähligen Pergamentblättern sinken und starrte ein paar Minuten auf seinen Schreibtisch. Es war kurz vor sechs Uhr morgens und er war endlich fertig mit dem Buch. Diesmal hatte er es richtig gelesen, mit dem Herz eines Bibliophilen, nicht dem Verstand eines Intellektuellen, wie er es bei der Übersetzung getan hatte. Und er war auf durch und durch positive Weise geschockt. Nicht nur, weil ihm dieses Stück entgangen war, sondern auch, weil jemand sich die Schrift angeeignet hatte, nur um damit Liebesgedichte zu schreiben. Also, nicht nur Liebesgedichte. Das Buch ähnelte einer Sammlung an Schriftstücken, über mehrere Jahre geschrieben und in einem Notizbuch zusammengefasst. Während das erste Drittel hauptsächlich aus besagten Gedichten bestand, so fand sich im weiteren Verlauf eine Ansammlung an Briefen, datiert von 1800 bis 1854. Es war keine Konversation, sondern vielmehr eine Serie an unerwiderten Liebesbriefen an eine unbestimmte Person, die immer als „Du“ bezeichnet wurde, als hätte der Schreiber beabsichtigt, die Briefe zu verschicken, was er freilich nicht getan hatte. Die Sprache war irgendwie rau und es war klar, dass der Schriftsteller kein Experte war, aber jeder Satz war so brutal ehrlich, dass Mr. Farell während des Lesens mehr als einen Seufzer ausgestoßen hatte – sowohl vor Rührung als auch mitgefühltem Schmerz.

Der Mann schrieb seitenweise darüber, was er für den namenlosen Empfänger empfand, über dessen Charme, dessen Schönheit, wie er danach verlangte, ihn zu berühren und nicht mehr loszulassen, wie sehr er sich wünschte, seine Gefühle einfach preiszugeben. Es schien, als stünde etwas zwischen den beiden, und Mr. Farell vermutete, es könnte sich um einen Klassenunterschied handeln oder einer von beiden war bereits verheiratet. Irgendetwas, das ihn davon abhielt, seine Liebe zu gestehen, irgendetwas, das tiefer, viel tiefer ging, als die simple Angst vor Ablehnung. Es war traurig, natürlich, doch gleichzeitig so schön und faszinierend, dass Mr. Farell nicht umhinkam, den Mann zu bewundern. Ungefähr 50 Jahre nach dem ersten Brief wurde der letzte verfasst, was bedeutete, dass der Mann einen Großteil seines Lebens gelitten haben musste, und er tat ihm so unendlich leid. *Was für eine Art zu leben*, dachte er, u*nd was für ein schreckliches Zeugnis verschwendeter Liebe.* Der letzte Brief gab keinen Hinweis darauf, was aus dem Schriftsteller geworden war, und so konnte Mr. Farell nur annehmen, er sei nach Vollendung des letzten Schriftzeugnisses gestorben, musste er doch im hohen Alter von 70 Jahren gewesen sein. *Wie unfassbar traurig,* dachte er noch mal, die Hand vor den Mund geschlagen. Und weil es eine so liebliche Qual war, las er die Briefe erneut. Er fühlte sich durch die Briefe und Gedichte seltsam verbunden mit dem Autor und kam nicht umhin, ihn zu mögen. Mit einer ruckartigen Bewegung stand er auf. *Schluss mit der Literatur*, dachte er, obwohl es ihn störte, so denken zu müssen – und obwohl er es sich anders vorgenommen hatte, dachte er doch den ganzen Tag an nichts anderes.

Während er sein Frühstück zubereitete, während er die Pakete für die Obdachlosen band und austrug, sogar während Gesprächen, denen er zuhören hätte sollen. Und als er den kleinen Hang zu Gillians Brücke hinunterging, hoffte er, diesen Besuch so kurz wie möglich halten zu können, um sich wieder den Schriften zu widmen. Irgendetwas sagte ihm das Datum des letzten Briefes, doch er wusste nicht, was es war und musste es unbedingt herausfinden. Doch sobald er im schummrigen Licht der Straßenlaterne erkannte, was unter der Brücke vor sich ging oder eher *wer* sich bei Gillian befand, verschwanden die Gedanken an den Schriftsteller.

„Was machen Sie denn hier?", entfuhr es ihm. Mr. Cacey hob den Kopf und legte den Finger an die Lippen. „Sie schlafen beide", flüsterte er. „Und sehen Sie, wie friedlich." Und es stimmte. Im Schlaf verlor Gillians Gesicht an Härte und die mädchenhaften Züge um Mund und Nase wurden sichtbar. Ihre Lippen waren leicht geöffnet und ab und zu kam ein Schnarchen daraus hervor, das sie erzittern ließ. Selbst ihr verfilztes Haar stand nicht so ab wie sonst und ihr winziger Körper wirkte so zerbrechlich wie der einer Elfe. Dank der Decke, in die sie sich komplett eingewickelt hatte, sah man ihre seltsam verformten Unterarme und die hervortretenden Rippen nicht. Auch Othello mit dem furchtbar passenden Namen hatte das Antlitz eines normalen Säuglings. Viel mehr noch: Er sah gesund aus und das erfreute Mr. Farell. Mit einem Nicken deutete Mr. Cacey ihm an, sich auf Gillians andere Seite zu setzen, und er kam der Aufforderung sofort nach.

„Woher kennen Sie sich?", fragte er leise. Mr. Cacey sah

ihn nicht an, als er seine Antwort gab, und jene fiel recht kryptisch aus: „In einem Haufen Seelen finden zwei Verzweifelte sich von selbst." Er sah unverwandt auf Othello, der sich bei ihm so wohlzufühlen schien, wie bei seiner Mutter, denn er schlief ruhig, den Daumen in den Mund gesteckt. „Er sollte damit aufhören, sobald er zahnt", meinte Mr. Cacey. „Seine Adoptiveltern werden es ihm abgewöhnen müssen, sonst bekommt er mal eine Zahnspange." „Warum Adoptiveltern?", fragte Mr. Farell, obwohl er es wusste. Mr. Cacey zeigte mit dem Kinn auf Gillian. „Sehen Sie sie sich an. Sie stirbt, ist mehr tot als lebendig. Ich war den ganzen Tag und die halbe Nacht hier, sie hat fast nur geschlafen, und wenn sie wach war, war sie zu schwach, um irgendetwas zu tun. Sie merken es doch selbst und sie weiß es auch. Othello hier ist zu jung, um es zu verstehen, aber er spürt es." Mr. Farell schwieg. Über die Jahre hatte er Gillian trotz ihrer kratzbürstigen Art lieb gewonnen und der Gedanke, dass sie so jung sterben musste, war mehr als schrecklich. Mit einem Mal wurde er wütend auf ihre Eltern, die ihr Kind hier zum Sterben zurückgelassen hatten. Ob Mr. Jacobs überhaupt etwas bemerken würde, wenn er morgen hier vorbeifuhr und sie nicht mehr da war? Wahrscheinlich nicht. Seine Wut verflog, als Gillian die Augen öffnete und ihn sah. „Was ist das hier?", fragte sie. „Versammlung der Einsamen oder wie?" Und tatsächlich lächelte sie. „Nein, ich mache nur Scherze", sagte sie, während sie ihrer beiden Hände ergriff. Dann sah sie nach oben in den hellgrauen Himmel. Ein leichter Wind ging und hob hie und da ein paar Blätter, die letzten, die gefallen waren. „Habe ich mir nicht einen schönen

Tag zum Sterben ausgesucht?", fragte sie und antwortete sich selbst sofort: „Nein, keinen schönen, den perfekten. Und dann habe ich auch noch euch, meine Freunde, und mein Kind bei mir. Es könnte nicht besser sein." Damit drückte sie den beiden fest die Hände, ein stummer Dank für ihr Beistehen, küsste Othello auf die Stirn und legte den Kopf zurück auf Mr. Caceys Schulter. So starb Gillian Jacobs. Mr. Farell fand als Erster seine Stimme wieder und als er sie erhob, klang sie schwer. „Ganz in der Nähe ist ein gut besuchter Pub", meinte er. „Um diese Uhrzeit geht der Pfarrer dort ein und aus. Ich schlage vor, wir lehnen sie mit Othello an die Hauswand und bleiben bei ihr, bis der Pfarrer geht. Er trinkt nie mehr als ein Pint und wenn er sie sieht, wird er nüchtern genug sein, Mitleid mit ihr zu haben. Er wird sich um Othello kümmern, ganz sicher." Er sah Mr. Cacey verzweifelt an. „Ich würde es selbst tun, aber ich kann nicht. Es schmerzt zu sehr." Und Mr. Cacey verstand, denn er fühlte ähnlich. Sie hoben die Tote auf und brachten sie zum Pub. Als sie den erschrockenen Ausruf des Pfarrers hörten, gingen sie zum Jaguar zurück, es erschien wie selbstverständlich, dass Mr. Cacey ihn fahren würde. Die Fahrt selbst verlief still, sie beide hingen ihren Gedanken nach. Vor dem Buchladen sagte Mr. Farell: „Sie können mich hier rauslassen, ich würde den Rest gerne zu Fuß gehen." Also stiegen sie aus und verabschiedeten sich. Mr Farell sah Mr. Cacey nach, wie er im Haus verschwand, und wartete, bis im dritten Stock Licht anging, dann machte er sich auf den Heimweg. Nach zwei Ecken drehte er sich um und rannte zurück.

Kapitel 9

1

Raguel rannte. Er rannte, so schnell er konnte, und sein Atem ging pfeifend. Zwar hatte er schon Seitenstechen, doch das war ihm im Moment herzlich egal. Er musste auf dem schnellsten Weg zu Azariel. Der saß auf einer Bank im Stadtzentrum, wo er trotz der vielen Menschen ungestört war, da jeder seinen eigenen Gedanken und Geschäften nachging, und zupfte unmotiviert an einer Stange Sellerie. Raguel ließ sich neben ihn fallen, die Hände auf die Knie gestützt, und versuchte, zu Atem zu kommen. „Dramatisch“, kommentierte Azariel. „Diesmal habe ich einen Grund“, antwortete er zwischen zwei Atemzügen, „warte ganz kurz. Oje, habe ich wenig Kondition.“ Als er sich wieder beruhigt hatte, grinste er. „Das wird dich von den Socken hauen: Gott bekommt ein Kind!“ Es haute ihn nicht von den Socken – er trug gar keine Socken – aber er ließ erschrocken den Sellerie in den Sand fallen, wo ein paar Vögel sofort begannen, darauf rumzupicken. „Gott ist schwanger?“, fragte er und hätten sie sich nicht unter Menschen befunden, so hätte er es wahrscheinlich laut ausgerufen. Die Augen verdrehend schüttelte Raguel den Kopf. „Nein, nicht Er selbst. Aber in ein paar Tagen kommt Gabriel auf die Erde und wird Maria, der netten Tochter von Anna und Joachim, verkünden, dass sie vom Heiligen Geist ein Kind empfangen wird, und es

soll das Kind des Höchsten sein und so weiter." Er strahlte. „Gott bekommt einen Sohn, ist das nicht wundervoll?"
Azariel runzelte die Stirn. „Ich weiß nicht recht, irgendwie kommt mir die Idee undurchdacht vor."
Raguels Lächeln bröckelte. „Wie meinst du das?"
„Erst mal wird das zu ein paar Missverständnissen führen. Zum Beispiel, dass Gott ein Mann ist, weil nur Mann und Frau ein Kind zeugen können – und wir sind mit der Gleichberechtigung der Geschlechter eh auf einem wenig fortschrittlichen Stand. Und die Sache von Wegen ‚er ist der Auserwählte' kann einem Kind zu Kopf steigen. Würde mich nicht wundern, wenn andere Kinder und sogar Erwachsene neidisch auf ihn wären oder Angst vor ihm haben."
„Er ist der Sohn Gottes", sagte Raguel, als würde das jedes der aufgezählten Probleme lösen. „Er liebt jeden und jeder liebt Ihn, denn Seine Liebe ist endlos. Dann werden sie auch Seinen Sohn lieben. Außerdem kommt er hierher, um die Dinge besser zu machen. Wenn du ihm deine Frauenprobleme also in ein paar Jahren schilderst, wird er dir helfen können."
Azariel zuckte mit den Schultern. „Es ist kein Frauenproblem, sondern ein Gesellschaftsproblem, und primär ist es nicht *mein* Problem", murmelte er, denn in ein paar Jahren würde es womöglich zu spät sein. Dann fragte er: „Wer ist denn diese Maria? Tochter von Anna und Joachim, sagtest du, aber ich kenne keinen der drei."
Suchend sah Raguel sich auf dem Platz um. Da waren Frauen, die auf Decken saßen und Lebensmittel, Körbe und Tonware zum Verkauf anboten, Kinder, die zwischen den Ständen herumliefen, junge Frauen, die Besorgungen für die Eltern erle-

digten, junge Männer, die jene Frauen in Gespräche zu verwickeln versuchten, und ältere Männer, die die jüngeren streng musterten. Die Stimmung war erfüllt vom regen Treiben und doch überwiegend positiv. Überall war es laut, nur nicht auf der Bank im Schatten, auf der Raguel und Azariel saßen. „Da", sagte er und seine Züge erhellten sich, denn er hatte Maria entdeckt. Azariel folgte seinem Blick. Die Frau, auf die er wies, war sehr jung, sicher zählte sie noch keine zwanzig Jahre. Ihr Haar wurde von einem braunen Tuch verdeckt, es schützte sie vor der Sonne, die gnadenlos auf Nazareth herunterbrannte. Nur den Haaransatz ließ es frei, wo sie sich das widerspenstige braune Haar ordentlich aus der Stirn gekämmt hatte. Sie trug die Farben ihrer Familie und ihre Fingerkuppen waren mit rotem Henna gefärbt. An Ohren, Fingern, Knöcheln und Handgelenken trug sie glänzenden Schmuck, der klimperte, wenn sie sich bewegte, und sie tat es oft, denn sie lachte gerne und ihr Lachen klang reiner als jedes andere – trotzdem lag eine gewisse Weisheit in ihrem Blick. Sie war ein kluges Kind, und obwohl es ihr oft gesagt wurde, stieg es ihr nicht zu Kopf. Stattdessen lebte sie bescheiden und erfreute sich an den Dingen, die das Leben ihr bot. Gerade trug sie auf die Hüfte gestützt einen Korb mit Kräutern, die sie außerhalb der Stadt gesammelt hatte. Ein junger Mann trat zu ihr und sie lächelten sich an, verfielen in Plauderei. Als er spielerisch ihren Nasenring berührte, lachte sie so laut auf, dass Azariel und Raguel es selbst von ihrer entfernten Position aus hören konnten. „Wer ist das?", fragte Azariel. „Ihr Verlobter, Joseph. Er ist Zimmermann, soweit ich weiß."

„Wird er nicht misstrauisch, wenn seine Verlobte plötzlich schwanger ist? Er wird doch annehmen, das Kind sei von einem anderen." Raguel schüttelte den Kopf, denn er wusste nicht genau, wie der Himmel mit Joseph umgehen würde. Er war gewissermaßen unnötig im ganzen „Gottes Sohn kommt auf die Welt"-Prozess, aber wahrscheinlich hatte der Himmel auch dafür eine Lösung. *Ganz sicher* hatte der Himmel eine Lösung, es war schließlich der Himmel. Doch er vernahm ein leichtes Zweifeln. „Man wird ihn wohl von der heiligen Mission seiner Verlobten unterrichten", sagte er deshalb und versuchte, seine Worte so kryptisch wie möglich zu formulieren. Nicht, dass man ihn wegen falscher Informationen anklagte oder so etwas. Azariel blickte skeptisch, aber dass er Gottes Pläne kritisierte, war keine Überraschung mehr – für keinen der beiden. „Warum sie?", fragte er. „Von allen Frauen hätte Gott sich jede aussuchen können, warum ausgerechnet sie?" Raguel kannte die Antwort und, erleichtert, keine wilden Spekulationen mehr aufstellen zu müssen, gab er sie ihm: „Weil ihre Geburt ebenfalls verkündet wurde. Sieh, Anna und Joachim hatten fast 20 Jahre keine Kinder, beteten aber so sehr dafür, dass irgendwann ein Engel erschien und ihnen verkündete, sie würden eine Tochter bekommen. Dadurch ist sie frei von der Erbsünde und weil nur eine unbefleckte, sündenfreie Jungfrau die Mutter des Gottessohnes werden kann, wurde sie auserwählt." „Frei von Erbsünde", murrte Azariel, „dieses Konzept ist doch von vornherein zum Scheitern verteilt. Genauso wie ‚unbefleckte Jungfrau'. Weißt du, wie beschissen sich das an-

hört?“ Aber es klang wie eine rhetorische Frage, darum ging Raguel davon aus, dass er es verstanden hatte. Der Tag neigte sich dem Ende zu, so stand er auf und verabschiedete sich.
„Wohin gehst du?“, fragte Azariel, der sich eigentlich darauf eingestellt hatte, noch ein paar Wochen in Nazareth zu bleiben.
„Nach Bethlehem“, sagte Raguel. „Dort soll alles stattfinden und ich muss in der Nähe sein. Es wurde ein paar Engeln Ähnliches aufgetragen, ist also nichts Besonderes, aber ich freue mich trotzdem.“ Er lächelte und ging, Azariel winkte. Als er außer Sichtweite war, fragte er sich, ob er ihm nicht hätte folgen sollen.

2

Die Nacht war sternenklar und gerade so warm, dass es als angenehm bezeichnet werden konnte. Joseph schwitzte stark, denn er war den ganzen Weg von Nazareth nach Bethlehem gelaufen, mit nur wenig Rast und Schlaf. Obwohl Maria ihn gebeten hatte, wenigstens kurz auf dem Maultier zu reiten, das sie trug, hatte er sich geweigert. Sie stand kurz vor der Entbindung und wenn er ihr das irgendwie bequemer machen konnte – und sei es nur, indem er sie reiten ließ – so wollte er das gerne tun.
Nur schien er damit der Einzige zu sein. Die restliche Welt hatte sich anscheinend gegen sie verschworen, nirgends fanden sie eine Bleibe. Maria seufzte, als hätte sie seine Gedanken erraten. „Keine Sorge“, sagte er, „beim nächsten Mal wird es anders.“ Aber natürlich wurde es das nicht. Sie klopften an die Tür eines Wirtshauses, der Wirt öffnete

und sie hörten dieselbe Ausrede wie unzählige Male zuvor. Kein Platz, die Menschenzählung, wirklich, alles voll, aber nur ein paar Straßen weiter, bla, bla, bla. So ging es nun schon seit Stunden und so sehr Joseph diese Menschen auch verachten wollte, er konnte sie verstehen. Sie sahen nur eine schwangere Frau, der anzusehen war, dass das Kind bald kommen würde. Eine Geburt bedeutete Hektik und Lautstärke und gerade jetzt, da sie sich um mehr Gäste als sonst kümmern mussten, konnten sie das nicht brauchen. Nein, für die Wirte war es die bessere Entscheidung, sie zu einem anderen Gasthaus zu weisen, so erleichterten sie nebenbei ihr Gewissen, die zwei nicht im Stich gelassen zu haben. Joseph verstand sie also, aber Maria nicht, und er konnte es ihr nicht verübeln, als sie anfing zu weinen. „Sind denn alle gegen uns?", fragte sie. Er schüttelte den Kopf und strich ihr beruhigend durchs Haar. „Wir finden etwas, versprochen. Und wenn es nur ein Stall ist."
„Wenn Ihr es so formuliert", sagte jemand hinter ihnen. Joseph drehte sich ruckartig um und Maria versteckte das Gesicht in den Händen, der Fremde sollte sie nicht weinen sehen. In diesem Fall war der Fremde der Wirt des letzten Gasthauses, der sie weggeschickt hatte. Er war ihnen gefolgt, denn als er ihr Weinen gehört hatte, hatte er Mitleid bekommen. „Einen Stall habe ich tatsächlich", sagte er und sah Joseph vorsichtig an. Offenbar wirkte er ziemlich wütend (was er auch war, er musste es nur erst bemerken). „Er ist nicht groß und Ihr müsstet ihn mit den Tieren teilen, aber zumindest wäre es angenehmer als hier draußen."
„Meint Ihr, was Ihr sagt?", fragte Joseph. Dann, auf ein

Nicken des Wirtes und einen Seitenblick auf Maria hin: „Ja, das wäre wundervoll." Die beiden bedankten sich herzlich, Marias Tränen waren wie weggewischt, sie lächelte ununterbrochen – selbst als Joseph ihr vom Maultier half, was nicht wirklich bequem war. Neben einer Krippe setzten sie sich ins Stroh und waren in ihrem bescheidenen Glück, während über ihnen ein Stern glühte, heller als alle anderen. Jener Stern war es, den Raguel, der in einigem Abstand saß, besorgt betrachtete. Ein Stern stand nicht im Protokoll, aber vielleicht war es ganz gut so, denn so hatten die Heiligen Drei Könige und die Hirten einen Anhaltspunkt, anhand dessen sie in den Stall finden konnten. Azariel setzte sich neben Raguel, er sah ebenfalls zweifelnd in den Himmel. „Habe ich die Stelle mit dem Stern überlesen?", fragte Raguel und hoffte, es nicht getan zu haben. Zu seiner Erleichterung schüttelte Azariel den Kopf. „Nein, das ist gewissermaßen meine Schuld."
„Deine Schuld? Wie meinst du das?"
„Na ja", druckste er, „kennst du das, wenn du etwas machst und ein winziger Fehler dabei ist, du aber nicht merkst, den Fehler gemacht zu haben, und deswegen weitermachst, bis es … explodiert?"
„Nein."
„Oh. Egal, das ist mir passiert. Ich dachte nur nicht, dass es so schnell explodieren würde. Das da oben, was aussieht wie ein großer heller Stern, ist eigentlich ein Stern im Todeskampf mit sich selbst. Ich habe irgendetwas falsch gemacht, deswegen stirbt er gerade."

Raguel sah nach oben, zu den weißen, gelben und lilafarbenen Blitzen, die um den Stern zuckten. „Es sieht schön aus“, sagte er und meinte es. Azariel nickte. „Das tut es tatsächlich. Seltsam, nicht wahr? Dabei ist es eigentlich schade, ein paar Monate Arbeit einfach so kaputt gehen zu sehen.“ Er hielt kurz inne. „Wir werden es übrigens Supernova nennen, wie findest du das?“

„Ganz interessant, aber allzu oft könnt ihr das wohl nicht machen.“

„Als wäre das mit Absicht passiert“, brummte Azariel und sah die Supernova betrübt an.

Aus dem Stall drangen Geräusche, die die beiden zusammenzucken ließen. „Was war das jetzt?“, fragte Azariel erschrocken, denn es klang, als hätte jemand furchtbare Schmerzen. Raguel zog einen zerfledderten Zettel aus einer Tasche seines Gewandes und entfaltete ihn. „Ich habe mir den Ablauf aufgeschrieben“, erklärte er, „damit ich meinen Einsatz nicht verpasse.“ Was Azariel unkommentiert ließ – obwohl er es sehr niedlich fand. „Ah, hier steht’s. Nach der Ankunft im Stall bekommt sie ihr Kind – das dürfte jetzt sein – wenig später kommen die Hirten zum anbeten und dann die Heiligen Drei Könige. Übrigens ist es ganz gut, dass die Supernova stattfindet, man wird sich später wohl an einen Wunderstern oder so etwas Ähnliches erinnern.“ Azariel sah ihm über die Schulter. „Wann kommt dein Einsatz?“ Er deutete auf eine mehrfach unterstrichene Stelle. „Da. Ich soll mit einem, Moment, ich zitiere: Heer von Engeln erscheinen und singen: ‚Ehre sei Gott in der Höhe

und Frieden auf Erden den Menschen seiner Gnade‘. Was auch immer das bedeuten soll.“
„Hört sich episch an“, meinte Azariel, der nicht so lange dabei sein wollte. Er mochte schon die Engel in seinem Team nicht, mit einem ganzen Heer davon würde er wohl nur sehr schwer klarkommen. „Aber was soll das eigentlich bringen, diese ganze Singerei? Ihr erscheint den Hirten doch wohl nicht in eurer wahren Form, dann könnt ihr den gesamten Effekt gleich vergessen. Wenn die Menschen nach oben sehen und dort einen Haufen Federn und Augen sehen, werden sie eher schreiend wegrennen als zuhören, und dabei ist es egal, wie positiv eure Botschaft ist.“
Raguel nickte. „Das mit der wahren Form wird nicht mehr gemacht“, sagte er. „Es haben sich einfach zu viele gefürchtet – obwohl wir gesagt haben, dass sie genau das nicht tun sollen. Nein, ich denke, wenn wir singen, zeigen wir einfach unsere Flügel und Heiligenscheine und dann ist erkennbar, dass wir Engel sind.“ Was er nicht sagte, war, dass er eigentlich froh war, dass Azariel es nicht mitbekommen würde. Fast fünftausend Jahre lang kannten sie sich schon, doch waren sie in dieser Zeit unter Menschen gewesen. Anders als Raguels Kollegen, die seine Flügel ein paarmal jährlich sahen (oder immer dann, wenn er sich im Himmel befand), hatte Azariel sie nur am Anfang gesehen, und das nur kurz. Er selbst konnte sich nicht daran erinnern, wie Azariels Flügel aussahen, und die Vorstellung, sie zu sehen, löste ein *sehr* seltsames Gefühl in ihm aus. Aber gerade war nicht die Zeit, sich darüber Gedanken zu machen, immerhin befand er sich in einem Gespräch.

„Also wissen die Hirten von den Engeln, wo sie hingehen sollen. Aber wer führt jene Könige, von denen du gesprochen hast?“, fragte Azariel, der keine Ahnung von Raguels Gedanken hatte, da Empathie eine Eigenschaft war, die er noch zu lernen hatte. „Sie sind Astronomen, wahrscheinlich hat deine Supernova sie auf den Weg geführt. König Herodes, noch so ein König, neben David und der ganzen Truppe, hat ihnen erzählt, sie fänden Gottes Sohn in Bethlehem, nachdem sie ihn von der Geburt des Königs der Juden unterrichtet hatten.“ Azariel zog die Stirn in Falten. „Ist es nicht diplomatisch eher ungeschickt, einem König von einem noch mächtigeren König zu erzählen? Dass Herodes diese Nachricht schlecht auffasst, ist doch recht naheliegend.“ Doch Raguel winkte ab. „Du liegst falsch. Herodes selbst hat die Könige beauftragt, hinzugehen und zu berichten, wo genau er das Kind finden kann, um ihm ebenfalls zu huldigen.“ Azariel sagte nichts weiter, behielt seine Skepsis für sich. Als es im Stall still wurde, standen sie auf. „Ich geh dann wohl mal“, sagte Azariel, gab aber keinen bestimmten Grund an, warum er es sich nicht mitansehen wollte. Er ging und Raguel nahm seinen Platz unter den anderen Engeln ein, breitete seine Flügel aus, die er so liebte, und fragte sich, warum er sie Azariel nicht zeigen wollte. Der Abend verlief genau wie geplant. Entgegen seinen Erwartungen hatte Raguel seinen Einsatz nicht verpasst und sang den Satz mit den anderen Engeln, und obwohl die Hirten wenigstens ein bisschen verängstigt waren (denn wer wäre das nicht), so sahen sie doch auch voll Ehrfurcht zu ihnen auf und machten sich auf den Weg zu dem Kind, das Jesus heißen sollte.

Azariel bekam herzlich wenig von alledem mit. Er ging zurück in die Stadt, die Sache beschäftigte ihn und er wusste nicht, warum ihm das alles so suspekt war, aber er traute dem König nicht. Welcher König hörte schon gerne von einem besseren König? Ganz sicher keiner. Er kickte einen Stein vor sich hin. Irgendwie war er auch genervt von Raguel. Halt, nein, nicht von ihm als Person, sondern von der Art, wie er so naiv jede Entscheidung Gottes einfach annahm und blind folgte. Natürlich war es seine Pflicht, aber gleichzeitig war ein bisschen gesunder Verstand ab und an durchaus angebracht, selbst, wenn es Gott betraf. „Das geht schief", murmelte er zu sich selbst. „Da könntet Ihr recht haben", sagte jemand neben ihm, „allerdings auch vollkommen falschliegen." Er sah auf. Ein Mann hatte sich ihm genähert, ohne dass er es gemerkt hatte. Der Mann sah aus, als wäre er sehr reich. Sein Gewand bestand aus purer Seide und war mit blauem Pigment gefärbt, genauso wie sein Haar. Das irritierte Azariel so sehr, dass er stehen blieb. Blaues Haar? Das *konnte* doch nicht natürlich sein. War es aber anscheinend, denn seine Augenbrauen und die feinen Härchen auf seinen Schienbeinen waren ebenfalls blau. In diesem blauen Haar, das zu einer aufwendigen Frisur gesteckt war, steckten so viele Edelsteine, dass sein gesamtes Haupt die glitzernden Sterne reflektierte und in unzählige Farben brach. An den Seiten jedoch war das Haar stoppelkurz geschnitten und ein Band aus Kristallen schlängelte sich in verschlungenen Linien über beide Seiten. Seine karamellfarbene Haut wirkte fast golden in dem Licht der Diamanten. Er hatte weiche Gesichtszüge, fast hübsch, mit einem breiten

Grinsen auf den geschwungenen Lippen und blitzenden blauen Augen, in denen goldene Flecken schwammen. Er war wirklich hübsch, doch konnte er nicht verbergen, was unter dieser goldenen Maske steckte. Es machte sich hier und dort bemerkbar, Finger, die ein wenig zu gekrümmt waren, eine sich zu schnell bewegende Zunge, zu ruckartiges Umherzucken der Augen, kleine Gesten, die von dem gewinnenden Lächeln überstrahlt wurden, aber doch nicht übersehen werden konnten. Irgendetwas Falsches hatte dieser Mann an sich, doch Azariel konnte nicht genau sagen, was es war. Und es interessierte ihn auch nicht wirklich. „Warum bleibt Ihr stehen?", fragte der Mann amüsiert. Er wirkte, als könne er nichts anderes sein, als amüsiert. „Euer Haar", brachte Azariel hervor. Er war zu verblüfft, um klar sprechen zu können. „Ist es echt?" Der Mann schielte auf seine Haarspitzen, als sähe er sie zum ersten Mal. „Ja, sind sie, ist es nicht wunderbar? Ich wurde natürlich nicht damit geboren, niemand kommt mit blauem Haupthaar auf die Welt, aber irgendwann sind sie einfach blau geworden. Hatten wohl keine Lust mehr, rot zu sein – und wer kann es ihnen verübeln? Nichts gegen Euer Haar, falls Ihr das so aufgefasst haben solltet." Sie setzten ihren Weg fort und der Mann sprach weiter über seine Haare. Er kam Azariel vor wie ein Spinner. Aber die Welt war voll davon, deshalb störte es ihn nicht. Außerdem sprach er in einer Sprache, die Azariel verstand, was gut, aber recht unwahrscheinlich war, da Azariel sich bis jetzt keine einzige menschliche Sprache hatte aneignen können. Nicht, dass er es nicht versucht hätte. (Raguel hatte diesen Entschluss wie folgt kommentiert: „Es ist gut, beim generellen Spracherwerb mit einer Sprache zu beginnen, die sowohl hübsch klingt als auch einfach ist, sonst frustriert man sich nur selbst. Nicht auszudenken, was passiert wäre, hättest du mit diesem indogermanischen Zeug aus Europa angefangen, das besteht nämlich bloß aus Dialekten." Und sie hatten gelacht.) Der Mann hörte plötzlich auf, über Haarfarben zu sprechen, und seine Stimme bekam einen eigenartigen Klang. „Jetzt ist also der König der Juden geboren", sagte er in einem Ton, der Azariel Gänsehaut bereitete, die sich über seinen Rücken zog und er wusste, dass er jetzt nicht mehr gehen konnte, ob er wollte oder nicht. „Denkt nur an die Macht, die er haben wird, eigentlich bereits hat. König einer Religion ist viel mehr als König einer Stadt, König eines Landes. So viel Macht, und sie liegt bei einem einzigen Menschen." Er bedachte Azariel mit einem Seitenblick. „Es wäre einfach für andere Könige, nach dieser Macht zu lechzen, die bei einem einzelnen Kind liegt, findet Ihr nicht?" Azariel nickte. „Sie könnten neidisch werden", fügte er hinzu, doch der Mann schüttelte den Kopf. „Nicht neidisch, auf keinen Fall. Neid ist eine der sieben Todsünden, um keinen Preis darf man sich ihr hingeben. Doch sie können wohl der Ansicht sein, es wäre zu viel Macht für eine Person. Sie könnten etwas von dieser Macht abhaben wollen, nicht wahr?" Und abermals nickte Azariel. Der Mann lächelte und entblößte dabei einen goldenen Eckzahn. „Wunderbar, dass wir einer Meinung sind. Danke für das Gespräch." Damit ging er und ließ Azariel verwirrt stehen. Er schüttelte den Kopf. Als er die Stadt erreicht hatte, begann er bereits, an seinem Verstand zu zweifeln. Hatte er gerade wirklich eine blauhaarige Person über die Todsünden sprechen hören? Nein, unmöglich, seine Fantasie musste ihm einen Streich gespielt haben. Ein Scherz, der tatsächlich recht lustig war, wenn man es genau betrachtete (und wenn man den Tonwechsel vergessen hatte, der von einem netten Gespräch in ein geschäftliches geleitet hatte). Er würde Raguel davon erzählen und sie würden darüber lachen. Außerdem beschloss er, zu schlafen, bis Raguel zurückkam, denn er würde ihm sicher haarklein erzählen wollen, wie alles verlaufen war, und er wollte ihm gerne die Aufmerksamkeit schenken, die er sich erhoffte. Also streifte er sich die Sandalen ab, entwirrte das Stück Stoff, das er als Kleidung trug (es war nicht so kompliziert wie die Toga, blieb aber trotzdem im Knäuel auf dem Boden liegen) und schlief ein, sobald sein Kopf die Pritsche berührte.

3

In seinem Traum stand Azariel in einer Art Palast. Nur konnte er nicht erkennen, ob es tatsächlich ein Palast war oder er es sich bloß einreden wollte, denn es sah nicht aus wie der nobelste aller Paläste. Schmutz klebte an Wänden und Boden, überall lag Stroh herum, in einem Eimer neben ihm, aus dem ein beißender Gestank drang, schwamm eine Ratte in gelber Flüssigkeit und er war mit Handschellen an die Wand gekettet. Eigentlich sah es überhaupt nicht aus wie ein Palast, allerhöchstens wie das Verlies in einem, aber er wusste, dass er richtig lag.

Die Zellentür öffnete sich mit einem Klackern. „Steh auf", sagte eine harsche Stimme. „Wie denn?", fragte Azariel frech und klimperte mit den Handschellen. Der Wärter (es musste wohl der Wärter sein, warum sonst würde er ihn rauslassen), schloss die Fesseln auf und Azariel rieb sich die Handgelenke. „Ganz schön unfreundlich, hier unten", meinte er. „Das bist du gleich los", brummte der Wärter. „Oh", sagte er erfreut, „werde ich endlich begnadigt?" Es schien ihm sinnvoll, das zu fragen, wenn er auch nicht wusste, warum. „Nein. Aber du bekommst Gnade einer anderen Form." Oh, er sollte also hingerichtet werden. „Das ist jetzt eine sehr unangenehme Situation", sagte er, woraufhin der Wärter ein Lachen verlauten ließ, das so viel bedeutete wie: Nur für dich. „Sieh mal", fuhr Azariel fort (nur, dass es nicht Azariels Geist war, und auch nicht sein Körper, nur sein Traum. Aber das sah und hörte er nicht), „du kannst mich nicht einfach hinrichten, ich habe ein paar sehr wichtige Nachrichten für den König."
„Das sagen sie alle."
„Sie sind wirklich wichtig."
„Da lache ich doch bloß."
„Du lachst nicht wirklich. Und außerdem geht es um die drei Könige, Kaspar, Melchior und Balthasar." Das ließ den Wärter in seinem Tun innehalten. „Woher weißt du von den Heiligen Drei Königen? Du bist nichts weiter als ein schmutziger Taschendieb und unverschämt noch dazu." Er spuckte aus. „Ja, das denkst du", frohlockte Azariel, „aber das bin ich nicht. Und jetzt bring mich zum König, er wird froh sein, mich zu sehen." Der König war allerdings überhaupt nicht froh, ihn

zu sehen. Er sprang von seinem Thron und rief: „Wer hat ihm schon wieder eine Audienz gewährt?"
„Er bringt wichtige Nachrichten", erklärte der Wärter.
„Was, schon wieder?"
„Es geht um Kaspar, Melchior und Balthasar."
„Oh", sagte König Herodes und setzte sich wieder. „Dann sprecht. Und langweilt mich nicht mit irgendwelchen Lügen."
„Sie haben mich zu Euch geschickt", sagte Azariel, „da sie selbst nicht kommen können. Ich soll Euch ausrichten, dass das Kind in Bethlehem ist, wo es bereits von Hirten und anderen Leuten angebetet wurde. Seine Anhängerschar ist unvorstellbar groß, schon jetzt. Viel größer als die Eure, wenn ich mir die Bemerkung erlauben darf."
„Ihr dürft nicht."
Ist ja gut. Auf jeden Fall soll ich Euch berichten, dass das Kind der mächtigste König aller Zeiten werden soll. Stellt Euch mal vor, bei seiner Geburt sangen die Engel und ein unfassbar heller Stern begann zu strahlen." Er hielt inne und ließ seine Worte wirken. Als er wieder zu sprechen ansetzte, klang seine Stimme anders. „Natürlich gibt es Wege, wie Ihr diese Macht bekommen könntet." Er sah auf. „Er ist nur ein Kind. Wenn die Leute nicht auf ihn hören können, werden sie sich an den nächstbesten Herrscher wenden. Dieser könntet Ihr sein."
Der König nickte langsam, wägte ab. „Was schlagt Ihr also vor?", fragte er. Und für einen kurzen Moment huschte ein Grinsen über das Gesicht des Mannes, der vor dem König kniete (doch Azariel konnte es nicht sehen, da er dachte, es sei sein eigener Körper). „Ihr könnt ihn Euch zum Untertan machen, aber das wird wohl nicht funktionieren,

er ist ja der Sohn Gottes. Ich schlage vor, Ihr tötet ihn." „Und woher soll ich wissen, wer er ist? Es gibt Hunderte Kinder im Alter von ein paar Tagen bis zwei Jahren, und er könnte alles davon sein. Also, vielleicht nicht ganz zwei Jahre, aber sicher ist sicher." Die Antwort fiel kryptisch aus: „Die Kindersterblichkeit hierzulande ist groß." Der König lächelte, denn er verstand. „Gut", sagte er, „sehr, sehr gut." Dann winkte er und Azariel wurde abgeführt. Ob in die Freiheit oder in den Tod, wusste er nicht, denn er wachte auf.

Der Morgen brach gerade durch das Fenster und er konnte Raguels Umrisse neben der Pritsche erkennen. „Ist alles in Ordnung?", fragte dieser, „du hast unruhig geschlafen." Azariel nickte benommen. „Alles in bester Ordnung, muss wohl schlecht geträumt haben." Er setzte sich auf und wickelte sich in das Tuch, das er als Decke benutzt hatte. „Aber du bist schon da. Erzähl doch: Wie war es?" Raguel strahlte und ließ sich neben ihn fallen. „Wie schön, dass du fragst, es war wunderbar episch." Sie saßen mehrere Stunden zusammen und Raguel erzählte ausschweifend von der Seligkeit, die über der Szene gelegen hatte. „Das Kind heißt übrigens Jesus", sagte er. „Ist das nicht ein niedlicher Name?" Obwohl er dem Namen nicht viel abgewinnen konnte, nickte er. Jesus? Ungewöhnlich, aber nicht schrecklich. „Die Familie ist danach aber recht schnell weitergezogen", fuhr Raguel fort, „nach Ägypten, glaube ich." Azariel zog eine Augenbraue nach oben. „Was wollen sie denn in Ägypten? Die Bibliothek steht doch schon lange nicht mehr." „Ägypten besteht nicht aus Alexandria, und Alexandria

nicht aus der Bibliothek. Es ist auch ohne all das ein schönes Land. Wir könnten ihnen ja folgen." Letzteres war eigentlich als Frage gemeint und er versuchte, es möglichst beiläufig klingen zu lassen. Er schielte hinüber zu Azariel, der mit den Schultern zuckte.
„Vielleicht. Wir waren doch gerade erst in Nazareth. Aber sicher hören wir von ihm", fügte er auf Raguels enttäuschte Miene hinzu. „Sogar sehr sicher", sagte dieser. Sie sahen der Sonne beim Aufgehen zu und verließen die Bleibe kurz vor Mittag. In der Stadt hatte sich die Botschaft bereits herumgesprochen, doch die Stimmung war angespannt und als ein Junge ihnen flüsternd davon erzählte, warf er immer wieder ängstliche Blicke in Richtung Stadttor. Er klang eingeschüchtert, doch lag auch etwas Neugieriges in seinem Blick, der verriet, dass er das, was auch immer sich hinter dem Tor verbarg, bewunderte.
„Was ist los mit allen?", fragte Raguel ihn. „Ihr seht so unglücklich aus." Der Junge antwortete hastig, Azariel stand unbeteiligt daneben. Er verstand zu wenig, um sich ein klares Bild von dem zu machen, was der Junge sagte, aber er kannte die Menschen gut genug, um zu wissen, wann sie Angst hatten. Schreckliche Angst. Fast niemand befand sich auf dem Platz und jene, die es taten, eilten mit gehetztem Gesicht umher, versuchten, so schnell wie möglich zurück ins Haus zu kommen. Man sah weniger Kinder als sonst, viel weniger, und jene, die da waren, standen in nächster Nähe zu ihren Eltern, niemand tobte umher. Raguel richtete sich auf. Er bedankte sich bei dem Jungen und schickte ihn zu seiner Mutter, doch sein Gesicht war aschfahl.

„Was ist los?“, fragte Azariel alarmiert. Normalerweise behielt Raguel eine milde, fast gleichgültige Miene, wenn er mit den Menschen sprach. „Es sind Soldaten“, sagte er, „direkt vor der Stadtmauer. Sie kamen heute früh an, gesandt von einem König. Bisher sind sie nur einzeln reingekommen, ein Reiter hat verlauten lassen, dass der König der Juden zu ihnen gebracht werden muss.“ Er schluckte und sein Gesicht wurde noch eine Nuance grauer. „Was, wenn nicht?“, fragte Azariel. Er ahnte Schlimmes und Raguels Antwort bestärkte ihn nur. „Sie sagen, wenn er nicht bis Mittag bei ihnen ist, werden sie in die Stadt kommen und jedes Kind, das infrage kommt, festnehmen.“

Wobei *festnehmen* nur das offizielle Wort für töten war, das wussten die Soldaten und die Bewohner Bethlehems wussten es ebenfalls. Natürlich wollten sie nicht, dass ihre Kinder getötet wurden, das wollte niemand. Aber viel ausrichten konnten sie nicht. Denn Jesus befand sich nicht in Bethlehem, er war auf dem Weg nach Ägypten, und selbst wenn er hier gewesen wäre, hätte niemand ihn ausgeliefert, das wäre unmenschlich. Sie konnten also nur hoffen, die Soldaten wären wenigstens so gnädig, ihre Kinder zu verschonen, wenn sie ihnen beweisen konnten, dass es sich nicht um Gottes Sohn handelte.

„Das können sie nicht tun“, sagte Azariel, obwohl er es besser wusste. Sie konnten und sie würden und er sah keinen Ausweg. „Wie lange noch?“, fragte er. Raguel sah in den Himmel. „Nicht mehr lange.“

„Reicht die Zeit, um möglichst viele Leute aus der Stadt zu bringen?“ Er schüttelte den Kopf. „Nicht mal ein paar? Es muss doch funktionieren!“

„Wird es nicht. Sieh, die Tore öffnen sich bereits.“ Azariel wirbelte herum und tatsächlich: Durch das Stadttor ritten an die zweihundert Mann, angeführt von einem Reiter auf einem Schimmel, der seinen Helm im Arm trug. Sein hartes Gesicht ließ jegliche Hoffnung aus Azariels Blick weichen. Jetzt konnten sie nur noch um Einzelne kämpfen. Wenn überhaupt.

„Wo ist er?“, rief der Reiter. Niemand antwortete. Die Stille hielt sich ein paar Minuten, dann setzte der Reiter seinen Helm auf. Diese kleine Geste löste eine Art Massenpanik bei den Menschen in der Stadt aus. Sie schrien und rannten umher, zogen ihre Kinder mit sich und versuchten nur eines: so schnell wie möglich in Sicherheit zu kommen. Doch Sicherheit gab es nicht mehr in Bethlehem, und die Menschen ahnten es noch nicht. Sie dachten, sobald ein Haus erreicht war, wären sie in Sicherheit, nichts könnte mehr passieren und so klopften sie wie wild an Türen, flehten darum, eingelassen zu werden, und wurden doch nicht erhört. Denn jene in den Häusern waren nicht so dumm, Aufmerksamkeit auf sich zu ziehen. Sie würden den Teufel tun, jetzt die Tür zu öffnen. Also blieben Tür und Tor geschlossen. Die Menschen in den Häusern steckten sich die Finger in die Ohren und blendeten die Schreie der Menschen auf den Straßen aus, die um ihr Leben bangten, denn die Soldaten hatten mit steinerner Miene angefangen, ihren Auftrag auszuführen. Es befanden sich nicht viele Kinder auf den Straßen.

Danach begann der Horror erst richtig. Die Soldaten, immer zwei gleichzeitig, traten die Türen der Häuser ein und begannen systematisch, diese zu durchsuchen. Alle Kinder, die Jesus hätten sein können, wurden gleichgültig getötet. Es wirkte, als hätten die Soldaten es schon unzählige Male davor getan. Vielleicht stimmte das auch. Azariel und Raguel standen in der Mitte des Ganzen, zu geschockt und aus irgendeinem Grund unfähig, etwas zu tun. Physisch unfähig. Raguel versuchte, sich zu bewegen, bekam aber die Füße nicht vom Boden, konnte sich nicht rühren, konnte nur die Augen schließen. Was er nicht tat. Stattdessen sah er hilfesuchend zu Azariel, der die Zähne zusammengebissen hatte und sich im Kampf mit sich selbst zu befinden schien. Doch auch er war nicht in der Lage, sich zu bewegen. Jedenfalls so lange, bis er eine Frau über den Platz rennen sah. Sie war jung, wahrscheinlich jünger als Maria, und in ihren Augen lag ein Ausdruck, den man als gehetzt hätte beschreiben können, wäre jegliche Gehetztheit nicht übertönt worden von der ungreifbaren Angst, der sie ausgesetzt war. Sie schrie. Sie schrie lange, unzusammenhängende Satzteile, manchmal einfache Worte, mit denen sie den Soldaten, der sie verfolgte, verfluchte. Erst sah Raguel nicht, warum er das tat, dann sah er das winzige Bündel, das sie an die Brust gedrückt hielt, bei dem es sich um ein Kind handeln musste. Wie Azariel folgte er ihr mit den Augen, bis sie schließlich stolperte und eine halbe Drehung vollführte, um nicht auf dem Kind, sondern auf dem Rücken zu landen. Der Soldat holte auf, war beinahe bei ihr, ein kalter Zug umspielte seine Lippen, während er die Lanze zog. Ein Zug, der besagte, dass er das Kind umbringen würde. Ob sie dabei mit draufging oder nicht, war ihm herzlich egal. Und plötzlich, Raguel sah es nur aus dem Augenwinkel, bewegte Azariel sich. Er schien es geschafft zu haben, die physische Sperre zu durchbrechen, und rannte auf die drei zu, half der jungen Frau auf, bevor der Soldat sie erreicht hatte. „Verschwindet", schrie er den Soldaten an, der tatsächlich stehen blieb. „Ist das Euer Kind?", fragte er. Azariel sah zu der Frau, die ihn bittend ansah, dann nickte er. „Ja, das ist es, und ich verbiete Euch, es anzurühren", spie er ihm entgegen. Seine Aussprache war gebrochen, aber man konnte ihn verstehen, denn der Soldat erwiderte: „Das könnt ihr nicht." Er klang noch immer unbeteiligt, doch ein Zögern huschte über sein Gesicht und das gab Azariel den Mut, die Frau hinter sich zu schieben. Seine Augen funkelten vor Zorn und der Soldat zuckte mit den Schultern, drehte sich um, ging tatsächlich. Hinter ihm brach die Frau in Tränen aus. „Alles ist gut", sagte er harsch. „Ihr müsst verschwinden, geht nach Ägypten. Nehmt Euren Mann mit, wenn Ihr wollt, aber bleibt nicht hier." Sie nickte, unfähig, ein Wort des Dankes auszusprechen, und Azariel drehte sich zu Raguel um. Dieser bewegte sich noch immer nicht, doch er schien sehen zu können, denn seine Augen huschten unruhig umher. Sie erfassten Azariel und er beruhigte sich kurz, dann riss er sie so weit auf, dass sie aus den Höhlen zu treten schienen. „Was?", formte Azariel mit den Lippen und drehte sich um. Genau drei Sekunden zu spät. Die Frau hatte nicht mal mehr Zeit gehabt, zu schreien, so sauber hatte der Soldat seine Arbeit erledigt. Er zog die Lanze aus ihr und die beiden Körper fielen mit einem hohlen Laut zu Boden. „Befehl ist Befehl", meinte er, als er Azariels Blick traf. Als er diesmal ging, kam er nicht mehr zurück. Er tat seine Arbeit und hatte die beiden schnell vergessen, genau wie er Azariel vergaß, der danebenstand und fassungslos zu den leblosen Körpern am Boden sah. Azariel vergaß nicht. Er stand in der Mitte des Platzes, um ihn herum war die Luft erfüllt von den panischen Schreien der Menschen. Leute wurden aus den Häusern gezerrt, es half kein Betteln, kein Kämpfen, kein Weinen. Die Stadt wurde gnadenlos durchsucht, nach dem König der Juden, der sich nicht hier befand. Es war eine scheußliche Szene, die scheußlichste, die Raguel je gesehen hatte, darum schloss er die Augen, versuchte, die Geräusche auszublenden, und fragte sich nicht mehr, warum er sich nicht rühren konnte. Viele Stunden später war es vorbei. Stille legte sich nicht über die Stadt, gar nichts legte sich über die Stadt, denn Trauer und Verzweiflung waren schon vorher eingetreten und jetzt wurde ihnen lautstark Luft gemacht. Manche weinten lautstark, klammerten sich an die kalten Leiber ohne zu beachten, dass sie voller Blut waren, hielten sie fest und weinten so lange, bis keine Tränen mehr kamen, nur noch die Laute einer tief gequälten Seele, die Gott verfluchte. Andere saßen gegen Hauswände gelehnt oder lagen auf dem Boden, konnten nur verharren und starrten stundenlang vor sich hin. Azariel stand vor einer dieser Personen, die zu ihm hochsah, und als er den tränenverschleierten Blick bemerkte, tat er, was er zuvor nicht gewagt hatte: Er schloss die Augen. Während der ganzen Szene hatte er es nicht getan, fühlte sich, als nähme er den Toten dadurch etwas von ihrer

Menschenwürde, doch jetzt konnte er nicht mehr anders. Er konnte das hier nicht mehr mit ansehen, konnte das Leid nicht ertragen, und wenn ihn noch mal jemand so ansah wie die am Boden kauernde Person, würde er selbst in Tränen ausbrechen. Er konnte das Leid, das über der Stadt hing, nicht mehr ertragen, konnte es nicht, denn er war schuld daran. Es war hirnrissig. Natürlich war es das. Objektiv betrachtet konnte er gar nicht schuld daran sein, war er doch die ganze Zeit hier gewesen und wusste, dass er nicht verantwortlich für des Königs Entscheidung war (aber hatte er es ihm nicht im Traum erzählt?). Er machte sich Vorwürfe, den Tod der Frau und ihres Kindes nicht verhindert zu haben, und das durfte er nicht, denn es bedeutete, dass er urteilte und das stand nur Gott zu. Und diesmal, zum ersten Mal, machte es ihm tatsächlich etwas aus. Deswegen schloss er die Augen. Schluckte. Öffnete sie wieder. Sein Gesicht hatte die harten Züge der Anteilnahmslosigkeit angenommen, die Augen wirkten stumpf, da sie ihren Glanz verloren hatten. Er ging zu Raguel. „Nach Ägypten, sagtest du, wolltest du gehen?" Raguel, der sich wieder bewegen konnte, nickte. „Ja, Ägypten. Schönes Land. Er wird eine glückliche Kindheit dort verbringen." Aber seine Stimme klang hohl und emotionslos und er versuchte krampfhaft, nicht dorthin zu sehen, wo Blut klebte. So machten sie sich größtenteils schweigend auf den Weg. Beide hingen ihren eigenen Gedanken nach, verarbeiteten, was sie gesehen hatten. Erst in Ägypten fingen sie an, ein richtiges Gespräch zu führen, und als sie Alexandria erreicht hatten, konnte zumindest Raguel wieder lächeln.

4

Die Bleibe, die Maria und Joseph sich ausgesucht hatten, war eine kleine Baute, die aus einem einzigen Zimmer mit zwei Betten, einer Kochnische und einer Schlafstelle für Jesus bestand. Angrenzend stand ein Stall, der Platz für zwei Maultiere bot. Das Stadtzentrum, in dem Joseph einen Tischlerschuppen betrieb, lag nur wenige Minuten Fußweg entfernt. Sie führten ein harmonisches Leben. Morgens nahm Joseph Jesus mit in die Arbeit, wo der unter dem Tisch mit herabfallenden Sägespänen oder den Kindern der anderen Tischler spielte. Obwohl sie es eigentlich nicht waren, verhielten die beiden sich wie Vater und Sohn, denn Joseph hatte den Kleinen fast sofort lieb gewonnen. Es waren mittlerweile acht Jahre vergangen und die drei planten, zurück nach Israel zu ziehen, da die Gefahr dort vorüber war. Nicht, dass es ihnen in Ägypten nicht gefiel – ganz im Gegenteil. Sie hatten gute Freunde hier gefunden und die ägyptische Kultur und Sprache zu ihrer eigenen gemacht, doch war Israel eben ihre erste Heimat und dorthin zog es sie. Momentan war das jedoch noch leeres Gerede. Sie saßen vor ihrer Hütte und sahen, gemeinsam mit den anderen Eltern, den Kindern beim Spielen zu. Jesus leitete das Spiel und unter seinen Anweisungen wurde nur selten gestritten, denn er war erstaunlich gut darin, Kompromisse zu finden. Joseph und Maria unterhielten sich leise auf Aramäisch, wie sie es untereinander oft taten, da es ein Stück Heimat mit sich brachte. „Sicher wollen meine Eltern ihn auch sehen“, sagte Maria, die sich am sehnlichsten wünschte, zurückzukehren. „Lass ihm noch ein wenig Zeit hier. Schau, wie gut er sich mit den anderen versteht", sagte Joseph. Also nickte Maria. Sie hatte sich anfangs sehr gelangweilt in diesem fremden Land. Und nachdem sie sich die Sprache angeeignet hatte und die Langeweile quälend geworden war, hatte sie sich eine Beschäftigung gesucht. Sie zeichnete mit Granitstiften und war mit der Zeit besser darin geworden. Manchmal zeichnete sie Jesus, ab und an Joseph beim Tischlern, aber am häufigsten den Nil. Wie er ruhte, sich zurückzog, über seine Ufer trat. Sie hatte gelernt, den Fluss zu lieben, so wie sie vieles hier liebte, doch sie wollte nach Hause. Joseph sagte, was er immer sagte: „Gib ihm Zeit. Wir haben es doch so gut hier, kein Grund, es aufzugeben. Warte noch ein paar Jahre, nur bis er alt genug ist, den Weg zu gehen." Und sie gab ihm Zeit. Jahr um Jahr, bis sie irgendwann genug hatte. „Du hast Angst", warf sie ihm eines Abends vor, als sie sicher sein konnte, dass Jesus schlief. „Angst vor einem Neuanfang, nicht wahr? Dass du das Land verändert vorfindest und nicht mehr zurechtkommst." Er nickte, denn obwohl er es nicht so hätte formulieren können, war es doch die Wahrheit. „Dann überwinde dich", forderte sie. „Wir können uns das alles einfacher machen, wenn wir über unseren Schatten springen und uns trauen. Fragen wir doch die Herren von nebenan, ob sie uns begleiten wollen, wenn auch nur für die Reise. Falls es dir das einfacher macht." Die Herren von nebenan waren Raguel und Azariel und natürlich wollten sie. Es wurden Vorbereitungen getroffen und vor allem Maria freute sich, nach Israel zurückzu-

kehren – nur Jesus wurde vorerst nichts gesagt. Sie wussten nicht, wie, denn wie brachte man einem Achtjährigen bei, dass er seine Freunde und Freundinnen zurücklassen musste, um in ein Land zu reisen, das er nur aus Erzählungen kannte? Schließlich war es Joseph, der diese Aufgabe übernahm. Er stand in seinem Tischlerschuppen, Jesus saß unter dem Tisch und die herabrieselnden Holzspäne verfingen sich in seinen goldbraunen Locken.
„Wir werden verreisen“, meinte Joseph. Jesus, der bis jetzt unbeteiligt und sogar ein bisschen gelangweilt Späne durch seine Finger hatte rieseln lassen, sah auf. „Wohin denn?“
„Nach Israel.“
Er zog die kleine Stirn in Falten, was sehr lustig aussah. „Wo ist das?“ Joseph ließ das Werkzeug sinken und setzte sich zu ihm. „Nicht weit. Es ist ein schönes Land, reich an Bergen und Pflanzen, und wenn die Sonne hinter der Wüste untergeht, leuchtet der Himmel golden.“
„Wirklich?“, rief Jesus begeistert. „Wirklich. Deine Mama und ich waren lange da und jetzt wollen wir wieder zurück.“
„Bleiben wir sehr lange in Israel?“, fragte er, probierte aus, wie der Name des fremden Landes schmeckte.
„Wahrscheinlich.“
Jesus zog die Nase kraus. „In Ordnung“, entschied er dann mit kindlicher Gleichgültigkeit und machte sich eifrig daran, die Sägespäne auf dem Boden zu einem Muster zu legen. Joseph erhob sich. Wenn er den Jungen so ansah, wusste er, dass es die richtige Entscheidung war, ihn zurück in seine Heimat zu bringen.
Von allen fiel Raguel der Aufbruch am schwersten. Er hatte zu

lange in Ägypten gelebt, um es als ein Land wie jedes andere abzustempeln. Er verband Ägypten mit dem Guten wie mit dem Schlechten, mit Lachen und Weinen, mit der Bibliothek und deren Ende. Ägypten war Leben, Tod, Frieden, Liebe, seine Freundschaft mit Azariel und das Loslassen ängstigte ihn, obwohl er wusste, dass er zurückkommen konnte. Nur hatte er Angst, dass er nicht zurückwollte. Er erzählte Azariel nichts davon, und obwohl der es wusste, sprach er ihn nicht darauf an, da er wusste, dass es Raguel unangenehm gewesen wäre. Der fand den Plan, nach Israel zurückzukehren, sehr gut, da seine spärlichen Aramäisch-Kenntnisse immerhin besser waren als sein Ägyptisch. Außerdem mochte er Jesus, denn er war intelligent für sein Alter und seiner Mutter so ähnlich, wie er nur sein konnte. Generell mochte er die gesamte Familie, darum hatte er sofort zugestimmt, als Maria ihn gefragt hatte, ob die beiden sie nicht begleiten wollten. Der Rückweg war um einiges entspannter als der Hinweg, vor allem, weil sie sich nicht die ganze Zeit vor Verfolgern fürchten mussten. Jesus verbrachte die meiste Zeit auf irgendjemandes Schultern, von wo aus er einen guten Ausblick hatte und diesen laut zum Ausdruck brachte. Sie unterhielten sich aufgeregt und die Stimmung war optimistisch, doch sie konnten nicht verbergen, dass jeder von ihnen (außer vielleicht Jesus) auf irgendeine Weise Angst davor hatte, was in Israel passieren würde. Nichts Schlimmes, wie sich herausstellen sollte. Sie wurden mit offenen Armen empfangen und hatten sich schnell eingelebt. Sogar Jesus, der seine in Ägypten gebliebenen Freunde und Freundinnen anfangs doch vermisst hatte, fand bald neue. Er wuchs zu einem gesunden Jugendlichen und obwohl sich die göttlichen Einflüsse seines anderen Elternteils erst langsam entwickelten, sprach man schon jetzt als weise von ihm. Wenn man über ihn sprach, meistens tat man es nicht. Mit 14 Jahren begann er, seinen Vater zu imitieren, und lernte das Tischlern von ihm, wobei er sorgfältige Arbeit leistete und sich die Locken aus dem Gesicht binden musste. Vor seinen Eltern sprach er nicht über Mädchen, doch Maria hatte aus dritter und vierter Hand mitbekommen, dass er und seine Freunde sich immer mit einer festen Gruppe Mädchen trafen, und sie hoffte, bald eine vorgestellt zu bekommen, wenn ihr auch das Herz schmerzte. Sie entfremdeten sich viel zu schnell und zumindest Azariel bemerkte, dass es auf Dauer schwer war, neben dem Sohn Gottes zu existieren. Da Raguel ihn fragte, kehrten sie zurück nach Ägypten und dachten bald nicht mehr an das, was in Israel passierte. Als sie die Nachricht der Kreuzigung erreichte, war es Raguel, der am Boden zerstört war. Azariel tröstete ihn. Er weinte nicht, doch etwas in seinem Gesicht, das früher weich und sinnlich gewesen war, war verschwunden. Dieser harte Ausdruck sollte nie komplett verschwinden, doch es gab Momente, in denen er fast nicht mehr sichtbar war.

Kapitel 10

1

Es war immer schwer für Mrs. Ellen Finnigan, in der Vorweihnachtszeit nicht den Kopf zu verlieren. Es gab einfach zu viel, worum sie sich kümmern musste. Und dass ihr niemand half, machte die Situation nicht besser. Thomas Finnigan, ihr Mann, versuchte es zumindest, aber das hatte zur Folge, dass sie die doppelte Arbeit leisten musste, denn „was soll das heißen, Getränke für alle? Natürlich habe ich an die Kinder gedacht, hier ist auch alkoholfreies Bier." Also machte sie das meiste alleine, und davon gab es reichlich. Erst musste die Wohnung geputzt werden, gründlich geputzt, kein Staubkorn durfte mehr in der Ecke liegen und sie brauchte fast drei Tage dafür. Annas Zimmer ließ sie aus, das sollte sie selbst putzen (und tat es natürlich nicht). Danach wurde dekoriert, was folgendermaßen aussah: Thomas schleppte eine riesige Nordmanntanne in den zweiten Stock, wobei er überall Nadeln und kleine Zweige verteilte. Nachdem sie aufgestellt wurde, putzte Ellen Wohnzimmer und Gang erneut. Die Tanne wurde so dermaßen mit Schmuck überladen, dass sie unter ihrem eigenen Gewicht ächzte, und es war Tradition, dass mindestens eine Christbaumkugel zu Bruch ging, meistens eine von Ellens Lieblingskugeln. Aber da alle Kugeln ihre Liebsten waren, hatte sie es bald verschmerzt. Sie war mehr als froh, dass sie am Weihnachtsabend und -morgen nicht da waren, sonst hätte sie wohl tatsächlich einen Nervenzusammenbruch bekommen. Am 24. Dezember fuhren sie nämlich zu ihren Eltern, wo sie zusammen mit ihren vier Schwestern und deren Familien die Festtage bis zum Boxing Day verbrachten. Diese Feiern hatten zwar oft denselben Ablauf, doch war jede auf ihre eigene Weise erinnerungswürdig und sie freute sich darauf, sobald im Herbst die ersten Regentropfen gegen die Scheibe klatschten. Der Stress kam direkt vor der Feier zu seinem Höhepunkt. Waren Koffer und Geschenke erst im Auto verstaut, alle angeschnallt und halbwegs gut gelaunt, begann der alljährliche Streit um die Musikauswahl. Der Weg von Glasgow nach Sheffield, wo ihre Eltern in einem großzügigen Stadthaus lebten, dauerte mit Pinkelpause gut sechs Stunden. Nun war sechs eine Zahl, die man perfekt durch drei teilen konnte. Es wäre also nur fair gewesen, hätte jeder der drei Finnigans für zwei Stunden die Musik aussuchen dürfen. So lief es allerdings trotz aller Versuche nicht. Sie stiegen immer mit dem Vorsatz ins Auto, es wirklich durchzuhalten, und es klappte bis zur ersten Pause nach circa zwei Stunde immer recht gut. Zu dieser Zeit war Anna dran und sie wünschte sich entweder ein Hörbuch (irgendeine Horrorgeschichte, deren Plot Mrs. Finnigan sich innerhalb der ersten fünf Minuten zusammenreimen konnte) oder Rockmusik von Mötley Crüe und Guns n‘ Roses. Doch nach dieser Pause war Thomas dran und die Streitereien begannen. Thomas Finnigan hörte gerne zwei Genres von Musik: irische Unabhängigkeitslieder und Bergarbeitersongs, sonst nichts. Sie hörten „Solidarity forever“ und das war in Ordnung, denn es war ein nettes Lied. Dann hörten sie es noch mal.

Und noch mal. Und noch mal. Irgendwann hielt Ellen sich genervt die Ohren zu, während Thomas vergnügt mitgrölte und Anna so lange vom Rücksitz aus herumzickte, bis sie die Kassette wechselten.
Ellens Musikgeschmack war anpassbar, normalerweise versuchte sie, eine Weihnachtsliederkassette einzulegen und ihre Familie zum Mitsingen zu animieren, aber wenn das nicht funktionierte – und das tat es nie – gab sie schnell auf und sie schwiegen sich an, während George Michael und Mariah Carey von einem Weihnachtszauber sangen, den niemand der drei je wahrnahm. Nach drei Stunden war die Laune am Tiefpunkt. Niemand hatte Lust auf Bergarbeitersongs oder Weihnachtslieder und vor allem nicht auf Axl Roses Gekreische. Darum verbrachten sie die letzten drei Stunden still oder mit sanftem Klaviergeklimper, das sie zumindest so ruhig stimmte, dass sie sich nicht stritten. In Sheffield angekommen, machte Ellen regelmäßig drei Kreuze, da der Stress fast vorbei war. Aber nur fast. Erst wenn sie mit ihrer Lieblingsschwester Bridgett auf dem moosgrünen Sofa ihrer Kindheit saß, einen Aperol Spritz oder einen Eierpunsch in der Hand, fiel alles von ihr ab. Zu diesen Feiern brachte jeder einen Teil des Essens mit, um „die Grandma ein bisschen zu entlasten". Sie machte Preiselbeerpasteten für die Erwachsenen und Erbsenpüree für die Kinder (wobei natürlich willkürlich getauscht wurde). Da jeder in puncto Essen seinen Beitrag leistete, gab es ein stattliches Mahl, bei dem für alle etwas dabei war, sogar für die drei Vegetarierinnen, die zwei Gluten-Allergiker und den laktoseintoleranten Jeffrey (der sich, wenn er keine Lust mehr auf die

Lautstärke hatte, einen Milchshake machte, ihn in einem Zug hinunterkippte und den Rest der Woche das Klo blockierte). Am nächsten Morgen befand Ellen sich meist im Halbschlaf, da alle Kinder darauf bestanden, sie so früh wie möglich die Geschenke auszupacken. Das war ein Zeitpunkt zwischen sechs und halb sieben Uhr frühs, und wenn man erst um drei ins Bett ging, war man zu diesem Zeitpunkt sowohl unausgeschlafen als auch ein bisschen verkatert. Aber eigentlich konnte sie sich nicht über die Feiern beschweren, sie gefielen ihr immer. Worüber sie sich beschweren konnte, war die Arbeit, die sie davor hatte – vor allem dafür zu sorgen, dass alle bei der Bescherung reich und zufriedenstellend beschenkt wurden. Es begann schon im Oktober, wenn sie nacheinander mit ihren Schwestern telefonierte und immer dieselben Fragen stellte: „Was wünscht ihr euch denn, du und dein Mann? Und die Kinder? Mag Sally vielleicht ein Brettspiel? Ist Marcs Poesiealbum schon voll oder würde er sich über Abziehbildchen freuen? Braucht Enid noch Bücher für das Studium?" Sie verschenkte gerne Bücher, denn die ließen sich einfach einwickeln und im Kofferraum verstauen. Aber niemand wünschte sich Bücher. Darum verbrachte sie einen Großteil ihrer Zeit damit, sich im Einkaufszentrum mit anderen Frauen ihres Alters zu beraten, was genau ein Nirvana war. Bis jetzt waren sie immer zu dem Schluss gekommen, es handle sich um buddhistisches Kulturgut. Nur was das Ganze mit einem ‚ausgesteckten' New York zu tun hatte, verstand sie nicht. Und wenn alle Geschenke besorgt, alle Pakete geschnürt, jedes Stückchen Dekoration aufgehängt worden war, kam das Kofferpacken. Ihr eigener war schnell gefüllt und ebenso der von Thomas. Doch bis sie im Auto lagen und dabei die Geschenke nicht zerquetschten, verging einige Zeit. Ein Dorn im Auge, und das die ganze Weihnachtszeit über, war Anna. Sie war 13 Jahre alt und kam langsam in die vorpubertäre Phase, in der sie entweder herumzickte oder alles blöd fand. Anna hatte keinen Bock, ihren Koffer zu packen, das Kleid, das sie anziehen sollte, war „kackhässlich" und die Geschenke für die Großeltern wollte sie auch nicht verzieren. Um kurz vor fünf wollten sie losfahren und Ellen hatte aus Verzweiflung den Koffer selbst gepackt (was Anna auch nicht passte). Immerhin trug sie den Müll heraus, was Ellen mit einer cleveren Ablenkungsstrategie geschafft hatte: Sie redete so direkt auf Anna ein, dass die nicht merkte, wie ihr der Müll in die Hand gedrückt und sie sanft durch die Tür geschoben wurde. Sie stand ziemlich verblüfft im leeren Treppenhaus, brachte den Müll aber herunter. Sich zu weigern, brachte eh nichts. Auf dem Rückweg traf sie Mr. Cacey, der so bleich war wie eine Leiche. „Abend", grüßte sie und gleich darauf: „Sie sehen aus, als wäre Ihnen was Haariges übern Weg gelaufen." Er antwortete nicht. „Is bei mir aber genauso. Mum stänkert die ganze Zeit rum, von wegen ich soll dies und das machen." Sie verdrehte die Augen. „Soll sie doch allein zu ihrer Party fahren, da will eh keiner hin außer ihr. Dad sagt, er hält diese aufgesetzte Freude nicht aus und die Cousins und Cousinen sind alle doof. Jeffrey hockt bloß aufm Klo und freut sich, dass er´s für alle anderen blockiert, und dieses Pferdegesicht Sally will immer Schach spielen. Dabei mag ich gar kein Schach." Anna verzog das Gesicht, als könnte sie nicht glauben, dass es tatsächlich Leute gab, die Schach mochten. Mr. Farell mochte Schach. Das hatte er ihm im Museum erzählt. „Dann sag ihr das doch“, meinte Mr. Cacey. Selbst seine Stimme klang ausgeblichen. Anna überlegte. „Ja, kann ich machen. Mach ich wahrscheinlich. Gute Nacht.“ Damit ging sie und Mr. Cacey schleppte sich die zwei letzten Treppen hoch. Er kramte eine Liste aus dem Schreibtisch (nur noch wenige lagen da – beängstigend wenige) und machte seine Kreuze so genau, dass er sich selbst dafür hasste. Dann starrte er unschlüssig vor sich hin.

2

Mr. Farell hielt einer Frau die Tür auf, was die nicht zu bemerken schien. Zu beschäftigt war sie damit, gleichzeitig einen Koffer und eine Tupperschüssel zu tragen, ihrem Mann zuzurufen, er solle das Auto anlassen, und sich mit ihrer Tochter zu streiten, die lautstark zurückzickte.
Seltsame Leute, dachte er. Er verstand nicht, warum man sich streiten musste, wenn man eh schon genug zu tun hatte. Geschwind stieg er die Treppe zu Mr. Caceys Wohnung hoch, wobei er so aus der Puste kam, dass er erst ein paarmal tief durchatmen musste, um seinen Puls zu beruhigen, bis er klopfte. Es dauerte ein wenig, bis die Tür geöffnet wurde. Mr. Cacey trug einen roten Pullover, der handgemacht aussah. Der Kontrast zu dem Schwarz, in dem er sich normalerweise kleidete, erstaunte Mr. Farell so sehr, dass er für einen Moment vergaß, warum er überhaupt hier war. Erst als Mr. Cacey fragend die Augenbrauen hochzog, fiel es

ihm wieder ein. Es war kein angenehmer Abend gewesen, Gott, das war es wirklich nicht, und er wusste, ginge er jetzt ohne ein Wort nach Hause, würde er es schrecklich bereuen. Erlebnisse wie dieses, das Verlieren einer gemeinsamen Freundin, konnten Kluften in Freundschaften schlagen, die nicht leicht zu überwinden waren und meist in Entfremdung endete – was keiner der beiden wollte. Aber es konnten auch Chancen sein. Chancen, oder zumindest eine Chance, die Trauer gemeinsam zu überwinden und enger zusammenzuwachsen (und eigentlich war es genau das, was Mr. Farell wollte). Und war man im Elend nicht lieber zu zweit als allein? Er definitiv.
Darum fragte er Mr. Cacey etwas unbeholfen, ob er ihn nicht begleiten wollte. Auf die Frage, wohin, antwortete er nur: „Zu keinem bestimmten Ort. Einfach ein bisschen durch die Stadt, bis wir gefunden haben, wonach wir suchen – was auch immer das sein mag."
Mr. Cacey überlegte einen Augenblick, dann nickte er, schnappte sich Hut und Mantel und ging mit ihm nach unten. Vor dem Haus waren die Finnigans noch immer dabei, sich zu streiten. Mit viel „Entschuldigen Sie bitte" und „Dürfte ich kurz …" und „Sie blockieren die Tür" manövrierten sie sich an der Familie vorbei, die sie nicht zu bemerken schien. Als auch die letzte Tür des Jaguars geschlossen war, hörten sie die aufgebrachten Stimmen nur noch gedämpft.
„Streit führt zu nichts", bemerkte Mr. Farell. Und obwohl Mr. Cacey verantwortlich dafür war, dass Ellen und Bridgett heute ein weniger entspannendes Gespräch haben würden,

nickte er. Er startete den Motor und Mrs. Finnigan unterbrach ihre Schimpferei, um Anna ein „Geh von der Straße weg, das Auto will losfahren“ zuzurufen. Mehr hörten sie nicht von ihnen, und das war ganz gut so. Mit eingeschalteten Scheinwerfern fuhren sie durch Glasgow, um sie herum wurde es langsam dunkel. Sie sprachen nicht, aber noch weniger dachten sie. Mr. Cacey konzentrierte sich tatsächlich einmal auf die Straße und als Mr. Farell ihn am Arm berührte, zuckte er zusammen.
„Könnten Sie hier halten?“ Er hielt und sie stiegen aus, der Jaguar hatte sie zu dem Pub geführt, in dem sie sich vor wenigen Wochen kennengelernt hatten. „Was für ein Zufall“, meinte Mr. Farell, obwohl er mittlerweile aufgehört hatte, daran zu glauben.
Das Pub war so leer wie immer, aber die Stimmung war anders. Jack McAlroy saß vor seinem Pint und rauchte eine Tabakspfeife, aber anstatt bewegungslos vor sich hinzustarren, wippte er mit dem Fuß auf und ab und – man konnte es kaum für möglich halten – lächelte unter seinem grauen Bart. Mrs. Paddon ließ sich von Jeffrey Matthews, der noch gewinnender lächelte als sonst und eine scheußliche Krawatte mit Rentier-Schneemann-Muster trug, ein zweites Glas Wein aufschwatzen. Ganz gegen ihre Gewohnheit, aber er flirtete mit ihr und das hatte schon lange niemand mehr gemacht. Der Pianist selbst bekam nicht viel davon mit, er klimperte seine Melodien herunter und schien sich nicht dafür zu interessieren, ob es eine schnelle oder langsame war, oder ob sein Chef dabei war, mit seiner Frau zu flirten.

Den Mittelpunkt des Geschehens bildete Joanne Wilkins. Sie war nicht nach Amerika ausgewandert, aber sie hatte Walter den Ring zurückgegeben und seitdem strahlten ihre Augen stärker, als der Diamant es je gekonnt hätte. Sie trug ein glitzerndes Kleid, wie immer, wenn sie hier auftrat. Diesmal war es silbern und passend dazu hatte sie einen glitzernden Lidstrich gezogen und sich silberne Sterne in den Afro gesteckt. In der Hand hielt sie einen pinken Cocktail, an dem sie zwischen den Liedern, die sie mit voller Inbrunst schmetterte, nippte. Es waren hauptsächlich Weihnachtslieder, aber da zu viele davon auf Dauer verrückt machten, gaben die zwei auf der Bühne ein paar ihrer Standardlieder zum Besten.

Als Mr. Cacey und Mr. Farell ihre Mäntel an die Garderobe hängten, sang sie den Refrain von Whitney Houstons „How Will I Know" – einer Jazz-Version des Liedes. Die beiden setzten sich an die Bar, wurden allerdings noch nicht bemerkt. Joanne beendete die Nummer und verhaltener Applaus ertönte, dann drehte Cindy sich um und ging zu ihnen, während Joanne zum nächsten Lied ansetzte („Last Christmas" von Wham!, es wurden einige Gesichter verzogen).

„N Abend Mr. C", grüßte sie und nickte in Mr. Farells Richtung, da sie ihn nicht gut kannte. „Gin Tonic?" Er nickte. „Und für Sie?"

„Einen Rotwein", sagte Mr. Farell und sie nickte. Die nächsten Minuten verbrachten sie in Stille, die erfüllt wurde von Joannes Gesang und dem Gespräch Matthews' und Mrs. Paddons. („Sie können doch unmöglich jeden Abend hier drin versauert sein und nicht ein einziges Mal

auf die Idee gekommen sein, den Riesling zu probieren. Er ist mein persönlicher Favorit, Sie sollten wirklich …"
„Von Weißwein werde ich immer so schrecklich müde …")
Ihre Getränke kamen. „Finden Sie, sie passt hier rein?", fragte Mr. Cacey unverblümt, als Cindy außer Hörweite stand. „Wie meinen Sie das?" Mr. Farell war dabei, seinen Wein zu betrachten, und diese aus dem Kontext gerissene Frage irritierte ihn. „Ob sie in dieses Ambiente hier passt. Ich finde nämlich nicht. Volle blonde Haare mit Goldschimmer, dunkle Augen, das ungleichmäßige Gesicht … sie sieht aus wie Celia Garth. Man würde sie doch eher in einem Modehaus des 18. Jahrhunderts antreffen als in irgendeinem zwielichtigen Pub."
„Inwiefern ist das Pub hier zwielichtig?"
„Wirklich geheuer kann Matthews Ihnen doch nicht sein."
Zur Antwort nahm Mr. Farell einen Schluck Wein. „Natürlich ist er nicht die Person, der man nachts begegnen möchte", sagte er schließlich und wählte seine Worte mit Bedacht, „aber das Pub ist nicht Matthews und Matthews nicht das Pub, verstehen Sie? Ein Ort wird definiert durch alle Menschen, die dort sind, nicht nur durch eine Person. Man denkt, es wäre die Ästhetik oder die Atmosphäre, aber eigentlich sind es die Menschen, die jeden Ort zu dem machen, was er ist. Selbst, wenn man sich dessen nicht bewusst ist, sind Menschen die Seele allen Geschaffenen und sehen Sie sich nur um." Er machte eine ausschweifende Geste durch den Raum und lächelte. Mr. Cacey blickte umher. „Was soll ich denn sehen?", wollte er wissen, denn so sehr er sich anstrengte, er sah einfach nichts herausragend Gutes. „Zum

Beispiel Cindy oder Miss Wilkins. Sie meinten, Cindy passe nicht hier rein, weil sie aussieht wie Celia Garth – hübsche Referenz an Gwen Bristow, wirklich – aber ich sage, wo sie ist, passt sie perfekt. Sie ist glücklich, sehen Sie es nicht? Und es ist egal, wo sie dieses Glück gefunden hat, ob sie an dem Ort bleibt oder weiterzieht – einmal gefunden, wird es sie nicht verlassen. Und selbst, wenn es irgendwann verblasst, die Erinnerung bleibt."

Anstelle einer Antwort zog Mr. Cacey die Augenbrauen hoch und trank einen Schluck Gin Tonic. Er sah zu Cindy, dann zu Joanne und wieder zurück. Tatsächlich wirkten beide glücklich und verströmten ihre gute Laune auf die anderen Anwesenden. Sogar Mr. Paddon hatte seine Zigarette in den rechten Mundwinkel gesteckt und zog den linken zu einem halben Lächeln hoch. Doch wenn er genau hinsah, erkannte er noch etwas anderes, etwas, das tiefer ging als simple gute Laune.

„Ich glaube das nicht", sagte er deshalb. „Natürlich wirken sie gut aufgelegt, das kann selbst ein Pessimist wie ich sehen. Aber können Sie nicht sehen, dass sie es nicht *sind.*"

„Wieso sollten sie es nicht sein? Sie sind jung, verliebt und in Gesellschaft, was wollen sie mehr? Außer vielleicht das ewige Leben."

Mr. Cacey seufzte. „Wir sterben jung, egal, wie alt wir sind. Und wir alle sterben allein, was interessiert es mich also, ob ich lebe oder sterbe, wenn ich doch im Tod so einsam bin wie eh und je?"

„Das kommt mir recht negativ vor“, meinte Mr. Farell, doch es klang nicht wie eine Frage oder Feststellung. Eigentlich klang es nach gar nichts.

„Stimmt“, sagte Mr. Cacey nur. Er wirkte mittlerweile so, als müsste er sich an seinem Glas festhalten, um nicht die Kontrolle über alles Mögliche zu verlieren. „Tolstoi sagt, alle glücklichen Familien sind auf ähnliche Weise glücklich, aber alle unglücklichen haben ihre eigene Form von Leid. Ich sage, wir alle sind gleich unglücklich, nur aus unterschiedlichen Gründen, und selbst der Teufel hat Angst, wenn er träumt, dass er stirbt.“

„Warum sollte der Teufel das träumen?“, fragte Mr. Farell, dem das Thema sichtlich zuwider war. Über den Teufel sprechen? Nein, danke.

„Ich weiß nicht, aber jeder hat mal so einen Traum. Vielleicht, weil nie jemand für ihn gebetet hat.“ Er sah in sein Glas. „Könnte zu der Frage führen, ob der Teufel wirklich so böse ist, wenn er sich doch wie jeder andere auch in den Schlaf weint.“

„Der Teufel soll nicht böse sein? Jetzt übertreiben Sie“, rief Mr. Farell, aber er klang nicht ärgerlich.

„Vielleicht vergisst er nur, die Erwartungen, die alle an ihn stellen, zu übertreffen. Sicher will er nicht böse sein, er vergisst nur, wie man mit anderen Leuten umgeht, da die einzige Gesellschaft, die er hat, er selbst ist – und das ist keine erfreuliche Runde.“ Er seufzte leise. „Was wollen Sie nur mit einem Teufel wie mir?“ Als keine Antwort kam, deutete er auf Cindy, die an den Tresen gelehnt stand und nichts von ihrem Umfeld mitzubekommen schien. „Menschen sehen oft anders aus, als sie sich fühlen", fuhr er fort, „aber wenn Sie ganz genau aufpassen, können Sie hören, wie ihre Herzen brechen und ihre Seelen verzweifelt schreien."

„Das ist mir entschieden zu pessimistisch", meinte Mr. Farell, der sich für einen optimistischen Realisten hielt. Falls es so etwas gab. „Außerdem setzt es voraus, dass jeder Mensch eine primäre Emotion hat, und dass diese schlecht ist. Das stimmt nicht, es gibt mindestens so viele positive Gefühle wie negative."

„Natürlich gibt es das, ich bestreite es ja gar nicht. Cindy und Joanne fühlen sich gut, aber sie haben *auch* Sorgen oder Beklemmnisse und aus dem *auch* wird bald ein *vor allem*." Er trank einen Schluck, um durch die Gesprächspause seine Worte wirken zu lassen, als er die Stimme erneut hob, klang sie schwer von Gin Tonic und Frustration. „Menschen sind nicht so kompliziert, wie man denkt. Sobald sie negative Schwingungen verspüren, lassen sie sie zu, und selbst das kleinste Bisschen davon ist genug, um einen schönen Moment zu zerstören. Sie suchen fast verzweifelt nach Gründen, schlecht gelaunt sein zu können." Er sah nach unten, starrte den schmutzigen Tresen an und zählte unbewusst die Überschneidungen der Ringe, die unzählige Pintgläser dort hinterlassen hatten. „Aber das Schlimme daran ist, dass sie sogar recht damit haben. Jeder, der auch nur halbwegs dazu fähig ist, sich seines Gehirnes zu bedienen, kann sehen, dass die Menschen verrückt geworden sind, allesamt. Sie sind nicht nur pessimistisch gegenüber sich selbst, sondern auch gegenüber allen anderen und machen somit die Erde zu einem Platz, an dem keiner mehr leben will – und nicht mehr leben kann, wenn sie ihn weiterhin so zerstören. Wahrscheinlich wäre es besser, es gäbe sie gar nicht. Sie wollen, dass ich mich umsehe, also gut: Wenn ich mich umsehe, sehe ich nur Schmutz, Leid und Lügen. Und die Menschen sehen das auch, deshalb ist es so einfach, Böses in allem zu finden."

„Da widerspreche ich", sagte Mr. Farell, der die Stirn in leichte Falten gezogen hatte. „Sie haben recht, es gibt viel Leid, aber es ist die Aufgabe eines jeden Einzelnen, etwas dagegen zu tun und sich an Dingen zu erfreuen. Auch Ihre, Mr. Cacey. Als ich sagte, Sie sollen sich umsehen, meinte ich genau das: die kleinen Dinge. Wir befinden uns unter Leuten, den glücklichen wie den traurigen, den verlorenen wie den geborgenen. Zu welchen wir gehören wollen, suchen wir uns selbst aus. Es steckt Gutes in allem, manchmal muss man nur länger danach suchen. Auch in Ihnen ist Gutes, obwohl Sie mir das wohl nicht glauben wollen."

Mr. Cacey sah belustigt auf. „Glaube ich tatsächlich nicht, aber es klingt sehr poetisch, was sie da erzählen." Eine Gesprächspause entstand, in der Joanne zu einem neuen Lied ansetzte. Ihr Drink war leer und Cindy brachte ihr einen neuen, sie unterbrach sich kurz, um ihr zuzulächeln und Mr. Cacey sah es.

„Wo wir gerade von Poesie sprechen", wechselte er das Thema, „sind Sie weiter gekommen mit der Analyse des Rosengedichts?"

„Oh, ja", sagte Mr. Farell, froh über den Themenwechsel. „Wollen Sie die komplette Analyse?" Auf ein Nicken hin begann er: „Das Gedicht ist im Großen und Ganzen ein

Rätsel auf mehreren Ebenen, von denen keines beantwortet wird. Das lyrische Ich stellt sich an den Anfang und rückt sich damit in den Vordergrund – neben der Rose. Diese Rose befindet sich weit von der Zivilisation entfernt, dort blüht sie auf und stirbt, weil sie im Wald zu wenig Licht oder Wasser, oder was auch immer sie zum Leben braucht, hat. Ihre Schönheit, derer sie sich im Inneren bewusst ist, zeigt sie also niemandem und nicht mal sich selbst. Ein Rätsel ist also, wie die Rose an diesen Ort kommt, wo sie so offensichtlich nicht überleben kann, ob sie sich nicht vielleicht selbst dorthin gebracht hat, was das Ganze irgendwie sehr traurig macht. Das zweite Rätsel ist das *Du* in der letzten Zeile. Es stellt sich die Frage, ob das erst jetzt zur Sprache kommt oder unterschwellig im ganzen Gedicht das Hauptthema war. Ist die Rose das *Du*, das lyrische Ich oder vielleicht einfach nur eine Rose mit unglücklichem Standort. Vielleicht geht es um das Sterben und Weiterwollen, vielleicht um Einsamkeit, vielleicht interpretiere ich zu viel."

„Tragisch", sagte Mr. Cacey nach einer Pause, die fast zu lange war. „Also ein Liebesgedicht?"

„Welches Gedicht ist das nicht? Außerdem ist damit auch die Farbe der Rose klar, rot, weil rote Rosen Liebe symbolisieren."

„Warum eigentlich?", murmelte Mr. Cacey. „Sicher nicht, weil sie schön sind, weiße Rosen sind mindestens so schön und orangene viel exotischer. Oder war es individueller? Egal, ich finde nicht, dass rote Rosen Liebe symbolisieren, und mir ist schleierhaft, warum das beschlossen wurde."

Mr. Farell lächelte, die Antwort darauf wusste er. „Das hängt mit der griechischen Mythologie zusammen", erklärte er,

„mit der Adonis-Geschichte. Kennen Sie die?“ Er schüttelte den Kopf und stützte das Kinn auf die Hände, von wo aus er ihn neugierig ansah, eine stumme Aufforderung, die Geschichte zu erzählen.

„In Ordnung“, sagte Mr. Farell noch immer lächelnd. „Sie werden ein bisschen Vorwissen brauchen, nämlich, dass alle Rosen weiß sind, ausnahmslos. Behalten sie das im Hinterkopf, es wird später wichtig. Die Geschichte beginnt damit, dass die Götter auf dem Olymp zusammensitzen und – wie sie das eben tun – kräftig angeben, wie toll sie sind. Aphrodite stellt sich dabei am besten dar. Sie ist der festen Überzeugung, so schön zu sein, dass jeder Mann sich sofort in sie verliebt, und natürlich sind die ganzen anderen Götter genervt davon. Sie sind natürlich selbst nicht besser, aber ich darf nicht urteilen. Zeus geht sie am meisten auf die Nerven, deshalb beschließt er – weil das so seine Art ist – ihr einen Streich zu spielen. Er sorgt dafür, dass sie sich zur Abwechslung mal selbst in jemanden verliebt. Dieser jemand ist Adonis, ein Jäger, was eine ziemlich gefährliche Arbeit ist. Deswegen gibt sie ihm den Rat, keinem Tier zu trauen, das keine Angst vor ihm zu haben scheint. Zeus bekommt das mit und verwandelt sich deswegen in ein Wildschwein. Also, in den meisten Ausgaben der Geschichte ist es Zeus, manchmal ist es auch Ares, der eifersüchtig auf Adonis ist, weil er bis vor Kurzem eine Affäre mit Aphrodite hatte, aber mir gefällt die Version mit Zeus besser.“

„Weil sie weniger nachvollziehbar ist?“, fragte Mr. Cacey und er prostete ihm als Antwort zu. „Auf jeden Fall: Zeus, das Wildschwein, läuft Adonis bei der Arbeit über den Weg und hat natürlich keine Angst vor ihm. Adonis, der Aphrodites Rat nach Strich und Faden ignoriert, freut sich, so einfach Beute zu machen, und wie man sich denken kann, ist das sein schnelles Ende. Jetzt ist er also tot, Zeus ganz scheinheilig im Olymp zurück und Aphrodite am Boden zerstört. Sie rennt zu ihm, um ihn zu betrauern oder zu retten, oder was weiß ich, und ist dabei unachtsam, deshalb tritt sie auf die Dornen eines am Boden wachsenden Rosenbusches. Man sagt, dass ihr Blut auf die Blüten einer weißen Rose tropfte und rings um sie herum alle Blüten rot färbte, während sie um Adonis weinte. Deshalb symbolisieren sie Liebe und Schmerz."

„Ich weiß nicht, was es ist", sagte Mr. Cacey irgendwann mit einem schmalen Lächeln, „aber die Griechen haben eine ganz bestimmte Art, die Dinge so zu erzählen, dass sie schön erscheinen, gleichzeitig aber eine urkomische Moral haben. Hier zum Beispiel: Rote Rosen sind das Symbol von Liebe, weil Zeus es mal wieder nicht lassen konnte, ein Arsch zu sein."

Eine Aussage, auf die Mr. Farell so herzlich lachen musste, dass Cindy ihn erschrocken ansah und Jack McAlroy von seinem Pint aufsah. „Im Prinzip geht es doch bei allem nur um Liebe, oder nicht?", meinte Mr. Cacey. „Jedes Gedicht, jedes Lied, jede Konversation über ‚schöne Dinge', oder wie man es nennen möchte. Warum, frage ich mich."

„Weil es nichts gibt, das genauso einfach und trotzdem unergründlich ist", murmelte Mr. Farell. „Weil es zerstört, ohne dass man sich daran stört."

„Dieser Stimmungswandel kam aber plötzlich", bemerkte Mr. Cacey. Er nickte entschuldigend, wusste

selbst nicht, woher es kam, während er es doch gleichzeitig genau wusste. „Entschuldigen Sie", sagte er leise, „es ist nur dieses Thema. Ich kann damit nicht mehr gut umgehen, es erinnert mich nur an …" Er verstummte.
„Ihren Ex?"
Nicken.
„Fühlen Sie sich nicht gedrängt, über ihn zu sprechen, aber wenn Sie wollen, leihe ich Ihnen gerne ein Ohr." Und daraufhin brach es förmlich aus ihm heraus, all das, was er jahrelang für sich behalten hatte. „Es ist nicht so, dass ich ihn vermisse, oder etwas in der Art. Gleichzeitig wusste ich in der ersten Zeit, nachdem er verschwunden war, nicht, was ich ohne ihn tun sollte – und wenn ich ehrlich sein soll, muss ich zugeben, dass ich es noch immer nicht genau weiß. Er war immer da, wir kannten uns ewig, und dann war er plötzlich … weg. Er ist einfach nicht mehr hier, und die Chance, ihn noch einmal zu sehen, und sei es nur noch ein einziges Mal, ist verschwindend gering. Ich weiß das alles und wahrscheinlich habe ich es auch akzeptiert, aber dann finde ich mich wieder in Nächten, in denen ich schlafen sollte, es aber nicht kann, weil ich mich daran gewöhnt habe, vor dem Einschlafen seinem regelmäßigen Atmen zuzuhören, das ich jetzt nicht mehr hören werde. Nie wieder, und obwohl ich gedacht habe, es nicht mehr zu brauchen, tut es weh."
Er schwieg kurz, als er wieder zu sprechen ansetzte, klang es vielmehr, als spräche er zu sich selbst. „Natürlich brauche ich ihn nicht, um glücklich zu sein. Niemand sollte das eigene Glück auf einem anderen aufbauen, aber es gibt einen Unterschied zwischen dem, was man tun sollte, und dem,

was man tatsächlich tut. Ich glaube, es mittlerweile geschafft zu haben, ihn ein klein wenig zu vergessen. Nicht komplett, das ist mir nicht möglich, obwohl es wahrscheinlich das Beste wäre, aber zumindest so weit, dass mir nicht alles so schwerfällt, wie in der ersten Zeit. Ich gehe spazieren, wenn es doch passiert und ich zu lange über all das nachdenke. Vor allem im Herbst, wenn man sich besser als sonst auf die Vögel im Park oder das mitgebrachte Buch konzentrieren kann. Und wenn die Sonne für einen Moment durch die Wolkendecke bricht, und man nach oben sieht …"
Er unterbrach sich. Mr. Cacey sah auf den Tisch, um nicht zu zeigen, dass er die Qual des anderen verstand, der trotz allen Redens allein damit sein wollte. Er hatte die Ringüberschneidungen zweimal gezählt, beide Male waren es siebzehn.
„Er mochte den Herbst, wissen Sie?", sagte Mr. Farell leise. „Wobei das im Grunde genommen eine Übertreibung ist. Er hat sich einfach nicht groß daran gestört und das ist das größte Kompliment, das man von ihm hätte bekommen können. An jeder anderen Jahreszeit hatte er etwas auszusetzen, an wirklich jeder. Im Winter war es zu kalt, im Sommer zu heiß, im Frühling waren zu viele Menschen draußen. Nur den Herbst konnte er leiden. Teils wegen der Farben, die plötzlich auftauchten. Er mochte Rot und ich erinnere mich, dass er im Herbst fast nur Rot trug, und wenn er sich die Haare zusammenband, hielten sie seinen Nacken warm. Er hasste die Kälte. Einmal sagte er: ‚Der Herbst kommt, wenn du noch nicht ganz verarbeitet hast, dass der Sommer dahinscheidet und Kälte kommen wird. Es ist quasi eine Therapie im Voraus.' Und was ihn betraf,

hatte er recht damit. Manchmal verbrachten wir Stunden damit, vor dem Fenster zu sitzen, Tee zu trinken und dem Regen zuzuhören. Er las dann Gedichte, Edgar Allan Poe und William Blake, all das Zeug, aus dem ich mir nicht viel mache, und manchmal, wenn er eines besonders schön fand, lernte er es auswendig und gab es abends wieder." Erneut hörte er auf zu sprechen, doch diesmal sah Mr. Cacey auf und bemerkte, dass er den Tränen nahe war. „Sie vermissen ihn doch, nicht wahr?", fragte er leise und Mr. Farell nickte. „Mehr als ich zum Ausdruck bringen kann." Sie schwiegen eine Weile, die beinahe zu lange dauerte. Aber nur beinahe. „Noch einen Wunsch?", fragte Cindy, die während der letzten Sätze neben ihnen stehen geblieben war. Mr. Cacey zeigte auf die beiden leeren Gläser, eine stumme Aufforderung, sie noch mal zu füllen. Joanne legte eine kurze Pause ein, die Cindy dazu nutzte, zu ihr zu gehen. „Siehst du die zwei da drüben?", fragte sie und nickte in die Richtung der zwei Männer. Ihre Freundin nickte. „Schräge Vögel. Reden seit Stunden über Rosen und Gedichte und was nicht alles, wirken aber zu betrübt."
„Zu betrübt für was?"
„Für heute. Heute ist ein Tag, an dem man gut drauf sein sollte. Oder zumindest nicht ganz so trübselig." Joanne legte den Kopf schief. „Ich sehe mal, was ich machen kann", meinte sie, eine Idee hatte sich in ihr breitgemacht. Nach ein paar rasch gewechselten Worten mit dem Pianisten wurde diese Idee zu einem Plan. Sie setzte sich auf das Klavier (was unter normalen Umständen nie geduldet wurde) und begann, „I Want To Dance With Somebody" von Whitney Houston zu singen. Unweihnachtlich, aber was sollte es

schon? Wenn sie Houston sang, erreichte ihre Stimme eine andere Form von durchdringend, sie klang so am besten und jeder mit einem halbwegs funktionierenden Gehör konnte das beurteilen, auch die halbtaube Mrs. Paddon. „Das Lied ist aber schön“, sagte sie zu Jeffrey Matthews, der sich die Gelegenheit, sie nach einem Tanz zu fragen, nicht entgehen ließ. Sie kicherte und nahm seine Hand, zwischen den leeren Stühlen gab es reichlich Platz zu tanzen. Mr. Cacey sah auf und direkt in Cindys goldbraune Augen. Ihr Blick sagte so viel wie: Wenn Sie ihn jetzt nicht fragen, ob er tanzen möchte, können Sie auch gleich heimgehen. Also tat er genau das. Mr. Farell sah ihn verwirrt an. „Es ist ein guter Song und die anderen tanzen auch“, erklärte er hastig. „Vielleicht versetzt es Sie in bessere Laune.“ Mr. Farell lächelte zaghaft. „Danke“, sagte er, „aber ich tanze nicht.“ Jedenfalls nicht mehr. Es hatte eine Zeit gegeben, in der er das Tanzen mit dem Wunderbaren verbunden hatte. Später kam die Angst dazu, mittlerweile nur noch Schmerz. Er drehte sich um und sah Matthews zu, wie er Mrs. Paddon zwischen den leeren Tischen und Stühlen herumwirbelte, während Joanne immer weiter davon sang, dass sie mit jemandem tanzen wollte. Cindy bedachte Mr. Cacey mit einem Blick, der sagte: „Sorry, Sonnyboy, Chance verpasst“, aber er bemerkte es nicht. Sein Blick lag auf Mr. Farell, dessen Augen (und wahrscheinlich auch dessen Seele) den Tanzenden folgten. Er wippte zum Takt mit den Füßen auf der Fußstütze und irgendetwas daran gab Mr. Cacey zu verstehen, dass er trotz aller Worte doch tanzen wollte, dass es momentan nichts gab, was er lieber täte, er es doch einfach nicht konnte.

3

„Letzte Runde, Gentlemen“, sagte Cindy, als das Lied längst ausgeklungen war und Mrs. Paddon mit geröteten Wangen wieder am Tresen saß. Das Pub schloss heute früher, was alle Angestellten begrüßten, doch trotzdem war die Sperrstunde erst recht spät – und doch zu früh. Gerade wollte Mr. Cacey nichts weiter, als mit Mr. Farell an der Bar zu sitzen und sich den Frust von der Seele zu reden. Und, da sie gerade dabei waren, wegzutrinken. Im Laufe der Stunden, die sie hier verbracht hatten, hatte er mehr über Mr. Farell herausgefunden als sonst. Er hatte ihm ein bisschen mehr erzählt, ein bisschen mehr Vertrauen in ihn gefasst. Es waren kleine Schritte, doch sie bedeuteten Mr. Cacey mehr, als er zugeben wollte, berührte ihn regelrecht und es gab nicht viel, was das vermochte. Vor allem die Art, wie er über seinen Ex sprach, hatte etwas Bittersüßes an sich, weil er ihn schon vor Langem verloren und alle Hoffnung auf einen Neuanfang aufgegeben hatte und trotzdem noch von ihm sprach, als hätte er persönlich die Sterne in den Himmel gesetzt. Es schmerzte auch. Nicht nur Mr. Farell, der ihn so offensichtlich noch liebte, sondern auch Mr. Cacey, der sich verbissen dagegen wehrte, sich seinerseits in ihn zu verlieben. Natürlich durfte er das nicht, und schon gar nicht mit einem Menschen, aber es war ein so liebliches Gefühl, dass er versucht war, ihm nachzugeben. Wie in diesem Elvis-Presley-Song „Can't

Help Falling In Love With You", er konnte einfach nicht anders. Und obwohl dieser Wirrwarr in seinem Kopf noch zu chaotisch war, um irgendetwas daraus zu filtern, begann ein Gedanke, immer mehr Gestalt anzunehmen: Er wollte auch nicht anders. Ja, es war falsch, Mr. Farell zu lieben, und es konnte ernsthafte Folgen für sie beide haben, sollte es je ans Licht kommen, aber im Moment war es noch nicht so weit. Gerade waren es nur die beiden und ein bisschen Hoffnung. Ein schönes Gefühl, und er hatte lange nicht mehr so gefühlt. Gleichzeitig war da diese Stimme in seinem Kopf, die ihm zu verstehen geben wollte, dass er Mr. Farell schützen musste, wenn nicht vor seinen Vorgesetzten, dann vor sich selbst. Und während das Chaos wuchs und er immer verzweifelter versuchte, herauszufinden, was er als Nächstes tun sollte, blieb er äußerlich ruhig, trank Gin Tonic und hörte auf die Musik. Er merkte nicht, dass Mr. Farell ihn von der Seite betrachtete, und noch weniger bemerkte er, dass er dabei lächelte. Bis Cindy laut den „Zapfenstreich" verkündete und ihn aus seinen Gedanken riss. Es war weit nach elf Uhr und sie alle waren müde und – zumindest fast alle – angetrunken. Jedenfalls Mr. Cacey, was er bei dem Versuch, aufzustehen, bemerkte, und Mr. Farell ebenfalls, was kein Wunder war. Auf dem Weg nach draußen versuchten sie, so wenig wie möglich zu stolpern, doch als sie in der kühlen Nachtluft standen, hielt Mr. Farell an. „Eine Sekunde", sagte er, „ich muss mich setzen." Er setzte sich auf die drei Treppenstufen, die ins Pub führten und bedeutete Mr. Cacey, sich neben ihn zu setzen. „Mein Kopf dreht sich", bemerkte er und Mr. Cacey grinste. Es ging ihm ähnlich.

„Oh je", fuhr er fort, „das ist mir schon lange nicht mehr passiert. Das Betrunkensein, meine ich. Zu Hause koche ich mir erst mal einen Tee, vielleicht geht das dann weg." Es amüsierte Mr. Cacey, wie einfach er es sich vorstellte, den Rausch loszuwerden. Außerdem war er ziemlich sicher, genau sagen zu können, wann er sich das letzte Mal betrunken hatte. „Mein Kopf tut auch ein bisschen weh", meinte er.
„Das liegt aber nicht am Alkohol, Sie haben ja so gut wie nichts getrunken."
„Ah, ja? Woran denn dann?" Für seine Verhältnisse hatte er tatsächlich nicht viel getrunken. Gerade so viel, um leicht berauscht zu sein.
„Na, an Ihrem Zopf. Ich sehe es von hier, der ist so eng, dass er an den Wurzeln ziepen muss. Glauben Sie mir, ich weiß, wovon ich rede." Mit diesen Worten zog er ihm den Zopfgummi aus den Haaren, das hatte er schon bei ihrer ersten Begegnung machen wollen. Einfach, um herauszufinden, ob Mr. Caceys Haar wirklich so weich war, wie es aussah. Es war tatsächlich sehr weich und er konnte nicht aufhören, mit den Fingern durchzufahren, bis er merkte, was er tat, die Hände sinken ließ und rot wurde. Er sah weg. Dann fühlte er Mr. Caceys Hand unter seinem Kinn, der ihn zaghaft in seine Richtung drehte.
„Sie werden sich doch wohl nicht etwa schämen?", fragte er grinsend.
„Vielleicht ein bisschen. Ich hätte Sie ja erst fragen können, ob ich Ihnen in die Haare langen darf."
„Keine Sorge, das geht in Ordnung. Außerdem werden Sie sich morgen nicht mehr daran erinnern können." Der letzte

Satz klang seltsam, als spielte er auf mehr an als die Sache mit den Haaren. Egal was es war, er hatte wahrscheinlich recht.
„Schade", meinte Mr. Farell, „dabei war der Abend so schön. Ich hätte ihn gerne in Erinnerung behalten." Sie saßen nahe beieinander, da die Stufe nicht viel Platz ließ, doch ihm fiel erst jetzt auf, wie nahe es tatsächlich war. Zu seiner Überraschung störte es ihn nicht im Geringsten. „Es sei denn, Sie tun etwas, damit ich den heutigen Abend auf keinen Fall vergesse."
„Was denn zum Beispiel?"
„Zum Beispiel könnten Sie mich mal küssen. Darauf warten sie doch schon seit ein paar Wochen." Das tat er tatsächlich, und wenn Mr. Farell es nicht gewusst hätte – nach diesem Kuss wäre es ihm klar geworden … Mr. Caceys Lippen waren warm, ein bisschen rau und seltsamerweise vertraut, obwohl sie das nicht sein konnten. Sie fühlten sich nicht nur gut auf seinen an, sie fühlten sich verdammt perfekt an, als würden sie dorthin gehören und nirgendwo sonst, genau wie seine Hand auf seine Wange gehörte, während die andere ihn zu sich zog. So sollte es für immer sein, doch der Kuss war kurz und als sie sich voneinander lösten, war Mr. Farell kurzzeitig unfähig, die Augen zu öffnen.
„Wollen Sie noch mit zu mir? Auf einen Tee oder so etwas?", fragte Mr. Cacey, als er es schließlich doch geschafft hatte. Um sie herum begann es zu schneien, und ihm fiel erst jetzt auf, dass Heiligabend war.

Kapitel 11

1

Er traf Raguel in England, genauer gesagt in Yorkshire direkt an der Küste, und zuerst überwog die Wiedersehensfreude, doch nach ein paar Wochen kam etwas anderes dazu. Azariel konnte nicht sagen, was genau es war, wusste es selbst nicht. Es war Glücklichsein, wenn er Raguel sah, die Ruhe, die er ausstrahlte, und seltsamerweise ein intensives Nachdenken darüber, was er als Nächstes sagen wollte. Bisher war es in Gesprächen immer so gewesen, dass Azariel nicht groß darüber nachdachte, was er sagte; er sagte es einfach. Jetzt filterte er seine Gedanken, hoffte bei jedem Satz, nicht in ein Fettnäpfchen zu treten oder anderweitig negativ aufzufallen. Es gefiel ihm nicht. Es gefiel ihm ganz und gar nicht, er konnte aber nichts dagegen tun. Darum versuchte er, sich auf das zu konzentrieren, was in den beinahe 1200 Jahren geschehen war, die er nicht auf der Erde verbracht hatte. Eine der Erfindungen hieß Beinkleider und er war davon begeistert. Conrad hatte sie ihm gezeigt. Er hatte ihm auch Gedichte Walthers von der Vogelweide gezeigt und sie ihm, nachdem er gemerkt hatte, dass Azariel selbst mit viel Anstrengung kein Wort des Mittelhochdeutschen verstand, übersetzt. Conrad war ein aufgeweckter Bursche von neunzehn Jahren – er war also genauso alt wie besagter Dichter – mit rotblondem Haar, das immer irgendwie verwuschelt war. Er kam aus dem Frankenreich und wusste nicht genau, was er in England wollte. Aber jetzt, wo er da war, konnte er genauso gut bleiben. Azariel hatte keine Ahnung, wie Raguel und Conrad sich kennengelernt hatten, aber da er ihn praktisch adoptiert hatte (ob absichtlich oder nicht – Conrad lief ihm ständig hinterher), hatte er es mit einem Schulterzucken hingenommen. Was er nicht sonderlich gut fand, war die Sprache, in der die beiden sich unterhielten. Zwar sprach Conrad ein wenig Englisch, doch es klang hart und war schwer verständlich. Und was auch immer es war, das aus Conrads Mund kam („Später wird man es Mittelhochdeutsch nennen. Also nach der Sprachreform", hatte Raguel erklärt), es klang unschön bis furchtbar und nicht selten hielt Azariel sich die Ohren zu, wenn sie sprachen – freilich bloß dann, wenn Raguel es nicht sehen konnte. Conrad war ein komischer Kauz. Das hatte Azariel bereits bei ihrer ersten Begegnung feststellen können. Sie waren nahe am Wasser gesessen, Azariel und Raguel, wie sie es so oft taten, und hatten sich über nichts Wesentliches unterhalten. Conrad war gerannt, daran erinnerte Azariel sich am deutlichsten. Conrad war gerannt, obwohl es keinen wirklichen Grund dafür gab, er mochte es einfach, zu rennen. Er war also angerannt gekommen, hatte sich neben ihnen ins Gras fallen lassen und einen scheußlichen Wortschwall losgelassen, auf den Raguel mit einem gleichklingenden Gerede und Azariel mit dem Verziehen des Gesichts geantwortet hatte. „Das ist übrigens Conrad", hatte Raguel ihn vorgestellt und Conrad hatte mit einem „Morning, Sir" die Kappe gezogen. „Macht man das heutzutage so, dass man zur Begrüßung die Kopfbedeckung hebt?", hatte Azariel gefragt, der keine trug.

„Nur, wenn man eine trägt", hatte Conrad geantwortet, ein paar Sekunden gewartet und dann gelacht, als wäre sein Witz tatsächlich lustig gewesen. Diese Humorlosigkeit bewies er in der Zeit, in der Azariel mit ihm sprach noch häufiger, zusammen mit einer beinahe ungesunden Portion Ehrlichkeit und einer Angewohnheit, die alle Franken zu besitzen schienen: so viele Wörter wie möglich aneinanderzureihen und dabei ein sowohl grammatikalisch richtiges als auch logisches Eigenwort zu kreieren. Er schrieb diese Wörter auf, doch zeigte er sie niemandem. Außerdem sprach er über Walther von der Vogelweide als herausragenden Poeten, obwohl dieser nur wenige Gedichte geschrieben hatte – zumindest im Jahr 1189, in dem seine Karriere noch nicht begonnen hatte und Azariel das Mittelhochdeutsche so schrecklich fand, dass ihn auch eine Änderung des Berühmtheitsstatus wenig interessiert hätte.
Jetzt waren sie also zu dritt und Azariel wusste nicht, wie er das finden sollte. Er mochte Conrad nicht, da er von Tag zu Tag seltsamer wurde, doch Raguel war gerne in seiner Gesellschaft. Aber Tag für Tag mit ihm konfrontiert zu werden, war dann doch etwas viel, und Azariel fand sich immer öfter dabei, wie er das Haus verließ, wenn der Junge noch schlief. Es führte dazu, dass er weniger Zeit mit Raguel verbringen konnte, und das mochte er ganz und gar nicht.
Heute, ein kühler Maitag, war so ein Tag. Eigentlich hatte er ganz nett angefangen. Raguel und er waren zusammengesessen und er hatte ihm endlich von dem Projekt erzählen können, an dem er das letzte Jahrtausend gearbeitet hatte: eine Spiralgalaxie in der Nähe der Milchstraße, die Andro-

medagalaxie. Zwar gab es schon ein gleichnamiges Sternbild, doch fand man den Namen so schön, dass man die Galaxie einfach in das Sternbild gesetzt hatte. Raguel hatte ihm zugehört, wie er es immer tat, und sie hatten schöne Stunden miteinander verbracht. Dann hatte sein alter Feind, die Müdigkeit, zugeschlagen und er musste schlafen gehen, hatte sich aber vorher das Versprechen eingeholt, am nächsten Tag mehr über die Trilliarden Sterne dieser größten aller Galaxien erzählen zu dürfen.

Aber als er in der Früh aufgewacht war, saß Conrad in der Mitte des Raumes und rezitierte etwas, das sowohl ein Gedicht auf Mittelhochdeutsch als auch ein antiker Zauberspruch zur Beschwörung böser Geister sein konnte. Darum war Azariel gegangen und darum befand er sich im Nieselregen. Er fror und und beim Ausatmen bildeten sich kleine weiße Wölkchen vor seinem Gesicht, die der Wind ihm entgegentrug. Sie stanken fürchterlich und demnach war er nicht der besten Laune, als er das Laufen schließlich aufgab und sich auf einen Felsen setzte. Der Fels war nass und durchweichte seine Kleidung, was er allerdings erst merkte, als er bereits saß. Seine Laune sank auf einen neuen Tiefpunkt.

„Scheißregen", murrte er und da das Fluchen zu befreien schien, setzte er „dreimal verfluchtes Wetter" dahinter, wobei sein eigentlicher Groll nicht dem Wetter galt. Er war wütend auf sich selbst, da er offensichtlich unfähig war, sich mit Conrad zu verstehen, auf Raguel, weil der es schaffte, und auf Conrad, weil er das Gefühl hatte, als nähme er ihn ihm weg. Natürlich war diese Denkweise völliger Blödsinn, Raguel gehörte ihm nicht und konnte ihm somit auch nicht weggenommen werden, aber als Azariel sich in diesem Frühling auf der Erde befand, war er dabei, sich in Raguel zu verlieben. Er wusste es nicht (und hätte man es ihm gesagt, so hätte er es auch nicht geglaubt. Immerhin war er ein Engel, er konnte sich gar nicht verlieben), und genauso wenig wusste er, dass seine Abneigung gegen Conrad eigentlich Eifersucht war. Er dachte, es wäre Zorn, und der Mann, der sich neben ihn setzte, dachte das auch. Er war sehr mächtig. Das war das Erste, was Azariel an ihm auffiel, und als er ihn aus dem Augenwinkel sah, wäre er vor Schreck fast vom Felsen gefallen. Aber er fiel nicht, er zuckte nicht mal zusammen. Irgendetwas (wahrscheinlich die simple Präsenz des Mannes) zwang ihn förmlich dazu, den Rücken gerade zu halten und die Hände ordentlich gefaltet in den Schoß zu legen. Mächtig. Ja, das Wort traf es gut, war es doch eher in einem körperlichen Sinn gemeint. Beängstigend traf es auch, obwohl Azariel keine Angst hatte – jedenfalls nicht im herkömmlichen Sinn. Er war ruhig und konnte sich vollkommen auf das konzentrieren, was in ihm vorging, konnte sich in den vermeintlichen Zorn hineinsteigern. Der Mann legte sein Haar über die rechte Schulter und gab damit den Blick auf sein Gesicht frei. Er hatte öliges, schwarzes Haar, das er zu einem langen Zopf zusammengebunden hatte, aus dem sich einige Haarsträhnen gelöst hatten, die ihm ins Gesicht fielen. Er wischte sie gelangweilt beiseite. In den Zopf waren unzählige Messingglöckchen geflochten, die im Wind hin- und herschwangen und doch keinen Ton von sich gaben, und dieser Bruch der physischen

Gesetze jagte Azariel eine Gänsehaut über den Rücken. Das Gesicht, das sich hinter dem Haarvorhang verbarg, war brutal. Das ungepflegte Gesicht eines Reisenden, der seit Tagen nicht geschlafen hatte. Augenringe lagen unter den dunklen Augen, die Wangen waren von schwarzen Bartstoppeln überzogen. Der Mund dazwischen wirkte hart, war zu einer Linie zusammengepresst und zwischen alledem hatte er unzählige Narben. Meist feine Striche, die sich unter dem Bart und auf den Lippen abzeichneten, sie fielen nicht weiter auf. Eine jedoch fiel Azariel ins Auge. Sie rankte sich gezackt um die rechte Schläfe, über die Nase, haarscharf am Mund vorbei zum Kinn, wo er nicht sehen konnte, wie lange sie weiterging, da der Hals des Mannes vom Kragen seines Umhangs verdeckt wurde. Er trug ein Leinenhemd, das sich über die mächtige Brust spannte und bei jedem seiner seltenen Atemzüge ächzte. Seine Beinkleider, seine Schuhe und sein Mantel bestanden aus braunem Leder, doch während der Mantel frisch wirkte, strotzten seine Beinkleider unterhalb der Knie nur so vor Schmutz. Und Azariel konnte ihm den Dreck nicht übel nehmen, war es doch in diesem Land bei den Wetterbedingungen fast unmöglich, sich nicht schmutzig zu machen. Er selbst sah nicht besser aus, sein graues Gewand war am Saum matschverkrustet und überall vom Regen durchweicht. Er machte sich nicht viel daraus.
Eine Weile saßen sie stumm nebeneinander und sahen den braunen Bächen zu, die der Regen ins Gras spülte.
„Ihr seid zornig“, sagte der Mann irgendwann und diesmal zuckte Azariel tatsächlich zusammen. Die Stimme des

Mannes klang wie zerbröselnde Asche in einem flackernden Feuer, ab und zu begleitet vom Quietschen eines Kreidestücks auf einer Schiefertafel. Es war eine grauenvolle Stimme und Azariel wollte sich die Ohren zuhalten, konnte aber nicht. Zu viel Angst hatte er vor den Konsequenzen. Zu seinem Erstaunen waren die Zähne des Mannes sauber. Nicht strahlend weiß, aber im Gegensatz zu den verfaulten Stumpen, die er bei manchen Menschen gesehen hatte, doch überdurchschnittlich gepflegt. Er sprach das hohe Englisch des Adels und klang dabei so nasal, dass jeder, der sein Erscheinungsbild nicht sah, ihn für einen arroganten Bürger hätte halten können. Aber Azariel sah ihn und die Gegensätze seines Auftretens und Sprechens verunsicherten ihn. „Mag sein", sagte er deshalb bloß vage. „Ihr solltet es nicht sein", fuhr der Mann fort. Er schwieg, schien jedoch nicht auf Antwort zu warten, deswegen schwieg auch Azariel und sah einem Stück Rinde zu, das über die Wiese (oder eher: Schlammgrube) getragen wurde. „Es gibt schon genug Zorn in der Welt, das wisst Ihr genauso gut wie ich. Und ist es nicht die Aufgabe eines jeden Einzelnen, diesen Zorn zu vermindern? Und sei es nur ein bisschen." Diesmal sah er ihn abwartend an, also nickte Azariel und setzte ein „Ja, Sir" dahinter. „Ihr müsst mich nicht Sir nennen, denn ich bin keiner, jedenfalls nicht Eurer. Was ihr tun müsst, ist, Eure Wut zu kontrollieren. Nennt mir den Grund Eures Unbehagens." Das war natürlich eine sehr persönliche Frage, aber da der Fremde keine Frage, sondern einen Befehl formuliert hatte, dachte Azariel nicht weiter darüber nach und erzählte von seinem Problem mit Raguel und Conrad.

Als er geendet hatte, schwiegen sie eine Zeitlang. Der Regen hatte nachgelassen, es tröpfelte nur noch leicht und Nebel hatte sich gebildet, doch Azariel war so lange im Regen gesessen, dass seine Haare sich nun zu einer unbändigen Mähne lockten, ein eher ungünstiger Nebeneffekt der Frisur.
„Ihr habt also das Gefühl, vertrieben zu werden", sagte der Mann langsam, „nur, dass Euch in Wirklichkeit niemand vertreibt außer Ihr Euch selbst. Nicht Euer Freund und nicht dessen Kumpane hat Euch je gebeten, das Haus zu verlassen. Ihr seid immer von selbst gegangen, oder irre ich mich da?"
„Ihr irrt nicht."
„Dann möchte ich Euch anregen, Euch in die Position Eures Freundes zu versetzen, der Euch genauso wenig sieht, wie Ihr ihn, und sich deshalb wohl genauso grämt. Und wie mag erst der Franke sich fühlen, der merkt, einen Zwiespalt in eine Freundschaft zu treiben, obwohl er es nicht möchte? Glaubt Ihr wirklich, der Einzige zu sein, der unter der Situation leidet?"
Azariel überlegte. Raguel wirkte nicht so, als würde er ihn in irgendeiner Weise vermissen, er schien sich blendend mit Conrad zu verstehen und auch ohne ihn auszukommen. Andererseits … Vielleicht gab es Dinge, die Azariel nicht bemerkte, weil er sie nicht bemerken wollte. Raguels besorgter Blick, wenn er heimkam, ohne sich den ganzen Tag blicken gelassen zu haben, seine gekränkte Miene, wenn er sich nach nur wenigen Minuten der Plauderei schlafen legte. „Wahrscheinlich habt ihr recht", gab Azariel zu.
„Zorn macht blind", pflichtete der Mann ihm bei. Er nahm einen Schluck aus seiner Feldflasche. Die Flüssigkeit roch streng und so beißend, dass Azariel sich für einen Moment

ernsthaft fragte, wie er sie runterschlucken konnte, ohne dabei seinen Rachen in Brand zu setzen. „Wisst Ihr, wer noch blind vor Zorn ist?“ Azariel wusste es nicht. „Unser König. Der hochgelobte König Richard Löwenherz streitet sich schon seit Ewigkeiten mit Philip dem Zweiten von Frankreich. Und beide merken nicht, dass der Streit nur Zeit und Menschenleben kostet, dabei aber zu nichts führt.“ „Es wäre wohl besser, sie würden den Konflikt von vornherein lassen“, meinte Azariel, doch er war nicht ganz bei der Sache. Er dachte an Raguel, die beiden streitenden Könige waren ihm herzlich egal. Der Mann stand auf. „Ihr habt recht, das *wäre* besser. Guten Tag.“ Damit ging er und der Nebel schien ihn zu verschlucken.

2

Es war spät in der Nacht, als Azariel schließlich zu Hause ankam. Er war noch lange auf dem Felsen gesessen und hatte über die merkwürdige Konversation nachgedacht, dann hatte der Regen erneut eingesetzt und er hatte eine Zeit lang gar nichts gedacht. Jetzt stand er mit tropfender Nase und verstrubbelten Locken vor Raguel. „Wo warst du?“, fragte er. Azariel versuchte herauszuhören, ob ein wenig Misstrauen oder Besorgnis mitschwang, aber er hörte es nicht. Es war nur eine Frage. „Draußen an der Küste“, meinte er. „Habe ein sehr interessantes Gespräch geführt.“ „Möchtest du mir davon erzählen?“ Da war er, der unsichere Ton, und es versetzte Azariel einen Stich ins Herz, ihn so hören zu müssen. „Sehr gerne.“ Und er tat es. Nun saßen

Raguel und er zusammen und sprachen miteinander. Das Thema wechselte ständig und fast nie konnten sie sich auf eines einigen, doch das machte nichts, denn nur so machte ihnen die Konversation Spaß. Tatsächlich hatte der Mann sich geirrt, dachte Azariel. Raguel hatte ihn nicht im Geringsten vermisst. (Auf Azariels Entschuldigung hin, so oft weg gewesen zu sein, hatte er nur mit einem „Warst du das?" geantwortet.) Doch er schien nicht abgeneigt zu sein, sich weiter mit ihm zu unterhalten. Es versetzte Azariel in die beste Laune, und selbst als Conrad dazustieß und in gebrochenem Englisch eines seiner Gedichte vortrug – zum ersten Mal und sie waren erstaunlich stichhaltig – sank seine Laune nicht. „Worum ging es denn in dem interessanten Gespräch?", wollte Raguel zu fortgeschrittener Stunde wissen. Da Conrad schon schlief, sprachen sie leise. „Zorn und Vergebung." Raguel zog eine Augenbraue hoch. „Mit wem unterhält man sich denn in diesen Zeiten über Zorn und Vergebung? Oder anders ausgedrückt, wer kann schon etwas halbwegs Intelligentes zu diesem Thema beitragen?" „Eigentlich jeder mit einem Gehirn, nicht? Es bietet doch so viel Interpretationspotenzial. Jeder, der sich darüber Gedanken machen kann, kann etwas Kluges dazu sagen." „Möglich. Und was hat dieser jemand gesagt? Kanntest du ihn?" Er schüttelte den Kopf. „Nein, es war ein Fremder, wahrscheinlich auf der Durchreise. Er meinte, es gäbe zu viel Zorn und nicht genug Vergebung auf der Welt und es wäre jedermanns Aufgabe, ein wenig von diesem Zorn zu beseitigen. Deswegen bin ich wieder hier", fügte er leise hinzu. Raguel legte den Kopf schief und die Stirn in Falten.

„Weswegen warst du zornig? Habe ich dich verärgert?" „Nein, nein, nicht du. Mit dir hat das nicht sonderlich viel zu tun, nur mit mir selbst, aber es ist nicht wichtig. Jetzt ist es ja vorbei." Und um sein Statement zu verdeutlichen, lächelte er kurz bitter. „Ich glaube nicht, dass es unwichtig ist", meinte Raguel. „Es hat dich in Unruhe versetzt und nichts, was das könnte, ist auch nur ansatzweise unwichtig. Du sagst, es ist vorbei, aber ich glaube dir nur halb, denn deine Augen sprechen für sich." Er nahm seine Hand und Azariel widerstand dem Drang, zusammenzuzucken. Er sah nur verwirrt auf ihre verschränkten Finger. „Möchtest du es mir nicht erzählen?", fragte er sanft, und da brach es förmlich aus Azariel raus. Er erzählte von seinen Sprachschwierigkeiten und den Minderwertigkeitskomplexen, die daraus entstanden. Eigentlich erzählte er ihm alles, worüber er sich in den letzten Wochen den Kopf zerbrochen hatte. Nur eines verschwieg er: seine Eifersucht auf Conrad. Raguel würde es sicher verstehen, aber Neid war eine Sünde, genauso wie Zorn, und er musste nicht wissen, dass Azariel sich gleich zweier Süden bedient hatte. Nur, dass er es ja nicht mehr tat. Tatsächlich stellte er fest, dass er nicht mehr eifersüchtig auf Conrad war. Und warum auch? Bei den momentanen Lebensbedingungen wäre der Bursche schnell wieder weg. Auch zornig war er nicht mehr, letztendlich führte es doch zu nichts. „Unser König hat übrigens dieselben Probleme", sagte er schnell, um vom Thema abzulenken. Es funktionierte. „Der König von England", korrigierte Raguel ihn, „nicht unser König, wir haben keinen. Welches Problem hat er?"

„Einen Streit mit Philip II., dem Franzosenkönig. Ich weiß nicht, worum es geht, mein Gesprächspartner erzählte es mir.“ Raguel hatte die Stirn in Falten gelegt. „Richard Löwenherz und Philip II. führen Streit“, murmelte er. „Ja, davon habe ich gehört, oder zumindest so ähnlich. Der Volksmund verzerrt die Worte dann doch ein wenig. Schade nur, dass wir nicht wissen, warum. Sicher ist es wieder nur eine Lappalie, die schnell aus der Welt zu schaffen wäre.“ Azariel nickte müde. Wahrscheinlich stimmte diese These. Die Adeligen stritten sich doch alle drei Tage über irgendetwas Unwichtiges, warum sollte es diesmal anders sein? Er stützte den Kopf auf die Hände. Vielleicht war es an der Zeit, dass jemand etwas tat, um ihnen die Unsinnigkeit ihres Handelns aufzuzeigen. Sicher war es an der Zeit, denn es starben Menschen. „Hörst du mir zu?“, fragte Raguel. Azariel schreckte auf. Er war in Gedanken versunken und hatte ein wenig gedöst. „Wie meinen?“, fragte er benommen. Raguel lachte leise. „Du bist ja müde wie sonst was“, bemerkte er. „Leg dich lieber hin.“ Zwar wollte er sich weiter mit ihm unterhalten, aber Azariel war blass um die Nase – blasser als sonst, und das wollte etwas heißen – und unter seinen Augen lagen dunkle Ringe. Raguel sah ihm zu, wie er ins Bett schwankte, dann drehte er sich um und sah in die sternenlose Nacht.

3

Er befand sich in Westfrankreich. Woher er das wusste, konnte er nicht sagen, aber es war ein Traum, daher hinter-

fragte er es nicht. Generell hätte er sich überall befinden können, von seiner Umwelt sah er nicht viel, denn er stand in einem Gebäude. Ein prächtiges Gebäude, wahrscheinlich der Sitz eines Adeligen. Tatsächlich befand er sich in einem Schloss Philips II., den er nach ziellosem Herumwandern auch fand. Er saß an einem Tisch, der viel zu groß für eine einzige Person war, und das störte Azariel ein wenig. Als ein zweiter Mann, den er als Richard Löwenherz erkannte, sich dazusetzte, beruhigte er sich zumindest ein bisschen, aber eigentlich war der Tisch auch für zwei Personen zu groß. Während des folgenden Gesprächs verstand Azariel jedoch, warum sie einen so großen Tisch brauchten: damit sie sich nicht gegenseitig taub brüllten. Sie brüllten zwar trotzdem, aber nun konnte man es auf die große Distanz zwischen beiden schieben, deswegen wirkte es weniger aggressiv. Sie stritten sehr offensichtlich, aber Azariel verstand nicht recht, warum. Was auch immer es war, es ging ihm auf die Nerven. Darum trat er aus dem Schatten und ging zur Mitte des Tisches, wo beide ihn verstehen konnten.
„Beruhigt Euch", rief er energisch. „Nichts als hohle Worte und leere Drohungen sind es, die Ihr Euch an den Kopf werft. Wisst Ihr es nicht eigentlich besser? Solltet Ihr nicht Euren Völkern mit gutem Beispiel vorangehen?"
„Wer seid Ihr, uns Befehle erteilen zu wollen?", schrie Richard Löwenherz. Ein Blick Azariels ließ ihn verstummen. „Wer ich bin, tut nichts zur Sache, nur der Grund, aus dem ich hier bin."
„Der da wäre?", fragte Philip gelangweilt. Er hatte definitiv Besseres zu tun, als sich von zwei Männern gleichzeitig anschreien zu lassen. Azariel grinste, aber es war

kein gutes Lächeln, obwohl die Zähne dahinter gepflegt waren. „Ich bin hier, um Euch von Eurem Zorn zu befreien. Seit so langer Zeit führt Ihr schon diesen Konflikt, ist es nicht an der Zeit, ihn endlich zu vergessen? Habt Ihr denn nichts Besseres zu tun, als Euch anzuschreien wie kleine Kinder und nie zu einer Lösung zu kommen?" Die beiden Herren schwiegen eisern. Sie dachten nicht im Entferntesten daran, sich von einem dahergelaufenen Fremden etwas sagen zu lassen. Azariel seufzte. „Hier ist der Deal", sagte er. „Ihr hört auf, euch zu balgen, und fangt an, euch so zu benehmen, wie Ihr es solltet. Vorbildlich. Findet ein gemeinsames Interesse, geht auf die Jagd, wenn euch sonst nichts einfällt. Aber hört um eurer Völker willen auf, so zu tun, als wären sie unbeteiligt an dem Streit, denn sie sind unschuldig und müssen doch am ärgsten büßen." Damit ging er. Azariel bekam das darauf folgende Gespräch nicht mit, er war wieder in England und fiel in einen tiefen, von Erlkönigen geplagten Schlaf. Der andere jedoch, der sich seines Geistes im Schlaf bedient hatte, da er nicht anders konnte, saß verborgen hinter einem Wandteppich und lauschte den Königen. Sie schimpften auf den Fremden, der die Frechheit besessen hatte, ihnen vorzuschreiben, was sie zu tun und zu lassen hätten. Doch das gemeinsame Fluchen, so unschön es auch klingen mochte, war gut, denn sie taten es gemeinsam. Und als sie fertig waren, gingen sie – wie vorgeschlagen – jagen, wobei sie über alles und nichts plauderten und sich so gut verstanden, dass sie beschlossen, ihren Konflikt beizulegen. „Zumindest vorerst", meinte Richard Löwenherz und Philip II. lachte dröhnend.

Der Dritte webte sich währenddessen langsam in die Gedanken der beiden Könige ein, rief alte Erinnerungen hervor und pflanzte eine Idee. Sie sollte den beiden helfen, sich wirklich miteinander zu verbünden. Nicht nur auf der Jagd, sondern auf dem Schlachtfeld. Denn welcher Krieg war schöner als der, den man Seite an Seite mit seinen Freunden ausfocht? Welcher Sieg schmerzte mehr als der, den man über geliebte Tote erreichte? Es war früher Morgen, als die Saat ihre ersten Früchte trug und es war Richard Löwenherz, der sie aussprach. „Papst Gregor III.“, begann er, „hat mir vor drei Jahren den Heiligen Krieg erklärt. Könnt Ihr Euch das vorstellen? Dabei hatte ich mit Euch genug Scherereien.“ Philip setzte sich auf. „Ob Ihr es glaubt oder nicht: mir auch“, rief er. „Was für ein Zufall!“ Doch Zufälle gab es nicht und jener hinter dem Wandteppich wusste es nur zu genau. „So er denn unbedingt Krieg will, soll er ihn bekommen.“ Und darauf tranken sie. Am nächsten Tag, einem in Westfrankreich sonnigen und in England verregneten Maitag, sollte es bekannt gegeben werden. Der dritte Kreuzzug würde beginnen und es sollte der grausamste von allen werden.

4

Azariel bekam davon nichts mit. Für etwa fünf Sekunden lag er nach dem Aufwachen im Bett, mit dem Gefühl, etwas richtig gemacht zu haben. Was genau, das wusste er nicht, aber es hatte irgendetwas mit Vergebung zu tun und es war richtig gewesen. Dann öffnete er die Augen oder versuchte es zumindest. Sie waren vom Schlaf so verklebt, dass er sich halb blind im Bett aufrichtete und die gelben Krümel fast rabiat aus seinen Augen entfernen musste. Noch immer müde, sah er sich im Raum um. Er war allein und es war erstaunlich kalt. In ungewohnter Manier – normalerweise war er Frühaufsteher – raffte er die Decke vor der Brust zusammen und legte sich noch mal hin. Sein Kopf pochte unangenehm, ihm war, als drehe sich alles und jedes Mal, wenn er schluckte, kratzte seine Kehle. Also schlief er weiter, allerdings sehr unruhig, wachte immer wieder auf und konnte Traum nicht von Realität unterscheiden, bis er schließlich in einen tiefen, traumlosen Schlaf fiel. Er wusste nicht, was mit ihm los war, denn er hatte dergleichen noch nie erlebt. Aber als Raguel am Nachmittag nach ihm sah, wusste er sofort, was falsch war. Azariel hatte sich durch das stundenlange Sitzen im Regen gehörig erkältet. Er half ihm, sich aufzusetzen und gegen die Wand zu lehnen, dann gab er ihm zu trinken. Azariel zitterte, gleichzeitig schwitzte er. Es ging ihm unübersehbar schlecht, und ihn so sehen zu müssen, tat Raguel leid. „Ich bin gleich wieder da", sagte er sanft und Azariel nickte abwesend. Raguel ging hinaus und riss ein Leinentuch in vier Stücke, von denen je zwei etwa gleich groß waren, die zwei kleinen Stücke tauchte er in eine Mischung aus Wasser und Essig. Wieder bei Azariel umwickelte er dessen Waden erst mit den nassen, dann mit den trockenen Tüchern. „Das hilft, das Fieber zu senken", erklärte er auf seinen fragenden Gesichtsausdruck hin. „Nasse Tücher? Bist du dir sicher, dass du dich nicht bei Conrad mit Dummheit angesteckt hast?"

Raguel stand auf. „Siehst du, sie wirken schon. Immerhin geht es dir so gut, dass du bissige Kommentare machen kannst.“ „So habe ich es nicht gemeint“, sagte Azariel schnell. Er konnte nicht komplett regulieren, was aus seinem Mund kam und was er in Gedanken behielt. „Mach dir keinen Kopf“, sagte Raguel, der sich wieder auf die Bettkante gesetzt hatte. Er legte ihm einen kühlen Lappen auf die fieberheiße Stirn und strich ihm ein paar Haarsträhnen aus dem Gesicht. „Schlaf einfach.“ Und das tat er. Azariel schlief lange und hatte entsetzliche Träume, die manchmal noch anzudauern schienen, obwohl er bereits aufgewacht war. Nur, wenn ihm der Lappen von der Stirn rutsche und er Raguels Hand beruhigend auf seiner Stirn spürte, fand er zurück in die Realität. Dann erzählte er zitternd die Stellen des Traumes, an die er sich noch erinnerte. Das Thema seiner Träume war immer unterschiedlich, er vergaß sie schnell, doch zwei Dinge blieben immer gleich: das verstummende Geräusch von Fußstapfen im Schlamm und Glöckchen, die im Wind wehten, ohne einen Laut von sich zu geben. Er hatte unvorstellbare Angst vor diesen stummen Geräuschen, konnte sich aber selbst nicht den Grund erklären und Raguel noch weniger. Und das musste er nicht. Raguel war da, wenn er aufwachte, und er war auch da, wenn er wieder einschlief. Er bot Sicherheit und Wärme und konnte ihn jedes Mal überzeugen, dass er keine weiteren Albträume mehr haben würde, wenn er jetzt schliefe, sondern gesund werden würde. Und obwohl er tief im Inneren wusste, dass keine Macht der Welt ihm diese Albträume und diese Angst nehmen konnte, ließ er sich gerne zum Schlafen überreden. Denn er wusste, wenn er aufwachte, würde Raguel da sein, um ihn aufzufangen. Und er war immer da – bis Azariel den schlimmsten Traum hatte … Er war allein im Zimmer, zitterte, und wo er auch hinsah, Raguel war nicht zu finden. Außerdem war das Haus komisch. Noch nie war ihm aufgefallen, dass die Wände feucht waren, fast zu schimmeln schienen. Die Temperatur war weiter gesunken, doch unter der Bettdecke war es drückend heiß, und als er sich freigestrampelt hatte, fror er sofort. So gab es keine Lösung für das Hitzeproblem und während er immer verzweifelter versuchte, einzuschlafen, um diesem atmenden, diesem lebendigen Haus zu entfliehen, kam das Geräusch von ausklingenden Fußstapfen im Schlamm immer näher, begleitet von den stummen Glöckchen. Er kniff die Augen zu, biss die Zähne aufeinander und wollte sich zum Einschlafen zwingen, während die Geräusche näher und näher kamen und drohten, ihn zu … Er wachte auf. Schweißnass und immer noch verängstigt wachte er auf. Raguel saß auf der Bettkante und sah ihn besorgt an. „Ist alles in Ordnung? Du bist ganz bleich." Azariel sah sich um. Er war nicht allein und die Wände lebten nicht, es war nur ein Traum gewesen. Ein dummer Albtraum, der ihn bis in die Knochen erschüttert hatte. „Alles gut", hörte er sich selbst sagen, obwohl freilich nicht alles gut war. „Ich komme schon zurecht." Raguel nickte beruhigt. „Wunderbar. Dann gehe ich mir mal die Beine vertreten, ja?" Mit diesen Worten stand er auf und ließ Azariel allein, was er sogar gut fand, denn sobald er hörte, wie die Tür ins Schloss fiel, legte er den Kopf auf die Knie und weinte so lange, bis er wieder einschlief.

5

Es wurde nie wieder so schlimm mit den Albträumen, jedenfalls nicht in dieser Zeit. Er lag fast eine Woche lang im Bett und schlief die meiste Zeit davon ruhig. Als er sich langsam besser fühlte, stand er ab und zu auf, um seine eingerosteten Glieder zu bewegen, und bald war die Erkältung vorbei. Nur ein schwaches Kratzen im Hals blieb – zusammen mit der Erinnerung an den Traum und die Tränen, die er vergossen hatte bei dem Gedanken daran, Raguel zu verlieren.
Der erste Spaziergang sorgte für große Verwirrung. Es war nicht so, dass das Dorf tatsächlich gänzlich ausgestorben war. Das Dorf war auf andere Art tot. Er sah vereinzelt Frauen durch die Gegend huschen, doch sie waren so schnell und leise, dass er ihre Schritte nicht hören konnte. Sie eilten mit gehetzten Gesichtern durch die Gegend, schienen ihre Häuser nur zu verlassen, wenn es unbedingt notwendig war. Keine blieb stehen, wenn sie eine andere sah, man unterhielt sich nicht über die Kinder, den letzten Gottesdienst oder die Besorgungen, die man gerade erledigte; nickte sich nur schnell zu und ging mit gesenktem Kopf dem eigenen Geschäft nach.
Die Jugendlichen fehlten. Die jungen Mädchen, die mit zierlichen Schritten ihren Müttern hinterher eilten und nur ab und zu aufsahen, um einen schnellen Blick auf einen der Jungen zu werfen. Besagte Jungen, die auf den Baustellen arbeiteten und ausgerechnet dann, wenn die Mädchen vorbeiliefen, ihre Muskeln spielen ließen und die schwersten Gegenstände anheben mussten – sie waren

weg. Ebenso die Männer. Eine ungute Ahnung machte sich in Azariel breit, als er durch die leeren Gassen schlenderte und versuchte, sich zusammenzureimen, was passiert war, was passiert sein konnte und was er alles verpasst hatte. Er achtete nicht auf seinen Weg, bis ein empörter Ausruf ihn aus seinen Gedanken riss.

Auf der Schwelle eines Hauseingangs saß eine junge Dame von etwa zwanzig Jahren. Ihr Rock war verdreckt, auf ihrer Bluse prangten unzählige Kohleflecken und unter einer schmutzigen Haube, die schief auf ihrem Kopf saß, sahen ein paar verfilzte Haarsträhnen hervor. Sie kaute auf einem ungesund aussehenden Maiskolben, den sie sinken ließ, um ihn böse anzufunkeln – er war ihr versehentlich auf den Fuß getreten.

„Passt doch auf, wo Ihr hintretet", keifte sie. Er entschuldigte sich, dann setzte er sich neben sie auf die Stufe. „Könnt Ihr mir sagen, wohin jeder verschwunden ist?", wollte er wissen. Die Dame sah ihn ungläubig von der Seite an.

„Ihr wollt wissen, wo die Leute sind?", wiederholte sie.

„Genau das."

„Dann müsst Ihr wohl in den letzten Wochen weder Augen noch Ohren gehabt haben, sonst hättet Ihr es mitbekommen. Es spricht doch niemand mehr von etwas anderem."

„Wie mir scheint, spricht überhaupt niemand", murmelte er. „Ihr habt recht, ich war gewissermaßen aufnahmeunfähig in der letzten Zeit, hatte eine Erkältung. Aber Ihr sprecht in Rätseln, was ist denn nun geschehen?"

Sie seufzte und ließ sich Zeit mit der Antwort, knabberte die letzten Körner vom Maiskolben und warf ihn in den

Straßengraben. „Ich gehe nicht davon aus, dass Philipp II. Euch etwas sagt“, begann sie in arrogantem Ton. „Ich weiß wohl, wer er ist“, schnappte Azariel beleidigt, „und ich weiß auch, dass er einen Streit mit unserem König hatte.“
„Wenn Ihr das alles wisst, warum fragt Ihr dann überhaupt?“, fragte sie spitz.
„Weil ich nicht weiß, was danach passierte. So, wie ich es verstanden habe, sind die beiden jetzt befreundet. Und dann?“
„Die beiden ‚Freunde‘, wenn Ihr sie so nennen möchtet, sind zusammen in den Heiligen Krieg gezogen.“
Er zog die Brauen nach oben. „Ein Kreuzzug? Noch einer?“
Die Dame nickte. „Genau, ein Kreuzzug. Jener Mist, den sie uns als gut verkaufen, obwohl er genauso schlimm ist wie jeder andere Krieg. Das dürfte Eure Frage, wo alle Männer sind, beantworten. Nicht aber meine. Warum seid Ihr noch hier? Ihr seid doch wohl auch ein Mann, oder nicht?“
„Ich war krank“, wich er aus, „wie erwähnt. Mein Freund hat es wohl geschafft, mich als nicht existent auszugeben, er selbst ist auch nicht im Krieg.“ Jedenfalls hoffte er das, hatte er Raguel doch seit dem Morgen nicht gesehen. Die Dame nickte. „Ihr hattet Glück. Und wenn ich Euch einen Rat geben darf: Bleibt zu Hause. Hier kommen ab und zu Reiter vorbei, die jene einsammeln, die versuchen, sich vor dem Kampf zu drücken. Unglaublich, dass manche Männer lieber leben, als in einem hässlichen Krieg zu sterben.“ Sie verdrehte die Augen so stark, dass für einen Moment nur das Weiße zu sehen war, und Azariel klar wurde, dass sie sarkastisch sprach. Offensichtlich war sie ziemlich wütend auf irgendjemanden. „Ihr klingt nicht gerade zufrieden“,

sprach er sie darauf an. „Natürlich nicht!“, schrie sie und Zorn blitzte in ihren Augen auf. „Diese Nichtsnutze von Königen schaffen es für einen Augenblick, ihre Streitereien beizulegen, und das Erste, was ihnen einfällt, ist irgendein Krieg. Nur, weil sie gut drauf sind, müssen unzählige andere leiden. Es wird immer am Proletariat ausgelassen, einfach immer, und das ist eine hundsgemeine Frechheit, aber das interessiert sie ja nicht. Und es interessiert sie genauso wenig, dass sie nicht nur die Leben derer ruinieren, die im Krieg sterben, sondern auch derer, die zurückkommen und traumatisiert sind, und aller, die zu Hause bleiben und jeden Tag zu Gott beten, Er möge den Ehemann oder Bruder oder wen auch immer nicht zu sich holen, oder es eben doch tun, denn wenn sie zurückkommen, sind sie verändert.“ Tränen standen in ihren Augen, sie blitzte Azariel gleichermaßen wütend wie verzweifelt an. „Und glaubt ja nicht, ich sei die Einzige, die so ein Theater veranstaltet. Ihr hättet meine Mutter sehen sollen. Als sie erfuhr, dass mein Vater in den Krieg ziehen muss, ist sie vor Schreck tot umgefallen. Jetzt sitzt mein Vater irgendwo im Orient und ist in Sorge – nicht um sich, obwohl er das bitteschön sein sollte, sondern um seine fünf Töchter, die alle in England sind, keinen Mann mehr an ihrer Seite haben und wahrscheinlich den nächsten Winter nicht überleben werden.“ Sie stampfte mit dem Fuß auf, wie ein kleines Kind. „Es ist einfach unfair“, brachte sie noch hervor, dann hielt sie sich die schmutzige Schürze vors Gesicht und fing an, hinein zu weinen. In diesem Moment trat Conrad um die Ecke. Er sah die weinende Frau an, dann Azariel und wieder zurück, zog die Stirn in Falten. Azariel bedeutete ihm, sich statt seiner auf die Stufe zu setzen, dann stand er auf und ging fast fluchtartig davon. Allerdings nur bis zur nächsten Ecke, von wo aus er die beiden hören, sie ihn aber nicht sehen konnten. „Was habt Ihr denn?“, fragte Conrad besorgt. „Meinen Vater verloren, das habe ich“, spie sie ihm unter Tränen entgegen. Sie schien nicht mal zu bemerken, dass sie mit einer anderen Person sprach als davor. „Oh“, meinte Conrad wenig hilfreich. Und: „Tja.“ Er sah sich hilfesuchend in der Gegend um, aber da war nichts. Bis ihm etwas einfiel. Lächelnd wandte er sich zu ihr. „Seht es positiv“, rief er, „falls er wiederkommt, werdet Ihr Euch umso mehr freuen, ihn zu sehen.“ Das Weinen verstummte für einen Moment, nur, um dann mit doppelter Lautstärke wieder einzusetzen. „Was ist denn nun?“, fragte er verdattert. „Das war doch bloß ein Scherz, beruhigt Euch.“

„Schönen Scherz habt Ihr Euch da erlaubt“, heulte sie. „Jetzt habe ich auch noch Angst vor der Zukunft. Ganz toll.“

„Ich wollte nur etwas Gutes tun, um Euch ein bisschen aufzuheitern“, versuchte Conrad weiter, sich zu verteidigen, obwohl es so offensichtlich nichts brachte. Sie sah ihn mit verschleiertem Blick an. „Jetzt sage ich Euch mal was. Hört gut zu, denn ich werde es sicher nicht wiederholen: Es ist egal, wie lieb und nett und gut Ihr etwas meint, wenn es beim anderen nicht gut ankommt, dann war es nicht gut. Das Gesagte kann man nur anhand der Reaktion der Angesprochenen beurteilen, und wie Ihr seht, fasse ich es sehr negativ auf, besten Dank.“ Er schwieg und sie trocknete ihre Tränen. Das Sprechen hatte ihr gutgetan und sie konnte wieder klar denken. Auch bemerkte sie jetzt, dass sie den jungen Mann, der vor ihr saß, noch nie gesehen hatte. „Wer seid Ihr überhaupt?", wollte sie deshalb wissen, „und vor allem, warum seid Ihr nicht im Krieg?" Conrad zog den Hut. „Mein Name ist Conrad Buchholz und ich bin nicht im Krieg, weil ich aus dem Frankenreich komme, das nicht am Krieg beteiligt ist. Und mit wem habe ich die Ehre?" „Crysilda Abbott", stellte sie sich lächelnd vor. „Ihr seid also Franke? Anhand eurer Sprache hätte ich es nie feststellen können." Hinter der Mauer verdrehte Azariel die Augen. Natürlich hätte Miss Abbott seine Herkunft heraushören können, wahrscheinlich hatte sie es sogar und war nur zu höflich, um es ihm zu sagen. Oder aber, sie hatte bemerkt, dass es sich bei Conrad um ein männliches Wesen handelte, das wahrscheinlich arbeitete und für sie eine Chance darstellte, den Winter zu überleben. Gerade wollte Azariel aufstehen, da hörte er Hufgetrappel auf dem Kopfsteinpflaster und überlegte es sich anders. So ein Versteck, entschied er, war sicherer als die Flucht vor dem Soldaten, den er aus dem Augenwinkel sah und der ihn, wenn er sich nicht sehr schnell eine gute Ausrede einfallen ließ, wahrscheinlich zum Kriegsdienst rufen würde. Der Soldat stoppte das Pferd vor Conrad und Crysilda und wechselte einige Worte mit ihnen, die Azariel nicht verstand. Es schien aber um ein unerfreuliches Thema zu gehen, denn Conrads Miene verfinsterte sich und Crysilda begann, wild zu gestikulieren. „Er muss nicht in den Heiligen Krieg", protestierte sie lautstark. „Er ist kein Engländer." Sie wurde mit einem vernichtenden Blick zum Schweigen gebracht. Azariel konnte beobachten, wie der Soldat Conrad zwang, mit ihm zu kommen und Crysilda sich zurück auf die Stufe setzte, wo sie wieder zu weinen begann. Er wartete, bis das Pferd nicht mehr zu hören war, dann machte er sich auf den Weg nach Hause.

6

Benommen ließ er sich auf einen Stuhl sinken. Conrad musste in den Krieg ziehen und es war seine Schuld. Wahrscheinlich war er eh auf dem Heimweg gewesen, als Azariel ihn angehalten und genötigt hatte, sich zu Miss Abbott zu setzen. Aus dem einfachen Grund, dass er selbst nach wie vor nicht wusste, wie man mit einer weinenden Person umging. Dass er den Jungen dabei gefährdet hatte, war ihm nicht in den Sinn gekommen, und hätte er es gewusst, so hätte er ihn nie dieser Gefahr ausgesetzt. Er mochte ihn nicht, aber das bedeutete nicht, dass er ihm Schlechtes wünschte. Jetzt musste er also in den Krieg ziehen, in ein Land, das er nicht kannte, für ein Land, das nicht seine Heimat war. Azariel vergrub den Kopf in den Händen. Der arme Junge! Und er war schuld an alledem. Raguel würde ihn hassen. Moment.

Er sah auf, konnte nicht glauben, dass er das allen Ernstes gedacht hatte. Raguel würde ihn hassen? Natürlich nicht! Sie kannten einander schon so lange und waren so eng befreundet; er würde nicht einfach anfangen, ihn zu hassen. Und doch … Eine Stimme in seinem Kopf sagte ihm, dass genau das der Fall sein würde. Sie war nicht laut, diese verfluchte Stimme, aber laut genug, um Azariel in schiere Panik zu versetzen. Erst jetzt wurde er sich seines Tuns vollkommen bewusst. Er hatte etwas Gutes tun wollen, hatte gedacht, Conrad könne Crysilda besser trösten als er selbst, und jetzt befanden sie sich in einer Situation, in der Raguel einen Freund verloren hatte, der mehr als sicher im Krieg sterben würde. Wie hatte Crysilda das ausgedrückt? Man sah die wirkliche Natur seines Handelns nur an der Reaktion der anderen? Wie schrecklich wahr. Er sprang auf, doch da er unfähig war, etwas zu tun, ließ er sich kraftlos wieder in den Stuhl sinken und schloss die Augen. Nur kurz schlafen, dann wäre dieser Albtraum vorbei. Er schlief nicht und der Albtraum, der sein Leben war, zog ungehindert, fast gleichgültig, weiter. Hinter geschlossenen Lidern sah er es sogar. Das Rufen auf der Straße gehörte zu zwei Frauen, die sich durch die Fenster unterhielten, er sah, wie eine ihr Kissen ausklopfte und die andere in einer Suppenschüssel rührte. Das aufgebrachte Schnattern gehörte zu drei Gänsen, die von ein paar Buben mit einem Stock gejagt wurden, und die herrische Stimme, die kurz darauf ertönte, war die ihrer Großmutter, die es ihnen verbot und sie ins Haus befahl, es waren weiß Gott schwere Zeiten und sie sollten sich was schämen, den armen Tieren so einen Schrecken einzujagen. Und das fröhliche Summen, das so fehl am Platz wirkte, war Raguel. Er öffnete die Augen. Raguel? Panisch stand er auf und riss in seinem Schwung den Stuhl um. Er stellte ihn wieder hin, konzentrierte sich aber nicht, deswegen fiel er erneut um und er merkte es nicht mal. Zu sehr versuchte er, sich auszumalen, was passieren würde, wenn Raguel durch die Tür trat und fragte, wo Conrad war. Er wird sauer sein, schrie die Stimme in

seinem Kopf, die entfernt so klang wie die Stimme des Durchreisenden, mit dem er sich vor Wochen unterhalten hatte. Die Tür öffnete sich und Azariel erstarrte. „Was machst du denn für einen Lärm?“, fragte Raguel belustigt. Angesprochener sah auf den Stuhl, der nach wie vor auf dem Boden lag. „Oh, habe ich gar nicht bemerkt“, stotterte er und stellte ihn erneut auf. Raguel sah ihn von der Seite an. Besorgnis lag in seinem Blick. „Ist alles in Ordnung? Du verhältst dich seltsam.“ Jetzt wäre der Moment, es ihm zu sagen, dachte Azariel, jetzt kannst du es vielleicht so drehen, dass er nicht ganz wütend auf dich ist. Aber Raguel ließ ihm keine Zeit zu antworten. „Und wo steckt eigentlich Conrad?“, fragte er und machte Azariels Hoffnung auf einen milden Ausgang damit zunichte. „Conrad“, begann er langsam und versuchte, seine Worte so harmlos wie möglich zu formulieren, „ist bald im Orient.“
„Im Orient? Was soll er denn da machen?“
„Kämpfen.“
„Was?“
„Im Heiligen Krieg.“
„WAS?“ Während das erste ‚Was‘ noch aus reinem Unverständnis ausgesprochen worden war, so schrie er das zweite förmlich heraus. „Conrad ist im Krieg? Warum das bitte?“
„Ein Soldat hat ihn auf der Straße mit einem Mädchen gesehen und ihm befohlen, das Land gegen Saladin zu verteidigen.“ Raguel schwieg benommen. „Das ergibt natürlich keinen Sinn“, plapperte Azariel schnell weiter, „er ist ja nicht mal Engländer, warum sollte er also in den Krieg ziehen? Dem Soldaten war das aber ziemlich egal.“
„Woher weißt du das?“, unterbrach Raguel ihn.

„Woher weiß ich was?“
„Stell dich bitte nicht dumm, Azariel, ich weiß, dass du es nicht bist. Und du weißt mehr, als du zugeben willst. Woher weißt du, dass er bei einem Mädchen war und dem Soldaten seine Nationalität egal war? Er wird wohl kaum Zeit gehabt haben, es dir zu erzählen. Woher weißt du es also“, seine Augen weiteten sich, „wenn du nicht selbst dabei warst?“
Azariels Schweigen sprach für sich. Es wäre so einfach gewesen, jetzt zu lügen, aber das wollte er nicht. Er konnte Raguel nicht anlügen, welche Konsequenzen auch immer die Wahrheit mit sich brachte. Raguel schlug sich die Hand vor den Mund. „Du warst dabei“, rief er erstickt, „und hast ihm nicht geholfen. Wie konntest du nur? Ist dir klar, was Krieg bedeutet, Azariel? Es bedeutet Tod und Trauma. Conrad wird sich eines von beiden aussuchen und glaub mir, egal was er wählt, es wird nicht richtig sein.“ Er winkte heftig ab, als Azariel etwas sagen wollte. „Ach, hör schon auf. Lass uns einfach hoffen, dass er den schnellen Tod findet.“
„Was hätte ich denn tun sollen?“, rief Azariel. „Den Soldaten anhalten! Irgendetwas rufen, das ihn ablenkt, damit Conrad abhauen kann!“
„Dann hätte er mich wohl ebenfalls mitgenommen.“
„Du bist ein Engel, du kannst dich aus jeder Bredouille befreien. Er ist ein Sterblicher, er kann sterben, verdammt noch mal!“ Sie schwiegen betreten. Azariel konnte sich nicht erinnern, Raguel jemals fluchen gehört zu haben, und er schämte sich ein wenig dafür, der Grund zu sein, dass er es jetzt tat. „Tut mir leid“, murmelte er irgendwann. „Spar dir das“, zischte Raguel, „es stimmt ja doch nicht. Du konntest ihn noch

nie leiden, wahrscheinlich bist du sogar froh, dass er weg ist." Eine steile Falte erschien zwischen Azariels Augenbrauen. Natürlich war er in diesem Streit im Unrecht, aber diese Anschuldigungen trafen einfach nicht zu. Es tat ihm leid. „Findest du das besonders fair?", fragte er deshalb. „Ja, ich mochte ihn nicht, aber deswegen lasse ich ihn doch nicht blind in sein Verderben rennen. Er ist immerhin einer deiner Freunde." „Gewesen", schnappte Raguel zurück. „Er ist ein Freund gewesen. Jetzt wird er nicht mehr da sein, um mit mir befreundet sein zu können." Sie schwiegen trotzig und weigerten sich, den anderen anzusehen. Als Azariel diesmal zurück an die Arbeit ging, verabschiedeten sie sich nicht. Zum ersten Mal trennten sie sich im Streit.

Kapitel 12

1

Er war ihr nie fremdgegangen. Das hatte er bei ihrer Hochzeit gelobt und dieses Versprechen nie gebrochen, denn er nahm das Eheversprechen nach wie vor sehr ernst. Fremdgehen, so hatte er damals gedacht, war das Schlimmste, das man seiner Partnerin antun konnte, und diese Ansicht hatte sich im Laufe der Jahre nicht geändert. Aber jetzt – zehn Jahre und zwei Kinder nach dem Tag am Altar – am Weihnachtsabend des Jahres 1994 hatte eine einzige Frau die Macht, das zu ändern. Er wollte es nicht. Natürlich wollte er es nicht, und wenn er die Wahl gehabt hätte, dann säße er jetzt mit Angelina am Küchentisch und wickelte die Geschenke für Catia und Nick ein, um sie anschließend unter dem Kamin zu drapieren. Aber er hatte diese Wahl nun einmal nicht. Der Anruf kam gegen elf Uhr nachts und die Dame klang sehr aufgeregt, sprach von einer übergelaufenen Dusche, die das gesamte Badezimmer überflutet hatte, und so konnte sie nicht los, dabei musste sie den nächsten Zug nach Birmingham erwischen, wo sie Weihnachten mit der Familie feierte, und es wäre wohl das letzte Fest mit ihrer leukämiekranken Tante, deswegen *musste* sie einfach in diesen Zug. Wäre es nach ihm gegangen, hätte er es einfach als einen Haufen Lügen abgetan (was es auch war, aber das erfuhr er erst später), aber es ging nicht nach ihm. Gewissermaßen war Angelina schuld an dieser ganzen Situation, denn es war ihr weiches Herz gewesen, das ihm quasi befahl, der armen Anruferin zu helfen. Sie musste ihn praktisch zur Tür hinausschieben, während sie über Nächstenliebe und Weihnachtsfrieden plapperte (natürlich leise, um Catia und Nick nicht zu wecken). Bei der Dame angekommen sah er sich das Bad allein an (auf dem Boden war nicht mehr Wasser, als hätte jemand hastig einen Eimer umgestoßen), beachtete es allerdings kaum. Die Dame hatte sich ihm noch nicht gezeigt. Mit Geschrei aus dem Schlafzimmer hatte sie ihm zu verstehen gegeben, gerade nichts anzuhaben und ihn deshalb erst in ein paar Minuten empfangen zu können. Außerdem hatte sie ihm ihren Namen verraten, Marcy Haddock, und das war der Grund, aus dem er sich nicht auf seine Arbeit konzentrieren konnte. Denn er meinte, sie zu kennen. Was Blödsinn war. Sie hatten sich seit der Highschool nicht mehr gesehen und sicher gab es ein paar Hundert Frauen mit dem Namen Marcy Haddock in Großbritannien, es konnte unmöglich die Marcy Haddock sein. Die Marcy Haddock, die ihm in der elften Klasse das Herz gebrochen hatte; die Marcy Haddock, die ihm mit ihrem Hüftschwung den Kopf verdreht hatte; die Marcy Haddock, die er begehrt und die ihn nie rangelassen hatte. Es konnte sie nicht sein und er wollte nicht, dass sie es war. Gleichzeitig wusste er, dass sie es war. Er hatte sie an ihrer seidig weichen Stimme erkannt. So eine Stimme vergaß man nicht einfach so, vor allem nicht, wenn sie einem einst mit liebevoller Grausamkeit vermittelt hatte, nicht in ihn verliebt zu sein. Er stand auf, wollte gerade wieder gehen, aber sie stand in der Tür und es war tatsächlich sie. Marcy Haddock hatte blondes Haar, das ihr glatt über den Rücken fiel, ihre vollen Lippen sahen aus wie ein dunkel geschminktes Herz, ihre braunen Augen hatte sie mit schwarzen Kajal umrandet. Sie trug ein Kleid, das man eigentlich nicht als Kleid bezeichnen konnte, viel zu kurz war es. Sie lächelte und wahrscheinlich war das der Grund, aus dem er blieb. „Hallo“, sagte sie rauchig. „Dann habe ich mich also richtig erinnert. Sebastian Watts aus Mrs. Henningsens Geschichtsunterricht?“ Er nickte, konnte nichts sagen. Sie verzog die Lippen zu einem Schmollmund, der leichte Falten in den Lippenstift warf. „Entschuldige die späte Störung ausgerechnet an diesem Tag, aber ich war so einsam und habe deine Nummer im Telefonbuch gefunden. Du bist mir doch nicht böse, oder?“ Er schüttelte den Kopf. „Gut“, gurrte sie. „Wie geht es dir? Ist ja schon ewig her, dass wir uns das letzte Mal gesehen haben. Zwanzig Jahre, vielleicht mehr …“

„Einundzwanzig Jahre und drei Monate“, brachte er hervor. Er hatte gezählt. Natürlich hatte er gezählt, schließlich war es seine letzte Begegnung mit ihr gewesen. „Süß“, sagte sie und ging ins Schlafzimmer zurück, er folgte ihr wie selbstverständlich. „Was hast du seitdem gemacht?“

„Oh, das Übliche“, nuschelte er. „Klempnerunternehmen gegründet, geheiratet, Kinder bekommen, ein Haus gebaut. Nichts Besonderes.“ „Geheiratet?“ Eine ihrer perfekt gezupften Brauen wanderte in die Höhe. „Wen?“

„Ein Mädchen namens Angelina. Du kennst sie nicht, aber du wärst sicher begeistert.“

„Meinst du wirklich?“ Nein, aber er wollte seiner Frau wenigstens diesen Respekt zollen, deshalb nickte er. „Ist sie hübsch?“

„Wunderschön.“

„Schöner als ich?"
Bevor er sich aufhalten konnte, rutschte ihm heraus: „Niemand ist schöner als du." Marcy nickte zufrieden.
„Hat sie volleres Haar als ich?"
„Nein."
„Hat sie tiefere Augen als ich?"
„Nein."
„Fühlt es sich besser an, wenn du sie küsst oder mich?"
„Wenn ich dich küsse."
Sie ging um ihn herum, beugte sich zu seinem Ohr und flüsterte: „Und was würde sie tun, wenn sie wüsste, dass ich gerade keine Unterwäsche trage?"
Das war er. Das war der Moment, in dem Sebastian entschied, dass es egal war, ob er Angelina untreu wurde oder nicht, der Moment, in dem er entschied, mit Marcy zu schlafen, wie er es seit 22 Jahren tun wollte. Jedenfalls dachte er, dass das der Moment war. Den anderen, den *richtigen*, hatte er in der Sekunde vergessen, in der er vorbei war. Es war ein winziger Augenkontakt gewesen. Marcys Wohnung befand sich im Erdgeschoss eines Mehrfamilienhauses, direkt gegenüber einem Pub, dessen Leuchtreklame nervig blinkte. Auf der Treppe vor diesem Pub saßen zwei Männer. Diese Männer hatten sich geküsst, als Sebastian und Marcy das Schlafzimmer betreten hatten, und er hatte es bemerkt. Ein Ausdruck des Ekels war ihm übers Gesicht gehuscht, dann hatten die beiden sich voneinander gelöst und einer der beiden, der mit den zerzausten roten Haaren, hatte hochgesehen und ihm direkt in die Augen geblickt. Er hatte den Blick abgewandt und die zwei vergessen, aber das

war der Moment gewesen. Der Moment, in dem ein Schalter in seinem Gehirn umgelegt worden war und sich folgender Gedanke gebildet hatte: Wenn diese zwei draußen sitzen und sich auf offener Straße küssen können, ohne dass ein Blitz vom Himmel fährt und sie auf der Stelle grillt, dann kann ich Angelina ganz kurz betrügen – sie wird es eh nicht erfahren. Er wusste das nicht mehr (eigentlich wusste er gar nichts mehr), war bloß damit beschäftigt, Marcy Haddock auf das Bett zu werfen. Aber der rothaarige Mann wusste es, machte sich in Gedanken eine Notiz und musste am nächsten Tag nicht arbeiten.

2

Er dachte nicht weiter an die beiden, sondern konzentrierte sich auf Mr. Farell, der noch immer über seine Frage nachdachte. Der Schnee fiel leise um sie herum und legte sich auf ihre Mäntel, verfing sich in ihren Haaren. Eine Schneeflocke landete auf Mr. Farells Lippen, wo sie sofort schmolz und Mr. Cacey an ihren Kuss erinnerte. Er war sich bewusst, dass er ziemlich unverhohlen auf seine Lippen starrte, doch entschied: Wenn er daraus folgerte, dass er noch einen Kuss wollte, so lag er damit richtig. Mr. Cacey legte den Kopf schief und ließ den Blick langsam von seinen Lippen zu seinen Augen und wieder zurückwandern – so lange, bis Mr. Farell sich auf die Unterlippe biss und den Kopf wegdrehte. Da lächelte er schmal.
„Also?“, fragte er. Mr. Farell überlegte. Er wusste, was es bedeutete, jetzt mit ihm zu gehen, und er wusste ebenfalls,

dass es falsch war. Aber er war nicht gefragt worden, ob er zu ihm gehen *sollte*, sondern ob er *wollte*. Und zu seinem eigenen Erstaunen war die Antwort ein klares Ja – im Moment mehr als alles andere. Mr. Cacey hatte etwas Magisches an sich, in seinem Auftreten. Die schwarze Kleidung, der Silberohrring, der Zopf, den er schon immer hatte öffnen wollen, nur um zu sehen, wie sein Haar aussah, wenn es nicht straff nach hinten gekämmt war. Seine gesamte Ausstrahlung war magisch, er wirkte, als könne nichts und niemand ihm etwas antun, als wäre er mit sich selbst in bester Gesellschaft und brauchte niemanden sonst – und genau dort sah er etwas Tragisches in ihm. Etwas Einsames, als könnte er in dem schwarzen Jaguar von allen weltlichen Problemen davonfahren, wenn er es wollte – schließlich hielt ihn nichts hier. Bei ihren ersten Treffen hatte er nichts davon mitbekommen. Er hatte Mr. Cacey so gesehen, wie er sich gab: unnahbar, zynisch und ein wenig gefährlich. Und vielleicht war er das auch, aber definitiv nicht so stark, wie er es gerne hätte. Das hatte er im Verlauf des Abends mitbekommen, während die Musik leiser und die Drinks stärker wurden. Mr. Cacey war unnahbar, zumindest in ein paar Beziehungen. Es gab Dinge, die er ihm verheimlichte, von denen er wusste, dass er sie ihm gerne erzählen wollte, es aber nicht konnte. Er war auch zynisch, was man an seiner Weltansicht erkennen konnte. Tatsächlich kannte Mr. Farell kaum jemanden, der zynischer war als Mr. Cacey, nur dass unter diesem Zynismus kein Menschenhass steckte, wie das bei anderen Zynikern oft der Fall war, sondern eine Art Enttäuschung von der Welt und allem, was dazugehörte. Enttäuschung und irgendwo vielleicht Verzweiflung. Es lag in seinen Augen, dieser Ausdruck der absoluten Hoffnungslosigkeit, aber er hatte es erst heute Abend bemerkt. Erstaunlich, was er in Mr. Caceys Augen lesen konnte, wenn er nur lange genug hineinsah. Denn egal, was er sagte, die Wahrheit lag in seinen Augen, mochte auch das Gesagte das genaue Gegenteil davon sein. In diesem tiefen Schwarz lag keine Ironie, kein „wen interessiert's", keine Leere. Sie sprachen gewissermaßen ihre eigene Sprache, und obwohl Mr. Farell viele Sprachen beherrschte, war diese ihm vollkommen fremd, und er würde alles geben, sie verstehen zu können. Da lag dieser Ausdruck in Mr. Caceys Augen, der ihm mit aller Kraft etwas vermitteln wollte, das nicht in Worte zu fassen, was auch immer es war. Wie gut er genau diesen Ausdruck kannte (denn was man liebt, vergisst man nicht, und, mein Lieber, ich habe dich geliebt). Etwas in der Art und Weise, wie Mr. Cacey seine Augen verdrehte, wenn er über andere Leute sprach oder wie er genervt aufstöhnte, erinnerte Mr. Farell an eine Zeit, von der er nicht zu träumen wagte. Eine bessere Zeit, in der er die Welt farbenfroher gesehen hatte als je zuvor oder danach. Vor allem im Herbst. Jetzt war der Herbst die schlimmste Zeit im Jahr. Aber in dieser Nacht war Winter, nicht Herbst, und den Winter fand er nicht schlimm. Er musste lächeln, als er sich ihre momentane Situation vor Augen hielt, aber es war ein bitteres Lächeln. War es nicht eine elendige Situation, in der sie sich befanden? Zwei mehr oder weniger einsame Seelen, die einander Gesellschaft leisteten. Gleichzeitig machte das ihre Beziehung kostbar, immerhin hatten sie sich gefunden. Von allen Menschen hatten ausgerechnet sie beide

beschlossen, dass sie mehr waren als zwei verbitterte, vom Leben enttäuschte Männer über einem Glas Gin Tonic und Wein. Irgendetwas an der Situation war gebrochen und abgestumpft, ein kleiner Teil, in dem sie eben doch nur zwei verzweifelte Seelen waren, aber so sehr Mr. Farell sich dagegen wehren wollte, er hatte begonnen, zu hoffen, dass aus diesem miserablen Zustand mehr wurde. Dass sie von philosophischen Debatten in Pubs zum gemeinsamen Lachen übergehen konnten; zu stillem Lächeln, das über Teetasse in der Früh ausgetauscht wurde; zum Tanzen im Wohnzimmer, während langsame Jazz-Musik aus dem Grammophon drang und sie barfuß auf dem Teppich standen. Er hatte vielleicht von Anfang an gehofft, dass er ihn eines Tages küssen könnte, bis ihnen der Atem wegblieb und sie trotzdem nicht aufhören wollten (so wie er einst einen anderen geküsst hatte). Er hatte es gehofft und jetzt, da es tatsächlich so kam, wusste er nicht, was er tun sollte. Er wusste, was das Beste, das Richtige wäre: Mr. Caceys Hand zu schütteln, ihm eine gute Nacht zu wünschen und die Dinge so zu arrangieren, dass er ihn nie wieder sah. Aber so wollte er nicht handeln. Er wollte seine Hand ergreifen, mit ihm ins Auto steigen und losfahren – was auch immer danach passierte, wäre ihm überlassen. So war er also gefangen zwischen dem, was er tun wollte, und dem, was er tun sollte, und wusste keinen Ausweg.
Bis er bemerkte, dass Mr. Cacey nichts von seinen Gedanken mitbekam. Er sah wie gebannt auf seine Lippen, hatte die Lider ein Stück weit geschlossen und schien ihm so viel Zeit für seine Antwort zu geben, wie er eben brauchte. Es war dieser Moment, in dem Mr. Farell seine Entscheidung

traf. Mr. Cacey war ihm so unähnlich wie nur möglich und gleichzeitig genauso wie er. Er war einsam, hatte mehr Unsicherheiten und Probleme, als er zugeben wollte, und das ließ ihn Mitleid empfinden. Gleichzeitig konnte er es nachvollziehen, wusste, wie er sich fühlte, und wollte ihm näherkommen. Gerade befanden sich viel zu viele Sorgen in seinem Kopf, mit denen er nicht alleine sein konnte. Und er entschied: So viel Elend es in ihrer beider Leben geben mochte; sollten sie diese Nacht in den Armen des jeweils anderen verbringen, so würde sie nicht zu den schlechten Momenten gehören.
Deshalb nickte er, keine zehn Sekunden hatte er überlegt. Mr Cacey lächelte, nahm ihn bei der Hand und führte ihn zum Auto. Ohne viel zu überlegen, verschränkte er ihre Finger ineinander und als er ihn schließlich loslassen musste, war er fast ein wenig enttäuscht. Mr. Cacey war froh, dass Mr. Farell seine Musikfrage verneinte. So gerne er sich mit ihm unterhielt oder Musik hörte – er fuhr am besten, wenn es um ihn herum still war und er sich auf die Straße konzentrieren konnte. Sie fuhren also schweigend, aber es war ein entspanntes Schweigen, keine unangenehme Stille. Mr. Cacey lächelte. Er war sich dessen nicht bewusst und hätte er es bemerkt, so hätte er es wahrscheinlich nicht verändert. Zwar war Mr. Farell nicht die erste Person, die auf seinem Beifahrersitz saß – es war nicht einmal das erste Mal, dass Mr. Farrell diese Person war – aber es war definitiv das erste Mal, dass sie beide wussten, wo es hinging, und sich in der Gesellschaft des jeweils anderen wohlfühlten. Seiner Meinung nach war das ein recht guter Grund zu lächeln.

Aber wie erwähnt, er merkte es nicht (erst eine halbe Stunde später, als seine Mundwinkel zu schmerzen begannen, obwohl es nur ein leichtes Lächeln war). Allerdings konzentrierte er sich auch nicht besonders auf die Straße. Er sah zu Mr. Farell, der mit abwesendem Blick dem Geschehen in den Häusern folgte, an denen sie vorbeifuhren. Die meisten Bewohner Glasgows hatten die Lichter bereits gelöscht, immerhin ging es auf Mitternacht zu und morgen müssten zumindest diejenigen mit Kindern früh zum Geschenkeauspacken aufstehen. Vor ein paar Hauseingängen standen Schüsseln voller Kekse und Gläser mit Whisky, begleitet von einer Notiz, die darauf schließen ließ, es sei als Stärkung für Santa gedacht. Gerade als sie daran vorbeifuhren, öffnete sich eine dieser Türen und ein schlaftrunkener Mann trat heraus. Offensichtlich wollte er sich schon schlafen legen, als ihm die Kekse einfielen, und da er seinen Kindern eine Freude machen wollte, aß er schnell zwei davon, trank die Hälfte des Whiskys und steckte den Zettel ein. Dann fiel die Tür hinter ihm ins Schloss und die Lichter gingen aus. „Süß“, kommentierte Mr. Farell das Ganze. Mr. Cacey sah schnell wieder auf die Straße. Er wollte nicht, dass Mr. Farell bemerkte, wie er ihn die ganze Zeit über angestarrt hatte. Mit Bewunderung und Verklärung (und Liebe, gib es doch zu) im Blick. Er nickte zustimmend. „Haben Sie das auch gemacht? Als Kind, meine ich“, fragte Mr Farell. Er war selbst erstaunt darüber, dass er nicht nur ein bisschen über Mr. Caceys Leben herausfinden wollte, sondern alles, was es herauszufinden gab. Obwohl es doch auf der Hand lag, dass er so fühlen musste. Mr. Cacey überlegte. Eine

richtige Antwort auf diese Frage gab es nicht, da er ja keine Kindheit gehabt hatte. Daher schüttelte er den Kopf und begnügte sich mit einem: „Ich habe Weihnachten nie so richtig gefeiert.“ Wahrgenommen hatte er es allerdings und teils hat er es gehasst, aber zu feiern hatte er sich nie getraut. „Und selbst?“ – „Genauso. Ich habe nie eingesehen, warum man den Geburtstag eines anderen feiern soll, wenn dieser nicht mal dabei ist.“ Das brachte Mr. Cacey zum Lachen, denn er hatte noch nie gehört, wie jemand so über Weihnachten sprach.
„Darf ich fragen, wo Sie aufgewachsen sind?“, fragte Mr. Farell weiter. Zwar deuteten sein Auftreten und seine Sprache darauf hin, dass er sein gesamtes Leben in Großbritannien verbracht hatte, aber solche Manier konnte man erlernen und zumindest hier schien es auch für Ungläubige relativ üblich, Weihnachten zu feiern. „Überall und nirgends“, kam die kryptische Antwort. Mr. Farell nickte. Offenbar war Mr. Cacey wieder in eine der unnahbaren Phasen gerückt. Er würde ihn einfach später noch mal fragen … doch er lag falsch.
„Ich bin viel gereist“, erzählte Mr. Cacey langsam, „schon immer, und solange ich mich erinnern kann. Das hat natürlich viele Vorteile, da ich von mir behaupten darf, einen Großteil der Welt bereits gesehen zu haben, kommt aber mit dem Nachteil, dass ich nirgends zu Hause bin.“ Sie schwiegen eine Weile, Mr. Farell ein wenig perplex, denn es war das erste Mal, dass Mr. Cacey sich von alleine geöffnet und über eigentlich Privates gesprochen hatte. „Wer sagt denn, dass das Zuhause ein Ort sein muss?“,

meinte er irgendwann. Mr. Cacey lachte bitter auf. „Wenn Sie jetzt sofort irgendwo hingehen dürften, wohin sei Ihnen freigestellt, gingen Sie an einen Ort oder zu einer Person?“, fragt er zurück und die Frage traf ihn unvorbereitet. „In meine Wohnung, denke ich“, antwortete er zögernd, doch noch während des Sprechens merkte er, dass es nicht stimmte. Wenn er könnte, würde er wohl immer bei einer Person bleiben, an die er heute nicht denken wollte. Aber er konnte nicht, darum lohnt es sich nicht, darüber nachzudenken. „Wohin würden Sie gehen?“ Seine Stimme klang brüchig. Er räusperte sich. „Es gibt da einen See“, murmelte Mr. Cacey, der selbst nicht wusste, warum er es ihm erzählte. „Eines jener eiskalten Löcher Schottlands. Es ist nicht groß, aber sehr tief und überall um das Ufer herum stehen Trauerweiden, deren Äste bis ins Wasser reichen. Ich würde dorthin gehen.“ Er parkte das Auto. Sein Lieblingsparkplatz war noch frei und so kamen sie direkt vor dem Schaufenster des Buchladens zum Stehen. „Vielleicht nehme ich Sie eines Tages mit dorthin,“ schloss er und nahm es sich tatsächlich vor, obwohl es Mr. Farell wohl nicht mal interessierte. Schöne Flecken Landschaft gab es überall.

In der Wohnung wies er zur Wohnzimmertür und bat Mr. Farell, auf dem Sofa Platz zu nehmen, während er Tee kochte. Er hatte schon lange keinen Tee mehr getrunken, hatte ihn als sehr bitter in Erinnerung, und die paar Teeblätter, die er fand, bröselten. Während er den Tee überbrühte, hörte er, wie Mr. Farell im Zimmer umherging, und sofort füllte sich sein Kopf mit den wirrsten Gedanken (wann habe ich das letzte Mal gestaubsaugt? Sind die Vorhänge zugezogen?

Stinkt es komisch? Habe ich diese Schnapsidee, meine Bücher farblich zu sortieren, je rückgängig gemacht?), bis einer sich durchsetzte: Das konnte ihm jetzt egal sein. Schließlich war Mr. Farell seinetwegen hier und nicht, um die Farbe seiner Sofakissen zu beurteilen. Ruhiger gestimmt balancierte er zwei Tassen (auf einer war das Sternbild Skorpion abgebildet, die andere war blau und ein Stück des Henkels fehlte) ins Wohnzimmer und setzte sich neben ihn. Er bekam die Sternentasse, obwohl es Mr. Caceys Lieblingstasse war, aber er konnte ihm wohl kaum eine Tasse mit einem nur noch halbwegs vorhandenen Henkel anbieten. Es war eh nur noch eine Frage der Zeit, bis besagter Henkel endgültig abbrach. Und obwohl er hoffte, dass es nicht heute Nacht passieren würde, so bevorzugte er es doch, selbst mit Tee übergossen zu werden. Er hatte Wechselklamotten bei sich, Mr. Farell nicht. Aber noch zerbrach keine Tasse. „Schön haben Sie es hier", kommentierte Mr. Farell die Wohnung, was zwar nett, aber höchstwahrscheinlich eine Lüge war. Mr. Cacey hatte sich nie sonderlich für die Einrichtung seiner Wohnung interessiert und sie war dementsprechend kahl, nicht einmal ihm selbst gefiel es hier besonders. Mr. Farell deutete auf einen Stapel Platten, die unsortiert im Bücherregal standen. „Sie hören Jazzmusik?" Er hatte es nicht erwartet. Generell war Mr. Caceys Wohnung ganz anders, als er gedacht hatte. Sie war nicht annähernd so mysteriös wie angenommen und trotz allem, was Mr. Cacey denken mochte, gefiel sie ihm tatsächlich, was größtenteils an dem enormen Bücherregal lag. Mr. Cacey besaß keinen Fernseher und irgendwie machte ihn das sympathisch. Stattdessen war

in der Mitte der Bücher eine Stereoanlage eingebaut, zu der Mr. Cacey jetzt ging.
„Natürlich. Es gibt wenig Musik, die annähernd so gefühlvoll ist wie Jazz." „Der Kassettenauswahl in Ihrem Auto nach zu urteilen, hätte ich Sie eher auf klassische Musik eingeschätzt", meinte Mr. Farell. Er schüttelte den Kopf. „Klassik ist gut und alles, aber wenn ich hier bin, steht mir der Sinn oft nach etwas anderem." Er hielt kurz inne. „Ich muss für meine Arbeit recht oft durch die Gegend fahren und höre dabei klassische Musik, das kann auf Dauer nervig werden." Was redete er denn da? Nichts von dem, was aus seinem Mund kam, machte auch nur annähernd Sinn oder war interessant. Außerdem: Warum sprach er ausgerechnet über seine sogenannte Arbeit, jenes Thema, das es so unbedingt zu vermeiden galt. Das hing mit Mr. Farells Anwesenheit zusammen, entschied er. (Weil du ihn … Halt die Klappe!) „Wollen Sie etwas davon hören?", fragte er schnell. „Sehr gerne." Er kramte ziellos in den Platten herum und legte eine auf, ohne auf den Titel gesehen zu haben. Sanfte Töne erfüllten den Raum und er zog die Stirn in Falten, denn er erkannte das Album nicht, bis die Sängerin anfing, *Under The Bridges of Paris* zu singen. Mr. Farell schmunzelte. „That Bad Eartha, habe ich recht?" Er hatte recht, das Album war eines der ersten der wundervollen Eartha Kitt. „Ich hätte nicht gedacht, dass Sie so altes Zeug hören. Das ist doch fast vierzig Jahre alt." Zwar waren vierzig Jahre kein wirkliches Alter für ein Lied, doch Mr. Farell hatte schon mitbekommen, wie junge Leute ein Lied als alt bezeichnet hatten, das keine drei Monate alt war, daher dachte er sich

nicht viel dabei. „Ich würde es nicht alt nennen“, antwortete Mr. Cacey allerdings. „Ein gutes Lied wird nie alt.“ „Nicht? Was passiert dann damit?“ „Es erinnert einen daran, wie man zum ersten Mal nachts wach lag, weil einem endlich klar wurde, was der Text bedeutet, und es einen zum Weinen gebracht hat.“

„Das ist mir ein wenig zu traurig. Schließlich bringen einen nicht alle Lieder zum Weinen. Nein, ich unterscheide zwischen neuen Liedern und vertrauten Liedern.“

„Dann fürchte ich, dass wir einen unterschiedlichen Musikgeschmack haben.“

„Warum fürchten Sie das? Es wäre doch langweilig, hörten wir dasselbe, oder nicht?“ Mr. Cacey grinste schwach. „Damit haben Sie wohl recht. Musik ist immer eine Sache der Auffassung. Wer weiß, vielleicht hören wir ja sogar gerade nicht das Gleiche, obwohl wir dasselbe Lied hören.“ Er stützte den Kopf auf die Hand und sah Mr. Farell neugierig an. „Darf ich fragen, was Sie gerade hören?“ Passenderweise wechselte in diesem Moment das Lied zu *Lonely Girl* und sie warteten kurz, bevor Mr. Farell antworten konnte. „Ziemlich genau das, was sie singt“, sagte er schließlich. „Dass sie ein einsames Mädchen ist, das sich nach einem Mann sehnt und geliebt werden möchte. Aber ich weiß beim besten Willen nicht, worauf Sie hinaus wollen.“ Mr. Cacey nickte langsam. „Erlauben Sie, dass ich es Ihnen erkläre? Sie hören das Lied und konzentrieren sich auf den Text, interpretieren vielleicht etwas hinein, sehen es im Großen und Ganzen aber so, wie sie es ausdrückt. Ich höre das Lied und muss an das Mädchen denken, das es singt. Das Mädchen, das

in einer verständnislosen Gesellschaft aufwächst, das mit seinen Problemen alleingelassen wird. Das Mädchen, das irgendwann fragt, warum es in Kirchen nur weiße Engel sieht. Verstehen Sie es jetzt? Wir hören dasselbe Lied, doch was wir daraus ziehen, ist unterschiedlich. Wahrscheinlich finde ich deshalb die meisten Lieder so traurig."
Er verstummte, obwohl er weiter sprechen wollte, aber dann wären sie wieder bei der Debatte über das Gute und Böse im Menschen und das wollte er wirklich nicht wiederholen. Mr. Farell verarbeitete das Gesagte, dann lachte er leise. „Was ist denn so lustig?", fragte Mr. Cacey. „Nichts, nichts. Das ist nur das erste Mal, dass ich beim Teetrinken ins Philosophieren über Musik verwickelt werde." „Worüber philosophieren Sie denn sonst beim Teetrinken?" „Über nichts, ich pflege es, meinen Tee allein einzunehmen. Und wenn ich mich mal über eine Tasse Tee mit jemandem unterhalte, so philosophieren wir nicht, sondern sprechen allerhöchstens über das Wetter."
„Vielleicht sollten wir das öfter tun", schlug Mr. Cacey vor. „Es ist ausgesprochen nett." Das war es tatsächlich, obwohl er sich eigentlich etwas anderes für den Abend vorgestellt hatte. Aber das konnte ja noch kommen. Azariel oder Mr. Cacey oder wie auch immer man ihn nennen wollte, hatte die letzten 140 Jahre seines Daseins damit verbracht, eine unsichtbare Mauer zwischen sich selbst und allem anderen aufzubauen. Eine Mauer, die weder ihn hinaus noch einen anderen hinein ließ, und er hatte einen verdammt guten Job erledigt, sie bestehen zu lassen. Doch jetzt saß er hier, auf dem Sofa mit den hässlichsten braunen Bezügen, die in ganz

Schottland aufzutreiben waren, und spürte, wie Mr. Farell es schaffte, diese Mauer Stück für Stück einzureißen – und er wehrte sich noch nicht mal dagegen. Ganz im Gegenteil, er half kräftig dabei mit, sprach von sich aus über seine Arbeit, ließ ihn an seinen Gedankengängen teilhaben und wollte sich sogar öffnen. Denn es war viel zu lange her, dass er mit irgendjemandem Spaß gehabt oder auch nur annähernd tiefgründig gesprochen hatte. Und jetzt, da es wieder hatte, fiel ihm erst auf, wie sehr er es vermisst hatte. Er fragte selbst, warum er nie daran gedacht hatte, mehr unter Menschen zu gehen. Weil sie so schnell wegsterben, antwortete er sich selbst. Es war auch verboten, aber das war nicht der primäre Grund, aus dem er es sein ließ. Jedenfalls redete er sich das gerne ein. Natürlich war diese Sache – von wegen in ein paar Jahren wird er nicht mehr hier sein und dann werde ich ihn vermissen – nicht der eigentliche Grund. Es stimmte zwar, aber das hatte ihn in der Vergangenheit auch nicht von Freundschaften abgehalten. Und warum sollte sich das so plötzlich ändern? In Wahrheit hatte er Angst davor, was passieren könnte, wenn seine Vorgesetzten herausfanden, dass er etwas mit einem Sterblichen angefangen hatte – weniger Angst davor, was mit ihm selbst passieren könnte, als eher davor, was sie Mr. Farell antun würden. Sie hatten ihre ganz speziellen Wege, mit Sterblichen umzugehen, sie da unten, wenn sie es herausfanden. Falls sie es herausfanden. Er sah zu Mr. Farell, der die Augen halb geschlossen hatte und *Let's do It (Let's Fall in Love)* hörte und dem eine kurze Locke übers Ohr hing. Er entschied, dass alles, was nach dieser Nacht passieren würde, eben erst nach dieser Nacht passieren würde und jetzt nicht von Bedeutung wäre. Deshalb strich er ihm das Haar hinters Ohr und ließ die Hand auf seiner Wange liegen. Mr. Farell öffnete die Augen.

Dieser Kuss war in vielerlei Hinsicht genauso wie der erste und doch ganz anders. Gleich blieb dieses warme Kribbeln, das von Mr. Caceys Lippen auszugehen schien und sich überall in Mr. Farells Körper ausbreitete. Das vertraute Gefühl, genau das hier (auf einem Sofa sitzen und geküsst werden) schon so oft getan zu haben, dass er mit dem Zählen durcheinander gekommen war. Mr. Caceys Hand an seiner Wange, auf seinem Rücken, seine eigenen in seinem Nacken verschränkt. Er merkte, dass er schon wieder dabei war, Mr. Caceys Zopf zu öffnen, und dass dieser lächelte, als der Haargummi auf dem Boden und die Haare um sein Gesicht fielen. Es war auch vollkommen anders als das erste Mal. Dieser Kuss war um einiges härter, fordernder. Er spürte Mr. Caceys Zunge an seiner Unterlippe, teilte die Lippen und ließ ihn ein. Ein Kuss, der nicht sanft, auf seine Art aber doch zärtlich war und ein Verlangen in ihm auslöste. Mehr Küsse, mehr von Mr. Cacey, mehr von allem. Aber mehr Küsse waren ein guter Anfang.

„Wirklich nett", murmelte Mr. Cacey, als sie sich voneinander lösten. „Außerdem kann man sich während solcher Gespräche so nahekommen." „Meinen Sie wirklich, es ist der Gesprächsteil, bei dem man sich nahekommt?", fragte Mr. Farell. Mr. Cacey konzentrierte sich vollkommen darauf, ihm den obersten Hemdknopf zu öffnen, dann grinste er. „Nein, aber es führt darauf hin." Mr. Farell schmunzelte. „Das klingt doch nach einem Plan", meinte er. „Oh, überschätzen Sie mich nicht. Ich handle höchst selten nach irgendeinem Plan.

Das meiste hier ist improvisiert." „Dann sind Sie wohl sehr gut im Improvisieren?" „Ich fürchte, das muss ich sein. Wirklich viele Alternativen gibt es ja nicht. Wie steht es um Sie? Improvisiert oder alles planmäßig? Ich tippe auf Letzteres …" „Diesmal irren Sie. Normalerweise geht nichts über einen schön strukturierten Plan, aber ich bin durchaus auch für Spontanität zu haben." Gerade zum Beispiel. Er hatte am Anfang dieses Abends ein Glas Wein trinken und sich den Frust über Gillians Verlust von der Seele reden wollen und jetzt, knapp vier Stunden später, saß er halb auf Mr. Caceys Schoß auf der ranzigsten Couch, die er je gesehen hatte, ließ sich von ihm küssen und war durchaus für mehr zu haben. Und an nichts davon hatte er auch nur im Entferntesten gedacht, als er an der zankenden Familie vorbeigerannt war, um ihn abzuholen. Weil er nicht daran denken durfte (und auch jetzt machte ihm der Gedanke an das, was sie tun könnten, ein bisschen Angst, gleichzeitig wollte er es fast schmerzlich), weil es falsch war und weil er vielleicht darauf gehofft hatte. Obwohl Hoffnung nicht zu seinen gewöhnlichen Empfindungen gehörte, erlaubte er sich bei Mr. Cacey, zu hoffen, denn hier wurde er nicht enttäuscht. „Hm? Was für Spontaneitäten?", fragt er passenderweise, sah ihn dabei aber nicht an. Stattdessen ließ er den Blick von seinen Lippen zu dem Hauptstück wandern, das er freigelegt hatte. „Spontaneitäten wie diese hier. Wir wollten nur Tee trinken. Das war der ursprüngliche Plan. Aber jetzt haben Sie mich geküsst und Ihre Worte von vorhin lassen mich glauben, dass das spontaner Natur war. Sie sehen, es gibt keinen Plan, an den ich mich jetzt noch halten könnte, selbst wenn ich wollte." Er hob Mr. Caceys Kopf leicht an, um ihm in die Augen sehen zu können. „Und ich wäre allemal bereit für ein paar weitere." „Welche?" Seine Stimme klang rau, aber er machte sich nicht die Mühe, es zu verbergen. Sollte Mr. Farell ruhig merken, dass er es heiß fand, zur Abwechslung mal zu ihm aufsehen zu müssen. „Das müssen schon Sie mir sagen", meinte Mr. Farell, „immerhin haben Sie damit angefangen. Also?" Mr. Cacey senkte den Blick wieder und macht sich daran, den zweiten Knopf zu öffnen. „Ich denke", sagt er leise, „als Erstes befreie ich Sie von diesem ganzen Stoff, davon ist viel zu viel hier. Und erst die Krawatte, man braucht sie doch wirklich nicht." Mit diesen Worten ließ er Mr. Farells Krawatte auf den Couchtisch fallen. Es war eine hübsche Krawatte in Cremeweiß, die perfekt zu seinem Hemd passte und bis vor ein paar Minuten gerade gesessen hatte. Aber sie war unnötig für sein Vorhaben. „Und dann werde ich sie noch einmal küssen, ungefähr so." Er zog ihn am Kragen ein Stück nach unten und küsste ihn. „Dann so", murmelte er, während er Küsse auf seinem Hals verteilte und sich immer weiter nach unten arbeitete. Mr. Farell legte den Kopf in den Nacken und schloss die Augen. Seine Berührungen fühlten sich himmlisch an, aber es war egal, was er tat: Er wollte mehr. Das war es auch, was er ihm zu verstehen gab. Er zog Mr. Cacey zu sich nach oben und diesmal war er es, der ihn forsch und verlangend küsste. „Mehr", flüsterte er gegen seine Lippen. Mr. Cacey grinste. „Gerne." Mit einer schnellen Bewegung drehte er sie um, sodass Mr. Farell zwischen den Sofakissen lag. Es war ausgesprochen ungemütlich, aber im Moment hielt ihn das nicht davon ab, seinerseits an Mr. Caceys Rollkragenpullover zu zupfen. Er störte er ihn gewaltig. Mr. Cacey verstand den Hinweis und richtete sich auf, um sich den Pullover über den Kopf zu ziehen, was seine Haare noch stärker zerzauste, als sie es ohnehin schon waren. In diesem Moment entschied sich der bereits morsche Lattenrost der Couch, durchzubrechen und sie beide etwa dreißig Zentimeter tieferzusetzen. „Verdammte Couch …“, murmelte Mr. Cacey, rappelte sich auf und half Mr. Farrell, aufzustehen. „Früher oder später wäre das doch eh passiert“, meinte dieser. Er nickte, dann nahm er ihn bei der Hand und führte ihn ins Schlafzimmer.

3

Mit Mr. Cacey zu schlafen, war anders, als Mr. Farell es sich vorgestellt hatte. Er war auf etwas Schnelles, fast Rabiates vorbereitet gewesen (falls man überhaupt annehmen konnte, dass er in irgendeiner Weise vorbereitet gewesen war), aber Mr. Cacey überraschte ihn mit einer Sanftheit, die untypisch für ihn war. Seine Lippen waren warm vom Tee, aber seine Fingerspitzen waren so kalt, dass sie mit jeder Berührung eine Gänsehaut auslösten und ihn gleichzeitig von innen erwärmten. Er ließ ihnen beiden Zeit, war so unglaublich langsam, dass das Verlangen in Mr. Farell so lange wuchs, bis er befürchtete, sich nicht länger zurückhalten zu können. Aber er hielt sich zurück, zögerte das Ende immer weiter hinaus, und als es schließlich doch kam, traf es ihn unerwartet, sodass er aufschrie und Mr. Cacey heftig über den

Rücken kratzte. Auf der einen Seite liebten sie sich langsam und zärtlich, tauschten Emotionen von Frust bis hin zu Vertrauen (und Liebe? – Nein!), ließen sich auf den anderen ein und lernten sich besser kennen. Auf der anderen Seite war es verdammt guter Sex. Wie sanfte Klaviertöne aus dem Nebenzimmer, die man nur mit halbem Ohr wahrnahm, da man sich an dieser bittersüßen Grenze zwischen Wachen und Schlafen befand. Wie Hummeln, die flogen, obwohl es physisch unmöglich war, die es trotzdem taten, weil sie über jedes physische Gesetz erhaben waren. Wie Wellen, die in der Abenddämmerung sachte gegen den Strand schlugen und sich genauso sanft in den Ozean zurückzogen.

Mit Mr. Cacey zu schlafen, war wie eine Unterhaltung mit ihm. Ein bisschen verbotener, vielleicht auch gefühlvoller und intimer, aber definitiv genauso schön. Und obwohl Mr. Farell sich dessen nicht bewusst war, konnte er sich von nun an nicht mehr vorstellen, ihn nie wieder zu treffen, sich nie wieder mit ihm zu unterhalten, ihn nie wieder zu küssen. Nie wieder war lang, viel zu lang.

Sie lagen in Mr. Caceys Bett, Mondlicht fiel in schwachen Strahlen auf das zerwühlte Bettzeug, das in einem Knäuel am Bettende und halb auf dem Boden lag. Mr. Cacey schlief. Seine Brust hob und senkte sich gleichmäßig, ihre Beine waren ineinander verschränkt und sein Arm lag um Mr. Farells Taille. Er schmiegte sich in seine Umarmung und war selbst kurz vor dem Einschlafen. Als Mr. Cacey noch wach gewesen war, hatte Mr. Farell ihm Worte in die Handfläche gemalt. Die ersten hatte er noch verstanden und ihm ins Ohr geflüstert, irgendwann war dieses Flüstern zu einem gleichmäßigen Atmen übergegangen. Dieses Atmen war es, dieses Geräusch, das er viel zu lange vermisst hatte, und er spürte, dass dies die erste ruhige Nacht seit einer halben Ewigkeit sein würde. Ewigkeit. Definitiv zu lange, er bekam ja schon bei dem Gedanken daran, dass diese Nacht bald vorbei sein würde, schlechte Laune. Na ja, nicht wirklich schlecht. Ein bisschen getrübt. Aber, entschied er, noch war die Nacht nicht zu Ende. Im Moment befand er sich noch in diesem Bett. Er hatte noch das Gefühl, etwas Richtiges getan zu haben, egal, was sie sagten. Mit diesem wohligen Gefühl schlief er ein.

Er träumte nicht und schlief bis sieben Uhr morgens. Es war eigentlich zu früh zum Aufstehen, vor allem an einem Feiertag, trotzdem öffnete er die Augen. Mr. Cacey war ebenfalls wach und sah ihn an, was dazu führte, dass ihn Erinnerungen an die Nacht überkamen. Diese schwarzen Augen, die ihn jetzt schläfrig anblinzelten, hatten ihn noch vor knapp fünf Stunden mit so viel Verlangen angesehen, dass allein der Gedanke daran ihn rot werden ließ. „Morgen", murmelte Mr. Cacey rau und der Klang seiner Stimme jagte Mr. Farell eine weitere Gänsehaut über den Rücken. Mr. Cacey strich ihm eine Haarsträhne aus der Stirn – dieselbe Haarsträhne, mit der gestern alles begonnen hatte (seine Hände überall, auf seinem Rücken, seinem Nacken, seinen Schenkeln. Und später seine Lippen). „Morgen", erwiderte er, daraufhin schwiegen sie eine Weile, sahen einander einfach an und dachten über das nach, was in der Nacht passiert war.

Er erinnerte sich daran, sich eine Weile über alles Mögliche den Kopf zerbrochen zu haben, ob es der richtige Zeitpunkt, der richtige Ort, die richtige Person war … generell ob alles korrekt lief. Richtig eben. Dann war er zu dem Entschluss gekommen, dass es egal war, ob es richtig oder falsch war, weil nichts komplett richtig sein konnte und das vollkommen in Ordnung war. Denn schließlich war es dieses Unperfekte, dieses Unvollkommene, das die Dinge real machte. War, was sie taten, eine Sünde? Vielleicht, allerdings eine äußerst liebliche. Dann hatte er sehr lange an überhaupt nichts gedacht. Jetzt kamen diese Gedanken und Zweifel wieder und er versuchte mit aller Kraft, sie zu verdrängen. Er bereute nicht, was sie getan hatten, auf keinen Fall, denn das wäre eine wirklich problematische Situation gewesen. Ganz im Gegenteil, er hatte jede Sekunde genossen, alles war wunderbar. Für den Moment. Für die Nacht. Jetzt war die Nacht vorbei und er dachte über die Zukunft nach. Wie sollte das weitergehen? Wären sie weiterhin fähig, so miteinander umzugehen wie davor oder wäre es vielleicht sogar besser, wenn sie es nicht konnten? Bliebe es bei dieser einmaligen Sache oder würde sie sich wiederholen und war er vielleicht sogar bereit für eine Beziehung?

Liebte er Mr. Cacey?

Dieser wiederum schien sich keine dieser Fragen zu stellen. Er lächelte nur und zerstreute damit Mr. Farells Bedenken. Natürlich würde alles weitergehen wie bisher, sie würden ihre semiphilosophischen Gespräche in ranzigen Pubs weiterführen, gemeinsam Spaziergänge unternehmen und nicht über Es reden, nur wissen, dass Es da war. Und sollte es noch mal

passieren, so wäre das … eigentlich wäre das eine Katastrophe. Irgendwo hieß es, ‚einmal' wäre Ausprobieren, ‚zweimal' wäre Liebe. Und er liebte Mr. Cacey nicht. Schon rein aus Moral. Das konnte und würde er sich nicht erlauben. Liebe als Konzept war eh überholt, fand er. Auf Dauer brachte es nichts als Schmerz und aufgestaute Wut und er wünschte, irgendjemand hätte ihm das erzählt, bevor er es selbst hatte herausfinden müssen. Aber, um fair zu sein, selbst wenn ihm jemand es eröffnet hätte, so standen die Chancen sehr schlecht, dass er es tatsächlich geglaubt hätte. Wie naiv er gewesen war. Immerhin nicht naiv genug, denselben Fehler zweimal zu machen (aber war er nicht gerade dabei, ihn zu begehen?). Ihm kam das letzte Lied, das sie am Abend gehört hatten, in den Sinn. *Let's Do It, Let's Fall in Love.* Nein, dachte er, lass uns das nicht tun. Aber er konnte nicht verhindern, dass ein Schatten über sein Gesicht zog. Mr. Cacey bemerkte es. Natürlich bemerkte er es, sie lagen einander so nah, dass ihre Nasenspitzen sich beinahe berührten. Er hätte schon blind sein müssen, nicht zu bemerken, dass Mr. Farells Mine von glücklich zu betrübt gewechselt hatte.
„Ist alles in Ordnung?", fragte er. Mr. Farell nickte. „Ja, es ist nur die frühe Stunde. Ich bin kein Morgenmensch."
„Wie spät ist es denn?"
Er hob den Kopf, um auf den Funkwecker zu stehen. „Kurz nach sieben."
Mr. Cacey erhob sich mit einem Laut, der entfernt nach „Mist" klang.
„Zu früh zum Aufstehen?", wollte Mr. Farell wissen. Mr. Cacey schüttelte den Kopf, während er seine Kla-

motten zusammensuchte und sich anzog. „Genau richtig. Sie können sicher ausschlafen, es ist ja Feiertag. Fühlen Sie sich bitte nicht gehetzt, ich breche um acht auf."
„Wohin?"
„Zur Arbeit."
Mr. Farell zog die Stirn in Falten. Welcher unbarmherzige Arbeitgeber ließ denn seine Angestellten an Weihnachten arbeiten? „Feiertagsdienst?", fragte er. Mr. Cacey nickte. „Schlafen Sie", sagte er ein weiteres Mal, dann verließ er das Schlafzimmer, sah aus dem Augenwinkel, wie Mr. Farell tatsächlich die Augen schloss. Er ließ die Tür vorsichtig ins Schloss fallen. In etwa einer halben Stunde würde er ihn wohl noch mal stören müssen, aber jetzt konnte er schlafen. Mr. Cacey ging in die Küche und machte sich eine Tasse Tee. Warum er das machte, wusste er nicht, er tat es sonst nie. Wahrscheinlich meinte er einfach, für den Tag eine gehörige Portion Teein zu brauchen. Es war der 25. Dezember, der Tag, an dem er in der Hölle seine Berichte abgeben musste. Dieser verfluchte Tag, den er das ganze Jahr fürchtete. Ein Trost war es, dass er nicht alleine gehen musste und sein Termin relativ früh war, schon um halb zehn. Es wäre also schnell vorbei. Er ging ins Wohnzimmer, um die Tassen vom Vortag einzusammeln, dabei brach der Henkel der blauen Tasse endgültig ab und verteilte den Rest des Tees, der sich noch darin befand, auf seiner Hose. Seine Laune sank in den Keller. „Na toll", murrte er, während er die Tassen in die Spüle stellte und an dem Fleck rubbelte. Jetzt würde er sich umziehen müssen. Er warf einen Blick auf die Uhr, halb

acht. Sein Puls begann zu rasen, er schloss die Augen und atmete zitternd aus. Zwei Stunden, danach etwa eine halbe Stunde in diesem furchtbaren Treffen und die ewige Rückfahrt. Höchstens dreieinhalb Stunden, dann wäre dieser Albtraum für ein weiteres Jahr vorbei. Er öffnete die Augen und erschrak, denn Mr. Farell stand in der Tür. „Sie haben schon Tee gekocht", stellte er erfreut fest. Mr. Cacey nickte betäubt. Irgendwo in den Tiefen seines Küchenschranks fand er einen Becher mit blauem Schmetterlingsaufdruck und einem Gedicht, das in verschnörkelten grauen Buchstaben aufgeschrieben wurde. „Es ist nicht Wegwood, aber es taugt sicher", meint er schulterzuckend. Mr. Farell hörte ihm nicht zu, er studierte mit gerunzelter Stirn das Gedicht. „Ich kenne das", entschied er. „Irgendwo habe ich das schon mal gelesen – wo auch immer. Wissen Sie, wie es heißt?" Mr. Cacey warf einen Blick über seine Schulter. „Ja, das ist The Garden Of Love von William Blake. Habe es in einem Antiquitätenladen gefunden. Ist recht kitschig, aber es passt viel rein. Tee?" Sie tranken den Tee plaudernd, es war, als wäre nichts zwischen ihnen vorgefallen und gleichzeitig war es unverkennbar. Es machte sich dadurch erkennbar, wie sie einander anlächelten, wie Mr. Caceys Hand bloß ein bisschen zu lange auf Mr. Farells lag, wie sie dieselben Gedanken hatten und es wussten. Es hatte etwas Befreiendes, sich mit Mr. Farell zu unterhalten, raubte ihm seine Nervosität zumindest so weit, dass er sprechen konnte, ohne dass seine Stimme zitterte. „Soll ich Sie nach Hause fahren?", fragt er um kurz vor acht. „Nur, wenn es nicht zu viele Umstände macht." Er winkte ab.

„Keinesfalls, es liegt direkt auf dem Weg.“ Nicht wirklich. Eigentlich war es ein ziemlicher Umweg, aber es hatte zur Folge, dass sie mehr Zeit miteinander verbringen konnten. Und es zögerte den Termin heraus. Mr. Farell lächelte. „Dann sehr gerne.“ Sie verließen die Wohnung zeitig und zum ersten Mal freute sich Mr. Cacey darauf, später wieder zurückzukehren. Auf der Straße erwartete sie der übliche Feiertagsstau, was einen Großteil seiner Nervosität zurückrief. Nichts wurde so ungern gesehen wie eine Verspätung. Mr. Farell bemerkte, wie seine Hände sich fast krampfhaft um das Lenkrad schlossen, wusste aber nicht, wie er mit der Situation umgehen sollte. Schließlich schlug er vor, Musik einzuschalten, was diesmal erleichtert aufgenommen wurde. Er fand einen Radiosender, der den Soundtrack des Films *My Fair Lady* spielte. „Audrey Hepburn war ganz wundervoll in dem Film“, meinte Mr. Farell.
„Um ehrlich zu sein: Ich hab den Film nie gesehen. Nur am Rande mitbekommen, dass er für recht viele Oscars nominiert wurde.“ Mr. Farell sah gespielt geschockt drein. „Sie kennen *My Fair Lady* nicht? Nicht mal das Buch?“
„Es gibt eine Romanvorlage?“
„Ja. Und nein. Also, das Buch heißt *Pygmalion* und es geht um ein Blumenmädchen mit furchtbarem Englisch, das von einem Sprachdoktor anständig sprechen lernt und dann bei Hofe vorgeführt wird. Das alles unter einer Wette zweier Doktoren. So weit stimmen Buch und Film überein. Jetzt ist es allerdings so, dass der Film primär nicht auf *Pygmalion*, sondern auf dem Musical *My Fair Lady* von George Bernard Shaw basiert und das unterscheidet sich

vom Buch nur im Ende. Während in Pygmalion nämlich der Doktor nach gewonnener Wette das Mädchen zurück auf die Straße schickt, was natürlich ein sehr düsteres Ende ist, verliebt er sich im Musical in sie. Wahrscheinlich, weil sie unbedingt ein Happy End haben wollten. Vielleicht, weil das wirklich zu düster ist, ich weiß nicht, warum sie es ändern mussten, es drehte somit die gesamte Moral um."
Er unterbrach sich: „Sie müssen den Film unbedingt sehen, da führt kein Weg daran vorbei."
Mr. Cacey zuckt er mit den Schultern. „Gerne, wenn er das nächste Mal im Kino läuft."
„Das wird er nicht, der Film ist aus den Sechzigern. Ich habe allerdings die VHS-Kassette. Kommen Sie doch mal vorbei, dann sehen wir ihn uns gemeinsam an."
Mr. Cacey lächelte. „Darf ich das als ein Date auffassen?"
„So Sie denn wollen. Passt morgen um sieben?" Es passte.

4

Um halb neun verabschiedeten sie sich voneinander und mit ein paar Minuten Verspätung trat er aufs Gaspedal. Wenn er pünktlich sein wollte – und das musste er – durften Geschwindigkeitsbegrenzungen ihn jetzt nicht stören. Eigentlich war er vor einer Viertelstunde mit einer Kollegin zum Essen verabredet gewesen, das würde jetzt wohl ausfallen müssen. Wahrscheinlich würde er auf dem Weg bei irgendeiner Tanke, die Weihnachten geöffnet hatte, halten und sämtliche Snacks mitbringen. Es war äußerst wichtig, vor einem Treffen mit den Obersten einen vollen Magen zu haben – alles andere machte das Erbrechen hinterher äußerst schmerzhaft. Er verfluchte sich dafür, nicht an die Staus gedacht und Mr. Farell nach Hause gefahren zu haben, und ignorierte eine rote Ampel. Warum hatte er ihn gestern überhaupt mit nach Hause nehmen müssen? Es war höchst unklug, sich am Tag – ja, sogar in der Woche – davor irgendetwas vorzunehmen. Das Gleiche galt für den Tag danach. Am Boxing Day hätte ihm das alles viel besser gepasst, dann hätte er sich heute vollkommen auf das Treffen konzentrieren können, wäre pünktlich zum Essen erschienen und hätte sich am Abend vollständig auskurieren können. Jetzt kam er zu spät und hatte viel zu viel im Kopf, um sich auf seinen Job zu fokussieren, was sich unbedingt ändern musste, einen Fehltritt durfte er sich nicht erlauben. Den Namen der Methode, die er deswegen anwendete, hatte er vergessen. Er hatte in den frühen 60er Jahren darüber gelesen, sie sollte dem Zweck dienen, eine Angstattacke zu verhindern. Zwar hatte er noch nie unter Angstattacken gelitten, fand die Methode aber trotzdem sehr hilfreich, um seine Gedanken zu sortieren. Er schloss die Augen (was sehr unklug war, da auf einer dicht befahrenen Straße am Lenkrad saß) uns nachdem er sie wieder geöffnet hatte, konzentrierte er sich auf fünf Dinge, die er sah. Den Rückspiegel, in dem er sein verkniffenes Gesicht ausmachen konnte. Das Nummernschild des Autos vor ihm, ein grünes Sportcabrio mit der Nummer KP493BCB. Die Bäume, die an ihm vorbeizogen. Seine Aktentasche, voll mit 365 Zetteln, die alle irgendwie gleich aussahen. Den Hund, der an einer Ampel sein Geschäft verrichtete. Er verzog das Gesicht. Als Nächstes kamen vier Dinge, die er berührte, und das war ziemlich einfach: Sicherheitsgurt, Gaspedal, Lenkrad und Sitz. Drei Dinge, die er hören konnte: das Schnurren des Motors, das Hupen von draußen und Audrey Hepburn, die sang, sie könnte die ganze Nacht tanzen. Er schaltete das Radio aus. Zwei Dinge, die er riechen konnte. Den vertrauten Geruch des Leders, mit dem die Sitze des Jaguars bespannt waren, war das Erste. Für das Zweite musste er sich konzentrieren. Es roch nach alten Büchern, Regen und frischem Gras. Er überlegte sicher zwei Minuten, bis er erkannte, dass es Mr. Farells Geruch war, den er wahrnahm, und er lächelte, doch das Lächeln verblasste schnell.

(Das hast du schon mal gerochen, nicht wahr? Du kennst das hier so gut, wie du dich selbst einmal gekannt hast, und der einzige Grund, aus dem du nicht weißt, woher, ist, weil du viel zu selten bewusst darüber nachgedacht hast, wie er riecht.)

(Ich bin kein Spürhund, merke mir keine Gerüche. Das wäre krank.)

(Du bist ein Dämon, dir steht es nicht zu, zu urteilen, was krank ist und was nicht.)

Egal, dachte er. Als Letztes sollte er sich darauf konzentrieren, was er spürte, wenn er in sich hinein horchte. Mein Herzschlag, dachte er, ich spüre meinen Herzschlag, der sich langsam beruhigt. Und das tat er tatsächlich. Innerhalb weniger Minuten hatte Mr. Cacey sich beruhigt und konnte jetzt klar darüber nachdenken, was als Nächstes passieren würde. Im Prinzip war es ganz einfach: Er würde in die Innenstadt fahren, wo er verabredet war, und hätte eine Viertelstunde Verspätung. Anstelle also essen zu gehen, würde er bei einer Tankstelle einen Schokoriegel und hoffentlich ein Sandwich bekommen, was zwar ungesund war, aber seinen Magen füllen würde. Danach ginge es weiter mit dem Treffen und darüber wollte er nicht nachdenken, denn er merkte, wie sein Puls wieder zu rasen begann. Also eine Lücke von etwa einer halben Stunde, dann wäre es zehn Uhr, um elf Uhr könnte er wieder zu Hause sein. Was folgen würde, war zwar unangenehm, aber weit erträglicher als alles, was davor passierte. Ständiges Erbrechen, Kopfschmerzen, Fieberträume, bei denen er nicht zwischen Realität und Traum unterscheiden konnte, und unzählige frische Wunden. In spätestens zwölf Stunden würde es ihm gut oder zumindest nicht ganz miserabel gehen – und das für ein ganzes Jahr. Außerdem würde er Mr. Farell morgen wiedersehen und damit hatte er etwas, worauf er sich freuen konnte. Nur die wortwörtliche Hölle überstehen, dann Freiheit. Vorausgesetzt, alles lief gut. Das war nicht zu viel verlangt, oder? Das konnte er aushalten. Jedenfalls war es das, was er immer gesagt bekam und er wollte es glauben. In Wahrheit wusste er, dass er sich in den nächsten zwei Stunden fühlen würde, als sterbe er jeden Moment – in den darauffolgenden zehn würde er es sich wünschen. Jetzt ist es egal, dachte er, während er durch Glasgow fuhr und seinem Ziel immer näher kam. Jetzt kann ich nicht mehr umkehren, sie würden mich ja doch finden. Er parkte den Jaguar an einer Tankstelle und stieg aus, versuchte, nicht an das zu denken, was kommen würde, und schaffte es doch nicht.

Kapitel 13

1

Als er im Jahr 1502 zur Erde zurückkehrte, war vieles anders als sonst. Er war ziemlich müde, das war nicht sonderlich neu, doch diesmal zog es ihn in seinem Halbschlaf sofort nach England. Warum, wusste er nicht. Es war das erste Mal, dass er Raguel nicht sofort fand und das einzige Mal, dass ihm das egal war. Jedenfalls redete er sich ein, dass es ihm egal war. In Wahrheit wünschte er sich, zu ihm zurückkehren zu können. Es war schön gewesen, jemanden zu haben, der auf einen wartete. Jetzt wartete nichts mehr auf ihn – außer hoffentlich ein warmes Bett. Besagtes fand er in einem Gasthaus in der Nähe Londons. Es war nicht besonders warm und auch nicht sehr weich, aber es war madenfrei und in seinem Zustand hätte er wohl auch auf dem Boden geschlafen.
Azariel ruhte fast siebzehn Stunden am Stück, es war ein unruhiger Schlaf, aber, obwohl er von Albträumen geplagt wurde, wachte er nicht auf. Zu sehr brauchte sein Körper die Pause. Als es dennoch so weit war, hatte er eine üble Verspannung im Nacken, war aber munter. Er trottete die Treppe in die Gaststube runter, zum ersten Mal vollkommen allein unter Menschen. Die Situation machte ihn nervöser, als sie es hätte tun sollen, aber hier war er und würde das Beste daraus machen. Oder zumindest nicht das Schlechteste. Und vielleicht fand er Raguel doch noch. Er

würde sich bei ihm entschuldigen, diesen Entschluss hatte er schon vor Jahren gefasst. Er würde sich entschuldigen, dass dieser Junge – Conrad, wenn er sich recht erinnerte – seinetwegen in den Krieg hatte ziehen müssen. Vielleicht wären die Dinge dann besser zwischen ihnen. Er hoffte es. Mit dem Vorsatz, ihn so bald wie möglich zu finden, straffte Azariel die Schultern und setzte sich an den Tresen, wo die Bardame ihm unaufgefordert einen schweren Krug hinstellte. *Eigentlich trinke ich nicht*, wollte er sagen, verkniff es sich jedoch. Hier wollte er nicht aus der Reihe tanzen, deshalb nippte er nur ab und zu an dem Getränk. *Igitt*, dachte er und stellte es zurück auf den Tresen, *wie besaufen sich die Leute nur freiwillig mit dem Zeug?* Gleichzeitig verstand er gut, wie es war, eine Pause vom Leben zu brauchen, und sicher störte der Geschmack nach ein oder zwei Krügen nicht mehr. Er sah unmotiviert in der Gegend herum. Das Gasthaus war nicht sonderlich gut besucht, eine Gruppe Männer mittleren Alters saß an einem Tisch in der Nähe der Tür und grölte laut und falsch irgendwelche Lieder, aber sonst war er der einzige Besucher. Mit Ausnahme der Bardame, die gelangweilt Gläser mit einem schmutzigen Lappen putzte und sie dabei noch dreckiger machte – aber die war ja streng genommen keine Besucherin.

„Hättet Ihr etwas zum Essen für mich, Miss?“, fragte er und erschrak über seine eigene Aussprache. Es war doch noch nicht zu lange her, dass er fließend Englisch gesprochen hatte. Oder? Warum klang es jetzt so eingerostet? Die Dame nickte und stellte ihm einen Teller mit einer undefinierbaren Brühe hin. „Eintopf“, meinte sie kurz angebunden. Azariel starrte unverwandt in den Teller. Er wollte gar nicht wissen, welche Leiche sie von der Straße gekratzt hatte, um diesen Eintopf zu kochen.

„Frauen“, sagte jemand hinter ihm, „irgendwie wissen sie immer, was man gerade braucht.“ Azariel sah seinen Nachbarn an. Der Mann war unbemerkt in die Stube getreten; zu der betrunkenen Meute gehörte er definitiv nicht. Er sah nicht aus, als gehörte er *irgendwohin*, jedenfalls nicht dorthin, wo er gerade war. Die Kleidung des Mannes ähnelte der eines Adeligen: Er trug einen roten Mantel und Goldringe an jedem Finger. Außerdem war er sehr bleich, was ein Trend bei Patriziern zu sein schien, und seine hellblonden Haare lockten sich jugendhaft um sein herzförmiges Gesicht. Er grinste Azariel an und entblößte zwei Reihen fauliger Zähne, fast so braun wie seine Augen.

„Finden Sie wirklich?“, fragte Azariel und sah skeptisch in die Brühe. Der Fremde lachte (obwohl doch nichts lustig war) und ein Schwall Körpergeruch, gemischt mit viel zu viel Parfum wehte in Azariels Richtung. Es stank fürchterlich.

„Ja, das finde ich wirklich. Es gibt nichts Besseres auf dieser Welt als eine Frau. Oder gleich zwei, warum nicht? Unser König hat sich jetzt auch eine geangelt, Katharina von Aragorn.“ Er kicherte. „Mal sehen, wie lang das hält, er geht ihr ja jetzt schon fremd. Wie gesagt, zwei Frauen sind besser als eine. Obwohl er sicher auch drei haben könnte, wenn er wollte.“

„Warum nicht gleich sechs?“, fragte Azariel ironisch. Der Junge nervte ihn mit seinem ständigen Gelächter. Dazu kam, dass er über Frauen sprach, als wären sie Gegenstände, und das reizte ihn.

„Sechs Frauen?" Die Augen des Fremden wurden riesig. „Sicher, dass das nicht zu viel ist? Wobei, ein Mann seiner Position …" Er ließ den Satz unbeendet, vielleicht merkte er, dass er ihm auf die Nerven ging. Wahrscheinlich war ihm aber bloß nichts Gescheites eingefallen, um den Satz zu beenden. „Zweifellos würde er daran zugrunde gehen", murmelte er, „und die Frauen müssten schnell sterben, er darf sich ja nicht scheiden lassen. Oder war es, er darf nach einer Scheidung nicht mehr heiraten? Ach, ich komme immer durcheinander mit den Regeln, die diese Kirche aufstellt."

„Er müsste schon seine eigene Kirche gründen, wenn er sechsmal heiraten wollte", sagte Azariel zu der Suppe, die sogar recht gut schmeckte. Der Mann musterte ihn von der Seite. „Natürlich", sagte er verblüfft, „das ist genau, was er machen könnte." Er schüttelte den Kopf und seine Locken flogen. „Hätten Sie Interesse an einem Job?", wechselte er das Thema. Azariel hielt inne, dann zuckte er mit den Schultern. „Denke schon." Es wäre zumindest etwas Neues. Er hatte noch nie versucht, zu arbeiten. „Um welche Art von Arbeit handelt es sich denn?"

„Es ist nicht sonderlich kompliziert", winkte der Mann ab. „Generell ist es eher eine Gelegenheitsstelle. Ich gebe Ihnen alle paar Jahre einen Auftrag im Sinne von ‚Bringen Sie ein Schwert hierhin' oder ‚Bringen Sie ein paar Kartoffeln dorthin'. Wie Botengänge." Er überlegte, dann nickte er. „Warum nicht? Es hört sich nicht zu schwer an. Wann soll ich anfangen?"

„Sofort.“ Der Mann hielt ihm die Hand hin und Azariel schüttelte sie ohne Bedenken. Im selben Moment ließ einer der Männer seinen Krug fallen. Er zersplitterte laut und entweder das Geräusch oder der Handschlag ließen die Temperatur um einiges sinken. Die hellbraunen Augen des Mannes erschienen Azariel plötzlich viel dunkler und aus einem ihm unbekannten Grund ängstigte ihn das. Dann ließ sein Gegenüber seine Hand los und lächelte freundlich. Er stellte einen Leinenbeutel mit leisem Klappern auf den Tisch. „Bringen Sie das nach London in ein Pub namens *Stag and Hound*. Dort fragen Sie nach Timothy Baltimore und geben es ihm. Sehen Sie nicht in das Päckchen, es hat Sie nicht zu interessieren, und Baltimore wird wissen, was er zu tun hat.“ Azariel betrachtete das Päckchen neugierig. Es war nicht besonders groß, würde demnach problemlos in eine Tasche seines Mantels passen. Das leise Klirren, das er gehört hatte, als es abgestellt worden war, ließ ihn vermuten, dass es sich um einen Gegenstand aus Glas handelte, aber was genau es war, konnte er nicht sagen, dafür war es zu unförmig. „Bis wann muss ich das erledigt haben?“, fragte er und sah auf, doch der Mann war verschwunden. Verwundert zog er eine Augenbraue nach oben. Komischer Kauz. Er aß die Suppe zu Ende und machte sich wenig später auf den Weg – nicht nur um das Päckchen abzugeben, sondern auch um Raguel zu finden. Denn wo fing man besser mit dem Suchen an als in der Hauptstadt? Er würde sich einfach darauf verlassen, dass es so ging wie jedes Mal und er ihm nach ein paar Stunden von selbst über den Weg laufen würde. London war anders als Yorkshire, nicht nur aufgrund der Lage, sondern auch der Menschen wegen. Alles schien ein bisschen gehetzter, unvertrauter zu sein, und er wusste nicht recht, ob er sich hier wohlfühlen würde. Außerdem sprachen die Leute blasiert, er fiel mit seinem seltsamen Akzent sofort auf. Obwohl die Stadt ihm also nicht besonders zusagte, gefiel ihm das *Stag and Hound* sehr gut. Es war eine gedrungene Stube mit nicht mehr als drei Tischen und einem winzigen Tresen, aber die Stimmung war angeheizt. Er achtete nicht besonders auf die Leute, die sich mit ihm hier befanden (sonst wäre ihm aufgefallen, dass sie alle ein wenig grotesk, ein bisschen unmenschlich aussahen), sondern fragte einfach nach Timothy Baltimore. Der stellte sich als kleiner, verkniffener Mann mit gestelltem Sprachfehler heraus, dessen Miene sich erst erhellte, als er das Päckchen sah. „Ich sehe", näselte er, „dass Mr. A euch geschickt hat." Azariel nickte, als hätte er schon davor gewusst, dass der Auftraggeber Mr. A hieß. „Gut", brummte Baltimore und ließ das Päckchen in seiner Schürzentasche verschwinden. Obwohl es ihm angeboten wurde, blieb Azariel nicht auf ein Bier, da er es nach wie vor scheußlich fand. Vor dem Pub stand Mr. A, was er ein wenig seltsam fand. Wenn er eh hier war, warum hatte er das Päckchen nicht selbst abliefern können? Er beschloss, es nicht weiter zu hinterfragen, denn mittlerweile hatte er gelernt, dass die meisten Engländer einfach ein wenig skurril waren. „Schon fertig?", stellte Mr. A erfreut fest. „Gut, hier nun der Lohn." Er beugte sich zu seinem Ohr. „Er weiß", zischte er. „Er weiß?", wiederholte Azariel verwirrt. „Wer weiß was?" Und was war das für eine seltsame Art der Bezahlung? Als hätte er seine Gedanken gelesen, lächelte Mr. A. „Sie werden bezahlt in der wertvollsten aller Währungen."

„Worte?"

„Nein, Geheimnisse."

„Das Geheimnis ist also, was er weiß."

„Nein, das Geheimnis ist, dass er weiß."

„Wer ist denn ‚er'?"

„Hinterfragen Sie es nicht!" Ein zorniger Ausdruck war auf Mr. As Gesicht getreten und raubte ihm damit das Jugendliche – und die Harmlosigkeit, er wirkte plötzlich sehr … gefährlich? Also gab Azariel klein bei und Mr. A beruhigte sich sofort, ließ sein braunes Grinsen blitzen. „Bereit für die nächste Lieferung?" Ohne eine Antwort abzuwarten – es war auch eigentlich keine Frage – drückte er ihm ein etwas größeres Paket in die Hand, etwas Weiches, das in braunen Stoff eingeschlagen war. „Das ist ein Kleid für eine Hofdame. Gesellschafterin, wollte ich sagen. Oder so etwas Ähnliches. Bringen Sie es an den Hof und geben Sie es einer Kammerzofe der Königin, sie wird Sie erwarten. Sie müssen nicht besonders vorsichtig damit umgehen, falls das ein Problem sein sollte. Eine Naht am Oberteil ist eh schon geplatzt. Bei Hofe weiß man sicher besser damit umzugehen als ich." Azariel klemmte sich das Päckchen unter den Arm, tippte sich an den Hut (das war weit angenehmer als das ständige Hutgelupfe) und machte sich auf den Weg. Insgesamt tätigte er sechs Botengänge, wobei der dritte aus einem äußerst schönen Stickrahmen mit Zubehör bestand, den er nach Wiltshire brachte, wo er einem Mädchen geschenkt wurde. Das vierte war ein Gemälde, das er sich nicht ansehen durfte. Mr. A hatte es ihm mit einer solchen Stärke eingeschärft, dass er annahm, es handle sich um ein Aktgemälde seiner Frau. Er sah es sich nicht an, es hätte ihn auch nicht interessiert. Das Bild brachte er zum Hafen, wo es auf ein Schiff verladen wurde, das nach Deutschland absetzte. Die letzten beiden waren Nachrichten, die erste davon auf cremeweißes Papier geschrieben. „Die Jüngste und Schönste, doch untreu und verlogen." Es sollte einer Dame hinterlegt werden und Azariel nahm an, sie würde es am nächsten Tag abholen, doch er irrte sich. Besagte las den Brief erst 38 Jahre später und er erzürnte sie so sehr, dass sie ihn von sich warf und auf dem Boden liegen ließ. Die zweite Botschaft war mündlich. „Sie wird leben", lautete sie und er bekam keine Anweisungen, was er damit tun sollte, darum entschied er sich, sie an einen Fremden in London weiterzugeben. „Haben Sie keine Sorge", sagte er, „sie wird leben." Der Mann sah ihm sehr verwirrt hinterher – was Azariel aber gar nicht beachtete. Die Pausenwoche war fast vorüber, und er musste zurück nach oben, zu den Sternen, die er sonst so liebte. Es war das erste Mal, dass er lieber auf der Erde geblieben wäre, und das verunsicherte ihn sehr. Nicht, dass er es sonst schrecklich fand, aber dieses „Ich bin lieber oben als unten" war über die Jahre zu einem „Es ist überall gleichschön" geworden und er hatte Angst, es könnte sich weiterentwickeln. *Denk nicht darüber nach*, befahl er sich. Und das funktionierte fünfundvierzig Jahre lang. In dieser Zeit malte er Galaxien in den Nachthimmel und rätselte über die Geheimnisse, die Mr. A ihm verraten hatte. Wenn man sie überhaupt so nennen durfte, es ähnelte mehr einem kryptischen Text. „Er weiß. Sie wacht. Er beobachtet. Sie beurteilt. Wir sind egal. Sie ebenfalls." Mit jedem erfüllten Auftrag hatte er ein paar Worte mehr bekommen, hätte aber genauso gut darauf verzichten können, denn ihm fiel keine Situation ein, in der er diesen Text hätte gebrauchen können. Außer, seine Mitmenschen gehörig zu verwirren, denn Mr. A hatte ihm nicht erklärt, wer er und sie waren und auf wen sich wir bezog. Es kümmerte Azariel nicht sonderlich, aber er behielt es im Hinterkopf als Erinnerung an seinen ersten richtigen Job, so seltsam er auch gewesen sein mochte – ihm fehlte die Erfahrung, um das beurteilen zu können.

2

1547 kam er zurück und diesmal traf er Raguel tatsächlich in London, in einem Pub namens *The Red Spoon Inn*, wo er einen Eintopf misstrauisch betrachtete. „Keine Sorge, man bekommt keine Lebensmittelvergiftung davon", sagte er und setzte sich neben ihn. Das waren vielleicht nicht die besten Worte, mit denen man sich nach fast vierhundert Jahren des Streits begrüßte, aber ihm fiel nicht viel anderes ein. Als er die vertraute Stimme hörte, musste Raguel unwillkürlich lächeln.

„Azariel", sagte er warm, „schön, dich zu sehen." Und das war es tatsächlich. Er hatte ihm eine lange Zeit gezürnt, wollte ihn erst nie wieder sehen, doch irgendwann war der Zorn abgeklungen und bei Conrads Rückkehr komplett verschwunden. Conrad. Der war mittlerweile auch tot und

Raguel fragte sich ernsthaft, was er eigentlich noch in England machte. Wahrscheinlich hatte er gehofft, Azariel hier zu treffen. Und schließlich hatte er richtig geraten, denn hier standen sie.
„Die Sache mit Conrad tut mir leid“, entschuldigte Azariel sich. „Ich habe darüber nachgedacht, es war wirklich nicht richtig.“ Er sah ihn nervös von der Seite an. „Was ist aus ihm geworden?“ Raguel lächelte, als er daran dachte, und das beruhigte Azariel ungemein. „Er ist keine zwei Wochen nach deiner Abreise zurückgekommen. Ob er sich weggeschlichen hat oder heimgeschickt wurde, weiß ich nicht, er sprach nicht gerne darüber. Wie auch immer, erinnerst du dich an das Mädchen, mit dem ihr damals gesprochen habt?“
Azariel nickte. „Sie hieß Crysilda, nicht wahr? Oder irgendwas anderes mit C und Y, Cynthia, oder so.“
„Crysilda war richtig. Sie haben geheiratet, noch im Winter darauf.“
„Du machst Witze!“
„Nichts läge mir ferner.“
Ungläubig sah Azariel auf den Tisch. Nicht nur, dass Conrad überlebt hatte, nein, er hatte außerdem geheiratet. Irgendwie war das unrealistisch, aber er wollte es gerne glauben, darum wechselte er das Thema – zur Gesundheitsverpflegung, da ihm nichts Besseres einfiel. Alle Gebisse, die er bis jetzt gesehen hatte, sahen besser aus als bei seinem letzten Besuch.
„Das liegt an König Heinrich dem Achten“, gab Raguel zu, klang aber irgendwie nicht ganz so erfreut, wie er hätte sein können. Azariel verzog die Stirn. „Heinrich? Hieß der nicht Arthur?“

„Das war sein älterer Bruder, der ist aber gestorben, deswegen ist jetzt er der König."
„Oh", meinte Azariel bestürzt, „und was ist mit Catherine passiert?"
„Welche Catherine? Heinrichs Frau?"
„Hat er sie geheiratet? Hieß es nicht in der Bibel, man solle nicht die Witwe seines Bruders heiraten, oder so ähnlich?"
„Theoretisch ja, praktisch war ihm das, glaube ich, ziemlich egal. Jedenfalls anfangs, da hatten sie noch eine funktionierende Ehe."
„Hatten? Ist sie tot?"
Raguel zuckte mit den Schultern. Er hatte aufgehört, mitzuzählen, welche Ex-Königinnen tot waren und welche nicht.
„Kann gut sein."
„Warum weißt du nicht, ob die Königin lebt oder nicht?", fragte Azariel und bemerkte zu spät, dass es wie ein Vorwurf klang. Raguel schien sich daran allerdings nicht zu stören.
„Weil sie nicht mehr die Königin ist", meinte er nur. „Wer denn dann?" Und vor allem: Warum?
„Katherine Parr, heißt die Dame."
„Also ist sie es doch noch."
„Nein, das ist eine andere Catherine."
„Einen Moment", bat Azariel verwirrt, „was ist los mit dem Adel? Warum hat er zwei Frauen namens Catherine geheiratet?"
„Insgesamt waren es drei Catherines", murmelte Raguel, „wobei die erste ja nur bei uns Catherine genannt wurde. Eigentlich heißt sie ja Catalina, aber das ist zu spanisch für den englischen …"

„Was?“, fiel Azariel ihm ins Wort. Er war wohl etwas lauter geworden als nötig, aber er war verdutzt. „Er hat dreimal geheiratet?“
„Er hat sechsmal geheiratet, wo wir schon dabei sind.“
„Entschuldige mal, jetzt verstehe ich gar nichts mehr. Könntest du es mir erklären? Bitte?“ Er stützte den Kopf auf die Handgelenke und sah ihn abwartend (und ein bisschen neugierig) an. Raguel nickte. Er sprach zwar ungern über den König, da dessen Lebensweise ihn abstieß, aber die Sache mit den Ehefrauen würde eh in die Geschichte eingehen, warum nicht jetzt schon erzählen?
„Also gut. Angefangen hat alles mit Arthurs Tod 1502. Er hatte irgendeine Krankheit oder so, es tut nichts zur Sache. Auf jeden Fall war er tot und Catalina de Aragón, oder Catherine of Aragon, wie man sie hier nennt, verwitwet, was schlecht war, weil die Ehe England mit Spanien verbunden hatte. Glücklicherweise – bitte nimm den Sarkasmus zur Kenntnis – hatte Arthur ja einen Bruder, den sie heiraten konnte.“
„War sie nicht viel älter als er?“, fragte Azariel. Er hatte den Kopf auf die Hand gestützt und hörte neugierig zu. Skandalgeschichten zu lauschen, hatte irgendetwas an sich, vor allem, weil es im Himmel nicht viele gab. Raguel nickte. „Er war echt sehr jung. Sie haben zwar erst geheiratet, als er volljährig war, aber besser macht es das nicht. Die zwei führten eine recht harmonische Ehe, man sagt, dass sie tatsächlich aus Liebe geheiratet hatten. Also, hauptsächlich, weil sie mussten. Aber auch ein bisschen aus Liebe. Und wenn man von dem Kinderproblem – fünf Fehlgeburten und eine

Tochter – mal absieht, waren sie auch recht erfolgreich im Krieg gegen Frankreich und Schottland."

„Buuh!", rief Azariel dazwischen. „Krieg und Schlacht und Chaos, schon klar. Das ist doch langweilig! Wo liegt der Skandal?" Raguel lachte leise und dieses Geräusch, das Azariel schon viel zu lange nicht mehr gehört hatte, brachte auch ihn zum Lächeln.

„Okay, okay, dann lasse ich die Kriege eben weg. Also: Heinrich ist ihr häufig fremdgegangen. Wirklich oft, und eine dieser Affären hat ihm einen Sohn geboren, was ihn denken ließ, dass das Kinderproblem an Catherine lag. Außerdem hatte er irgendwann eine Affäre mit einer Dienerin seiner Frau, eine Dame namens Anne Boleyn, und die hielt ihn anscheinend so weit auf Abstand, dass er regelrecht verrückt nach ihr wurde. Ich habe mich zu der Zeit mit einer Zofe unterhalten, die meinte, es hätte mit einem Kleid Annes angefangen, dessen Naht geplatzt war, sodass der König ein Stück Haut sehen konnte. Aber bei besagter Zofe kann man nie sicher sein, was wahr ist und was nicht. Wie auch immer, wo war ich?"

„Bei der nicht mehr funktionierenden Ehe", sagte Azariel abwesend. Ein Kleid mit kaputter Naht? So wie jenes, das er an den Hof geliefert hatte? Nein, das war zu lange her.

„Ah, genau. Heinrich wollte sich von Catherine scheiden lassen und Anne heiraten – sie wollte wohl unbedingt Königin werden –, aber die Kirche hat das nicht erlaubt. Beziehungsweise der Papst. Die Scheidung generell und auch die Eheschließung hinterher. Und als Heinrich mit dem ‚Du sollst nicht die Witwe deines Bruders heiraten'-Argument

kam, hat er sich mehr oder weniger taub gestellt. Wie auch immer, es gab ein ewig langes Hin und Her, das ich dir nicht erzählen werde, du fändest es langweilig. Was wichtig ist, ist nur, dass er sich gegen den Papst stellte und sich trotzdem scheiden ließ, wobei er eine neue Kirche gründete. Die Anglikanische Kirche, da ist er das Oberhaupt, nicht der Papst. Er heiratete also Anne und den Rest kannst du dir denken."
Er konnte es, trotzdem schwieg er eine Zeitlang. „Er hat eine neue Kirche gegründet", sagte er langsam, „und eine Frau verlassen, die er mal geliebt hat, nur um was zu tun? Einer anderen an die Wäsche zu kommen?"
„Um es in seinen Worten zu formulieren: Er wollte ihre ‚hübschen Entchen' küssen."
„Hübsche Entchen?", wiederholte er und lachte kurz auf. „Was soll das denn sein?"
„Ich bin mir nicht sicher, ob ich das wissen möchte."
Azariel schüttelte ungläubig den Kopf. „Das alles, und er hat sich trotzdem von ihr scheiden lassen."
Schweigen.
„Oder nicht?"
Weiteres Schweigen.
„Er muss es wohl getan haben, sonst hätte er nicht vier weitere Frauen heiraten können."
Die Stille hielt sich.
„Raguel, was ist mit Anne Boleyn passiert? Ist sie gestorben?"
„Es ist ein bisschen komplizierter als das." Er sah ihn abwartend an und Raguel seufzte. Seine Abneigung gegen den König hatte viele Gründe, das war einer davon. „Später, in

Ordnung? Die Geschichte macht mehr Sinn, wenn man sie chronologisch angeht."
„Das setzt voraus, dass sie einen Sinn hat", konterte Azariel und brachte ihn damit zum Lachen. Zumindest kurz.
„Ganz unrecht hast du nicht", gab er zu, „allerdings auch nicht vollkommen recht. Ohne den Streit mit dem Papst hätte es keine weitere Glaubensumschreibung gegeben, und weil so etwas meistens zum Besten der Menschen ist, da sie Gott dadurch besser verstehen können, hat es schon einen Sinn – so seltsam es auch scheint."
Azariel sah verwirrt drein. „Noch eine Glaubensumschreibung? Gab es davor schon eine?"
„Oh, ich vergaß, du warst ja schon recht lange nicht mehr hier", fiel Raguel ein. „Also zum Verständnis: Der christliche Glaube lässt sich hier in Europa in drei Hauptrichtungen aufteilen: Katholizismus, Protestantismus und Anglikanismus. Das, was du kennst, ist Katholizismus, die älteste und wahrscheinlich strengste Form des Christentums, aber ich darf nicht urteilen. Protestantismus wurde von einem Deutschen eingeführt, er hieß Martin Luther und hat die Bibel vom Lateinischen ins Deutsche übersetzt. Jetzt ist so ziemlich dasselbe in England passiert. Du kannst dir die Bibel gerne ansehen, ich habe eine bei mir." Er zog ein Buch aus der Tasche und legte es vor Azariel, der es neugierig betrachtete. Gebundene Bücher gab es nicht oft zu sehen, er konnte sich aber vorstellen, dass Raguel Gefallen an ihnen fand. Es sah lustig aus, dieses Buch, und es roch gut.
„Ist es nicht ganz schön anstrengend, den ganzen Tag dieses schwere Dings mitzuschleppen?", wollte er wissen. Das

Buch war in der Tat sehr schwer, was nicht nur an Einband und Dicke lag, sondern auch an den drei Metallbalken, die zwischen den Deckblättern gespannt waren. Doch Raguel winkte ab und murmelte etwas von wegen, man könnte sich daran gewöhnen.
Der Einband der Bibel sah interessant aus. Auf beigefarbenem Grund versammelten sich Dutzende Menschen und in der Mitte, direkt über dem Titel, saß der König höchstselbst.
„Wie öffnet man es?", fragte er weiter.
„Du schlägst darauf."
„Das ist ein Scherz?" Anstatt zu antworten, nahm Raguel ihm das Buch ab, legte es auf den Tresen und schlug mit der flachen Hand kräftig darauf. Die Metallbalken lösten sich und das Buch konnte aufgeklappt werden. Azariel verzog die Stirn. „Wozu soll das denn gut sein? Das beschädigt das Buch doch sicher."
„Vielleicht. Wobei du doch zugeben musst, dass es sehr hübsch aussieht."
Ohne sich dem Text zu widmen, blätterte Azariel durch die Bibel, bis er ein Bild eines Heiligen gefunden hatte. „Liest du nicht?", fragte Raguel, den es wunderte, warum er das Buch dann überhaupt hatte öffnen wollen. „Ich kann nicht lesen." Oh. Oh, natürlich nicht, er hatte es ja nirgends lernen können. Raguel hatte das britische Schulsystem mit aufgebaut, darum kam es ihm immer seltsam vor, wenn jemand nicht lesen und schreiben konnte. Dass es nur logisch war, weil das Lesen nicht angeboren war, hatte er nicht realisiert, deshalb sah er ihn wohl sehr verdutzt an, denn Azariel wandte sich ab. Gerne hätte Raguel ihm gesagt, dass

er sich dafür nicht schämen musste, die meisten Menschen konnten nicht lesen, aber Azariel war nun mal kein Mensch. „Könntest du es mir beibringen?“, fragte er leise. Raguel lächelte. „Nichts lieber als das. Nur lass uns vielleicht nicht mit der lateinischen Bibel anfangen. Das ist dann doch etwas schwere Kost.“

„Womit wir wieder bei unerfreulichen Themen wären“, meinte Azariel erfreut. „Wie ging es weiter mit Anne und Heinrich?“

„Das Ganze hielt sich drei Jahre“, erzählte Raguel weiter. Es führte ja doch kein Weg daran vorbei. „In dieser Zeit bekam Anne eine Tochter, Elizabeth. Die zweite Tochter Heinrichs, der nicht wirklich erfreut darüber war. Ich habe das ja noch nie verstanden, Mary und Elizabeth waren so niedliche Kinder, aber er wollte unbedingt einen Sohn. Also, einen Sohn von einer Ehefrau, der andere wird ja nicht anerkannt.“

„Warum heiratet er nicht einfach die Mutter des Sohnes?“, fragte Azariel.

„Das geht nicht so einfach, er kann sich schlecht zweimal scheiden lassen. Außerdem hatte er den Sohn bereits, als er noch mit Catherine verheiratet war.“

„Moment.“ Er sah noch immer verwirrt drein. „Warum kann er sich nicht zweimal scheiden lassen? Das hat er doch trotzdem.“

„Dazu komme ich jetzt. Anne war streng protestantisch, was dazu führte, dass Heinrich das ganze Geld der evangelischen Kirche – das ist ein anderer Begriff, schau nicht so verwirrt aus der Wäsche – bekam und damit seinen Lebensstil finanzierte, der nicht gerade der gesündeste war. Zusammen mit ständigem Feiern, Tanzen und dieser Sportart, bei der man mit einer Lanze auf eine andere Person zureitet, legte er nicht so viel Wert auf seine Gesundheit. Einmal ist er bei diesem Lanzenzeug so unglücklich vom Pferd gefallen, dass er sich das Bein gebrochen hat, was nie wieder so richtig heilte. Außerdem glaubt man, dass er bei diesem Sturz auf den Kopf gefallen ist, was der Grund sein könnte, aus dem seine Herrschaft zur Tyrannei wurde. Er hat angefangen, wahllos Leute hinzurichten, das waren insgesamt so um die sechzig- bis siebzigtausend Menschen." Auf Azariels geschockten Gesichtsausdruck fügte er hinzu: „Seine Frau war eine davon."

„Was?", rief Azariel ein bisschen zu laut. „Er hat sie umbringen lassen?"

„Ja."

„Obwohl er das gesamte Religionssystem für sie umgeschrieben hat?"

„Ja."

„Aber warum!?"

„Verschiedene Gründe. Das mit der Tochter war einer davon, man sagt allerdings auch, dass sie sich über seine Männlichkeit lustig gemacht haben soll, und das tat ihm natürlich am meisten weh. Durch Folter zwang man ein falsches Geständnis aus einem Musiker, der öfter mal mit der Königin kokettiert hatte. Er gestand, mehr als das getan zu haben, und aufgrund dieser Aussage wurde Anne vor Gericht geführt. Man hat ihr Ehebruch vorgeworfen und angeblich hatte sie versucht, den König umzubringen, was irgendwie vollkommen aus der Luft gegriffen war, aber es hat funk-

tioniert. Sie wurde schuldig gesprochen und enthauptet."
„So ein Arsch", murmelte Azariel, und obwohl Raguel es nicht gerne hatte, wenn er fluchte, konnte er ihm hier nur zustimmen.
„Was es noch schlimmer macht, als es eh schon ist", fuhr er fort, „ist, dass er direkt am nächsten Tag wieder heiratete."
„Noch mal?" Mittlerweile konnte Azariel nur noch den Kopf schütteln, er hatte die Sprache verloren. Zumindest größtenteils, ein halbherziges „der Depp" bekam er noch heraus.
„Das kannst du laut sagen. Er heiratete eine von Annes Ladys in waiting, eine Dame namens Jane Seymour. Sie schaffte es tatsächlich, ihm das zu geben, was er wollte: einen männlichen Erben, Edward den Vierten, er müsste jetzt neun Jahre alt sein. Jane selbst hat die Geburt leider nicht überlebt, sie starb nur wenige Tage später an Überanstrengung. Zu dem Zeitpunkt waren sie allerdings schon ein Jahr verheiratet, sie fällt also nicht aus der Reihe von wegen Überlebensdauer seiner Frauen." Er verstummte und sah sich im Pub um. Als er sicher sein konnte, dass niemand zuhörte – die anderen Gäste waren so laut, dass sie sich gegenseitig übertönten, und der Barkeeper spielte mit einem älteren Herrn Karten – lehnte er sich näher und flüsterte: „Ich persönlich fand die Sache mit Jane am traurigsten in dieser ganzen Farce."
Das konnte Azariel nicht ganz nachvollziehen. Er hatte sich Raguels Antipathie dem König gegenüber inzwischen angeschlossen, fand es aber schlimmer, dass Anne Boleyn enthauptet worden war, als dass Jane Seymour im Kindsbett gestorben war (sofern man in einem dieser Fälle überhaupt

von einem kleineren Übel sprechen konnte). Soweit er wusste, passierte es täglich, dass Mütter starben, wenn ihre Kinder erst ein paar Tage alt waren. Und warum flüsterte Raguel? War es verboten, eine Meinung über die Ex-Königinnen zu haben? Um ehrlich zu sein: Er traute es Heinrich sogar zu. „Inwiefern?", fragte er deshalb. Raguel – offenbar überzeugt, dass niemand zuhörte – lehnte sich zurück. „Sie war handwerklich sehr begabt, weißt du?", begann er. „Man hätte es nicht sofort gedacht, wenn man sie sah, weil sie so wunderschön war und ihre Hände nicht zerschunden und zerstochen waren wie bei den meisten Näherinnen. Sie war eben durch und durch eine Königin, aber sie war eben auch handwerklich begabt. Sie hatte so einen Stickrahmen, du hast sicher schon mal einen gesehen, zwei hölzerne Rechtecke, zwischen die man ein Stück Stoff spannt, damit man es besser besticken kann." Azariel nickte, vor nicht allzu langer Zeit hatte er selbst einen solchen Rahmen in den Händen gehalten. „Sticken war ihr Hobby – falls eine Königin überhaupt Hobbys haben kann. Sie stickte Blumen und andere florale Muster, manchmal auch dieses geometrische Zeug, das Blusen ziert, ich weiß nicht, warum ich dir das alles erzähle. Wahrscheinlich einfach, um es zu verdeutlichen. Sie stickte eben gerne, behalte das im Hinterkopf. Der restliche Verlauf ihrer Beziehung zu Heinrich war kompliziert, wenn auch nicht so kompliziert wie manch andere. Sie hatte Angst vor ihm, so muss ich es wohlausdrücken, obwohl mir die Vorstellung, dass jemand Angst vor dem Ehemann haben muss, zuwider ist. Denn jedes Mal, wenn sie ihm irgendetwas vorschlug, zum Beispiel, die Klöster wieder einzusetzen, drohte

er ihr förmlich, indem er sie daran erinnerte, was mit Anne passiert war. An die Öffentlichkeit ist es so allerdings nie gelangt. Dort hieß es nur, sie wären eine perfekte Familie. Und als Jane schwanger wurde, hoffte er auf einen Sohn, den er auch bekam, was er recht groß verkündete. Das hat allerdings nur dazu geführt, dass sie sich unter noch mehr Druck gesetzt hat als ohnehin schon, was vielleicht zu den großen Problemen bei der Geburt geführt hatte. Das ist allerdings nur Mutmaßung. Fakt ist, dass sie ihn geliebt hat. Nicht nur von wegen ‚Du bist der König und willst mich heiraten, deswegen liebe ich dich jetzt wohl', sondern richtige Liebe. Ich würde es dir gerne erklären, aber ich glaube, dass menschliche Liebe weit hinter dem liegt, was ich verstehen kann. Sie hat ihn also geliebt, fühlte sich aber sehr ungeliebt von seiner Seite aus, was kein Wunder war, wenn er ihr die ganze Zeit drohte, sie hinrichten zu lassen. Ich an ihrer Stelle hätte auch Angst gehabt, das kannst du mir glauben. Sie lag mit ihrer Einschätzung bezüglich der Gefühle ihres Mannes falsch, was ich erst nach ihrem Tod herausgefunden habe. Sie selbst wohl nie. Heinrich hat lange um sie getrauert und sie ist die Einzige, die in die Gruft durfte, in der er bald beerdigt wird. Du erinnerst dich an ihre Stickereien? Fein. Denn was mir regelrecht das Herz gebrochen hat, ist, dass man ihn nach ihrem Tod dabei gesehen hat, wie er sich an ihrem Stickrahmen ausprobierte."
Er sah auf den Tresen, denn er schämte sich seiner nächsten Worte zu sehr, als dass er sie Azariel ins Gesicht hätte sagen können. „In dem Moment habe ich ein bisschen Zuneigung für ihn empfunden. Nicht viel und es ist auch recht schnell

wieder verflogen, aber zumindest für einen kurzen Augenblick, als ich sah, wie er mit Tränen in den Augen über den Stickereien seiner toten Frau saß, hatte ich zumindest Mitleid mit ihm. Verstehst du das, oder bin ich schrecklich?"
Er sah ihn an, flehte förmlich darum, ihn sagen zu hören, dass er keine schreckliche Person war, nur, weil er mit einem furchtbaren Menschen Mitleid hatte. Darum schüttelte Azariel den Kopf – nicht nur, weil er ihn beruhigen wollte, sondern auch, weil er ihn tatsächlich verstand. So sehr er den Gedanken verabscheute, Heinrich hatte einen geliebten Menschen verloren und das verdiente niemand.
Für eine Weile schwiegen sie betreten, Raguel probierte die Suppe, die ihm nicht zu schmecken schien, dann erzählte er weiter: „Die nächste Frau war Anna von Kleve und mit ihr war er am kürzesten verheiratet, sie ist eine deutsche Adelige. Der König brauchte nach Janes Tod unbedingt eine neue Frau – jeder König braucht eine Königin, und sei es nur um des Volkes willen. Heinrich wollte in dieser Zeit etwas, das ihn aufmunterte, so grausam das auch klingt. Ich denke, du weißt, worauf ich hinauswollte."
„Er wollte eine schöne Frau?"
Raguel nickte, dann schüttelte er den Kopf. „Keine schöne Frau, die Schönste von allen. Deshalb gab er den Auftrag, ihm Porträts von allen schönen Frauen zu schicken, die aufzutreiben waren – und adelig, versteht sich, wir unterliegen in dieser Hinsicht ja dem Schubladendenken."
„Du hörst dich bitter an", bemerkte Azariel.
„Ich *bin* bitter. Wie auch immer, er erhielt also Porträts vieler junger Frauen und das schönste zeigte Anna von Kleve. Die

ganze Trauer um Jane war wie weggeblasen, er war jetzt nur noch aufgeregt, seine neue Frau zu treffen. So aufgeregt, dass er sie ganz speziell empfangen wollte. Es gibt da eine recht beliebte Tradition, nach der Adelige sich als Bauern verkleiden und ihren Liebsten so auflauern, nach dem Motto: Wenn du mich wirklich liebst, dann wirst du mein wahres Selbst durch Schmutz und Verwahrlosung erkennen. Allerdings ist das nur in England beliebt und Anna hatte davon nie etwas gehört, weil sie in Deutschland aufgewachsen ist. Als sie also ankam, sah sie nicht, was ein englisches Mädchen vielleicht erkannt hätte, nämlich ein Rollenspiel, sondern einen ungepflegten Bauern, der versuchte, sie zu belästigen. Unnötig, zu sagen, dass sie sich eher erschreckte, als begeistert zu sein. Und Heinrich, der dadurch in seiner Männlichkeit verletzt oder anderweitig beleidigt war, konnte sich nicht anders helfen, als sie öffentlich als hässlich zu bezeichnen, die Ehe nie zu vollziehen und sich nach weniger als einem halben Jahr scheiden zu lassen. Sie ist aber recht gut aus der Bredouille heraus gekommen, hat ein Schloss in Richmond und ein großzügiges Taschengeld bekommen. Außerdem lebt sie noch und da kann sie sich wohl glücklich schätzen."
Er schwieg kurz und als er wieder zu sprechen ansetzte, hatte seine Stimme einen eigenartigen Klang. Irgendwie verwirrt und anklagend. Azariel hatte ihn noch nie so sprechen hören und dieser Wandel an Emotionen – dass Raguel endlich anfing, sich eine eigene Meinung zu bilden – gefiel ihm.
„Sie war nicht hässlich", sagte er. „Vielleicht nicht so schön, wie Heinrich versprochen wurde, und sicher hatte Holbein – das ist der Maler – ihr ein bisschen geschmeichelt, aber

sie war nicht unansehnlich. Er war der Einzige, der sie je hässlich genannt hat, der Rest der Betrachter fand sie ganz niedlich.“ Aber es sollte niemanden überraschen, dass der König auch falsche Gerüchte über seine Frauen in die Welt setzte, Azariel zumindest überraschte es nicht. Er vergrub den Kopf in den Armen, konnte ihn nur noch schütteln. „Und so jemand nennt sich König“, murmelte er fassungslos. „Wir sind gerade mal bei zwei Dritteln“, sagte Raguel nüchtern, „auf ein bisschen was musst du dich schon noch einstellen.“ Azariel hob den Kopf. „In Ordnung, lass uns das hinter uns bringen. Schlimmer kann es ja nicht mehr werden.“ Raguel machte eine Bemerkung, die sich entfernt nach „Du wirst dich noch wundern“ anhörte, ging aber nicht weiter darauf ein. „Der Herr, der Heinrich das Bild von Anna gezeigt hatte, wurde hingerichtet, am selben Tag heiratete er Katheryn Howard, die fünfte Frau. Ich glaube, das ist die schlimmste von allen sechs Ehen. Nicht nur, weil Katheryn enthauptet wurde, obwohl sie noch so jung war, sondern auch, weil sie es schon vor Heinrich so schwer hatte. Als sie 13 Jahre alt war, wurde sie von ihrem Musiklehrer belästigt. Manche sagen, sie hätte eine Beziehung mit ihm geführt, aber sie war 13! Sie hatte wohl tatsächlich gehofft, dass er sie heiraten würde, das hat sich allerdings nie so ergeben. Sausack! Oh, entschuldige bitte.“ „Lass es ruhig raus“, meinte Azariel, „man kann dir ja schlecht widersprechen.“ Wobei er sich dabei nicht so sicher war. Der Barkeeper hatte angefangen, sie mit seltsamen Blicken zu streifen. Etwas gedämpfter fuhr Raguel fort: „Nachdem dieser Lehrer sie hatte auflaufen lassen, wandte sie sich Francis Dere-

ham zu. Die ganze Geschichte habe ich vergessen, entweder er war ein Sekretär oder sie half ihm anderweitig bei irgendwas, auf jeden Fall war er ihr zweiter bekannter Liebhaber und wurde deshalb hingerichtet. Allerdings erst wesentlich später und obwohl sie vor der Ehe mit Heinrich zusammen waren."
„Ist das nicht ein bisschen ..." Azariel zog die Stirn in Falten, suchte nach den richtigen Worten. Sie hatte ihn doch nicht mit Dereham betrogen. „Krankhaft eifersüchtig?", fragte Raguel. „Ja, war es, aber das sollte dir bereits klar sein. Dereham heiratete sie auch nicht, deshalb wurde sie eine Lady in waiting bei Hofe, genau wie Jane Seymour seinerzeit. Zu dem Zeitpunkt war sie 17 Jahre alt, aber bereits dafür bekannt, atemberaubend schön zu sein. Heinrich heiratete sie also am Tag der Exekution und du darfst dir das folgendermaßen vorstellen: Eine 17-Jährige wird mehr oder weniger dazu gezwungen – das wurden sie ja alle – einen 48-Jährigen zu heiraten, der ein krankes Bein hat (es muss wohl stark stinken) und generell nur noch abstoßend wirkt. Es wundert mich wirklich, dass er gleich sechs Frauen abbekommen hat, von den zahlreichen Affären mal abgesehen. Diese Affären durfte er übrigens weiterhin haben, seine Frauen allerdings nicht. Und Anne Boleyn wurde dafür hingerichtet, obwohl sie nicht mal etwas getan hatte. Du kannst dir also vorstellen, wie er ausgeflippt ist, als er herausfand, dass Katheryn ihn tatsächlich betrog."
Am liebsten wollte Azariel es nicht hören. „Er ließ sie hinrichten?", fragte er mit wenigstens ein bisschen Hoffnung, sich zu täuschen. Was er nicht tat. „Genau das, Katheryn Howard und die drei Männer, mit denen sie ihn betro-

gen hat, oder betrogen haben soll, ganz sicher weiß ich es nur von einem." Er zögerte, und da es so aussah, als wollte er dem noch etwas hinzufügen, schwieg Azariel (obwohl er sehr viel zu sagen gehabt hätte, das meiste wohl sehr unfreundlicher Natur). „Was ist denn?", fragte er, als Raguels Schweigen entschieden zu lange dauerte.
„Es ist nur … sie war so jung! 21 Jahre, das ist zu früh zum Sterben, es ist viel zu früh, und diese Unmenschlichkeit, die Heinrich an den Tag legte, schockiert mich so sehr, dass mir die Worte fehlen, verstehst du?"
Er verstand, denn es ging ihm ähnlich. „Nicht zu fassen, dass er noch eine gefunden hat, die ihn heiraten wollte."
„Das wollte sie nicht."
„Ach, echt?" Der letzte Kommentar war so offensichtlich ironisch, dass Raguel aufhörte zu sprechen. „Vielleicht sollte ich dir das nicht erzählen", meinte er, „es regt dich ja doch nur auf."
„Nein, bitte, sprich weiter." Er grinste verlegen. „Ich weiß nicht, warum, aber so brutal diese Geschichten auch sind, sie faszinieren mich."
„In Ordnung. Die letzte Frau ist Katherine Parr, die Tochter eines Offiziers der Krone, und obwohl sie eigentlich schon einen Freund hatte, mit dem sie ihr Leben verbringen wollte, war sie wohl eine gute Gesellschafterin des Königs. Ihre Ehe muss wohl eher freundschaftlicher als romantischer Natur sein – dazu ist Heinrich zu diesem Zeitpunkt auch gar nicht mehr in der Lage – trotzdem gibt es einen großen Streitpunkt. Es geht um irgendetwas Theologisches, sie haben, soweit ich weiß, beide irgendwo unrecht, aber er wollte natürlich trotzdem als Gewinner aus dem Streit

gehen. Und als das nicht zu passieren schien, wollte er sie verhaften lassen, aber sie war so klug, sich herauszureden; sagte, sie hätte ihm nur widersprochen, um von ihm zu lernen. Natürlich ist es unpassend, in so einer Situation vom Glück im Unglück zu sprechen, darum sage ich nur: Hut ab."
„Du trägst keinen Hut."
„Ja, den habe ich vor Katherine verloren. Übrigens ist sie nicht nur in dieser Hinsicht sehr klug. Sie fungiert sozusagen als Sprachrohr zwischen Heinrich und seinen Töchtern und konnte ihn davon überzeugen, sie wieder anzuerkennen – und das, obwohl sie nicht mal deren Mutter ist. Außerdem ist sie gebildet. Ich glaube, sie würde dir am meisten gefallen unter all den Königinnen."
„Was lässt dich das annehmen?", fragte Azariel, obwohl Raguel bis jetzt richtig lag. Das bisschen, das er über Katherine Parr wusste, machte sie in seinen Augen sympathisch.
„Du warst doch immer für gleiche Bildung für alle. Und dafür setzt sie sich auch ein, allerdings hauptsächlich für die Bildung junger Mädchen und Frauen. Sie schreibt Bücher und Psalmen – als Frau, das musst du dir mal vorstellen, und sogar ihr eigenes Porträt ließ sie von einer Frau malen. Ziemlich emanzipiert, nicht? Blöd nur, dass sie all das für die Ehe hinter sich lassen musste, genau wie besagten Freund – das musste sie allerdings schon zweimal davor. Schlimm, wenn man heiratet, nur um zu überleben. Ich bin mir ziemlich sicher, dass er sie hätte hinrichten lassen, wenn sie seinen Antrag abgelehnt hätte. Dieses elendige Monster. Immerhin geht es gerade zugrunde mit ihm, und auch wenn es makaber klingt, ist das wahrscheinlich nur gut für Katherine,

ist es doch die letzte Freiheit, die sie bekommen kann."
„Die letzte Freiheit vor dem Tod", murmelte Azariel. Raguel sah ihn geschockt an. „Das ist aber düster. Der Tod ist doch keine Freiheit, sondern das Ende ebendieser."
„Als wären die ganzen Geschichten nicht düster. Außerdem kommt Katherine sicher in den Himmel und darf in ein paar Jahren noch mal hier unten aufkreuzen. Ich würde das als nie endende Freiheit in Meinung, Wille und Lebensdauer bezeichnen."
„Aber du weißt nicht, ob sie tatsächlich in den Himmel kommt, und du weißt auch nicht, wie es weiter geht, wenn sie in die Hölle kommt."
„Warum sollte sie in die Hölle kommen, wenn sie sich für Frauenrechte und Bildung eingesetzt hat?"
„Na ja …"
Raguel wurde von dem Barkeeper unterbrochen, der während der letzten Sätze neben ihnen stehen geblieben war. „Gentlemen", sagte er eisig und der Tonfall verriet, dass er sie für das direkte Gegenteil von Gentlemen hielt, „würde es Sie stören, diese Debatte über das Nachleben unserer Königin draußen fortzusetzen?" Es war keine Frage, und so fanden sie sich außerhalb des Gasthofes wieder.

3

Eigentlich hatte Azariel erwartet, dass Raguel wütend oder zumindest verstimmt wäre, aber stattdessen lachte er leise. „Du bist unmöglich, weißt du?", sagte er grinsend, wollte seine Worte resigniert klingen lassen und schaffte es doch nicht. Es war dunkel und der Mond hing sichelförmig über London. Sie gingen ziellos in der Stadt umher und führten ihre Unterhaltung im Gehen weiter, wenn auch nicht mehr mit so brisanten Themen wie zuvor. Azariel konnte sich im Gespräch zurücklehnen, fühlte sich zum ersten Mal seit Langem – seit vierhundert Jahren, um genau zu sein – richtig entspannt. Es tat gut, diesen Streit hinter sich gelassen zu haben, aber da war viel mehr als Erleichterung, sich wieder mit Raguel zu verstehen. Irgendetwas Leichtes, Schwereloses, als hätte man eine Last von ihm genommen, von der er nicht gewusst hatte, dass er sie trug. Etwas Unbeschwertes lag darin, wie sie wieder über alles sprechen konnten, ohne dass ihnen selbst nach Stunden der Gesprächsstoff ausging. Es lag auch in Raguels Augen. Darin, wie sich der Mond in ihnen spiegelte und wie er immer hektisch wegsah, wenn er Azariels Blick begegnete, um gleich darauf wieder hinzusehen. Was auch immer es war, es zog Azariel in einen Bann, in dem er nichts anderes mehr sah, nichts anderes mehr sehen konnte. Auch nicht die Bordsteinkante, über die er deshalb recht unelegant stolperte. Das Haus vor ihm machte eine Drehung um 180 Grad und er blieb erst mal auf dem Boden liegen, um zu verarbeiten, was gerade passiert war. Er war nicht verletzt, aber sehr verwirrt, von diesem Kopfstoß aus seinen Tagträumen gerissen zu werden. „Bist du in Ordnung?“ Obwohl Raguel sich vor Lachen nicht halten konnte, schaffte er es, seiner Stimme etwas Besorgtes zu verleihen. „Komm hoch“, sagte er grinsend, als er sich wieder beruhigt hatte, und hielt Azariel die Hand hin, um ihm aufzuhelfen. Der bedankte sich und

gab ihm, um es zu unterstreichen, einen galanten Handkuss. Raguel blinzelte verwirrt, dann lächelte er. Er kommentierte es nicht weiter, aber da er lächelte, ließ Azariel seine Hand nicht los und setzte den Spaziergang so fort. „Weißt du, was das Lustige an den Geschichten ist?", fragte er. Raguel schüttelte den Kopf. Er fand keine der Geschichten auch nur im entferntesten lustig. „Mir kommt es vor, als hätte ich indirekt etwas damit zu tun."
„Inwiefern?"
Azariel suchte nach den passenden Worten, um den Zusammenhang seiner Begegnungen mit Mr. A und den Frauen des Königs zu verdeutlichen. „Vor etwa 40 Jahren", begann er, „war ich schon mal hier in London, für etwa eine Woche. Es gab Schwierigkeiten mit einem schwarzen Loch – nicht meine Schuld, diesmal nicht – und das Team durfte sieben Tage aussetzen. Die meisten sind oben geblieben, ich aber nicht, warum auch immer. In dieser Woche hatte ich etwas, das sich wohl Arbeit nennt, ich bin mir aber nicht sicher, ob es nicht einen zutreffenderen Begriff dafür gibt. Hilfskraft oder Aushilfe oder sowas."
Raguel zog die Stirn in Falten. „Du hast gearbeitet? Wofür das denn, du brauchst doch kein Geld." Er zuckte mit den Schultern. „Aus einer Laune heraus. Vielleicht einfach für die Erfahrung. Der Arbeitgeber, ein Mr. A, klang eben sehr überzeugend, da dachte ich, es könnte ja nicht schaden, und das hat es wohl auch nicht. Bloß die Bezahlung war seltsam, sie bestand aus Sätzen. Er nannte es Geheimnisse, ich nenne es den semipoetischen Versuch, etwas Tiefgreifendes zu verfassen. Mal sehen, ob ich es noch zusammenbekomme …"

„Lieber nicht“, unterbrach Raguel ihn sanft. „Selbst, wenn es ein seltsames Geheimnis ist, so ist es doch etwas für ihn Wichtiges, das er dir anvertraut hat. Du solltest es nicht weitererzählen.“ Also behielt er die Worte für sich – zu Raguels Glück (nur wusste das zu dem Zeitpunkt keiner der beiden).
„Was für eine Arbeit war es denn?“, wollte Raguel wissen. „Botengänge oder so ähnlich. Es ist eben das, was ich mit Heinrich verbinde. Du meintest, er hätte Anne in einem grünen Kleid gesehen und sich dadurch in sie verliebt – nun, die erste oder zweite Lieferung bestand aus einem grünärmlichen Kleid.“
Raguel lachte auf. „Das ist wirklich ein lustiger Zufall.“
„Und es kommt noch besser“, fuhr Azariel grinsend fort. „Das nächste war ein wunderschöner Stickrahmen mit einer Garnitur an Stickgarn. Und welche seiner Frauen war es noch, die ihm das Sticken lehrte?“
„Jane Seymour“, sagte Raguel, „aber du wirst doch wohl nicht etwa glauben, der Rahmen, den du überbracht hast, wäre derselbe, den sie seinerzeit benutzte?“
„Nein, nein“, winkte Azariel schnell ab, obwohl es genau das war, was er hatte andeuten wollen. Genau wie das Kleid tatsächlich Anne Boleyns war, das Porträt Anna von Kleve gezeigt hatte, die erste Nachricht auf Katheryn Howard gemünzt war und die zweite auf Katherine Parr. Er wusste nicht, wer der Mann war, dem er sie überbracht hatte, aber eine leise Ahnung sagte ihm, es könnte ihr Vater gewesen sein. Eigentlich war es mehr als eine Ahnung, aber er hatte keine Lust, es zu überprüfen. Und vielleicht hatte er auch Angst davor, aber daran wollte er nicht denken, deshalb schob er die Gedanken von sich.

Stattdessen konzentrierte er sich auf ihren Weg durch die Stadt, die er binnen einer Woche zu lieben gelernt hatte, es aber erst jetzt bemerkte. Er stellte ebenfalls fest, dass er Raguels Hand nicht losgelassen hatte und es keinem von beiden etwas auszumachen schien. Mehr noch, es fühlte sich richtig an, so nebeneinander zu laufen, und obwohl es nicht das erste Mal war, dass er Raguels Hand hielt, so war es doch anders als zuvor. Ein ihm unbekanntes Gefühl machte sich in ihm breit, etwas, das ihm sagte, dass er mehr wollte, als seine Hand zu halten. Nur was? (Das weißt du! – Ja, ich glaube, ich weiß.) Er blieb stehen. Raguel sah ihn verdutzt an. „Was ist?", fragte er, als er bemerkte, wie Azariel ihn ansah. „Darf ich dich küssen?", fragte er schließlich. „Wie bitte?" Er räusperte sich. „Ich möchte dich küssen. Darf ich?" „Das könnte uns Ärger einbringen", sagte Raguel zögerlich. Die Frage traf ihn unvorbereitet, er war überfordert. „Das ist mir egal", sagte Azariel bestimmt. „Ja, es könnte Ärger geben, oder Folgen, Konsequenzen, nenn es, wie du willst. Am Ende sind es doch nur Worte in der Zukunft, die jetzt nichts bedeuten. Lass es uns riskieren, lass mich dich küssen. Bitte." Raguel lächelte, und diesmal war Azariel sicher, dass er den Mond in seinen Augen sah. „Okay", sagte er. Mehr als okay. Es war ein kurzer Kuss, aber dadurch nicht weniger schön; riskant und verboten, aber voll Hoffnung, voll Versprechen und süßer als das hellste Lachen. Irgendwo in der Ferne sang ein Kirchenchor der aufgehenden Sonne entgegen und Azariel hoffte, dass sie irgendwo auch für sie sangen.

Kapitel 14

1

Als der Jaguar schlitternd vor ihr zum Stehen kam, stand Nocturna vom Brunnenrand auf und zertrat die halbgerauchte Kippe. Der Stummel landete zwischen unzähligen weiteren halben Kippen – sie rauchte eine Zigarette nie zu Ende, da sie so den Schein wahren konnte, keine Raucherin zu sein.
„Du bist zu spät", bemerkte sie trocken. Kaum, dass die Beifahrertür geschlossen war – sie hatte sich noch nicht mal angeschnallt – drückte Azariel das Gaspedal durch.
„Entschuldige", sagte er kurz angebunden und angelte eine Tüte vom Rücksitz, die er ihr reichte.
„Was ist das?"
„Essen. Keine Zeit mehr für was anderes."
Sie verdrehte die Augen, aß aber. Alles andere wäre schlicht dumm gewesen. „Dein Hut sieht bescheuert aus", sagte sie nach ein paar stillen Minuten. Azariel zuckte nicht mal mit der Wimper. „Und du hast Lippenstift an den Zähnen kleben", meinte er nur. Sie klappte den Spiegel nach unten, von wo aus sie eine scheinbar junge Dame mit steinerner Miene anblickte. Das Gesicht dieser Frau war so bleich, dass es wie Porzellan aussah und mindestens genauso kalt und leblos wirkte. Und natürlich klebte ihr kein Lippenstift an den Zähnen.
„Sehr witzig", knurrte sie ihrem Spiegelbild entgegen, wobei ihr auffiel, dass sie die Kontaktlinsen noch trug. Es waren

farbige Kontaktlinsen, die sie trug, weil ihre echten Augen durchaus das Potenzial hatten, die Menschen in ihrer Umgebung gründlich zu verängstigen. Mit spitzen Fingern versuchte sie, sich die Linsen aus den Augen zu fischen, was schwerer war, als es klang. Sie hatte die Linsen selbst gemacht, denn sie mussten nicht nur die Iris bedecken, sondern auch die weiße Netzhaut und generell alles, was nicht die Pupille war (oder – in ihrem Fall – einer Pupille am nächsten kam), demnach waren sie sehr groß.

„Sollen wir kurz halten?“, fragte Azariel, nachdem er es sich eine Weile angesehen hatte. „Nicht nötig. Außerdem ist keine Zeit mehr dafür.“

„Wann bist du dran?“ Sie schwieg einen Moment, dann gelang es ihr, die rechte Kontaktlinse herauszubekommen, und sie stieß ein leises „Ha!“ aus. „Um zehn“, sagte sie dann und machte sich am linken Auge zu schaffen. „Zehn“, wiederholte Azariel leise. Eine halbe Stunde nach ihm. Nocturna verstaute die Kontaktlinsen in ihrer Handtasche. Wo gerade noch zwei menschliche Augen gesessen hatten, taten sich nun zwei tiefviolette Abgründe auf. Es war dieses kleine Stück des Dämons, den sie verstecken musste, den sie nicht ganz loswerden konnte, und sie hasste es, ihn verstecken zu müssen. Sie mochte ihre Augen, nur zu tief hineinsehen durfte man nicht.

„Pass auf, dass sich niemand vor dir erschrickt“, schaltete Azariel sich wieder ein. Sie verdrehte die Augen ein weiteres Mal, was jetzt nicht mehr ganz so gut zur Geltung kam. „Doofkopf“, maulte sie, „wer soll sich denn vor mir erschrecken?“ Ihr Zahnarzt hatte sich neulich erschreckt, wenn auch nicht direkt vor ihr. „Ach, Miss O'Noir, haben sie als Kind eine Zahnspange getragen?", hatte er gefragt, „das sieht hier nämlich stark nach einer Wurzelresorption aus." Sie war hysterisch lachend aus der Praxis gestürzt. Wurzelresorption? Sie war gefallen, das war passiert. Keine Zahnspange.

Eine Weile fuhren sie schweigend. Nocturna zählte die Bäume, die am Fenster vorbeizogen, und verzählte sich dauernd. Sie hatte sich in diesem Auto noch nie besonders gut konzentrieren können, aber heute war es noch mal intensiver. Etwas stimmte nicht. „Warum warst du zu spät?", fragte sie. „Hatte noch etwas zu tun." Er wich der Frage ganz offensichtlich aus und das ließ sie stutzig werden. „Was? Etwas Wichtigeres als das hier gibt es nicht."

„Für dich vielleicht." Unter dem Schatten, den seine Hutkrempe warf, konnte sie seine Augen nicht sehen, daher bemerkte sie nicht, wie sie sich verdunkelten. „Andere Leute haben Freunde."

„Du hast keine Freunde. Niemand mag dich, nicht mal ich, wie soll ein Mensch das tun?" Sie sah ihn scharf an. „Es sei denn, er ist gar kein Mensch, dein Freund. Sag mir bloß nicht, es ist wieder jener Engel, mit dem du seinerzeit so viel zu tun hattest."

„Welcher Engel?"

„Tu doch nicht so", zischte sie, „du musst keine Angst haben, dass ich es ausplaudern könnte oder so etwas. Auf mich ist verlass, verkauf mich bloß nicht für dumm, das kann ich nicht ausstehen. Und ich weiß genau, warum du lügst. Dieser Engel, du musst doch wissen, wen ich meine, ihr wart quasi unzertrennlich."

Er schüttelte den Kopf. „Ich habe schon ewig nichts mehr mit Engeln am Hut. Seit ich keiner mehr bin, habe ich keinen gesehen."

„Das bezweifle ich nicht, ihr wart Freunde vor dem Fall. Deinem Fall. Soweit ich weiß, ist er noch da oben. Du musst doch wissen, wen ich meine. Als hättest du so viele Freunde gehabt." Sie sah ihn ungläubig an, konnte einfach nicht verstehen, wie er nicht wissen konnte, wovon sie sprach. „Du kannst ihn doch unmöglich vergessen haben."

„Ich würde es eher als verdrängen bezeichnen", meinte er mit steinerner Miene. Wie jedes Mal, wenn sie über seinen Fall sprachen, brachte es eine neue Portion Bitterkeit mit sich, die zu groß war, um verarbeitet zu werden. Sie lehnte den Kopf an die Scheibe. „Eine Sekunde, mir fällt der Name gleich ein."

„Ist doch egal", winkte er ab. „Mr. Farell, mein Freund, ist definitiv ein Mensch. Ein sehr tiefgründiger Mensch, falls das kein Oxymoron ist, aber eben doch nur ein Mensch …"

„Du hast ihn mir mal vorgestellt, auf irgendeinem Fest …"

„… außerdem würde ich es doch merken, wenn ein Engel neben mir sitzt …"

„… du brauchst den Namen bloß zu hören, dann erinnerst du dich, so war es bis jetzt immer. Ah, ich hab es, dieser Engel hieß …"

„… beziehungsweise, wenn es ein Engel ist, der neben mir liegt. Der Kratzer am Rücken tut ganz schön weh, eines

von Gottes Lämmchen hätte das nicht fertig gebracht …"
„… Raguel."
Azariel verstummte, was Nocturna nur dadurch bemerkte, dass das Auto ins Schlingern geriet. „Pass doch auf!", rief sie und riss das Lenkrad in die richtige Position. „Was ist denn los mit dir?" Ihre wütende Miene wich einer besorgten, als sie Azariels Gesicht sah, denn sie kannte diesen Ausdruck. Nur hatte sie ihn noch nie so stark, so entsetzt und so verzweifelt gesehen. Nach mehreren Tausend Jahren erlebte sie selbst es nicht mehr, aber sie erinnerte sich an die ersten Jahre, in denen sie sich ihr altes Dasein mühsam hatte erarbeiten müssen und jedes noch so kleine Detail sie geschockt hatte – je kleiner das Bruchstück, desto kleiner die Reaktion. Und der Intensität der mit Raguel verbundenen Erinnerungen nach zu urteilen, musste das, was auch immer sich gerade in Azariels Kopf abspielte, ihn mit der Wucht eines Hammers getroffen haben, der ihm gleichzeitig auf Stirn und Hinterkopf geschlagen wurde. Es war keine rasche Abfolge von Bildern, die sich vor seinen Augen abspielte, sondern eher eine Art Schalter, der von einem Moment auf den anderen umgelegt wurde und eine Flut an Informationen in seinem Gehirn freisetzte. Nocturna dachte, er sähe deshalb so geschockt aus, weil sein Gehirn das alles verarbeiten musste, es aber doch nicht konnte. Sie irrte sich.
Der Wagen kam zum Stehen und Azariel, der nicht ganz Herr seiner Sinne war, legte den Kopf auf das Lenkrad. „Azariel!" Sie rüttelte alarmiert an seiner Schulter, aber es brachte nichts. Seine Augen standen weit offen und er zitterte leicht,

erst nach ein paar Minuten, die ihr viel zu lange vorkamen, beruhigte er sich einigermaßen. Er schloss die Augen, ließ den Kopf aber auf dem Steuerrad liegen. „Mist“, murmelte er, „verdammter Mist.“
„Was ist Mist?“ Vor lauter Aufregung hatte sie vergessen, dass sie ihn eigentlich nicht mögen wollte. Er konnte nicht in Worte fassen, wie sehr es ihn erschütterte, dass er Raguel so schnell und vor allem so gründlich vergessen hatte. Konnte das tatsächlich sein? Und wie hatte er ihn in Mr. Farell nicht wiedererkennen können? Hatte er vergessen, ihn geliebt zu haben, oder hatte er sich nicht daran erinnern wollen, weil es zu schmerzhaft war? Er stellte sich darauf ein, dass er das gesamte Ausmaß dieser Situation erst innerhalb der nächsten Tage würde begreifen können, dann würden diese ganzen Gefühle kommen, die er jetzt glaubte, fühlen zu müssen. Gerade wurden sie überschattet von purer Angst.
Mr. Farell war Raguel. Raguel war ein Engel. Und er …
„Verdammter Mist“, wiederholte er und schlug den Kopf gegen das Lenkrad, wobei er die Hupe auslöste.
„Was ist jetzt los?“ Ihre seltsamen Augen erinnerten ihn daran, dass sie ein Dämon war – für einen Augenblick hatte er es fast vergessen – und dass er selbst auch ein Dämon war, was die Lage nicht verbesserte. Er war ein Dämon, Mr. Farell ein Engel. Oh Gott! Nein, nicht Gott. Alle außer Gott.
„Verdammter Mist“, sagte er zum dritten Mal und diesmal bewirkte es, dass er begriff. „Mist, Mist, Mist“, brüllte er und schlug auf das Lenkrad, die Hupe trötete blechern. Nocturna packte sein Handgelenk. „Hör auf damit!“, schrie sie ihn an. „Was, in Teufels Namen tust du?“

„Er ist ein Engel", flüsterte er. „Oh, verdammt, er ist ein Engel." Sie zog die Porzellanstirn in dezente Falten. „Raguel? Aber das ist doch offensichtlich."
„Nein, nicht Raguel. Doch, er natürlich auch, aber ich spreche nicht von ihm. Wobei … Aah!" Und vergrub das Gesicht in den Händen. Sie blinzelte. „Was? Jetzt mach mal nen Punkt und erzähl die ganze Geschichte. Wenn es möglich ist, während des Fahrens, sonst kommen wir zu spät. Und egal, wie schlimm deine Geschichte ist, das wäre schlimmer."
Azariel nickte benommen, dann startete er den Motor und lenkte den Jaguar zurück auf die Straße. „Du weißt nicht alles von damals", begann er.
„Wie meinst du?"
„Ich glaube, ich habe ihn dir mal vorgestellt. Die Erinnerung ist verschwommen, aber ich weiß, dass ich ihn einen Freund genannt habe. Das war nicht richtig. Raguel und ich waren sehr lange miteinander befreundet, ich kann dir nicht sagen, wie lange oder wann es angefangen hat, aber ich weiß mit Sicherheit, dass wir es nicht mehr waren, als ich ihn dir vorgestellt habe."
„Was dann? Einen Feind nennt man nicht seinen Freund, also was wart ihr?"
Er schwieg kurz, wohl um zu verbergen, dass seine Stimme brach. „Ich weiß es nicht", gab er schließlich zu. „Wirklich nicht und vielleicht ist das besser so. Was ich für ihn war, kann ich nur ahnen, nur Vermutungen aufstellen, die wohl doch nicht zutreffen würden. Aber bitte glaub mir, wenn ich dir sage, dass er mir die Welt bedeutete. Mehr als das. Ich habe ihn geliebt, das ist es, was ich auszudrücken versuche,

aber man hat uns nie als Liebende bezeichnet. Als Liebhaber, das schon, aber der Begriff wird vollkommen anders verwendet. Man könnte sagen, wir hatten eine Affäre, ein romantisches Abenteuer, aber Gott wusste, dass es so viel mehr war als das. Sie ist eine Sadistin, dass Sie es mich hat vergessen lassen."
„Azariel", unterbrach sie ihn und in den Abgründen ihrer Augen lag tiefes Mitleid. „Du warst ein Engel. Du konntest doch nicht lieben. Und er genauso wenig."
„Oh, doch, ich konnte es. So seltsam und unglaubwürdig es auch klingen mag, es gab eine Zeit, in der mir war, als hätte ich die Liebe, dieses Schloss mit sieben Siegeln, begriffen. Ich weiß selbst nicht, woher es kam oder wohin es ging, aber für einen Moment war es da. Und jetzt habe ich ihn wieder getroffen."
„In Glasgow? Das kommt mir doch unwahrscheinlich vor."
„Trotzdem ist es passiert. Diese Person, von der du nicht glauben willst, dass sie mich mag, das ist Raguel. Wochenlang haben wir uns getroffen, ohne dass ich wusste, wer er war." Sie hob eine Augenbraue so hoch, dass sie fast ihren Haaransatz erreichte. „Du willst mir sagen, dass er der Grund deiner Verspätung ist. Was habt ihr denn getan?"
„Wir haben miteinander geschlafen."
Sie war still, verarbeitete und begriff. „Oh nein", flüsterte sie und legte den Kopf an die Scheibe. „Sag, dass das ein schlechter Scherz ist."
„Ich wünschte, es wäre einer, aber es ist die Wahrheit. Scheiße, Noc, in nicht mal zwanzig Minuten stehe ich vor *ihnen* und muss versuchen, mir nicht anmerken zu

lassen, was passiert ist." Er sah sie mit panischer Verzweiflung an. „Sie dürfen es nicht erfahren, hörst du? Niemals!"
„Von mir erfahren sie nichts."
Erleichterung huschte über sein Gesicht. Nicht auszudenken, was passieren würde, wenn sie es tatsächlich herausfanden. Dämonen war es nicht verboten, Sex zu haben, jedenfalls nicht mit Menschen und anderen Dämonen. Engel allerdings ... Es galt ja schon als Verbrechen, mit einem Engel befreundet zu sein, und er hatte noch nie davon gehört, dass jemand es gewagt hatte, mehr als das zu sein, deswegen wusste er nicht, welche Strafe auf ihn warten könnte. Sicher nicht so schlimm wie die Strafe Gottes.
Um ein Haar hätte er eine Vollbremsung hingelegt. Die Strafe Gottes! Was mochte Raguel erwarten? Oh, er verfluchte sich und seine Dummheit und auch Raguel verfluchte er. Zumindest ein bisschen. War es im Himmel plötzlich erlaubt, Beziehungen mit Menschen einzugehen? Immerhin hatte er ihn für einen Menschen gehalten. Und er hatte ihn nicht erkannt, was ihm einen leichten Stich in die Herzgegend versetzte.
„Woran auch immer du gerade denkst", unterbrach Nocturna seinen Gedankengang, „hör auf damit. Wir sind da."
Azariel drosselte den Motor und das Auto kam auf einer leeren Fläche zum Stehen. Sie stiegen aus, Nocturna hatte ihre Handtasche an die Brust gedrückt, einfach, um sich an etwas festhalten zu können. Auch Azariel fühlte, wie sich sein Puls beschleunigte. Er krampfte die Hand um den Tragegriff der Aktentasche, die andere baumelte teilnahmslos an seiner Seite.

Der Platz war etwa fünfundzwanzig Quadratmeter groß und von Steinwänden umgeben, ein Fluss hatte das Tal vor Urzeiten geformt und abgeschliffen. Sie befanden sich an einem Ort, den die Natur nach eigenen Vorstellungen geformt hatte. Das einzige von Hand Erbaute war ein Altar in der Mitte des Platzes. Er ähnelte entfernt jenen Weihwasserbecken, die man zuhauf auf Friedhöfen findet, gleichzeitig gab es nicht viel, wenn nicht sogar überhaupt nichts, das annähernd so furchtbar aussah. Auf dieses verwinkelte Steinding gingen sie nun mit fast ehrfürchtigen Schritten zu. Dort angekommen nahmen sie sich bei der Hand und sagten jene Worte, die Azariel bitter lächeln ließen. Diese Worte waren der Grund dafür, dass er hier stand, dass er seinerzeit gefallen war. Er hielt die Augen geschlossen, während sie sprachen. Als er sie wieder öffnete, befanden sie sich in der Hölle.
Sofort kniff er die Augen wieder zusammen und krümmte sich. Die flammenartigen Wunden auf seinem Rücken, die seit dem letzten Mal noch nicht vollständig verheilt waren, rissen erneut auf und tränkten die Rückseite seines Sakkos mit frischem Blut. Er biss die Zähne aufeinander, um nicht zu schreien, und spürte, wie seine Zunge sich spaltete. Kleine schwarze Schuppen bildeten sich an Wangen, Hals und um die Augenpartie, sie glänzten im kalten Licht der Hölle. Vom plötzlichen Herausschieben der Schuppen tränten ihm die Augen, doch er konnte sich nicht drüberwischen, da jede Berührung die Schmerzen nur verschlimmern würde. Er versuchte, seine Atmung zu regulieren, und setzte sich mit angezogenen Beinen auf den Boden, denn das Schlimmste kam erst noch.

Es hatte sich bereits beim Steinaltar bemerkbar gemacht, ein leichtes Kopfweh, das knapp hinter seinen Schläfen lag. Hier war es unerträglich und wurde doch immer stärker. Am liebsten hätte er den Kopf zwischen den Armen vergraben, aber eine Berührung des Kopfes löste eine neue Schmerzwelle aus (was er beim ersten Mal auf die harte Tour hatte herausfinden müssen). So blieb ihm nichts anderes übrig, als vollkommen still abzuwarten.
Und es kam.
Das dumpfe Pochen breitete sich aus, waberte umher und sammelte sich schließlich etwa drei Zentimeter über seinen Ohren. Azariel biss sich auf die gespaltene Zunge, um es besser auszuhalten, doch er konnte ein Wimmern nicht unterdrücken, als zwei gebogene Hörner aus seiner Stirn schossen. Die Hörner waren unten dunkelrot und wurden nach oben hin immer heller.
Ihm war eine Verschnaufpause von etwa zwei Minuten vergönnt, in denen er das Blut – fast beiläufig nach so vielen Jahren – von den Hörnern streifte, seine Haare sortierte, die Schuppen endlich trocken wischte und sich darauf konzentrierte, dass der Schmerz über seinen Ohren sich zurückbildete. Er sah zu Nocturna, die in ähnlicher Position dasaß. Ihre Hörner waren schwarz, doch ihre Flügel glänzten in allen Farben der Nacht und die Widerhaken an der Ecken schimmerten wie Silber. Ihre Hörner waren um einiges größer als seine und auch ihre Schuppen verliefen gleichförmiger, aber er beneidete sie nicht. Sie schlug die Augen auf, die jetzt mehr denn je zur Geltung kamen, und suchte für den letzten Teil seine Hand. Er drückte sie.

„Danke fürs Dasein“, flüsterte sie. Bevor er etwas erwidern konnte, kam der Schmerz zurück, plötzlich und stechend, und sie schrien beide, als sich das, was von ihrem ehemaligen Heiligenschein noch übrig war, durch ihre Kopfhaut bohrte. Schwarz, verglüht und bröckelnd ragte es aus Azariels Kopf hervor, seine Haare hatten sich darin verfangen und er entfernte sie hastig, damit Nocturna nicht sah, wie gedemütigt er sich durch diesen zerbrochenen Stumpen fühlte. Wobei es ihm nicht hätte peinlich sein müssen; sie saß ihm gegenüber und heulte laut. So war es immer. Nocturna hatte etwas Selbstzerstörerisches an sich, auch das war schon immer so gewesen. Vor dem Fall, vielleicht als Grund dafür, und währenddessen genauso. Er meinte, sich zu erinnern, dass sie sich im Fallen die Flügel selbst ausgerissen hatte, als letzten Widerstand gegen Gott: Die Macht, ihr die Flügel zu nehmen, hatte Sie nicht gehabt. Sie hatte die Flügel verloren, aber nicht durch Gott. Mit dem Heiligenschein war es ähnlich gewesen, sie hatte versucht, ihn sich abzuschneiden, doch diesmal war der Versuch fehlgeschlagen. Anstatt sich davon zu befreien, war sie auf unnachgiebiges Material gestoßen und hatte lediglich ein paar Bruchstücke abbekommen, was dazu geführt hatte, dass der Kranz um einiges gezackter geworden war. Es tat ihr mehr weh als ihm, wenn der Kranz sich sichtbar machte, so viel mehr, und war es nur wegen der Demütigung. „Komm“, sagte er und half ihr auf. Er würde nicht allein durch die Hölle laufen, ganz sicher nicht. Der Weg zum Hörsaal, wie er scherzhaft genannt wurde, führte einmal komplett durch dieses trostlose Loch, vorbei an schimmeli-

gen Wänden und verschlossenen Türen, die sich nur durch die winzigen Messingschilder über dem Türknauf unterschieden, auf denen stand, was in dem betreffenden Raum passierte. In den meisten Fällen wollte er es gar nicht wissen.
Azariel und Nocturna liefen schweigend nebeneinander her, mit kaltem Ausdruck auf dem Gesicht. Keine Emotionen hier unten, bloß nicht. Nocturnas Porzellanmaske war wieder beinahe so perfekt wie davor, nur dass sie jetzt grauer wirkte, als würde sie verwesen. Vielleicht tat sie das auch, denn wer tat es nicht?
Es kamen ihnen nicht viele andere über den Weg und Azariel begrüßte es. Die meisten Leute konnte er nicht ausstehen, alle anderen verabscheute er regelrecht. Wie jedes Mal bildeten die Seuchen eine Ausnahme. Sie trauten sich, laut schwatzend im Gang zu stehen, wahrscheinlich, weil sie nichts anderes zu tun hatten, als bestraft zu werden. Vielleicht mochten sie es sogar, es gab nicht viel Abwechslung hier unten.
Die Seuchen waren nicht vollzählig, aber es waren die vier mächtigsten, die ihnen im Weg standen. Die berüchtigten vier, angeführt von Tuberkulose und Pest. Die spanische Grippe und Cholera folgten. Azariel versuchte, Blickkontakt zu vermeiden, als er sich an ihnen vorbeidrückte, aber natürlich brachte das nichts.
„Azariel Cacey“, flüsterte Tuberkulose rauchig. Ihre Stimme war verklebt von dem Blut, das sie ihre Opfer husten ließ.
Mist, dachte er, sagte aber bloß: „Tuberkulose, du hier?“
„Wo denn sonst?“, murrte sie gekränkt. „Arbeit gibt es doch nicht mehr für mich. Aber was machst du hier? Es ist doch wohl nicht *diese* Zeit im Jahr.“

„Genau die.“ Er sah es als Antwort genug und wollte schon weitergehen, aber sie blieb hartnäckig bei ihm. „Und, wie war das Jahr?“, fragte sie im Plauderton, aber sie konnte nicht verbergen, was sie wirklich damit sagen wollte. Das wilde Herumhuschen ihrer Augen und das Scharren ihrer Fingernägel auf den Unterarmen verrieten sie. Wen könnte ich ansteuern, wollte sie wirklich wissen, wo gibt es ein Schlupfloch, eine öffentliche Wasserquelle, die ich verschmutzen kann, ein Bordell, irgendetwas.
Sie musste sich verwirklichen, sonst starb sie aus. Tuberkulose glich einer verhärmten Prostituierten, deren Rippen durch das Aushungern deutlich hervortraten. „Gut“, sagte er, „die Menschen erfreuen sich bester Gesundheit. Und jetzt entschuldige mich.“
Das mit der Gesundheit war eine Lüge, es gab genug Menschen auf der Erde, auf die genau das Gegenteil zutraf, aber er würde sicher keiner Seuche helfen, ihr Werk fortzusetzen. Vor allem Cholera nicht. Obwohl Tuberkulose ihn am meisten nervte, war es Cholera, die er verabscheute, der er in das aufgedunsene Gesicht spucken wollte für das, was sie getan hatte. Aber jetzt wollte er nicht daran denken, denn sie waren angekommen. Nocturna und Azariel standen vor einem Tor aus dunklem Holz mit polierten Messinggriffen. Er atmete tief durch.
„Ich warte im Auto, wenn ich fertig bin“, sagte er, denn er wollte keine Minute länger als unbedingt nötig hier verbringen. Sie nickte. „Viel Glück.“ Dann setzte sie sich in unmittelbare Reichweite und wartete darauf, dass er wiederkam. Eine unscheinbare Tür neben dem Tor öffnete

sich und ein Dämon stolperte heraus. Mit bleichem Gesicht sah er sich um, dann machte er sich so schnell wie möglich aus dem Staub. Glückspilz, dachte Azariel, er hat das Ganze schon hinter sich. Und wahrscheinlich nicht am selben Tag mit einem Engel geschlafen. Ah, nicht daran denken. Zu spät. Er trat ein und das Tor fiel hinter ihm ins Schloss, ohne dass jemand es zugezogen hatte. Der Teufel sah ihn an. Acht Throne um ihn herum, sodass Azariel im Mittelpunkt stand, nachdem er den Raum betreten hatte, und sich sofort unterlegen fühlte.

„Wer ist das?“, fragte der Dämon ganz links gelangweilt. Es war Lord Belphegor, Fürst der Faulheit, der seinem Namen alle Ehre machte, indem er seitwärts auf seinem Thron lümmelte, der entfernt an einen Sessel erinnerte. Seine moorgrünen Augen musterten Azariel abschätzig, gleichzeitig tat er, als wäre er nicht da. Außerdem kannte er ihn sehr wohl, schließlich stand sein Name auf der Liste, die zu Füßen seines Thrones lag. Den Sinn, den er mit seiner Frage verfolgte, war, Azariel noch unsicherer zu machen, als er es eh schon war. Und es wirkte.

Neben Belphegor stand ein prunkvoller Doppelthron aus Gold mit roten Samtbezügen. Lord Asmodeus saß links, als er sich zu Belphegor beugte, fiel ihm eine Strähne seines goldenen Haares in die Stirn. „Das ist Azariel Cacey. Er war auf der Erde“, sagte er und seine Stimme hatte sich – genau wie sein Aussehen – nicht geändert. Diese Stimme war es gewesen, die ihm vor Jahrhunderten jene verhängnisvollen Worte zum ersten Mal zugeflüstert hatte, getarnt als Geheimnisse. Er ließ ein strahlendes Lächeln aufblitzen. „Mal sehen, was es Neues gibt." Seine Fröhlichkeit wirkte aufgesetzt, und obwohl sie dem Raum eine lockere Atmosphäre gab, wünschte Azariel, dass er sich etwas anderes ausdenken würde. Sogar gespielte Wut war besser als gespieltes Wohlwollen. Auf der anderen Seite des Thrones saß Lilith. Einst die erste Frau auf Erden und erster Dämon, war sie nun eine Lady der Hölle – indem sie Asmodeus, den Fürsten der Lust geheiratet hatte. Von allen Anwesenden verabscheute Azariel sie am meisten, wahrscheinlich, weil er sie schon gekannt hatte, als sie noch ein Mensch gewesen war. Sympathie empfand er jedoch für keinen. Lilith legte die Hand auf den Arm ihres Mannes. „Macht ihn doch nicht so nervös", tadelte sie. „Warum nicht?", schaltete der Dämon zu ihrer anderen Seite sich ein. Lucifer, verkörperter Stolz und immer noch so schön wie damals, als er sich des Nachts Azariels Körper bemächtigt hatte, um die Menschen den Turm zu Babel bauen zu lassen. Er hatte seinen Körper gebraucht, damit der Verdacht Gottes nicht auf ihn fiel. Wie er ihn hasste. Wie er sie alle hasste, sie auf ihren Thronen, von wo aus sie auf ihn herabsahen. Diese Überheblichkeit … er wollte kotzen. Aber natürlich tat er es nicht. Stattdessen hörte er weiter dabei zu, wie die Fürsten und Fürstinnen der Hölle – kurz: der Teufel – sich über seinen Kopf hinweg unterhielten. „Sie möchte so schnell wie möglich fertig hiermit sein", stellte Satan nüchtern fest, „ist es nicht so?" Da Lucifer zwischen ihnen saß, musste er sich vorlehnen, um Lilith ansehen zu können. Obwohl ihm der Zorn zugeschrieben wurde, war er selten wirklich zornig. Die meiste Zeit wirkte er so gelassen, dass jeder Gesprächspartner fast sofort in eine

Art Hilflosigkeit verfiel, weil er so unzugänglich war. Lilith antwortete nicht, also lehnte Satan sich wieder zurück, die Glocken in seinem Haar klingelten leise, das taten sie nur hier unten und es jagte Azariel eine Gänsehaut über den Rücken. „Immer hackst du auf Lilith rum“, rief der Dämon vom Thron ganz rechts. Es war Lady Leviathan, Neid, der Grund, aus dem die Bibliothek von Alexandria gebrannt hatte. „Warum nicht mal auf jemand anderem? Lass sie doch in Frieden.“ „Ich weigere mich, dieses Wort in mein Vokabular aufzunehmen. Lass mich auf Lilith herumhacken und ich verspreche dir: Sobald du irgendeine Eigenschaft besitzt, die man schlechtreden kann, so werde ich das tun. Leider besitzt du überhaupt keine Eigenschaften, weder gute noch schlechte, darum sei still.“ Sie schwieg eingeschnappt. „Hört auf, euch zu zanken“, rief Lady Beelzebub dazwischen. Sie saß zu Satans linker Seite und war sowohl die Kleinste der Gruppe, als auch die Einzige, die man in der Dämonenform als annähernd hübsch beschreiben konnte. Sie hielt fast verzweifelt an der Mode des 18. Jahrhunderts fest, die weiß gepuderte Perücke saß jedoch schief. „Wir haben etwas zu erledigen“, mahnte sie. „Stimmt.“ Lord Mammon, Fürst der Gier, dessen blankgeputzter Thron zwischen Beelzebub und Leviathan stand, zupfte an einem der Diamanten, die in seinem blauen Haar steckten. „Vergesst nicht, dass wir hier nicht allein sind.“ Schlagartig drehten sich alle Köpfe zu Azariel und starrten ihn an. Er schluckte. „Nun?“, fragte Satan irgendwann. Obwohl sie alle über dieselbe Macht verfügten, war Satan insgeheim der Anführer. Lucifer wurde am meisten gemocht, vor Lilith hatten die

Dämonen die meiste Angst und Beelzebub wurde am meisten respektiert, aber Satan war der unangefochtene Chef. Vielleicht, weil sogar die Zeit sich seinem Willen beugte. „Gibt es Auffälligkeiten?“ Azariel nickte, er hatte sich jedes Wort, jede Bewegung sorgfältig zurechtgelegt. Es durfte nicht heißen, dass es keine Auffälligkeiten gab, das hätte bedeutet, dass er unaufmerksam war, gleichzeitig durfte nichts Auffälliges zu schlecht ausfallen, nicht unnatürlich beschönigt werden. Das perfekte Mittelmaß zwischen „Die Menschen sind verdorben“ und „Es gibt noch Gutes auf Erden“. Und dieses Mittelmaß zu finden, war nicht einfach. Mit der Zeit war er ganz gut darin geworden, wobei es weniger dem Berichten gleichkam, als eher dem Erzählen einer mit Bedacht zusammengeschriebenen und auswendig gelernten Geschichte, von der man nur hoffen konnte, sie würde akzeptiert werden. Sichergehen konnte man nie, der Teufel war unberechenbar. Manchmal wurden die haarsträubendsten Lügen ohne ein Wimpernzucken als wahr hingenommen, manchmal schon die kleinsten Beschönigungen als Lügen aufgedeckt. Azariel versuchte meistens, das Wahre (aber was war schon die Wahrheit, wenn nicht die Lüge eines anderen?) so zu umschreiben, dass es keine Lüge war, aber besser klang, als es tatsächlich war. Er erzählte, dass es immer einfacher wurde, die Menschen hereinzulegen (wobei er verschwieg, dass er sich dabei darauf bezog, wie er eine Sixpence-Münze auf den Gehweg geklebt und sich jeder Vorbeigehende danach gebückt hatte), dass sie immer dümmer wurden und sie sich der dunklen Seite immer weiter zuwandten. Allerdings, gab er zu, schien auch die andere Seite, diesen Vorteil auszunutzen, und es wurde zunehmend schwerer, die Sünden eines Einzelnen über dessen Tugenden wiegen zu lassen. Sich selbst erwähnte er nicht oft, Bescheidenheit wurde – obwohl es eine Tugend war – auch hier beachtet, man sollte sich nicht übermäßig loben. Zu viel der Bescheidenheit jedoch galt als heuchlerisch und zu edel für das Drecksloch, in dem sie sich befanden. Er erwähnte, wie sehr er die Arbeit mochte, die Menschen jedoch nicht ausstehen konnte – ob das nun wahr war oder nicht. Der Teufel musste wissen, dass er die Arbeit gerne, also nicht unordentlich, verrichtete, gleichzeitig war es wichtig, dass er Gottes Kreation verabscheute, damit er keine Hemmungen bekommen konnte. Azariel trug den hübschen kleinen Vortrag vor, wirkte so überzeugend wie möglich und kam sich lächerlich vor. Als er geendet hatte, schwieg der Teufel. „Noch etwas?“, fragte Asmodeus schließlich. „Etwas ganz Ungewöhnliches oder etwas, das du teilen möchtest. Auch, wenn es nur ist, um es dir von der Seele zu reden.“ Bei dieser Anmerkung schmunzelte Lilith. „Seele“, murmelte sie und legte ihre Hand in seine, „als hättest du je eine gehabt.“ „Wie recht du hast.“ Er richtete seine Aufmerksamkeit zurück auf Azariel, der den Kopf schüttelte. Sofort fiel Asmodeus‘ falsches Lächeln in sich zusammen. Was für eine Erleichterung! „Dann verschwende unsere Zeit nicht weiter“, sagte er kurz angebunden und tat so, als wäre Azariel nicht mehr da. Er nickte und verabschiedete sich, was gekonnt ignoriert wurde. Er ging in einen anderen Raum über, den Raum mit der Tür, aus dem der junge Dämon vorhin so eifrig gestolpert war. Ein unspektakulärer Raum und doch war er unschätzbar wichtig, denn dort lag das Büro der

Sekretäre des Teufels. Die Sekretäre, fünf an der Zahl, flink in ihrer Arbeit und immer schlecht gelaunt, nahmen die 365 Papierbögen und gaben ihm neue. Die Ausgefüllten wurden sorgfältig überprüft, und wenn kein Fehler gefunden wurde, irgendwo abgeheftet. Er wusste nicht, wo oder warum, aber bei sich dachte er, die Formulare hätten keinen weiteren Sinn, als die Dämonen noch weiter zu kontrollieren, ihnen ein bisschen mehr Angst einzuflößen, den Teufel in den Gottspielchen noch zu unterstützen. Wie sehr er es hasste. Azariel trat aus dem Sekretariat und befand sich wieder in den Fluren der Hölle, die ihm fast ansehnlich erschienen, im Gegensatz zum Audienzraum. Er formte „Viel Glück" mit den Lippen als Nocturna an ihm vorbeiging, dann schulterte er die Tasche und ging zurück dorthin, wo sie hergekommen waren. Das Zurückverwandeln war weitaus weniger schmerzhaft als das Verwandeln, doch die Kälte, die ihn auf dem Platz mit dem Steinaltar empfing, traf ihn unvorbereitet. Er hatte den Mantel im Auto gelassen, was er zumindest für die zwei Minuten bereute, in denen er durch den Schnee stapfte. Im Auto war es warm und er seufzte, fast war es überstanden. Halb zwölf zeigte die Uhr und das war gut so. Noch eine halbe Stunde bis Nocturna zurückkam, eine weitere halbe Stunde der stillen Heimfahrt. Eine Stunde lang konnte er es noch aushalten, die Kontrolle über seinen Körper zu behalten. Noch eine Stunde, dann durfte er es sich erlauben, zusammenzuklappen. Er wartete.

2

Nocturnas Audienz wäre schneller vergangen als seine, hätte der Teufel sie nach ihrem Vortrag gehen lassen, aber sie musste bleiben. Ihr wurden die gleichen Fragen gestellt wie Azariel, ob ihr etwas Ungewöhnliches aufgefallen wäre, und sie war besser vorbereitet als er. Ihre Prozellanmaske sprang kein Stück, ihre Antworten waren prompt und logisch, ein perfekt abgerichteter Dämon. Gerade deshalb war es so leicht, sie zu manipulieren. Nocturna hatte so viel Angst vor dem Teufel wie vor sonst nichts und es war genau diese Angst, die sie dazu verleitete, alles so zu machen wie verlangt, immer perfekt, weil nichts anderes erwartet, nichts anderes geduldet wurde. Der Teufel konnte nach Lust und Laune mit ihr spielen, ihr Informationen entlocken und musste sich nicht einmal anstrengen. Fast war es langweilig. Mit Azariel war es anders, er war nicht so durchschaubar. Wahrscheinlich lag es nicht daran, dass er jünger war als Nocturna – Alter spielte hier keine Rolle –, aber es lag daran, dass er noch nicht so lange hier war. Oder es lag an etwas ganz anderem. Er hatte etwas Unerklärliches an sich, etwas so Menschliches, das es schwer machte, ihn vollkommen zu durchschauen.

Asmodeus gab es nicht gerne zu, aber er hatte ein bisschen Angst vor ihm. Keine tiefschürfende Angst, die ihn nachts wachhielt, aber doch mehr Respekt als er vor einem Angestellten haben sollte, und es machte ihn rasend. Azariel sollte Angst vor ihm haben, nicht umgekehrt. Aus diesem Grunde beugte er sich mit falschem Lächeln nach vorne, um

Nocturna in die Augen sehen zu können. Augen, in denen er Furcht sah. Endlich.
„Gibt es etwas, das du uns erzählen möchtest?“, fragte er, obwohl er die Antwort bereits kannte. Natürlich gab es da etwas. Etwas, das ihre Moral ihr verbot zu erzählen, er las es in ihren Augen. Aber hier zählten moralische Grundsätze nicht. Mit sadistischer Freude sah er ihrem inneren Kampf zu, wie sie versuchte, abzuwägen, ob sie es ausplaudern sollte – was auch immer es war, musste sie persönlich betreffen.
„Hat es etwas mit Azariel zu tun?“, fragte Asmodeus weiter und ignorierte Liliths irritierten Blick. Egal, was sie dachte, es war die richtige Frage, denn sie ließ Nocturna die unsichtbare Hürde überwinden. Sie nickte langsam.
„Ich habe versprochen, nichts zu erzählen“, sagte sie und musste selbst merken, dass es kläglich klang. Er machte eine wegwerfende Handbewegung. „Und wenn schon“, besagte die Geste, „er wird eh nie erfahren, dass du uns etwas erzählst. Außerdem: Was ist wichtiger? Wir, deine Vorgesetzten, die über dein Leben und Sterben, dein Sein und Nichtsein entscheiden, oder er, irgendein Bekannter?“ Und natürlich war der Teufel wichtiger. Zumindest wurde sie gezwungen, das zu denken, auch wenn sie sich anders entschieden hätte, hätte sie zu diesem Zeitpunkt klar denken können. Azariel war nicht irgendein Bekannter, er war unendlich viel mehr als das. Sie hatte ihn bereits im Himmel gekannt, ihn als Dämon neu kennengelernt, ihn in die Hölle eingeführt. Er war das Bindeglied zwischen ihr und den Menschen, ihr und dem Himmel (eine schwache Verbindung, doch sie klammerte sich daran, weil sie nach Hause wollte), ihr und der Vernunft. Er

war ihr wichtiger als der Teufel und sie hätte sich immer für ihn entschieden, hätte sich Asmodeus nicht bereits in ihre Gedanken geschlichen. Hätte er ihren Verstand nicht langsam nach Informationen durchforstet und ein Chaos hinterlassen, das nicht mal sie selbst wieder in Ordnung bringen könnte.
„Da ist ein Engel“, sagte sie langsam, „Raguel. Er lebt auch in Glasgow.“ Und? Er zog die Stirn in Falten, die (natürlich) nicht störten.
„Was ist mit diesem Engel?“ Nocturnas Blick wurde glasig, als Asmodeus weiter in ihre Gedanken eindrang. Gleich hatte er es, er spürte es. Gleich hatte er die Information, die er so dringend brauchte, um Azariel zu brechen. „Er liebt ihn.“
Was? Als hätte sie ihn geschlagen, zuckte er zurück und stieß sich den Kopf an der Lehne seines Thrones. Die Verbindung brach ab, aber Nocturnas Gesicht blieb ausdruckslos. „Gut“, sagte er abwesend. „Geh. Gib deine Akten ab, aber geh.“ Sie ging, willenlos. Sobald die Tür hinter ihr zugefallen war, drehte Beelzebub ruckartig den Kopf zu ihm und blitzte ihn wütend an. „Was sollte das denn?“, keifte sie. „Das arme Mädchen! Was war so wichtig, dass du sie unbedingt zerstören musstest? Nur diese Information?“ Er nickte. Beelzebub rang hilflos mit den Händen. „Und die hättest du nicht anders bekommen können? Sie einfach zu fragen, hätte nicht gereicht? Einen Dämon ruinieren aus purer Sinnlosigkeit!“ „Ich hätte sie nicht einfach fragen können“, zischte er zurück. „Das siehst du doch! Sie hängt viel zu sehr an ihm, als dass sie ihn freiwillig verraten hätte.“ „Was genau hat sie eigentlich verraten?“, wollte Mam-

mon neugierig wissen. Dieser Zwischenfall bildete eine angenehme Abwechslung zu den ganzen Audienzen. „Dass er einen Engel liebt, das hat sie uns verraten!", brüllte er. Mammon zog eine Augenbraue nach oben. „Warum denn so wütend?", murmelte er. „Komm runter", sagte auch Lilith. Sie sah ihn unverwandt an. „Was ist denn so schlimm daran?", fragte sie. „Er liebt einen Engel, na und? Ist das nicht irgendwie romantisch? Also, natürlich ist es tragisch, aber auch ein bisschen romantisch, nicht wahr?" Belphegor blinzelte zustimmend. Er machte sich nicht die Mühe, sich großartig zu bewegen. „Romantisch?" Asmodeus sah sie verachtend an. „Also echt, du findest das romantisch? Das ist mal wieder typisch Mensch ..." „Ex-Mensch", unterbrach Leviathan ihn spitz. „... in allem irgendetwas Schönes zu sehen", fuhr er unbeirrt fort und strafte Leviathan mit einem vernichtenden Blick. „Als ob das etwas anderes wäre als sinnlos und ablenkend. Was wird wohl aus ihnen werden, ha? Doch wohl keine Beziehung mit Happy End und Ehering. Das würde die andere Seite nie erlauben. Und wenn wir nicht unbedingt das Gegenteil von ihnen sein müssten, dann würden wir es auch nicht erlauben. Liebe? Als könnte er überhaupt lieben! Ich muss mich damit auskennen, ich bin die Lust in Materie, wahrscheinlich ist es das, was er will." Mit wildem Blick sah er sich um, hoffte auf Zustimmung von irgendwem, fand sie nicht. Die anderen sahen gelangweilt drein, Lilith peinlich berührt. Schämte sie sich für ihn? „Denkt doch nach", rief er verzweifelt, „die da oben verbieten Liebe, weil es selbstsüchtig macht und die Engel darüber ver-

gessen, was wichtig ist, nämlich angeblich ihr Job. Sie wollen nur noch bei der geliebten Person sein, sie wollen etwas für sich selbst. Aber ist es nicht genau andersherum? Wird man nicht selbstlos, wenn man liebt? Würde man nicht die Welt auf den Kopf stellen, nur damit es dem anderen gut geht? Gibt man sich nicht selbst vollkommen auf, denkt man nur eine Sekunde noch an sich selbst? Wir sollten es verbieten! Wenn es unbedingt anders sein muss als da oben, dann eben aus einem anderen Grund, aber so kann das nicht weitergehen."
„Und wieso?", fragte Lilith. „Er hat doch trotzdem weitergearbeitet, es lenkt ihn nicht ab. Und wenn es ihn glücklich macht, dann sei es eben so. Was ist falsch an ein wenig Positivität? Du arbeitest doch auch, obwohl du liebst."
„Das ist etwas anderes!"
„Warum?"
„Weil wir beide Dämonen sind, wir ergänzen uns, verstärken uns sogar. Liebe unter Dämonen ist in Ordnung, aber dieser Raguel, von dem sie geredet hat, ist ein Engel. Ein Engel! Er wird versuchen, ihn vom Guten zu überzeugen, und wenn er ihn wirklich liebt, dann wird er ihm glauben. Wir könnten ihn verlieren, das ist, was ich sagen möchte."
„Als läge dir so viel an ihm", murmelte Leviathan und hatte recht, so sehr Asmodeus es unterdrücken wollte. Er wollte Azariels Glück nicht zerstören, weil er Angst hatte, er könnte weniger arbeiten. Das war ihm ziemlich egal. Er wollte ihn zerstören, um ihn zerstört zu haben. Um zu wissen, dass dieses Dasein einst schön für ihn gewesen und es jetzt nicht mehr war, um zu wissen, dass er der Grund dafür war. Er wollte denselben ausdrucksl-

sen Blick in Azariels Augen sehen, den Nocturna getragen hatte. Ja, vielleicht wollte er ihn brechen, um keine Angst mehr zu haben. Vielleicht, weil er ihn hasste. Egal.
„Es liegt mir nicht viel an ihm, da hast du recht", sagte er gefasst, „aber stellt euch vor, die anderen finden heraus, was er tut, und machen dasselbe. Wir könnten eine große Anzahl an Dämonen an die andere Seite verlieren, darum geht es mir."
„Du glaubst doch nicht wirklich", schrie Leviathan schrill, gleichzeitig begann Mammon zu lachen und trampelte dabei auf den Boden, Lilith plärrte ihren Mann an und Beelzebub vergrub den Kopf in den Händen.
„Schluss", dröhnte Satan irgendwann und die Geräusche verstummten. „Wir können es nicht verbieten", fuhr er gedämpft fort. „Das würde nur zu Fragen führen. Bisher ist es noch nie passiert und das wird es auch weiterhin nicht. Azariel Cacey war ein Ausrutscher, wahrscheinlich weiß er nicht mal, dass sein Freund ein Engel ist. Aber wenn dir so viel daran liegt, dass es aufhört, können wir etwas unternehmen."
„Was denn?", fragte Asmodeus beleidigt. Die anderen nervten ihn, selbst die, die nichts gesagt hatten. Satan grinste brutal.
„Er kann das Verhältnis von sich aus beenden. Man müsste ihn nur überzeugen, dass es das Beste für alle Beteiligten ist."
„Und wie werden wir das machen?"
Sein Grinsen vertiefte sich und erreichte seine Augen, in denen etwas zu brennen begann. Asmodeus bekam es mit der Angst zu tun. „Lass mich nur machen", sagte Satan und die Flamme breitete sich aus.

3

Zur gleichen Zeit setzte Nocturna sich auf den Beifahrersitz, wobei man nicht von setzen sprechen konnte; sie plumpste mehr. Ihr Gesicht war vollkommen starr, doch war es nicht die übliche Maske. Sie wirkte tot. „War es so anstrengend?“, fragte Azariel. Sie antwortete nicht und er respektierte das. Eigentlich wollte er auch nicht sprechen, aber es fühlte sich falsch an, sie überhaupt nicht zu beachten. Er fuhr los und je weiter sie den Steinaltar hinter sich ließen, desto erleichterter wurde er. Ein weiteres Jahr überstanden. Ihm war schwindelig und sein Magen krampfte sich stark zusammen, aber er war froh, gehen zu können. Dort, wo er sie zuvor aufgegabelt hatte, ließ er sie aussteigen, sie verabschiedete sich nicht und er blieb nicht lange genug, um zu sehen, dass sie knapp zehn Minuten bewegungslos stehenblieb, bevor das Licht in ihren seltsamen Augen erlosch und sie tot zusammenbrach. Mit viel zu hoher Geschwindigkeit fuhr er zur Wohnung, rannte die Treppen hoch und erbrach sich geräuschvoll. „Herzlichen Glückwunsch“, murmelte er sich selbst zu. „Sie sind dem Teufel entkommen. Willkommen in der Hölle.“ Damit lehnte er die Stirn an den kühlen Rand des Waschbeckens und schloss die Augen.

Kapitel 15

1

Mit einem Ruck zog Azariel an seinem Mantel, der sich in einer Spalte des mehr oder weniger vorhandenen Gehsteiges verfangen hatte, und riss dabei aus Versehen eine Ecke ab. „Mist“, murrte er. „Warum noch mal habe ich mich überreden lassen, hierherzukommen?“ Raguel schüttelte lachend den Kopf, während Azariel seinen Mantel besah. Das Ende war ziemlich ausgefranst. Er seufzte. „Du hast dich nicht überreden lassen, sondern ganz einfach zugestimmt.“
„Stimmt, da war ja was ...“
Sie schrieben das Jahr 1581. Seit ein paar Wochen befanden sie sich in Deutschland, momentan in Nürnberg, der Stadt, die als Handelszentrum galt. Raguel gefiel es hier. Ihm gefiel es überall, wobei er Wert darauf legte, allen anderen zu verstehen zu geben, dass es „nirgends so schön war wie in Russland“. Azariel war noch nie in Russland gewesen und verspürte auch nicht das Bedürfnis danach. Es musste sehr kalt sein und er konnte Kälte nicht ausstehen.
„Warum sind wir hier?“, fragte er weiter. Raguel hatte ihn auf einen Marktplatz geführt, der viel zu belebt war, um schön zu sein, auf dem die Leute schreiend umherliefen, ihre Waren anpriesen und sich lautstark stritten. Auf Deutsch. Er musste den starken Drang unterdrücken, sich die Ohren zuzuhalten.

„Ich muss arbeiten“, meinte Raguel. Im Gegensatz zu Azariel hatte er nicht oft Pause und musste fast ununterbrochen auf die Menschen aufpassen. Jedenfalls nannte er es so. Azariel nannte es: in der Mitte des Chaos stehen und aufpassen, dass niemand irgendjemanden umbrachte. Das traf es nicht ganz. Beim sogenannten schönen Brunnen (der eigentlich nicht wirklich schön war) blieben sie stehen, denn von dort aus hatte er einen allumfassenden Blick über den Platz. Azariel stand abseits und fühlte sich ein bisschen verloren. Menschenmengen, vor allem so große wie diese, machten ihn nervös. Sie ließen seinen Blick unruhig umherzucken und seine Hände zittern. Seit sie in Nürnberg waren, hatte das Zittern ihn nicht verlassen, hier war es sogar nachts laut. Nachts, wenn hölzerne Karren über das Kopfsteinpflaster gezogen wurden, die Leute aus den Fenstern schrien, man solle still sein, und bei Wind jeder Balken knarrte. Er hasste es hier. Hasste es, weil er nie allein war, weil er bei jedem Schritt Angst haben musste, direkt unter dem Fenster zu stehen, aus dem der Nachttopf geleert wurde, hasste es, weil es stank wie sonst etwas. Aber er blieb. Hauptsächlich eigentlich nur, weil Raguel bleiben wollte. Der musste zwar mitbekommen haben, dass Azariel nicht die beste Zeit hatte, aber da er nie etwas sagte, störte er sich nicht daran. Azariel ließ gelangweilt den Blick durch die Menge wandern. Ein paar Männer erinnerten ihn in Aussehen und Benehmen an Conrad und er traute sich nicht, daran zu denken, dass Raguel vielleicht deshalb so gerne hier war. Conrad. Schon so viele Jahre tot und doch verfolgte er ihn noch immer. Er spürte die altbekannte Verbitterung darüber in sich aufstei-

gen, doch ließ er diesmal nicht zu, dass sie ihn vollständig erreichte. Im Endeffekt brachte es doch nichts, und wenn Raguel ihm einen Toten vorziehen wollte, so sollte er es tun. Immerhin war es Azariel gewesen, der ihn geküsst hatte, nicht Conrad, und das würde er sich nicht wegnehmen lassen. Und Raguel musste nicht wissen, dass er ihn über alles wählen würde – es würde nur zu Komplikationen führen, zum typischen „Engel können nicht lieben", zum Ende dieser Freundschaft, die irgendwie gar keine war. Nein, er musste es nicht wissen, es reichte, wenn Azariel es wusste.
„Mir ist langweilig", sagte er. Raguel wendete kurz den Blick ab. Zu kurz. „Hier in der Nähe ist ein Pub, wenn du willst, kannst du hingehen und ich komme später nach." Er wollte nicht, ging aber trotzdem. Vielleicht waren dort weniger Menschen. Obwohl … die Menschen in Pubs waren seltsam. Der Letzte, den er dort getroffen hatte, zum Beispiel. Mr. A. aus England, wahrscheinlich Yorkshire, mit seinen komischen Geheimnissen. Er grinste humorlos, als er an den jugendlichen Spaßvogel dachte.
Das Pub war englisch eingerichtet und sofort fühlte er sich ein bisschen zu Hause. Auch das Bier schmeckte genauso scheußlich, aber diesmal störte es ihn nicht, er ließ den Krug einfach vor sich stehen und sah durch den Raum, jetzt ein wenig motivierter. Ein paar Männer saßen um einen Tisch – sie alle erinnerten ihn an Conrad – und ein junges Mädchen zapfte Bier und versteckte sich vor ihren Blicken. Der Wirt saß im Hinterzimmer. Er hatte vorgegeben, die Buchhaltung zu erledigen, dabei konnte man ihn schnarchen hören. Langsam bekam er das Gefühl, dass die Menschen

überall gleich waren. Er sehnte sich nach Abwechslung, einem Gespräch, irgendetwas.
„Guten Tag“, sagte er in abgehacktem Deutsch. Das Mädchen sah auf, lächelte kurz, dann beugte sie den Kopf demonstrativ über das Tablett, das sie gerade belud. Wieder nichts. Er sprach sie nicht noch mal an, das wäre aufdringlich und wahrscheinlich unhöflich gewesen, und mit den Conrads in der Ecke wollte er nichts zu tun haben, darum schwieg er wieder und betrachtete seine Fingernägel. In letzter Zeit wirkten sie fester und irgendwie gelblich. Raguel meinte, das käme vom Handarbeiten, aber so etwas tat Azariel nicht. Er glaube, sich eine Krankheit eingefangen zu haben, die auch dafür verantwortlich war, dass ihm die Haare an Armen und Beinen ausfielen. Bisher kannte er keine Krankheit mit diesen Symptomen, aber er hatte auch noch nicht darüber gesprochen, also hoffte er einfach, es sei etwas für den Körper Ungefährliches.
Eine Bewegung, die er aus dem Augenwinkel wahrnahm, riss ihn aus seinen Gedanken. Dem Mädchen war das Tablett offenbar zu schwer, außerdem hatte sie es nicht richtig ausbalanciert, deshalb schwankte es gefährlich, als sie versuchte, es zum Tisch zu tragen. Ein zu schneller Schritt, Bier spritzte auf den Boden, die Männer lachten. Von dem Gelächter abgelenkt sah sie erbost auf, und das war der Fehler, den sie brauchte, um das Gleichgewicht zu verlieren und das Tablett fallen zu lassen. Es klirrte, als die Krüge zersprangen und der Boden von Bier getränkt wurde, ein Krug rollte scheppernd aus der Tür. Die Männer lachten lauter und

ließen abschätzige Sprüche los, von denen Azariel froh war, sie nicht zu verstehen.
Beschämt senkte sie den Kopf und wollte sich zurückziehen, rutschte jedoch auf den nassen Dielen aus und wäre um ein Haar gefallen, wäre sie nicht von einem Mann am Ellenbogen gepackt worden, sodass sie den Sturz abfangen konnte. Azariel runzelte die Stirn. War er schon davor da gewesen und er hatte ihn einfach nicht bemerkt? Nein, das war unwahrscheinlich. Der Mann bot einen so ungewöhnlichen Anblick, dass er einfach auffallen musste. Und abstoßen, auf gewisse Weise. Selbst das Mädchen bedankte sich nicht, sondern rümpfte die Nase und rauschte in die Abstellkammer, um Putzlappen und Besen zu holen.
„Undankbares Pack“, murrte der Mann und ließ sich geräuschvoll neben Azariel fallen. „Gestatten, Herr B. Feger.“ Damit quetschte er Azariels Hand zwischen seine fleischigen Pranken und schüttelte sie so heftig, dass sie ihm danach wehtat.
„Angenehm“, sagte Azariel, verblüfft darüber, dass Herrn Fegers Englisch so gut war. Wahrscheinlich reiste er oft nach Großbritannien und er beneidete ihn ein wenig. Was gäbe er nicht dafür, wieder auf der Insel zu sein? Sogar London mit seiner furchtbaren Farblosigkeit war besser, als was auch immer das hier war.
Herr Feger grinste, wobei er zwei Reihen brauner Zähne und einen Goldzahn entblößte, die in gelblichem Zahnfleisch steckten. Azariel blinzelte überrascht, denn soweit er feststellen konnte – und das überhaupt möglich war –, war Herr Feger gleichzeitig dick und ausgemergelt. Sein

Körper an sich war massig, allein der Hals so dick wie ein Fass, aber sein Gesicht sah seltsam aus. Seine Augen lagen als Zeugnis vieler durchgearbeiteter Nächte zu tief in ihren Höhlen, die Nase war an den Flügeln rot angelaufen und seine Wangenknochen standen viel zu weit hervor. Seltsam sah er aus, das war das einzige Wort, ihn zu beschreiben.
„Ist das nicht traurig?“, fragte er mit einer ausladenden Geste durch den Raum. Trotzdem wusste Azariel nicht, worauf er sich bezog. „Ja?“, meinte er daher vage. „All diese Unmenschlichkeit“, fuhr Herr Feger fort. „Nehmen Sie die Szene gerade als Beispiel. Sie fällt, und anstatt ihr aufzuhelfen, lachen diese Leute nur. Und wenn ich ihr helfe, rümpft sie die Nase. Uns fehlt ein Stück Moral, ein großes Stück Wahrnehmung anderer, finden Sie nicht auch?“ Er nickte. Diese Unfreundlichkeit, die manche Menschen an den Tag legten, war auch ihm aufgefallen, nicht nur in Deutschland, aber vor allem hier. Er war wirklich nicht gerne hier.
„Jemand müsste etwas erfinden, das ihnen ein paar Manieren beibringt“, meinte Herr Feger, der sich an der Wortkargheit seines Gesprächspartners nicht störte. „Anfangs dachte ich da an ein Buch. Eines, das Etikettenregeln auflistet und durch Fallbeispiele den Menschen die Menschlichkeit beibringt. Aber wer liest denn heutzutage? Die wenigsten können es und die, die es können, haben keine Zeit. Es ist ein verlorener Krieg, noch bevor die Schlacht begonnen hat.“
„Warum haben die Menschen keine Zeit zum Lesen?“, fragte Azariel. Soweit er wusste, gab es genug, die nichts mit ihrer Zeit anstellten, als durch die Gegend zu sehen

und sich zu beschweren, dass alles viel zu lange dauerte. „Sie müssen arbeiten“, erklärte Herr Feger. „Auf dem Feld, dem Markt, in der Stadt. Sie arbeiten die ganze Zeit, und wenn sie fertig sind, sind sie zu müde, das Lesen zu lernen. Es bräuchte schon etwas, um ihnen diese Arbeit zu erleichtern.“
„Denken Sie da an eine Maschine?“ Er lächelte und der Goldzahn blitzte auf. „Ich denke an rein gar nichts, aber Maschine ist ein gutes Stichwort. Welche denn zum Beispiel?“
Azariel zögerte. Seine technischen Kenntnisse reichten bei Weitem nicht aus, um dieses Gespräch kompetent zu führen. „Eine Erntemaschine“, überlegte er langsam. „So eine Art Wagen, der mit einer Sense ausgestattet ist. Man müsste sie bloß so anbringen, dass das Heu in den Wagen fällt, wenn man darüberfährt. Vielleicht müsste man rückwärtsfahren oder so.“
Herr Feger nickte. „Dann müssten sich die Bauern nicht mehr bücken, das stimmt, es wäre also gut für den Rücken. Hatten Sie schon mal Rückenschmerzen? Grässliches Zeug, wirklich. Sicher würde es der Bauern Laune verbessern. Ich für meinen Teil bin immer besser gelaunt, wenn ich keine Schmerzen habe.“ Er grinste und wider Willen musste auch Azariel die Mundwinkel ein Stück heben. Das Gespräch begann ihm zu gefallen, obwohl er nicht wusste, ob er Herrn Feger vertrauen konnte. Irgendetwas an ihm war faul, er konnte nur nicht genau sagen, was es war. Vielleicht die Augen, sie wirkten so falsch.
„Oder eine Maschine, die Wäsche wäscht“, fantasierte Herr Feger weiter. „Ich weiß nicht, wie man es konstruieren soll, aber ich denke da an einen Trog voll Wasser mit einer

Kurbel oder etwas Ähnlichem dran, das es einem ermöglicht, durch Drehen der Kurbel die Wäsche zu schleudern."
„So eine Art Kochtopf, in dem alle Wäsche gleichmäßig sauber wird?"
„Genau das. Und dabei hätte man doch Zeit zum Lesen, die Kurbel muss man ja nur mit einer Hand betätigen."
In der nächsten Stunde spannten die beiden die unmöglichsten Pläne für Maschinen jeder Art – dass die meisten nicht funktionieren konnten, war nicht von Bedeutung. Da sie nie gebaut würden, mussten sie außerhalb der Fantasie nicht funktionieren. Und dort entstand eine regelrechte Fabrik, die alle denkbaren Maschinen für jeden möglichen und unmöglichen Beruf herstellte, die den Menschen die Arbeit erleichterten oder gleich ganz abnahmen. Es gab Maschinen zum Transport kleiner Güter, zum Verbreiten von Botschaften (ohne, dass man durch die ganze Stadt rennen musste), zum Nähen, zum Pflastern der Straße, generell, um alles zu tun. Und jedes Mal, wenn Azariel dachte, sie wären fertig, es gäbe nun wirklich keinen Beruf mehr, den sie erleichtern könnten, warf Herr Feger eine neue Frage auf und sie versanken in weiterem Geschwafel.
„Was würden Sie tun, um die schmutzigste aller Arbeiten angenehm zu machen?", fragte er irgendwann.
„Welche? Zahnarzt?"
„Nein. Henker oder Folterknecht."
Eine Zeitlang schwieg er, dann sagte er: „Nichts. Wer es sich zum Beruf gemacht hat, anderen Leuten Leid zuzufügen, der soll dies ohne fremde Hilfe tun, sonst vergisst er, was es bedeutet, der Verantwortliche zu sein. Es erfordert mehr Überwin-

dung, eine Peitsche selbst zu schwingen, als auf einen Knopf zu drücken, der sie für einen schwingt. Und jemand, der sich aus freien Stücken dazu entscheidet, andere zu töten – was anderes sollte ich dem zusprechen als meine tiefe Verachtung?"
„Wohl wahr", meinte Herr Feger, „doch müssen Sie zugeben, dass es nach allem doch nur eine Arbeit ist und es unfair wäre, sie nicht zu unterstützen. Sonst würde es doch niemand mehr tun."
„Genau das ist der Sinn. Sie wollen mir doch nicht erzählen, ein Befürworter der Folterstrafe zu sein. Vor allem diese Gründe, aus denen alle Welt geknechtet wird. Ragu- ich meine, ein Freund hat mir davon erzählt, was sie Hexenjagd nennen: das Einfangen und anschließende Verbrennen junger Mädchen. Weil man sie beim Hexentanz gesehen hat, oder dabei, wie sie auf einem Besen ritten. Ist es nicht seltsam, dass es immer Männer sind, die diese Anschuldigungen machen? Es kommt mir fast vor, als wäre es die neue Art, Mädchen anzusprechen: Komm mit mir, oder du bist eine Hexe. Und wenn tatsächlich jemand zurückgewiesen wird, so brennt das Mädchen Tage später, obwohl sie nichts getan hat, als mit sich selbst so umzugehen, wie sie es für richtig hielt."
Er rümpfte die Nase. Die Sache mit der Hexenjagd ging ihm seit Monaten auf die Nerven, vor allem, weil er fast täglich über neue Unmenschlichkeiten informiert wurde, die man jungen Frauen antat. Man warf sie in den Fluss. Ertrank sie, war sie unschuldig, überlebte sie, war sie eine Hexe und musste verbrannt werden. Es widerte ihn an.
„Interessante These", sagte Herr Feger nachdenklich, „aber stehen Sie auch wirklich dahinter?"
„Wie meinen Sie das?"

„Ich fürchte, Ihnen nur bedingt folgen zu können. Laut Ihrer Theorie müsste einem eine Frau nur doof daherkommen und man könnte sie als Hexe anschwärzen, richtig? Gut, aber wer sagt, dass einem Kläger bedingungslos geglaubt wird? Ich sage, die Dame ist eine Hexe, Sie sagen, sie ist keine, es steht also Aussage gegen Aussage. Wem wird nun geglaubt?"

„Herr Feger, tragen Sie Hosen oder Röcke?", fragte Azariel unvermittelt und brachte ihn damit aus dem Konzept.

„Nun, Hosen", stotterte er, „aber warum ist das wichtig?"

„Weil danach entschieden wird, wem man glaubt. Tragen Sie eine Hose und sind ein Mann, so glaubt man Ihnen. Tragen Sie eine Hose, sind aber eine Frau, so werden Sie als geistig verwirrt abgestempelt und niemand glaubt Ihnen auch nur ein Wort. Und tragen Sie einen Rock, ist es egal, ob Sie ein Mann, eine Frau oder sonst etwas sind – es wird Ihnen nicht geglaubt."

„Sie meinen, das Geschlecht von Kläger und Angeklagtem bestimmt die Entscheidung des Gerichts?"

„Warum klingen Sie so überrascht? So war es immer und so wird es immer bleiben." Bitterkeit hatte sich in seine Stimme geschlichen, begleitet von einem ärgerlichen Zug um die Mundwinkel. Wie so oft. Mittlerweile hatte sich dieser Zug in seinem Gesicht festgesetzt und sorgte für ein missmutiges Auftreten. Er selbst störte sich nicht daran, aber manchmal seufzte Raguel und strich ihm über die Wange, sodass er lächeln musste und dieser pessimistische Ausdruck verschwand. Aber Raguel war nicht da und der Zug verstärkte sich nur.

„Das glaube ich nicht", sagte Herr Feger. „Man kann doch kein Verbrechen aus dem Nichts herauserfinden, nur, weil man ein Mann ist und Hosen trägt, da Sie ja so viel Wert darauf zu legen scheinen."

„Ich versichere Ihnen, genau das kann man."
„Geben Sie mir ein Beispiel."
Azariel überlegte kurz, dann nickte er zu dem Mädchen, das am Tresen stand und sie nicht beachtete. „Haben Sie ihr nicht vorhin geholfen? Sie hat sich nicht bedankt, sondern das Gesicht verzogen. Ganz klar, sie muss eine Hexe sein. Nur Hexen sind so undankbar gegenüber allen, da der einzige Mann, vor dem sie Respekt haben, der Teufel ist, mit dem sie tanzen. Und sehen Sie, wie gekonnt sie die Gläser abspült? Sicher kann sie das nur, weil sie beim Hexenfest ausgiebig speist und trinkt und hinterher das Geschirr putzen muss. Ginge das auch mit Magie? Wahrscheinlich, aber sie kann doch ihre Magie nicht für solche Banalitäten wie das Gläserspülen verschwenden. Einleuchtend, nicht? Dann stellen Sie sich vor, wie ihr Haar aussieht, wenn es nicht von der Kappe verdeckt wird. Sicher sieht es bildschön aus, wenn es im Wind weht. Können Sie es sich vorstellen? Gut. Nur eine Hexe kann so schönes Haar haben und gleichzeitig so schlecht sein, man weiß es doch."
„Ich werde das Gefühl nicht los, dass sie wahnsinnig sarkastisch sprechen", unterbrach Herr Feger ihn. Azariel lachte auf. „Natürlich spreche ich sarkastisch! Sie glauben doch wohl nicht, dass ich auch nur ein Wort von dem, was ich gerade gesagt habe, ernsthaft so meine?" Er schüttelte den Kopf. „Das Einzige, was ich zu verdeutlichen versuche, ist, was in den Köpfen jener Männer vor sich geht, die Frauen als Hexen anklagen – es ist eine furchtbar schmutzige Weise, auf einen Korb zu reagieren. Vielleicht haben sie auch Angst vor ihnen, vor klugen Mädchen. Sie haben Angst, die

Frauen könnten klüger sein als sie selbst, die Gesellschaft könnte verweiblicht werden. Also verbrennen sie sie lieber, als dass sie sie als die Menschen ansehen, die sie sind. Ach, es ist eine scheußliche Sache, warum reden wir darüber?" Herr Feger zuckte mit den Schultern. „Interessant ist es schon", meinte er und ignorierte, dass die Frage rhetorisch gemeint war. „Dass das Mädel hier – Anna heißt sie, wenn ich mich nicht täusche – eine Hexe sein könnte, ist mir nie in den Sinn gekommen. Ich dachte, sie wäre bloß unerzogen." Der Zug um Azariels Mund hatte sich verschärft, verlieh seinem Gesicht etwas Hartes und Herr Feger winkte ab. „Nein, nein, natürlich nicht. Es gibt keine Hexen." Aber sicher klang er nicht und Azariel bemerkte, wie er immer wieder misstrauisch zu der jungen Frau, Anna, sah. Es erschien ihm unrealistisch, dass sie einen Namen hatte, war sie doch nur ein Bruchstück seines Daseins, das er in ein paar Jahrhunderten vergessen hätte. Eine Weile schwiegen sie, und irgendwie schien das Schweigen Anna mehr zu beunruhigen, als wenn sie sprachen. Sie sah ab und an zu ihnen, einen forschenden Blick in den Augen, aber da die zwei keine Anstalten machten, sie anzusprechen, ließ sie sie in Ruhe.

2

Es begann bereits zu dunkeln, als Raguel das Pub betrat. Er sah sich suchend um. Als er Azariel entdeckte, hellte sich seine Miene auf und er gesellte sich zu ihm. „War es sehr langweilig so allein?", fragte er.

„Mitnichten! Ich war in bester Gesellschaft. Lass mich dir Herrn B. Feger …“ Mitten im Satz brach er ab, denn als er sich umdrehte, merkte er, dass Herr Feger bereits gegangen war – ohne sich zu verabschieden.

„Was meinst du?“, fragte Raguel. „Nichts, nichts“, murmelte er verwirrt, „lass uns gehen, es ist spät.“ Und vielleicht bildete er es sich nur ein, doch er meinte, Anna erleichtert aufatmen zu hören, als er ging.

„Irgendwelche Neuigkeiten?“, fragte er, als sie durch verlassene Straßen wanderten. Raguel lächelte. Da er jeden Tag an derselben Stelle verbrachte, begegnete er immer denselben Leuten und lauschte ihren Gesprächen, obwohl sie es nicht wussten. Zum einen, um zu erfahren, ob sie sich tugendhaft verhielten, zum anderen, weil ihn die kleinen Anekdoten, die er zu hören bekam, amüsierten.

„Erinnerst du dich an die Geschichte mit Veit und Margareta?“ Azariel nickte. Die Geschichte bestand aus vielen Einzelteilen, Unterhaltungsfetzen der Mütter der beiden, die Raguel wie ein Puzzle zusammensetzte. Offenbar waren die beiden schon seit einiger Zeit ineinander verliebt, aber zu blind und ungeschickt, um es zu sehen. Jedenfalls bis jetzt.

„Er hat ihr heute den Hof gemacht.“

„Was, wirklich? Wie das denn?“

„Sehr ungeschickt, das muss ich zugeben. Direkt nach dem Frühstück ist er bei ihr aufgetaucht und im Wohnzimmer, während die ganze Familie herumstand – soweit ich weiß waren Eltern und Großmutter dabei – meinte er, er könne einfach nicht mehr so weiterleben wie bisher, mit den schlaflosen Nächten und der ständigen Ungewissheit. Und weißt du, was sie gesagt hat? Sie sagte: ‚Aber Veit, das ist doch kein Grund, sich umzubringen!‘, worauf er erwiderte: ‚Ich will mich nicht umbringen, ich will dich heiraten‘. Laut der Mutter hat die Großmutter so laut lachen müssen, dass …“ Er wurde von einem lauten Kreischen unterbrochen. „Ja, ungefähr so muss sich das angehört haben, aber das war nicht die Pointe“, sagte er verwirrt. Das schmale Lächeln auf Azariels Lippen war wie ausgeknipst, er sah sich unruhig um. „Was ist los?“ „Genau das würde ich auch gerne wissen. Das war definitiv kein Freudenschrei, irgendjemand hier hat gewaltig Angst.“ Er deutete in die vage Richtung, aus der das Kreischen gekommen war, und ohne ein Wort der Absprache liefen sie los. Noch bevor sie am Marktplatz angekommen waren, zu dem alle Straßen führten, ertönte ein weiterer Schrei, diesmal näher. Über ihnen wurde ein Fenster geöffnet und jemand plärrte nach Ruhe. Als Antwort kam ein weiterer Schrei, diesmal ein klarer Hilferuf. Azariel blieb stehen. Er wusste nicht, wohin er laufen sollte, denn um ihn herum wurden immer mehr Fenster geöffnet und immer mehr Leute verlangten Nachtruhe oder wollten wissen, wer für den Krach verantwortlich war. Es war zu laut, um die ursprüngliche Hilfesucherin herauszuhören. Also blieb er stehen und sah sich nach dem Ziel um, wohlwissend, dass er es so nicht finden würde – bis das Ziel zu ihm kam. Die junge Frau, die um Hilfe gerufen hatte, rannte mit gerafften Röcken aus einer Seitengasse und versuchte, den Markt zu überqueren. Azariel konnte nicht sehen, wovor sie floh, aber er wusste, dass was immer es auch war, sie in mehr versetzte als bloß Schrecken. Was er sah, war Angst, tiefe, existenzielle

Angst, die sie antrieb, gleichzeitig zu rennen und lauthals nach Hilfe zu rufen, obwohl sie bereits außer Atem war. „Wird sie verfolgt?“, fragte Raguel alarmiert und im selben Moment stürmten ihre Verfolger aus derselben Straße. Als die Leute in den Fenstern das sahen, legte sich der Lärm. Sie sahen ein junges Mädchen, das vor ein paar Männern davonrannte, und erklärten es als das Problem eines anderen. Solange es endlich still war, befassten sie sich nicht länger damit. „Lasst doch das Mädel in Frieden“, rief jemand halbherzig. Einer der Verfolger blieb stehen und starrte wütend in die Richtung, aus der der Ruf gekommen war. „Hilf lieber mit, das ist kein Mädchen, sondern eine Hexe!“ Man konnte förmlich spüren, wie die Stimmung sich veränderte. Fensterläden wurden aufgerissen und neugierige Gesichter reckten sich heraus, versuchten, einen Blick auf die vermeintliche Hexe zu erhaschen, die von Tür zu Tür rannte, wie wild nach Hilfe rief und immer langsamer wurde. Niemand half ihr – aber es dauerte nicht lange, bis der erste Gegenstand flog. Es handelte sich um einen fauligen Apfel, der ihr mit solcher Wucht gegen die Brust geworfen wurde, dass sie nach Luft schnappen musste und taumelte. Trotzdem rannte sie weiter, jetzt nicht mehr schreiend, sondern weinend. Weitere Geschosse folgten, fauliges Obst, manchmal Kohlestücke (aber ja nicht zu viel, man wollte nicht alles an die Hexe verschwenden). Es war ein leeres Tintenfass, geworfen aus einem der oberen Stockwerke, das sie schließlich zu Fall brachte. Es traf sie an der Stirn, wo er zersprang und seinen letzten Inhalt über ihrem Gesicht verteile. Von der Tinte geblendet stolperte sie über den Saum ihres Rockes und fiel hart auf das Kopfsteinpflaster. Sie versuchte, sich aufzurappeln, aber es gelang nicht. Also blieb sie kraftlos liegen und schluchzte in den Rinnstein, bis die Männer sie eingeholt hatten. Einer packte sie bei den Armen, der andere bei den Beinen, und als sie sie hochhoben, begann sie erneut, sich zu wehren. „Ich bin keine Hexe", schrie sie panisch, „ich bin keine, wirklich nicht, bitte, ich bin keine Hexe!" Keine Reaktion kam und schließlich sah sie es ein, hörte auf, herumzustrampeln und ließ sich davontragen. Die Leute in den Häusern schlossen ihre Fenster und gingen zurück ins Bett, die Show war vorbei. Man verabredete sich noch kurz mit den Nachbarn für die Hexenverbrennung, die am nächsten Tag wohl stattfinden würde, dann ging endgültig das Licht aus. Azariel und Raguel sahen sich sprachlos an. Das Ganze war in weniger als zwei Minuten über die Bühne gegangen, zu wenig Zeit, um etwas anderes zu tun, als zu versuchen, zu dem Mädchen zu kommen (und dabei von möglichst wenigen herumfliegenden Objekten getroffen zu werden – was nicht ganz funktioniert hatte, Raguels Auge begann bereits zuzuschwellend). Sie waren zu spät gekommen. Zwei Engel, zu spät. Durfte so etwas passieren? Eigentlich ja nicht. „Sie ist nicht komplett verloren", versuchte Azariel sie zu beruhigen, „es gibt einen Prozess. Bei diesen Hexengeschichten gibt es das immer, um wenigstens den Anschein zu wahren, fair zu richten. Wenn wir es schaffen, da reinzukommen, können wir sie raushauen. Weißt du, wo das immer stattfindet?" Raguel schüttelte den Kopf. „Bis jetzt war ich nie bei so etwas

dabei“, erklärte er, „wahrscheinlich ist das jedes Mal woanders.“
„Dann suchen wir sie“, beschloss Azariel.
Also gingen sie in die vage Richtung, in die das Mädchen getragen worden war. Sie rannten nicht direkt, beeilten sich aber, sodass ihr Atem stoßweise ging und sie sich nicht unterhielten – worüber auch, in so einer Situation? Es dauerte nicht lange, bis sie die Orientierung verloren hatten und nur noch durch die Dunkelheit irrten, in der Hoffnung, sie durch einen Zufall zu erwischen. Was nicht passierte.

3

Gegen morgen saßen sie in einer ihnen unbekannten Gasse auf dem Boden. Azariel hatte den Kopf gegen die Wand gelehnt und die Augen geschlossen, schlief aber nicht. Stattdessen lauschte er der langsam erwachenden Stadt und fragte sich, wie es sein konnte, dass zwei „Gesandte des Himmels“ (auf Raguel traf das jedenfalls zu) es nicht schafften, eine junge Frau davor zu retten, verbrannt zu werden. Raguel wartete, dass jemand vorbeikam, den sie nach dem Weg fragen konnten, dabei presste er die Hand auf sein Auge – er wollte gar nicht wissen, welche Schattierungen es mittlerweile angenommen hatte. Lange Zeit kam niemand und er war gewillt, sich zu Azariel zu setzen und aufzugeben, bis sich über ihnen ein Fenster öffnete. Sofort war jeder Zweifel vergessen.
„Entschuldigen Sie“, rief er dem Fenster zu. Ein Mann beugte sich mit skeptischem Gesicht daraus hervor. „Meinen Se mich?“

„Ja, bitte entschuldigen Sie die frühe Störung." In seiner Zeit in Deutschland hatte er gelernt, dass der bestmögliche Gesprächsbeginn war, sich erst einmal zu entschuldigen. „Wissen Sie, wo Hexenprozesse stattfinden? In der Regel, meine ich."

Der Mann sah ihn dümmlich an. „Näh", machte der Mann, „aber wenn Se ne Folter sehen wollen, können Se durch die Fenster von den Lochgefängnissen gucken."

Raguel bedankte sich abwesend, Azariel war aufgeregt neben ihn getreten. „Wo sind die?", fragte er und fühlte sich plötzlich sehr wach. Ja, die Prozesse würden sie nicht mitbekommen, aber vielleicht konnten sie die Folter verhindern. „Komm mit", sagte Raguel nur, es blieb keine Zeit für lange Erklärungen.

Die Lochgefängnisse befanden sich – wie der Name vermuten ließ – in einem Loch unter der Stadt, einer Art großem Keller, in den hineinzukommen, einem Kunststück glich. Die Tür war stets bewacht, und wurde man nicht von Soldaten oder ähnlichen von der Stadt Beauftragten begleitet, blieb sie verschlossen. Dafür gab es Fenster, die auf die Straße führten und durch die man in ein paar Gänge und die ein und andere Folterkammer sehen konnte. Diese Fenster klapperten sie jetzt eines nach dem anderen ab – keine Spur von irgendjemandem. Vor dem letzten Fenster blieben sie ratlos stehen.

„Gibt es eine Rückseite? Hinterhöfe? Irgendetwas, das wir übersehen haben könnten?", fragte Azariel verzweifelt. Raguel schüttelte den Kopf. „Nichts, wozu wir Zugang haben. Aber vielleicht irren wir uns ja", schob er schnell hinterher, um ihn zu beruhigen. „Vielleicht hören wir nichts, weil sie nicht gefoltert wird, sondern freigesprochen wurde." Er sah zu seinem Freund, mit so viel Überzeugung im Blick wie eben möglich, und gerade, als sich Erleichterung auf dessen Gesicht breitmachen wollte, hörten sie es: ein leises Wimmern aus einem der Räume. Sofort fiel Azariels Miene in sich zusammen. „Nicht freigelassen", murmelte er, „natürlich nicht."

„Aber sie ist noch nicht tot."

„Noch nicht? Bist du dir überhaupt sicher, dass wir gerade sie gehört haben?"

Raguel zuckte mit den Schultern. „Nicht sicher, aber es ist wahrscheinlich. Von einer anderen Hexenjagd müsste doch die Rede gewesen sein." Azariel beugte sich nach unten, um durch die vergitterten Fenster zu sehen. „Dann also nichts wie rein da, was?", meinte er.

„Wir kommen da nicht rein, es ist verboten."

„Sehe ich aus, als würde mich das interessieren?" Er sah definitiv nicht so aus. Seine Augenbrauen waren so weit zusammengezogen, dass sie aussahen wie eine einzige, und die Flügel der Raubvogelnase zuckten gefährlich. Außerdem lag da etwas in seinen Augen, das Raguel nicht ganz benennen konnte. Wahrscheinlich Zorn, aber das wäre eine Sünde, deshalb durfte es nicht dort sein, oder? Konnte Azariel wütend sein, obwohl er ein Engel war? Ganz offensichtlich, er schäumte fast.

„Das Schloss der Eingangstür funktioniert nicht ganz", sagte Raguel langsam, „deshalb wird sie immer bewacht. Wenn sie unachtsam waren, haben sie es nicht vollständig einrasten lassen – und wer wäre nicht ein bisschen unachtsam, wenn er eine zeternde Frau mit sich rumschleppt – mit ein bisschen Ablenkung kommen wir vielleicht rein." Azariel strahlte und richtete sich auf. „Wunderbar! Wo ist der Eingang?" *Direkt hinter dir*, dachte Raguel, sagte es aber nicht. Stattdessen deutete er auf ein großes, von Eisenstangen gestütztes Holztor. Es war tatsächlich nicht verschlossen, das sahen sie von ihrem Standpunkt aus, aber ganz so einfach, wie Raguel es beschrieben hatte, war das Öffnen dann doch nicht. Zwei Wachen mit steinernem Gesicht standen davor, bereit, jeden Eindringling festzunehmen. *Es bräuchte nur ein bisschen Ablenkung*, dachte Azariel just in dem Moment, in dem zwei Jungen auf der gegenüberliegenden Straßenseite anfingen, sich zu prügeln. Eine der Wachen rannte los, die andere trat zumindest etwas beiseite, um einen besseren Blick auf das Geschehen zu haben. Unauffällig, aber schnell huschten sie zur Tür, wo Raguel eine Zeitlang ergebnislos am Eisenring rüttelte. Als Azariels Panik immer weiter wuchs – schließlich konnten die Wachen jeden Moment zurückkommen – gab er der Tür einen kräftigen Tritt und sie schwang auf. „Geht doch", meinte er und sie betraten die Lochgefängnisse. Es war düster hier drin, und kalt, obwohl sie die Tür noch nicht geschlossen hatten. Das Sonnenlicht fiel nur spärlich durch die vergitterten Fenster, was das Ganze in eine Art feierliches Licht tauchte. Dementsprechend andächtig – eine unbewusste Haltung – gingen sie in die Richtung, in der sie das Mädchen vermuteten. Aber sobald sie sie erneut schluchzen hörten, war alle Andacht vergessen und sie begannen, durch die Kellergänge zu rennen. Diesmal schienen sie sich auf dem richtigen Weg zu befinden, denn die Stimme wurde lauter und sie konnten ein paar weitere vernehmen, die sich dazu mischten. Trotzdem waren sie zu weit entfernt, um Worte ausmachen zu können. Bis sie auf eine Wand stießen. „Dahinter sind sie", keuchte Azariel und stützte sich auf den Knien ab. „Ganz sicher, hinter der Wand. Siehst du eine Tür?" Traurig schüttelte Raguel den Kopf. Er hatte bereits aufgegeben, aber das wollte er nicht sagen. „Einen anderen Durchgang? Irgendwas? Wir sind doch Engel, können wir nicht einfach einen Weg … machen?" Er sah ihn verzweifelt an (und obwohl er fast 20 Zentimeter größer war als Raguel, kam er ihm in diesem Moment furchtbar zerbrechlich vor. Als müsste man ihn nur anpusten und er würde in sich zusammenfallen – und mit ihm die Hoffnung auf die Rettung der Hexe) und Raguel wurde weich. „Stimmt", sagte er und verschwieg, dass es Papierkram geben würde und er die Erinnerung aller Anwesenden und den Durchgang sofort wieder verschwinden lassen musste. Er legte das Ohr an die Wand, um eine geeignete Stelle zu finden, und bekam dabei unabsichtlich mit, was gesagt wurde. „Komm mal her", sagte er stirnrunzelnd, „hier hört man was." Hinter der Wand sagte ein Mann, wahrscheinlich ein Priester oder Pfarrer: „… verdächtig gegenüber mehreren Zeugen verhalten, was den Anschein erweckte, mit dem Teufel getanzt und seine Feste mitgefeiert zu haben. Demnach verurteile ich sie im Namen Gottes zum Tod durch Verbrennung." Die junge Frau fing wieder an zu weinen, doch diesmal war es ein kraftloses, flehendes Weinen und Raguel musste das Ohr von der Wand nehmen, um nicht selbst in Tränen auszubrechen. „Was ist denn?", fragte Azariel und ihm wurde klar, dass er kein Wort Deutsch verstand (oder zumindest nicht so gut, um dem Mann folgen zu können). „Was ist mit dem Durchgang.“ Raguel schüttelte den Kopf. „Zu spät“, sagte er und wurde verständnislos angesehen. „Wie, zu spät? Ist sie weg?“ „Nein, aber die Strafe wurde in Gottes Namen verhängt. Sollten wir dagegen eingreifen, wäre das, als sündigten wir.“ Er sah ihn hilflos an. „Wir können nichts mehr tun.“ Allerdings stieß er auf taube Ohren. „Gott hat die Strafe nicht selbst verhängt, es ist also nicht Ihr Plan, den wir zerstören, sondern der von ein paar frauenhassenden Männern.“ „So einfach ist das nicht“, unterbrach er ihn. „Es steht doch geschrieben. Was auf Erden als Gottes Wille angesehen wird, das gilt auch im Himmel. Oder so ähnlich. Auf jeden Fall: Wenn jemand sagt, etwas wäre Gottes Wille und wir handeln dagegen, brechen wir Gottes Willen und dafür könnten wir“, er senkte die Stimme, als würde das Wort ihn ängstigen, „fallen.“ Azariel sah ihn entgeistert an und erst dachte Raguel, es wäre, weil er sich über das Ausmaß der Folgen seines Planes bewusst geworden war. Aber er irrte sich. „Hast du auch nur eine Idee“, begann Azariel langsam, „wie abgrundtief egal mir das ist? Da drinnen sitzt eine junge Frau, die als Hexe bezeichnet wird, obwohl es keine Hexen gibt.“ Er gestikulierte in Richtung Wand. „Sie ist unschuldig und soll verbrannt werden! Verbrannt auf einem Scheiterhaufen, bloß weil ein paar Männer sich durch sie beleidigt oder klein fühlen oder einfach aus Langeweile einen Menschen umbringen wollen. Wir sollen doch denen beistehen, die sich selbst nicht helfen können. Warum sollte sich das ändern, bloß weil einer dieser gehirnamputierten

Idioten entschieden hat, es geschähe im Namen Gottes?" Seine Augen funkelten wie Kohlestücke im Feuer und es war dieser Ausdruck, der Raguel ein bisschen Angst einjagte. Nicht vor Azariel, aber davor, was mit ihm passieren könnte, wenn jemand anderes diesen dämonischen Glanz einmal mitbekommen würde. „Indem er es entscheidet, ist es wahr", wiederholte er gereizt. So sehr ihm dieser Anflug von Gerechtigkeitssinn seines sonst so zynischen Freundes gefiel, genauso nervte es ihn gerade. Weil er sich indirekt zwischen Gott und Azariel entscheiden musste und nicht wusste, was er tun sollte. „Wir können nichts tun, tut mir leid.
Du weißt, wie es mit Gott ist …"
„Gott kann mich mal", schrie Azariel und trat gegen die Wand. Sie gab nicht nach (natürlich gab sie nicht nach, sie war aus massivem Stein). „Hey", fuhr Raguel ihn an, „mäßige dich mal. Engel oder nicht, so was kannst du nicht bringen, also hör auf, zu fluchen." Er verschränkte die Arme und blitzte ihn gereizt an. Azariel seufzte. „Was können wir tun?", fragte er ruhiger, gefasster. Seine Augen glühten nicht mehr so rötlich und Raguel entspannte sich ein wenig – aber nicht komplett. „Nichts", sagte er noch mal entschieden. „Kein Durchgang, keine Befreiung, kein Garnichts. Wir können hoffen, dass sie nicht gefoltert wird, und das ist eh unwahrscheinlich, weil die Strafe schon ausgesprochen ist. Versteh doch", er suchte Azariels Blick, fand ihn nicht, „wir haben verloren." Und diesmal verstand Azariel. Langsam, als müsste er es erst verarbeiten, wendete er sich ab und setzte sich an der Wand auf den Boden, dort stützte er das Gesicht in die Hände und

rührte sich nicht mehr. Und weil Raguel nicht wusste, was er sonst tun sollte, setzte er sich neben ihn. Mit ein bisschen Abstand, aber nahe genug, um ihm zu signalisieren, dass er für ihn da war. Irgendwann griff Azariel nach seiner Hand und er erwiderte den Druck, so saßen sie lange da.

4

„Schöne Engel sind wir“, sagte Azariel nach einer Weile bitter. „Hinter der Wand muss sie genauso dasitzen wie wir, nur, dass sie auf ihren Tod wartet. Wobei wir das ja auch tun, wir sitzen hier und warten auf ihren Tod.“
„Tun wir?“, fragte Raguel. Er wusste nicht genau, warum sie überhaupt noch hier waren. „Ich finde, wir sind es ihr schuldig“, meinte Azariel leise. „Wenn wir nicht mal dazu imstande sind, sie zu befreien, sollten wir sie wenigstens seelisch unterstützen.“
„Sie weiß nicht, dass wir hier sind.“
„Möglich, aber sie spürt es, da bin ich mir sicher.“
Draußen dunkelte es bereits, als die Tür aufgesperrt wurde. „Steh auf“, sagte jemand grob. Gedämpfte Geräusche folgten, die nach schwachem Widerstand klangen, dann wurde es wieder still. Azariel stand auf. „Wir müssen ihnen folgen“, flüsterte er, „aber unauffällig. Sobald wir draußen sind, wird das einfacher, da mischen wir uns einfach unter die Leute.“ Er zog verächtlich einen Mundwinkel nach oben, als er daran dachte, dass es tatsächlich Menschen gab, denen die Verbrennungen Spaß machten. In einiger Entfernung folgten sie den beiden Wachen, die das Mädchen abgeholt hatten, und eine Last, von der Raguel

nicht gewusst hatte, dass sie da gewesen war, fiel von seinen Schultern. Eine Erleichterung, dieses Drecksloch zu verlassen, eine Horrorvorstellung, was kommen würde. „Möchtest du dir das unbedingt ansehen?", fragte er. „Ich muss", kam die Antwort und an seinem Tonfall erkannte er, dass es die Wahrheit war. Was auch immer gerade in Azariels Gehirn vor sich ging, es zwang ihn förmlich dazu, die vermeintliche Hexe bis zum Ende zu begleiten. Und irgendwo verstand er es. Der Teil in ihm, der angefangen hatte, Azariel besser zu verstehen, als er sich selbst verstand, erklärte es ihm mit ernster Miene und den logischsten Argumenten. Er imitierte sogar seine Stimme in Gedanken, was ein bisschen gruselig, aber nicht ungewöhnlich war. Vor einigen Jahren hatte er sich mit einem Bibliothekar darüber unterhalten, dass manche Menschen sich Stimmen besser einprägen konnten als anderen und … aber das tat nichts zur Sache. Sie folgten still, waren mittlerweile nicht mehr die Einzigen. Ein Mob Schaulustiger hatte sich gebildet, der die Hexe zum Scheiterhaufen begleitete. Ab und zu wurde sie so laut beschimpft, dass man ihr Weinen nicht hören konnte. Es war offensichtlich, dass der Scheiterhaufen spontan aufgebaut worden war, denn Holz und anderes Brennmaterial lagen lose übereinander und auch der Holzpflock in der Mitte sah eher schief als gerade aus. Als sie den Scheiterhaufen sah, blieb sie wie angewurzelt stehen. Es brauchte vier Männer, um sie an den Pfahl zu binden, da sie wieder angefangen hatte, in heller Panik um sich zu treten und zu schreien. „Sie sollte sich die Luft für später aufheben", sagte jemand neben Azariel und der zuckte zusammen. „Herr

Feger“, sagte er erstaunt, „was machen Sie denn hier?“ „Ich sehe mir die Verbrennung an“, erklärte er, als sei es das Natürlichste der Welt, „schließlich kannte ich die Hexe. Und Sie doch auch, waren es nicht Sie selbst, der den Verdacht erst geäußert hat?“ „Ich?“, fragte Azariel verwirrt. „Ja, Sie. Erinnern Sie sich nicht?“ Er sah nach oben. Das Mädchen war bereits an den Pfahl gebunden und versuchte verbissen, sich zu befreien – erfolglos. Die Knoten waren zu fest, sie war zu schwach und außerdem weinte sie noch immer. Hilfesuchend sah sie nach unten, versuchte, ein bekanntes Gesicht ausfindig zu machen. Mit einer ruckartigen Bewegung warf sie sich die Haare aus dem Gesicht und Azariel erkannte sie. Das Mädchen, die Hexe, war Anna, die Bedienung in dem Pub, wo er Herrn Feger am Vortag kennengelernt hatte. „Nein“, flüsterte er geschockt. Herr Feger nickte, er wirkte fast amüsiert. „Doch. Im Prinzip könnte man sagen, das hier ist ihr Werk.“ Erbost drehte Azariel sich zu ihm, doch er war verschwunden, wie gestern. „Nein“, sagte er noch einmal, diesmal lauter, verzweifelter. „Wie bitte?“, fragte Raguel, aber er hörte ihn nicht richtig. „Ich bin nicht schuld“, sagte er mehr zu sich selbst als zu jemand anderem. „Natürlich nicht“, Raguel klang verwirrt. „Warum solltest du schuld sein? Du hast sie doch nicht als Hexe angezeigt. Oder so über sie gesprochen.“ „Ach du Scheiße“, murmelte Azariel, „ich bin tatsächlich schuld.“ Raguel sah ihn verständnislos an. „Das Mädchen da oben heißt Anna“, rief Azariel aufgebracht. „Die Bardame in dem Pub gestern. Herr Feger, der Mann, mit dem ich gerade gesprochen habe, war auch da und wir haben und sehr, *sehr* sarkastisch ausgemalt, wie man sie als Hexe darstellen könnte. Sarkastisch, nicht ernst gemeint! Um die groteske Natur hinter dieser Aktion aufzuzeigen.“ Er vergrub das Gesicht verzweifelt in den Händen. „Irgendeiner von den Leuten am Nebentisch muss es mitgehört und für bare Münze gehalten haben. Und jetzt wird sie verbrannt, weil ich einen doofen Witz gemacht habe, eine semiphilosophische Debatte führen musste. So eine verdammte Scheiße.“ Diesmal regte Raguel sich nicht darüber auf, dass er fluchte, er sah ihn nur besorgt an. „Da war kein Mann“, fing er an und erntete einen verwirrten Blick.

„Natürlich war da jemand. Herr B. Feger, wir haben uns gestern kennengelernt.“

„Nein. Wir sind hier gestanden und plötzlich hast du angefangen, dich zu beschuldigen, dass das Mädchen da oben gleich brennt. Da war niemand, wirklich.“ Sie hätten die Diskussion wohl fortgesetzt, hätte nicht in diesem Moment die Menge angefangen zu johlen. Einer der Wächter ging mit steinerner Miene auf den Scheiterhaufen zu, ein brennendes Holzscheit in der Hand. Anna schüttelte wild den Kopf, schrie etwas, während die Tränen unaufhaltsam über ihr Gesicht strömten. Er würdigte sie keines Blickes, als er das Scheit fallen ließ und damit ihr Schicksal besiegelte. Innerhalb weniger Minuten hatten die Flammen sich auf den gesamten Haufen ausgebreitet und züngelten um ihre Füße, setzten ihren Rock in Flammen. Sie versuchte, den Rock auszutreten, versuchte, sich zu befreien, aber das Feuer war gnadenlos und überall. Auf ihrem Rock, ihrem Mieder, ihren Haaren. Sie schrie, als ihre Haut versengt wurde, schrie noch, als sie eigentlich keine Kraft mehr dazu haben konnte. Und als ihre Schreie verstummten, sah Raguel zu Azariel und bemerkte, dass er weinte. Stumme, verzweifelte Tränen, die ihm in schwachen Strömen über das Gesicht rannen. Hatte er ihn schon mal weinen sehen? Er erinnerte sich nicht – aber egal, ob es das erste Mal war oder nicht, es schockierte ihn. Zögerlich griff er nach seiner Hand, und als der Druck kräftig erwidert wurde (es war fast, als müsste Azariel sich an ihm festhalten), drückte er zurück. „Es ist nicht deine Schuld", wollte Raguel damit sagen. „Doch, ist es", schien er zu antworten, denn im Moment war es das Einzige, was ihm durch den Kopf ging. Seine Schuld, dass Anna brannte. Seine Schuld, dass ihre Mutter neben dem Scheiterhaufen stand und um ihre Tochter weinte, alles seine Schuld. Dass Raguel da war und ihm keinen Vorwurf zu machen schien, war tröstend, gleichzeitig machte es alles noch schlimmer. Verstand er ihn nicht oder lag ihm einfach nichts an den Menschen? Irgendwie hatte er mehr Angst davor, verstanden als missverstanden zu werden. Obwohl jede Zelle seines Verstandes danach schrie, diesen furchtbaren Ort zu verlassen, blieb er. Er blieb, bis sie Annas verkohlten, grotesken Körper vom erkalteten Scheiterhaufen lösten. Raguel musste ihn schließlich mit sich ziehen, damit sie gehen konnten. „Möchtest du heim", fragte er, „oder einfach durch die Gegend laufen?" Sie gingen durch die leeren Straßen, schweigend, aber Hand in Hand, und irgendwann versiegten Azariels Tränen. „Danke", sagte er viel später, als sie eigentlich hätten schlafen sollen. Raguel erwiderte nichts, aber er beschloss: Sollte Azariel noch mal versuchen, ihn zu küssen, so wäre das in Ordnung.

Kapitel 16

1

„Sag es mit Blumen" war natürlich nicht der kreativste Name für einen Blumenladen, aber hätte Maureen Harris versucht, ein ähnliches Wortspiel aufzuziehen wie der Friseur nebenan (er hieß *Haarkontakt.* Wie Hautkontakt, nur in Friseurhumorlosigkeit), hätte sie gleich dichtmachen können. Und generell spiegelte der Name den Inhalt ziemlich gut wider. Maureen hatte sich schon in der Secundary für Blumensprache interessiert und verkaufte jetzt, mehr als ein Jahrzehnt später, Blumensträuße mit „Bedeutung". Das Geschäft ging normalerweise sehr gut, aber da heute nicht nur der zweite Weihnachtsfeiertag, sondern auch schlechtes Wetter war, befanden sich außer ihr nur zwei Leute im Laden. Der eine war ein Mann mittleren Alters, komplett in Schwarz gekleidet, der leicht kränklich aussah. Er stand seit einer gefühlten Ewigkeit vor den weißen Blumen (sie hatte die Pflanzen nach Farbe sortiert, sodass sie wie ein Regenbogen aufgebaut waren) und sie hätte ihm gerne Hilfe angeboten, traute sich allerdings nicht recht. Ein weiterer Mann war gerade erst hereingekommen, schüttelte seinen Regenschirm aus und ging mit einem zögerlichen Lächeln zum Verkaufstisch. „Enttäuschendes Wetter, nicht wahr?", fragte er. „Noch Weihnachten, und anstelle von Schnee kommt Regen."
„Immerhin gab es einen weißen Weihnachtsmorgen", sagte

Maureen, „aber ich bezweifle, dass Sie hier sind, um über das Wetter zu sprechen." Er nickte und sah sich im Laden um, ob sie außer Hörweite waren. „Ich brauche Blumen für meine Verlobte", sagte er, „einen Strauß, am besten einen sehr großen." Sie nickte. „Was soll er denn aussagen?" Auf diese Frage hatte sie schon die lustigsten Antworten bekommen. Von verständnislosen Blicken bis hin zu einem fast ärgerlichen „Nichts" war so ziemlich alles dabei gewesen (ihr Favorit war wohl der ältere Herr gewesen, der seine Frau angerufen und sie gefragt hatte, ob sie sprechende Blumen wollte). Aber noch nie hatte jemand gesagt: „Ein passiv-aggressives, aber nicht zu übertriebenes: Leck mich am Arsch." Ein paar Sekunden lang war es jetzt sie, die irritiert aussah, dann grinste sie. „Nicht die netteste Person, Ihre Verlobte?" Der Mann atmete erleichtert auf, wohl, weil sie ihn nicht sofort rausgeschmissen hatte. „Kann man wohl sagen. Erst vorgestern haben wir beim Weihnachtsdinner mit der Familie von unserer Verlobung berichtet und heute erfahre ich, dass sie mich am selben Abend mit meinem Cousin betrogen hat." „Schönes Weihnachtsgeschenk", meinte Maureen und ging durch den Laden, auf der Suche nach Geranien, die Dummheit ausdrückten. „Aber echt." Der Mann sah aus wie ein begossener Pudel – nicht nur, weil sein strohblondes Haar nass war. „Und jetzt?", fragte sie. „Werden Sie das Ganze abblasen?" Er schüttelte den Kopf. „Nein. Anfangs hatte ich es mir überlegt, aber dann ist sie mir doch zu wichtig. Und meine Tante hat mir versprochen, es bliebe bei diesem einen Mal." „Ihre Tante hat Ihnen erzählt, dass Ihre Verlobte Sie mit Ihrem Cousin betrogen hat?" Er nickte kläglich. Oh Gott, dachte

Maureen, obwohl sie nie sonderlich religiös gewesen war. „Kommt das etwa hin?“, fragte sie deshalb und hielt ihm einen Strauß vor die Nase. Zu den Geranien kamen Fingerhut (Unehrlichkeit), gelbe Nelken (Enttäuschung) und orangefarbene Lilien (Hass). Er strahlte. „Wunderschön. Und Sie sind sich sicher, dass die Nachricht rüberkommt? Meine Verlobte mag dieses Blumensprachenzeug auch.“ Maureen nickte und verlangte 20 Pfund. Der Mann stand noch eine Weile im Laden und versuchte, sich selbst und den Strauß unter den Regenschirm zu quetschen, und entschied schließlich, dass es egal war, wenn die Blumen nass würden. Er sah auf – direkt in die Augen des anderen Mannes – und erschrak ein bisschen. Auf den ersten Blick sahen die Augen nämlich rot aus. Rubinrot, wie Flammen direkt aus dem Fegefeuer. Nach einem erschrockenen Blinzeln bemerkte er, dass er die Augen wohl mit den Haaren des Mannes verwechselt hatte. Dachte er. Eigentlich waren seine Augen schwarz und sehr ausdrucksstark. „Mit deinem Cousin“, schienen sie ihn anzuklagen, „und dann hatte sie nicht mal die Eier, es dir persönlich zu sagen. Stattdessen Aunty Susan gebeten“ – es irritierte ihn nicht eine Sekunde, dass die Augen den Namen seiner Tante wussten – „und so getan, als wäre nichts gewesen. Trennen solltest du dich von ihr, ihr so eine Szene machen wie in den Seifenopern, die sie so gerne sieht.“ Und obwohl er davor nicht wollte, dass ihre Beziehung auseinanderbrach, wusste er jetzt, dass es das Richtige war, ihr den Laufpass zu geben, und dass er es tun würde. Mit diesen Gedanken verließ er den Laden.

„Kann ich Ihnen helfen?“, fragte Maureen schüchtern. Der Mann mit dem schwarzen Hut lächelte und irgendwie passte das nicht in das Ensemble seines Gesichts. „Nur eine weiße Rose, wenn es nichts ausmacht.“ Sie nickte und fragte, ob sie sie einpacken sollte. Er aber nahm die Rose blank mit und zahlte, obwohl sie ihm den Preis nicht genannt hatte – was sie genau so lange irritierte, bis er gegangen war und sie ihn vergessen hatte.

2

Azariel sah auf die Blume, die in seinen noch aufgesprungenen Händen zerbrechlich aussah. Eine weiße Rose, Unschuld und Liebe oder so etwas. Raguel oder Mr. Farell, oder wer auch immer er war, würde es verstehen. Er legte die Rose auf den Beifahrersitz und hoffte, sie würde nicht runterfallen. Eigentlich war sie nicht weiß, eher cremefarben, und das passte besser, fand er. Raguel mochte die Farbe, hatte sie weiß immer vorgezogen. „Weiß ist schön, aber Creme hat mehr Tiefe, nicht wahr?“ Wann hatte er das gesagt? Im 18. Jahrhundert? Er erinnerte sich nicht. Aber er wusste, dass er ihm danach einmal eine cremefarbene Rose mitgebracht hatte. Eine, die genauso aussah wie diese hier. Er fuhr los, versuchte, sich primär auf den Weg zu konzentrieren, nicht auf das, was kommen würde, oder was die letzten vierundzwanzig Stunden passiert war. Es war noch keine sechs Stunden her, dass er wieder zu sich gefunden hatte, auf dem Flurfußboden, vollkommen verschwitzt mit rasenden Kopfschmerzen. Er wusste nicht mehr, was davor passiert

war (und war froh darüber), meinte sich aber schemenhaft daran erinnern zu können, wie er versuchte, ins Schlafzimmer zu wanken, und kläglich scheiterte. Außerdem hatte er erstaunlich viel Erbrochenes wegputzen müssen – wobei es ihn nicht mehr erstaunen sollte, nicht nach so vielen Jahren.
„Raguel, Raguel", murmelte er und tippte nachdenklich ans Lenkrad, „was mache ich bloß?"
Denn er wusste nicht, wie er ihm sagen sollte, wer er war. Er *musste* es sagen, das war klar, denn das war er ihm schuldig. *Ex-Freund mit Amnesie*, so ein Schwachsinn. Über ihn, Azariel, hatte Raguel die ganze Zeit gesprochen. Und während es ihn auf der einen Seite freute, dass er ihn nicht vergessen hatte, so wünschte er sich doch, ihn wieder lächeln zu sehen. Würde Raguel übermäßig froh sein, seine Identität herauszufinden? Wahrscheinlich nicht. Ganz sicher nicht. Er war jetzt ein Dämon, ein vertrauter Fremder. Aber vielleicht würde es ihn wenigstens ein bisschen beruhigen, zu wissen, dass die Vergangenheit, der er nachtrauerte, nicht komplett in seiner Erinnerung bestand. Vielleicht konnte es ihn besänftigen, dass Azariel ihn liebte. Denn, Gott und Teufel und alles dazwischen, das tat er. So sehr, dass es ihm die Luft abschnürte und ihm beim bloßen Gedanken daran Tränen in die Augen stiegen. Raguel hatte ihn mit dem Herbst in Verbindung gebracht, und das stimmte. Aber wenn er sein Herbst war, dann war Raguel sein Winter. Nah und doch unendlich weit, das eine nicht möglich ohne, aber auch nicht mit dem anderen. Denn wenn der Herbst ganz nah flüsterte, mit schwerer Stimme von gefallenen Blättern und silbernem Regen auf verrottendem Gras: „Komm nach Hause, wo du

sicher bist, wo du mein bist“, warum konnte er nicht mehr sein als eine Gelegenheit, die der Winter ergriff? Und warum brauchte man die verblassenden Lichter, die der Herbst abgab, wenn er starb, um den Winterfrost zu rufen?

Azariel ließ sich das alles durch den Kopf gehen, während er an einer Ampel stand und diesmal nicht ungeduldig wartete, bis das Licht grün wurde. Stattdessen versuchte er, nicht schon wieder zu weinen, weil ihm das auch nichts mehr brachte. Er hatte Raguel schon einmal verloren, vor langer Zeit und ohne Erinnerung. Erst jetzt fiel ihm auf, wie sehr er ihn vermisst hatte. Erst jetzt, wo er so nahe dran war, ihn wieder zu verlieren.

Er parkte den Jaguar und wünschte sich, Raguel würde wenigstens in einem der oberen Stockwerke wohnen, um den Moment des Abschieds hinauszuzögern. Aber er lebte im Erdgeschoss. Zögerlich, die Rose so sanft haltend wie möglich, klopfte er.

„Schön, Sie zu sehen“, sagte Raguel sanft und lächelte. Für einen Moment war Azariel sprachlos. Klar, er hatte Raguel schon oft gesehen, und auch Mr. Farell, aber noch nie versucht, sich klarzumachen, dass die beiden dieselbe Person waren (denn wie auch?). Jetzt im Vergleich fiel ihm so viel Vertrautes auf, dass er sich dumm vorkam, ihn nicht erkannt zu haben. Seine Haare waren dieser Tage ein bisschen länger (genau wie Azariels Haare kürzer waren), etwa bis zu den Ohren und die Wellen zeichneten sich deutlicher ab, als es bei dem streichholzkurzen Haar der Fall gewesen war. Er war noch immer so klein, fast schmächtig, wie früher. Aber jetzt wirkt er nicht mehr so eiskalt und hilflos. Eher wie ein kleines Bündel ruhiger Energie, das bereit war, zu kämpfen. Friedlich, aber wachsam und misstrauischer als früher. Als wäre etwas passiert, das ihn einen Großteil seiner Naivität und seines Urvertrauens gekostet hatte. Azariel schluckte, denn er wusste, was es war.

„Ebenfalls", sagte er mit belegter Stimme und gab ihm die Rose. Wie zu erwarten, freut er sich, sagte sogar dasselbe wie damals bei der ersten Rose: „Woher wussten Sie, dass ich weiße Rosen am liebsten mag?"

Und wie damals erwiderte auch Azariel: „Sie ist cremefarben, nicht weiß. Wegen der Tiefe." Nur, dass Raguel sich damals darüber gefreut hatte, dass Azariel seinen Worten Aufmerksamkeit geschenkt hatte. Diesmal runzelte er die Stirn und Azariel meinte, ihn „seltsam" murmeln zu hören. Er folgte ihm in die Küche, wo Raguel nach einer schmalen weißen Vase angelte. Generell war sehr viel hier weiß – und sehr britisch. Vor allem die immense Sammlung an Teetassen. Eine Ausnahme bildete der Mahagonischreibtisch, den er durch die geöffnete Wohnzimmertür sehen konnte, und ein kleines Lächeln bildete sich in seinem Mundwinkel. Diesen Tisch hatte er schon besessen, bevor … Dinge passiert waren. Auf diesem Tisch hatte auch die erste Rose gestanden.

„Wo stellen wir dich bloß hin?", murmelte Raguel der Rose zu (früher hatte er das nicht getan – noch so eine Änderung). „Wie wäre es mit dem Schreibtisch?", schlug Azariel vor. „Da sehen Sie sie wahrscheinlich am öftesten." Und wieder runzelte Raguel die Stirn. „Ist etwas?", fragte Azariel unschuldig. Raguel schüttelte den Kopf. „Nein, nein. Bloß ein Déjà-vu, das ist alles."

Er stellte die Rose tatsächlich auf den Schreibtisch, aber Azariel wusste nicht, ob es auch der gleiche Platz war. „Trinken Sie Tee?“, fragte er und wirkte, als müsste er sich selbst ablenken. Azariel ließ sich vorsichtig auf dem Sofa nieder (es war aus weißem Leder mit grauen Kissen und einer Decke, die sehr kuschelig aussah, allerdings ordentlich zusammengelegt war). Er fühlte sich nervöser, als er sein sollte. „Ist es nicht seltsam“, fing er an, „dass wir uns immer noch siezen?“

„Dafür müsste ich Ihren Vornamen kennen“, sagte er amüsiert und setzte sich neben ihn – ziemlich nah, wie Azariel auffiel. „Vorname, richtig“, murmelte er, „ziemlich außergewöhnlich.“ Er merkte selbst, dass er länger um den heißen Brei redete als nötig.

„Außergewöhnlich ist schön“, sagte Raguel, „da merkt man sich die Namen leichter. Doof ist es nur, wenn keiner ihn aussprechen kann.“

Azariel lächelte und verliebte sich noch ein bisschen mehr. Ihm war die Situation unangenehm, Raguel merkte es, und obwohl er nicht wusste, warum er nervös war, versuchte er, es ihm einfacher zu machen. Ein schöner Moment in einer ungünstigen Situation.

„Ich heiße Azariel“, sagte er, und damit war der Moment vorbei. Er hatte wohl mit vielerlei Arten möglicher Reaktionen gerechnet (obwohl er sich nicht getraut hatte, auch nur eine davon in Gedanken durchzuspielen), aber mit dem, was kam, dann doch nicht. Raguel sprang mit einem entrüsteten Ausruf auf, setzte sich schnell wieder – diesmal mit deutlich mehr Abstand – und fasste sich. Die Hände

im Schoß ineinander gefaltet, Rücken gerade, Gesicht ausdruckslos, mit Ausnahme seiner Augen, in denen Azariel einen Sturm toben sah.
„Wusste ich's doch“, murmelte er nach ein paar stillen Sekunden zu sich selbst und an seinem Tonfall erkannte Azariel, dass er doch nicht so ruhig war, wie er sich gab.
„Wie meinst du?“, fragte er vorsichtig, obwohl er lieber still gewesen wäre.
„Ich dachte, ich hätte mich getäuscht“, fuhr Raguel fort – es war nicht ganz klar, mit wem er sprach: sich selbst, Azariel oder beiden. „Es wäre doch ein großer Zufall gewesen. Und Zufälle existieren nicht. Aber jetzt ist es doch passiert. Es sind die Haare, weißt du?“ Also doch mit Azariel, wenn auch sehr abwesend. „Weil sie fast unnatürlich rot sind. So … stechend. Normal rotes Haar ist ja eher orange. Und die Augen, wie konnte ich die Augen nicht beachten. Dieses Feurige hatten sie schon früher, aber es ist erst jetzt so dämonisch geworden. Doch wenn du nicht noch so aussähest wie früher“, er stockte und der Sturm wurde schwächer, irgendwie trauriger, „ich hätte dich nicht mehr erkannt.“
„So anders?“, fragte Azariel, der selbst keinen Unterschied in seiner Persönlichkeit gefunden hatte. Aber vielleicht bemerkte man so etwas nur, wenn einem die betreffende Person wichtig war. Raguel nickte. „So furchtbar anders. Die süßesten Engel werden die grausamsten Dämonen und du warst so voller Liebe.“ Er strich ihm unbewusst über die Wange, zog die Hand schnell weg, als er fühlte, dass Azariel die Zähne zusammenbiss. „Was haben sie nur mit dir gemacht? Und warum hast du nicht früher gesagt, wer du bist?“

„Weil ich nicht wusste, wer du bist.“
Raguel wich zurück. „Aber das ist egal“, fügte er schnell hinzu, „jetzt weiß ich es, jetzt weißt du es. Das ist, was zählt, und wenn du dich aussprechen möchtest, dann lass uns das jetzt tun.“
„Aussprechen.“ Raguel lachte fast, es hätte aber auch ein Weinen sein können. „Hast du auch nur eine Ahnung, wie lange ich gewartet habe, mich mit dir auszusprechen? Hundertfünfzig Jahre! Hundertfünfzig Jahre, um mir Worte zurechtzulegen, die, egal wie treffend formuliert, doch nie ganz zum Ausdruck bringen können, wie verdammt sauer ich bin.“
„Du fluchst“, stellte Azariel fest, es überraschte ihn mehr, als dass Raguel sauer war – das war irgendwie klar. „Natürlich fluche ich. Jeder tut das, wenn auch nicht ganz so oft wie du. Es kommt auf die Situation an und ich finde, dass das hier doch eine sehr fluchwürdige Situation ist. Egal. Hundertfünfzig Jahre, Azariel, in denen ich mir Wort für Wort zurechtgelegt habe, was ich sagen werde, wenn – falls – wir uns wiedersehen. Und jetzt, da wir es tun,“ er ließ kraftlos die Hände sinken, „jetzt bin ich sprachlos. Ich weiß nicht, ob ich dich anschreien oder küssen soll.“
„Wäre für Letzteres“, sagte Azariel ohne viel Hoffnung. Der Versuch, einen Witz zu machen, der kläglich scheiterte. Raguel sah ihn fassungslos an, sah in dieses vertraute Gesicht, das ihn in seinen Träumen verfolgt hatte, und fragte sich, wie er es nicht erkennen hatte können (wobei er es doch gewusst hatte, schon bei der ersten Begegnung in dem Pub, er hatte es bloß nicht glauben wollen). Die Augen, es waren

definitiv die Augen. So gut er sie einst gekannt hatte – sie waren ihm fremd geworden, hatten ihre Freude verloren. Sie waren nicht dumpf, nur war etwas anderes dazu gekommen, das jegliche Positivität vertrieb. Etwas Dunkles, Rotes, das so tief zu gehen schien, bis es den Grund des Sees erreicht hatte, den Azariel so oft besuchte, und jede Vertrautheit vertrieb. Es veränderte sein Gesicht, ließ die Züge härter aussehen, machte den Mund schmaler, die Wangen eingefallen und beinahe grau. Der Azariel, der neben ihm saß, war nicht wirklich er. Eine nicht ganz gelungene Attrappe, ein scheußlicher Abklatsch. Der echte war verschwunden, würde nie wiederkommen, egal, wie nahe die Kopie dem Original sein könnte. Weit weg, so weit weg, dass Raguel Tränen in die Augen stiegen. Er hatte es davor gewusst, natürlich, aber es zu sehen, gab dem Ganzen eine neue Dimension.
„Du bist tot", flüsterte er erstickt und musste sich bemühen, nicht zu weinen. „Sie haben dich umgebracht. Wer auch immer du warst, du bist es nicht mehr, kannst du nicht mehr sein. Und weißt du was? Ich glaube, du willst es auch nicht mehr."
Azariel griff nach seiner Hand, ließ sich nicht anmerken, wie sehr die Worte ihn verletzt hatten. Teils, weil sie wahr waren. „Raguel, bitte", rief er, „sag das nicht. Ich bin nicht, wer ich war, das ist richtig, aber ich bin immer noch ich selbst. Du versuchst, den Engel in mir zu sehen, aber da ist keiner. Wie du sagst, er ist tot und ich trauere ihm kein Stück nach. Ich will nicht behaupten, ein guter Engel gewesen zu sein. Genauso wenig soll das heißen, dass ich gerne ein Dämon bin, aber als Engel war ich blind. Zu blind,

um die Manipulation zu bemerken, die von Gott ausging und immer noch auf Engel ausgeht, die noch immer blind sind. Ich bin nicht gerne ein Dämon, wirklich nicht. Aber in meinen Augen gibt es im Grunde zwei Übel: Entweder du lässt deine gesamte Existenz um eine Macht kreisen, die aus grausamen Gründen bestraft und in schwierigen Situationen eher an sich selbst denkt als an die Menschen; oder du verleitest einmal am Tag eine Person auf einen Weg, der durchaus als ‚schlecht' abgestempelt werden kann, bei genauerem Hinsehen für den Betroffenen jedoch eher gut ist – man kann sich solche Tricks erlauben, das forscht eh niemand nach. Wenn ich die Wahl hätte, dann würde ich mich immer für Letzteres entscheiden. Immer. Hauptsache nicht länger in Gottes Fängen sein."

Raguel sah ihn erschrocken an. In seinen Worten schwang eine so abgrundtiefe Ehrlichkeit mit, dass er sich nicht helfen konnte und ihm glauben musste. Obwohl es implizierte, dass er selbst noch immer blind war (er entschied sich, diesen Teil zu überhören), musste er ihm sogar recht geben. Zumindest teilweise.

„Du redest dir das sehr rosig", meinte er und bemühte sich, gefasst zu bleiben. Es funktionierte schon wieder nicht. „Aber du musst doch einsehen, dass das nicht das Einzige ist. Menschen beeinflussen, ihr Leben indirekt verbessern und so den Teufel austricksen" – bei dem Wort Teufel zuckte er zusammen, als könnte er nicht glauben, dass er es tatsächlich ausgesprochen hatte – „das klingt ja alles ganz nett, aber es ist längst nicht alles. Was ist mit dem Vergessen? Was ist mit den Verwandlungen, die deinem Körper zusetzen – glaube nicht, ich hätte die ganzen Narben nicht bemerkt. Gott, ich muss blind gewesen sein. Psychisch schadet es dir auch, hör dir bloß einmal beim Sprechen zu. Du lachst nicht mehr. Falls dir die Menschen je etwas bedeutet haben, jetzt tun sie es nicht mehr. Du kannst nicht mehr lieben …"

„Das stimmt nicht", fiel Azariel ihm ins Wort. Seine Augen glänzten verdächtig und er musste schlucken, bevor er fortfahren konnte. „Die Menschen sind das Einzige, was mich die letzten hundertfünfzig Jahre am Leben gehalten hat. Sie und du, aber du bist erst vor Kurzem gekommen. Davor habe ich sie gemocht, jetzt brauche ich sie, um nicht vollkommen zu verzweifeln. Wie kannst du sagen, dass sie mir nichts bedeuten? Was ist mit Letizia, dem Mädchen, das bei der Sintflut starb? Baal und Merodach, Meresank, Jesus mit seiner Familie, sogar dein furchtbarer Freund Conrad und Anna, das Mädchen, das wegen mir brannte. Wie könnte ich an diese Leute denken, ohne sofort bitter über ihre Schicksale zu fühlen? Wie oft wache ich noch auf, mit dem Bild von Letizias zerschmettertem Kopf vor Augen? Wie oft sehe ich Meresank schreiend auf mich zurennen? Die Leben dieser Menschen sind, wie hast du mal gesagt, Geschichten, die nur darauf warten, erzählt zu werden. Sie bedeuten mir nicht nichts, denn sie sind, was mich am Leben hält."

„Du hast dir die Namen gemerkt?", fragte Raguel leise, irgendwie beeindruckte ihn das. Azariel beachtete ihn nicht. „Und Liebe? Ich soll unfähig sein, zu lieben? Vielleicht bin ich nicht dazu in der Lage, geliebt zu werden, aber ich soll verdammt sein, wenn ich nicht lieben kann."

Er sah kurz zu ihm, wendet den Blick dann jedoch auf seine

Hände, die er ineinander verkrampft hielt. „Schließlich liebe ich dich, nicht wahr?"
Raguel blinzelte langsam. „Was?", fragte er irgendwann und klang nicht halb so entgeistert, wie er sich fühlte. „Das ist nicht möglich", sagte er nachdrücklich. „Du kannst es nicht, du bist ein Dämon." Azariel seufzte. „Das versuche ich doch, dir zu erklären. Dass es keine Liebe unter Dämonen gibt, ist ein Mythos. Wahrscheinlich nehmt ihr Engel das an, weil euch selbst es verboten ist. Aber ihr seid nicht unfähig. Uns wird es nicht verboten. Solange es uns nicht von unserer Tätigkeit abhält, ist es denen da unten egal. Es ist nur so ein starkes Thema, dass niemand sich damit auseinandersetzen möchte. Liebe. Selbst nach Jahrtausenden unerklärbar." Er seufzte ein weiteres Mal. „Lass mich ein bisschen ausholen, ja? Vielleicht verstehst du mich dann besser. Was ich vor allen, und am meisten vor mir selbst, verstecken möchte, ist, wie sehr ich geliebt werden will. Es ist nicht sonderlich schwer und doch scheint es niemand zu schaffen. Gott nicht. Wen liebt Sie schon? Die ganzen anderen Engel, die zu sehr damit beschäftigt sind, ihre eigenen Komplexe zu kompensieren, auch nicht. Kein Mensch. Nicht mal meine Topfpflanze. Siebentausend Jahre ist eine verdammt lange Zeit, um nicht geliebt zu werden, und irgendwann fällt es auf. Irgendwann fragt man sich, was man falsch macht, warum es niemanden gibt, der sagt: „Du bist kompliziert und unsicher und ein bisschen zynischer, als gut für dich ist, aber ich liebe dich trotz allem, weil ich nicht anders kann." Dabei liebe ich so stark und so viel, dass es nicht gut für mich sein kann, weil es schließlich zum Fall geführt hat – und

dazu, dass ich vergessen habe, dass mich tatsächlich jemand liebte. Es einfach zu vergessen – weißt du, wie grausam das ist? Wie abgrundtief furchtbar es ist, niemanden zu haben, bei dem man fröhlich oder traurig oder müde oder was auch immer sein kann? Es einfach wegzunehmen … Die letzten paar Jahrhunderte dachte ich, nie geliebt geworden zu sein. Dann fand ich heraus, dass es tatsächlich so war, weil ich mich selbst nicht ausstehen kann. Und jetzt bist du wieder hier. Du mit deinem Optimismus und deinem Lachen und dieser Hoffnung, die du überall verbreitest. Du mit so viel Liebe für alles und jeden, dass man sich fragen muss, woher du sie nimmst. Dich zu lieben, ist so einfach und so schön, dass ich nicht aufhören kann, obwohl ich es versuche. Weil es nicht sein darf. Aber ohne dich? Zurück in die Einsamkeit? Nur, dass sie schlimmer wäre als davor, weil alles mit dir so magisch ist und ich ohne dich nicht mehr kann, nicht mehr will. Du nimmst die zerbrochenen Teile, aus denen ich bestehe, und setzt sie wieder zusammen. Nicht so, wie sie früher waren, sondern wie ein Mosaik das schöner ist als alles, was ich selbst mit diesem zerdepperten Haufen hätte anstellen können. Ich liebe dich so sehr, dass ich vergessen habe, mich selbst zu hassen, und das darf ich nicht verlieren. Nicht noch einmal."

Er hörte abrupt auf zu sprechen. *Was tue ich hier*, dachte er, *er liebt mich nicht. Falls er es mal getan hat, ist das jetzt vorbei. Und ich kann es ihm nicht mal übel nehmen. Wenn ich ihm etwas bedeutete, dann müsste er doch irgendetwas sagen, oder?*

Aber er schwieg und Azariel traute sich nicht, den Kopf zu heben und ihn anzusehen. Bis er Raguels Hand unter seinem Kinn spürte, die sein Gesicht sanft anhob.

„Oh je", sagte er endlich, wobei ihm ein paar Tränen in den Augen standen. Oh je – und damit war irgendwie alles gesagt, denn wie sollte er sonst antworten? Er konnte nicht sagen, dass er seine Gefühle erwiderte, konnte sich einfach nicht dazu durchringen. Obwohl er es tat. Schon immer, oder jedenfalls seit er es bemerkt hatte. Viertausend vor Christus, als Azariel nicht der Flut zusehen, sondern den Menschen helfen wollte. Er erinnerte sich, sich damals gefragt zu haben, wie er ihn denn nicht lieben konnte, und genau dasselbe fragte er sich jetzt auch, wenn auch aus anderen Gründen. Azariel hatte recht mit dem, was er über das Liebesverbot sagte. Es war verboten, passierte aber trotzdem. Und obwohl Raguel eine lange Zeit gedacht hatte, in ihn verliebt zu sein, wirklich gewusst hatte er es erst, als er nachts nicht einschlafen konnte, weil er ihn so sehr vermisste. Dass er es ihm nicht sagen konnte, hatte den simplen Grund, dass es nicht sein durfte. Wenn, rein hypothetisch, er Azariel seine Liebe gestehen würde, was würde das bewirken? Zwei, höchstens drei Tage, die sie miteinander verbringen konnten, bevor es herauskam. So etwas kam immer heraus, weil man nichts vor Gott geheim halten konnte. Und dann die Strafe. Er hatte lange nicht mehr davon gehört, dass jemand gefallen war, aber es verschwanden trotzdem manchmal Engel. Sie wurden anderweitig beseitigt und Raguel wollte gar nicht wissen, wie. Also nein, lieber zwei Herzen brechen als den

Zorn Gottes erleiden, auch wenn es schmerzhaft war (und das war es, nur dass Raguel mittlerweile daran gewöhnt war).
„Du weißt, was ich sagen muss“, meinte er leise und sah ihn nicht an, wollte nicht noch einmal die Enttäuschung in seinem Gesicht sehen.
„Du musst nicht“, flüsterte Azariel. „Wirklich nicht, es gibt Wege, das Ganze zu umgehen. Tu, was du willst, halt alles geheim, leugne es, nur bitte, bitte lass mich nicht hören, was ich glaube, dass du sagen wirst.“ Die Verzweiflung, die in seiner Stimme mitschwang, macht es nicht leichter – allerdings auch nicht schwerer, weil das mittlerweile unmöglich war.
„Es geht nicht. Du bist ein Dämon, ich ein Engel.“
Die Worte, vor denen er sich die gesamte Hinfahrt gefürchtet hatte, standen lose im Raum und er traute sich nicht, etwas zu erwidern. Denn welche Argumente gab es noch? Liebe? Diese Karte war ausgespielt, und egal was Raguel davon dachte, es war nicht stark genug, um zu gelten. Konnte man nicht stark genug lieben? Nicht einmal dann, wenn es einen zerriss? War es nicht genug, obwohl es alles war, was er geben konnte? Wer kam schon gegen Gott an …
„Aber das ist nicht schlimm“, versuchte Raguel mehr sich selbst als Azariel zu trösten. „Es ist nicht das Ende. Vielleicht findest du einen Dämon, in den du dich verlieben kannst.“
An dieser Stelle schluckte er und obwohl es schmerzte, sprach er weiter. „Hast du noch Kontakt zu der netten Dame, die du mir einmal vorgestellt hast? Nocturna hieß sie, glaube ich.“ Er redete jetzt so schnell, dass es das Ganze lächerlich machte. „Erinnerst du dich an unser Treffen im Buchladen von Miss Thomas? Das Buch, das ich damals mitgenommen

habe, das mit der seltsamen Schrift, beinhaltet eine ganz wundervolle Liebesgeschichte. Traurig, gewissermaßen, aber so formvollendet hinreißend, dass mir die Tränen gekommen sind. Ich bin sicher, du findest jemanden, mit dem du genau das erleben kannst, wenn auch nicht so tragisch. Denn das wird besser werden als alles, was wir je hatten."
„Lass gut sein", sagte Azariel niedergeschlagen. „Es hilft doch eh nichts mehr. Dich gibt es nicht zweimal, also gibt es auch uns nicht zweimal."
„Genau das ist es doch! Du musst keinen finden, der ist wie ich, sondern jemand anderen, der dich anders glücklich macht."
„Warum siehst du es denn nicht ein?", rief Azariel und sprang auf. Ob er aus Verzweiflung oder aus Wut schrie, wusste er nicht. „Ich will niemand anderen, und wenn er mich noch so glücklich macht. Es wird nie dasselbe sein wie mit dir, oder anders gut, oder wie auch immer du es nennen möchtest. Was muss ich denn tun, wie lange muss ich sprechen? Muss ich das Wort Liebe so oft benutzen, dass es seinen Wert verliert, bis du endlich einsiehst, dass ich nur dich will?"
Als Raguel seine Hand ergriff, war er sich für einen Moment sicher, dass sie ihn bloß wieder aufs Sofa ziehen wollte, doch selbst als er saß, ließ er ihn nicht los und das gab ihm den winzigen Funken Hoffnung zurück, der ihm davor genommen worden war.
„Ich weiß es doch", seufzte Raguel und strich ihm über die Wange. „Du hältst es ja nun wirklich nicht geheim. Aber ich bin nicht der, den du finden sollst, sonst hätte Gott das so eingefädelt. Wenn wir füreinander bestimmt wären, wären wir nicht in so einer Situation."

„Was ist es denn für eine Situation?" Eigentlich hasste er es, sich wieder Hoffnung zu machen, denn nur wenn man hoffte, konnte man verzweifeln. Raguel lächelte, aber beide merkten, dass er viel lieber in Tränen ausgebrochen wäre. „Eine Situation, in der uns die Hände gebunden sind." Er legte den Kopf schief und diesmal fiel das Lächeln in sich zusammen. „Sieh uns doch an, was sind wir? Ein Engel, der seine Hoffnung verloren hat, und einen Dämon, der es nicht einsehen möchte, weil er selbst noch etwas davon übrig hat."
„Dann lass mich dir etwas davon abgeben. Wir sind hier, du und ich, wir sind zusammen. Wer soll uns davon abhalten, das auch zu bleiben?"
„Die Regeln, Azariel." Die ungeschriebenen, unausgesprochenen Regeln, von deren Existenz trotzdem jeder wusste. Eine unsichtbare Wand, die sie voneinander trennte. „Dann lass uns die Regeln ändern", rief Azariel fast aufgeregt. „Wie Sterne umschreiben, wenn du es bildlich möchtest. Einen großen Unterschied wird es nicht machen, denn der Mond kennt deinen Namen eh schon. Wenn es das nicht mehr gäbe, was könnte uns noch auseinanderhalten?" Er sah ihn mit blitzenden Augen an, und so sehr Raguel bisher versucht hatte, seinen Worten Glauben zu schenken, so sehr erinnerte ihn dieses kurze Feuer daran, was sie waren. „Niemand kann die Regeln ändern", sagte er traurig. „Niemand. Nicht mal du, obwohl du es als so einfach ansiehst. Wie kannst du sagen, dass wir zusammengehören, wo doch alles zwischen uns steht? Es ist unmöglich." Er schluckte. „Und wahrscheinlich ist es besser so."
„Warum sollte es?"

„Weil es unmöglich ist, sich gegen Gott zu stellen. Und wenn wir die Regeln umschreiben wollen, dann tun wir genau das. Im Streit mit Gott kann man nur verlieren und sterben und zum Sterben lebe ich zu gerne, du nicht?" Er sah die Antwort, noch bevor Azariel sie aussprach. „Nein. Nicht ohne dich. Wenn es der Sinn des Lebens ist, dem Leben einen Sinn zu geben, dann verliere ich ihn gerade." In diesem Moment hätte Raguel gerne eine Menge Sachen gesagt. Zum einen, dass er nachvollziehen konnte, wie es Azariel ging, weil er dasselbe durchmachte und es bloß besser zu verstecken wusste. Die ganze Sache war unfair und ließ etwas in ihm brechen, aber er wollte nicht wissen, was kam, wenn sie tatsächlich versuchten, weiterhin beisammen zu bleiben. Ein Dasein ohne ihn war möglich (er hat es die letzten 150 Jahre hinbekommen und würde es auch weiterhin tun), aber sinnlos. Und vielleicht würde es irgendwann wieder Sinn machen, vielleicht auch nicht. Auf jeden Fall war ein sinnloses Dasein besser als gar keines. Zum anderen fragte er sich, wie es jemanden geben konnte, der ihn so stark liebte wie Azariel, und was für ein Monster er aus sich selbst machte, ihn so abzuweisen. Er wollte sich nicht vorstellen, wie ungeliebt Azariel sich fühlen musste, und war von sich selbst angeekelt, konnte sich aber nicht helfen. Er hatte eben keine andere Wahl. Deswegen sagte er nichts. Stattdessen lehnte er sich vor und küsste ihn. Es war ein bittersüßer, langer Kuss, der sagte, was Raguel sich nicht auszusprechen traute (ich liebe dich, aber ich darf nicht und es zerreißt uns beide, nicht wahr? Kannst du dein Herz brennen fühlen?), und nach Abschied schmeckte.

„Ich bring dich zur Tür, ja?“, sagte er und Azariel nickte, denn er wusste, dass es vorbei war. „Ich nehme an, wir sollten uns nicht mehr sehen“, meinte Raguel, und obwohl es ihm schwerfiel, streifte er sich den Ring ab. „Und den solltest du zurücknehmen. Wenn du dich noch an ihn erinnerst.“ Azariel nickte. Hätte er etwas gesagt, wäre er endgültig in Tränen ausgebrochen, und das wollte er nicht. Nicht hier. Später würde er weinen. Er steckte den Ring in die Tasche, sah ihn nicht mal an und war schon fast aus der Tür, als ihm etwas einfiel und er sich umdrehte. „Das Buch, von dem du gesprochen hast“, sagte er rau, „du weißt schon, das mit der Liebesgeschichte, die du für so vollkommen hältst. Das habe ich geschrieben. Vielleicht entzifferst du den Titel mal, dann weißt du es.“ Mit diesen Worten drehte er sich um und verließ das Haus endgültig. Raguel legte die Stirn in Falten. Azariel hatte das Buch geschrieben? Und die Briefe? Das war unmöglich. Er hastete ins Wohnzimmer zurück und kramte das Buch aus dem Regal. „Titel, nicht wahr?“, murmelte er zu sich selbst. „Habe ich den nicht schon?“ Dann sah er ihn und ihm fiel ein, warum er den Titel bisher vermieden hatte. Das Blattgold war halb abgebröckelt, man konnte die Worte nur erahnen. Er hatte ihn nicht übersetzen wollen, weil es so viel Arbeit war, aber jetzt musste er wohl oder übel. Also setzte er sich an den Schreibtisch und klappte sein Notizbuch auf. Nach zwei Stunden hatte er das erste Symbol entziffert, und obwohl es ihn normalerweise gestört hätte, freut er sich jetzt fast, weil es ihn von der Sache mit Azariel ablenkte (aber nur fast. Nichts lag ihm jetzt ferner als Freude). So saß er bis in die frühen Morgenstunden, und als er fertig war, musste er sich erst eine Tasse Tee kochen, bevor er sich weiter damit auseinandersetzen konnte. „Na gut“, murmelte er und setzte die Brille ab, die vom Dampf beschlagen war. Er ordnete die Papiere auf seinem Schreibtisch, dann atmete er tief durch und las, was er die letzten Stunden übersetzt hatte. Eigentlich hatte er nicht geplant, sich länger damit aufzuhalten, schließlich hatte er eine Aufgabe und die Pakete für die Obdachlosen machten sich nicht von selbst. Aber als er den Titel las, blieb er erst einmal sitzen. „Oh je“, murmelte er. Auf dem Blatt stand in seiner geschwungenen Schrift (Copperplate, er legte Wert auf Stil): „Für Raguel und eine unmögliche Liebe, die zu schade ist, losgelassen zu werden. Wenn unsere Geschichte vorbei ist, warum schreibe ich dann weiter?“ Wenn es irgendwo ein Fass gegeben hätte, mit all den Dingen, mit denen Azariel ihm zu verstehen hatte geben wollen, dass er ihn tatsächlich liebte, das hier wäre der Tropfen gewesen, der besagtes Fass zum Überlaufen brachte. „Oh je“, sagte Raguel noch mal, denn jetzt erst bemerkte er, wie grausam er gewesen war – sowohl zu Azariel als auch zu sich selbst. Und wie immer, wenn er nicht weiterwusste – was höchst selten vorkam – begann er, zu beten.

3

Nun war es nicht so, dass Raguel sich beim Beten sehr von den Menschen unterschied. Ganz im Gegenteil, es sah genauso aus: Er schloss die Augen, faltete die Hände und begann, sich die Sorgen vom Leib zu sprechen, ohne zu wissen, ob ihm jemand zuhörte. Zugegeben, die Chancen waren gering, aber sie waren da, wobei er selbst nicht wusste, ob es unbedingt gut wäre, wenn Gott alles mitbekam. Immerhin konnte er hinterher sagen, wenigstens versucht zu haben, zu beichten. „Guter Gott", fing er an, wobei es ziemlich egal war, wie man Gott ansprach. Hauptsache man tat es. Er hielt inne. „Was habe ich nur getan?" Dabei wusste er ziemlich gut, was er getan hatte. Er hatte mit einem Dämon geschlafen, schlimmer noch, sich in ihn verliebt und wusste keinen Ausweg. Er seufzte. „Vielleicht war es ja ein Fehler, ihn fallen zu lassen. Nicht, dass ich eine Entscheidung Gottes anzweifeln würde … aber doch: Eigentlich will ich genau das. Wir sind doch dazu bestimmt, auf die Menschen aufzupassen, und wenn man es genau nimmt, hat er nur das gemacht. Vielleicht ein bisschen zu gut. Aber es ist doch auch unfair, von jemandem zu verlangen, all diese Jahre da unten zu sein und sich den Menschen gegenüber nicht irgendwann verpflichtet zu fühlen. Wenn nur", er sah hilflos nach oben, aber die Zimmerdecke gab keine Antwort, „wenn nur ein paar Sachen nicht passiert wären. Ich sage ja nicht, dass es falsch war, eine tödliche Seuche ausbrechen zu lassen, aber musste sie denn unbedingt so … tödlich sein?" Raguel biss sich auf die Lippe. Was er tat, war riskant, das war ihm klar, aber er konnte nicht anders. „Er hatte ja nicht wirklich eine Wahl, nicht wahr? Woher hätte er denn wissen sollen, dass der Teufel systematisch nach leicht zu beeinflussenden Engeln suchte? Und wie hätte er sich für das Richtige entscheiden können, wenn es nichts Richtiges und nichts Falsches gab, weil keine Alternative da war? Und vielleicht war es ein Fehler, ihn fallen zu lassen. Er hatte immerhin geglaubt, das Richtige zu tun. Hat er ja, wenn man darüber nachdenkt. Auf jeden Fall wäre das hier nie passiert, wenn er nicht gefallen wäre. Richtig gut sozial integriert war er noch nie, aber so einsam? So zynisch? So habe ich ihn noch nie gesehen und will es eigentlich auch nicht." Er starrte wütend an die Decke, versuchte irgendetwas anderes darin zu sehen als bloß grauen Putz. „Wisst ihr da oben überhaupt, was ihr mit diesem Fallenlassen anrichtet? Habt ihr euch bloß einmal gefragt, was das mit der Psyche macht? Nichts Gutes, nichts Heiliges, nicht das, wofür ihr sonst steht. Leid, das ist es, was ihr anrichtet, und es ist euch so egal." An dieser Stelle brach seine Stimme – zu seinem eigenen Erstaunen – und die Tränen, die er den ganzen Abend und die halbe Nacht zurückgehalten hatte, kamen endlich. „So verdammt egal", flüsterte er erstickt. „Und ich kann mir vorstellen, was passiert, wenn das zwischen uns rauskommt. Wie ihr ihm zusetzen werdet, wie ihr ihn psychisch foltert, bis nichts mehr da ist, das sich Azariel Cacey nennen kann. Ich bitte euch, tut es nicht. Tut ihm nicht noch mehr weh, er hat genug gelitten." Er weinte jetzt offen, was ihn nicht vom Sprechen abhielt – und ihn unvorsichtig machte. „Nehmt mich an seiner Stelle. Ich weiß, dass ein Gefallener, der sich daneben benimmt, gefundenes Fressen für eure Quälereien ist, aber wenn es euch bloß darum geht, macht es doch mit mir. Nehmt mich auseinander mit eurem Psychoterror. Was ihr Peinlichkeit und Schmerz nennt, bindet mir auf, nur bitte, bitte lasst ihn nicht weiter leiden. Und nehmt ihn mir nicht weg. Nicht noch mal. Wir sollten uns nicht mehr sehen, ich weiß, ich habe es ja selbst gesagt, aber wenn ihr je gnädig wart, dann lasst Liebende zusammenbleiben, die ihr davor getrennt habt." Er brach ab, vergrub das Gesicht in den Händen und weinte so stark, dass es ihn schüttelte, dachte an Azariel, und wie sehr er keinen Teil von ihm verlieren wollte. Seine seltsamen, aber freundlichen Augen. Diese feurig wilden Haare, in denen man sich so leicht verheddern konnte. Seine guten Seiten wie die schlechten, den Pessimismus und den Humor. Er war der Einzige, der die gesamte Ewigkeit bei ihm geblieben war und der Einzige, an dem er sich für den Rest festhalten konnte. Er war alles, was er hatte, er *konnte* ihn nicht verlieren. „Es ist doch nicht unsere Schuld", flüsterte er. „Wir haben es uns nicht ausgesucht. Wenn wir nicht so sein dürfen, wie wir sind, warum besitzen wir dann die Fähigkeit dazu?" Damit hörte er endgültig auf. Den Rest des angebrochenen Morgens saß er auf dem Boden, eingerollt in die weiße Decke, und starrte auf die leere Stelle an seinem linken Ringfinger. Warum hatte er ihm den Ring zurückgegeben? Dann hätte er wenigstens ein Erinnerungsstück gehabt. Wobei er ja nicht nur den Ring hatte, er besaß auch die Feder. Einen seiner Hüte, den er vor Ewigkeiten vergessen hatte. Die Erinnerung selbst, die mit der Zeit verblassen würde. Aber nichts hatte für ihn den gleichen Wert wie der Ring und er verfluchte sich selbst, ihn einfach weggegeben zu haben. So saß er auf dem Boden, mit verheulten Augen und laufender Nase und wartete auf Antwort. Und Antwort kam.

Kapitel 17

1

Eigentlich mochte Azariel Feste nicht. Es war laut, stickig, man aß und trank zu viel und die Gespräche bestanden aus geheucheltem Interesse und eiskalter Höflichkeit. Keine Herzlichkeit, keine Ehrlichkeit. Vielleicht war das der Grund, aus dem die französische Unterschicht in letzter Zeit immer öfter Beschwerden vorbrachte. Er seufzte und lehnte sich an eine Säule, die wie Zierde in einem Raum voller Stuck, Marmor und Gold stand. Nicht mal Paris, und trotzdem so protzig. Raguel hatte ihm den Namen der Stadt sicher dreimal gesagt, aber er konnte sich beim besten Willen nicht daran erinnern, zu sehr klang es nach genäseltem Kauderwelsch. Was, zu seinem Unbehagen, den französischen Umgangston recht gut beschrieb. Er war schon stolz auf sich, die Stadt überhaupt gefunden zu haben – zumal nach 200 Jahren, in denen er sich mit anderen Problemen herumgeschlagen hatte als mit französischen Städtenamen. Deutsch hatte er Raguel zuliebe zu verstehen versucht (und sofort wieder vergessen, nachdem er das Land verlassen hatte), aber beim Französischen lohnt sich das nicht. Zu viele Akzente, zu viel Arroganz und in letzter Zeit zu viel Feindseligkeit zwischen den Klassen. Verständlicherweise. Der Raum, in dem er sich befand, war voll mit Bürgerinnen und Bürgern der Oberschicht, des Adels (gut, Letzteres weniger, aber irgendeine Gräfin war anwesend, deshalb zählte es) und generell Leuten, die mehr von sich hielten, als es ihnen guttat. Er wunderte sich selbst, dass er überhaupt hier war, und fragte sich zum wiederholten Mal, warum er eingewilligt hatte, als die Dame, die ihn eingeladen hatte – und die er nicht mal kannte –, zu ihm herüber rauschte und ihn überschwänglich begrüßte. Sie war sehr klein, höchstens einen Meter fünfzig, und strahlte trotz ihrer lebhaften Art Respekt und Autorität aus.

„Gut, Sie zu sehen", sagte sie und nahm ihn beim Arm, um mit ihm durch den Raum zu gehen. Also, ihn zu ziehen, er ging nicht ganz freiwillig mit. „Sie müssen mir versprechen, den ganzen Abend zu bleiben. Bis der letzte Krümel gegessen ist, ja? Nicht auszudenken, was wäre, wenn einer von Madame Belles Gästen frühzeitig ginge."

„Natürlich nicht", sagte er, weil er keine andere Wahl hatte. Eigentlich wollte er jede Minute aufbrechen. „Sehr gut. Ich muss Sie unbedingt um einen Gefallen bitten und Sie dürfen ihn mir nicht ausschlagen. Sehen Sie Monsieur Debuise da drüben? Er hat sich Ihnen vorgestellt, sicher erinnern Sie sich. Der Mann, der zwischen ‚De' und ‚buise' eine kleine Pause lässt, damit es klingt, als hätte er einen Adelstitel, wo doch jeder weiß, dass es nur ein Wort ist."

„Ah ja, ich erinnere mich", meinte Azariel. Unangenehmer Mensch, wirklich. Er trug ein Monokel, das sein Aussehen, sollte das überhaupt möglich sein, verschlimmerte und ihm obendrein dauernd rausfiel. Außerdem sprach er mit der gehetzten Arroganz, die allen Franzosen zuteilwurde, wenn sie merkten, dass der Gesprächspartner wenig bis gar nichts von dem verstand, was sie sprachen.

„Wundervoll. Es ist wichtig, nein, es ist sogar am wichtigsten, dass er bleibt, bis das Fest vorbei ist. Wissen Sie, er ist so schrecklich einsam und menschenscheu. Heute soll er sich gut amüsieren, ausreichend essen und trinken und als Letzter gehen. Versprechen Sie mir, sich darum zu kümmern?"
Eigentlich wollte er es nicht versprechen, aber in ihren schwarzen Schweinsäuglein lag etwas, das ihn dazu zu zwingen schien. Und er wusste, dass er dieses Versprechen halten musste. Kurz kam ihm in den Sinn, schon öfter in einer solchen Situation gewesen zu sein, in der er fast willenlos war, aber dann lächelte sie und der Gedanke verflog.
„Wie schön. Sagen Sie, essen Sie gerne Kuchen?" Er aß generell nicht gerne, genauso wenig wusste er, wer Madame Belle sein sollte – wahrscheinlich sie selbst, aber sprach man jetzt schon in der dritten Person von sich?
„Nicht unbedingt", antwortete er zögernd. Sie sah ihn gespielt empört an. „Wie können Sie so etwas sagen? Sie müssen unbedingt …", rief sie aus, aber bevor sie ihm eröffnen konnte, was er unbedingt müsse, sprach jemand anders sie an – tatsächlich mit Madame Belle – und er konnte sich unbemerkt aus dem Staub machen.
So weit ist es schon gekommen, dachte er, *dass ich auf Festen vor der Gastgeberin fliehe.* Er wünschte sich, Raguel wäre hier, aber er hatte ihn in den zwei Tagen, die er hier war, nicht gesehen und fragte sich langsam, warum eigentlich. Andererseits, was wollte er auch hier? Es lohnte sich wirklich nicht, zu kommen, und die Gastgeberverhältnisse waren kompliziert. Soweit er es verstanden hatte, war die Hälfte der Gäste von besagter Madame Belle eingeladen worden,

die andere teils von der Gräfin, teils von der Person, der das Haus gehörte – wer auch immer das sein sollte. Er kannte niemanden hier und war froh darüber, denn mit diesen Leuten wollte er nichts zu tun haben. Was der Grund war, aus dem er alleine stand und sich überlegte, zu gehen. So lange, bis ein bekannter weißblonder Haarschopf zwischen all den gepuderten Perücken auftauchte. Azariel richtete sich auf. Konnte das …? Es war tatsächlich Raguel, der mit besorgtem Gesichtsausdruck durch die Menge eilte und versuchte, so wenig Aufmerksamkeit wie möglich zu erregen – was natürlich nicht funktionierte, wenn man sich auf einem entspannten Fest befand.

„Raguel", sagte Azariel halblaut und trat auf ihn zu. Er lächelte, erleichtert, endlich ein bekanntes Gesicht zu sehen. Zu seiner Überraschung erwiderte Raguel das Lächeln nicht.

„Was machst du hier?", flüsterte er.

„Um ehrlich zu sein: keine Ahnung. Wollte gerade gehen, kommst du mit?"

„Das geht nicht. Also: Du musst gehen, ich kann nicht. Es ist wichtig."

„Wieso?"

Raguel schien offensichtlich mit sich selbst zu ringen, dann seufzte er: „Also gut. Siehst du die Dame da hinten?", fragte er und zeigte auf Madame Belle.

„Die Lady mit der schiefen Perücke? Ja, sie hat mich eingeladen."

„Hat sie das? Wie auch immer, es gibt Gerüchte, dass sie nicht die ist, für die sie sich ausgibt."

Azariels Augen leuchteten auf. „Meinst du eine Art Gangsterboss? Das wäre ja spannend! Ist sie in illegale Geschäfte verwickelt?"
„Nein, kein Gangsterboss. Mehr eine Art ...", er gestikulierte ratlos.
„Eine Rebellin? Führt die Menschen von den Feldern in die Schlösser, um die Reichen auszuschalten?", vermutete Azariel.
„Ich glaube nicht, dass sie ein Mensch ist."
„Was denn sonst?"
„Lady Beelzebub. Aber das hast du nicht von mir, es ist geheim."
Azariel blinzelte irritiert. „Wir befinden uns auf dem Fest eines Dämons?"
„Genau das."
„Was *machst* du dann hier? Ich meine, du wusstest ja anscheinend Bescheid."
Raguel zuckte mit den Schultern. „Anweisung von oben. Ich muss auf irgendjemanden aufpassen, der dazu tendiert, um seine Seele zu würfeln, wenn er zu viel trinkt. Den suche ich jetzt. Ich nehme nicht an, dass du hier irgendwen kennst?" Trotzdem sah er ihn hoffnungsvoll an.
Azariel schüttelte den Kopf. „Nein, aber ich helfe dir gerne suchen, wenn du ihn mir beschreibst. Weißt du denn, wie er aussieht?"
Er wusste es, aber bevor er dazu kam, ihn zu beschreiben, sah er, dass Madame Belle auf sie zukam, an ihrer Seite eine junge Dame. „Gleich", flüsterte er schnell und machte den Versuch, sich so unauffällig wie möglich zu verdrücken. Er scheiterte.

„Sie müssen unbedingt Mademoiselle O'Noir kennenlernen, mein Lieber", trompetete Madame Belle. Die Dame lächelte kühl. Ihre Haut war so bleich wie Porzellan und irgendetwas stimmte mit ihren Augen nicht. Sie wirkten seltsam aufgemalt. Ihr kohlrabenschwarzes Haar fiel ihr lose auf den Rücken – sie hatte sich geweigert, eine Perücke aufzusetzen und hinter ihrem Rücken wurde darüber getuschelt, aber es machte ihr nichts aus, denn über wen wurde dieser Tage nicht getuschelt? – und ihr Kleid war schlicht gehalten. Außerdem kam sie Raguel vage bekannt vor.
„Sind Sie Britin, Miss O'Noir?", fragte er und wurde sich zu spät bewusst, dass er Englisch sprach. Madame Belle blinzelte ihn irritiert an. „Auch ein Ausländer, Ihr Freund?", fragte sie. Azariel nickte, es schien das Sicherste. Auf jeden Fall verstand Raguel nicht mehr von Französisch als er selbst.
„Kommen Sie von weit her?", fragte sie in schlechtem – sehr schlechtem – Englisch. Raguel nickte. Seine Miene konnte sich nicht ganz entscheiden, ob sie entsetzt sein sollte, weil der vermeintliche Dämon mit ihm sprach, oder erleichtert, weil sie ihn danach wohl in Frieden lassen würde.
„Bloß aus England", sagte er, und was er sich vorhin nicht getraut hatte – über ihre Aussprache das Gesicht zu verziehen – tat nun sie, versuchte allerdings, es zu überspielen.
„Welch ein Zufall", freute sie sich, „Mademoiselle O'Noir kommt auch von dort."
„Eigentlich Irland", verbesserte die Dame sie. Madame Belle winkte ab, als wäre es dasselbe. „Sie müssen sich unbedingt unterhalten", verkündete sie und rauschte ab. Während

Raguel damit beschäftigt war, erleichtert auszuatmen, zog Azariel fragend die Augenbraue hoch.
„Echt jetzt? Miss O'Noir? Einen besseren Decknamen konntest du dir nicht ausdenken?" Miss O'Noir verschränkte die Arme vor der Brust. Ihre Porzellanmiene wirkte jetzt hochnäsig und abschätzend. „Als wärst du so viel besser darin. Was ist denn deiner?"
„Hab keinen, ich komme auch ohne durch. Du musst offenbar immer noch alle Leute anlügen." Sie lächelte bittersüß. „Charmant wie immer, daran wird sich wohl nie etwas ändern."
Raguel sah zwischen Azariel und Miss O'Noir hin und her, die sich feindselig ansahen. „Kennt ihr euch?", platzte er heraus, als er die Stille nicht mehr aushielt. Azariel nickte. „Das ist Nocturna. Wir waren befreundet, bevor sie mir mit einem Flammenschwert eins übergebraten hat."
„Bloß weil du mir unbedingt vorwerfen musstest, dich angelogen zu haben."
„Entschuldige bitte, dass es mich kränkt, nicht mitzubekommen, dass meine einzige Freundin eher einem dahergelaufenen Luzifer-Morgenarsch folgt als Gott."
„Als wärst du je Ihr treuester Anhänger gewesen!"
„Immerhin treuer als du."
„Entschuldigt, dass ich mal kurz unterbreche", sagte Raguel verwirrt und ein bisschen alarmiert, „aber sind Sie ein Dämon? Nur der Flammenschwertsache wegen …"
„Das bin ich", sagte sie. Ihr Tonfall hatte innerhalb von Sekunden von finster zu charmant gewechselt. „Und Sie sind?"

„Das ist Raguel“, grätschte Azariel dazwischen, „und du wirst ganz sicher nicht versuchen, ihn auf deine Seite zu ziehen. Nicht, solange ich hier bin.“ Sie verdrehte die Augen, was sie noch unwirklicher aussehen ließ. „Du bist wirklich noch sauer deswegen? Ich glaube es nicht! Ihr Engel seid so … nachtragend. Du hättest besser daran getan, meinem Rat zu folgen.“
„Und jetzt ein Dämon sein, der so tut, als wäre er aus Irland? Ja, sicher, das ist so viel besser. Du magst vielleicht aussehen wie eine Irin, aber den Akzent kriegst du noch lange nicht hin.“
„Ach echt?“, fragte sie. „Und was ist es, das du da von dir gibst? Sicher nicht *le français standard*. Eher vielleicht eine nicht ganz überzeugende Version eines schottischen Viehzüchters.“
„Entschuldigung“, schnappte er.
„Ja, Entschuldigung“, fiel Raguel ein, „aber warum giften wir einen Dämon an? Beziehungsweise lassen uns angiften. Das ist nicht die feine britische Art.“ Er wandte sich an Nocturna. „Was machen Sie eigentlich hier?“
Sie lächelte bedauernd. „Das kann ich Ihnen leider nicht anvertrauen, so gerne ich würde. Sehen Sie, wir befinden uns momentan auf unterschiedlichen Seiten und das ist ein Hindernis in mancher Art Konversation.“
„Ah ja“, meinte er ein bisschen betäubt. Er konnte schlecht damit umgehen, wenn Leute so zwiespältig waren beziehungsweise ihre Persönlichkeit so schnell änderten. Wie konnte sie in einem Moment Azariel anzicken und im anderen so höflich mit ihm sprechen?

„Was meinen Sie mit momentan?“, fiel ihm ein und er war froh, etwas gefunden zu haben, mit dem er die Diskussion fortsetzen konnte. Nocturna warf sich die Haare über die Schulter und lächelte gewinnend. „Auch das muss ich verschweigen, aber sicher kann Azariel Ihnen mehr über das Thema berichten, als ihm lieb ist, nicht wahr? Du hast doch auch deine Schippe an Begegnungen. Oder verwechsle ich dich?“ Aus seinem Schweigen schloss sie, sich nicht zu irren. „Egal, ich habe einen Auftrag zu erfüllen. War nett, Sie kennenzulernen, Raguel. Ich sehe dich auf der anderen Seite, Azariel.“
„Ach, verschwinde“, fauchte Azariel und sie ging höhnisch lachend davon. „Miss O'Noir“, murmelte er und schüttelte den Kopf. „Frag mich, wer ihr das abkaufen soll. Irin mit französischem Namen. Und dann auch noch so unkreativ.“ Er sah zu Raguel, der ihr mit zusammengezogenen Brauen nachsah. „Irgendwas an ihr stört mich“, meinte er, ohne den Blick abzuwenden. „Was? Diese gemeine Art, die sie an den Tag legt, oder dieser Tick mit den Stimmungsschwankungen?“
„Eher Letzteres“, sagte er nachdenklich, „aber eigentlich dachte ich an die Augen. Sie wirken so unecht.“
„Ach das“, brummte Azariel. „Es sind ziemlich unprofessionell gestaltete Kontaktlinsen. Ihre echten Augen sind so eine Art schwarzes Loch – oder zwei schwarze Löcher. Kann einen Menschen ziemlich erschrecken, wenn er reinsieht. Kann aber auch sein, dass sie über irgendwelche Fähigkeiten verfügt, mit denen sie Blicke als Waffen einsetzen kann.“
„Ah, danke. An so etwas Ähnliches hatte ich auch gedacht,

bloß nicht in der Formulierung." Er lächelte, dann zog er die Stirn in Falten und sah ihn forschend an. „Woher weißt du das? Vor ihrem Fall hatte sie das sicher noch nicht." Azariel zuckte mit den Schultern und murmelte etwas Unverständliches. Er sprach nicht sonderlich gerne über seine frühere Freundschaft mit Nocturna, die jetzt eher eine Art Feindschaft war. Weil er selbst nicht verstehen konnte, wie sie sich so stark entfremdet hatten. Es hatte eine Zeit gegeben, eine Zeit, bevor von irgendeinem Krieg die Rede gewesen war, in der sie einander nicht von der Seite gewichen waren. Sie hatten im selben Team gearbeitet, zusammen Sternhaufen angemalt. Einfach ausgedrückt: Sie war seine beste Freundin gewesen und deshalb fragte er sich selbst nach so vielen Jahren, wie er nicht hatte bemerken können, dass sie zur anderen Seite überlief. Ein bisschen schämte er sich auch, nicht stärker versucht zu haben, sie vor dem Einfluss Luzifers zu schützen, aber wie auch? Sie hatte es so lange vor ihm versteckt, bis es zu spät war. Und als sie versucht hatte, ihn auf ihre Seite zu ziehen, hatte er sich bloß geweigert, anstelle seinerseits einen Versuch zu machen, sie zu beeinflussen, was rückblickend gescheiter gewesen wäre. Hatte er aber nicht. Sie war gefallen, er nicht. Und er wusste nicht, ob es ihr nicht vielleicht sogar gefallen hatte, dieser letzte Akt des Widerstands gegen Gott. Jetzt waren sie sauer aufeinander und irgendwie war das auch nicht das Wahre.
„Bitte?", fragte Raguel.
„Hab die Dinger mal gesehen", brummte er missmutig, „total gruselig."

„Du hast Kontakt zu Dämonen?“ Irrte er sich oder klang seine Stimme leicht panisch? „Nur zu ihr und glaub mir, den hätte ich lieber nicht. Sie ist so ätzend. Außerdem sehen wir uns nicht so oft, wie du denken magst, das letzte Mal war vor mehr als 500 Jahren.“
„Trotzdem!“ Ja, definitiv panisch. Raguel senkte die Stimme. „Weißt du, was passiert, wenn die da oben das rausfinden? Selbst, wenn du sie nur selten siehst, ist das zu viel! Wir sollten Dämonen nicht mal mit dem Hintern ansehen, geschweige denn mit ihnen sprechen, das kann ernste Folgen haben!“ Er sah ihn mit zusammengekniffenen Augen an, die Arme vor der Brust verschränkt.
„Warum regt dich das so sehr auf?“, fragte Azariel. „Wir sprechen nur manchmal miteinander. Bist du eifersüchtig, oder wie?“ Eigentlich wollte er nicht so bissig sein, aber seit geraumer Zeit konnte er nicht anders. Es war wie verhext: Egal, wie er seine Worte in Gedanken formulierte, sie kamen immer gemein oder schnippisch raus.
„Nichts läge mir ferner“, sagte Raguel eisig und er konnte es ihm nicht verdenken. „So meinte ich das nicht“, erwiderte Azariel schroff, obwohl er sich entschuldigen wollte. „Wie denn dann? Azariel, ich versuche, dir klarzumachen, dass du für solche Aktionen fallen könntest. Man hat Engel schon für Geringeres verurteilt.“ Seine Miene wurde kurz weich, dann sehr entschlossen. „Und ich will dich nicht wegen so einer Kleinigkeit verlieren. Wirf mir ruhig Egoismus vor, wahrscheinlich ist es nichts anderes, aber du wirst nicht auf die andere Seite wechseln, ist das klar?“
„Klar“, murmelte Azariel und versuchte, sich nicht anmerken

zu lassen, dass er sich über die Worte freute – so unfreundlich sie auch ausgesprochen waren. Er wollte ihn nicht verlieren, also mochte er ihn, und das gab ihm ein warmes Gefühl im Bauch. Was er nicht wusste, war, dass Raguels Motive weit weniger egoistisch waren, als er tat. Er war, im Gegensatz zur Azariel, schon bei einer Verbannung dabei gewesen und was er gesehen hatte, war mehr als unangenehm. Grausam wäre ein passendes Wort, aber er traute sich nicht, Gottes Handlungen als solches abzustempeln. Ob grausam oder nicht: Es sollte Azariel erspart bleiben. Der Grund, aus dem er es nicht sagte, war, dass es ihm schlichtweg egal sein würde. Manchmal hatte er etwas Selbstzerstörerisches an sich und das besorgte Raguel ein bisschen mehr als nur ein bisschen. Aber das gab er nicht zu.

Eine Weile standen sie still nebeneinander, dann fiel Raguel etwas anderes ein: „Was meinte sie damit, dass du deine eigene Schippe an Erfahrungen hast?"

Azariel zuckte mit den Schultern. „Das weiß ich wirklich nicht. Wahrscheinlich funktioniert irgendwas in ihrem Gehirn nicht mehr richtig und sie beginnt zu halluzinieren." Er hielt inne. „Vielleicht weiß sie, dass Madame Belle mich eingeladen hat, und meinte das. Wenn sie wirklich Beelzebub ist, dann war das eine Interaktion mit einem Dämon."

Raguel sah ihn zweifelnd an. „Es hört sich nach mehr an. Mehr als dir lieb ist, oder so etwas. Vielleicht hattest du mehrere solcher Gespräche und weiß es bloß nicht, weil du es nicht bemerkt hast."

Azariel schüttelte fast belustigt den Kopf. „Nein, das kann nicht …", fing er an, aber die Worte blieben ihm im Hals

stecken, denn es konnte doch sein. Hatte er nicht ein paar seltsame Begegnungen gehabt, Begegnungen, deren Erinnerungen verschleiert aber vorhanden waren? Er musste nicht weitersprechen, Raguel erkannte es auch so. „Oh nein", flüsterte er. „Sag mir nicht, dass dir gerade klar geworden ist, dass es so was tatsächlich gab."
„Okay, dann sag ich es nicht."
Stille.
„Azariel!"
„Meinetwegen. Ich weiß nicht, ob ich bloß meine Fantasie zu weit gehen lasse oder ob da tatsächlich etwas dran ist, aber ich habe ab und zu ein paar Leute getroffen – zufällig getroffen, wie ich bemerken möchte – die möglicherweise keine Menschen waren." Raguel vergrub das Gesicht in den Händen. „Ich fasse es nicht", stöhnte er. „Du triffst dich mit Dämonen und merkst es nicht mal!"
„Hey, ich wusste das damals nicht", rief er ärgerlich. „Außerdem kann es sein, dass es überhaupt nicht stimmt und ich mir das Ganze bloß zusammenreime, weil es mir gerade ganz gut – oder eher schlecht – in den Kram passt. Damals habe ich sie für sehr seltsame Menschen gehalten, und wahrscheinlich waren sie auch nicht mehr." Und generell: War es seine Schuld, wenn Dämonen anfingen, mit ihm in Kontakt zu treten? Es war eh nie sonderlich lang gewesen. Trotzdem krampften sich seine Eingeweide zusammen. Egal, wie er darüber dachte, die da oben würden urteilen, wie sie wollten. „Eigentlich sind die meisten Menschen seltsam", fuhr er fort, „vielleicht waren diese bloß besonders dämlich. Einer hatte blaue Haare."

„Können wir uns auf die wichtigen Dinge konzentrieren?", fiel Raguel dazwischen, aber bevor er ihm eröffnen konnte, was die wichtigen Dinge waren, trat eine schmale Gestalt mit zerzauster Perücke auf sie zu und sie verstummten.
„Warum tanzen Sie nicht, Messieurs?", fragte der Mann und lächelte unsicher. „Haben Sie keinen Spaß? Die Musiker übertreffen sich heute Abend mal wieder." Während Raguel damit beschäftigt war, sich die französischen Worte für eine höfliche Ablehnung zurechtzulegen, zuckte Azariel mit den Schultern. „Meinetwegen", brummte er, „willst du tanzen?"
„Wer, ich?", fragte Raguel überrascht. Er zog die Stirn in Falten. „Wer sonst?"
„Stimmt, wer sonst."
Stille.
„Also?" Irgendwann innerhalb der letzten halben Minute hatte Azariels Tonfall in beunruhigender Geschwindigkeit von bissig zu unsicher gewechselt und Raguel wusste nicht ganz, was er davon halten sollte. „Warum nicht?", erwiderte er, obwohl er es davor nicht ernsthaft in Erwägung gezogen hatte, zu tanzen, und dieser Akt der Spontanität ließ ihn unvermittelt lachen. Azariel lächelte erleichtert, nahm ihn bei der Hand und führte ihn auf die Tanzfläche. Das Kammerorchester spielte ein Menuett und eigentlich tanzte Azariel gerade das nicht gerne (man konnte sich einfach so schlecht unterhalten, wenn man ständig auseinandertreten musste), aber momentan machte ihm das nicht viel aus.
„Können wir uns bitte nicht in die Mitte stellen?", fragte er leise. „Zu viel Aufmerksamkeit?" Nein. Als Antwort nickte er in Richtung Mitte der Tanzaufstellung, wo Nocturna

gegenüber irgendeiner Comtesse stand. Also standen sie ganz hinten.
„Wie sieht es zurzeit beruflich aus?", fragte Azariel in einem Versuch, Small Talk zu machen (obwohl das mit Raguel fast unmöglich war – eine der Eigenschaften, die er so sehr an ihm mochte). Er hatte am Rande mitbekommen, dass es ein paar Umstellungen gegeben hatte, was die Aufgabenbereiche betraf. Raguels Gesicht hellte sich auf. „Schön, dass du fragst, ich hätte vergessen, es dir zu erzählen. Ich bin jetzt im Literaturdepartement. Das hört sich hochtrabender an, als es ist, wirklich, wir sind zuständig für alle Bücher, die erscheinen."
„Indem ihr sie schreibt?"
„Nein, das dürfen die Schriftstellerinnen und Schriftsteller selbst. Wir entwickeln die Ideen, feilen ein bisschen an ihnen und warten ab, bis der gesellschaftliche Punkt erreicht ist, um sie zu veröffentlichen. Dann bekommt irgendeine Person die Idee zugestellt, als Traum oder Fantasie oder sonst wie, und wir sehen, was daraus wird." Er lächelte spitzbübisch. „Ich weiß nicht, ob das so angebracht ist, aber ich spiele mit dem Gedanken, dieselbe Idee an verschiedene Leute zu schicken. Einfach, um zu sehen, ob etwas Unterschiedliches rauskommt."
Sie trennten sich kurz, nur um eine halbe Minute später wieder am Ende der Reihe zu stehen. Azariel hatte die Stirn in Falten gelegt, das Herumgehopse nervte ihn so langsam. Andererseits war es schön, Raguel wieder entspannt zu sehen. „Ob das so ganz der Aufgabe entspricht?", fragte er – und

es war wirklich humorvoll gemeint –, aber natürlich war er danach nicht mehr ganz so entspannt.

„Aufgabe, richtig“, meinte er. „Ich habe ganz vergessen, darauf zu achten. Dieser Herr, den ich im Auge behalten sollte.“

„Du wolltest ihn beschreiben“, erinnerte Azariel ihn und wieder ging es auseinander. Er verdrehte die Augen. Glücklicherweise waren die Tänze auf solchen Festen nicht sonderlich lange – die Oberschicht schien die Aufmerksamkeitsspanne einer Erdnuss zu haben – und in einer Minute würden sie aussetzen können.

„Stimmt“, sagte Raguel ein wenig außer Atem. „Jetzt, wo du es erwähnst: Es gibt gar nicht so viel zu beschreiben, die Herren sehen alle gleich aus.“ Er warf ihm einen Seitenblick zu. „Nur, dass die meisten Perücken tragen.“

„Du trägst doch auch keine“, antwortete Azariel bloß. Er mochte das Gefühl nicht, das ihm die Perücke gab, es fühlte sich unecht an, als müsse er sich verstecken. Dabei mochte er seine Haare, obwohl er sie vielleicht mal schneiden sollte. Dieser Tage gingen sie ihm fast bis zur Hüfte, allein der Versuch, sie unter eine Perücke zu stopfen, endete in einem Wutanfall. Raguel sah sich suchend im Raum um.

„Mir wurde erzählt, er sei sehr klein“, sagte er langsam, „ungefähr so groß wie ich. Wobei ich dazusagen muss, dass ich es gemein finde, wenn man mich als klein abstempelt, es ist so unpassend.“ Dabei war er wirklich klein und wusste es.

„Dann dürfte es ja nicht schwer sein, ihn zu finden“, murmelte Azariel, aber Raguel hörte es trotzdem und lachte empört auf. Er grinste. Es tat unvorstellbar gut, Raguel lachen zu hören. Irgendetwas hatte dieses Geräusch an sich,

das es schaffte, ihn seinerseits zum Lächeln zu bringen. Etwas, das ihn dazu verleitete, sich hinstellen zu wollen und herauszurufen, dass er der Auslöser für dieses reinste aller Geräusche gewesen war, und nichts fühlte sich besser an als das. Vielleicht war dieses Etwas Liebe, vielleicht etwas anderes (aber Ähnliches).
Der Tanz war zu Ende und Azariel wollte fast erleichtert von der Tanzfläche gehen, aber Raguel ließ seine Hand nicht los. „Noch ein Tanz?", fragte er, obwohl er anfangs nicht hatte tanzen wollen. Dieses nächste Stück war langsamer, außerdem kein Gruppentanz und wahrscheinlich war vor allem Letzteres der Grund, aus dem Azariel einwilligte. Eine Hand auf seine Hüfte gelegt, die andere in seine verschränkt bewegte er sich langsam im Kreis und keiner von beiden bemerkte, wie nahe sie sich kamen, bis Raguel schüchtern lächelte und den Blick abwandte.
„Diese Person, die du suchst", sagte Azariel, einfach um irgendetwas zu sagen, „du meintest, sie würde gerne um ihre Seele würfeln."
„Genau", kam die Antwort (war sie erleichtert ausgesprochen? Es hörte sich fast danach an). „Bisher glücklicherweise nichts Ernsthaftes. Wenn er ein Glas Chardonnay zu viel getrunken hat, fängt er an, mit den verschiedensten Menschen zu würfeln. Erst um Geld, und wenn er kein Geld mehr hat, bietet er seine Seele an. Bis jetzt war noch niemand unter seinen Mitspielern, der den Deal angenommen hat – denn was soll ein Mensch mit einer anderen Seele anstellen –, aber es hat sich herumgesprochen. Ich bin mir sehr sicher, dass Madame Belle zu fortgeschrittener Stunde

anfangen wird, zu würfeln, und wenn er ihr seine Seele anbietet, wird sie akzeptieren – natürlich. Und du kannst dir sicher sein, dass er in dieser Runde nicht gewinnen wird." Er sah sich suchend um. Azariel drehte ihn einmal im Kreis, damit er einen besseren Überblick hatte, aber es half nicht viel. „Ich hoffe nur, sie hat ihn nicht schon in irgendein Hinterzimmer verfrachtet", meinte er besorgt. „Unwahrscheinlich", sagte Azariel und nickte in Richtung Madame Belle, die sich in der Raucherecke Feuer geben ließ. Raguel atmete erleichtert auf. Der Abend schlug ihm stärker auf die Nerven, als es ihm lieb war. „Wenn ich bloß den Namen wüsste", seufzte er und in diesem Moment fiel er ihm ein. Sein Gesicht hellte sich auf (es war wie eine Achterbahnfahrt der Emotionen, nur, dass Achterbahnen noch nicht erfunden waren. Vielleicht lieber eine holprige Kutschfahrt der Emotionen). „Debuise", rief er aus, „das war es. Irgendwo hier ist ein Monsieur Debuise, der unbedingt gehen muss." Er merkte nicht, dass Azariel erschrocken blinzelte. „Debuise?", stieß er hervor. „Bist du dir sicher?" Er nickte heftig. „Sehr sicher, es ist mir gerade wieder eingefallen. Wohl kaum durch Zufall." Aber den letzten Teil nuschelte er. Weitere spähende Blicke folgten, diesmal zielsicherer. „Du kennst ihn nicht vielleicht?"
Doch, natürlich. Dabei wünschte er sich, den Namen nie gehört zu haben, nie hierhergekommen zu sein. Monsieur Debuise, der Herr mit dem unvorteilhaften Monokel. Der Herr, den er auf Auftrag Madame Belles am Gehen hindern musste. Was ihm vorher als unwichtig vorgekommen war, fand er nun gänzlich unsinnig. Warum sollt er einem Dä-

mon (denn daran hatte er keinen Zweifel mehr) helfen, an Seelen zu kommen? Nein, das konnte sie selbst erledigen. Ein unschöner Schmerz flammte in seinem Bauch auf, aber diesmal schob er es auf Erleichterung. Er würde Raguel mit Debuise bekannt machen, sie würden zu dritt gehen, diese Witzveranstaltung endlich verlassen und ihn zu Hause abliefern. Wahrscheinlich war er schon so angetrunken, dass seine Haushälterin ihn nicht mehr gehen lassen würde. Oder seine Mutter, er hatte es nicht ganz mitbekommen. „Doch, ich kenne ihn“, sagte er. „Der da hinten mit dem …“ Bevor er den Satz beenden konnte, verschlimmerten sich die Schmerzen so plötzlich und so stark, dass es ihn aufächzen ließ. „Ist alles in Ordnung?“, fragte Raguel besorgt. Offensichtlich nicht, trotzdem nickte er. „Ja, keine Sorge. Lass uns weitertanzen, alles andere wäre wohl ein schlimmer Fauxpas.“ Zumindest dessen war er sich sicher. Die Tanzfläche inmitten eines Tanzes zu verlassen, war, als bewerfe man die Gastgeberin mit Kuchen, was ihm gerade nicht sehr unattraktiv erschien. Nur, dass er zu schwereren Geschossen gegriffen hätte. Steine oder Ähnliches. „Du wolltest sagen?“ Was wollte er sagen? Debuise ist der mit dem Monokel, der an der Tür steht und schon wieder nach dem Kellner nickt. Das sagte er aber nicht, denn sobald er den Mund öffnete, meldeten sich die Schmerzen wieder. Diesmal allerdings anders, noch nicht die Flammen, die sie werden könnten, aber kurz davor. Ein kurzes Aufflackern des Schmerzes, diesmal überall, das soviel hieß wie: Noch ein Wort und du wirst es alles zu spüren kriegen. Wie durch Zufall trafen in diesem Augenblick seine Augen die

Madame Belles, die ihn abschätzig musterte. „Ich weiß, was du vorhast“, sagte der Blick, „aber denk nicht mal dran. Du weißt nicht, wozu ich fähig bin, und willst es auch nicht herausfinden.“ Und er glaubte ihr, so sehr er es hasste. „Weißt du“, sagte er durch zusammengebissene Zähne, „ich glaube, ich habe mich getäuscht.“ Der Schmerz verflog so schnell, wie er gekommen war, und Madame Belle sah selbstzufrieden drein, aber so erleichternd es auch war, es machte die Enttäuschung nicht wett, die sich auf Raguels Gesicht ausbreitete. *Es tut mir leid*, dachte Azariel, *es tut mir so, so leid, aber ich kann nicht*. Und er hoffte, dass wenigstens ein Teil davon bei Raguel ankäme. Er seufzte, als er sich die Situation klarmachte, in der sie sich befanden: Sie beide mussten denselben Menschen vom genauen Gegenteil der Aufgabe des anderen überzeugen. Wenn Azariel es nicht schaffte, würde Madame Belle ihm weiter zusetzen, wenn Raguel versagte, so konnte das den Zorn Gottes nach sich ziehen. So standen sie an diesem Abend zwei sehr unbekannten Situationen gegenüber: Die erste war, dass sie zumindest für die nächsten Stunden mehr Feinde als Freunde waren. Die zweite war, dass sie gefangen waren. Gefangen in einer Falle, die sie sich selbst gestellt hatten, weil sie freiwillig auf das Tanzparkett getreten waren. Etwas Gutes hatte es aber, denn müssten sie nicht tanzen, so hätte Azariel nicht gewusst, was er sonst machen sollte. Er hätte wahrscheinlich darauf gehofft, dass Raguel und Debuise sich von selbst kennenlernten, so unwahrscheinlich das auch war. Das Orchester ließ die Musik langsam ausklingen und dass der nächste Tanz ein Gesellschaftstanz sein würde, war bereits bekannt. „Bitte sag nicht, dass wir den auch noch mitmachen müssen“, murmelte er, als er sah, dass Nocturna jetzt mit Debuise tanzen wollte. Die Comtesse sah bedröppelt drein – ungefähr so, wie Azariel sich fühlte. Sie traten von der Tanzfläche und Raguel stellte sich auf die Zehenspitzen, um einen besseren Überblick zu haben. „Wenn du möchtest, kannst du dich hinsetzen“, bot er an, „du musst mir nicht unbedingt helfen. Dir geht es nicht gut, oder?“ Anstelle einer Antwort nahm er ihn bei der Hand und versuchte, sich vor Madame Belles Blick zu verstecken, während er ihn in einen Korridor zog. An den Saal grenzten vier große Gänge (zum Garten, zur Kutscheneinfahrt mit Treppenhaus, zur Küche und zu einem weiteren Saal) sowie eine Vielzahl kleiner Türen (meistens Zimmer mit frischen Tabletten oder kleinere Gänge, die die Dienerschaft benutzte). Sie fanden sich in einem kleineren Gang wieder, der spärlich beleuchtet war. Zwar gab es ein Fenster, aber mittlerweile war es draußen so dunkel geworden, dass es genauso gut hätte verhangen sein können. Es war nicht leicht, zu erkennen, wohin der Gang führte. Er war eng und es führten nicht viele Türen davon weg. Außer ihnen befand sich niemand dort, nur von Weitem war das Klappern von Geschirr und das Schwatzen der Diener und Herrschaften zu hören. Raguel sah sich um, wobei er blinzelte, um sich an die plötzliche Dunkelheit zu gewöhnen. „Was machen wir hier?“, fragte er amüsiert, „das Fest findet doch woanders statt.“ Im nächsten Moment wusste er es, denn Azariel zog ihn an sich und küsste ihn stürmisch. Er lachte leise. „Das also“, murmelte er gegen seine Lippen. „Vielleicht der falsche

Augenblick." Aber seine Stimme zitterte vor Aufregung und um klarzumachen, dass er seine Worte nicht so meinte, wie er sie ausgesprochen hatte, erwiderte er seinen Kuss. „Stimmt", meinte Azariel, „vollkommen unpassend." Und generell hatte er es nur gesagt, weil es ausgesprochen werden musste – dass er sich so gar nicht an seine eigenen Worte hielt, war ihm herzlich egal. „Ich meine", sagte er zwischen zwei Küssen, „dir geht es eigentlich nicht gut." „Mir geht es schon viel besser. Wobei du recht hast", murmelte Azariel und trat einen Schritt zurück, „wir sollten zurückgehen. Immerhin hast du einen Auftrag zu erfüllen." Und er genauso, aber das sagte er nicht dazu. Raguel lachte. „Das kann warten", verkündete er, „untersteh dich, jetzt einfach zu gehen." „Du weißt, dass ich das nie vorhatte", sagte Azariel grinsend. Er drückte ihn sanft, aber fordernd gegen die Wand, ließ seine Hand in seinen Nacken wandern und küsste ihn dort, wo sein Halstuch seine Haut nicht mehr bedeckte. Raguel vergrub die Hände in seinem Haar und zog ihn näher, noch näher. Es war eine furchtbare Idee – fast unmoralisch – aber er wollte nicht, dass er aufhörte. Noch nicht jetzt. „Weißt du, was ich nie verstanden habe?", murmelte Azariel in seine Halsgrube. „Was?", fragte er atemlos. „Warum du dir das Haar nicht lang wachsen lässt." Er lachte. Sein Halstuch war mittlerweile heruntergefallen und lag wie eine weiße Pfütze auf dem Teppich. „Es ist praktischer. So kurz kommen sie mir nicht dauernd in die Quere und …"
Azariel unterbrach ihn mit einem Kuss und für einen Moment setzten seine Gedanken aus. „Rhetorische Fra-

ge“, sagte er lächelnd, „sie sind schön, wie sie sind.“
„Dann küsst du mich also, weil ich schöne Haare habe?“
„Nein. Ich küsse dich, weil ich nicht länger warten kann. Zweihundert Jahre ist ganz schön lang.“
Raguel lächelte und strich ihm eine Haarsträhne hinters Ohr. „Je länger das Warten, desto süßer das Wiedersehen.“
„Hmm. Hoffe, du hast recht.“ Mit diesen Worten tastete er sich mehr oder weniger blind zur nächsten Tür (irgendein Abstellraum voller alter Wandbehänge, die nur aufgehängt wurden, wenn der König zu Besuch kam – nicht oft) und schloss die Tür hinter ihnen.

2

Nocturna nippte an dem Glas Champagner, an dem sie sich die letzte halbe Stunde mehr oder weniger festgehalten hatte. Die Comtesse, ein reizendes Mädchen namens Adelaïde, stand neben ihr beziehungsweise vor ihr. „Sicher, dass nichts verrutscht ist?“, fragte sie. „Absolut sicher.“ Dabei war eine Strähne ihres karamellfarbenen Haares unter der Perücke rausgerutscht und die falschen Weinranken, die sie sich in ihre turmhohe Frisur gesteckt hatte, drohten jeden Moment abzurutschen. Adelaïde seufzte erleichtert. „Danke. Nicht auszudenken, was passiert, wenn dieses Vogelnest, das ich mein Haar nenne, entblößt wäre.“
Nocturna lachte leise. „Willst du immer noch mit Monsieur Debuise sprechen?“, fragte sie. Der Wichtigtuer war zwar nicht gut genug für Adelaïde – zumindest sah sie das so – und der Fakt, dass sie ihn trotzdem heiraten wollte,

störte sie. Generell, was war das heutzutage, dass man einander sofort heiraten musste? Keine Phase des Kennenlernens, keine gemeinsam gelösten Probleme, nicht mal Küsse. Wahrscheinlich waren diese Leute angetrieben vom Wunsch nach einer Hochzeit, eher als dem nach einer Ehe. Heute Abend allerdings passte ihr dieser Umstand hervorragend. Lady Beelzebub hatte nicht umsonst sie ausgewählt, ihr zu assistieren. Das war ihre Chance, zu glänzen, und sie würde sie nicht vermasseln. „Biete ihm doch ein Glas Champagner an", schlug sie vor. „Wenn er fragt, worauf ihr anstoßen sollt, sag etwas Aufreizendes. Nichts Intelligentes. Es ist sehr schade, wie wenige Menschen ein Mädchen intelligentes Zeug reden hören wollen. Vorhin, als ich mit ihm getanzt habe, hat er sich darüber ausgelassen, dass er das nicht ausstehen kann."

Adelaïde verzog das Gesicht. „Ich hätte so viel lieber eine intelligente Konversation, etwas anderes kann ich gar nicht. Was soll ich denn sagen, um oberflächlich zu wirken?"

„Vergleiche jemandes Kleid mit einem Sahnebaiser", schlug Nocturna vor und die beiden Damen lachten. „Nun geh schon!" Das Fest näherte sich dem Ende und Debuise war bei Weitem nicht so betrunken, wie er sein sollte. Es brauchte eine hübsche Frau dafür, und Adelaïde war die hübscheste von allen, fand Nocturna. Außerdem war sie mutig, da sie, obwohl sie sich eigentlich nicht traute, auf den Herrn zutrat und ihn höflich ansprach. Kurze Zeit später schwatzten sie miteinander, stießen an und Nocturna entspannte sich ein wenig. Den Aspekt des Betrunkenwerdens hatte sie damit an Adelaïde abgegeben und das Würfeln würde Lady

Beelzebub übernehmen, dann musste sie nur noch Karten ausgeben. Das Einzige, was zu tun blieb, war, diesen Engel von Debuise fernzuhalten, aber seltsamerweise schien Azariel das zu erledigen. Sie zog die Stirn nicht in Falten – Mimik stand ihr einfach nicht –, wunderte sich aber gewaltig. Dass er es nicht freiwillig machen konnte, war ihr klar, sie hatte gesehen, auf welch bestimmte Art er sich beim Tanz zusammengekrümmt hatte, nicht aber, wie er in diese Situation geraten war. Jetzt beinahe amüsiert schüttelte sie den Kopf. Azariel eben. Man wusste nie, was er als Nächstes vorhatte. Und obwohl man etwas ahnen konnte, war man vom Ergebnis doch überrascht. Fast freute sie sich darauf, das Ende dieser Situation mitzuerleben, wobei sie es sich denken konnte. Mittlerweile hatte sie es zu oft miterlebt. Nocturna ließ den Blick durch den Raum gleiten, ohne viel Aufmerksamkeit auf Einzelne zu richten. Egal ob freiwillig oder nicht, er schien den Job gut zu machen, keiner der beiden Engel war aufzufinden. Zufrieden trank sie einen Schluck Champagner. Alles lief bestens. Genau in dem Moment öffnete sich eine der halbversteckten Türen und Azariel trat zurück in den Raum. Furchtbares Timing, wie immer. Er sah sich um, ob jemand seine Abwesenheit und sein Erscheinen bemerkt hatte, dann richtete er seine Haare – die trotzdem zerzaust blieben – und stellte sich zurück neben die Säule, wo er den ganzen Abend verbracht hatte. Innerlich stöhnte Nocturna auf. Gerade wenn man ihn nicht brauchte, erschien er … aber wann brauchte man ihn schon? Mürrisch ging sie auf ihn zu.

„Warum gehst du nicht?“, fuhr sie ihn an.

„Hmm?"
„Du hast mich schon verstanden. Deine Anwesenheit hier nützt absolut niemandem irgendetwas und du bist nicht gerne auf Festen, warum verschwindest du nicht einfach?"
„Ach so." Er sah nicht aus, als ärgerte er sich großartig über ihre Worte, und in gewisser Weise machte sie das noch wütender, als sie bereits war. „Wir kommen allein mit der Situation klar", stellte sie fest. Und nachdrücklich: „Du kannst gehen, wir brauchen dich nicht."
„Ist dir mal der Gedanke gekommen", sagte er langsam, „dass ich meine Anwesenheit nicht nach deinem Bedürfnis, mich zu sehen oder nicht zu sehen, richte? Wenn ich gehen wollte, ginge ich." Er grinste süffisant. „Jetzt erst recht nicht und es gibt nichts, gar nichts, was du dagegen tun kannst."
Sie verschränkte die Arme. „Solltest du nicht lieber bei deinem Freund sein?", fragte sie, weil ihr auf die Schnelle nichts Besseres einfiel. „Wo ist er überhaupt? Ich habe euch seit einer halben Stunde nicht gesehen."
„Haben wir dir so schrecklich gefehlt, dass du die Minuten gezählt hast?", neckte er sie und in diesem Moment hätte sie ihn gerne geschlagen. „Antworte einfach normal", spie sie. Er seufzte. „Raguel ruht sich ein bisschen aus, er kommt gleich. Es sollte nur nicht so auffällig sein, dass zusammen verschwunden sind und auch zusammen wieder auftauchen."
„Du glaubst doch nicht, dass auch nur irgendjemand hier euch für annähernd so wichtig hält, als dass er darauf achtgeben würde, mit wem ihr den Raum verlasst und zurückkehrt?"

„Wieso? Du hast doch genau das getan." Darauf konnte sie erst mal nichts erwidern. Azariel grinste, was sie irritierte. „Warum bist du so gut drauf?"

„Warum bist du so misstrauisch? Darf ich nicht gut gelaunt sein?" Doch, aber nicht in dem Ausmaß. Azariel lächeln zu sehen, war so selten wie Schnee im August und wirkte genauso fehl am Platz – vor allem in den Dimensionen. Es wirkte fast, als hätte er … „Du hast doch wohl nicht mit ihm geschlafen?", rief sie entsetzt. Niemand drehte sich zu ihnen um. Teils, weil sie Englisch sprachen, teils, weil es bei Weitem nichts Ungewöhnliches war, dass eine Frau einen Mann anschrie, er habe mit jemandem geschlafen. Der Kontext war ja nicht dabei. Er grinste, verzichtete aber auf eine Antwort, und das brachte sie gegen ihren Willen zum Lachen – aber was tat sie schon aus ihrem eigenen Willen heraus? „Nicht wirklich!", rief sie aus. „Wie kannst du so etwas tun? Das ist falsch, es ist unmoralisch, es ist …", sie suchte nach Worten, fand keine. „Da hast du zweifellos recht", gestand er, „trotzdem würde ich es sofort wieder tun." „Untersteh dich", keifte sie, „einmal ist schlimm genug. Allein daran zu denken, es zweimal oder öfter zu tun. Oh Gott, ich meine, oh Teufel, ach, vergiss es." Sein Grinsen wurde noch ein wenig breiter. „Wer sagt, dass es das erste Mal war?" Und damit machte er sie für eine geschlagene halbe Minute sprachlos (bei dem Tempo, in dem sie sprach und dachte, war das eine beträchtliche Zeitspanne). „Ich glaube es nicht", stieß sie irgendwann hervor, „ich kann es einfach nicht glauben. Während er einen Auftrag hat!

Während du einen Auftrag hast! Ach du grüne Scheiße!" Er lachte. „Echt jetzt? So fluchst du?"
„Wie denn sonst? Teufel darf ich nicht mehr sagen, Ihren Namen genauso wenig", schnappte sie beleidigt. „Eines Tages wird sich das alles auszahlen. Dann wirst du so einen großen Haufen Mist bauen, dass Sie persönlich dich rauszieht, um dir Ihren Zorn ins Gesicht zu spucken. Und glaub mir, mit einem Engel geschlafen zu haben, wird dann das geringste deiner Probleme sein. Wenn du fällst."
„Es ist kein Problem", sagte er, allerdings klang er nicht mehr so selbstsicher wie davor. „Ganz im Gegenteil, ich würde fallen, um es noch mal zu tun."
„Pass auf, was du dir wünschst", sagte sie nur und machte sich auf den Weg zu ihrem Tisch. Das Glas musste dringend aufgefüllt werden. „Ich würde ja sagen: Sehe dich in der Hölle", rief sie über ihre Schulter, „aber ich will dich da nicht sehen, also bleib mir vom Hals."
Er lächelte trotzdem, aus welchem Grund auch immer. Es fühlte sich einfach richtig an. Die Seitentür öffnete sich und Raguel huschte in den Raum. „Du hast dein Haarband vergessen", sagte er. Während Azariel versuchte, sich einen halbwegs ordentlichen Zopf zu binden, reckte er den Hals und besah sich die Gäste. Die Anzahl war ein bisschen gesunken und weitaus überschaubarer, da mehr Frauen als Männer da waren. „Ich weiß nicht, was ich mir wünschen soll", meinte Raguel, ohne ihn anzusehen, „dass er schon nach Hause gegangen ist oder dass ich ihn dort abliefern kann. Hauptsache, er hat seine Seele noch."
„Darüber mach dir keine Sorgen", murmelte Azariel, der

Debuise an einem der Tische entdeckt hatte, wie er mit der Comtesse sprach und mehr als gelangweilt wirkte. Raguel bemerkte nicht, wie er sich hinter seinem Rücken zusammenkrümmte. „Sicher? Es sieht so leer aus.“ „Das ist nur, weil die Torte weg ist.“ Ein neues Zwicken, diesmal in der Seite. Er warf einen wütenden Blick in Richtung Madame Belle. „Komm schon“, drückte dieser Blick aus, „ich habe nur über Kuchen gesprochen.“ Doch das schien ihr egal zu sein. Diese Grausamkeit, die er sonst nur von Gott kannte, ärgerte ihn – gleichzeitig begann er, sich zu fragen, wie weit er gehen konnte. Er hatte das seltsame Verlangen, die Grenzen auszutesten. Dass sie ihn nicht umbringen konnte, wusste er. Aber wann würde sie halt machen? Wie viel Schmerz konnte sie ihm zufügen, bevor sie ihr Maximum erreicht hatte? Es war eine furchtbare Idee. Natürlich war es das, in letzter Zeit waren alle seine Ideen furchtbar, trotzdem wollte er es ausprobieren. Er erwiderte ihren Blick, diesmal selbstsicherer, grinste fast und irgendwas mischte sich in ihre Miene. Irgendetwas, das fast an Furcht grenzte. „Gehen wir sie systematisch durch“, schlug Raguel vor. Er hakte sich bei ihm unter und ging langsam durch den Raum. Mittlerweile wurde nicht mehr getanzt und das brachte ein bisschen Ordnung mit sich. „Der Herr am Buffet ist es nicht, ich kenne ihn. Irgendein Marquis oder Monsieur de Nochwas.“ „Der da?“, fragte Azariel und nickte zu einem Mann, der auf seinem Stuhl eingeschlafen war. Seine Perücke war ihm ins Gesicht gerutscht und wackelte mit jedem Schnarcher. Raguel lachte und verneinte, aber Azariel spürte, wie Madame Belle sich entspannte. Das Pochen ließ, nach und als sie an

Debuise vorbeigingen und er nichts sagte, vergingen sie komplett. Trotzdem war er nicht sicher genug. Noch nicht. „Er muss sich aber hier befinden, oder?“, fragte Raguel leicht besorgt und gab sich selbst die Antwort: „Ja, er muss. Beelzebub ist noch da und deine Freundin auch.“ „Sie ist nicht meine Freundin.“ Sie standen jetzt direkt vor dem Gang, der nach draußen führte, und Azariel hatte etwas Wichtiges bemerkt: Madame Belle konnte ihm nur zusetzen, wenn sie ungehinderte Sicht auf ihn hatte. Hinter der Tür wäre er sicher. Seltsamerweise wollte er das nicht. Nicht direkt dahinter, aber in der Nähe, damit er so schnell wie möglich aus der Bredouille kam. Er blieb stehen und spürte, wie Madame Belle sich verspannte. „Ich weiß, wer es ist“, sagte er. Weißer Schmerz fuhr seine Beine hoch, klammerte sich wie eine unerbittliche Hand um seine Hüfte. Er biss die Zähne zusammen, um nicht zu schreien. „Wer?“, fragte Raguel aufgeregt. „Und woher weißt du das?“ „Ich weiß es einfach“, presste er hervor. „Der mit dem Monokel, Tisch rechts.“ Die Hand fuhr weiter nach oben, schlang sich um seine Brust und erschwerte ihm das Atmen. Tränen traten in seine Augen und das Kneifen in seiner Magenregion zwang ihn in die Knie. „Was ist mit dir?“, fragte Raguel alarmiert. „Nichts! Geh, Debuise“, fauchte er und irgendetwas in der Art, wie er die Worte aussprach, veranlasste Raguel dazu, sich so schnell wie möglich um Debuise zu kümmern. Warum groß streiten, er würde sich nicht helfen lassen wollen und die Sache dauerte keine zwei Minuten. Azariel sah zu Madame Belle und grinste frech. Schweiß rann über seine Stirn. Er musste hier raus, ganz klar, und bis zum Ausgang waren es nur zwei Schritte. Blöd war bloß, dass er die Kraft nicht aufbringen konnte, die Schritte auch zu tun. Zu schwer waren seine Beine und die zwei Schritte schienen wie zwei Welten und … Moment. Was dachte er da eigentlich? Es waren zwei Schritte und er war ein Engel. Mit verbissenem Gesicht machte er einen wackeligen Schritt auf die Tür zu, einen zweiten und er war draußen. Der Schmerz fiel nicht von ihm ab, wie er gehofft hatte, wurde aber schwächer. So gerne er sich an der kühlen Wand nach unten hätte sinken lassen, er musste verschwinden – und das so schnell wie möglich, denn er hörte hastige Schritte und das Rauschen eines Reifrocks hinter sich. Also stolperte er, sich den Bauch haltend und mit verschwommener Sicht, in die nächste abgelegene Ecke, kämpfte sich so lange durch Seitenstraßen und Abzweigungen, bis er wieder klar sehen konnte und der Schmerz abgeklungen war. Dennoch ging es ihm bei Weitem nicht gut. Er zitterte, schwitzte und fror gleichzeitig so stark, dass er mit den Zähnen klapperte. Mit einem Seufzen ließ er sich auf einer Treppenstufe vor einem Haus nieder und steckte den Kopf zwischen die Knie. Es war wahrlich kein würdevoller Abgang, aber er hatte sich gegen einen Dämon durchgesetzt, jemanden davor bewahrt, seine Seele zu verspielen, und das Fest verlassen, bevor man ihn gehen lassen wollte. Außerdem hatte er Raguel wiedergesehen und das war das Beste, was ihm passieren konnte. Also ein gelungener Tag. Noch bevor er den Gedanken zu Ende denken konnte, schlief er ein.

Kapitel 18

1

Irgendetwas war falsch. Natürlich war es falsch. Er stand in Raguels Flur buchstäblich zwischen Tür und Angel und ließ sich erzählen, dass sie nicht zusammengehörten. Alles daran war falsch, aber es war nicht das Scheißgefühl, das sich in ihm breitmachte, oder die Tränen, die er mühsam bekämpfte. Nicht diesmal. Mehr war es das Gefühl, ein Déjà-vu zu erleben. Er konnte sich nicht daran erinnern, wie er hierhergekommen war oder worüber sie gesprochen hatten. Vor allem als Raguel sich den Ring vom Finger zog, fühlte es sich an, als hätte er das alles schon einmal erlebt. „Kommt dir das nicht bekannt vor?", wollte er fragen, doch als er den Mund öffnete, kam kein Laut hervor. Stattdessen beobachtete er sich selbst dabei, wie er wie ferngesteuert nach dem Ring griff und ihn in seine Manteltasche fallen ließ. In dem Moment, in dem sich ihre Hände berührten, hustete Raguel.
„Alles in Ordnung?", fragte Azariel, wieder teilweise Herr über seine Zunge.
„Alles bestens", hustete Raguel, aber ganz offensichtlich war es das nicht. Er war kreideweiß angelaufen und hustete verhalten in die Hand. So lange, bis ein erneuter Schauer ihn in die Knie zwang. Panik machte sich in Azariel breit. Er hatte keine Ahnung, was man machen sollte, wenn jemand einen Hustenanfall hatte, geschweige denn, wenn besagte Person einem gerade einen Korb gegeben hatte. Glücklicherweise

hörte Raguel auf, zu husten, und er atmete erleichtert auf. „Wieder beruhigt?“, fragte er und sah zu Raguel, dem es in keiner Weise besser ging. Es war ihm bloß im Hals stecken geblieben, und obwohl Azariel es anfangs für gut befunden hatte, dass er kein Geräusch mehr machte, so versetzte es ihn jetzt in hellen Aufruhr. Denn nichts kam aus Raguels Mund – weder Laute noch Atem. Er griff sich an den Hals, während sein Gesicht langsam blau, dann violett und schließlich schwarz anlief. Und das Schlimmste an allem war, dass Azariel nichts tun konnte, er war wie eingefroren. Obwohl er es versuchte, konnte er sich nicht bewegen, nicht nach Hilfe rufen (was er sonst auch nie tat), nicht mal die Augen abwenden. Er schrie. Innerlich schrie und weinte er und tobte gegen diese unsichtbare Sperre an, doch sein Körper gehorchte nicht, seine Gliedmaßen waren zu schwer, um bewegt zu werden. Und je länger, je verbissener er gegen diese unsichtbare Sperre ankämpfte, desto schneller schien Raguel zu ersticken. Er starb und er konnte ihm nicht helfen, wusste nicht, warum. Er wusste noch nicht mal, warum er erstickte, er hatte sich ja nicht verschluckt. „Doch“, meldete sich eine fast fröhliche Stimme in seinem Kopf. Sie war hoch und säuselnd und der Optimismus war ganz offensichtlich aufgesetzt. Die Stimme hörte sich an wie diejenige von Lord Asmodeus. „Du weißt es genau, nicht wahr, Azariel? Du weißt, dass das hier deine Schuld ist. Alles ganz allein deine Schuld. Du hättest nicht zu ihm gehen sollen, weil du wusstest, dass er ein Engel ist. Den Kontakt abbrechen, wegziehen, sonst was. Dieses eine Mal war einmal zu viel und Gott sieht das genauso. Das

ist Ihre Strafe. Er stirbt und du siehst zu und es ist deine Schuld. Na, wie fühlt sich das an? Fühlt es sich beschissen an? Ist es nicht das Scheußlichste, was du je erlebt hast?"
Ja, das war es. Mit Abstand. Es war zu spät, als er wieder Kontrolle über seinen Körper erlangte. Viel zu spät. Raguel lag auf dem Boden, die hellgrauen Augen starr an die Decke gerichtet. Seine Arme waren zur Seite gesunken, die Fingerspitzen blau angelaufen. Azariel ließ sich neben ihn sinken, durch seinen tränenverschleierten Blick konnte er nicht klar sehen. Er strich ihm vorsichtig über den Kopf und die Berührung seines hellblonden, fast weißen Haares, das sich noch immer so weich anfühlte wie vergangene Nacht, führte dazu, dass die Tränen brachen und ihm über die Wangen liefen.

2

Es führte auch dazu, dass er aufwachte, zittrig zwar, und in sein Kissen weinend, aber immerhin war er wach. Er sah sich hektisch im Zimmer um. Wo war er? Und wo war Raguel? War er nicht tot? Langsam, viel zu langsam, beruhigte er sich wieder. Es war ein Traum gewesen, ein dummer Albtraum. Einer der realistischen Sorte, bei denen man sich nach dem Aufwachen erst an die Realität gewöhnen musste.
„Mist", flüsterte er, zog die Knie an und legte den Kopf darauf. „Was für ein verdammter Mist." Er war schweißgebadet und zitterte noch immer, als er aufstand und in den dunklen Flur tapste. Ohne das Licht anzuschalten (er hätte sich nur irgendwo gespiegelt und mit sich selbst kam er gerade am

wenigsten klar) tastete er nach seinem Mantel. In welche Tasche hatte er den Ring gesteckt? Eine kurze Panik erfasste ihn, als auch die zweite Tasche leer war, dann ertastete er ihn in einer Seitennaht, die vor Ewigkeiten aufgerissen war. Mit dem Ring fest in der Faust verschlossen, legte er sich zurück ins Bett. Sein Herzschlag hatte sich beruhigt und er konnte wieder normal atmen, aber entspannt war er noch lange nicht. Der Mond schien zum Fenster herein und warf genug Licht auf das Bett, dass er den Ring in seiner geöffneten Hand betrachten konnte. Es war ein hübscher Ring, ein schmales Goldband mit einer silbernen Ranke, die sich darum schlang. Wann hatte er ihm den Ring geschenkt? 150 Jahre musste es mindestens her sein, und ihn wieder zu haben, tat weh. „Ich hätte nicht gehen sollen“, murmelte Azariel und starrte den Ring unverwandt mit roten Augen an. „Warum geht man überhaupt von da weg, wo es einem gefällt? Warum verlässt man die, die man liebt? Was war ich nur für ein Idiot.“ Ein ziemlich großer, hätte Raguel wohl gesagt, wenn er hier gewesen wäre, aber das ist in Ordnung, es ist jetzt vorbei. Aber war es das wirklich? War er nicht immer noch ein Idiot? Warum sonst war er gestern gegangen? Er hätte wenigstens den Ring dalassen können, damit er etwas hatte, das ihn an ihn erinnerte. Aber wahrscheinlich wollte Raguel das gar nicht. Er legte den Ring auf den Nachttisch und schlief ein, noch während sich neue Tränen bildeten.

3

In dieser Nacht hatte er die schlimmsten Träume, die er je gehabt hatte. In jedem Traum verlor er Raguel auf eine andere Art und jedes Mal war er schuld daran. Er musste dabei zusehen, wie er verbrannt, erschossen, erstochen und enthauptet wurde. Manchmal führte Azariel selbst die Mordwaffe, manchmal konnte er bloß dastehen und zusehen. In jedem Traum war die Stimme von Lord Asmodeus, die ihn daran erinnerte, dass es seine Schuld war und wie schlecht er sich fühlte. Zwischenzeitlich konnte er nicht unterscheiden zwischen Traum und Wirklichkeit, und wenn er aufwachte (und sich dessen sicher war), weinte er. Erst vor Erleichterung, dann vor Demütigung. Erleichtert, weil es doch nur ein Traum gewesen war und Raguel gerade wahrscheinlich schlief oder las und es ihm so gut ging, wie es in dieser Situation möglich war. Demütigung, weil er nicht in der Lage war, auf dieselbe Art mit allem abzuschließen.
Gegen fünf Uhr wachte er zum ersten Mal nicht vor Schreck auf, sondern weil jemand an die Tür klopfte. Schlaftrunken setzte er sich auf und sah auf den Nachttisch. Der Ring war noch da, es musste real sein. Vielleicht. Selbst für Glasgow war das Klopfen oder eher das heftige An-die-Türe-Schlagen sowohl zu früh als auch zu laut. Dies weckte seine Neugierde zumindest so weit, dass er sich aus dem Bett schwang, sich den roten Pulli von seiner Nachbarin überwarf und mit gerunzelter Stirn die Tür aufriss.
„Oh, danke“, sagte Raguel unsicher. „Entschuldige, falls es zu früh ist. Ich wusste nicht, zu wem ich sonst gehen sollte.“

Dann schloss er die Augen und sackte in sich zusammen. Unwillkürlich streckte Azariel die Arme aus, um ihn aufzufangen, doch daraufhin wurde er sich der misslichen Lage bewusst, dass er jemanden im Arm hielt, der nicht nur so ungünstig gefallen war, dass jede Bewegung, ob nach vorne oder nach hinten, beinahe unmöglich war, sondern der außerdem noch blutverschmiert war. Sein ganzer Rücken war ein Chaos aus hellroten Stofffetzen, die früher einmal weiß gewesen waren, Federn, getrocknetem Blut, flüssigem Blut und generell allen Aggregatszuständen, die Blut irgendwie erreichen konnte. Ein widerlich modriger Geruch stieg auf und Azariel entschloss sich, seitlich zu gehen. Seitlich, so beschloss er, würde er weder sich noch Raguel in irgendeiner Art verletzen. Als wäre das jetzt die wichtigste Frage. Im Wohnzimmer legte er ihn auf die Couch, natürlich nicht auf den Rücken, und begann, ihm so vorsichtig wie möglich den Stoff vom Rücken zu schneiden (was nicht besonders einfach war, an manchen Stellen klebte sein Unterhemd an den Wunden). Jede Schicht Stoff weniger enthüllte ein weiteres Grauen und Azariels Befürchtungen wuchsen. Zwar war es so, dass Engel und Dämonen, wenn sie sich nicht in ihrer menschlichen Hülle befanden, nicht sterben konnten, aber Raguel war gerade in besagter Hülle. Trotzdem waren sie vollkommen fähig, Schmerz zu verspüren und meistens nicht in der Lage, genannten Schmerz einfach zu beseitigen. Aus diesem Grund musste Raguel außerordentliche Schmerzen ertragen haben, was dazu geführt hatte, dass er in Ohnmacht gefallen war. Und wahrscheinlich war das besser so, denn die Hülle konnte sterben und

dann dauerte es eine halbe Ewigkeit, eine neue zu bekommen. Egal was passierte, er durfte auf keinen Fall sterben. Moment.
Azariel zog die Stirn in Falten und trat einen Schritt zurück, diese Szene kam ihm bekannt vor. Hatte er sie nicht die ganze Nacht wieder und wieder in den unterschiedlichsten Ausführungen miterlebt? Nein, sicher war es nur ein Traum. Ein weiterer dummer Albtraum. Gleich würde die Stimme erklingen und er würde aufwachen.
Raguel seufzte. Langsam kam er wieder zu Bewusstsein und stöhnte vor Schmerz. Das war neu. Normalerweise hätte er jetzt sterben sollen. Stattdessen blieb er hilflos liegen und obwohl Azariel sich freuen sollte, dass er nicht gestorben war, fand er das viel beunruhigender. Denn das hier war kein Traum, es war die Realität und ein sehr realer Raguel krümmte sich in seiner sehr realen Qual. Was zur Hölle war passiert?
„Nicht bewegen", sagte Azariel. Seine Stimme klang rau vom Weinen und seine Augen brannten, außerdem kamen die Worte harsch herüber. „Du machst es sonst nur noch schlimmer, bleib einfach ruhig", fuhr er etwas sanfter fort. Dann holte er eine Schüssel warmes Wasser und den weichsten Waschlappen, den er besaß. *Das wird wahrscheinlich wenig Unterschied machen*, dachte er, als er den Waschlappen anstarrte. *Es wird verdammt wehtun.*
Tat es auch. Als er anfing, Blut von seinem Rücken zu putzen, biss Raguel die Zähne zusammen. „Es ist gleich vorbei", sagte Azariel beruhigend, obwohl er noch nicht mal richtig angefangen hatte. „Schrei in ein Kissen, wenn es hilft, oder

beiß drauf, nur kurz durchhalten und wir sind sofort fertig.“ Er schüttelte den Kopf. „In was für eine Situation bist du jetzt wieder geraten?“ Aber er antwortete nicht – was ihm kaum zu verdenken war – und deshalb hörte er auf, zu sprechen. Seine Stimme hatte beruhigend auf Raguel gewirkt, und als er das bemerkte, begann er zu summen. Nur leise, eine sanfte Jazz-Melodie, aber es hatte denselben Effekt. Irgendwann verlor Raguel wieder das Bewusstsein, aber er hörte nicht auf, zu summen – mittlerweile beruhigte es ihn selbst.

Er hatte das Wasser dreimal wechseln müssen und den Lappen konnte er wegschmeißen, aber immerhin wusste er jetzt, was er sah. Und wie er es wusste! Die Wunden auf Raguels Rücken lagen etwa auf Höhe der Schulterblätter, die rechte ging so tief, dass der blanke Knochen zu sehen war. Ihre Form war unregelmäßig, zwei schiefe Kreise, die sich nach unten zogen und immer dünner wurden, bis sie entfernt die Form eines umgedrehten Regentropfens einnahmen. Er kannte diese Art Wunde nur zu gut.

„Ach, Raguel“, seufzte er. Seine Ohnmacht war in einen tiefen Schlaf übergegangen und er strich ihm eine Strähne aus der Stirn. Sie war verschwitzt, eine winzige Feder klebte darin. „Was haben sie nur mit dir gemacht?“ Dann holte er Verbandszeug und machte sich daran, einen dicken Verband um seinen Rücken zu schlingen. Wahrscheinlich hätte er Lust auf Waffeln, wenn er aufwachte – zumindest hatte Azariel nach seinem Fall für ein paar Monate nichts anderes essen wollen als diese warme, in Butter ertränkte Umarmung auf einem Teller. In der Küche bemerkte er, dass er keine Butter hatte (außerdem kein Mehl und nur noch ein Ei, das seltsam roch – er aß nicht oft) und zerbrach sich den Kopf darüber, wo er am 27. Dezember um sechs Uhr in der Früh Mehl und Butter herbekommen sollte. Er entschied sich schließlich, auf gut Glück loszugehen, und verließ die Wohnung.

Und so wachte Raguel zwei Stunden später allein auf. Erst wusste er nicht, wo er war oder warum er hier war, dann fiel sein Blick auf die Sofakissen und er erinnerte sich. Der Versuch, aufzustehen, schlug fehl, denn sobald er sich bewegte, schoss ein rasender Schmerz durch seinen Rücken, der ihm Tränen in die Augen trieb und ihn zwang, sich nicht zu rühren. Er sah Azariels Wohnzimmer also bloß von der Seite. Es war nicht direkt unaufgeräumt, aber auf dem Couchtisch herrschte Chaos. Überall verstreut lagen leere Mullbinden-Rollen, eine Schere, Pflasterschnipsel und eine ekelhaft stinkende Masse, die entfernt nach einem Waschlappen aussah.

Seltsames Muster hat dieser Lappen, dachte Raguel, *diese unregelmäßigen Rottöne … oh.* Er schloss die Augen, denn das Sehen strengte ihn an. Außerdem wollte er nicht daran denken, was passiert war oder was kommen würde. Er wollte nach Hause, wusste aber nicht, wo das sein sollte, und fühlte sich so schrecklich leer und einsam, dass er es körperlich spüren konnte.

Als er in seiner Not zu Azariel gegangen war, anstatt nach Hause, hatte er das getan, ohne großartig darüber nachzudenken. Es war ihm schlicht logisch erschienen. So richtig, als wäre jede andere Entscheidung Blödsinn, und wahrscheinlich war es auch so. Außerdem konnten sie ihn in seiner Wohnung leichter finden und ihm noch mehr … antun.

Er lächelte bitter. Sie mussten schon verdammt kreativ sein, wenn sie sich noch etwas überlegen konnten, womit sie ihm wehtun konnten. Er hatte nichts mehr, was sie ihm nicht schon genommen hatten, und diese Erkenntnis schmerzte so sehr, dass er nicht mal darüber weinen konnte. Manchmal waren Leute sprachlos vor Wut und das war schlimm, aber wenn sie vor Wut nicht mehr weinen konnten, dann war es, als verzehrte es sie von innen – und sie konnten bloß dabei zusehen, wie ihr Leben vor ihren Augen zerbrach. Nicht, dass Raguel noch ein nennenswertes Leben gehabt hätte. Er hatte gar nichts, außer Erinnerungen, die er loswerden wollte.
(Wie sie ihn abholen kamen. Plötzlich in seinem Wohnzimmer standen, diese eiskalten, ausdruckslosen Soldaten, die nicht auf seine Fragen antworteten, nur mit starrem Blick auf ihn zukamen, ihre Hände nach ihm ausstreckten. Er hatte geschrien – jeder hätte geschrien –, doch es hatte nichts gebracht, niemand hatte ihn gehört. Und als er zu laut geworden war, hatte einer ihm einen Stuhl um die Ohren fliegen lassen. Er war ohnmächtig geworden und sie hatten ihn mit sich genommen, weg von der Stadt, die er sein Zuhause genannt hatte, an diesen fürchterlichen Ort.)
In einem Anflug von Trotz öffnete er die Augen, die blonden Brauen wütend über dem Sturm zusammengezogen, der seine Iris darstellte, und versuchte, sich aufzusetzen. Wimmernd ließ er sich wieder nieder. Es hatte doch keinen Zweck. Später würde er Azariel fragen, ob er ihm aufhelfen konnte. Wenn er wiederkam.
(Wiedergefunden hatte er sich in einer Zelle, die nach Blut und Exkrementen stank. Bisher hatte er nicht gewusst, dass sich solche Zellen im Himmel befanden, aber er hatte auch nicht

gewusst, wie brutal Gott sein konnte. Oder vielleicht hatte er es gewusst, es bloß nicht wahrhaben wollen. Die Handschellen um seine Hand- und Fußgelenke fühlten sich seltsam schwer an, als wären sie aus einem noch schwereren Material als Metall. Er war nicht geknebelt, aber er wusste, dass es dumm wäre, nach Hilfe zu rufen. Wer würde denn antworten? Wer würde es sich trauen?)

Wo war Azariel überhaupt? Offensichtlich hatte er ihm den Rücken verbunden – was sehr süß war – aber das Verbandszeug nicht aufgeräumt. Und jetzt war er wie vom Erdboden verschluckt. Panik stieg in ihm auf. Hatten sie Azariel geholt, wie sie ihn geholt hatten? Oder waren Dämonen tabu? Er wollte es glauben, aber er hatte schon andere Dinge glauben wollen und war enttäuscht worden.

(Als sie ihn in die Gerichtsverhandlung geholt hatten, waren sie weniger grob vorgegangen, aber immer noch kalt und abschätzend. Sie würdigten ihn keines Blickes, taten, als wäre er nicht da. Einen von ihnen kannte Raguel gut. Er verzog keine Miene, gab kein Zeichen des Erkennens von sich. Wir haben in einem Krieg Seite an Seite gekämpft, dachte Raguel bitter, und so werde ich behandelt? So einfach schreibt ihr mich ab? *Aber er sprach es nicht aus. Er sagte gar nichts.)*

Er machte einen weiteren Versuch, sich zu bewegen, diesmal die Beine, und das funktionierte. Langsam, ganz langsam, ließ er sich vom Sofa gleiten, bis er auf den Knien landete. Eine Welle neuer Schmerzen fuhr durch seinen Rücken und er blieb zitternd, wo er war, traute sich nicht, sich weiter zu rühren.

(Eigentlich konnte man es nicht Prozess nennen, es war ja keiner gewesen. Bei Prozessen ging es fair zu, der Angeklagte hatte einen Anwalt oder durfte zumindest etwas zu seiner Verteidigung vorbringen. Aber so war das nicht. Michael war da gewesen, zusammen mit zwei Soldaten, und Gott hatte sicher zugehört, sich aber nicht blicken lassen. Natürlich nicht. Als er ankam, hatte Michael gelangweilt geschnipst und eine Schriftrolle war in seiner Hand erschienen, darauf stand Raguels Name und wahrscheinlich noch recht viel, aber er hatte sie noch nicht entrollt. Er wurde gezwungen, sich auf einen metallenen Stuhl zu setzen, zu beiden Seiten wurden die Wachen positioniert. Noch bevor Michael angefangen hatte, das Protokoll in monotonem Tonfall herunterzurattern, wurden seine Fesseln gelöst – trotzdem konnte er sich nicht frei bewegen.)

Der Schlüssel klickte im Schloss und er hörte, wie Azariel hereinkam, hob den Kopf aber nicht. Zu anstrengend. Als er ins Wohnzimmer kam, zog er hörbar Luft durch die Zähne. „Was machst du denn?“, rief er erschrocken und half ihm, sich aufzusetzen. „Bist du runtergefallen?“ Er schüttelte den Kopf. „Netter Pulli“, murmelte er, seine Stimme klang krächzend vom Schreien. „Danke, ist von einer Nachbarin“, aber er war abwesend, konzentrierte sich nicht auf das, was er sagte. Er räusperte sich und Raguel bemerkte, dass er nicht der Einzige war, dem es schlecht ging. „Hast du Kummer?“, fragte er sanft. Azariel schüttelte den Kopf. „Ist egal. Hör mal, dein Verband ist bei der Aktion gerade verrutscht, ist es in Ordnung, wenn ich ihn erneuere?“ Das musste er zwar so oder so, aber er fragte trotzdem, immerhin war das Anlegen eines Verbands eine ziemlich

intime Sache. Raguel runzelte die Stirn. „Ist er das? Ich merke gar keinen Unterschied.“ *Natürlich nicht*, dachte Azariel, *man spürt Verbrennungen dritten und vierten Grades auch nicht, deshalb ist dir egal, ob der Verband sitzt oder so wie gerade nur lose herumflattert.* Was er allerdings spürte, waren die ganzen kleinen Wunden, Schürfungen und Einschnitte, die sich über seinen ganzen Rücken zogen wie die grotesken Muster, die sadistische Halbstarke in Baumrinden schnitten. Nur die Stellen, an denen seine Flügel fehlten, verursachten keine Schmerzen, obwohl sie die gefährlichsten Wunden waren. „Das könnte jetzt brennen“, meinte Azariel, bevor er die offene Fläche desinfizierte, und Raguel biss die Zähne zusammen. Azariel verband ihm den Rücken schweigend, diesmal fester, wobei er zu ignorieren versuchte, dass sie so nahe beieinander saßen. Noch vor ein paar Stunden hatte er den Entschluss gefasst, ihn nie wieder sehen zu wollen – es stellte eine zu große Gefahr dar (nicht für ihn selbst, aber was würde Gott tun, wenn Er herausfand, mit wem Raguel sich abgab?) Und doch saßen sie hier. Was Gott tun würde beziehungsweise getan hatte, wusste er trotzdem nicht genau. Er würde ihn später fragen. Nur nicht jetzt. Der Verband war fertig, und sobald er ihn abgeschnitten hatte, stand er auf. „Dir ist sicher kalt“, murmelte er und stand auf, um ihm einen Pullover zu holen, aber bevor er aus dem Zimmer flüchten (denn was war es sonst?) konnte, hielt Raguel ihn zurück. „Warum machst du das?“, fragte er erstickt.
„Was?“
„Das alles hier. Versorgst meinen Rücken, kannst es aber nicht aushalten, im selben Raum wie ich zu sein.“

Er seufzte. „Das müsstest du doch wissen.“ Und er wusste es. Als Azariel nun doch ging, bemerkte er, vielleicht zum ersten Mal wirklich, dass er ihn liebte, dass es nicht nur Worte waren. Er gab ihm einen Pulli, einen schwarzen Kapuzenpulli, der ihm zu groß war und nach Azariel roch – Wacholderbeeren und Geborgenheit. „Was ist passiert?“, fragte Azariel und setzte sich neben ihn. Nicht ganz so nah wie zuvor, aber auch nicht weit weg. Er hätte nach seiner Hand greifen können, wenn er wollte, und er wollte, traute sich nur nicht. „Sie haben meine Flügel abgeschnitten“, sagte er und es auszusprechen verlieh der Absurdität dieser Situation so viel Realität, dass er anfing zu weinen. Endlich. Es war Azariel, der nach seiner Hand griff, um stummen Beistand auszudrücken, und er drückte sie zurück, so fest er konnte. Teils, weil es ihn tatsächlich tröstete, teils, weil er selbst ein paar Sachen loswerden wollte, ohne sie auszusprechen. „Und jetzt?“, fragte er weiter. „Du bist nicht gefallen, das merke ich. Fallen sieht anders aus, du verlierst dein Gedächtnis und landest direkt in der Hölle. Das hier ist etwas anderes.“ Er sah ihn fast neugierig an. „Du bist kein Dämon, aber was bist du?“ Raguel zuckte mit den Schultern, denn er wusste es selbst nicht. „Ich glaube, der Erzengel Michael hat das Wort ‚Verdammter‘ benutzt“, murmelte er, aber was sollte das sein? Von allen Dingen, die sie ihm genommen hatte, war seine Identität wohl das Schlimmste. „Das ist etwas Neues“, bemerkte Azariel. Schön wäre nur zu wissen, was genau es bedeutete – dabei hatte Michael eine sehr detaillierte Erklärung abgegeben. Sobald Raguel begreifen konnte, dass all das wirklich passierte, würde er sich wohl wieder daran erinnern können. Er wusste nur nicht, ob er das wirklich wollte. „Wie wäre es mit Waffeln?“, fragte er, als Raguel nicht antwortete, und der nickte dankbar. Waffeln wären jetzt genau das Richtige. Er blieb auf dem Sofa sitzen, während Azariel in der Küche herumwirtschaftete – aufstehen wäre zu viel gewesen und aufs Hinfallen hatte er wirklich keine Lust –, und vergrub sich in dem Pullover. Wie das Ganze hier weitergehen würde, was für einen möglichen Ausgang es gab, wusste er nicht, aber er wusste, dass er sich hier zumindest halbwegs sicher fühlte. So sicher, dass er es sich erlauben konnte, die Augen zu schließen und die letzte Nacht Revue passieren zu lassen, angefangen mit der Entführung aus seiner Wohnung und endend mit, ja, womit eigentlich? Er erinnerte sich nicht, wie er hierhergekommen war, nur, dass sie ihn in einer Pfütze seines eigenen Blutes hatten liegen lassen und er sich nichts sehnlicher gewünscht hatte, als bei Azariel zu sein. Irgendwie musste er tatsächlich hierhergekommen sein, nur wie, das wusste er nicht so genau. *Egal*, beschloss er, *immerhin bin ich hier, das ist das Einzige, was zählt, oder nicht?* Natürlich nicht. Er kniff die Brauen zusammen und versuchte angestrengt, sich an das zu erinnern, was passiert war. Schemenhaft meinte er, sich an den entsetzten Schrei eines Glasgower Passanten erinnern zu können, auch an Azariels verschlafenes, aber zutiefst entsetztes Gesicht – mehr war da aber nicht. Es war wie eine Wand aus Nebel in seinem Gehirn, durch die nicht mal er selbst sich kämpfen konnte. Wahrscheinlich konnte das niemand, er war sich nicht mal sicher, ob Gott es noch konnte. Ein bitteres Lächeln, das dem Azariels verblüffend ähnelte, stahl sich auf seine Lippen. So fühlte es sich also an, wenn Gott Sein Interesse an einem verloren hatte. Ziemlich mies, um ehrlich zu sein, er verstand Azariels Zynismus jetzt besser – obwohl er sich wünschte, es nicht zu tun. Genannter kam mit einem Teller dampfender Waffeln zurück ins Wohnzimmer und sie aßen schweigend. Oder eher: Raguel aß. Azariel saß auf der anderen Kante des Sofas und war offensichtlich in Gedanken versunken. Woran auch immer er dachte, Raguel war sich sicher, dass es mit ihm zu tun hatte. Und er hatte recht. „Was genau ist da oben passiert? Du musst nicht darüber sprechen, wenn du nicht möchtest, aber vielleicht hilft es. Und es ist echt neu, was auch immer sie gemacht haben." Erst wollte Raguel nichts sagen, weil das alte Denkmuster wieder aufkam, dass nichts, was da oben passiert, erzählt werden darf, aber diese Zeit war vorbei. Jetzt endgültig. Tränen stiegen in Raguels Augen und er bedeutete Azariel, sich neben ihn zu setzen. Was er jetzt brauchte, war die Nähe, nach der er sich jahrelang gesehnt hatte und für die er verdammt worden war. Er kam der Aufforderung stumm nach und Raguel lehnte den Kopf an seine Schulter, was nicht nur bequemer, sondern auch weniger anstrengend war. Die Augen schloss er diesmal nicht, sondern ließ sie ziellos im Raum herumwandern, um sich so weit wie möglich von dem zu differenzieren, was er erzählen würde. Dann begann er.

4

„Deine Vergehen sind dir sicher bekannt", begann Michael desinteressiert. „Wir müssen uns also nicht damit aufhalten."

„Eigentlich nicht", sagte Raguel, was nicht mal gelogen war. Er hatte eine vage Vorstellung von dem, was er falsch gemacht haben könnte, aber das war sicher nicht genug, um ihn fallen zu lassen. Generell musste er diese gesamte Situation erst begreifen. Er konnte einfach nicht glauben, dass er, Raguel, der naive, gottgläubige Engel (Azariel hätte wohl ‚blind' gesagt), gerade auf der Anklagebank saß und jede Minute herausfinden würde, ob er fallen würde oder nicht. Diese Situation war so absurd – nie, wirklich nie, hätte er damit gerechnet, selbst Gefahr zu laufen, verbannt zu werden – dass er wohl hysterisch gelacht hätte, wäre er nicht so verängstigt gewesen.

Michael musterte ihn genervt, schien ihn zum ersten Mal wirklich zu bemerken. *Wer war er, ihn in seinem selbstverliebten Monolog zu unterbrechen*, musste er sich wohl denken. Und um ehrlich zu sein: Raguel wusste es nicht. Unter normalen Umständen hätte er nie einen Erzengel unterbrochen, aber das hier war nicht normal. Es war so ungefähr das Unnormalste, das er je erlebt hatte. Außerdem: Wenn er schon fallen musste, warum nicht genau herausfinden, warum? Wenn er sich danach daran erinnern könnte – und vielleicht konnte er das irgendwann – würde er die Geschichte gerne Azariel erzählen. Falls sie sich wiedersahen. Zum ersten Mal sah er sich in einer Situation gefangen, aus der er keinen

Ausweg wusste und nicht auf Hilfe von irgendeiner Seite hoffen durfte.
„Also gut“, meinte Michael herablassend und entrollte die Schriftrolle. Runen in jener seltsamen Schrift, die niemand entziffern konnte, außer den Engeln, erschienen in Form von goldenem Licht überall dort, wo man sie lesen können musste.
„Deine Vergehen“, las er vor und verlieh seiner Stimme etwas Donnerndes. Raguel lächelte milde, er konnte nicht anders. Zu lustig war Michaels Gotteskomplex und zu sehr bemitleidete er ihn, um ihn ernst zu nehmen. *Reiß dich zusammen*, dachte er zu sich selbst, *hier wird über deine Zukunft entschieden und du sitzt nur herum und grinst blöd*. Aber er konnte sich nicht helfen und Michael war zu sehr von sich selbst eingenommen, um es zu bemerken. „Du selbst hast sie uns gebeichtet, wir haben als Beweis in Form eines Gebets. Selbiges ist auch Beweis für das, was du nicht erzählt, aber begangen hast.“
Ob er absichtlich in Rätseln sprach, um sich dadurch wichtig zu fühlen? Er konnte es sich vorstellen. Außerdem wusste er jetzt, dass tatsächlich jemand seinem Gebet gelauscht hatte, und wusste nicht, ob das beruhigend oder beunruhigend war. Wahrscheinlich sollte es beunruhigend sein, aber er konnte sich nicht dazu aufraffen, wirklich besorgt zu sein. *Ich habe ihnen von Azariel und mir erzählt*, schoss es ihm durch den Kopf, und jetzt falle ich. Warum konnte er den Ernst der Lage nicht begreifen? Vielleicht war er zu gewöhnt daran, zu denken, dass Gott ihn immer retten würde, in welcher Klemme er auch steckte – obwohl Er ihm nie geholfen hatte.

Vielleicht verlor er den Verstand, das wäre zumindest eine Abwechslung.

„Das erste Vergehen“, rief Michael und Raguel zog eine Braue hoch *(Mehr als eins? Das wurde ja richtig spannend.)*, „besteht aus der intimen Beziehung, die du zu einem Dämon eingegangen bist.“ An dieser Stelle unterbrach er sich und musterte ihn sowohl abschätzend als auch neugierig. Raguel lächelte freundlich. *Stimmt*, dachte er, *so doof du auch aus der Wäsche gucken magst, ich habe es getan und bereue nichts.* Die Nachricht schien anzukommen, denn er las weiter. „Außerdem hast du Gott offen kritisiert, ebenfalls jenen Dämon betreffend. Du sagtest zweimal, ich zitiere, es wäre ein Fehler gewesen, ihn fallen zu lassen.“ Nein, so hatte er es nicht ausgedrückt, jedenfalls nicht so endgültig. Aber wahrscheinlich war, wer auch immer es aufgeschrieben hatte, sich dessen vollkommen bewusst.

„Du bezeichnetest Gottes Werk als Psychoterror, beschuldigtest alle im Himmel verweilenden Engel, Spaß am Quälen Schuldiger zu haben, und warfst Gott vor, Sein Handeln wäre nicht heilig.“ Er zog nun seinerseits die Augenbraue hoch, als könne er nicht glauben, dass so viel Aufmüpfigkeit in einer einzigen Person stecken konnte (dabei war er doch bei Azariels Fall dabei gewesen). *Na ja*, dachte Raguel, *hatte ich nicht recht?* Aber er sagte es nicht. Stattdessen hörte er sich weitere fünf Minuten lang an, wie Michael sein Gebet vom Vortag in Stücke zerlegte und fehlinterpretierte. „Wenn ich es recht verstehe“, endete er, aber das hatte er bisher auch nicht, also machte Raguel sich keine großen Hoffnungen, „hast du sogar um eine Strafe gebeten.“

„Das stimmt nicht“, entfuhr es Raguel. „Ich wollte bloß, dass ihr ihn in Frieden lasst.“ Ein Stoß einer der Wachen brachte ihn zum Schweigen und ihm fiel auf, was er getan hatte. Er hatte einem Erzengel widersprochen, und während das die Situation nicht unbedingt schlimmer machte, verbesserte es sie noch weniger.

„Wie bitte?“, fragte Michael spitz.

„Nichts, nichts.“

Er nickte zufrieden. „Das dachte ich mir. Hast du allen Anklagepunkten gegen deine Person zugehört und sie verstanden?“

„Ja“, sagte er, denn welche Wahl hatte er? „Und gestehst du, alles so begangen zu haben, und somit deine Schuld, die eine Strafe nach sich zieht?“

„Ja“, sagte er wieder, diesmal niedergeschlagen. Keine Wahl, das war die Antwort. Er hatte keine, hatte nie eine gehabt, und wenn er lebend hier herauskommen sollte, würde er auch weiterhin keine haben. Was für eine miese Perspektive.

„Ja und wie weiter?“, fragte Michael. Entgegen allem, was er behauptete, machte es ihm Spaß, ihn so zu ärgern. „Wie soll es denn weitergehen? Reicht ein Ja nicht?“

„Nein. Du musst sagen: Ich gestehe meine Schuld. Was ist meine Strafe?“ Er verdrehte die Augen über so viel Unwissenheit. „Das musst du doch wissen!“

Aber woher? Man bekam kein Formular ausgehändigt, auf dem stand, wie man sich im Fall einer Verdammung verhalten sollte. Er sagte es nicht, denn sich jetzt zu streiten, würde eh nichts bringen.

Als er die Worte aussprach und dabei den Kopf neigte, begriff er erst, dass das gerade wirklich passierte, dass er fallen könnte und es wahrscheinlich auch würde. Michael lächelte zufrieden. „Gut. Dann erfahre jetzt deine Strafe.“ Das allerdings wollte er wirklich wissen, wenn auch nicht gerne. Vielleicht war er ja davongekommen – obwohl sich die Beschuldigungen wirklich übel anhörten. „Weil du dich nicht verhalten hast, wie du solltest, und außerdem den Namen unseres Herren missbraucht hast, sollst du verdammt werden.“ Er zog die Stirn in Falten. Verdammt? Was sollte das bedeuten? „Heißt das, ich falle?“, fragte er. Michael schnaubte verächtlich. Erst kannte er das Sprachprotokoll nicht und dann verstand er seine Strafe nicht? „Natürlich fällst du nicht“, schimpfte er drauf los. „Dieses Konzept ist so überholt! Seltsam, dass uns das nicht früher aufgefallen ist, wo es doch bei klarem Denken so offensichtlich ist. Als wir zum ersten Mal Engel fallen gelassen haben, wussten wir nicht, dass diese Dämonen gegen uns kämpfen würden. Der gesamte Himmel hatte eine Abneigung gegen sie. Wie hätten wir ahnen können, dass auch die Engel, die im Lauf der Jahrtausende fielen, sich ihnen anschließen würden? Wir hätten nicht, das ist die Antwort, und wir haben nicht, weil wir die Bösartigkeit Morgensterns und seiner Bande unterschätzt haben. Weißt du, es ist eben so, dass wir in allem das Gute sehen, selbst, wenn es nichts Gutes gibt.“ Er seufzte dramatisch, als wäre es eine Bürde, so furchtbar rein und himmlisch zu sein wie er. Was für ein Arsch, dachte Raguel. „Auf jeden Fall ist uns irgendwann aufgefallen, dass die Anzahl an Dämonen immer größer wird, je mehr Engel fallen. Lo-

gisch? Ja, das musst sogar du verstehen. Deswegen haben wir vor ein paar Jahrzehnten aufgehört, Engel fallen zu lassen. Es ist doch dumm, seinem Feind Kämpfer zu schicken, oder nicht?"
„Also falle ich nicht?", platzte Raguel heraus und konnte nicht verhindern, dass er erleichtert klang. Michael funkelte ihn böse an. Er hasste es, unterbrochen zu werden. „Nein", zischte er, „du fällst nicht, stell dir vor. Das ist, was ich dir verständlich machen möchte, schön, dass es endlich bei dir angekommen ist."
„Was passiert dann? Wie sieht meine Strafe aus?" Jetzt grinste er tatsächlich sadistisch. Er gab den Wachen ein Zeichen, dass sie zurücktreten sollten und mit einem Klappern fiel der Metallstuhl in sich zusammen. Raguel richtete sich auf.
„Zeige uns deine wahre Form, Raguel."
Er schluckte. „Meine wahre Form?", fragte er nervös.
„Genau die. Jetzt." Unnötig zu sagen, dass er es nicht tun wollte. Seit Jahrhunderten hatte niemand seine wahre Form gesehen, nicht mal er selbst. Es war etwas Intimes, sein Eigen. Es zeigen zu müssen, war schlimmer, als sich auszuziehen, es war niederschmetternd. Trotzdem verwandelte er sich, denn welche Wahl hatte er? Wo rosige Wangen und Hals gewesen waren, saßen nun anstelle von Haut unzählige Augen in den verschiedensten Größen. Sie alle waren grau und sahen aufgeregt umher, weswegen sich ein leichter Kopfschmerz ankündigte. So viele Bilder musste sein Gehirn erst mal zusammenfügen. Ein weißer Flaum, der an den eines Kükens erinnerte, hatte sich auf seinen Schultern gebildet und zog sich an der Unterseite der Arme in einer dünnen Linie bis vor zu seinen Händen. Diese ähnelten nicht mehr menschlichen Händen,

denn anstelle von Fingern hatte er zehn Zentimeter lange Krallen und auf seinem Handrücken entstanden goldene Schuppen, die er auf die gesamte Hand ausweiten konnte, um sie zu schützen und die Krallen in ihrer Schärfe zu unterstützen. Er starrte entsetzt auf seine Hand, die keine Hand mehr war, sondern eine Mordwaffe, und war angeekelt, wenn er daran dachte, was diese Waffe im Krieg getan hatte. Aus seinem Kopf wuchs ein Heiligenschein, ein rundes Ding mit einem Zacken nach oben und zwei zur Seite, das von dem goldenen Licht erstrahlte, aus dem es bestand. Seine Flügel, alle vier, wuchsen aus seinen Schulterblättern, umgeben von dem weißen Flaum, der zur Stabilisierung diente. Auf den Federn saßen noch mehr Augen, sodass es aussah, als seien sie weiß-grau gescheckt. Ein paar goldene Schuppen bildeten sich außerdem an seinem Oberkörper und um seine Augen, ansonsten war die Verwandlung abgeschlossen. Er war froh, dass er seine Kleidung trug, aber das brachte nicht viel, seine Form konnte trotzdem erkannt werden. Michael nickte zufrieden und winkte einem der Wachen, irgendetwas zu holen. Es interessierte Raguel nicht wirklich. „Sicher möchtest du dein Hemd nicht ruinieren", meinte Michael und er nickte. Es war ein hübsches Hemd, also zog er es aus, genauso wie Weste und Unterhemd und als die anderen ungehinderte Sicht auf seine Brust hatten, traten ihm Tränen des Schams in die Augen. „Du bist jetzt verdammt, Raguel", sagte Michael süffisant. „Das bedeutet, dass wir dir deine Flügel nehmen werden." „Meine F… Nein!", rief er. Der Wache war mit einer Garnitur an Scheren zurückgekommen. „Bitte nicht meine Flügel, bitte, nur nicht“, er stockte, denn er konnte sich keine Argumente einfallen lassen, warum er seine Flügel behalten musste. Sie hielten ihn am Leben, aber das wäre ihnen egal. Was auch immer er sagte, es würde nichts bringen. „Du machst es dir einfacher, wenn du still hältst“, sagte eine Wache gelangweilt. Er legte ihm die Fesseln wieder an, während der andere begann, mit der kleinsten Schere den Stabilisierungsflaum abzuschneiden. Es tat nicht weh, war wie ein Haarschnitt und schmerzte doch so fürchterlich. Als sie anfingen, in seine Haut zu schneiden, begann er, vor Qual und Verlust zu weinen. Sie schnitten einmal im Kreis um die Flügel und obwohl es wehtat, war es nichts im Vergleich dazu, als sie anfingen, seine Flügel Stück für Stück aus ihm herauszuschneiden. Da brüllte er vor Schmerz und wand sich, um ihrem Griff zu entfliehen, aber das Einzige, was es ihm einbrachte, war eine Ohrfeige von dem Wächter, der von seinem Geschrei genervt war. Michael sah dem Ganzen zufrieden zu. „Wundervoll“, sagte er, als sie endlich fertig waren. Dabei war es alles andere als wundervoll. Raguel lag in einer Pfütze aus Blut und Federn und wimmerte vor sich hin. „Sei froh“, meinte Michael herablassend, „es hätte schlimmer kommen können. Du hättest fallen können, bist es aber nicht. Ohne deine Flügel bist du kein Engel, aber auch kein Dämon. Du bist jetzt ein Verdammter, einer, der keiner Gattung angehört. Weder im Himmel noch in der Hölle willkommen, ohne einen Platz, den du dein Heim nennen kannst, ohne Aufgabe, ohne Bestimmung. Alles, was dir bleibt, ist, ein endloses, aber sinnloses Dasein zu führen.

Du wirst in einer Ecke sitzen, dich fragen, warum du hier sein musst, warum du kein Engel mehr bist, warum du nutzlos bist. An manchen Tagen wirst du dich selbst hassen für die Leichtfertigkeit, mit der du verdammt wurdest, weil es deine eigene Schuld ist. Und wenn du es beenden möchtest, es alles hinter dir lassen und sterben – dann wirst du es nicht können. Wir sperren dich nicht ein, Raguel, genauso wenig lassen wir dich fallen. Dein Kopf wird dein Gefängnis und deine Gedanken deine persönliche Hölle." Damit gingen sie, ließen Raguel allein mit dem Wissen, ewigem Psychoterror ausgesetzt zu sein und nichts dagegen tun zu können. Er weinte, denn er begriff.

5

Als er geendet hatte, war es eine Weile still im Wohnzimmer. Es hatte angefangen, zu regnen, diesmal ein regelrechter Sturm, und das Röhren des Windes war das Einzige, worauf er sich konzentrieren wollte. „Oh", sagte Azariel irgendwann, unfähig auszudrücken, wie schockiert er war. „Ich wusste, dass sie brutal sind, aber so brutal? Es tut mir schrecklich leid, dass du das miterleben musstest. Vor allem du. Dabei bist du mit Abstand der loyalste Engel, den ich kenne, und das soll etwas bedeuten, bei dem treudoofen Haufen da oben. Dir so etwas anzutun, ist unheilig und so unpassend grob, wo du doch so sanft bist." Er wendete den Blick ab. Es fühlte sich seltsam an, seine Gedanken so frei auszusprechen, weil er es nie gedurft hatte. „Mag sein", sagte Raguel. Ihm schien Azariels Wortschwall nichts auszumachen. „Aber niemand kennt die Gewalt, die mich so sanft gemacht hat, und ich hoffe, dass du sie nie kennenlernen wirst." Er schwieg eine Weile, schloss die Augen, öffnete sie wieder. „Wie geht es jetzt weiter?", fragte Azariel und die Frage stand so lange offen im Raum, bis ihnen klar wurde, dass sie beide keine Ahnung hatten. „Darf ich für eine Weile bei dir bleiben?", fragte er zögerlich. „Klar. Gerne." Sogar sehr gerne, aber das sagte er nicht. Sie hatten ja eigentlich vorgehabt, sich nie wieder zu sehen. „Wirklich? Ich meine, geht das auch in Ordnung mit deiner Seite? Der Teufel sieht es sicher nicht gerne, wenn du deine Zeit mit einem Engel verbringst. Ex-Engel", verbesserte er sich schnell und schluckte. Azariel zögerte. Er dachte an die Albträume, von denen er sich mittlerweile sicher war, dass sie ihm von unten geschickt worden waren (warum sonst wäre Asmodeus' Stimme immer wieder erklungen? Sie hatten die Traum-Masche schon öfter durchgezogen, aber noch nie so penetrant). Diese Träume hatten ganz offensichtlich den Zweck, dass er sich von dem Engel fernhielt – aber nur, weil er ein Engel war. „Sie haben etwas gegen Engel", sagte er langsam, „aber du bist keiner mehr. Normalerweise ist es ihnen egal, mit wem wir uns abgeben, solange wir unsere Arbeit erledigen und es kein Engel ist, auf den wir uns einlassen." Er lächelte leicht, aber es war nur, um die Situation aufzulockern. „Ein paar von den Dämonen da unten sind sogar verheiratet. Miteinander oder mit Menschen, es schert sich niemand darum, solange es die Arbeit nicht beeinflusst." Kurz zuckte ein Grinsen über sein Gesicht. „Nocturna war mehr als zwei Dutzend Mal verheiratet."

„Scheint ein lockerer Ort zu sein“, meinte Raguel. „Es ist die Hölle.“ Darauf lachten sie.
„Ich glaube, es hätte schlimmer kommen können“, sagte Raguel nach einer Weile. „Stell dir nur vor, ich wäre gefallen. Dann hättest du mir alles erzählen müssen.“
„Meinst du wirklich, fallen ist besser? Er ist hinsichtlich der Grausamkeit ungefähr gleich, aber du hast ihnen vertraut und trotzdem haben sie dich verbannt.“
„Wahrscheinlich läuft es auf dasselbe hinaus: Man ist kein Engel mehr und hat starke Rückenschmerzen. Allerdings habe ich mein Gedächtnis noch, und wäre ich gefallen, hätte ich dann eine Chance, jemals wieder bei dir zu sein? Nein, in gewisser Weise ist es ganz gut, dass es so enden musste.“
„Was endet denn? Ich glaube, es geht gerade erst los.“ Das war eine schöne Sicht der Dinge und so untypisch für Azariel, dass Raguel lächelte. Sehr zögerlich, um ihn nicht zu verletzen, legte Azariel einen Arm um ihn. Ein paar Dinge standen im Raum, Dinge, die keiner von beiden auszusprechen wagte. Aber das war in Ordnung. Für den Moment war alles in Ordnung. Raguel brach das Schweigen als Erster. „Wie war es wirklich?“, fragte er. „Das Fallen. Du spielst es immer so herunter, aber ich glaube dir nicht.“ Für ein paar Sekunden verdunkelten sich Azariels Augen und seine Miene wurde steinern. Von allen Themen, die er vermied, war es dieses, worüber er am wenigsten sprechen wollte. Der Sturm draußen tobte nur halb so stark wie seine Gedanken, als er versuchte, sich zurechtzulegen, wie er es am besten erklären sollte. Nach einer Weile sah Raguel zu ihm auf.
„Es, äh“, begann Azariel, während er sich mehr auf Ra-

guels Augen konzentrierte als auf das, was er sagte. „Es hat ein bisschen gebrannt. Ich fühle es immer noch brennen, weißt du? Ein bisschen Fegefeuer an mir, das Stück Dämon, das ich nicht loswerde. Es brennt, aber nicht stark. Oder vielleicht habe ich mich daran gewöhnt. Fallen passiert nicht nur einmal, es passiert jeden Tag ein bisschen. Man stirbt jeden Tag ein Stück weiter. Und das Einzige, was man dagegen tun kann, ist, sich ein Leben in diesem neuen Zustand des Sterbens zu aufzubauen."
Raguel antwortete nicht. Stattdessen lehnte er sich zu ihm und gab ihm einen Kuss auf die Wange. Kein Wort, nur dieser Kuss, und er drückte mehr aus als hundert Worte, war so sanft und liebevoll, dass Azariel trotz seiner Bitterkeit lächeln musste.
„Denkst du wirklich so oft daran?", fragte Raguel.
Azariel zuckte mit den Schultern. „Nicht jeden Tag, aber oft genug. Ein bisschen zu oft, wenn du mich fragst." Er sah Raguel von der Seite an. „Wobei ich nicht davon ausgehe, dass du dich noch an viel erinnerst, besonders außergewöhnlich war es wohl nicht."
„Machst du Witze?", rief Raguel empört. „Ich erinnere mich, als wäre es gestern gewesen. Musste ja auch oft daran denken. Jedes Mal, wenn ich auf den Ring gesehen habe."

6

Im Februar des Jahres 1854 lag Azariel auf einem überraschend unbequemen Bett und schlief nicht, weil er nicht schlafen wollte. Allerdings wollte er auch nicht wach sein. Die Sache mit dem Schlaf war mehr als nervig, er hatte sich mittlerweile so daran gewöhnt, dass er nicht ohne auskam, aber in letzter Zeit hatte er nur Albträume. Irgendein abstraktes Zeug, an das er sich nicht erinnern konnte, wenn er aufwachte. Er wusste nur, dass er furchtbare Angst davor hatte. Er hatte versucht, nicht mehr zu schlafen, aber das hatte ihn unausgeglichen und mürrisch gemacht, ein Zustand, in dem er sich nicht ausstehen konnte. Außerdem war das Wachen auch nicht gerade angenehm. Sie waren wieder in London, und obwohl sich so viel verändert hatte, war die Stadt im Grunde dieselbe geblieben wie vor vierhundert Jahren. Die Menschen waren dieselben, sie redeten laut und unbeherrscht durcheinander, waren grob und unsensibel und hatten schlechte Zähne. Erst vor ein paar Jahren hatten sie angefangen, in Kalendergeschichten und Wochenmagazinen über Übersinnliches zu berichten, vor dem sich die Leserschaft gruseln konnte. Ihre neueste Erfindung hieß Spring Heeled Jack, eine Art Dämon, der hinter jungen Damen her war. Er bestand aus Rauch, seine Augen glühten rot wie Feuer und seine Hände bestanden aus metallenen Klauen. Nachts sprang er von Dach zu Dach, indem er sich in dichten schwarzen Rauch verwandelte, und wenn er ein Opfer gefunden hatte, spie er Feuer. In seiner Aufmachung ähnelte Jack allen anderen Schauergestalten, wurde, wie viele andere, „der Terror von London" genannt. Doch in einer kleinen – aber wichtigen – Eigenheit unterschied er sich: Jeder, wirklich jeder, hatte Spring Heeled Jack schon einmal gesehen. Die erste war eine Frau namens Mary Stevens, die Jack auf dem Heimweg von ihrem Elternhaus begegnet war. Am nächsten Tag waren einem Kutscher die Pferde durchgegangen. Er meinte, es wäre, weil Jack sie erschreckt hatte. Seitdem war der Terror von London verantwortlich für alles: kranke Kinder, tote Haustiere, Brände, Todesfälle in Fabriken. „Es ist das Werk des Teufels", flüsterten die Leute. „Hört auf, so abergläubisch zu sein, es ist bloß eine Projektion", flüsterte Azariel zurück. „Ihr habt Angst vor der Industrialisierung, weil Fabriken aus dem Boden schießen wie anderswo die Pilze und zu viele sterben, weil es nicht sicher ist. Spring Heeled Jack verkörpert die Fabriken, ihr braucht bloß etwas, an dem ihr euch festhalten könnt." Aber wer hörte schon auf ihn? Seines Akzents wegen hielt man ihn für einen Schotten, und weil er seine Hüte sogar im Haus trug, dachte man, er wäre arrogant. Letzteres traf nur teilweise zu. Aber Raguel mochte seine Hüte genauso gerne wie er selbst, deshalb kümmerte er sich nicht wirklich darum, was die Leute meckerten. Und sie meckerten viel! Seine Haare, die ihm bis zur Brust reichten, waren ihnen zu lang, die Koteletten zu kurz, seine Ausdrucksweise zu altbacken (kannte er denn den Arbeiter-Slang nicht?) und die Gesprächsthemen zu intellektuell (niemand unterhielt sich heutzutage über Bücher, weil niemand mehr las. Man arbeitete in Fabriken, das war etwas Anständiges, und am besten starb man auch dort, dann musste die Stadt keinen weiteren Lohn zahlen). Er zog es also vor, sich mit Raguel zu unterhalten, der sich seinerseits komplett den Umständen angepasst hatte – seine Koteletten sahen lustig aus. Das Bett, auf dem er gerade lag, war auch Raguels und es war so ungemütlich, weil es mit Stroh gestopft war. Stroh in einer Matratze! Er hätte auf dem Boden schlafen können, die Rückenschmerzen wären dieselben. Seine Haare lagen über das Kissen ausgebreitet, Raguel wickelte sich eine Strähne um den Finger. „Wann hast du sie dir zum letzten Mal geschnitten?“, fragte er leise und sah sich die Spitzen genauer an. Sie wiesen erstaunliche Ähnlichkeit mit einem Tannenbaum auf. Das sagte er auch und Azariel lachte. „Weiß nicht“, meinte er. „Vor 50 Jahren? Sie wachsen nur langsam und ich habe sie gerne so lang. Was ist mit dir? Du bist der einzige Engel, den ich kenne, der sich stur die Haare schneidet.“ Raguel fuhr sich durch das stoppelkurze Haar. Obwohl nicht viel da war, das abstehen hätte können, war seine Frisur ausgesprochen unordentlich. „Es müsste schon etwas Furchtbares passieren, dass ich anfange, sie mir wachsen zu lassen.“

„Zum Beispiel?“

„Bis jetzt habe ich nichts gefunden und bin ganz froh darüber.“ Sein Blick fiel auf Azariels Hand, die zwischen ihnen auf dem Laken lag. „Hübscher Ring“, bemerkte er mit hochgezogenen Brauen. Er sah fast irritiert selbst hin. „Ach, das alte Stück“, sagte er wie beiläufig, dabei hatte er ihn erst vor ein paar Tagen in einem Antiquitätenladen erstanden. Der Verkäufer hatte irgendetwas gefaselt von einem letzten Erbstück einer wichtigen englischen Adelsfamilie im Elisabethanischen Zeitalter, die bei einem Attentat in Amerika ermordet wurde. Nur eine Tochter konnte fliehen, mit nichts als ihrem Leben und dem Ring, den sie in England versetzen musste, um die Überfahrt bezahlen zu können. „Sie weinte bittere Tränen, als sie den Ring verkaufte“, hatte der Verkäufer mit wichtiger Miene erzählt, „und ihre Tränen schliffen das Silber. Deshalb ist es so durchsichtig und bricht das Licht in Regenbögen. Erzählen Sie es Ihrer Verlobten, sicher wird es ihr gefallen." „Ich habe keine Verlobte", hatte Azariel nur gesagt, aber es war eine schöne Geschichte – obwohl man ihm ansehen konnte, dass er sie sich gerade erst einfallen lassen hatte. „Du kannst ihn gerne haben." Raguel sah ihn mit gerunzelter Stirn an. „Nein, das geht nicht", entschied er. „Ich kann so etwas Wertvolles nicht annehmen." „Natürlich kannst du. Ich bin mir nicht mal sicher, ob er echt ist." Das war er allerdings wirklich nicht. „Komm schon", sagte er, zog sich den Ring vom Finger und schloss Raguels Hand darum. Er gab ihm einen sanften Kuss, dann setzte er sich auf, ging zum Schreibtisch und fing an, etwas auf ein Blatt Papier zu kritzeln. „Was schreibst du?", fragte Raguel, der sich den Ring an den kleinen Finger gesteckt hatte. „Nichts Besonderes." „Schon wieder?" In letzter Zeit hatte Azariel öfter mal „nichts Besonderes" geschrieben, aber er versteckte es vor Raguel und einmal hatte er nach Beendigung eines Blatts fast fluchtartig die Wohnung verlassen, deshalb schloss Raguel, dass es sehr wohl etwas Besonderes, aber eben auch etwas Privates war. „Pass nur auf, dass du dich nicht erkältest", setzte er schnell dahinter, das gesamte Mietshaus war nicht besonders gut beheizt. Eigentlich war es gar nicht beheizt. „Mach dir keine Sorgen", sagte Azariel und lächelte schon wieder (warum passierte das so oft, wenn er bei Raguel war?). London war schrecklich, aber die Stunden, die er mit Raguel verbrachte, waren schöner als alles, was er je erlebt hatte.

7

Als Azariel mit dem Schreiben fertig war, schlief Raguel. Es war fünf Uhr. Leise, um ihn nicht zu wecken, zog er sich an, setzte einen Hut auf und öffnete die Schreibtischschublade. Darin befand sich ein Haufen loser Blätter, die er vorsichtig in einer Mappe verstaute. Das gerade beendete Schriftstück legte er ans Ende. Dann verließ er die Wohnung und wanderte durch die einbrechende Dunkelheit Londons, auf der Suche nach einer Buchbinderei. Weil er nicht sehen wollte, wie es in der Stadt zuging, sah er starr auf den Boden und hing seinen Gedanken nach. Noch zwei Tage, dann war seine Pause vorbei, diesmal waren es mehr als 50 Jahre gewesen. 50 Jahre, in denen er versucht hatte, herauszufinden, ob Raguel ihn liebte. Mit dem Ergebnis war er so weit wie an Tag eins, er hatte keine Ahnung und war verwirrt. Zwar zeigte er Zuneigung auf eine andere Weise als nur körperlich, aber er sagte nie etwas, deshalb sagte auch Azariel nichts, sondern biss sich auf die Zunge, bis sie taub war. Weil kein Moment passend war. Er hätte es ihm sagen können, als er ihm den Ring gegeben hatte, hatte sich aber doch nicht getraut. Irgendwie traute er sich nie, wenn es passen könnte, und das war untypisch für ihn, denn feige war er nun wirklich nicht. Nein, der Gesprächsweg war nicht der richtige, wie auch immer er es versuchte – das hatte er schon bemerkt, als er ihn diesmal getroffen hatte.

So erfreut hatte Raguel ausgesehen, als er ihn 1800 in der Nähe des Tower of London gesehen hatte, so überschwänglich war er ihm um den Hals gefallen, dass es ein Leichtes gewesen wäre, ihm zu sagen, wie sehr er ihn liebte. Aber er hatte es nicht getan, bis zu diesem Tag nicht und das sollte sich ändern. Es musste sich ändern.

Deswegen hatte er angefangen zu schreiben. Raguel las gerne, das wusste jeder, der sich länger als zwei Minuten mit ihm unterhielt. Er würde es also tatsächlich lesen, wenn er ihn darum bat. „Es“ war ein Stapel an Gedichten und Briefen, in denen er gesammelt hatte, was er sich nicht traute, auszusprechen. Keines der Gedichte war besonders gut, sie reimten sich noch nicht mal und dasselbe galt für die Briefe, aber sie waren von ihm, und wenn das nicht zählte, was zählte überhaupt?

Diesen Stapel an Blättern wollte er jetzt binden lassen – ein kleines Buch las sich eben schöner als lose Blätter – und ihm geben, bevor er ging. War das feige? Vielleicht, aber immerhin war es dann raus. Raguel würde das Buch lesen und darüber nachdenken können. Und wenn sie sich in 20 oder 50 oder wie vielen Jahren auch immer wieder sahen, hätte er hoffentlich eine Antwort. Wenn nicht, war das auch nicht schlimm, es würde sich sicher nichts ändern. Jedenfalls versuchte Azariel, sich das einzureden, während er die Buchbinderei betrat.

Der Betreiber seufzte mit einem Blick auf den Stapel. „Hoffe, die sin in der richtigen Reihenfolge und nich kopfüber“, meinte er. „Wir lesen des Zeug ja nich.“ Entgegen seiner Behauptung blätterte er durch den Stapel und lachte so heftig, dass sein Schnurrbart wackelte. „Was isn des fürn Geschmier? Wollen Se des echt binden lassen? Kann ja kein Schwein lesen!“

„Es ist eine Form des Indischen“, sagte Azariel, weil ihm nichts Besseres einfiel. „Indisch? Ausn Kolonien, oder was? Na, jedem des Seine, Professor. Ich bind‘s Ihnen schon. Kostet aber ne Stange, wehe, Se holen‘s nich ab, dann schick ich‘s irgendwo nach Schottland. Da kommen Se her, nich? Können sich‘s in irgend‘ner Buchhandlung in Glasgow oder Edinburgh abholen. Des dauert jetzt.“
„Kein Problem.“ Und das war es wirklich nicht, er war beinahe froh, den Laden verlassen zu dürfen. Es stank nach Mäusegift, und obwohl der Geruch auf der Straße nicht besser war, so war er doch zumindest bekannt, fast vertraut. Azariel sah die Straße hinauf. Allzu weit fortgehen wollte er nicht, konnte doch sein Buch bald fertig sein. Allerdings wollte er auch nicht hierbleiben. In dieser Gasse, die nach Fäkalien und Krankheit stank, wo Abwasser nicht abfloss und die einzigen Menschen weit und breit diejenigen waren, die nicht mehr laufen konnten und nur müde in den Hauseingängen saßen. Die Cholera, die sich über London ausbreitete, machte sich bemerkbar, wo auch immer man hinsah.
Er bog in eine Seitengasse, in der es ein bisschen trockener war, und suchte nach einer Bank oder einer anderen Sitzgelegenheit, auf der er seiner schlechten Laune frönen konnte. Er fand keine Bank. Stattdessen fand er ein halb im Abwasser liegendes, halb an die Wand gelehntes, kleines Mädchen. Ihre Klamotten waren durchnässt und klebten an ihr wie ihr Haar. Aus dem bläulichen Gesicht ragte eine spitze Nase und eingefallene Wangen, außerdem hatte sie Hautfalten, die für ihr Alter vollkommen unangebracht

waren. Wie viele Menschen strömte sie einen Geruch von Kot und Erbrochenem aus. Sie konnte nicht älter als sieben Jahre alt sein.
Vorsichtig setzte Azariel sich neben sie und legte ihr den Mantel um. „Benutz ihn wie eine Decke“, sagte er harsch. Sie nickte mit geschlossenen Augen und das war gut. Jedes Zeichen, dass sie noch am Leben war, war gut.
„Kannst du sprechen? Du musst nicht, falls es dir zu anstrengend ist, aber es würde helfen.“ Weiteres Nicken. Sie legte den Kopf gegen die Wand und zog den Mantel fest um sich. Ihre Zähne klapperten nicht mehr aufeinander.
„Wo ist deine Mum?“, fragte er, ohne eine Antwort zu erwarten. Entgegen seiner Annahme kam eine. „Fabrik“, murmelte sie. Mit der Mutter war also nicht zu rechnen.
„Und dein Dad?“ Höchstwahrscheinlich auch in der Fabrik.
„Himmel“, sagte sie leise und schlug die Augen auf. Auch dort hatte die Krankheit sich festgesetzt.
„Warum bist du nicht zu Hause? Du solltest im Bett sein.“
„Ich bin zu Hause“, sagte sie und sah ihn an, als hätte er nicht mehr alle Tassen im Schrank.
„Hier?“, rief er erschrocken.
„Ja, hier. London.“
„Wohin bringt dich deine Mum, wenn sie aus der Fabrik kommt.“
„Sie kommt nicht zu mir.“ Darauf schwieg Azariel bestürzt. Ein krankes Kind in der Gosse zu lassen, war mehr als brutal, es war ein Todesurteil.
„Wie heißt du?“, fragte er. Wenn sie weitersprach, konnte sie nicht sterben, oder? Wenn sie sprach, würde er sie in ein

Hospital bringen können, und sie würde gesund werden. Er wollte so sehr daran glauben.
„Olivia", sagte sie, jede Silbe schien ein Kampf zu sein.
„Und wie weiter?" Er versuchte krampfhaft, sich daran zu erinnern, welche Informationen man brauchte, um in ein Hospital aufgenommen zu werden, aber außer Name und Krankheit fiel ihm nichts ein.
„Harper."
„Okay, Olivia Harper. Ich bin …"
„Ich weiß." Ach, echt?
„Wer bin ich denn?", fragte er. In diesem Moment fegte eine Brise eisigen Februarwindes durch die Gasse und Olivia rutschte näher zu ihm, was ihn vollkommen überforderte. *Hilfe*, wollte er schreien, *hier sitzt ein sterbendes Kind und ich weiß nicht, wie ich ihm helfen soll.* Aber er schrie nicht, wartete nur auf ihre Antwort.
„Du bist Spring Heeled Jack", flüsterte sie und ihre Stimme klang wie ein Seufzen. „Du hast meinen Dad geholt und jetzt holst du auch mich." Darauf war er still, denn was erwiderte man auf sowas? Am liebsten würde er sagen, dass er nicht Jack war und dass sie nicht sterben würde, aber warum lügen? Er war nicht Jack, aber sie würde sterben. Es war nur noch eine Frage der Zeit. Und wenn er ihr diese Zeit verschönern konnte, dann wollte er das tun.
„Sieh es nicht als ein Geholt-Werden an", meinte er mit belegter Stimme. „Es ist mehr, als brächte ich dich heim."
„Heim", sagte sie und in ihrer Stimme schwang so viel Wehmut mit, dass es ihm das Herz brach. „Dein Dad ist dort", fuhr er fort, „und er wartet schon auf dich. Er wird

sich freuen, dich zu sehen, so wie du dich freuen wirst, ihn zu sehen." Jedenfalls hoffte er, dass sie ihren Vater mochte.
„Erinnert er sich?", fragte sie. „Es ist so lange her."
„Natürlich tut er das. Jeden Tag fragte er mich: Wann kommt Olivia, wie lange noch, bis ich sie wieder sehe? Und wenn ich ihm gesagt habe, wie viele Tage es noch waren, sah er immer so enttäuscht aus. Aber gestern durfte er sich freuen."
„Schon heute?", fragte sie, wobei sie die Worte ineinander schlurfte. „Lass mich nur noch ein bisschen schlafen, dann können wir losgehen." Mit diesen Worten schloss sie die Augen und Azariel ließ sie gerne schlafen. Nur kurz, sagte er sich selbst, sie muss ins Krankenhaus. Aber er fühlte, wie die Müdigkeit über ihm selbst zusammenbrach, war es doch schon so spät, und er schloss die Augen. Er durfte nicht schlafen, jedenfalls nicht länger als ein paar Minuten, aber dann tat er es doch. Immer wenn er kurz aufwachte, hörte er erschrocken auf ihre Atemzüge, hörte, ob sie noch da waren, und sie waren es immer. Jedes Mal ein bisschen flacher und die Abstände wurden länger, aber sie waren noch da und das beruhigte ihn. Bis er irgendwann – es war bereits dunkel, er hatte keine Ahnung, wie spät es war – davon geweckt wurde, dass jemand ihn an der Schulter rüttelte.
„Sie können hier nicht schlafen, es ist viel zu kalt", rief die Person aufgebracht.
Er blinzelte verschlafen.
„Azariel, bist du das?" Raguel sah ihn besorgt und ein bisschen wütend an. „Was machst du hier? Ich habe dich überall gesucht. Komm nach Hause, du holst dir noch den Tod."
Da war es, dieses furchtbare Wort, das er die letzten Stunden

zu vermeiden versucht hatte. „Ich nicht“, sagte er leise und nickte zu Olivia. „Sie.“
„Wer ist das?“, fragte Raguel und kniete sich neben die beiden. „Und warum trägt sie deinen Mantel?“
„Ihr Name ist Olivia Harper.“ Jetzt, da er sprach, funktionierten seine vom Schlaf getrübten Sinne wieder einigermaßen und er richtete sich auf. „Cholera, seit ein paar Tagen. Vielleicht eine Woche, sicher nicht länger, sonst ginge es ihr bedeutend schlechter. Falls das überhaupt möglich ist. Auf jeden Fall muss sie in ein Hospital oder so etwas, wenn sie stark genug ist, zu laufen. Sie wollte noch ein bisschen schlafen, aber ich glaube, jetzt geht es.“ Er stupste sie an. „Aufwachen, es geht los.“ Zu Raguel gewandt sagte er: „Übrigens, sie denkt, mein Name wäre Jack, also nicht … was ist los?“ Raguel sah ihn mit bleichem Gesicht und bedauernder Miene an und das war nicht gut, denn er kannte diesen Blick. „Azariel“, sagte er langsam und griff nach seiner Hand, „das Mädchen ist tot.“
Azariel sah ihn entgeistert an. „Nein“, entschied er schließlich, obwohl es nichts war, das er entscheiden konnte.
„Doch, sie …“
„Nein, sie ist nicht tot. Sie kann nicht tot sein, wir haben gerade noch miteinander gesprochen. Außerdem atmet sie. Man spürt es, wenn man die Hand in ein paar Zentimetern Entfernung vor ihr Gesicht hält.“ Um es zu demonstrieren, hielt er einen Finger unter ihre Nase. „Es dauert ein bisschen, die Atemzüge kommen nur ab und zu und sehr schwach, aber sie kommen. Solange sie atmet, ist sie nicht tot. Ich kann sie nicht einfach aufgeben.“
Aber es kam nichts. Er wartete ein paar Sekunden, irgendwann

wurden diese Sekunden zu Minuten und zunehmend wuchs seine Panik, bis ihm eiskalte Tränen in die Augen traten. „Atme“, flüsterte er, „atme bitte!“ Aber sie atmete nicht. Natürlich atmete sie nicht mehr, sie war tot und Raguel hatte es begriffen – im Gegensatz zu Azariel, der es nicht begreifen wollte. „Lass uns gehen“, schlug Raguel vor. „Du kannst nichts mehr für sie tun. Ich will nicht sagen, dass sie jetzt an einem besseren Ort ist, aber immerhin wird sie sich nicht erinnern können, dass es mal etwas Besseres gab.“ Das war nicht besonders tröstend, aber das Einzige, was er sagen konnte. Azariel stand ruckartig auf. „Stimmt“, sagte er, und obwohl Raguel durch seine Aussage gerne beruhigt gewesen wäre, so beunruhigte doch sein Tonfall ihn noch mehr. „Und genau dorthin gehe ich jetzt auch.“ Es dauerte einen Moment, bis er verstand, dann sah er empört drein. „Du willst nach oben gehen? Untersteh dich! Was denkst du denn, was du verändern könntest?“
„Ich weiß es nicht.“
Aber an der Art, wie er verbissen die Zähne aufeinanderbiss, und an den Tränen in seinen Augen erkannte Raguel die Lüge. „Du weißt es ganz gewiss“, stellte er fest, „genauso wie du weißt, was ich darüber denke. Deshalb möchtest du es mir nicht sagen.“ Azariel hatte ihm noch nie Angst gemacht und tat es auch jetzt nicht. Trotzdem bemerkte er eine Eigenschaft an ihm, die anderen Leuten (Leuten, die ihn nicht so gut kannten wie er) durchaus hätte Angst machen können: In diesem Moment, zitternd und aufgewühlt und aus irgendeinem Grund verletzt, hätte Azariel töten können. „Gehen wir heim“, sagte Raguel und ergriff eine seiner zu Fäusten geballten Hände. Azariel entzog sie ihm, was er

noch nie getan hatte. „Geh, wohin du willst. Wenn ich jetzt irgendwo hingehe, dann nach da oben, um Michael, oder wer auch immer verantwortlich für diesen Mist ist, einen gehörigen Tritt in den heiligen Arsch zu verpassen." Er machte eine ausladende Geste, die die Straße in all ihrer Heruntergekommenheit umfasste. „Sieh es dir hier doch an. Es ist eiskalt, trotzdem liegen die Leute im Straßengraben, zusammen mit Ratten und Scheiße. Hast du einmal miterlebt, wie ein Choleraanfall aussieht? Brechdurchfall und Husten … Und trotzdem versuchen sie, dir zu versichern, dass es ihnen gut geht, denn wenn man sie feuert, landen sie hier und sterben. Aber sie wissen nicht, dass sie trotzdem sterben werden. Egal ob hier, in der Fabrik oder zu Hause: Sie sterben. Kinder sterben." Er deutete auf Olivia und die ersten Tränen begannen zu fließen. „Sie sterben alle", flüsterte er gebrochen, „und denen da oben ist es egal." Raguel schluckte, denn er hatte recht. Da oben, wie er es bezeichnete, hielt man den Choleraausbruch – genau wie früher die Pest – für eine unglückliche Tatsache, die vorübergehen würde. Ein schlechter Tag im Leben eines Unsterblichen, der Fliegenschiss des 19. Jahrhunderts. Sie merkten nicht, wie zynisch sie waren. Vielleicht wollten sie es nicht merken, aber sie waren es, und Raguel verstand, warum Azariel sich derart darüber aufregte. Es war unfair. Für diejenigen, die die Menschen erschaffen hatten, war es erstaunlich menschenhassend, und doch konnten sie nichts dagegen tun. Keiner von ihnen. „Denk nicht daran", schlug er vor, „das immerhin bleibt dir. Verbanne Olivia aus deinem Gedächtnis wie Letizia und lebe

glücklich weiter, denn es lohnt sich nicht, an vergangenem Schmerz festzuhalten."
„Wenn du Letizia aus deinem Gedächtnis gestrichen hast, warum erinnerst du dich dann an ihren Namen?", wollte er wissen und seine Stimme bebte. „Die Sintflut war so unfair wie alles, was Gott den Menschen antut, und das hier ist nur eine neue Gemeinheit. Es soll sich nicht nur ändern, es muss."
„Das kannst du nicht bewirken."
„Werden wir ja sehen." Damit drehte er sich entschlossen um und marschierte in Richtung Westminster Abbey.

8

Es war nicht direkt schwer, in den Himmel zu gelangen. Jedenfalls nicht für Engel. Ein treffender gewähltes Wort wäre wohl: verzwickt. Zeit spielte eine sehr wichtige Rolle, vor allem, den richtigen Zeitpunkt zu wählen und möglichst wenige Menschen in der Nähe zu haben. Der Rest regelte sich von selbst, aber vor allem in einer Großstadt wie London war die Vorarbeit nicht zu unterschätzen. Kleine Kirchen eigneten sich hervorragend, weil da im Schnitt weniger Menschen waren, große Kirchen eher weniger und Westminster Abbey war so ungefähr der schlechteste Ort, den man sich aussuchen konnte, wenn man ungestört sein wollte. Eigentlich wusste Azariel das, es war ihm nur egal. Als er schnellen Schritts durch das verzweigte System der Londoner Gassen eilte, dachte er weder daran, dass er einer Menge Menschen einen gehörigen Schrecken einjagen würde, noch daran, was für Folgen es für ihn haben konnte. Er dachte an

Olivia, Letizia, Anna und sogar Conrad, an all das Furchtbare, das geschehen war, weil es im Himmel nicht verhindert wurde. Er gab sich auch selbst die Schuld am Tod des Mädchens, obwohl er sich vorgenommen hatte, nicht mehr so zu denken. *Vielleicht wissen sie einfach nicht, was sie tun, sagte er sich selbst, und sind genauso geschockt, wenn sie es herausfinden. Vergib ihnen, denn sie wissen nicht, was sie tun, oder so ähnlich hieß es doch damals. Nur, dass ich nicht in der Position des Verzeihenden bin.* Er wusste nicht, in welcher Position er überhaupt war, würde es aber sicher gleich herausfinden. Noch während er die Gedanken zu Ende brachte, merkte er, dass er nicht wirklich daran glaubte. Es war mehr eine Art Strohhalm, an den sich ein Ertrinkender klammert, das letzte Stück Hoffnung in Gott, das er nicht aufgeben wollte. Dabei hatte Gott ihn schon lange aufgegeben. Bevor er die Abbey betrat, holte er tief Luft, versuchte, seinen rasenden Puls zu beruhigen, und schaffte es doch nicht. Sobald er die Kirche betrat, hätte er eine Minute Zeit, sich ein geeignetes Versteck zu suchen, und obwohl das nach ausreichend Zeit klang, so überschätzte man es doch oft. Es kam immer darauf an, wie viele Menschen gerade da waren, wie schnell man sich durch das Getümmel drängen konnte, ob gerade ein Gottesdienst war (er hoffte, keiner würde stattfinden, denn dann hätte er noch weniger Zeit. Er würde, kaum, dass er die Kirche betrat, in den Himmel kommen, ohne Zeit, sich vor neugierigen Blicken zu schützen). Nach einem weiteren tiefen Atemzug stieß er die Kirchentüren auf und trat ein. Menschen.

Überall, egal wo er hinsah. Menschen, die sich umarmten, betende Menschen, weinende Menschen, ein paar Blumen. Vor dem Altar war ein Sarg aufgebahrt. *Oh, Mist,* dachte Azariel, denn er bemerkte, dass er mitten in eine Beerdigung geplatzt war. Glücklicherweise schien niemand ihn zu bemerken, und er war so gekleidet, dass er in der Trauergemeinschaft nicht auffiel (eigentlich war er immer passend für eine Beerdigung gekleidet).
Eine Minute. Hektisch sah er sich nach einem ungestörten Platz um, eine leere Bank, einen Wandteppich, irgendetwas. Aber nichts. Überall nur Menschen, Menschen, Menschen.
Eine halbe Minute. Der Beichtstuhl! Er rannte zu dem Holzkasten, hoffte, dass er leer war, und traute sich nicht, ein Stoßgebet dafür zu denken. Während des Rennens verlor er seinen Hut, aber er achtete nicht darauf. Der Beichtstuhl war nicht leer – natürlich war er das nicht.
15 Sekunden.
„Was erlauben Sie sich“, protestierte ein älterer Herr, als er sich zu ihm in die Kabine quetschte. „Verzeihung, Vater“, nuschelte er, „aber dies hier ist ein Notfall.“ Der Pfarrer verzog pikiert die Nase. *Rüpel,* dachte er, *und gottlos obendrein; steigt sogar auf der falschen Seite in den Beichtstuhl.*
Zehn Sekunden.
„Sie müssen wirklich gehen.“
Neun Sekunden.
„Nur Geduld, es dauert nicht mehr lange.“
Acht Sekunden.
„Das hier ist die falsche Seite.“

Sieben Sekunden.
„Ob das richtig oder falsch ist, ist mir ziemlich egal. Außerdem ist es jetzt zu spät."
Sechs Sekunden.
„Ich befinde mich gerade in einer Beichte! Sie stören Gott, werter Herr."
Fünf Sekunden.
„Da haben Sie verdammt recht. Und wie ich Gott stören werde!"
Vier Sekunden.
Empörtes Schweigen vonseiten des Pfarrers.
Drei Sekunden.
Eine Stimme von der anderen Seite der Kabine: „Ist alles in Ordnung, Vater?"
Zwei Sekunden.
„Alles bestens", antwortete Azariel anstelle des Pfarrers. Er war so aufgeregt, dass er seinen Herzschlag in seinen Ohren pochen hörte.
Eine Sekunde.
„Raus hier", keifte der Pfarrer, der seine Selbstbeherrschung nun endgültig verloren hatte, aber Azariel lächelte. „Keine Sorge", sagte er, „ich bin schon weg." Und vor den Augen des verblüfften Pfarrers löste er sich in weißes Licht auf. „Ach, du großer Gott", stöhnte der und fiel in Ohnmacht.

9

Raguel rannte. Er wusste nicht, wohin, nur, dass es die ungefähre Richtung war, die Azariel eingeschlagen hatte.

Eine Kirche, er musste irgendeine Kirche finden und betete, dass er sich nicht vollkommen verirrte. Nein, er betete nicht, das hatte er bereits aufgegeben. Er „hoffte", das traf es eher. Und wie er hoffte. Die erste Kirche, der er über den Weg rannte, war die Westminster Abbey und er verdeckte stöhnend die Augen. *Oh, bitte nicht*, dachte er, *nicht die Abbey*. Aber er musste es versuchen. Zwar hatte er nur einen Versuch, aber darauf musste er es jetzt ankommen lassen. Noch bevor er die Kirchentüren hinter sich geschlossen hatte, wusste er, dass er richtig war; etwa 15 Meter vor ihm lag Azariels Hut auf dem Boden. Er selbst war nicht zu sehen, aber die aufgeregte Stimmung ließ darauf schließen, dass er bereits im Himmel war und ihm wahrscheinlich jemand dabei zugesehen hatte. Nein, nicht wahrscheinlich. Ganz sicher. Der Pfarrer saß bleich neben dem Beichtstuhl, das prächtige Gewand voll Staub – er sah nicht aus, als interessierte es ihn sonderlich, stattdessen brabbelte er irgendeinen Unsinn. Zügig ging Raguel auf ihn zu. „Guten Abend, Vater", sagte er höflich. „Sagen Sie, ist hier ein Mann mit rotem Haar und wütendem Blick vorbeigekommen?"
Der Pfarrer sah auf. „Kennen Sie ihn?", wollte er wissen. Raguel nickte, was den armen Pfarrer dazu bewegte, aufzuspringen und schleunigst das Weite zu suchen. Er seufzte. Keine Frage, Azariel war hier gewesen. In diesem Moment fiel ihm auf, dass er eigentlich keine Zeit mehr hatte, also setzte er sich in den Beichtstuhl – auf die richtige Seite. Zum Glück war er jetzt leer, und so faltete er die Hände, und als er sich auflöste, sah ihm niemand zu.

Im Himmel fiel er erst mal hin. Er war nicht mehr daran gewöhnt, hierherzukommen, und hatte vergessen, dass man am besten stehen sollte, wenn man in den Himmel fuhr, denn jegliche Sitzgelegenheiten wurden natürlich nicht mittransportiert. Raguel blinzelte. Ja, der Himmel sah es noch genauso aus, wie er ihn verlassen hatte. Kahl. Kalt. Keine Bilder an den hohen Wänden, die ins Unendliche zu gehen schienen (und es vielleicht auch taten), es war furchtbar unpersönlich – und groß. Allein der Raum, in dem er gerade saß, war größer als das Hauptschiff der Westminster Abbey. Er unterdrückte den Drang, sich zu verwandeln, und sah sich suchend um. Azariel sollte nicht allzu schwer zu finden sein, war er doch das einzig Dunkle hier oben. Trotzdem sah er ihn nicht. „Hm", machte Raguel leise, da er sich nicht traute, im Himmel „Mist" zu sagen, dann rappelte er sich auf und setzte sich in Bewegung, ging in die nächstbeste Richtung und hoffte, dass es die richtige wäre. Sicher war er sich nicht, aber hier oben konnte man sich mit nichts wirklich sicher sein. Er ging zügig, rannte aber nicht, das wäre zu auffällig gewesen. Ein zügig gehender Engel wurde gerne gesehen, da es implizierte, dass er der Arbeit gewissenhaft und schnell nachging. Deshalb bemühte er sich, nicht allzu verdächtig zu erscheinen. Als er jedoch in der Ferne Azariels Pullover sah, vergaß er diese Vorsätze und rannte.

10

Azariel kochte förmlich. Es brauchte nicht mehr viel und Rauch wäre aus seinen Ohren gestiegen, aber er beachtete es nicht, genau wie er es nicht beachtete, dass sein Körper danach verlangte, sich zu verwandeln. Er konnte nicht ganz verhindern, dass ein wenig des weißen Flaums an seinem Hals sichtbar wurde, aber das war das Einzige. Außerdem dachte er gerade nicht daran. Er war ewig nicht mehr hier gewesen, hatte den Ort bewusst gemieden und musste sich erst wieder zurechtfinden. Dieses Gewirr an Fluren und riesigen Räumen, aus denen der Himmel bestand, war ihm fremd geworden, er wusste nicht, wohin er gehen sollte. Nur, dass er dringend jemanden finden musste, Raphael oder Michael oder Uriel. Irgendjemanden der Mitverantwortung, der Einfluss hatte. Er seufzte. Von allen wäre Raphael ihm noch am liebsten. Raphael, der Begleiter der Menschen. Er würde ihn am ehesten verstehen, würde sich vielleicht für ihn starkmachen. Raphael hatte etwas, das die anderen Engel nicht kannten: Er war nett. Aber bei seinem Glück würde er sicher in Michael rennen, den personifizierten Gotteskomplex. „Engel, Engel", murmelte er, während er eilig durch die Gänge stolperte, „die Menschen sterben und der Himmel ist leer. Wo seid ihr, wenn man euch braucht?" Na ja, nicht ganz leer. Hinter sich hörte er leise Schritte, wusste, dass es Raguel war. Er drehte sich nicht um, denn er wusste, wozu das führen würde. Überredung. Vernunft. Sie würden unverrichteter Dinge zurückkehren, nichts würde sich ändern (aber das musste es, Gott, das musste es unbedingt). Er bog um eine Ecke und wurde von einem Licht empfangen, so hell, dass er blinzeln musste. „Wow", murmelte er genervt und schirmte die Augen ab. Goldenes Licht, echt jetzt? Typisch Michael und typisch, dass er ausgerechnet ihn treffen musste. *Okay, sagte er sich selbst, egal, was passiert, wenn du eine Chance haben möchtest, musst du rational bleiben, oberflächlich. Nicht laut werden, ja keine Emotionen zeigen.* „Ey, du Arschloch, was zur verdammten Scheiße denkt ihr euch eigentlich?“ Na, das funktionierte ja super. Michael drehte sich um. „Meinst du mich?“ „Wen denn sonst? Siehst du hier noch jemanden mit einem Schild an der Stirn, auf dem steht: ‚Ich bin ein selbstgerechtes Arschloch und die Erde samt Einwohnern ist mir sowas von egal‘?“

Die Schritte hinter ihm verstummten, Raguel war stehen geblieben. Es war ihm egal. Gerade war ihm alles egal, denn er war an einem Punkt angekommen, an dem er ein stärkeres Wort als *verdammt* brauchte – was ihm noch nie passiert war – und ihm fiel keines ein. Michael sah ihn irritiert an. „Wovon sprichst du?“, fragte er und zog die perfekte – natürlich war sie perfekt – Stirn in leicht ärgerliche Falten. Obwohl ihn das hätte warnen sollen, stachelte es Azariel nur noch mehr an. „Von der Cholera. Von Spring Heeled Jack und Jack the Ripper und der Luftverpestung und den ganzen anderen Gemeinheiten, die ihr euch ausgedacht habt, um denen da unten das Leben so schwer wie möglich zu machen.“ Er ließ kraftlos die Arme hängen. „Warum, Michael?“, fragte er und seine Stimme war kurz davor, zu brechen, „warum tut ihr das, was hat euch verärgert, was haben sie falsch gemacht? Was ist es diesmal?“ Michael lächelte. „Du bist nicht der Erste, der mit dieser Frage zu Gott kommt“, sagte er. „Und du bist nicht Gott.“ Dieser Einwand wurde takt-

voll übergangen. „Warum“, fuhr Michael fort, „dieses eine Wort. Immer ist es nur das. ‚Gott, warum hast du mich sterben lassen, warum ist Londons Luft nicht atembar?‘ Aber es ist die falsche Frage, ja, der völlig falsche Ansatz.“
„Was sollen sie sonst sagen?“, fiel Azariel ihm spöttisch ins Wort. „Etwa danke?“
„Ganz genau. Danke, dass du mir die Schmerzen genommen hast, oder danke, dass du uns die Industrialisierung gebracht hast.“ Er lächelte. „Es ist nicht schwer, man muss nur seine Grundeinstellung ändern.“
„Du hast doch einen Vollschuss“, stammelte Azariel. „Komm runter von deinem hohen Ross, die Luft da oben ist zu dünn, sie lässt dich nicht klar denken. Sie sollen dankbar sein? Wofür? Ihre sterbenden Kinder? Ihre faulenden Körper? Ihre schlaflosen Nächte in stinkenden Straßen?“ Er holte tief Luft, ließ sie durch die Nase aus. „Was ist falsch mit dir?“, seufzte er leise. „Was ist falsch mit euch allen, dass ihr den Schwachsinn, den ihr redet, auch noch glaubt?“
„Und wer bist du, dass du es dir herausnimmst, so mit mir zu sprechen?“ Michael sah ihn abschätzig an. „Sieh dich an. Menschenklamotten. Menschenemotionen. Du bist so furchtbar … menschlich.“ Er schnaubte verächtlich. „Für solche wie dich ist hier kein Platz.“ Sprach's und schnipste mit den Fingern. „Wo denn dann?“, wollte Azariel fragen, doch noch bevor er das zweite Wort aussprechen konnte, wurde ihm schwarz vor Augen.

11

Es gab Momente, in denen alles plötzlich seltsam klar und gleichzeitig unrealistisch wirkte. Wenn man den Herzschlag im Kopf fühlte, der Atem flach und schnell wurde und die Ränder des Blickfeldes zu schwarzen Pixeln verschwammen. Man musste sich irgendwo festhalten, fand aber nichts Stabiles, so stand man nur da, mit dem Atmen überfordert. Raguel hatte gerade so einen Moment. Zum Glück saß er, aber sein Kopf war merkwürdig schwer und drohte, jeden Moment seinem Nebenengel auf die Schulter zu fallen. Er schwitzte, gleichzeitig war ihm so kalt, dass sich eine Gänsehaut auf seinen Armen gebildet hatte. Das weiße Gewand, das er trug, wirkte so unrealistisch wie die Flügel des Engels vor ihm, die ihn leicht an den Beinen kitzelten, alles war unwirklich, unwirklich, unwirklich und doch ... so schrecklich wahr. Ihm war schwindelig und wahrscheinlich merkte man es ihm an.

„Dein erster Prozess?“, fragte der Engel neben ihm. Er nickte schwach, dabei war es der zweite (nur, dass der erste so scheußlich gewesen war, dass er ihn komplett aus seiner Erinnerung verbannt hatte. Er hatte die leise Ahnung, dass das mit diesem hier nicht so einfach werden würde). Der Engel klopfte ihm beruhigend auf die Schulter, und obwohl es eine nette Geste war, wünschte Raguel sich, er hätte es nicht getan, denn seine Sicht verschlechterte sich dadurch nur noch mehr.

„Keine Sorge, man gewöhnt sich daran. Der erste Prozess ist der schlimmste, glaub mir, danach wird es nur noch besser.

Kerachiel hier vorne hat schon mehr als ein Dutzend mitgemacht – seit letztem Jahrhundert. Hammernerven, oder?"
Raguel nickte und hörte nicht richtig zu, während der Engel über Prozesse und Vergebung sprach, dachte nur die ganze Zeit: *Was mache ich hier eigentlich?* Momentan war die Arena noch leer. Er saß in der dritten Reihe, also recht nah, die Reihen vor ihm waren dicht besiedelt und er traute sich nicht hochzusehen, wollte nicht wissen, wie viele Engel Azariels Prozess mitbekommen würden. In der Mitte war ein Stuhl aufgestellt, der in seine Richtung blickte, aber er war leer, war schon lange leer gewesen. Wie sehr er sich wünschte, dass er es auch weiterhin bleiben würde.
„Ich hatte erst vier, aber das ist ja kein Wettkampf, nicht wahr?", plauderte der Engel weiter. Es schien, als wäre es für ihn ein normaler Dienstagabend, während für Raguel eine Welt zusammenbrach.
„Ist alles in Ordnung?", fragte er irgendwann, als er mitbekam, dass Raguel nicht antwortete, sondern nur mit bleichem Gesicht vor sich hinstarrte. Er ließ ihm keine Zeit, zu antworten. „Mach dir keine Sorgen, bisher haben sie noch jeden freigesprochen – außer Morgenstern und seine Truppe, aber wer hätte die schon freigesprochen? Mit gutem Gewissen, meine ich. Du hättest unbedingt hier sein müssen, als sie vor 20 Jahren jemanden hierher zitiert haben. Die hatte es doch tatsächlich gewagt, mit einem Menschen ein öffentliches Badehaus zu betreten. Mit einem Menschen! Und als ob das nicht schlimm genug wäre, war dieser Mensch auch noch kurz davor, Pfarrer zu werden."

Er wusste zwar nicht, was daran schlimm sein sollte, nickte aber trotzdem.
Der Engel beugte sich nach vorne. „Hey, Kerachiel, was hat der Typ von heute eigentlich gemacht?“
Kerachiel zuckte mit den Schultern. „Vielleicht mal etwas Interessantes“, murmelte er, „so etwas wie Gotteslästerung. Dann wäre es wirklich eine schwere Entscheidung für Gott, bevor Er ihn freispricht.“
„Passiert das immer?“, fragte Raguel leise, seine Stimme funktionierte nicht ganz so, wie sie sollte.
„Ach“, winkte Kerachiel ab, „du glaubst doch nicht wirklich, dass die noch jemanden fallen lassen? Nee, die ganze Inszenierung hier ist doch bloß, um uns ein bisschen einzuschüchtern. Ne halbe Stunde Nägelkauen und ‚Ich hab's nicht so gemeint‘ und dann sind wir alle wieder draußen. In drei Stunden redet man nicht mal mehr darüber. Du kennst doch Gott. Seit der Sache mit David ist Er ziemlich weich.“
„Meinst du echt?“ Er musste zugeben, dass ihn das ein bisschen erleichterte. Vielleicht drohte Azariel wirklich keine ernste Gefahr. David wurde auch immer verziehen, egal, was er tat. Und trotzdem … Azariel war nicht David und selbst diese Geschichte war lange her.
Der Engel nickte bestimmt. „Auf jeden Fall.“ Sein Gesichtsausdruck änderte sich auf einmal von kameradschaftlich zu neugierig. „Hey, kennst du den Angeklagten etwa?“, fragte er aufgeregt.
Raguel nickte müde.
„Was für ein Glück“, meinte Kerachiel gelassen, der andere Engel nickte schnell. „Für uns natürlich“, fügte er hinzu, „für dich eher weniger. Jetzt erzähl mal, was hat dein Kumpel verbrochen?“

„Ich weiß es nicht direkt", murmelte Raguel und er wusste tatsächlich nicht, warum genau man Azariel zu diesem Prozess verurteilt hatte. Irgendetwas musste er gesagt oder getan haben in der Zeit, als er allein mit Michael gewesen war. Der Engel sah ihn enttäuscht an. „Schade. So ein bisschen Klatsch tut immer gut."
„Wenn du meinst", sagte Raguel noch, dann bedeutete ein Gong ihnen, zu schweigen, denn der Prozess begann. Eine unscheinbare Tür unter der Loge, wo sechs der sieben Erzengel saßen, öffnete sich und Michael trat heraus. Allgemeines Raunen während Raguel missbilligend die Augenbrauen verzog. *Großkotz*, dachte er und: *Oh Gott, ich höre mich an wie Azariel.* Michael ließ sich in der Mitte der Loge nieder und winkte gebieterisch, woraufhin sich die Tür ein zweites Mal öffnete. Diesmal war es Azariel, begleitet von zwei Wachen – wobei er weniger in die Manege trat, als eher dorthin gezerrt wurde. Raguel zog scharf die Luft ein. „Was haben sie denn mit dem gemacht?", flüsterte der Engel neben ihm, auch er klang nicht mehr so selbstsicher wie zuvor. Azariel sah furchtbar aus. Er konnte keinen Schritt von selbst tun. Er versuchte es zwar, doch brach er unter zitternden Beinen wieder zusammen, sodass die Wachen ihn zu dem Stuhl zerren mussten. Außerdem wirkte er dünner, seit Raguel ihn das letzte Mal gesehen hatte (und das lag nur knapp eine Woche zurück), sein Gewand hing schlaff an seinem Körper herab, seine Haare lockten sich in verfilzten Strähnen und irgendwie störte das Raguel am meisten, denn Azariel achtete sehr auf seine Haare. Sie fielen ihm knotig und ungewaschen vors Gesicht, ließen keinen Blick

auf selbiges zu und vielleicht war das besser so. Er wurde in den Stuhl gedrückt und metallene Fesseln schlossen sich um seine Arme und Beine, die Wachen wichen zurück, es wurde totenstill. Bis Michael sich erhob und zu sprechen begann. „Guten Morgen“, begann er sichtlich gut gelaunt und es schien die Anspannung tatsächlich ein wenig zu nehmen. Nicht Raguels Anspannung, natürlich nicht, aber der achtete eh nicht auf Michael. Stattdessen starrte er wie hypnotisiert auf die zusammengesunkene Gestalt in der Mitte. Komm schon, dachte er, sieh mich an. Aber Azariel blieb reglos, vielleicht war er bewusstlos. Er hörte Michael auch weiterhin nicht zu, wie dieser darüber sprach, warum sie sich hier befanden und was gleich passieren würde, bis er sich direkt an Azariel wandte. „Sieh mich an“, befahl er. Nichts passierte. Unter anderen Umständen wäre wohl ein Raunen durch die Menge gegangen – niemand widersetzte sich dem Befehl eines Erzengels –, aber niemand traute sich. „Sofort“, donnerte Michael. *Sei nicht dumm*, flehte Raguel, *du verschlimmerst es nur noch.* Und vielleicht wirkte es, denn Azariel bewegte sich leicht. Erst zuckte er nur schwach mit dem Kopf, dann stärker und schließlich schüttelte er sich die Haare aus dem Gesicht und blitzte Michael an. In dem Moment, in dem er seine Augen sah, machten sich zwei Emotionen in Raguel breit: Beruhigung und Angst. Azariels Gesicht sah furchtbar aus, die Lippen waren aufgeplatzt, die Wangen ausgemergelt, und ein Bluterguss machte sich auf der rechten Schläfe breit, aber die Augen waren noch dieselben. Schwarz wie die Nacht und so wütend, dass sie keinen Zweifel daran ließen, wie sehr er diese Veranstaltung mitsamt ihren Veranstaltern hasste, und irgendwie beruhigte ihn das. Das da unten war Azariel und er würde es bleiben, trotz allem, was ihm angetan worden war. Genau dieser Gedanke war es allerdings, der ihm Angst machte. Es war Azariel, wütend und unberechenbar. Nur ein falsches Wort könnte zu seiner Vernichtung führen – und gerade in Situationen wie dieser hier tendierte Azariel dazu, seine Worte falsch auszuwählen. Er blinzelte Michael also wütend an und der bemerkte es. Raguel schluckte. Egal, wie das hier ausging, die Chance, dass es gut für Azariel lief, war weniger als gering. „Falls du dir deiner Straftaten nicht mehr gegenwärtig bist", sagte Michael, während er eine Schriftrolle aus einer Falte seines Gewandes zog, „lasst uns dein Gedächtnis auffrischen." Er entrollte den Papyrus, der mehrere Meter lang war. „Oh", flüsterte der Engel neben Raguel – er hatte sich noch immer nicht vorgestellt, vielleicht aus schlechten Manieren, vielleicht aus Aufregung und eigentlich interessierte Raguel sein Name auch nicht –, „das ist ziemlich viel." Auch um sie herum hatte man zu tuscheln begonnen. „Vielleicht schreibt er einfach sehr groß", versuchte Raguel es sich schönzureden, merkte jedoch selbst, dass es nicht wirkte. Unten starrte Azariel betont neutral nach vorne, versuchte, sich nicht anmerken zu lassen, wie angespannt er war, doch Raguel sah die Verspannung seines Kiefers, wie die schwarzen Augen verzweifelt damit kämpften, nicht so gedemütigt auszusehen, wie er sich fühlte. *Lass dir nichts anmerken*, besagte diese Miene – leider sah man es ihm an. „Beginnen wir mit deinem ersten Verbrechen, jenes anno 4750 vor Christus", las Michael süffisant vor, „das Stehlen einer Frucht vom Baum der Erkenntnis.“ Azariels Kiefer arbeitete verbissen. Trotz der Entfernung kam es Raguel vor, als könnte er das Zähneknirschen hören, wobei er sich auch ein wenig über sich selbst ärgerte – hatte er wirklich auch nur für eine Sekunde glauben können, der Apfelklau wäre unbeachtet vorübergegangen? Ein Raunen ging durch die Menge; ein Raunen, in das Raguel vergeblich versuchte, einen Funken Anerkennung zu interpretieren. Doch da war nichts Positives, nur angewiderte Gesichter. Der namenlose Engel flüsterte etwas Abwertendes, aber Raguel hörte nicht hin, wollte nichts Schlechtes mehr über Azariel wissen. Die nächste halbe Stunde verbrachte er allerdings genau damit. Sie gingen chronologisch vor mit ihrer Aufzählung, bemerkten die Besuche auf der Erde abseits seiner Arbeit, und dass er bei jedem Besuch etwas Verwerfliches getan hatte. Sie sprachen ihn mitschuldig für den Turmbau zu Babel, den Brand in Alexandria, die Hexenverbrennungen und Kreuzzüge im Mittelalter und viel mehr. Raguel wurde schwindelig, während die Empörung der Engel um ihn herum immer deutlicher sichtbar wurde. Jede Anschuldigung war auf ihre Weise unfair, erzählte die Geschichte nicht so, wie sie gewesen war, sondern so, wie sie dem Himmel gelegen kam. Und doch war genug Wahrheit in jeder Einzelnen, um Raguel ernsthaft hinterfragen zu lassen, ob er Azariel wirklich so gut kannte, wie er gedacht hatte. Sein Gesicht verzog sich unbewusst zu einer enttäuschten Miene, während er auf die Gestalt im Metallstuhl sah, die mit jeder Minute kleiner wirkte. „Das hört sich mies an“, murmelte der Engel neben ihm. „Vergiss, was ich vorhin gesagt habe, der Typ da unten ist schon so gut wie gefallen." „Meinst du echt?", fragte Raguel, doch längst hatte er denselben Gedanken gefasst. Er nickte, wobei seine Flügel wackelten. „Absolut. Er ist für so viel Müll verantwortlich, dass ich nicht mal weiß, warum sie so lange gewartet haben, ihn vor Gericht zu stellen." Raguel erwiderte nichts, er sah nur nach unten, suchte Azariels Blick. *Wenn in diesen Augen etwas steckt, irgendetwas, das mich ihn verstehen lässt, dachte er, vielleicht muss er dann nicht ganz von mir gehen.* Doch da war nichts. „Er ist so gut wie gefallen", hatte der Engel gesagt und so schwer es ihm auch fiel, er musste ihm recht geben. Traurig sah er auf den Ring, den er noch immer trug. Er würde ihn nicht ablegen, auf keinen Fall, doch als er wieder aufsah, war sein Gesicht steinern.

12

Azariel bekam recht wenig von alledem mit. Er blendete die Geräusche aus, vernahm sie nur wie durch eine dicke Schicht Watte. Nur Michaels Stimme konnte er nicht ignorieren, wenn er auch die Worte nicht verstand. Dritter Kreuzzug? Er kannte die Eckdaten vage, aber was hatte er damit zu tun? Wenn er auch im Einzelnen nicht verstand, was man ihm anhängte, so wurde ihm doch der Gesamtsinn klar: Er steckte so tief in der Tinte wie zuvor noch nie und hatte wenig Chancen, wieder herauszukommen. Seltsamerweise störte es ihn nicht. Vor ein paar Minuten hatte der Gedanke an einen Fall

sein Denken dominiert, doch anstatt sich zu fürchten, erfüllte die Vorstellung ihn mit bitterer Genugtuung. *Wer weiß*, dachte die zynische Seite seines Denkens, *vielleicht ist es da unten wirklich besser als hier.* Das Einzige, was ihn wirklich störte, war, dass Raguel dabei war. Ab und zu sah er verstohlen zu ihm, versuchte, ihm irgendetwas zu vermitteln. Was, das wusste er selbst nicht. Wahrscheinlich etwas wie: Es tut mir leid, dass du das mit ansehen musst, oder: Es tut mir leid, dass ich so ein Arsch war. Auf jeden Fall wollte er sich entschuldigen, einfach so weggerannt zu sein, doch wahrscheinlich würde es nicht dazu kommen. Hatte Raguel zuerst enttäuscht ausgesehen – was schlimm war –, so wirkte seine Miene jetzt gefühllos und das war schlimmer, weil es den Anschein gab, als hätte er ihn aufgegeben. *Ist doch egal*, dachte er – nicht zum ersten Mal in diesem Prozess, der weniger Prozess war als eher einen vernichtende Anklage. Bei einem fairen Prozess hätte er sich wenigstens verteidigen dürfen. *Ist doch egal, wenn ich falle, egal, wenn sie mir die Flügel abschneiden, oder was auch immer sie tun wollen. Lasst mich doch fallen, brennt doch einfach alles nieder.*
Nach einer halben Stunde ließ Michael die Schriftrolle sinken, diesen letzten Teil konnte er auswendig. „Ihr seid alle empört und verwirrt“, wendete er sich an die Engel, „und ich verstehe es, denn ich war es auch. Ein wirklicher Engel tut nicht, was er tat.“
Wie schön abfällig du über mich sprichst. Traust du dich nicht, meinen Namen zu nennen?
„Wie kommt es also, dass es trotzdem passiert? Ich erzähle es euch. Er ist nicht der Schuldige in dieser Situation, sondern das Opfer.“

Hui, dachte Azariel und zog die Brauen nach oben, das waren ja ganz neue Töne. „Das Opfer dämonischer Einflüsse. Über die Jahrtausende wurde er beeinflusst von jenen, die in der Hölle schmoren, er wurde für ihre Zwecke ausgenutzt, ohne es zu bemerken. Und noch weniger bemerkte er, dass er selbst langsam zum Dämon wurde." Ein Aufjapsen ging durch die Menge, Azariel seufzte. Michael hatte recht, aber es war ihm egal. „Die Entscheidung, die zu sehen ihr gekommen seid, liegt bei euch", rief Michael und das war nun wirklich eine Lüge. Als läge irgendeine Entscheidung bei jemand anderem als bei Gott. „Lassen wir den Halbdämon bei uns oder schicken wir ihn zu denen, die ihn so zugerichtet haben?" Er hatte den Blick starr auf seine Hände gerichtet und bemerkte, dass er sie so zusammengeballt hatte, dass die Knöchel weiß hervortraten. Obwohl es ihm egal war, wollte er nicht sehen, wer mit gesenktem Daumen dafür stimmte, dass er fallen sollte (aber eigentlich willst du nur nicht sehen, was Raguel tut, nicht wahr?). Die Wächter traten wieder neben ihn. „Sieh hoch", sagte der eine. Und welche Wahl hatte er? Bewusst nicht in Raguels Richtung gewandt hob er den Kopf ein Stück und erschrak. Tausende und Abertausende Engel sahen auf ihn nieder, Ekel und Misstrauen im Gesicht, und sie alle hielten den Daumen nach unten. *Wir wollen dich hier nicht, besagte die Geste, du gehörst nicht zu uns, bist keiner, der hierhergehört, warst es nie.* Und obwohl es ihm egal sein sollte, tat es doch weh. *Wir haben in einem Krieg zusammen gekämpft*, wollte er ihnen zuschreien, *zählt das überhaupt nicht?*

Es zählte nichts. Und es tat weh. So sehr, dass er anfing zu lachen. Die Wachen, die seine Fesseln lösten, sahen sich verwirrt an. „Weiß er nicht, dass er fallen wird?“, flüsterte einer, während sie den Stuhl wegtrugen und ihn allein in der Arena stehen ließen. Er wusste es, aber es war ihm egal, und Ikarus war auch lachend gefallen, was war also so schlimm? Michael blinzelte. „Du bist verbannt“, sagte er ein wenig unsicherer als zuvor und irgendwie gab es Azariel Genugtuung, ihn in den letzten Momenten seines Engelsdaseins vom Kurs abgebracht zu haben. Dann öffnete sich der Boden unter ihm und er fühlte kalte Luft an den Füßen. Luft, die schnell wärmer wurde, so warm, dass er dachte, sie würde ihn verbrennen, so wie er es sich vor ein paar Minuten gewünscht hatte. Bis er merkte, dass sie ihn tatsächlich verbrannte. Seine Haare fingen als erstes Feuer und verbrannten mit erstaunlicher Geschwindigkeit bis zum Haaransatz. Der Geruch nach Kohle stieg ihm beißend in die Nase. Er hatte aufgehört zu lachen, konnte nicht mehr, denn irgendetwas war falsch mit seiner Kehle, irgendetwas stimmte nicht ganz, tat weh … Ein gurgelnder Schrei ertönte, als sein Kiefer brach und seine Wangen in den Mundwinkeln aufrissen. Aus blutigem Zahnfleisch schoben sich spitze Zähne, dort, wo seine Eckzähne ausgefallen waren. Schlangenzähne, die einer Viper, und er dachte, er hätte sich damit auf die Zunge gebissen, da er das Gefühl hatte, sie würde entzweigerissen – was daran lag, dass sie sich spaltete wie die Zunge einer Schlange. Er schrie jetzt, denn sein Gesicht war voller Blut und er konnte nicht unterscheiden, welches aus seinem Mund kam, aus seinen Augen oder von seinem Heiligenschein, der brach und zu großen hornartigen Gebilden heranwuchs. *Warum falle ich eigentlich*, dachte er hysterisch, *ich sollte fliegen können*. Wobei er wusste, dass er es nicht konnte, denn seine Flügel standen in Flammen und er hörte die luftgefüllten Knochen zerbröseln. Noch fühlte er es nicht. Er fühlte gar nichts Differenzierbares, nichts außer glühendem Schmerz in seinem Kopf, an seinem Rücken, dort, wo der weiße Flaum rauchte, wo jeder Funke Engel an ihm langsam verbrannte. Er sah nicht viel, was teils daran lag, dass seine Augen mit Blut gefüllt waren, aber genug, um erkennen zu können, dass die Unterseite der Arena sich wieder schloss. *Ist es vorbei?*, dachte er. *Ist es endlich vorbei, oder sehen sie es sich nicht zu Ende an, weil sie die Lust daran verloren haben?* Es war nicht vorbei, aber mittlerweile schrie er nicht mehr. Warum Atem verschwenden, wenn es eh niemand hörte? Es war schwer genug, in dem Rauch zu atmen. Auch vor dem Aufprall hatte er keine Angst mehr. Er fiel eh schon zu lange, um nicht zu sterben (wobei er wusste, dass er nicht sterben würde. Er wünschte es sich bloß). Dann dachte er an Raguel, aber nur kurz, denn was dabei in seiner Brust zu brennen begann, schmerzte mehr als das, was der Himmel ihm sonst angetan hatte. Um ihn herum veränderte sich etwas, aber er wusste nicht genau, was es war. Nur eine andere Atmosphäre, nichts, worüber man sich sorgen machen musste. Er schloss die Augen auf den letzten Metern vor dem Aufprall. Wer an diesem Abend zufällig nach oben sah, konnte einen Kometen sehen, der glühend hell leuchtete.

Epilog

„Ach ja, der Ring“, murmelte Azariel.

„Du hast ihn doch noch, oder?“, Raguel sah ihn fragend und ein bisschen besorgt an. „Natürlich.“ Stille. „Möchtest du ihn wiederhaben?“

„Ist das noch eine Frage?“ Er lächelte zaghaft und wartete, bis Azariel mit dem Ring zurückkam, wobei er eine kalte Stelle an seiner Seite hinterließ. Raguel sah auf den Ring. Früher hatte er ihn am kleinen Finger getragen, jetzt hatte Azariel ihn ihm an den Ringfinger gesteckt und irgendwie fühlte es sich so richtig an. Richtiger. Er seufzte und lehnte sich wieder an ihn. Bald würde er schlafen, aber noch nicht jetzt, es gab noch ein paar Dinge zu besprechen. Keiner der beiden hatte das Wort Liebe ausgesprochen, jedenfalls nicht jetzt, und gerade war das nicht wichtig. Die Frage, wer derjenige war, der „Ich liebe dich“ zuerst sagte, konnte nicht beantwortet werden. Wer war der Erste, der sagte, dass Wasser nass war oder die Sonne schien? Jeder wusste es, deshalb musste es niemand aussprechen und das war es, was es so schön machte. Denn selbst, wenn der eine mehr liebt als der andere: Ist es nicht genug, es einfach Liebe zu nennen? Raguel wusste, dass Azariel ihn liebte, und hoffte zumindest, dass Azariel auch über seine Gefühle Bescheid wusste. Und wahrscheinlich tat er es, denn obwohl er müde war, lächelte er ununterbrochen (nur leicht, aber er war nicht imstande, es auszuknipsen) und hielt ihn im Arm, als hätte er Angst, wenn er ihn losließe, könnte er verschwinden.

Sein rubinrotes Haar war in einem unordentlichen Knoten im Nacken zusammengebunden, aus dem sich einige Strähnen lösten. Raguel wickelte eine davon um seinen Finger.
„Denk nicht mehr daran", sagte er, denn er wusste, dass er noch immer ans Fallen dachte.
„Ich kann nicht anders."
„Warum nicht?"
„Weil ein Gedanke bleibt, sobald man ihn gedacht, aber nicht ausgesprochen hat."
Raguel sah ihn verwundert an. „Du hast nie darüber gesprochen? Nicht ein einziges Mal?"
„Nicht so, wie ich es wollte. Außerdem: Mit wem bespricht man so ein Thema?"
„Mit Miss O'Noir, zum Beispiel. Wart ihr nicht befreundet?"
„Nocturna? Sicher nicht, sie ist zu sehr damit beschäftigt, mit ihrem eigenen Trauma zurechtzukommen. Wie so ungefähr jeder da unten."
„Oben auch", sagte Raguel leise, erst jetzt fiel ihm auf, wie wahr es war. „Aber das ist vorbei", fügte er schnell hinzu, „du kannst mit mir darüber sprechen, wenn du möchtest. Und wann du möchtest. Aber irgendwann müssen wir darüber reden. Du kannst nicht ewig deinen Fall durchleben, wieder und wieder. Es ist nicht gesund."
Er nickte, denn er wusste, dass Raguel recht hatte. Auf Dauer lebte es sich nicht gut, wenn man sich gedanklich 150 Jahre in der Vergangenheit befand.
„Ich bin dir nachgerannt, damals", sagte Raguel, der das Nicken als Einverständnis auffasste.

„Ich weiß." Ruckartig sah er auf, sah, dass Azariels Blick sich verdunkelt hatte. Diesen Teil der Geschichte, so oft er selbst ihn durchlebt hatte, hatte er nie in Erwägung gezogen. „Wenn du es weißt, warum bist du dann nicht stehen geblieben? Du musst mich gehört haben!"
„Habe ich."
„Warum bist du nicht stehen geblieben?" Klang er verzweifelt? Vielleicht, aber es hielt sich in Grenzen. „Hattest du mich aufgegeben?"
„Nein."
„Was dann? Azariel, bitte, es hat mir die letzten 150 Jahre keine Ruhe gelassen."
„Ich hatte Angst."
„Vor mir?" Er zog ungläubig die Brauen nach oben.
„Nein. Davor, was passiert, wenn ich nichts sage. Dass es so weiter geht wie davor und ich mit Schuld daran wäre."
„Aber es ging so weiter, obwohl du es getan hast."
„Ich weiß", sagte er und seine Stimme klang gebrochen, „und das tut am meisten weh."
Raguel musste schlucken, bevor er fortfahren konnte. „Würdest du es wieder tun?", fragte er, wollte die Antwort eigentlich nicht wissen.
„Was tun?"
„Wegrennen. Dich beschweren. Fragen stellen." Azariel schüttelte den Kopf.
„Warum nicht?"
„Ich konnte doch eh nichts verändern", meinte er nüchtern, aber in seinen Augen lag eine andere Wahrheit. Eine verletzende Realität, die er endlich begriffen hatte.

„Wenn wir jetzt wieder in der Situation wären, ich würde stehen bleiben und dich in den Arm nehmen."
„Dann hättest du dir weiter Vorwürfe gemacht und wärst später explodiert", sagte Raguel leise, er kannte ihn doch. Zu seiner Überraschung schüttelte Azariel den Kopf. „Nein. Ich glaube, wenn ich diesen Explosionspunkt hatte, dann war das damals. Und das auch bloß, weil ich meine Gefühle nicht kontrollieren konnte. Natürlich wäre ich unzufrieden gewesen, aber nicht gefallen. Und egal was schlimmer ist, Himmel oder Hölle oder die Mischung daraus, die wir Erde nennen: Du machst es nicht nur erträglich, sondern sogar schön. Ich weiß nicht, wie das hier weitergeht oder ob es überhaupt weitergeht, aber eines weiß ich: Du bist hier und so lange ist alles gut."
Raguel seufzte und kuschelte sich näher an Azariel, der seinen Griff um ihn verstärkte.
So saßen sie lange da. Es war kein süßes Ende, aber ein bittersüßes und manchmal war das besser als nur ein bitteres.